作者 陆天明

陆天明

著名作家，国家一级编剧，中国作协主席团委员，中国电视剧编剧委员会名誉会长。曾获各种国家奖项：中国百佳电视艺术工作者、全国最佳编剧，中国电视艺术家协会颁发的二十年突出贡献编剧称号。享受国务院特殊津贴。长篇小说《大雪无痕》获国家图书奖，《省委书记》《命运》《上将许世友》等获中宣部五个一工程奖等，主要作品有长篇小说《桑那高地的太阳》《泥日》《木凸》《苍天在上》《大雪无痕》《省委书记》《黑雀群》《高纬度战栗》《幸存者》（中国三部曲之一）等，电影剧本《走出地平线》，话剧剧本《扬帆万里》、《第十七棵黑杨》，电视剧剧本《华罗庚》、《上将许世友》、《阎宝航》、《冻土带》等，与小说同期创作的同名长篇电视连续剧《苍天在上》、《大雪无痕》、《省委书记》《高纬度战栗》《命运》播出后，均在国内外引起强烈反响。并获飞天、金鹰等国家大奖。

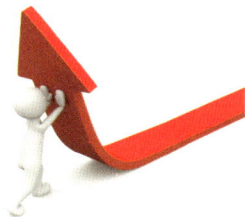

当代风云录

命运

陆天明◎著

新 星 出 版 社　NEW STAR PRESS

只为苍生说人话（代序一）

　　这些年来，我这几部贴近中国当代生活的小说被一些出版社多次用各种结集的方式出版。这一回，新星出版社又要结集出版它们，而且果断纳入以深圳和当代中国变迁为背景的长篇小说《命运》，让我受到很大的鼓舞。也许它再次印证了这么一个判断，今天的中国还是需要、也是能够从事现实主义文学创作的。也许有的朋友会说，照你这么说，好像在中国曾经产生过这样的疑问——有人阻碍过现实主义的文学创作，或者说，有人认为现实主义的文学创作不再是一种好的创作方法，最起码也是一种过时了的创作方法。应该被淘汰了。情况真是这样吗？

　　确实，从千百年世界文学的创作实践和理论探究过程来看，迄今为止，无论在什么地方，还没有人从原理上公开出来否定现实主义的创作方法。但是以我个人的经历和遭遇，可以这么说，在一个相当长的时段——比如十年，现实主义，尤其是贴近时代贴近现实生活，密切关注社会问题，热心表达当下民众生存诉求的创作，不管这样的作品怎样受到当下民众（读者）广泛的欢迎和认可，在一定的圈子里，甚至在一些很权威很重要的圈子里不仅得不到承认，还会明着暗着嘲讽和羞辱你。不只是故意忽略这样作品的存在，不只是认为这样的创作是"非文学"的，甚至还认为是一种"堕落"。问题的焦点就集中在，"文学"到底要不要反映——或者说要不要去"贴近""表现"和"再现"社会现实，要不要关注民生，要不要为民说话。这个"问题"在世界文学史上从来就没有成为过一个问题。不管世界文学的城头上曾如何变幻什么花色的旗帜，现实主义，尤其是贴近时代贴近现实生活，密切关注社会问题，热心表达当下民众生存诉求的创作，作为"现实主义"缤纷大营中不可或缺的要素之一，甚至还可说是其中一个骨干、一种精髓、一个魂灵，它"从来"、也"一直"张扬在世界文学之林中。它总是在力求去完成这样一个文学使命：告诉读者，或者和读者一起来探讨，我们，作为一种人、一群人、一类人，曾经怎么活着。还可以怎么活得更像一个人。它始终没有脱离过文学的基本要义：人（社会）和现实。最近我被叫去参加了一个文艺现状调研会。会议的组织者事先提供了六七个课题让与会者思考，其中一个就是怎么才能进一步繁荣和发展我国的现实主义文艺创作。这让我感动，并感奋。与会者都承认近年来中国文艺创作在数量上可以说达到了"繁荣"的程度，在流派纷呈方面也可以说做到了多彩多姿。但综其所有，总觉得还缺少了一点什么。缺少的正是议题中特别提及的"现实主义精神"，也就是对人的生存状态和诉求的真实表达和刻画，对社会现实和理想追求的深刻再现。这里涉及两个不可回避的母题，其一是：今天的文艺家们还把替人民说真话、真实地表达人民的生存现状和诉求当作自己不可变更的历史使命吗？其二：社会大环境鼓励提倡支持文艺家们坚持现实主义精神，去为人民说真话，表达人民的生存和情感诉求吗？

我的毛笔字是写得很差劲的。有回一个年轻的朋友定要我替他写点什么。我想了又想，写了我这一辈子最想说的一句话："只为苍生说人话"。这大概就是我总结并奉行的文学创作，尤其是现实主义文学创作的要义吧。

几十年的文学创作经历告诉我，实践这个要义，其实是很难很难的。难的在于并不是所有人都愿意听真话。难的还在于自己也不是真能说得出真话，但历史告诉我们，一个民族一个国家的文学创作如果缺少了这样一种现实主义精神，不管它玩得多么"花哨"或"多彩"，数量多么庞大，必定还会是苍白的。终究做不成文学的大国和强国。路依然漫漫。但它总在你我脚下。这时候也许还是要请出苏轼老先生说上两句，就用他那首千古绝唱的《定风波》来做结束语："莫听穿林打叶声，何妨吟啸且徐行。竹杖芒鞋轻胜马，谁怕？一蓑烟雨任平生。料峭春风吹酒醒，微冷。山头斜照却相迎。回首向来萧瑟处，归去，也无风雨也无晴。"

作者 2018 年 4 月 8 日于北京

我的文学三十年祭（代序二）

三十年了。

我的文学创作又走过了三十年的路。

是"一竿风月"，还是"一蓑烟雨"，抑或是"波涛万顷"？

上小学三年级时，写作文：《我的理想》。我说我要当"作家"。我上学早。写作文的那年我七岁。我那个被多年的肺痨病已经折磨得几乎要对生活失去希望的父亲，看到我的那篇作文，非常欣慰地说："好啊。我儿子也想当作家了。"他年轻时的理想就是要当作家。但不幸的是，他是巴金笔下"觉新"式的人物，一个大家族的长房长子，终归屈服于生活的压力，为了顾全家族的生活"大局"，无论哪方面，都"痛苦"而又"自觉"地放弃了他个人的理想。

三年后，他死了。还是死于肺痨。死的时候才三十岁。

在此之前和之后很长的一段时间，我并不知道他曾经想当一个作家，并不能体会那天晚上他站在写作文的我身后，所发出的那一声喟叹里所饱含的全部伤感意味。也许他活着时，觉得我太小，就没想到还有那个必要跟我细细地说说这些。

又过了十年，我离开上海，离开母亲，要去新疆生产建设兵团"战天斗地"。母亲为我准备行装。全部的行装就是一个旧帆布箱和一个旧铺盖卷。她把父亲十九岁时发表的一些小说和诗歌，还有抗战时期他流亡昆明一路上写的日记当作唯一的"遗产"放进了我的行李里。

我这才知道自己和毕生经商的父亲在精神上一度是多么的接近。两代人的文学梦，两个世纪的挣扎生涯，让我觉出许多的心酸和沉重。所幸我迅速全身心地投入到了社会变革的大洪流中去了。我可以活得和父亲不一样。虽然，我也曾得过肺结核（是父亲传染给我的？说不清），但我可以不再用一个"旧时日肺痨病人"和"只属于一个大家族"那样的苍白软弱和绝望去处置自己的一生，去处置自己的文学梦。

大西北农场难以想象的艰苦贫瘠，不仅让人同样难以想象地彻底治好了我的肺结核，还给我心底铸进了西北汉子常有的那种倔强和愚拙。大概就是因了这种"倔强和愚拙"，农场十二年，我一次又一次主动放弃了种种充满另一类诱惑的人生选择，执着地在那戈壁荒漠上做着文学梦。

一九七三年，在到农场的第十个年头，我终于写出了平生第一部"大作品"，一个知青题材的四幕话剧《扬帆万里》。这部作品引起了方方面面的关注。西安电影制片厂将它拍摄成电影。上海要发表它。兰州北京西安乌鲁木齐以及东北和别的一些地方的大大小小的剧团将它搬上舞台演出。其实那时候，我一共只看过三个国产的剧本：《槐树庄》《第二个春天》和《年青的一代》。只看过一个话剧演出，还是那个永远激动我的《年青的一代》。那还是在离开上海前看的。后来在农场宣教组仓库里，翻拣到一本契诃夫的戏剧集，半本易卜生的剧本集。记得当时反反复复地读，一直到把它们读破。也就是像罗兰·巴特说的那种"抬头阅读"，读一段，抬起头来默想细究，"将其切割，亦因迷恋，又将其恢复，并从中汲取营养……"我的倔强和愚拙，同时也体现在：我写作，只是觉得自己心里有话要说，要对这个世界表白什么。

5

我要叫喊。要喊出属于我的那一声来。在底层的十多年生活，面对这个世界，我总觉得自己心里有太多的话要说，有太多的声音要发出。总是直觉到，这个世界需要这样一种声音。这愿望，这直觉，这冲动和向往极其真诚而又无比强烈。甚至强过初恋时的那种可以说无与伦比的冲动和向往。至于这样喊出的"声音"是否时下或教科书上界定的那种"文学"，我不管。也许正是因了这种愚拙的真诚，我的这第一部"大作品"在当时确实打动了不少的人。后来，也是因了这部作品，我才被北京一个专业文艺团体看上，把我全家调进北京。我也因此开始了自己三十多年的专业创作生涯。

但我创作上真正的新生，却开始于"四人帮"倒台。"四人帮"倒台，让起步于"文革"期间的我，有可能开始一场彻底的"蜕变"。这对我个人，对我这一代人来说，在精神上，具有哈姆雷特式的"绝对意义"："是活着，还是死去？"这是一道必须跨过去的大坎。当文学艺术的春天重归人间，文学艺术创作将充满艺术个性地回归到它的本真意义上来。因为时代使然，我们这一代人曾经一度失去过，或者说忽略过自我和艺术个性，而要重新找回自我，谈何容易！要重新确定自己的艺术创作个性，同样"谈何容易"啊！我们必须要像幼蛇蜕变那样，从紧紧包裹束缚着自己的"旧壳"中蠕动挣脱出来，必须先用锋利的"手术刀"细细地解剖自己。需要认真地重新认识自己，认识"人"。而在这个世界上最难的事情，恰恰是认识自己和认识"人"这样一种最复杂又最完美的"东西"。是自己拿着刀，一刀一刀地切割自己的肌肤。是舔食自己的血水，以此去重新获取新生的力量。

我用整整一年的时间彻彻底底地沉到一个钢厂里去生活。每天跟着工人三班倒，春夏秋冬、日日夜夜，以重新获得普通人的生存感觉，站在普通人的立场去重新认识眼前的这个世界，借此来摆脱那个旧我。同时又大量阅读能找到的新小说、新理论著作。并且写了两部长篇小说，一部是《桑那高地的太阳》，用它来回顾自己这一代人是怎么失去自我的，以从容告别过去。然后又写了那个《泥日》，以确立自己新的创作定位。学会不看任何人的脸色，只凭自己的心灵感觉和感悟去创作。寻找一种完全属于那个叫"陆天明"的男人的创作风格，力图发出一种只有那个叫"陆天明"的男人才发得出的声音。迈出这沉重而又必需的一步，找回创作上的自我，我用了将近四年的时间。那时我已经快四十岁了……

不蜕变便会被阉割。"是活着，还是死去？"现在回想起来，我之所以能坚持着写下来，还是得归功于自己那个最原始的创作动机：要对这个世界说出自己想说的话。同时也要归功于一种最本真的生命动因：视天下为己任。我清楚地知道，我们这一代人是有许多东西可以总结和必须加以纠正的。但是，我们幸运地从时代那儿获取了汇聚了又胶结了这样一种热源，把文学创作和民族命运、人民需求紧密地结合在一起。那样，就没有人能挡住一个男人发出自己的声音。我们和每一代的年轻人一样，都做过一些错事，但许多事情我们是在自己心里的真实感受驱使下去做的。错了，也该由我们自己来负责。我们的灵魂是真实的，是完全可以面对历史的。我始终坚信，文学必须属于人民，是应该也是能够在历史的进程中发挥它可以发挥的那一点作用的。我们不能把文学创作所必需的个性化，扩大到，以至于极端化到私人化隐私化的地步，更不能因此极端地认为，文学只有在脱离现实脱离社会，完全不讲它的社会功用和大众阅读权利的情况下才能完成它的升华。这也是我在发觉20世纪90年代中期以后中国当代文学不可避免地开始萎软苍白，决定实现我自己创作的第二次回归——向现实回归，向大众回归的主要原因。它让我在整个中国发生巨大社会变革的历史进程的关键时刻，下决心要用自己的文学创作去参与这场变革。即便这样的写作被一些先锋的"理论家"冷落过，也丝毫不能动摇我继续实现这二次回归的决心。这样的作品，最典型的就是《苍天在上》《大雪无痕》和《省委书记》。这几部作品，严肃，沉重，朴实，没有任何时尚元素和花哨的个性玩弄，却在大众中引起极其强烈的反响，一版再版，印数已达几十万册，至今还在不断的再版中，不仅被收到各种集子里，还被改编成电视剧、舞台剧。由它们拍成的电视剧，播出时，最高收视率达到百分之三十九……即便如此，我并不认为，它们是完美的。我不认为它们是完美的，并不是因为它们曾经被那些"理论权威"冷落，而是以我的文学感觉和文学本真的意义去衡量，我始终认为，一个作家和一个民族的文学创作，真正成熟的标志应该是既被自己的人民认可，又在文学史的进程中有创造性的突破。中国的文学产生在中国这块土壤上，又要让它在中国的历史进程中发挥它能够发挥的应该发挥的那点作用，就不能回避我们大众的阅读接受程度。它应该是既深刻，又好读；既文学，又大众，既充满着深层次的形而上意味，又洋溢着当代的生活气息；既有作家独特的个性魅力和独立思考的张力，又具有涵盖时代和历史的广度和深度……我知道我离这个目标还很远，但我将继续努力。我的《木凸》《黑雀群》《高纬度战栗》，包括最近创作的《命运》，都属于在向这个目标靠拢的尝试之作。我在一点一点地积累这方面的经验和教训。我一定要再向前跨那么一大步，使自己的创作真正接近这个目标……

这些年，我常常深夜扪心自问：天明，你在变吗？你变了吗？是的，我在变。我变了。我不断地在变。一种不可推卸的使命感让我不能重复自己，不能在原地踏步。我必须在变。但我又没有变。我要求自己不变。不变的是，我希望自己永远能够以一个"热血青年"的面貌出现在中国文坛上，出现在自己的创作中，始终那样真切地关注着，并全身心地融入到自己的国家自己的民族自己的人民为争取更加美好未来的奋斗中去，虽然老之将至，老已降至，我必将不可挽回地衰老……一天比一天地衰老……

去年，我回老家南通一次。到墓园去看望了父亲。一个六十岁的儿子去祭扫三十岁的父亲。看着极其简陋粗糙的水泥墓碑上他那个极年轻极清瘦极忧郁极聪慧又极无奈的神情，我哽咽了。我该对他说些什么呢？"父亲，你儿子终于成了一个作家了。"这话好像三十年前就该说了。"我还会写下去的，直到把心里要说的那些话都说出来为止。"这话好像也不准确，只要你关注人民的命运，心里的话有说得完的那一刻吗？"我知道自己还没写出最好的作品，为此，我将不懈努力。"几十年了，还用得着来对父亲表这个态吗？三十岁的父亲早就了解了自己这个六十岁的儿子：他一生的努力就只有一个目标，就是为了写出一部更好的作品而不惜一切。两代人的文学梦。两个世纪的生存努力。我和我妹妹，我和我儿子，我和我的作家朋友们，我和我那些亲爱的读者们，我和所有还活着的中国人，中国的平民大众，我母亲，我弟弟，我亲戚和非亲戚们……我们不曾放弃，也不会就此止步，为了两代人的强国梦，为了那两个世纪的复兴之路……我将持续地用我固有的那种倔强和愚拙写下去，而不管别人会说些什么！

作者 2008 年 10 月于北京

1

　　下午三四点钟，缓缓隆起的地平线上，躁动地堆积起一层层乌云。同样在这个下午的三四点钟，一八四团团长关向民心里却有点烦。说准确点，应该是很烦，非常的烦。当时，部队正奉命向紧邻香港的深圳宝安一线紧急开进，去制止边民外逃。而在十分钟前，关向民却得到三营八连连长的报告，说他们连的老兵冯宁表现异常"反常"。这个冯宁因脚伤在团卫生所治疗多日，始终未愈而没能归队，在这次行动之前，经师党委核准，已被列入留守人员名单；但得知今天部队要出发，仍需拄双拐行走的他，却突然强行冲出卫生所，蹿上一辆出租车，一路追赶到火车站。当时大部队都已上了闷罐子车，军列也已经缓缓启动。他全然不顾站台上铁路公安的大声喝阻和竭力拦截，扔掉双拐，纵身一扑，钻进八连所在的那个闷罐子车厢里，"死皮赖脸"地随部队一起往南边来了。当时的情形真可以说惊险万分。就在他纵身一扑，伸手抓住车厢门上那冰冷的铁把手的瞬间，列车突然加速，他的下半身差一点被甩进急速滚动的车轮里。若不是这小子手劲儿足够大，抵抗住了车轮飞速旋转时产生的那股吸力，他的两只脚，连带两条小腿，肯定就会在车轮和钢轨的无情噬合中轧成了肉酱。且不说由此给他本人的后半生将造成什么样的恶果，更严重的是将延宕滞阻整个大部队的行动。军区首长在给一八四团传达由军委下达的这次行动命令时，反复强调，深圳紧邻香港，最近处和香港只有一河之隔，多年来，许多边民就是利用深圳这个地缘条件，不断地在此"闯关"外逃。当然，更多的人（数以万计，十万计，百万计？）是从邻近的海上泅渡去香港，有人中途被淹死，因而海面上随波逐浪地漂浮起几百具尸首的事情已不止发生过一起两起。边民外逃事件已经严重损害了社会主义中国的形象和社会稳定，已成了中央和相关地方政府的一大心腹之患。为此，政府年年大张旗鼓地采取各种措施，内外结合，上下齐心地防外逃，治外逃。但"外逃"之风却依然像盛夏的韭菜似的越割越盛，越演越烈。在这样的情势下，军委下决心把一八四团这样一个著名的"红军团"拿上去，布防深圳宝安。团党委首先的一条，当然是要尽最大的努力，在边境线上修筑起一条坚不可摧的"钢铁长城"，坚决制止住多年没能堵住的外逃现象，为中央分忧，为人民再立新功。在这同时，还要保持高度的警惕，严防队伍内部发生任何变故，尤其是不能跑了人。军区首长着重指出，一八四团最后能不能堵住外逃，取决于众多因素，但是带好部队，决不发生一例官兵外逃事件，是作为一团之长的他的应尽之责，必须做到，也是应该能做到的。如果在执行任务的过程中跑了人，别说跑多了，只要跑了一个，"红军团"这面光荣的旗帜，也就算彻底砸了。"到时候，你关向民少说废话，带着请辞报告回来见我！"所以，在得到三营八连连长的报告后，关向民绝不敢有半点疏忽，马上想把这个冯宁找到团部来，严肃认真地谈一谈，摸摸底。

冯宁是个"老兵油子"。关向民不相信他此次"强行"随大部队南下，会是出于"为中央分忧，为人民再立新功"的高尚动机。关向民做出这种判断，是有充分依据的。这个冯宁是关向民一个老首长的儿子。老首长离开部队早，转业回东阳老家办教育，两人多年没联系。一直到五年前，关向民带队去东阳市征兵，老首长突然找到征兵办公室，把儿子托付给了他。这个冯宁聪明，肯干，也能吃苦，这一切都是没啥可说的。但当兵五年了，却一直没能解决组织问题，也就是说一直也入不了党，也没提干。这要是在地方上，也许不算是一档子特别了不起的大事，但是在部队上，尤其是在"红军团"这么一个有光荣政治传统的部队里，一个老兵，五年了，既解决不了组织问题，又提不了干，自己不提出退伍的要求，组织上也不让他退伍，上上下下都会觉得这样的事非常"怪异"。其实团里早有领导主张让冯宁脱军装走人，但在团党委会上，只要讨论到这档子事，关向民总也不表态。党委的其他领导也都明白老关的为难：冯宁在他管制下五年没入党没提干，就这样让他走了，他觉得没法向老首长交代。而让人感到更"怪异"的是，直接管着冯宁"进步"大事的营连两级组织，一方面总是反对让冯宁入党和提干，另一方面却又老不放他脱军装走人。这个冯宁虽然好犯自由主义，又有点"吊儿郎当"，自由散漫，不服管，但是真正交给他个什么任务，他总能完成得很好。还有一点也不是不重要，这小子脑袋瓜特别好使，当他来劲儿的时候，经常能给连长营长出一些非常好的点子，帮着营里连里把工作做好，而且在一些后进的战士中，他还拥有一种特别的威望，在关键时候总能让他们不出什么问题，出色地完成某些突击性的军训和生产任务。而且在做了所有这些事情后，他还从来不跟营里连里邀什么功，不跟别人争个什么荣誉，这一点又让营连领导特别舒心。关向民也曾多次找他谈过话，甚至很明白地告诉他，论能力，他完全可以当一个优秀的军事指挥员，把一个连，甚至把一个营带好，只要改掉忽冷忽热、自由散漫的毛病，听话，踏踏实实地干，在部队他会有无比光明的前途。但这个冯宁对这个"个人前途"问题，似乎完全不在乎，仍然改不了热一阵冷一阵，一会儿认真，一会儿又疲疲沓沓的老毛病。所以，在得知他今天突然铆足了劲，冲出卫生所，不顾一切地要跟部队南下到深圳宝安后，关向民很自然地凭直觉就断定冯宁此举背后一定还隐藏着什么"阴暗打算"……

让关向民焦虑的还有，一些基层领导完全认识不到部队面临局势的复杂性。他曾找三营八连连长谈过一次话，要求八连连长好好地做一下冯宁的工作,让他先去摸一摸冯宁的思想底牌:"他为什么不顾脚上有伤,拼死也要跟着大部队到南方来,这里的真正原因,你们摸透了?"

八连连长只是一愣,说道:"这还能有什么原因,不就是想跟着部队一起行动呗。"

团长告诉他:"别把问题想得太简单了。"

八连连长却说:"那还能有什么原因?"

团长说:"你知道我们这回整建制地拉到深圳宝安,要执行啥重大任务吗?"

八连连长说:"制止边民往香港那边跑。"

团长说:"知道香港是个啥地方吗?"

八连连长说:"帝国主义的殖民地,资本主义的桥头堡。"

团长说:"制止边民外逃,是一场重大的你死我活的政治斗争。如果由于我们工作的疏忽,反而从我们部队里跑出去一个两个战士,这会造成什么严重的政治影响,我想不用我说,你也会掂出这里的分量!"

八连连长听团长这么说,反而笑了,说道:"战士外逃?你说冯宁这小子会叛逃到香港?哈哈,不可能,绝对不可能!"

关向民再也忍不住了,一下站了起来大声呵斥了一声:"八连长!"

八连连长这才不作声了。

八连连长在团里还算是一个相当优秀的基层干部。而抱有这种认识和态度的连营干部绝对不止八连连长一个人啊!

因为整列军车挂的都是闷罐子车厢。闷罐子车厢之间是互不连通的。要把冯宁从三营八连所在的那节闷罐子车厢里找到团部所在的这节闷罐子车厢里来谈话,只有等停车以后,才有可能。

傍晚时分,军列行进到一个三等小站,终于停了下来。部队要在这儿休整一小会儿:开饭;让各连整理一下车厢内务,比如,各连队值勤的战士得赶紧抬着自己车厢里那个沉甸甸的大尿桶,匆匆向车站上那个又小又脏又臭的半露天的公厕跑去,待清空了它,再赶紧将它刷洗干净。趁隙,官兵们也到站台上去透口清爽的空气,活动活动腿脚。三营八连所在的那节闷罐子车厢离团部所在的那节闷罐子车厢并不远。因为是紧急召见,关向民觉得,即便算上吃饭的时间,七八分钟之内,冯宁也应该能出现在团部所在的那节闷罐子车厢里了。但过了二十分钟,冯宁还没有露面。关向民有点恼火了。这小子完全目中无人嘛,疲疲沓沓到了这种地步!他马上找来通信员,让他赶紧跑步前去通知八连连长,让八连连长立即带着冯宁跑步到团部来见他。没承想,命令刚出口,还没等通信员转身跑去,值星参谋的哨子声却在前边响了,军列又要启动了。

其实,接到团长第一道"召见"令,冯宁就动身向团部来了。当时他刚打上饭菜,还没等吃上一口,就端着那只军绿色的搪瓷碗,一手攥着两个大白馒头,一瘸一拐地往团部赶。他平时确实有点自由散漫,但五年行伍生活的磨炼告诉他,对于团长"召见"这等大事,还是不能怠慢的。但当时发生了这么一档子不大不小的事,也是他想不到,挡不住的。在他紧赶慢赶向团部所在的那节闷罐子车厢走去的时候,忽然听到身后有一阵窸窸窣窣的脚步声响,好像有什么人在尾随自己。他稍稍迟疑了一下,回头看去,却是两个衣衫褴褛的孩子,可怜兮兮地跟在他身后,显然是来讨饭吃的。

冯宁稍稍打量了他们一下,便把一个馒头掰成两半,分给了他俩。

孩子拿着半拉馒头,欢天喜地地说了声"谢谢解放军叔叔",扭头跑了。

冯宁心里有点酸涩,怔怔地目送两个孩子跑远,刚转过身想继续向团部走去,只见从路轨对面的灌木丛中呼啦一下又蹿出一群孩子,把他围住了。他们大都跟刚才那两个孩子一般大小,或七八岁,或十一二岁模样,也都衣衫褴褛,面黄肌瘦,正贪婪地看着冯宁手中那个冒着肉片香味的搪瓷碗和剩下的那个又白又暄的大馒头。

冯宁有些为难了:孩子太多,而馒头却只有一个,给谁?这种选择显然会让他陷入另一种"残酷"。一时间，冯宁显得有些束手无策。

这时，连长匆匆走过来催他："你怎么还不上团部去？"

冯宁忙应了声："我这就走。"

连长又补充了一句："别磨蹭。你知道团长的脾气！"

冯宁犹豫了一下，问："团长这会儿找我，会有啥事？"

连长苦笑笑："我想肯定不会是表扬你吧。"

冯宁傻愣了一会儿，看着连长走远，又迟疑了一下，把剩下的那个馒头再掰成两半，分别给了眼前最小的两个女孩，再把碗里的菜倒给了一位跟在这群孩子身后、也来乞讨的一位老大爷。这位老大爷身旁还站着一个十六七岁的女孩。也许因为她比在场的所有的孩子都要大一些，虽然同样的饿，同样需要食物，但还是不好意思往前挤。在饥饿和食物面前，居然还知道谦让，这让冯宁特别地看了她一眼，同时也注意到了这小姑娘的清秀和文静，有一瞬间，甚至想把菜给她，但比较了一下眼前那个老大爷，他还是决定救助更可怜的老人。这时，他忽然间又想起腰间还有一小袋炒熟了的玉米粉，那是连里发的"备用干粮"。但那袋子的绳结打得太死，一时半会儿怎么也解不开，只得作罢，便赶紧向团部走去。这么一耽搁，二十分钟就过去了。再往前走了几步，值星参谋的哨子声已经响起。这时，他本该继续向前快走几步，赶在列车启动前，冲进团部所在的那节车厢里去见团长的，换了谁，都会这么干，因为反正连长已经知道他是被团长召去谈话了，回不回连里并无所谓，而此刻见到团长，解释清楚"误会"，当然是头等重要的事，但是，冯宁却偏偏做了另一种选择。从本意上，冯宁并不想去应付团长的"训斥"和"追问"。他意识到，团长这时候找他，跟他这回"死皮赖脸"地跟着队伍南来有直接关系。他知道自己此举违规了。他违规自然有他的理由，而他的理由又是没法向别人公开说出口的，尤其是没法向团长那样的"大领导"解释清楚。就是解释清楚了，他也并不准备，也不愿意轻易地放弃自己的这个理由。为此，他料想到了团长跟前，自己会相当的难堪和尴尬。正是在潜意识中害怕经历这种难堪和尴尬，在哨子响起的那一瞬间，他自然而然地选择了向后转身，向着自己连队所在的那节闷罐子车厢跑了过去。他此刻当然不会知道，随后发生的一连串事情，居然会酿成如此严重的后果，完全改变了他后半生生命之路的走向，也给他平添了如此多的坎坷和风险波折。

2

一八四团奉命向深圳宝安开拔的那个晚上，在广州军区大院里同样并不平静。司令员和政委接到省委办公厅和军委办公厅的通知，中央首长到南方视察，特别关注深圳宝安一带边民外逃的情况。当天晚上省委要向中央首长做这方面的专题汇报，省委书记钟灵请司令员和政委一起参加这个汇报会。司令员向军区作训部部长询问了一下目前一八四团到达的位置，吩咐道："通知一八四团，从现在开始，每两个小时报告一次沿途情况。到达深圳宝安以后，每隔一个小时报告一次当地情况。"

这时，军区政委已经在大楼前等着他了。

司令员个头不高，身板敦实，为人豪爽。他向政委挥了挥手，说道："赶紧上车啊，钟书记来电话催咱们了。"

政委微微一笑道："走，上我的车。"

司令员也笑道："干吗要上你的车？"

也许因为身前身后还有一些随员跟着，政委没直接回答司令员的询问，只是笑笑道："走吧走吧。"

司令员当然知道政委不会无缘无故让他坐同一辆车走的，一定是途中有话要对他说，便没再追问下去。果不其然，等上了车，政委便神秘地压低了声音问司令员："知道今天来听汇报的中央首长是谁么？"

司令员故意地问："谁？"

政委笑道："行了吧你，你会不知道？"

司令员提高了声音反问："哎，我为什么就一定得知道？"

政委笑道："还跟我保密？"

司令员诡秘地打量了一下政委，伸出粗短但并不笨拙的食指在掌心写了个"邓"字。

政委眉毛一耸，一震道："真是小平同志？"

司令员微笑着默默地点了点头。这时，一声震耳欲聋的炸雷响起，一场特大的暴雨降临在广州上空。豆大的雨点像子弹般击打在这辆黑壳子的大福特车顶上，发出密集的噼啪声。然后两人便都沉默了下来。马上要面对邓小平同志，这两位担负着指挥中国最重要战区之一重任的军政主官不能不感到一种特殊的兴奋，又感到异常的压力。而这种气氛同时也在省委大楼的某几个办公室里传播着蔓延着。特别是在省委书记钟灵的办公室里，为向小平同志汇报做准备，在一个很小范围内，专门召开了个会议，以汇总各方面的情况和数字。这时，会议已临近结束，办公厅的一个秘书匆匆走进来向钟书记报告，军区那边，司令员和政委已经出发。钟灵忙站了起来："那好。我们也该过去了。"但他刚宣布散会，省公安厅参加会议的一位领导忙站起来请求道："能允许我最后再说一句吗？"

钟灵站住了。

那个公安厅领导犹豫了一会儿，欲言又止。

钟灵微笑道："说呀，别让小平同志和叶帅等我们。"

那个公安厅领导还在犹豫。他犹豫的是，在刚才的准备会上，讨论到如何对"边民外逃"事件定性时，他非常意外，甚至可以说是非常震惊，钟书记居然对多年来一直把"边民外逃"定性为"恶性政治事件"持怀疑态度。"在这么多的外逃人员中，肯定有一些是受到地富反坏右和敌特分子煽动而出逃的。但是，能不能从整体上说，由于外逃事件是地富反坏右和敌特分子策划组织的，就应该把它定性为'恶性的政治事件'？"钟书记虽然是用一种询问的口气来说的，但他的倾向性应该说还是很明显的，也就是明显地倾向于不能把边民外逃定性为"恶性的政治事件"，也不能说，边民外逃就是地富反坏右分子和台湾派遣的敌特分子策划组织的。这种倾向性，实质上是对这么多年来一种思维定式的颠覆。钟书记刚到广东，可能还不太了解广东地处沿海，又濒临港澳的全部复杂性。要不要向书记说明这里的一些背景情况呢？经过犹豫，他觉得还是应该把情况向书记说明清楚才对。"多少年来，从上到下都把这一类边民外逃事件定性为恶性政治事件，是地富反坏右和敌特分子煽动组织的结果。如果今天我们不顺着这个思路去汇报，后果难以预料。"他说道。

钟灵沉吟了一下，反问："你觉得会产生什么后果呢？"

那个公安厅领导说道："如果我们说边民外逃不是地富反坏右和敌特分子煽动组织所造成的，万一中央首长追问，那么又是谁在这里起作用，是谁造成这成千上万边民外逃的，我们怎么回答？"

钟灵笑了笑说道："实际情况是怎样，就怎样回答。"

那个公安厅领导道："可是……多少年来从上到下一直是这么说的，我们也一直是这么执行的。"

笑容慢慢从钟灵的脸上消失，他知道，一时半会儿很难扭转这些做具体工作的同志多年来所形成的那种习惯性思维模式和某些固化了的结论，而且眼前也没时间允许他们继续再对此展开详细深入的讨论，便淡淡地笑了笑道："咱们总不能把几万几十万逃港人都说成是'敌人'吧。这一点，我想我们应该确定下来。至于其他方面的认识问题和政策性问题，我们暂不下结论。特别是可以听一听中央首长的看法嘛。"

那天的汇报，是在广州珠岛宾馆一号楼里进行的。会客厅朴素而宽敞。

钟灵先大概地报告了这些年外逃的基本概况:"在深圳宝安一带,这二十年,具体地说,从五七年开始,后来又在六二年、七二年,多次发生这样的边民外逃事件,大批乡民、渔民外逃香港。迄今为止,这股逃港风一直没能得到有效制止。而且据情况报告,近期在深圳宝安一带还有可能发生这样的逃港事件。"

邓小平一直在非常注意地倾听着。

省委副书记宋梓南插话道:"多少年来,我们这里一直习惯性地把这一类事件定性为'恶性政治事件',认为是由台湾国民党敌特分子和本地的地富反坏右分子煽动组织所造成的。"

宋梓南突然把这个问题提到小平同志面前,让在场所有广东省委的负责同志都振作起精神,非常关切地看着邓小平,他们都想知道邓小平对此会做出什么样的反应。

出乎意料的是,邓小平并没有立刻做出反应,他只是默默地朝宋梓南看了一眼,略略地沉吟了一下,回过头来问钟灵:"这些年,前后一共跑了多少人?"

钟灵答道:"关于这个人数问题,现在有两种说法,一种是官方的统计,大约为十一万九千二百七十人次,真正跑到香港去的约有六万零一百多人。还有一种说法是民间的,那个人数,听起来就有点离谱了。"

坐在邓小平身旁的叶帅问道:"离谱?离谱有多少?"

钟灵笑了笑,把身子往后仰了一下答道:"一百万哦。"

邓小平和叶剑英不禁都略略一怔。

这时,军区的司令员和政委赶到了。由中办的同志把他们引领进会客厅。司令员、政委分别向邓小平和叶剑英敬了个礼。

叶帅一边微笑着做了个手势,让他们两位坐下,一边告诉邓小平:"最近有关方面给中央打了个报告,请求加强深圳宝安方面的边防力量,以制止边民外逃。"

邓小平当时刚复出，还没有参与军委的领导工作，但对军队工作饶有经验的他对这一方面的事情非常敏感，立刻反问道："要求增派部队？"

叶剑英答道："是的，军委决定调一个团，布防深圳宝安边境一线，力争在短时间内有效制止这股逃港风，给全国深入开展揭批'四人帮'的斗争创造一个良好的大气候大环境。"

邓小平看看叶剑英，没有表示什么态度。过了一会儿，他抬起头来问钟灵："钟灵同志，听说你最近到边境几个县做了一次实地调查。你说说，你是怎么看待边民外逃问题的？"

邓小平要让钟灵表态，这让省公安厅的那个领导有点紧张起来。以往的经验告诉他，在完全不知道首长的倾向前，要对这么重大而敏感的问题表态，是一种极大的考验。万一说岔了，往往会给首长留下不好的印象。虽然没有接触过小平同志，也不知道小平同志历来是如何对待在重大问题上与他持不同看法的同志的，公安厅的这位领导此刻还是很为省委书记担心。

素有中央工作经验，也比较了解小平同志为人的钟灵显然从容得多。他答道："边民外逃的问题，一直让沿海各级党委和政府感到非常头疼，也觉得非常难办。可以说多年来屡禁不止，收效甚微，至今还在严重影响着社会稳定和团结，影响着揭批'四人帮'斗争的深入进行。在怎么看待这件事的问题上，党内也是有争议有分歧的。"

"你呢，你是怎么看的？"邓小平追问。

"如果我们把边民外逃的原因完全归结到地富反坏右和敌特分子组织煽动这一点上，有一个问题显然解释不通。"经验丰富的钟灵没有马上从正面回答。

"哪个问题解释不通？"

"这些年抓阶级斗争，抓对敌斗争的力度不能说不大，在天天抓、月月抓、年年抓的情况下，为什么边民外逃的现象反而越演越烈？还有一点也是我们应该加以特别注意的，那就是发生边民外逃的地方都是比较贫穷的地方。当地老百姓的穷困程度，可以说难以想象……解放快三十年了啊，有些景象真的可以说是惨不忍睹啊，小平同志。"说到这里，钟灵的眼眶有些湿润了。是的，中央把他调到广东来担任省委书记后，他立即驱车走了不少的穷困县。实地看到的一些情况让他简直不敢相信，这是在"一片大好形势下"建设了三十年的"社会主义新农村"，许多农民依然挣扎在饥饿和极其贫困的生死线上。

善于抓问题要害的邓小平立即概括道："你的意思，从根本上来说，是因为我们的老百姓太穷了，我们的经济太落后了，也因为我们没做好工作，所以才会发生这么严重的边民外逃事件？"

邓小平把问题一下提得如此尖锐和明确，倒使钟灵有一点犹豫了。他的犹豫并不是他本人对这个结论还有什么不认可。现在的问题是，在省内，尤其在中高级干部中，对这个结论还持怀疑，甚至是排斥态度的同志，还不在少数。怎么来说，才既能向小平同志说清楚这个情况，又能说得比较得体呢？

这时，在场的人一下也都有一些紧张起来，他们关切地看看钟灵，更注意地看着邓小平。他们想知道邓小平的态度。

省委副书记宋梓南特别注意地看着邓小平。前不久，他曾经陪同叶帅去下边一些县市转了转。叶帅痛心地对这位省委副书记说过这样的话："梓南啊，我们怎么才能让我们的农民我们的百姓生活得更好一些呢？我们是共产党啊。解放三十年了啊，不能再让老百姓这么穷下去了。"当时他无话可说。

这时，钟灵也怔怔地看着邓小平，希望他能明确表个态。

在座的其他领导这时也都把期待的目光转向了邓小平，急切地想知道他对这件事的看法。

但邓小平却收回了询问的目光，低下头去沉思了，稍稍坐了一会儿，他本能地伸出手去拿起一支烟。

一位同志赶紧拿起火柴,划着火,递了过去。

邓小平拿起了烟,但却仍然沉浸在自己的思考之中,他缓慢地本能地按捏着手中那支精制的熊猫牌香烟,似乎没有看到对方递过来的那根火柴。

那位同志当然不好意思去打扰邓小平,只是拿着那根燃烧着的火柴,不无尴尬地在一旁呆坐着。不一会儿,火柴快燃到头了,他只得悄悄地把它扔了。

这时,宾馆的主管领导走上楼来,走到会客厅门外。中办一位穿中山装的秘书上前迎住了他。

那位主管领导低声地问:"晚饭准备好了,我们来请示一下,首长什么时候用餐?"

中办秘书低声地答道:"等通知。"

宾馆的主管领导又问:"大约还要等多长时间?"

中办秘书再一次简略而又坚决地重复道:"等通知。"

而这时候,会客厅里依然是一派肃穆。在座的人依然在静静地,甚至可以说是屏息静气地期待着邓小平表态。

这时,雨停了,但由于室内异常寂静,在微风的吹拂中,依然能听到檐滴持续滴落到砖地上所发出的那一下下清响。

邓小平依然在深思中,手里还在下意识地抚弄着那支精制的熊猫牌香烟。过了一会儿,他终于开口了:"边民逃港,当然不是件好事。但不管跑出去多少,是六万人,还是一百万人,这总是我们的政策有问题。"说到这里,他停顿了一下,打量了一下眼前省里的那些同志,这时,似乎意识到自己手里还拿了支烟,便低头去茶几上寻找火柴。

那位同志忙拿起火柴,再度划着后,向邓小平跟前递去。

邓小平从容地点着烟以后,转身对着钟灵又加强了语气,把这句话重复说了一遍："这总是我们的政策有问题。"然后转过身来对军区的两位主要领导语重心长地说道："这件事不是你们部队能够管得了的。"

军区的两位领导也许觉得小平的这句话解除了军方在这起重大"恶性政治事件"中的责任,而略感欣慰,神情稍稍显得轻松了一些。

邓小平的回答当然是钟灵期待之中的,但政治上非常老练的他仍然保持了原先的神情,平静地等着小平同志继续说下去。而在场多数的同志则都颇感意外,感到内心受到了一种莫名的巨大冲击。如果把造成成千上万边民外逃的原因归结为"我们的政策有问题",那么,又该怎么来评价我们这三十年的成败得失呢?如果是我们的政策有问题,那么又该怎么来调整我们的政策呢?到底要进行什么样的政策调整才能让数以万计十万计百万计千万计,以至亿万计的平民百姓安于在这块土地上生活,不再外逃?这样的调整会不会产生颠覆性的政治后果?在国际上,尤其对正处于矛盾重重中的国际共产主义运动又会产生什么样的影响?这些共和国的"封疆大吏"和"重臣"们,一时间,都不敢再细想下去了。他们一时半会儿也说不清这种心理的冲击来自何方,更说不清这种冲击会引发什么结果,但潜意识却告诉他们,小平同志这种崭新的看法已经让他们内心产生了一种从未经受过的激荡和激励,一种让他们同样说不清道不明的激荡和激励,由于这种说不清道不明,也使他们一时间感到了一种茫然,一种不解,使他们有些面面相觑,但在小平同志面前,他们又不便表露出什么,便只是僵僵地坐着,保持着那种礼貌的和恭敬的沉默。

3

值星参谋嘴上的哨子吹响了，紧接着火车头那边也拉响了汽笛。大约有十几秒钟的时间，悠长尖厉的哨音和粗犷凌厉的汽笛声啮合在一起，好似一股凛冽的强风摧枯拉朽般掠过荒原。士兵们纷纷上车。车轮缓缓转动时，那些乞讨的孩子和老人马上向车厢跟前围去，并且跟着移动的车厢跑了起来。不管讨到食物，还是没有讨到食物，都伸出他们瘦弱和肮脏的手，有的孩子则使劲敲打着车厢板，大声叫喊："解放军叔叔，再给点吃的吧……"

一些士兵围在虚开着的车门前，心情复杂地注视着那些拼命跟着列车在跑的孩子和老人。

连长大声吆喝："关上车厢门！"

但没人执行这命令。

连长拔高了声音，再次喊叫："列车在行进，关上车厢门，听到没有？"

虽然有人离开了门前的那地方，但仍然没有人去关门。

连长气冲冲地走了过来，用力关上了门。但突然间，他愣了一下。在关门的一刹那，他觉得自己好像看到了什么，但又不确定。他呆了一下，赶紧转身去重新打开车厢门。他向车下看去。孩子和老人仍然在奋力追着列车。但这支"奔跑的队伍"显然已经在分化了。年龄太小的太老的体力太弱的，已经跟不上列车逐渐加快的速度，落在了后头，有些则已经清醒过来，明白这么傻跑，并不会得到什么好结果，也就放慢了脚步，但仍有一些孩子"倔强"地追着。不一会儿，他们中的大部分也都跑不动了，一个个蹲在站台上或路轨旁，喘去了。最后只剩下一个女孩，还在跑着。她就是刚才站在那个老大爷身旁，长得特别文静和清秀的女孩。因为不好意思跟年龄比她小的孩子争，她一直也没讨到吃的。眼看军车要走了，她才真正着急起来。

"丫头，别跑了……危险……"连长冲着车外叫道。

女孩流着泪，乞求着："解放军叔叔，解放军叔叔，我奶奶……我奶奶……饿……"

连长本能地掏了一下自己的口袋。口袋是空的。他忙回头冲着车厢里吼："谁还有吃的？"车厢里的战士一时没反应过来，都愣了一下。连长再喊："都聋了？谁还有吃的？快！"战士们这才反应过来，赶紧翻找。有人递过来个玉米饼。有人递过来一小包饼干。冯宁再一次想起自己腰间的那一小袋炒米粉。但解了一会儿，还是没解开那绳结。

连长接过战士们递过来的东西，向小女孩递去。

连长的手刚要接近小女孩伸长的手，列车加速，这时，小女孩也真有些跑不动了，脚下不自觉地放慢了速度，因此，他们之间的距离一下子又拉开了。连长只得一手紧拽住门框，尽量向外探出身去。于是，他的大手又渐渐接近那只小手了。但就在快要触碰到那只小手的瞬间，列车的速度又加快了。这时，小女孩已经累得不行了，奔跑中打了个趔趄，差一点摔倒。

小女孩越跑越慢，列车越走越快。他们之间的距离越拉越大。小女孩无奈地绝望地哭喊着："解放军叔叔，解放军叔叔……"连长只得把手里的东西往车下扔去。冯宁也急了，用力一扯，把绳结扯断，摘下那个小米粉袋，向车外扔去。玉米饼和饼干落到离小女孩不远的地方。而那一小袋炒米粉在空中被风一吹，便纷纷扬扬地飘洒开来。小女孩拣起玉米饼和饼干，把它们紧紧抱在怀里，满脸是泪地对着远去的列车不停地鞠着躬，嘴里不住地念叨着："谢谢解放军叔叔……谢谢解放军叔叔……"

连长最后一次用力关上车厢门后，车厢里一下暗了下来，也安静了下来。谁都不敢出声，因为刚才一而再，再而三地没执行连长关上车厢门的命令，大伙都呆呆地在等着挨连长的训斥。但过了好大一会儿，他们看到靠着车厢壁站立着的连长突然垂下头,眼角处也湿润了,并止不住地滚出颗颗硕大的泪珠来……

军列到下一个停靠站时,团长立即把冯宁叫到自己跟前。在问清了上一回为什么没有按时到团部来谈话的原因后,团长稍稍平静了些,然后不紧不慢地问:"当兵五年了?"

冯宁点点头,并且补充道:"五年零八个月还缺两天。两千零六十六天。"

团长冷笑着挖苦道:"真是度日如年哪!"

冯宁忙立正道:"没有!"

团长驳斥道:"都在按天算日子,还没有?"

冯宁忙应道:"按天算日子,只是我的习惯而已。"

团长瞟了冯宁一眼:"五年前,可是你爸亲自把你交到我手上,要我为你今后的一切,向他负全责!"

冯宁没作声。

"当了五年的兵,连个组织问题都没解决,你说我怎么跟你爸交代?"

冯宁仍然没作声。

团长长叹一声:"你怎么就不能好好地学学你爸!多好的一个老同志,活脱脱现成的一个人生榜样!你爸像你这么大,已经是一个老党员了,早当了共青团的区委书记了!"

冯宁还是不作声。这时他能说啥呢?

"你跟我说个实话,你,冯宁,到底为什么不顾脚上的伤痛,拼死拼活抢着跳上火车,要跟着大部队上南边来?"团长接触实际问题了。

"这怎么说呢?"冯宁想了想,答道。

"怎么想就怎么说嘛。别跟我玩花招!"团长正色道。

"我……我听说深圳宝安那地方离香港特别近……"冯宁吞吞吐吐。

团长瞪大了眼睛追问:"那又怎么样?"

"没怎么样……"

"什么叫'没怎么样'?没别的想法,你上南边来干啥?"

"我……我也就是想凑近了瞧瞧这个香港到底是个啥模样的……"

团长一下站了起来:"你!就这么简单?"

冯宁迟疑了好大一会儿:"我想……我在部队也五年了,再磨蹭下去,的确也讨人嫌了。确实也到该我脱军装的时候了。退伍以后,我还能干啥呢?"说到这里,他苦笑了一下:"回老家呗,我爸一定会给我在老家找一个特别安逸的工作,再替我找一个特别贤惠的媳妇,让我们再给他老人家生一窝特别听话的孙子孙女,咱老少三辈儿也一定活得皆大欢喜,举世太平。我,也就没那可能再往这边来了。所以……所以……所以……"

"所以就想过来就近瞧瞧香港?"

"咱们跟资本主义斗了半天,啥是资本主义都没瞧一眼。冤不冤?"

"只是想瞧瞧?"

"那我还能想啥?叛逃?"冯宁反问道,苦笑了一下,"我有那个胆吗?"

"别跟我嬉皮笑脸,冯宁!香港那么个资本主义花花世界,有啥好瞧的?你到底有什么行动计划,跟我说实话!"

冯宁:"报告团首长,我真没想干啥,就是一个好奇。就是想到,过了这个村,就再也没这个店了。就是觉得自己在部队天天哭着喊着要跟资本主义生活方式跟资产阶级思想作斗争,可是一直也没见过资本主义资产阶级到底是个啥模样,好不容易走到这资本主义跟前了,不瞧上一眼,就这么脱军装回老家,觉得有点冤。"

团长眯起眼:"不会吧……就是一个好奇?就是想瞧一眼?冯宁,你不会又在跟我要什么花花活儿吧?"

冯宁:"报告团首长,就是一个好奇,就是想瞧那么一眼。觉得挺好玩的。您要不信……我也没招了……"

团长："挺好玩的？"

冯宁："正经看到真正的资本主义和资产阶级，不好玩？"

"冯宁！"团长大声叫了起来。

冯宁愣怔住了。他不知道团长为什么要这样对他吼叫。想看看真正的资本主义和资产阶级，这想法，有啥不对的？

团长："不是我不信，谁都知道你冯宁心里鬼点子多！"

这句话显然深深刺伤了冯宁的自尊心，一瞬间，那常见的似乎总有点玩世不恭的微笑从他脸上突然消失，脸色也苍白起来。他怔怔地伤感地看着眼前这个老首长，嘴唇微微哆嗦起来。他不知道怎么才能向领导证明自己说的是真话，怎么才能证明自己绝对不会背叛祖国和军队。忽然间，他看到了自己刚包扎好的伤脚。他挺直了身体对团长说："假如我今天说的有半句是假话，如果我存有半点叛逃香港的歪心，就让我像这条伤腿一样。"说着，他一下用力撕去包扎在伤口上的那个医用缚料和胶带。那刚刚和伤口上新生的皮肉结合在一起的医用缚料立刻带下一块鲜红的皮肉，鲜血顿时从撕破的伤口处涌出，染红了冯宁整个脚面和脚踝。而由于钻心的疼痛，冯宁整个人都战栗起来。但他还是坚持以最标准的立正姿势，站在团长面前。

团长关向民愣住了。

4

结束汇报，离开珠岛宾馆，宋梓南是和省委组织部部长坐一辆车走的。两人显然都心事重重，车走了好大一会儿，他俩都没作声。过了一会儿，组织部部长终于忍不住了，打量了宋梓南一眼，谨慎地试探性地问："小平同志认为，大批边民外逃是因为我们的政策有问题，你觉得他老人家这么说……我们……是不是应该理解为，这是小平同志对我们广东省工作的一个批评，完全是因为我们省里的工作没做好，所以才造成了大批边民外逃？"

宋梓南略略沉默了一下："逃港事件频频出现在我们广东，当然说明我们广东的工作还存在比较大的问题。小平同志怎么批评我们，批评得再重，我们也应该心悦诚服地接受。但我觉得，今天小平同志所说的，好像还不只是针对我们广东的工作，好像还不能把它仅仅理解成对广东工作的批评。"

组织部部长继续试探道："难道小平同志这句话的意思是在说，前些年我们整个党的工作方针和政策都有问题？"

也许涉及了一个十分敏感和过于重大的话题，宋梓南没再接这位部长的话茬，他回避了，把身子往车后座的角落里深深地靠过去，只是把目光转向了潮湿幽暗的车窗外，不再说话了。那位部长当然能明白、也能理解宋梓南此刻的谨慎，于是也就没再议论下去。

一时间，车里变得越发的安静。这种安静令人窒息，也让人每个关节都变得僵直。

按惯例，车先送宋副书记回家。宋夫人顾亭云和女儿块块都还没睡。顾亭云正在灯下辅导女儿块块做功课。听到门铃响，块块忙跳起来，一边叫着："是爸爸！爸爸！"一边赶紧丢下手里的笔，冲过去开门。顾亭云也忙走过去，从宋梓南手里接过公文包："今天怎么回来这么早？"宋梓南笑笑，弯下腰亲了一下女儿的小脸，便径直走到书房里在书架上翻找起来。

"你找啥呢？"顾亭云端着一杯刚沏的茶，走进来问。

"我的一个旧记事本。"

"你有好几十个旧记事本。你想找哪一个？"

"封面上注明'绝密'两个字的。"

"你那些记事本的封面上，全都注着'绝密'哩。到底要哪一本？"

"我有一个本子是专门记录省委历次讨论边民外逃情况的。"

顾亭云从一个书柜里取出一个蓝布袋交给宋梓南。宋梓南从袋里倒出十来个旧记事本。稍稍翻检了一下，那个"专门记录省委历次讨论边民外逃情况"的本子果然就在其中。宋梓南拿着它，一句话也没说，就匆匆向卧室走去。走过客厅时，块块想叫住他，张了张嘴，还没叫出口，宋梓南已经把卧室的门关上了。大约过了二十来分钟，卧室的门突然开了。宋梓南拿着那本记事本走了出来："我得回机关去一下。"

顾亭云皱了下眉头说："多晚了！"

"没事。"宋梓南一边说一边继续往外走去。

顾亭云说："你没事，不还得麻烦人家司机小杜？"

宋梓南笑笑："那我就不麻烦他了。"说着，便把记事本装进公文包里，从墙上的一个挂钩上取下一把自行车钥匙，向外走去。顾亭云拿着一件雨衣追了出来，问："又有边民外逃了？"

宋梓南犹豫了一下，默默地点了点头。

"严重吗？"顾亭云问。

宋梓南没回答。

顾亭云又问："听说中央来人了，要下大力气整治边民外逃？怎么整治？调部队封锁边境？人心都拢不住了，光靠封锁边境，管用吗？"

宋梓南怔怔地看了一眼顾亭云，反驳了一句："谁说人心都拢不住了，你瞎说个啥！"推起自行车走了。

司令员和政委回到军区大院，刚走进司令部大楼，党委办公室的一个秘书就急匆匆地迎了上来，告诉两位首长："军委首长打电话来，请你们马上回他那儿去一下。"

政委忙问："哪位军委首长？"

秘书答道："叶帅。"

司令员忙问："说什么事了吗？"

秘书答道："打电话的秘书没说别的，只是传达了叶帅的指示，让您二位马上去他那儿。"

司令员政委再不说什么，立即反身又向大门外走去。

司令员和政委赶到珠岛宾馆时，叶剑英已经在他住的那幢小楼会客室里等着了。

秘书上前来沏茶。

司令员客气了一下："这大半夜的，还沏什么茶呀。"

政委笑道："司令员不稀罕喝茶。这儿要有茅台，拿一瓶来还差不多。"

司令员笑笑："嗨，别为难首长了。说事吧。"

叶剑英操着带有明显岭南尾音的普通话问道："你们那个一八四团现在到什么位置了？"

司令员报告道："刚得到报告，一八四团所乘坐的军列离深圳站还有三小时四十分钟的路程。"一边说，一边拿出一张五万分之一的地图，铺到叶帅面前，并在地图上指出一八四团目前所在的位置。

叶剑英大略地看了一下地图，便把视线又转向这两位大军区的领导，目光炯炯，语调温和地问："对小平同志刚才关于深圳宝安一带边民外逃事件的看法，你们有什么想法？"

政委说："小平同志的这个指示非常及时，非常重要。刚才我跟司令商量了，要立即召开党委常委扩大会议进行传达，认真学习领会，坚决贯彻落实小平同志的这个指示。"

叶剑英颔首笑了笑："对小平同志的这个指示精神，当然是一定要认真学习和坚决落实的。但，是不是马上往下传达、怎么个传达，这个问题，等我们回北京，报告了中央，等中央有了决定后再说。现在，具体牵涉到你们这个一八四团下一步的行动。"

司令员、政委全神贯注地听着，唯恐遗漏了叶帅此刻说出的任何一句话。

叶剑英沉吟了一下，接着说道："小平同志说，我们的这个边民外逃问题，不是部队能解决得了的。这句话不仅对我们这些带兵的人，是非常重要的，应该说对全党同志都是非常重要的。他说，边民外逃，说明了我们的政策有问题。应该充分认识到，小平同志的这个思路所蕴含的战略指导意义。它所针对的，恐怕还不仅仅是深圳宝安一带边民外逃的问题，是带有全局性的……"

司令员、政委一动不动地注视着侃侃而谈的中央领导，他俩脸上的神情虽然仍然保持着惯常的那种严肃和专注，但已经情不自禁地流露出一种由衷的敬佩和兴奋了，当然，也会偶尔闪过一丝困惑和思虑。等叶剑英说完，司令员迫不及待地问："一八四团还向南开进吗？"

叶剑英笑了笑，坐直了上身，用一根手指点定了地图上一八四团目前所在的位置，对两位大军区的领导说道："让他们原地待命吧。下一步怎么办，也等我们回北京以后再决定。"

这时，骑着自行车的宋梓南已经进了省委大院，走到自己的办公室里，从抽屉里取出一个牛皮纸大信封，连同那个记事本，一起放进一个棕色的旧牛皮公文包里，然后走到钟灵办公室门前，伸手去敲门，手刚抬起，没等敲下去，却停在空中了。显然，他有些犹豫，不知道自己这个时间来找书记是否合适。但犹豫了一下，还是下决心敲响了书记办公室的门。

他把那个棕色的旧牛皮公文包放在钟灵面前。

钟灵笑笑道："什么好东西？"

宋梓南从公文包里取出那个牛皮纸大信封，放在钟灵面前。

钟灵拿起那个牛皮纸大信封，掂了掂分量，又打量了一下宋梓南，似乎在征询对方的意见，能不能看看信封里装着的东西。

宋梓南立刻对他做了个"请便"的手势。

钟灵微笑着打开那个牛皮纸大信封，从里头取出一张放大了的黑白照片，看了看，立刻认出照片上的主人公。他有些诧异地问宋梓南："叶帅？你和叶帅的合影？"

宋梓南点点头："是的，叶剑英元帅和我。"

钟灵又从信封里头取出一张放大了的黑白照片。

照片上的主人公仍然是叶帅和宋梓南。这时候，他敏感地意识到，这里头一定有"故事"，便摸摸信封，觉得里头的照片还不少，便索性一下倒了出来。

于是，二三十张放大了的黑白照片窸窸窣窣地都落到了桌面上。

这些照片都摄自广东的一个小镇。非常破旧的一个小镇。也有一些农村的照片，那就显得更加的萧瑟和破旧。照片上的主人公依然是叶帅和宋梓南。从照片上两个人的衣着和神情面貌上看，好像都还是最近的事情。这到底是什么时候发生的事情呢？

钟灵放下照片，看看宋梓南，等着他先开口来讲述这照片里的"故事"。

宋梓南说："您知道，叶帅是咱们广东人。作为广东籍的中央领导，他一直非常关心我们省革命、生产的状况。粉碎'四人帮'以后，叶帅多次回省里，找过不少同志了解省里经济发展和老百姓的生活情况。他知道我是潮汕一带的人，也找我聊过。这两张照片是他在梅苑接见我时留的影。他还让我给他拍一些家乡的照片。这些就是我给他寄的他家乡的照片的副本。看了这些照片，叶帅心情非常沉重，多次拉着我的手，非常恳切地说：'梓南啊，我们的家乡实在是太穷了。你们有什么办法没有，把家乡的经济搞上去，把老百姓的生活搞起来？我们是共产党。共产党总不能让老百姓一直这么过穷日子啊。'因为这件事涉及叶帅，我觉得自己不应该擅自扩散中央主要领导私下的一些谈话。况且他说的这些话，分量又特别重。所以我一直没有向省委汇报。但是今天听了小平同志的那一番话，我真的有点坐不住了。我觉得叶帅私下的这些谈话，所流露的这种焦虑，绝对不只是他个人某种心情的表达，而代表了中央的一种重大考虑和态度，甚至可以看作正在向外发出的一个崭新的重大的政治信号……我在想，我们为什么不敢公开地大声地向全国人民说出这句话：我们是共产党。共产党总不能让老百姓一直这么过穷日子。我们一定得想想办法，改变这一切！"说到这里，宋梓南已经很激动了，脸涨得通红，两眼炯炯放光，而眼眶却略略有些湿润了。

钟灵把目光从那些照片上收了回来，定定地投注到宋梓南脸上，问："梓南同志，你有什么具体想法吗？"

宋梓南："我现在还说不上有什么具体想法。我今天来，只不过是想向省委表个态，如果中央和省委下一步有什么重大的举措，需要有人去做些突破性的探索，我可以去种这个'试验田'。"

钟灵笑笑："种试验田，可是有风险的哦。"

宋梓南正色道："如果要杀头，就先杀我的头！"

钟灵沉默了。过了好大一会儿，他看定了宋梓南，感慨地说道："梓南，政治上你很敏锐，很坚定，也很坦诚，很有激情，这一些都很好。"

宋梓南有点不好意思了，拿起那些黑白照片，脸带愧色地对钟灵说："面对这些照片，这样的农村现状，我们这些人还说得上什么'敏锐'和'激情'吗？尤其是听了小平同志的一番话以后，我觉得我们麻木的时间实在是太长太长了。"

5

深夜时分。军列里。

战士们都睡下了。只有值班的哨兵抱着步枪，坐在那台步话机旁边，背靠着车厢壁，努力地跟不断袭来的困倦和瞌睡做着艰难的"斗争"。车厢壁上挂着的马灯随着车厢的晃动，也在有规律地晃动着。那由马灯投下的昏黄的光圈，随着那有节律的晃动，在熟睡的战士们身上扫过来，荡过去。忽然间，哨兵感觉到车速减慢了，车轮发出的撞击声也减缓了。而且越来越慢，越来越缓。

哨兵惊觉起来。

睡梦中的八连连长也感觉到了，他翻身坐起。然后是指导员。不等他俩发问，车辆在发出"哐当"一声巨大的撞击声后，竟完全停了下来。

指导员忙起身去拉开车厢门观察。连长也跟了过来。

这时，有些战士也醒了，纷纷询问和议论着："到深圳了？""不会那么快吧？""会不会已经到布吉了？到布吉，就快到深圳了。"说这话的，显然是在这一带长大的人。

连长大叫了一声"肃静！"

躁动的车厢里顿时又安静下来。

这时，步话机上的指示灯突然明亮地闪烁起来。

通信员立即扑过去，一边抓起耳机戴上，一边旋转着机器上的按钮，调整好频率，而后向连长指导员报告道："团部紧急通知，现在是临时停车，连长指导员马上到团长政委那儿去开会，停车期间任何人不得擅自离开车厢。报告完毕。"

八连连长和指导员走下车厢时，伸直了腰一看，长长的军列像一条僵硬的长蛇卧伏在高高的路轨上。整列车保持着绝对的安静。从各个打开了的车厢门里泻出一片片昏黄的灯光,仿佛也是凝固住的。我们看到从每节车厢的门洞里都跳下两个人来,他们是各连队的连长和指导员,他们一声不响地急匆匆向团部所在的那节车厢走去。这时,整个世界里,能听到的就是这些连长和指导员们急促而整齐的脚步声,除此以外,就只有不远处灌木草丛中传出的那些小鸟虫子稀稀落落的啾鸣声。

而在远处,蜿蜒曲折的山丘背后,一缕霞光此时已把那些山丘的轮廓线从深黑的夜空里一点点地淡淡地漫染出来了。

不一会儿来开会的连长和指导员们就已经到齐了。

团长宣布道:"刚接到命令,让我们在这儿原地待命。"

连长和指导员们一惊,沉静片刻,便一片哗然:"在这儿原地待命,为什么?"

团长:"不知道。"

连长和指导员们:"那我们还去不去深圳宝安了?"

团长:"不知道。"

连长和指导员们:"我们在这儿大概会待多长时间?"

团长:"不知道。"

连长和指导员们:"在这儿待着,具体任务是什么?"

团长:"多问的!不是已经说过了吗,原地待命。其他的一概不知道!"

连长和指导员们不作声了。

这时,团部的通信参谋走过来,跟一直在一旁没说话的团政委说了句什么。团政委立刻跟着通信参谋走到一部步话机前,戴上耳机,听什么人向他报告了些什么情况,而后匆匆走到团长跟前,低声对团长说了几句什么。团长脸上立即浮现出一种惊诧的,甚至是困惑不解的神情,怔怔地打量了一会儿政委,似乎是要核实政委说的情况是否属实,而后才向与会的那些连长指导员们转过身,大着嗓门吼:"八连长,你给我出来!"

说着，率先跳下车厢，向外走去。

八连连长稍稍愣怔了一下，赶紧跟着跳下车。他刚下车，团长就转过身来对他吼叫："你赶快去把那个冯宁给我带到这儿来！"

几分钟后八连连长把满脸疑惑的冯宁带到了团长跟前。这时，天色微明。天边地平线的山影刚显示出它们的千姿百态。

八连连长对冯宁道："站直了，别跟我这儿吊儿郎当的！"

团长对八连连长挥了挥手道："行了，你先回车厢去。我跟冯宁单独说个事儿。"

八连连长："是。"转身走以前，还狠狠瞪了冯宁一眼，低声训斥了一句："小子，待这儿老实点！"

团长不耐烦地对八连连长挥了挥手："行了行了！"

八连连长赶紧走了。

车厢外的荒野里只剩下了团长和冯宁两人。

冯宁等着挨训。但他不知道自己这会儿工夫又做错了啥，所以一直用疑惑的眼神看着团长。但让他意外的是，团长并没有马上开口说话，只是在一边闷头抽着烟。而让冯宁感到更意外的是，团长好像有难言之隐，有什么话不好说出口似的。但他又不能催问，只得略显尴尬地在一旁等待着。

过了一会儿，团长好像下决心要开口了，扔掉烟蒂，直瞪瞪地看着冯宁说道："冯宁，你爸出事了。我刚接到你老家市革委会办公室的电话，你爸因破坏当地'抓革命促生产'，被当地公安机关逮捕，在候审期间，于昨天从县看守所脱逃。据说向南边跑了，有可能在深圳宝安一带越境，潜逃香港。"

冯宁哈哈一笑："团长，您说啥呢？我老爸破坏当地'抓革命促生产'工作？我老爸被当地公安机关逮捕还准备潜逃香港？您说谁，说我老爸？您在说书呢，说的是哪本《三国演义》啊？"

团长突然拔高了声腔："你严肃一点! 我这是在跟你说《三国演义》吗?"

冯宁愣住了,动了动嘴,没有说话。

团长正色道："这是你老家县革委会的正式通知。"

冯宁呆在那儿："这怎么可能……您刚才还跟我说,像我这么大的时候,我老爸已经是一个老共产党员了,已经是共青团的区委书记了,'四人帮'横行霸道时期,他一天被批斗四五回,右手小手指被打断,都没对党说过半句怨言,还一直在老老实实地改造自己。这会儿,'四人帮'倒了,他也平反了,工资也补发了,马上就要给他重新分配工作了,他却去破坏'抓革命促生产'?他脑子进水了?活腻歪了?真疯了?上个礼拜我还接到一封他亲笔写的信,他还对我说,能不退伍就尽量别退伍,利用在部队这么个大好机会,认真锻炼自己,争取早一天解决组织问题,不要愧对当前这个伟大的时代。这是他亲笔写的信! 他自己却在那里破坏'抓革命促生产'?他是这样的人吗,我不信!"冯宁几乎是大叫大喊起来。

团长也出力地喊了一声:"我也不信!"

团长的这一声喊,让冯宁意外,震动,同时也让他稍稍安静了下来。

团长稍稍停顿了一会儿,一字一顿地说道:"但你老家县革委会办公室刚打来电话确确实实就是这么说的。"

眼泪一下从冯宁的眼眶里涌了出来,他战栗着,拼着全身的力气叫道:"这不可能……不可能……不可能……"这叫喊声是那么的绝望和尖厉,在寂静的清晨是那么的富有爆破力,仿佛一座远山在崩塌,轰轰地传到团部那节车厢里,让所有的连长和指导员们都暗自吃了一惊。

过了一会儿,团长又告诉冯宁,根据地方政府掌握的情况,冯宁的父亲"逃脱"后好像是上南边来找冯宁的。这又让冯宁吃了一大惊:"找我,为什么?"

团长反问道:"这得问你!"

冯宁愣了一下："我怎么知道？"

团长正色道："冯宁，你是一个老兵，在部队接受了五年的教育，你应该明白这件事的严重性，这可是个立场问题，大是大非问题。说得严重一点，也可以说是两个阶级两条路线斗争的问题，也是你死我活的问题。在这个问题面前，绝对不能含糊。你必须老实跟组织上交代，你父亲出逃前，跟你有过联系没有？"

冯宁绝口答道："没有。"

"真没有？"

"真没有。"

"现在如实交代还来得及。"

冯宁的脸一下涨红了："我向伟大领袖毛主席保证！我向神圣的八一军旗保证！我确实不知道父亲出逃的事情。他出逃前确实没有跟我联系过！"

团长沉吟了一下，又抛出一个爆炸性的"内幕"："据说你父亲上南边来找你，是为了去香港。"

冯宁完全震惊了："他要去香港？他为什么要去香港？我们家在香港没有一个亲戚。"

团长严辞驳斥道："别装糊涂。这些年几十万人往香港跑，难道都是去找亲戚的？"

冯宁愣住了。无话可说了。

团长："如果你爸和你从来没有联系过，你在这件事情上真没有别的想法，为什么听说部队要到深圳宝安来执行任务，你会表现得这么反常，会完全不顾自己的脚伤，死活要跟着大部队往南边来？"

冯宁愣了一下："这个……刚才我已经解释过了。"

团长："冯宁，你知道团里为什么这么苦口婆心地找你谈吗？"

冯宁又一愣。

团长："组织上这是在挽救你! 不光是在挽救你一个人, 也是在挽救你父亲, 挽救你全家。你想想, 如果让你父亲真的稀里糊涂地叛逃到香港去, 问题的性质就完全变了, 他成了什么人? 你和你全家都成了什么人?"

冯宁呆住了。

"我想你是个聪明人。你现在还坚持说跟你父亲没有过联系吗?"团长进一步开导道。

"团长, 我们真的没有联系过。而且我用我的生命保证, 我老爸他绝对不会叛逃。别人不了解他, 您应该是了解他的啊!"冯宁恳切地说道。

团长立即做了个很坚决的手势, 打断了冯宁的话:"不要急着做保证!"说到这里, 团长稍稍迟疑了一下:"好吧, 冯宁, 我现在可以明确告诉你, 组织上决定对你进行审查。你给我仔细听着, 你现在所说的每一句话, 所做的每一个行动, 都会作为你对这次审查的一个重要表现记录在案, 都有可能决定你冯宁后半生的命运。"

冯宁再一次叫了起来:"那我父亲也不可能叛逃! 我更不可能!"

团长厉声呵斥:"冯宁!"

冯宁不作声了。

团长也没再说什么。有些情况, 他不能跟冯宁细说。凌晨时分, 他得到内部通报, 今天拂晓前, 东莞长山镇多个村庄又发生了部分知青集体偷渡香港的"恶性政治事件", 已经抓获十五人, 但仍有多人下落不明。而后又获悉, 今天一早, 在深圳宝安凤凰岭一带好几个村镇的山林里, 发现有不明人群集结, 有迹象表明, 这些人群正在向边境移动……根据这个动向, 关向民判断, 冯宁的父亲很可能就混在这两个外逃队伍之中。如果让冯宁和他父亲见面, 事情的发展就会复杂化, 更难以挽回了。关向民觉得在事情没有完全弄清楚前, 冯宁还应该算是一个可以挽救的审查对象, 所以他尽量放缓语气, 说道:"你仔细给我听着, 从现在开始, 你一定要认真考虑好了再回答组织上对你提出的每一个问题。组织上可以给你几个小时的时间来考虑。希望你不要一错再错,更不要心存侥幸。我想你是知道党一贯的政策的,那就是:坦白从宽,抗拒从严。"

冯宁艰难地点了点头:"我明白……"

团长摆了摆手:"你可以走了。"

冯宁向团长行了个军礼,转身向八连所在的车厢走去。但团长却立即叫住了他:"哎,你给我站住。在审查没结束前,你先别回连里了。"冯宁一怔。他心想,不回连里,他去哪儿?这时,早就在不远处等候着的两个不持枪卫兵,在团长的示意下,走到冯宁身边。冯宁的脸色一下灰暗了下来,慌慌地有些不知所措地打量了一下那两个卫兵,又求救似的去看了看团长。团长有意躲开了冯宁那哀怜般疑询的目光,用冷峻的口气继续开导道:"希望你正确对待正在发生的事情,要认真考虑,如实交代,并且服从卫兵管束。什么时候考虑成熟了,随时让卫兵来找我。"说罢,板着脸,转身走了。两个卫兵随即非常严肃地向冯宁做个手势,示意他向列车尾部的守车那儿走。冯宁本能地再一次求援似的向团长看了看。但团长却再也没有回过身来,只是绷紧了身子,照直向团部所在的那节车厢大步走去。冯宁只得在那两位卫兵密切的注视下,踽踽地向车尾的守车走去。

6

这时省公安厅、省政府其他有关部门都得到了边民再一次集结准备外逃的情况报告。原地待命的一八四团官兵亲眼目睹了一幕让他们目瞪口呆的壮观场景:由成千上万人组成的外逃人流不约而同地从列车旁的灌木丛林里拥过，连续不断地向边境线方向，向大海方向跑去。省政府得到的报告是：截至今天早晨七点半大约有二十万人，正在从蛇口、深圳湾、下步庙、渔民村、莲塘、沙头角六个地方，企图越过深圳河，或者从海上偷渡香港。据确切情况显示，造成这一次疯狂偷渡潮的主要原因是，有人在民间广为散布谣言，说两天前，英国女王下了一道特赦令，大陆居民只要在本月底以前跑到香港的，全部给办理正式的香港居住证……从目击到的现场情况看，有些村干部开着拖拉机去追赶拦截企图外逃的人流，那也不成。村干部无奈把拖拉机横在公路中间去堵，结果，拖拉机被外逃的人群掀翻……得到报告后，省委立刻召集省政府、省人大、省政协的主要领导和公安、边防、海关等相关部门的负责同志，开会研究对策。会上气氛颇为紧张。

关向民也立即把看到的情况直接向军区作了报告，并说明，虽然有大批流民从他们的列车旁经过，并正向深圳宝安方向移动，但双方没有发生任何接触，情况暂时还比较稳定。司令员立即指示：没有军委总部的命令，不得采取任何行动，任何人不许下车。然后又当即把这个情况报告给了军委总部。

而这一幕，也让冯宁看到了。当时，他在两个卫兵的"押送"下，刚走到守车跟前。一个卫兵先上去打开了守车的车门，然后进到守车里，把几扇开着的窗户一一关上，然后四下里又观察了一下，收起可能被冯宁利用来和他们对抗的东西，如炉铲、小刀、信号旗、短木棍等，这才示意冯宁上车。冯宁爬上守车的铁台阶，看到在守车车门外还放着一把铁锹，便主动把这铁锹"上交"给卫兵。就在这时候，他听到路轨两旁响起一阵杂沓的脚步声，便本能地停下脚，注意地向路旁的丛林里看去。

那两个卫兵也听到了这一阵来历不明的脚步声。不一会儿，脚步声越来越响，听起来，甚至都像是冲着他们闷罐子军列而来的。两个卫兵警觉起来，他们把冯宁挟持在他们中间，寻找脚步声的来处。随即，路旁的丛林中便出现了一大片人群。这些人几乎都没带什么行李，但有一样东西却不约而同地都带着：泅渡时必须用的救生工具，比如救生圈、轮胎、气垫或其他什么可以用来让自己在水中产生浮力的东西，有的人怀里就抱了一块小木板。

转眼间，人越来越多，黑压压的，像突如其来的乌云阵，也像山里被惊起的马蜂群，旁若无人地从列车旁源源不断拥过，只发出一阵阵低沉的嗡嗡声。

两个卫兵和冯宁都愣住了，都被突然出现的这股巨大的人流震慑住了。但当确认，这些人对军列尤其对他们三人并无任何企图，更没什么恶意，只是从这儿路过时，两个卫兵才清醒过来，忙把冯宁向守车里推去。

冯宁听话地向守车里走去。但面前这壮观的景象仍然吸引着他，他一边向守车里走，一边仍恋恋不舍地回过头来打量着这似乎不见尽头的人流。就在他一只脚已经迈进守车车厢门的那一刻，他突然浑身像是被电击了似的，猛然重重地战栗了一下，在车厢门旁呆住了。他好像看到了什么，看到了一张绝对不会相信在这儿会看到的脸——一张他熟悉的脸，一个老人的脸。他完全僵住了。

一个卫兵发现他呆在了那里，用力推了他一把："走啊！发啥呆呢，老兵！"但一直表现得很顺从、很听话的冯宁，这时却强硬起来，紧紧把住门框，不肯往里走，并且特别固执地回过头去寻找刚才一瞬间看到的那张脸。

这张脸，居然是他父亲的脸！

这怎么可能？

父亲真的上南边来了，真的混在外逃的人流之中？他革命了一辈子，坚守了一辈子，真要叛逃到香港去？

这怎么可能？怎么可能？！

人流中一张张疲乏、兴奋、紧张、消瘦、肮脏的脸从冯宁眼前迅速通过。冯宁焦急地寻找着。那个卫兵用力推着冯宁，想让他进守车去待着。但冯宁把住门框，就是不肯进去。另一个卫兵见状也上来帮着把冯宁整进车厢里。他用力掰开冯宁把住车厢门框的那只手。但冯宁在没有澄清心中那个巨大的疑团前，就是不肯松手。

忽然间，他又看到了那张脸。浑身又是一震。

哦，这是一张沧桑的老男人的脸，除了同样的疲乏以外，还略带着些惊恐和愧疚。这个老男人此刻也看到了冯宁，哆嗦了一下，便站住了。老人意外，但似乎有些惊喜，他张了张嘴，好像是想叫一声什么，但身后的人流却推动着他向前走去。他不想走了，反转身来，逆着人流，向守车所在方向走来，还向冯宁挥了挥手。

冯宁这时已经看清楚老人是谁了，虽然已经有好几年没见了，但一眼之间，心底积着的那全部记忆便顿时都复活了。冯宁激动地踮起脚尖，向那个人喊叫："别过来！不能过来！"

那个老人好像是听到了冯宁的这一声叫喊，愣怔了一下，便不自觉地停下了脚步。跟人流中其他人不同的是，这个老男人随身没有带任何泅渡的救生工具，但胸前却戴着人群中许多人都没有戴的一枚非常醒目的毛主席像章。

冯宁又叫了一声："别过来！"

大概是因为这时他只顾着喊叫了，手里使的劲儿就没有刚才那么大了，一下便被卫兵推进了守车车厢里。

而那个老男人此刻也被汹涌而过的人群一下给"吞没"了……

被推进守车里以后，冯宁显得特别的焦躁，坐立不安。是的，那个老人就是他父亲。现在他急于搞清楚，父亲到底是为了什么才往南边来的。他仍然不相信，父亲是真的要外逃。他宁愿相信自己外逃，也不愿相信父亲会外逃。他想找到父亲，当面问问清楚。但他又不希望父亲这时出现在自己面前。他更希望父亲赶快离开这是非之地，转身回家乡去！但是这一刻所有愿望都不可能实现，因为只要冯宁一有向窗口处移动的举动，两个卫兵就立即上前来大声呵斥着制止他。卫兵中年龄稍大的一位无奈地对冯宁说道："老兵，你就好好配合我们一下吧，别跟我们耍啥花活了。你在部队已经待得够久的了，我们可是才来，还想好好干上一阵子哩！"

这时，突然有人在外头敲门。

卫兵显得特别紧张，大声喝问："谁？"

门外的声音："是我是我……"

卫兵："你是谁？"

门外的声音："我能进来看个人吗？"

卫兵又大声喝问了一遍："你是谁？"

门外没有回答。

卫兵："问你哩，你是谁？"

门外还是没有回答。

两个卫兵交换了一下疑询的眼神，那个年龄稍小一点的，拉开门走了出去。不一会儿，他又进来了，把那个年龄稍大一点的卫兵叫到一旁，低声说了些什么。那个年龄稍大一点的卫兵想了想，犹豫了一会儿，冲着那个年龄稍小一点的卫兵点了点头。

那个年龄稍小一点的卫兵便向外走去。

这时，冯宁忙上前拦住他："外头是不是有个老汉要见我？我不见，你们让他赶紧走。"

卫兵疑惑地看了看冯宁。

冯宁一边从上衣小口袋里掏出一些钱交给卫兵，一边说："那老汉是我爹……我妈病了，住院了……请你们把我这两个月的津贴转交给他老人家……让他老人家赶紧走……劝他赶紧回老家去。谢了！"

但这时，门被人用力推开。

冯宁的父亲冯伯秋出现在门口。

两个卫兵一愣。冯宁也一愣。

冯伯秋走到两个卫兵跟前："让我跟我儿子说两句话……只说两句……"

两个卫兵犹豫着，不好说什么。

冯宁忙大叫："爸，你啥也别说了，赶紧走！"

冯伯秋固执地对两个卫兵恳求道："我跟儿子说句话。你们放心，我不会做任何出格的事。"他指着胸前的毛主席像章，说："我是四六年的老兵，老革命，老干部，老共产党员，当过多年的中学校长。"

冯宁冲了过来："爸，你快走啊！"

两个卫兵忙拦住冯宁。两个人互相打量了一眼，然后那个年龄大一点的卫兵对冯伯秋说："那你们赶紧说。"说着，就和那个年龄稍小一点的卫兵走了出去。

小小的车厢里只剩下了冯宁父子俩。

冯伯秋没想到会在这种情形下见到儿子。经验丰富的他，一看现场情况，就知道儿子是被"软禁"了，便歉疚地说道："很抱歉，因为我的这点事，把你也连累了。"

冯宁心里一酸："您……还好吗？妈妈和小妹呢，都好吗？"

冯伯秋说道："出事以后，我没法联系到你。我心里特别着急。我上这儿来，就是要告诉你，你老爸没做错事，你千万别惦记我，别惦记这个家，一定要相信，事情最后一定能搞清楚的。我唯一担心的，就是我这事情可能会影响你在部队的前途，担心你经不住这个打击，丧失了在部队继续好好干下去的信心。希望你千万别莽撞，别胡来。"

冯宁问道："他们说您想跑那边去。"

冯伯秋一愣："那边，哪边？"

冯宁说："香港啊！"

冯伯秋一惊："我去那，干吗？"

冯宁说："可他们就是这样告诉我的。"

冯伯秋低下头不说话了。

这时，从门外传来一阵急促的脚步声。冯宁一惊，忙虚开一条门缝向外看去。那个年龄稍大一点的卫兵正陪着团长匆匆向这边走来。原来那两个卫兵出去以后，一个继续把守在门外，防止冯宁脱逃，一个就赶紧去团部报告了。

看到团长来了，冯宁忙回身关上车厢门，赶紧让父亲快离开这儿。

冯伯秋从门缝里向外看了一眼："是老关，关向民？"

冯宁忙说："他是来抓你的。快走。市革委会已经发了通缉令，正四处抓你哩！"

冯伯秋立刻打开车厢另一边的窗，匆匆对冯宁说："记住爸刚才跟你说的话！一定别乱来，要相信群众相信党，继续在部队当好你这个兵。一定！"便越窗走了。

冯宁忙关上车窗，并装作睡着了的样子，赶紧到一旁躺了下来。

团长大步走到守车前，走上那几级铁的台阶，却没有像抓逃犯的"捕快"应该做的那样，不管三七二十一推门而入，而是敲了敲门，喊了一声"冯宁"！事后冯宁回忆起来，总觉得团长是故意这么做的，故意留出时间来让"老冯"脱身的。三十年后，冯宁邀请已经退休的关团长到深圳来休养，曾当面向关团长核实这件事。关向民却一口否认当时这么做是"有意"放走老战友。他说："我敬重你父亲。但在当时的情况下，你父亲是逃犯，我是人民解放军的一个团长，奉中央军委命令去制止外逃。我怎么会反过来去包庇纵容一个逃犯？你关叔叔虽然水平不高，干了一辈子也没多大出息，但这点原则性还是有的。"

但等关向民进守车，冯伯秋早就走得没了踪影。关向民问冯宁："你父亲呢？"

冯宁不说话。

关向民再问："问你话哩！"

冯宁还是不作声。

关向民："你以为这是在保护你父亲？你考虑过后果没有？你这是在把你自己，也在把你父亲继续往更深更大的火坑里推哩。我实话告诉你吧，你老家革委会的领导告诉我，当地公检法机构发现你父亲在当地组织人倒买倒卖眼下十分紧缺的化肥和小麦种子，严重扰乱了市县当前的三秋工作，而且从中牟取暴利……"

冯宁只是不作声。他不相信团长说的这一切，但又不敢不相信，因为如果父亲真的没有出什么事，为什么要离开家乡跑这儿来呢。但刚才父亲说得也恳切，要依仗和信任父亲没有做出任何对不起人民对不起党的事情。冯宁有点不知所措了。毕竟年轻的他略略地心慌起来，眼眶也顿时湿润了，浑身微微地颤抖起来，过了一会儿抬起头呆呆地看了一会儿脸色十分严峻的关向民，头一下低垂了下去，却仍然固执地不回答有关自己父亲去向的任何追问……

冯伯秋跳出守车车窗，钻进低矮的灌木丛里以后，有点慌不择路，被什么绊了一下，一个趔趄，栽倒在很深的路沟里，头猛地磕在一块石头上，顿时昏迷了过去。

一些人从他身旁跑过。有一家人在他身旁停了下来，推推他，叫了两声"大叔"。

冯伯秋虽然隐隐地听到有人叫他，但脑袋涨疼得仍然让他睁不开眼睛。

这时，又有一群人跑了过来："你们磨蹭啥呢？公检法和民兵追过来了！"

那一家人忙扔下冯伯秋，赶紧向海边跑去。但跑了两步，又回过头来看看昏迷中的冯伯秋，似乎有些不忍心扔下这个老人，便跑了回来，又架起冯伯秋向海边跑去。半昏迷中的冯伯秋身不由己地、几乎是脚不点地地被他们架着跑着。血从额角的伤口处不断地往下流淌。

从陆路闯关的人群跑到边境线，就遇到了边防军人。边防部队的战士举着枪大声呵斥："站住！别再往前跑了，这里是边境线，没有得到允许不许越境。请你们统统往后退！"

毕竟多数人没有经历过这样的场面，更没有面对过枪口，人们稍稍放慢了脚步，继而又停了下来，迟疑地在那儿喘着气。人群中有人大叫："他们不敢开枪。再不跑就来不及了，女王在等着咱们哪！"于是人群又开始向前逼近。

边防军人一步步往后退去。

人群又开始跑了起来。

边防军人突然向天鸣枪警告："不要听信谣言！"

尖厉的枪声让人们又站住了。

这时人群中又有人叫："他们不敢开枪的。快跑啊，女王在等着我们，再不跑就过期了。过了这个村，再没这个店了！快跑啊！"于是，人群再一次疯了似的向边境线冲去。

端着枪的边防军人退到再无退处时，只得向两边散开。人群一下从边防军人让出的空当里冲向边境线。当人群冲垮了作为国界线的铁丝网后，早就严守在对方哨所前的英方守军端着枪，迈着严整的步子，向人群逼近。人群中有人欣喜地挥舞着双手，向这些英军喊道："我们是女王的客人……我们是女王的客人……"英国守军板着脸，却大声叫着："站住！STOP！STOP！"人群中更多的人欣喜地叫道："我们是女王的客人……我们是女王的客人……"但英军却毫不迟疑地端起枪向这群疯狂欣喜地向他们冲过来的中国人头顶上空射击起来。有些流弹飞向了人群。有人倒下了。那些人中弹后，还不敢相信自己身上真的中弹了，还大张着眼睛，向开枪的英国军人艰难地喊道："我们……我们是……女……

女……女王的……女王的客人……"鲜血让一些人惶惶地站下了。但更多的人已经收不住脚步了,继续疯狂地叫着:"我们是女王的客人啊……我们是女王的客人啊……"向香港那边跑去。

枪声在继续。又有人在飞空中的流弹中倒下了。人群继续在向对面跑去。枪声也继续在响着……

搀扶冯伯秋的那一家人是走海路的。他们架着冯伯秋冲进海里。让海水一浸泡,冯伯秋似乎恢复了一点知觉。

那一家人中的女孩把自己的救生圈套到冯伯秋身上。冯伯秋略有些惘然地打量了这个叫陶怡的女孩一眼。这时,在边防军人和基干民兵的追赶下,更多的流民慌忙跳进海里,向香港方向游去。陶怡和她的家人搀扶着冯伯秋,一步步向海的深处走去。岸上的边防军人和民兵们向天鸣枪,大声叫着:"危险!快回来!"

陶怡的姐姐和家里的其他人赶紧顶着一阵一阵的浪涌,奋力向香港方向游去。

冯伯秋一边摇摇晃晃地随波浮动着,一边不知所措地环顾左右,木木地问:"我……我们这是在哪里?"一个从他身旁游过的中年汉子冷笑了一下:"还装傻呢?赶快游吧,游过这片海,就是香港啦。我们就有好日子过啦。快游吧!"冯伯秋闻言一惊:"香……香港?"他当即站住了。齐胸深的海水推涌着他,他微微地晃动着。他努力地向烟雾朦胧的前方看去。

朦胧的海平线果然隐隐约约矗立着一片陌生的高楼。

他愣怔了一下之后,便毅然决然地转身向岸上走去。

陶怡慌忙回身去拉他:"大叔,香港在这边!"

冯伯秋看了看陶怡,又看了看那迷蒙的海平线,从额头上扯下那个用来包扎他伤口的布口袋,和那个救生圈一起,交还给陶怡,然后转过身继续向岸上走去。在海水的推动下,他走得极其艰难。额头上又开始流血了。不断有人从冯伯秋身旁游过。他们中间不断有人用诧异的眼光瞟着他。陶怡在他身后，也用不解的目光看着他。海水推涌着冯伯秋。他快走不动了。

这时，整个海面上，密密麻麻的人群浮动着，都在向香港方向游去，只有冯伯秋一个人慢慢地沉重地向岸上移动着。

岸上。边防军人和基干民兵一边向天鸣枪，一边冲进海里来"抓人"。

那个女孩赶紧把救生圈套到自己身上，最后看了一眼冯伯秋，紧紧抓着那个小布口袋，扑进海里，向香港方向游去。

这时，离岸线已经很近了的冯伯秋突然举起了双手，对着向他冲过来的基干民兵，一边喊着："别开枪……别开枪……我是东阳市实验中学的副校长……"一边用尽最后一点力气向岸上走去。血，依然从他的额头上在向下流淌着，流过眼角，流过脸颊，流进嘴里，一直滴到海水里。当最后走出水面，完全踏上松软的沙滩时，他终于像个笨重的面口袋似的，"啪"的一声倒下了。紧跟着一个海浪汹涌着扑来，又把他整个都裹进了海水里。

陶怡也没能游过海去。自己是怎么被海浪冲回到深圳湾这边来，又怎么被这边的边防军人"抓获"的，她已经完全记不得了。只记得是一辆带篷的大卡车把她和几十名逃港者拉到老深圳的看守所里。这里有持枪的士兵，有冰凉的水泥地，有更多的逃港者——他们都是前一天被抓获的。他们已经饿了一整天了。当两个法警抬着一大筐热气腾腾的馒头走过来时，他们立刻躁动起来。有人按捺不住地向馒头筐靠近过去。下车的时候，陶怡惊恐地打量着周围的一切。她的衣服是破的，脸上有不少擦痕，光着脚，手里却还下意识地牢牢抓着那个窄长的布口袋。当时，那个"解放军叔叔"把这个装满玉米粉的布口袋扔给她，等袋子落到她手上时，袋子里的玉米粉在空中早已撒落光了。但陶怡还是留下了这个布口袋。她自己也说不清，为什么要留下这个口袋。是因为不舍得沾在布袋壁上的那点玉米粉屑屑，还是因为那个"解放军叔叔"在扔出这个口袋的一刹那间，那瞪大的眼睛里饱含的怜悯和关切让初谙人事的她实在难以忘怀，引发一种"爱屋及乌"的情感，才留下这个口袋的？或者是两者兼而有之？反正她说不清。反正自己舍不得扔掉这个空口袋。

陶怡被拘到看守所的第二天，钟灵在当地官员的陪同下，到这儿来视察逃港人员被拘押的情况。当地的官员引导他向一个大房子走去。那个大房子里，逃港人员整整齐齐地坐着，衣着也比较整齐，还有人在组织他们学习毛主席著作，在大声地朗读《老三篇》。但是，让那些官员意外的是，刚走到大房子门口，钟书记突然一个转身，向另一方向走去了。当地的官员忙上前想让钟灵按他们安排的路线去视察。钟灵一面很有节制地对这些官员笑了笑，一面却仍然不顾这些官员的"拦截"和"引导"，径直向大房子背后走去。

大房子背后，在一个破旧的大凉棚下，潮湿泥泞的地上，同样坐着许多被拘的逃港人员。这儿的情况和刚才大房子里的情况完全不一样。逃港人员衣着破烂、单薄，极其肮脏，伤病者就躺在泥地上，还有少数几个可能不太听话的，都戴着手铐。

钟灵走进这群人中间。那些人眼神中都流露出无比的恐惧和忧郁。有的则非常麻木，无奈，只是直直地盯着钟灵。个别人还非常敌对，怨恨。陶怡就在这群人中间。一晚上过来，她好像病了，发高烧了，浑身打着颤。衣服还是湿漉漉的。

钟灵走到她面前，弯下腰，关心地问："小姑娘，病了？你家里人呢？"陶怡陌生地戒备地同时又不知所措地看了看钟灵，没有回答。钟灵直起身问身后的当地官员："她家里人呢？"当地官员回答道："抓到她时，就没见她家里人。可能……在逃港时失散了吧。"钟灵又看了陶怡一眼，弯下腰，伸出手去想摸摸陶怡的额头，试试她是不是在发烧。陶怡却本能地躲开了钟灵伸过来的那只手。一个当地官员立即对陶怡厉声呵斥："这是新来的省委书记。你躲什么躲？"钟灵立即做了个手势，不让那个官员吓唬小陶怡。他再一次直起腰，心情复杂地低下头去看了看小陶怡，并扫视了其他那些逃港者一眼，便一声不响地转过身向大棚外走去。走到那几个被铐着的人身旁时，他站了下来，打量了这几个人一眼，对在一旁警戒着的持枪民兵说道："把手铐都下了。"

那几个持枪民兵一愣，看看钟灵身后的当地官员。

那个当地官员："还发什么愣，还不赶快按钟书记说的办？"

民兵赶紧掏出钥匙去开手铐。

这时，钟灵转过身去再次看了看陶怡和那些逃港者。这一瞬间，他的眼角有一点湿润。

回到拘留所办公室，等大家都坐定了，钟灵说道："从现在起，绝对不允许像对待囚犯对待敌人那样，对待这些逃港的老百姓。"

拘留所的一个干部刚想站起来解释什么，钟灵继续说道："最近，中央领导有个说法，我非常赞同。那就是，只要我们的工作做好了，我们这边的日子好过了，这些老百姓是不会丢开祖宗八代留下的家业，往香港跑的。"

那个当地官员忍不住还是插嘴道："那……那能不能说他们逃港无罪，逃港有理？"

钟灵反驳道："我们不赞成逃港。但是你我，作为执政党的一个干部，作为政府的一个工作人员，应该有这个责任，有这个本事，也应该有这个气度和胸怀，首先想想我们自己的工作是否做到家了。如果我们把我们脚下这块土地建设得更好，老百姓都能过上更好的日子，你们想一想，这些老百姓还会往香港跑吗？我相信，只要做到了这一点，不仅会让我们的人民舍不得离开这儿，有朝一日，还能够让香港澳门台湾的乡亲往我们这边跑。"

当场好几个当地干部都禁不住地笑起来："让香港人往我们这边跑，可能吗？"

钟灵一下严肃起来："如果我们做不到这一点，那我们还算什么真正的共产党？算什么真正的社会主义？"

在场的人都不敢再说什么了。

当天下午，看守所的卫生员来替陶怡量了量体温，给她拿了几片感冒药。到傍晚时分，他们把她带到一间"预审室"去问话。他们问她："你叫什么？多大了？从哪里来？谁带你来的？他们带你去香港干什么？"陶怡却只是默默地流着泪，一概不回答。

后来，负责审讯的那个工作人员对身边一个女警示意了一下，让她去陶怡身上搜查一下，看看她身上还有没有可以证明她的来处和身份的东西。女警向她走去时，她忙向后躲了一大步。于是那工作人员笑了："哦，原来你不是个聋子哩。那乖，告诉叔叔，你叫什么？多大了？从哪里来？谁带你来偷渡的？他们带你偷渡去香港干什么？知道啥叫偷渡吗？知道偷渡是犯法的事情吗？知道啥叫犯法吗？知道犯法是要判刑坐牢吃官司的吗？"

陶怡还是一声不吭。

工作人员只得又向那个女警示意了一下。

女警便向陶怡走去。

陶怡紧张地再次向后退去。很快便退到了墙根，再没法后退了。

女警向她摊了摊手，耸耸肩，笑道："好吧，自觉点，小丫头，身上有啥东西，乖乖地自个儿交出来吧。"

陶怡无所适从地惊恐地看看女警，本能地把一样东西向身后藏去。

女警默默地若无其事地看着陶怡，突然出其不意地一下蹿过去，把那样东西从陶怡身后掏了出来。

仍然是那个窄长的小布口袋。

女警看了看那口袋，问陶怡："还有啥？"

陶怡惊恐地看着女警，慢慢地摇了摇头。

女警："他们就让你带着这么个破口袋跑香港？"

陶怡一动不动地看着女警。

女警再次翻看了一下那口袋。

口袋上画着一个红五角星。五角星中间写着金黄色的"八一"二字。下边还有一行小字，写着部队的番号。

女警一愣："是军用品？偷来的？你是小偷？"

陶怡的脸一下涨得通红，忙辩解道："不是……"

那个工作人员拿过布口袋，仔细翻检了一下："你不是小偷，那这个军用干粮袋是怎么到你手上的，啊？它自己长腿跑到你手里的？一个女孩，小小年纪，不学好，学着偷东西！"

陶怡的脸唰的一下变白了，眼睛里一下充满了委屈的眼泪，呆站了一会儿，突然冲过去，从那个女警手里夺回那个布口袋，声嘶力竭地喊叫道："我没偷。没偷。没有！"喊叫着，眼泪便簌簌地从眼眶里滚落了下来。

7

深夜的广州市区，细雨淅沥。一辆破旧的三轮车，慢慢蹚过积水的路面。十字路口亮起了红灯。但那辆三轮车好像没有丝毫感觉似的，仍然不紧不慢、麻木不仁地冲着红灯蹬了过去。这时，在广州白云机场，同样被雨水浸湿了的跑道，粼粼地泛出暗淡的灯光。一架老式的伊尔十八客机降落到跑道上，缓缓滑行过来，刚停稳，两辆黑色的红旗轿车便急速地开了过去。不一会儿，从飞机里走下几位身穿那种在那个年代不多见的黑呢子大衣的人。而从红旗轿车里走出几位身穿蓝色中山装棉袄的领导同志，赶紧迎了上去。

身穿中山装的是省委副书记宋梓南。他来迎接刚出国考察访问回来的另一位省委领导秦副书记。这次考察非同小可，是经中央批准，由国务院主要领导带队，专程考察西欧资本主义强国。考察组成员都是省部级以上的高干。这样的考察访问，可以说自新中国成立以来，都是"破天荒"头一回。"怎么样，老秦，这一回算是开了洋荤了吧？钟书记和省委省政府所有的领导都在小会议室等着你哩，都想听你说说这一回出国考察的观感。"上了红旗车，宋梓南不无羡慕地对秦书记说道。

身穿黑呢大衣的秦副书记感慨万千地说道："怎么说才好呢？"

宋梓南哈哈一笑道："嗨，看到了什么就说什么呗。资本主义花花世界里，到底有没有值得我们看的东西？"

对这样的追问，秦副书记好像已经有了准备，便只是轻轻叹了口气，感慨万千却又有些言不及义地微笑道："一言难尽啊，老宋，一言难尽……"

他们回到省委大楼，省委和省政府的主要领导济济一堂，等候在常委小会议室里，要听秦副书记谈出国观感。

"这一回中央下这么大的决心，派这么多的高级干部去欧洲考察访问，是自建国建党以来的首举，引起欧洲各国政府高度重视。所到各国，都用接待国宾的最高礼节来接待我们。中央今后可能还要陆续派一些高级干部去国外考察访问……"秦副书记先大致介绍了一下这次出国考察的背景。在座的一位省领导迟疑着问："这么做，意图何在？作用何在？难道我们还要到资本主义世界去取经？"钟灵笑道："是不是去取经，暂且不用下这样的结论。但中央做这样的决定，掏这笔经费，提供这样的机会，让大家出去看一看，尤其是负有高级领导责任的同志出去看一看，还是非常必要的。我们封闭的时间太久了……"

秦副书记："真是不看不知道，看了一下……"

那位省委领导忙问："怎么样？"

秦副书记迟疑了一下，说："可以说是振聋发聩啊，也可以说是很震惊,甚至都可以说受益匪浅。"

那位省委领导非常不理解地问:"你说你们在看了那些资本主义国家后,感到振聋发聩,感到很震惊,还'受益匪浅'?你们震惊啥了,受啥益了?"

秦副书记立刻感觉到,现场的气氛并不适宜于马上毫无保留地传达他们这次出国考察所见所闻中获得的全部心得体会。稍有不慎,还可能就在这会议现场引发大的误解和争论,于是在低声耳语般的征得钟书记同意后,便对在场的同志说道:"嗯……也许刚才我有些用词不是很准确。到底怎么传达这次出国考察的感受,中央会有一个统一安排,可能还会有一个统一的口径。具体怎么传达,传达些什么,咱们还是等一等中央的安排吧。"

会议室里立即安静了下来。

散会后,车把宋梓南送回省委家属院。那时,细雨还在下着。但宋梓南没有进家门,反而要司机把他送到秦副书记家去。"这么晚了,又来打扰,不好意思。"在老秦家客厅里坐下后,宋梓南歉疚地说道。

秦副书记笑着应道:"你这个急性子,还说什么好意思不好意思。"

宋梓南微微一笑道:"不多耽误你休息,咱们开门见山。刚才你说'震惊','振聋发聩','受益匪浅',说了半截,又缩回去,让我难受。现在我只想知道,你这几句话,到底是指什么说的?在国外,你们到底看到了些什么,让你们这些久经考验的老布尔什维克都'振聋发聩'了,'受益匪浅'了?"

"别急嘛。咱们还是等一等中央文件吧。我们考察访问是谷牧同志带队的。回到北京后,又在谷牧同志的主持下,花了两天时间,经过集体讨论,最终形成了一个纪要,已经得到中央的批准,会很快发下来的。"为人稳重的秦副书记保持着那平和的神情,缓缓地笑道。

宋梓南不依不饶地:"老秦,跟我还来这一套?"

秦副书记犹豫了好大一会儿："我说的震惊……"

"震惊什么?"

"的确很震惊……"

"说嘛,到底震惊什么。"

"老宋……你比如说……"

宋梓南急不可耐地站了起来:"别跟我绕弯子。说你最真实的感受……我要知道你心底最真实的感受。"

说到"心底最真实的感受",老秦真有点犹豫了。

宋梓南试探道:"看到了我们过去所不知道的那些腐朽、没落、残酷,所以你们很震惊?"

老秦摇了摇头,轻轻地叹了口气道:"这些当然都是有的……但是……"

宋梓南马上抓住这个"但是",追问道:"但是什么?"

秦副书记:"但是……"

宋梓南:"但是什么?"

秦副书记:"但是……让我,也包括让我们考察团的大部分成员万分震惊的是,我们还看到了他们那里有不少比我们先进的地方。"

宋梓南一下站了起来,他完全没有想到,老秦在这里会使用"先进"这两个字来说明他对西方世界某些方面的判别。稍稍迟疑了一下后,他不解地追问:"比我们先进? 你说那些资本主义国家比我们先进?"宋梓南这么一反问,倒让秦副书记自己也愣怔了一下,他只是看着宋梓南,一时不知怎么往下说,神情显得有一点紧张。过了一会儿,他十分激动地站了起来,在客厅里来回大步走了两圈,一下在宋梓南面前站了下来:"不是说他们全部都比我们先进。但是在某些方面,的确让我们很难想象……在最后形成的纪要里,我们的确用了这样的说法,我们在欧洲那些资本主义国家里的的确确看到了比我们先进的东西。客观地说,有些地方，我们比他们已经落后了很多年。"

宋梓南一震："比他们落后了很多年？"

秦副书记："比如说，落后十年。"

"落后十年？"

"有的地方可能还落后了二十年。"

宋梓南更吃惊了："二十年？"

"还有些地方可能还不止落后二十年，可能要落后三十年五十年。"

宋梓南张大了嘴，完全呆住了。

8

第二天一早，宋梓南坐车去上班，刚走出宿舍楼的门洞，就看到有个人影在宿舍楼门前的林带里晃动。那段时间社会治安不太好，连续出了几起抢劫杀人的恶性刑事案。也出过一些上访群众半道拦车喊冤的事。办公厅对此，曾专门召集专车司机开会，要求他们在接送首长的过程中，特别要加强警惕性。这时，天色阴沉，林带里雾霾浓重。因为时间还早，院子里基本没什么人走动，显得格外的清静。司机不敢大意，忙下车来，赶过去保护宋梓南。

没料想，那个"人影"却大大方方地走出林带，并照直向宋梓南走了过来。司机刚想上前拦截，宋梓南却认出了这个人，忙叫住司机，自己笑着向这个人走了过去："唐大记者啊，一早在这儿转悠啥呢？"原来宋梓南认出这个"不速之客"竟然是人民日报驻广州记者站的大记者唐惠年。两人握过手，唐惠年歉然地说道："这么早就来打扰您……很不好意思啊。"

宋梓南笑道:"无事不登三宝殿吧?"

唐惠年笑着调侃道:"领导英明。"

宋梓南便问:"我正要去办公室哩。咱们上办公室谈?"

唐惠年犹豫了一下:"能在这儿给我几分钟时间吗?我这件事,还不能上办公室谈。"

宋梓南笑道:"嘿,这么神秘?"

唐惠年脸上的笑容顿时收敛了起来。他说道:"其实也不神秘,但的确不宜在您办公室谈。"

回到宋家的客厅里,宋梓南就对唐惠年说:"有啥事你得赶快说。一会儿我还得去机场。"

唐惠年说:"我知道您今天要赶到北京去,所以才会冒天下之大不韪,这一大早地来骚扰您哩。"

宋梓南粗大的眉毛一耸:"哦,你知道我要去北京?消息好灵通啊!"

唐惠年嘿嘿一笑:"啥灵通嘛,如果连这点消息都拿不到,我这个'大记者'还干个什么劲儿?!"

宋梓南大笑:"哦,哦,名不虚传,大记者果然牛气冲天!有事要托我带到北京去办?"

唐惠年说道:"差不多吧。"

宋梓南笑道:"有就有,没有就没有。这个'差不多'是什么意思?"

唐惠年沉吟了一下,没有立即正面回答宋梓南的"责问",反而反问了一句:"宋书记,您知道上头这回紧急召您进京,是为什么吗?"

宋梓南答道:"不知道啊。钟书记是前天去北京的。他昨天打电话来,通知我今天上午务必赶到北京。也没说是为了什么,只说到了北京才能详细跟我交代具体任务,只说军委办公厅已经和军区空军联系好了,由他们派飞机把我直接送北京。看来这任务是够急够重大的。你们记者站通天,得到什么消息了?"

唐惠年谨慎地答道："关于紧急召您进京的原因，我倒是听说了一些……"

宋梓南问："中央最近一直在紧锣密鼓地研究全党工作重点转移的问题。是不是和这件事有关？"

唐惠年微微地一笑："还是宋书记英明。"

这时，宋梓南的爱人顾亭云端着两碗馄饨走进客厅来。

唐惠年忙笑道："还有早点款待呢。大姐，真不好意思。"

顾亭云也笑道："上这儿来，就跟自己家里一样嘛，还有啥不好意思的？再说，像你唐大记者这样的贵客，稀客，咱们平时请还请不到哩。"

唐惠年忙做出一个夸张的表情说道："大姐，您这是在批评我呢？"

宋梓南对唐惠年做了个"有请"的手势，然后自己先去端起一碗馄饨说道："来来来，咱们边吃边说。刚才你说到这回紧急召我进京，可能和中央正在'决策全国性的战略转移'这档子事情有关？有那么重大？"

唐惠年一边去端馄饨，一边说道："用民间一些知识分子的说法来说，眼下中央正在下大力气解决下一步中国向何处去的问题。用官方的说法就是要寻找和探索一条具有中国特色的社会主义道路。"

宋梓南问："这跟紧急召我进京有何关系？"

唐惠年应道："我们得到的消息是，中央正在组织一些省部级以上的高级干部出国考察，目的在于拓展眼界，了解当下世界一些发达国家和地区的发展现状，以便我们在制订战略转移方针时有所参考和借鉴。"

宋梓南说道："这个不新鲜啊。我们省里的秦书记跟着中央考察团都上欧洲转了一大圈回来了。"

唐惠年笑道："这一回可能轮到您了。"

宋梓南忙应道："你的意思是说，今天中央紧急召我进京，是为了让我出国考察？"

唐惠年点点头道："很可能。"

宋梓南沉吟了一下道："你唐大记者一大早来堵我门，不会只是来告诉我这么一档事吧？"

唐惠年默默地笑了笑："姜还是老的辣啊。"

宋梓南抬头看了看墙上的电子钟："有事就快说，别再磨蹭了。否则，我们真没时间聊了。"

唐惠年忙放下碗说道："好，那就进入正题。最近我秘密到深圳宝安走了一圈，还秘密去了一次香港。"

"秘密去了次香港？嘿，干吗呢？"

"对历年来边民逃港事件做了一次深入调查。"

"谁给的任务？"

"对不起，暂时还不能向您透露这张底牌。"

"还挺鬼呢？那么，对于你的这次任务，我可以问些什么？你想告诉我一些什么？"

"除了这张底牌外，您什么都可以问，比如为什么这么些年会有这么多人往香港跑，通过调查，我究竟得出了什么样的结论，等等，等等。"

"这个问题，邓副主席前不久来我们省视察时，已经说得非常明确了，大批边民外逃就是因为我们的政策有问题，是我们的工作有问题。"

"但有些地方有些部门的有些领导对这个说法，不一定买账啊。不少人还是坚持认为，这件事，外部是由美蒋特务策划的，内部有地富反坏右策应，是这些人联合起来制造的恶性反革命政治事件。"

"所以有人就让你这位中央党报记者站军事组的大记者亲自去做一次秘密调查，企图拿到一些过硬的第一手材料来反驳邓副主席的结论？"

"我们说好不谈论是谁为什么要派我去做这次调查研究的。"

"好，我们不谈这个。那你调查后得出什么结论来了？"

唐惠年很郑重地从随身带着的公文包里取出一份书面报告递给宋梓南。

"这会儿工夫，我哪有时间看你这洋洋万言的大部头著作？抽筋扒皮，开门见山，直截了当地说，你的结论？"

"我只说两个数字，一个情况。这两个数字是，我们宝安县一个农民一个劳动日，少则只值七毛钱，最多，也只到一元二毛钱左右，而一河之隔的香港农民一个劳动日的收入是六十到七十港币。我们深圳罗芳村的年人均收入是一百三十四元，而一河之隔的香港罗芳村的年人均收入是一万三千元，两者均相差一百倍。一个情况是，香港那边原本没有什么罗芳村。它那边的罗芳村的居民全部是我深圳罗芳村跑过去的。换一句话，这些农民，在跑到香港去以后，收入比跑过去以前整整提高了一百倍。"

"你的结论是……"

"在这样的数字面前，还用得着下什么结论吗？一河之隔，收入相差一百倍。在这样的情况下，还用得着美蒋特务和地富反坏右分子来煽动策划边民外逃吗？"

"这就是说，你经过调查反而证明，邓副主席的说法是完全有道理的，是符合生活实际情况的？证明，外逃是有理的？"

"是啊……是啊……我们有什么理由强迫人家只拿百分之一的钱继续待在这边建设一个只给他们带来贫穷生活的社会主义？"说到这里，这位唐大记者激动地站了起来，并且大声喊叫了起来。

宋梓南不说话了。等唐大记者稍稍冷静了下来后，宋梓南才问："你想让我替你做什么？"唐惠年说："我第一次去了香港，第一次了解到香港实际上主要也是由许多黄皮肤黑眼睛的中国人在那儿管理着，但是，那儿经济高速发展，法制健全，社会秩序井然，多数人安居乐业，并非像我们宣传的那样，香港人都生活在水深火热之中。"宋梓南立即打断了对方的话："别在我面前为资本主义唱赞歌！快说，到底要我为你做些什么?"唐惠年脸上立即流露出一种淡淡的失望:"如果您认为,我说的这些都是在为资本主义唱赞歌,那我就无话可说了。也没什么可求您的了。"宋梓南一笑道:"唐大记者有那么脆弱吗?快谈实质性问题,你到底要我替你做什么?"唐惠年再一次指指放在茶几上的那份书面材料,说道:"能替我把这份调查报告递给中央主要领导吗?"宋梓南忙说:"大记者,你可以通过内参往上递啊。那不比托我往上送,来得更快更直接?"唐惠年解释道:"我就是想通过内参往上报。但内参只有新华社有。我知道,新华社内参组的组长是您的老战友。"

宋梓南哈哈大笑起来:"嘿嘿,是想让我替你走后门?你让你们记者站的同志看了你这篇调查报告没有?"

唐惠年应道:"只给个别领导看了。"

宋梓南问:"为什么只给个别领导看?"

唐惠年应道:"我觉得这份调查报告涉及的一些情况政治上相当敏感,也相当的重大,不宜大范围扩散。"

宋梓南又问:"难道你们记者站的人还不知道这些内情?"

唐惠年说:"别以为我们记者站的同志什么都清楚。许多情况,多数同志并不了解。他们也只是根据上边制定的宣传要求,到下边去找相应的材料。只有少数同志知道一点实际情况,但往往也只是道听途说,一点皮毛。所以,他们听说邓副主席把逃港的根源归结为我们的政策有问题,也像许多做具体工作的同志那样,感到特别的意外和震惊。个别同志甚至都不怎么能接受这个看法。再说,我在报告的结尾部分还向中央提了一个建议。"

宋梓南立即敏感地反问道:"什么建议?"

唐惠年说:"香港的经济能搞得那么好,总是有原因的。我们为什么不能借鉴他们的一些做法。"

宋梓南的眉毛突然一耸,脸部的肌肉顿时也微微地抽搐了一下,目光特别关注地盯在了唐惠年的脸上，反问道："借鉴香港的做法？"

唐惠年说道："可以搞一两个试验区，让中央给一些特别优惠政策。"说到这里，他突然不说了，因为看到宋梓南此刻的神情已经变得非常严峻了。

宋梓南忙问："什么优惠政策？让你说的那个试验区也沿用香港的体制和做法？"

唐惠年解释道："要借鉴的，当然不是他们的体制，但可以试用他们部分的做法。"

宋梓南直直地看着唐惠年，好大一会儿都不说话。作为在地方上担任领导工作多年的一个老同志，他当然马上就掂量出了这位唐大记者所说的这一切在政治上所具有的"反叛性"。在沉吟了一会儿后，他突然抬头看了看电钟，说道："好啦，没时间再扯了。报告先放在我这儿。我得先看了才能决定有没有必要替你开这个后门。"应该说，他这个表态，是任何一个有领导工作经验的人在这个时候都会做的。

唐惠年希望听到更明确的表态，犹豫了一下后说道："宋书记……"

宋梓南淡然一笑道："难道你要我连看都不看你这份调查报告，就替你去捅这个马蜂窝？你知道你刚才说了些什么吗？别说更早一些，就是在一年前，就凭你刚才说的这些话，就可以把你打成个地地道道的反革命，判你十年二十年刑都不为过，你信吗？"

唐惠年怔怔地没作声。

宋梓南拍了拍唐大记者的肩膀，语重心长地说道："我当然得看了你的报告后才能做决定！你们记者站的领导，能不看原稿就签发你的稿子吗？不会吧？"

听宋梓南这么说，唐惠年只能点头称是了："那是那是。您应该看。当然要看，我只是怕您……"

宋梓南笑了笑："怕？啊，你老弟也知道怕啊……跟你这么说吧，前些日子，我也想过亲自到深圳宝安一带对这个逃港问题做一点实地调查。"

唐惠年忙说："能问您一个也许是一个不该问的问题吗？"

宋梓南应道："说。"

唐惠年问道："您也想去实地调查，是不是因为在你们省委省政府高层领导内部，有人对小平同志的说法也存在着不同的看法？"

老到的宋梓南立即站了起来，用毫不含糊的口气打断了唐惠年的话："唐大记者，你的确提了一个根本就不该由你来提的问题。好了，今天的谈话到此结束！"

宋梓南送唐惠年出门。宋梓南对唐惠年说："跟你提个建议。在我看完你这个调查报告，给你明确答复前，你能不跟任何人提起这件事吗？"

唐惠年问："提起什么事？不跟任何人说我来找过您？"

宋梓南点点头："是的，不跟任何人说起你来找过我，也不跟任何人说你在调查报告里提到的那些建议。你明白你提的这个建议在许多人看来，有多出格吗？你，中国共产党中央机关报的一个大记者在向自己的党中央提出要求，希望他们去向资本主义的香港学习。"

唐惠年："可是……"

宋梓南："你如果不答应我的要求，你现在就把你的报告拿回去。我不看了。"

唐惠年不作声了。

回到自己家，宋梓南神情显得相当的沉重，好像已经忘了自己还得赶紧去飞机场似的，在客厅的大玻璃窗前呆站着。大约有一两分钟的时间，家里没人敢去打扰他。后来，夫人顾亭云实在忍不住了，上前问道："怎么了？刚才在门口唐大记者又跟你说了些什么？"

宋梓南惊醒似的，回过头来应道："没什么……"

顾亭云问："没什么，怎么这一会儿工夫情绪就变得不对头了？"

宋梓南忙答非所问地说道："行了行了……我该走了。"一边说一边拿起公文包翻找起什么。

这时秘书小马走了进来："宋书记，再不走就晚了。"

宋梓南还是在埋头寻找着什么。

顾亭云问："你又找啥呢？"

宋梓南应道："刚才老唐给我的那份调查报告。你把它搁哪儿了？"

顾亭云说："老唐的报告，你啥时候给过我？"

宋梓南愣住了："它刚刚还在这茶几上放着哪！"

顾亭云忙着在茶几上下翻找了一下："没有啊。"

小马小心翼翼地提醒道："会不会是您自己拿到卧室里去了？"

宋梓南："瞎扯淡！唐记者走以后，我就没离开过这儿。"

顾亭云："那……怎么会不见了呢？"说着，顾亭云还是上卧室里去找了一下，还是没有。翻遍了整个客厅，仍然没有。这么一大本稿件，而且是十六开的大稿本，足有五六十页厚，怎么一转眼间就不见了呢？而且就在省委副书记的家里消失得无影无踪了呢？

宋梓南呆住了。

这时，一直在外头门厅里寻找的小马突然跑回客厅："找到一张纸条。"

宋梓南忙接过纸条。纸条是唐大记者留的。只见纸条上写着："宋书记，真的非常抱歉。我如此唐突地拿这么一档敏感的事情来为难您，实在太过分了。那份调查报告我带走了。请允许我拿回去再斟酌斟酌。什么时候危急了，需要您帮我走一下后门来救急时，再来麻烦您。祝您出国考察顺利，愉快。 唐惠年敬上。"

宋梓南无奈地笑了笑："这个唐大记者！"然后吩咐小马："你马上让省委办公厅派人去找这个唐惠年，一定要拿到那份调查报告，来得及的话,立即给我送到机场;来不及的话,随后派专人给我送到北京!"

9

两辆红旗牌轿车把宋梓南等人从南苑军用机场接到京西宾馆,钟灵的秘书老夏早就在那儿等候着了。老夏立刻把宋梓南带到钟灵住的那个大套间里。

大套间的外间是一个相当宽敞的会客室。笨重的沙发和朴素庄重的基调让人一走进这个专门接待高级首长的会客室,就感受到了一种稳重、肃穆和大度的气氛。

夏秘书请宋梓南在外间坐下,然后低声对宋梓南说:"您稍等一会儿,钟书记那儿有个客人——邓大姐的秘书。"

宋梓南忙点了点头。

等了不大一会儿,里间的门开了,钟灵神色庄重地送一个中年女同志出来,看到宋梓南,略略跟他打了个招呼,继续把那女同志送到套间门外,这才回过身来,正式招呼宋梓南。

钟灵一边和宋梓南握手,一边问夏秘书:"安排宋书记住下了吗?"

夏秘书略有点为难地看看钟灵,又看看宋梓南。

宋梓南忙向钟灵解释:"刚才夏秘书说要先带我去住的房间看看。我说还是先来见您,把下一步的活动安排妥了,再去房间也不迟。"

钟灵随即问夏秘书:"宋书记随身带的东西都放到他房间里去了吗?"夏秘书回答道:"已经让小马秘书送到宋书记住的房间去了。"钟灵做了个手势,请宋梓南重新在那个大沙发上坐了下来,自己坐在了大沙发另一端的一个单人沙发上。

钟灵一坐下就告诉宋梓南："情况有点变化。本来安排你参加的那个去西欧考察访问的活动，暂时推后了。"

宋梓南笑道："哦，有点可惜嘛。"

钟灵也笑了笑："还是要去的，只是推迟一下。"

宋梓南笑道："不会这么一推迟，就没影了吧？"

钟灵忙摆了摆手："放心吧，派党的高级干部去国外考察，这是中央为了尽快推动全党思想解放而制定的一项重要措施，是经华主席，邓副主席，叶帅，先念同志画了圈点了头的，绝对变不了。暂时不去，当然还是有好事在等着你。"

宋梓南笑着忙问："是吗，还有更好的事等着我？"

钟灵微微一笑："中央已经决定要召开十一届三中全会。要在这次全会上，对党和国家实现战略转移的问题，统一认识，并作出重大决定。为了开好这次全会，这两天中央正在举行一个工作会议。这次紧急召你进京，就是为了让你参加这个工作会议的。"

宋梓南振奋地："哦？"

钟灵笑了笑："今天你先休息一下。"

宋梓南立即站了起来："还休息什么嘛。"

钟灵笑道："不会让你纯休息的。用半天时间，一边休息，一边看看前两天的会议简报，进入一点情况。"

宋梓南忙点点头："这倒是必要的。"

钟灵稍稍停顿了一下："你要有一点思想准备噢，这次工作会议不会像我们过去习惯的那样平静和按部就班。"

宋梓南略有些意外："是吗，中央召开的工作会议还能出什么意外？"

钟灵笑着摇了摇头："太不是那么一回子事了。昨天我们在会上提出，鉴于这些年国民经济发展严重失调，又鉴于经济体制改革问题已经引起了全党的关注，建议中央成立一个体制改革领导小组，可以吸收地方的一些同志参加，花半年时间认真深入地做一点调查研究，提出一个切实可行的改革方案。当时，邓大姐也在我们这个组，就此问题也讲了话。"

宋梓南关切地："邓大姐，邓颖超同志？她到我们广东组来了？"

钟灵点点头："是的。结果昨天晚上我们发现，我们的发言，连同邓大姐的发言全都被扣下了，一个都没能上简报。邓大姐有意见了。刚才邓大姐派秘书来告诉我们，今天邓大姐一早就去找会务组'兴师问罪'了。意见很快汇报到中央主要领导那儿。中央领导非常重视，立即决定，从今天开始，只要发言者本人签字，言责自负，就可以登简报。"

宋梓南笑道："塞翁失马？"

钟灵也笑道："是呀，塞翁失马，焉知非福！这一下，反而给与会者争取到更多的民主权利了。但这件事，从另一个侧面也可以看出，对于全党要不要进行战略大转移，要进行什么样的战略大转移，起码到目前为止，在相当高的一个层面上，看法并不是完全一致的，甚至还可以说，在某些方面还存在着严重的分歧。所以，对这一点，要有足够的思想准备。去房间休息一会儿吧，一会儿我就让老夏把这两天的简报送到你房间里去。"

宋梓南看完那些简报，心里很不平静，也相当的兴奋。他参加过很多次中央召开的类似高级别的工作会议，但是从来没有感觉到哪次会议像这次会议这样，充满了要说真话和可以说真话的气氛。他急于想跟钟书记说说唐惠年的那档子事，便立即吩咐秘书小马："你给夏秘书那儿打个电话，问一下，钟书记这会儿有没有时间，我想去跟他汇报个事。"

回话马上就来了："夏秘书说，钟书记说，如果您方便，现在就请过去。"

宋梓南让小马赶快把他上一回到汕头、东莞一带调研回来给省委写的汇报提纲拿出来。另外，把他在飞机上追记的唐大记者说的那些情况也找出来，他要带给钟书记。

平时做事特别爽快利索的小马这一刻却傻愣愣地呆站在那里，有些忧虑地看着宋梓南，不作声。宋梓南疑惑了："哎，你犯啥愣呢？"

马秘书迟疑地："您……您要把那些材料原封不动地呈送给钟书记？"

宋梓南问："怎么的了？"

小马勉强地笑了笑："我有点害怕……"

宋梓南笑道："你怕啥？"

小马说："您那份汇报提纲本来只是在省里汇报用的，许多问题说得特别直接，也特别尖锐。还有那个唐记者从香港带回来的那些情况就更带暴露性了……您自己也说，尤其是他最后的那个建议，充满了颠覆性，简直就是对当前政治、基本路线和方针政策彻底的否定。"

宋梓南："那又怎么了？"

小马吞吞吐吐地："现……现在咱们是在北京，又是在中央召开的工作会议上。"

宋梓南："在北京又怎么了？在中央召开的工作会议上，又怎么了？"

小马："如果是在省里，钟书记和您互相之间都特别了解，甚至还应该说非常默契，就算把话说过头了，也不会出什么大纰漏……可现在，这环境这气氛……"

宋梓南："这环境这气氛，你害怕什么？"

马秘书："您刚才没听钟书记说吗？连邓大姐的发言，有人都敢扣压。说明有人不希望在这个会上听到他们不想听到的声音……"

宋梓南："如果我们只挑别人想听的话说，还用得着来开这样的会吗？还要我们这些人干什么？即将召开的中央全会，要对中国到底要不要实行战略转移，要实行什么样的战略转移做出决定。这牵涉到十亿中国人的未来，必须得说真话啊。这时候不说真话，什么时候再说？当着中央的面不说,还要等什么时候说? 你这个小马!"

小马不作声了。

宋梓南感慨万分地:"年轻人,你们赶上了个好时代,啥也不缺,可就缺一样东西,真正的党性!"

小马委屈地:"我就是怕您……您……万一……万一被抓起来呢……"

宋梓南仰头大笑了几声,然后突然不笑了,久久地看着小马,脸色沉重起来,轻轻地叹了口气:"唉,年轻人啊年轻人,这是在北京,已经粉碎'四人帮'了,又是在我们新的党中央召开的工作会议上,你想到哪儿去了?! 不会再发生'四人帮'时期那种无法无天的事了。快去替我找材料吧。"

因为要去参加小组召集的会议,钟灵没有可能仔细阅读宋梓南递给他的书面材料,只能大略地翻看了一下:"这个唐记者的有些想法很大胆啊。你觉得呢?"

宋梓南应道:"是的。他觉得应该充分利用深圳邻近香港的这个地缘条件,在边境一带,确切点讲,就是东从大鹏湾到西边的蛇口,南从深圳河到北边的樟木头这么一个区域里,设立一个特别政策优惠区,取消统购统销,取消一切票证,解散人民公社,退回到互助组,免除一切赋税,给农民以自主权,让他们自由买卖,自谋生路,争取能够推行和香港相接近的一些经济政策……他的这些想法和我们省委有一些设想很接近……"

钟灵点点头:"我记得,当年陶铸同志也有过类似的想法。只是没有那么具体……"

宋梓南说:"那个时候的大气候也不允许大家想得更具体。"

钟灵问:"那个唐记者调查报告的原文什么时候能拿到?"

宋梓南说:"应该就在这一两天吧。"

钟灵想了想，说道："在这次工作会议上，我们向中央提出全国改革，广东先走一步的请求。既然要先走一步，总得有向哪儿走和怎么走的具体设想。勾画未来的蓝图，一定要大胆解放思想，但又要稳妥慎重。拿到这个唐记者的调查报告后，你先看一下，觉得有必要，我再看，然后咱们再来决定，要不要送中央领导。"

回到自己住的房间里，宋梓南马上给省委办公厅打了个电话，追问向唐惠年索要那份调查报告的事。让他意外的是，一直到今天上午，办公厅派出两三批同志去寻找，居然连这位唐记者的人都还没找到，更别说拿到那份调查报告了。

宋梓南疑惑了："怎么会找不到他的呢？"

"能找的地方我们都去找了。他家里、记者站，还有他常去的军区宣传部新闻科。"办公厅的孙秘书在电话里答道。

"他没出差吗？"宋梓南追问道。

"没有。记者站的领导告诉我们，这两天就没安排他外出采访。他自己也没请假外出。应该就在广州的。"孙秘书答道。

"既然在广州，怎么会找不到的呢？"宋梓南有点着急了。

孙秘书也无法回答这个"难题"了。过了一会儿，孙秘书又补充道："我们还到民航售票处去查过，那儿也没有发现他购买机票外出的任何证据。"

"这么说，这么个记者突然失踪了？他怎么可能失踪了呢？"宋梓南有一点干着急地问道。

孙秘书没法再回答，过了一小会儿，只能说道："我马上去向我们办公厅的领导汇报，我们一定尽量想办法，尽快找到这位大记者。"

10

　　唐惠年当然没离开广州。这时候,他在街头一家很小的打字文印社里正忙活着哩。多年的中央党报记者生涯,多年的高层政治生活磨炼,当然让他很清楚,此次去香港做的这个调查研究所得出的一系列结论和有感而发的建议,带有多大的爆炸性和颠覆性。他想直接通过新华社的内参,把这些所见所闻和思考结果直达"天庭"。这样做的原因,一方面固然是希望能早一点让中央得知他这个"小记者"的调查所得,另一方面,也是不想连累走正常程序的过程中必然要牵扯到的其他同志。正因为有这样的考虑,在宋梓南家,一旦感觉到这位平时充满激情,又敢想敢做的省委副书记多次对他的那些思考显露出要谨慎从事的迹象,他就立刻改变了原先那个要请他帮忙的想法。他真的不想连累任何人,更不想勉强别人。而经验告诉他,这份报告是有可能连累别人的。丢官,"双开"(开除党籍,开除公职),坐牢,都不是不可能的。所以,在离开宋家的时候,他悄悄地取走了报告,然后又做出了个大胆的安排,他要找个地方,秘密地把这份调查报告一式三份地打印出来。一份留在家里存底,万一出事了,也可据此向历史有个交代。一份按组织手续,呈报记者站领导。最后一份,他要带到北京去,直接找新华社内参组,还是要争取让它直达"天庭"……

　　这一家街头文印社实在也是小得可怜,总共只有两台老式的拣字式的打字机,两个年纪不大的女孩埋头在昏暗的灯光下,"啪嗒啪嗒"地打着字。另外两个人在使用一架同样是老旧的推筒式油印机在油印。为了保密,应唐惠年的要求,窗户上蒙上了一层很厚的窗帘。在场所有的人都显得很疲倦,应该是连续工作了一个晚上了。

　　那两个打字的女孩终于打完了最后一页,几乎要瘫在椅子上了。一个文印社负责人模样的男人忙接过这一页蜡纸，把它夹到油印机上。唐惠年则开始去收集那些印过了的蜡纸和印废了的纸页，把它们一一放进一个旧铁桶里，点燃后烧了。他不能留下任何痕迹让人知道，他在这儿打印过这样一份东西。

回到记者站，已经是第二天下午的三点多钟了。最后装订还花了一个来小时。唐惠年是细心的人。他写的稿子上，没有一个墨坨坨。他装订的文本，总是非常整齐漂亮。他夹着那个鼓鼓囊囊的公文包，一走进记者站，记者站站长就赶紧迎了上去，急问："你没上月亮上去？老天爷，省委办公厅的人一个劲儿地在找你哩！出啥事了？"

唐惠年疲倦地拿起桌上一杯剩茶，咕嘟咕嘟地一口喝了，拉着站长进了里边那个办公室，然后从包里取出一份打印稿放到站长面前。

"我要亲自去一趟北京。"一边说，一边从站长倒扣着的饭碗里取出一块吃剩下的半拉馒头，狠狠地啃了一口。

"老唐，你考虑过后果吗？"站长一边说，一边从身后的书柜下边取出一小包四川榨菜递给唐惠年。唐惠年挑出两片，夹在剩下的馒头里，接着大口大口地嚼了起来。

"我谁也不连累，自己去找新华社内参组的同志。"他答道。

"你还是先去找一下宋书记的秘书，看看那边有什么新的动态。宋书记到北京以后，一直派人来找你。他这么急于找你，肯定是到北京后得到了什么新的消息，想对你说些什么。"站长老有经验地替唐惠年分析道。

"这份调查报告，我一共只打印了三份。给您一份，证明我唐惠年不是在搞阴谋。一份给新华社内参组——当然，前提是他们愿意接受这篇稿子。另外一份，留在我老婆那儿，万一将来出事了，我得据此告诉后来人，唐惠年是因为什么出事的。我得像卡斯特罗当年那样，在法庭上大叫一声：历史将宣判我无罪！"

"你为什么不先去找找宋书记,先听听他说些什么,然后再决定你下一步的行动?"

"如果他说北京的情况不好,我是不是就不要去了呢?"

"老唐,你是一个老同志,老记者了,政治上比较成熟……"

"站长同志,如果早两个月,听您这么夸奖我,我会十分得意。但今天,再听到您说我政治上成熟,我真的觉得是在批评和挖苦我。这次我秘密去深圳宝安、香港调查,内心受到极大的震撼。我才觉悟到,我们过去的那种成熟,实际上是一种不成熟的表现。是一种无法面对历史真实面对人民心愿的自私行为。作为一个记者,我有责任把这种震撼传达给同样应该受到这种震撼的人。我没有违反我们的工作纪律,擅自向外公布调查结果。我只是想让我们的中央领导,我们的党,知道这些真实情况。无论是作为一个记者,还是作为一个公民,还是作为一个共产党员,我都应该对他们说一点真话。"

回到家里,唐惠年把那份手稿交给妻子:"这是我那份调查报告的底稿。你一定要替我保管好。"

妻子:"你想干啥?"

唐惠年:"我不想干啥。"

妻子:"你不想干啥,为什么要搞得那么紧张和神秘?"

唐惠年:"其他的话都别说了,你一定要记住我一句话:我去北京后,不管发生什么情况你都要保管好这份手稿。这是今后能向世人证明我唐惠年心迹的唯一证据,也是说明当前中国真实情况的一份原始记录。它可以成为一份见证中国当代历史的重要文档。"

妻子愣了一下,讷讷地问道:"'四人帮'已经打倒了,还不让人说真话?"

唐惠年苦笑一下:"要让春风真正绿遍大江南北,是需要一个过程和一番努力的。"

妻子说道："既然知道还需要一个过程，你为什么还要出头去瞎管这些不该你管的事？"

唐惠年有点激动了："瞎管？过程是需要有人来推动的，你不管，我不管，都不管，那么，这个中国交给谁来管？"

妻子："谁当官谁掌权，谁来管！谁在其位谁谋其政嘛！"

唐惠年："当官的也需要情况。没有情况他们就两眼一抹黑……就不可能管好这个中国。给当官的提供真实情况，这是我们做记者，尤其是中央党报记者应该承担、必须承担的一份责任。中央党报是什么？那就是中央的耳目和喉舌！"

妻子一下也激动起来："但不是所有当官的都喜欢听你说真话的，也不是所有当官的都需要你向他们提供这一类真实情况。你已经当了这么多年记者了，还不清楚？！真是的，何必呢？！"

唐惠年愣怔了一下，瞪大了眼睛，直瞪瞪地看着妻子，然后提高了声调，声音都有些颤抖了，反问道："何必？！何必？！何必？！"最后，他一下颓然坐倒在椅子上，眼泪夺眶而出。

11

宋梓南是第二天上午接到省委办公厅打来的电话，告诉他，他们已经找到唐惠年的下落了，并了解到，唐惠年已经动身去北京了，随身还带着那份调查报告的打印件。他准点到达北京的时间为后天下午三点四十五分。

宋梓南忙问："他到北京干啥来了？"

省委办公厅的秘书答道："由于没有见到唐惠年本人，我们掌握的一点情况都还不够精细。但是从他们记者站领导提供的一些情况来看，唐惠年带着那份调查报告的打印件去北京，是想去找找关系，把这份调查所得，发到新华社的内参上去。"

这个判断是准确的。

唐惠年一到北京，就直接去了坐落在象来街上的新华社总部，找到了内参组的组长老白，并且把那份打印件递了给他。老白习惯性地翻了翻那一摞还散发着油墨香味的打印件，让唐惠年大略地讲了讲内容概要，然后就闷下头，沉思了一会儿，说："我先拿回去看一看。我会很快看的。看完了就会给你一个答复。不过，你别太急。"

当天晚上，唐惠年没有等到答复。第二天上午一直等到十点左右，还是没答复。唐惠年有点沉不住气了。刚要打电话过去询问，白组长的电话打到他住的招待所里来了。昨天分手时，唐惠年留了个电话号码给白组长。

"你住的是哪个招待所？那里说话方便吗？电话是你房间专用的，还是放在走廊里公用的那种？"白组长非常谨慎地询问着。

唐惠年报了自己住的招待所的名字，然后又告诉白组长："电话是放在走廊里公用的那种。"

白组长立刻说："你们也够俭省的，出差到北京来，就住那样的招待所？那在电话里啥也别说了。你马上到社里来，我们当面谈。"

等唐惠年赶到新华社内参组，白组长却啥话也没跟唐惠年说，只是对他做个手势，让他跟他往外走。离开办公室前，他从办公桌里取出一个牛皮纸大信封，估计那信封里装的就是唐惠年交给他的那份调查报告。

白组长径直把唐惠年带到了著名的牛街，一家清真馆子里。这儿离新华社本部说远也不算太远，说近，也不近。十一点钟，馆子里还没什么顾客，特别清静。

内参组组长低声对唐惠年说："这儿说话方便。"

老白显然是这儿的老主顾，经常带人上这儿来谈事。餐馆的老主任一见他，忙迎上前来："哟哟哟，白科长，来了？"立刻把他俩带到里头一个小间里，安顿他俩坐下，沏上茶，问："怎么着，还是那老三样？"

白组长笑着点了点头应道："我这位是南方来的客人。口味清淡，还忌辛辣葱蒜，跟后头大师傅递个话，今儿个掌勺时手下留点情。"

老主任笑着应了声："好嘞！"便带上门走了。

唐惠年笑着问道："他怎么叫你白科长？"

老白笑道："客气嘛。也是他们的一种习惯，为了表示对你的尊重，只要见有点身份的，他都管叫'科长'。也许在他们眼里，'科长'是很大的官了。这和监狱里的犯人管政府方面的人都叫'队长'一样。"

唐惠年环顾了一下左右："这倒是说话谈事的好地方。看样子您是这儿的常客。"

白组长笑笑："大饭店，北京有的是。咱们不讲究那。这儿店面虽不大，但有几样菜非常有特色，一会儿你就知道了。"

唐惠年忙说道："没事。店大店小，在我都无所谓。只要您觉得说话方便就行。"

白组长收敛起笑容说道："你的调查报告我反复看了。"

唐惠云忙问："怎么样？"

白组长从牛皮纸信封里取出调查报告，翻到一个事先折了页的地方，低声地朗读起来："你听听这一段：'应该在深圳边境一带，也就是东起大鹏湾，西至蛇口，南起深圳河，北到樟木头这一区域里，设立一个特别政策优惠区。在这个优惠区里，取消统购统销，取消一切票证，解散人民公社，退回到互助组，免除一切赋税，给农民以自主权，自由买卖，自谋生路，争取能够推行和香港相接近的一些经济政策。'"他放下报告，定定地打量了一会儿唐惠年，然后慢慢地问："你要党中央解散人民公社，取消统购统销，免除农民的一切赋税，实行自由买卖，你清楚自己到底在说啥吗？”

唐惠年沉着地应道：“清楚。”

白组长：“你，唐惠年，还要中央推行和香港接近的一些经济政策？”

唐惠年：“是的。”

白组长又定定地看了唐惠年一会儿：“你觉得你这些想法会和中央的想法一致吗？”

唐惠年固执地："我只想反映情况……"

白组长：“反映情况就可以不考虑后果，不考虑政治影响，不考虑和党中央保持一致？你是一个老记者了。”

唐惠年：“正因为多年来，我有太多正反两面的经验教训……”

白组长：“所以你想孤注一掷？”

唐惠年不作声了，过了一会儿，问：“老白，能允许我做点解释吗？”

白组长：“把你叫到这儿来，就是想听你做解释的。”

唐惠年：“那好。我说说我的真实想法。这些年你们这些人在上头待的时间太长了。如果你们真正沉到下边，不带任何框框去看看老百姓过的日子，你们就会跟我一样明白，我们这些人如果仍然闭着眼睛对现有的一切唱赞歌，就是对我们这个党最大的不忠。”

白组长忙提醒道：“说话放轻点！”

唐惠年又不作声了。

白组长：“愿意听我说两句吗？”

唐惠年：“当然。”

白组长：“我没有否定你这份报告的真实性。但你是个老记者了，应该懂得，真实性是要服从党性的。否则我们就要犯大错误。”

唐惠年：“但是……”

白组长：“我们在这儿不要辩论。我知道你想说什么。我们不辩论。现在重要的是找到一个结合点，能兼顾到真实性和党性原则。有一个比较稳妥的办法，那就是咱们再等一等。很快就要开三中全会了。这次全会将对现行的政治、经济方针作出一些非常重要的调整。我们等一等全会的精神，到那时候再报，是否就更稳妥一些？"

唐惠年心有不甘："可是……"

白组长从牛皮纸信封里掏出一些放大了的黑白照片。（照片上拍摄的是：一些淹死的偷渡者尸首漂浮在海面上。一个老村民悲哀地在挖坑掩埋这些尸首。空空荡荡的村子里，一个瘦弱干瘪的老妇人悲哀地仰望着阴沉沉的远方。）他把照片放在唐惠年面前："你再看看你拍的这些照片……我都替你感到害怕……你知道吗？如果我们把这份调查报告和这些照片发在内参上，只要有一位中央领导看了这份内参以后说上这样一句话：这个人民日报记者到底想控诉谁，在替谁说话？你的下场就很难预料。不光是你，可能我这个发你这个材料的内参组长的下场也就……"

唐惠年默默地呆坐了一会儿，拿起那些照片："可是……可是我觉得……现在太需要让中央的领导知道这些底层的情况了。"

白组长："十六七年前，你们人民日报也有一个记者，叫连云山的，你认识不认识？他同样对当时的逃港问题做了一次秘密调查，同样提了你提的这些建议，希望能在深圳宝安一带建立一个特别优惠区，实行适度的开放政策，同样找到我，要求通过内参把这个情况报给中央主要领导。当时我也这么劝他来着。但这个连云山跟你一样固执顽强，坚持要我把他的调查报告发在内参上。那时候，他还没有拍这样的照片，更没有要求我把这样的照片也发在内参上。"

唐惠年："后来你发了吗？"

白组长："发了。"

唐惠年："他受处分了吗？"

白组长："当时我们特别谨慎，想了一些预防措施，就没发在内参上，只是以清样的形式报呈个别政治局领导。"

唐惠年:"清样?"

白组长:"对。这是我们内参的一种特殊的形式。对于一些特别重大,需要特别控制呈阅范围的稿件,我们以'清样'的形式印出来,只报呈相关的中央领导。当时连云山这份报告就送给一位政治局委员。先看看他的反应怎么样,再决定送不送其他的政治局委员。清样送上去以后,这个连云山的心情可想而知,简直可以说就是度日如年,完全是忐忑不安。一直等了半年,没有一点反应。后来才知道,是政治局的一个领导,也是当时你们广东省省委的一位领导……"

唐惠年:"陶铸同志?"

白组长点了点头:"对,是陶铸同志替他说了一句话,说这个记者的建议虽然是荒唐的,但他反映的情况还是符合实际的,算是保了他一下。否则的话,连云山的下场真的也是很难设想的。"

唐惠年一下激动起来:"那好啊,以当时那个政治情况,他都没受处分,今天,打倒了'四人帮',中央要改革的愿望又非常强烈,就更不会把我这样的人做什么处理了。"

白组长:"但是……"说到这里,小店的服务员进门来送菜,白组长马上闭上了嘴,不再往下说了,等服务员走了以后,他才接着说道:"但是,在一系列重大问题上,比如,中国到底需要什么样的改革、这场改革究竟要往哪个方向改、怎么改、改到什么程度为止……在认识上是不是已经都很一致了?或者像你说的那样,都很强烈了?是不是所有的领导都能接受你的那些建议和你的这些照片所反映的事实?你再看看你自己在这里所写的:设立一个特别政策优惠区、取消统购统销政策、取消一切票证、解散人民公社、免除一切赋税、给农民以自主权、自由买卖、自谋生路……还有这个:'推行和香港相接近的一些经济政策。'你简直就是在颠覆社会主义政权嘛。我的老唐同志,给你戴这顶帽子是一点都不过分的啊!"

唐惠年呆呆地不作声了。他呆坐着，慢慢低下头去注视自己的那些黑白照片。

听了白组长这样一番话以后，再看看自己拍的这些照片，唐惠年此刻似乎也觉得有一点"触目惊心"了。

凝固的海面。阴沉沉的天空。海面上漂浮着几百具尸首。

海岸上。几个中年村干部拉着两辆破旧的胶皮轱辘架子车，在收拾那些被海浪送上岸来的尸首，往不远处的坟地拉运。当其中一个中年人从架子车上抱起一个年轻女子的尸首时，他忍不住地仰头大嚎起来。

空空荡荡的村子里。一只野狗在游荡。一个老年妇女领着幼小的孙儿，在田野里拣拾没人收割的庄稼。当她背起已经装满了的破口袋时，突然踉跄了一下，差一点摔倒在地，挣扎着艰难地站稳身子后，她已经没有力气再去背起那个破口袋了。她只得黯然神伤地低下头去看看孙子，又抬起头茫然地看着远方边境线外那林立的高楼。

商店里，货架上空空荡荡。营业员无所事事在聊着天。

而在另一个菜市场门前则排着很长很长的队，人们在争购一堆大白菜……

一些工厂的烟囱孤高地耸立在阴沉的天空中，喷吐着浓浓的黑烟。而有的烟囱则孤独地耸立在天空中，完全无烟可喷，和那冷清破败空无一人的厂区作着绝配般的映衬……

有一瞬间，唐惠年甚至怀疑这些照片都不是自己拍的了。他问自己：你这个受党教育培养多年的老记者，到基层去，怎么只看到了这些阴暗面？作为中央党报的记者，怎么能只关注这些阴暗面？但是，故意回避这些阴暗面，能不能说就尽到了"喉舌和耳目"的职责了呢？当相当数量的人民受难于这些"阴暗面"之中时，作为"喉舌和耳目"是不是应该突出地把它们呈送到中央领导跟前呢？你毕竟不是要将它们公之于众去左右和影响舆论的导向啊。你只不过是想把它们呈报给中央领导。如果连这样的呈报都不允许，都不必要，那中央各大媒体只要留两个歌唱家，见天对着天安门中南海唱唱《唱支山歌给党听》和《社会主义好》就行了，还要养那么多的记者干什么？

白组长说："老唐啊，你再慎重考虑考虑，再把你的决定通知我。行不？"就走了。于是在北京这条著名的牛街上的一家不知名的清真小饭馆的小包间里，只剩下唐惠年一个人。桌上杯盘狼藉，放着两瓶喝光了的二锅头空瓶。唐惠年显然有点喝多了，眼神恍惚，神色沮丧，手头放着那个牛皮纸大信封。我们可以看到，连同那个打印的调查报告副本，还有那些照片，全都在桌上放着。他略有些摇晃地站了起来向包间外走去。走到门口了，才想起忘了拿那个打印的报告副本和照片，便又折回来把它们一一装进那个牛皮纸大信封里，苦笑了一下，带着信封，又摇摇晃晃地向门口走去。

唐惠年带着那个牛皮纸大信封，向西冲着北京站的方向走了一会儿，走到一扇很大的橱窗前站住了。橱窗里布置着非常醒目的批判"四人帮"的宣传板。还悬挂着华国锋的大幅彩色照片。他在那些宣传板跟前，怔怔地打量了好大一会儿，突然转身走进大门。

大门里有个挺敞亮的大厅。大厅里排着两条很长的队伍。

他觉得这就是火车站了，便啥也不说地走到一个队伍的末尾排了起来。不一会儿，在他身后，又有不少人排上了队。他木木地四下里打量了一下，努力地想了想，觉得还是应该问清楚了再继续排下去，便转过身来问排在他身后的一位女同志："这……这里……这里卖火车票吧……"

那女同志笑了。队伍里许多人都笑了。

有一个排在前边的年轻人回过头来揶揄道："哥们儿，您太英明了。这儿也不卖飞机票，更不卖轮船票。"

那女同志则善意地告诉他："这儿是邮局。我们排队等着打长途电话哩。您要买火车票，得上北京站，出了这门，上马路对面去坐六路公交车。"

出了邮局的大门，唐惠年在街旁的槐树下呆呆地站了一会儿。酒劲依然还没有过去的他，却略有些蹒跚地向马路对面走去。马路上汽车不算多，但也不算少。最多的当然还是自行车。那时候，北京的自行车车流，可以算得上是世界一景，尤其是上下班时分，不说是铺天盖地，也往往如洪水，如沙尘暴一般涌来。

刚走到马路中间，一辆反向驰来的汽车快速从他身旁掠过。由于感觉和反应都比较迟钝，他差一点被车撞倒，踉跄了两下，总算站住了身子，手里的那个牛皮纸信封却掉在了马路上。

好几张照片都从信封里掉了出来。

那辆车的司机丢下句话："兔崽子，活腻歪了！"一加油门，扬长而去。

也许经这么一惊吓，唐惠年的头脑反而给激清醒了一点。他再次打量了一下四周，赶紧去捡工作捡拾起信封、文稿和照片，躲过来往的车辆，向马路对面的公共汽车站快步走去。马路对面果然是个公交车站。在一根锈迹斑斑的圆铁柱上，挂着不少的公交路牌。因为头仍然有点晕，他便用手扶住那铁柱，抬起头，仔细找了一会儿，没找到那个女同志说的六路公交。正要开口打听，却见一辆加长的六路公交车摇摇晃晃地开了过来，在前方五六十米处停了下来。原来六路车站还在那边。唐惠年赶紧跑了过去。

白组长回到办公室，组里当值的一个同志告诉他："有人找你，好像挺急的，已经打了不止一个电话来找了，一再说，请您回来后，务必给他回个电话。"

白组长端起茶缸，喝了一大口凉茶，问："谁啊？留回电号码了没有？"

值班的同志答道："他也没说名字，只说是广东省委的。从留下的电话号码看，是从京西宾馆打出来的，说不定还是参加中央工作会议的同志。"

白组长一震，忙放下茶缸，去拨电话。

给白组长打电话的是宋梓南的秘书小马。从白组长那儿得到唐惠年的下落后，宋梓南马上赶到钟灵的房间里，向书记报告道："找到那个唐大记者的下落了。据新华社内参组的同志说，他已经到北京了，也找过他们内参组。但后来，好像发生了某种误会或者是变故，他突然改变了主意，准备带着所有的文稿和照片，要回广州去。"

钟灵放下手里正在批阅的文件，问："哦，走了吗？"

宋梓南说道："估计还没走。我已经让省驻京办赶紧派人去火车站和机场去截他了。"

驻京办的同志兵分三路，一路去首都机场，一路去北京站，第三路则去那个招待所再核实一下唐记者是否已经退房离去。去机场和车站的两路人马都带着写有唐惠年名字的木牌牌，准备在候机和候车大厅里展示。但不管他们怎么地举着牌牌走动，始终也没有找到这个唐大记者。去火车站的同志查找到了当天开往广州的那趟车次，进了站台找，也没找到。其实当时唐惠年确实在火车站，而且也上了趟开往广州的火车。驻京办的同志之所以没能找到他，是因为，他躺在某节卧铺车厢的一个中铺上，在闷闷不乐地翻看一本《红旗》杂志。当驻京办的那两个女同志举着木牌走到这一节车厢的车窗前，踮起脚尖，向车厢里张望的时候，唐惠年用杂志盖住自己的脸，已经晕晕地睡着了。双方都不可能看到对方。

最后一遍开车铃响起后，列车员纷纷关门收梯。省驻京办的那两个女工作人员焦急万分地冲到一节卧铺车厢前，恳求列车员："能让我们上车去找一找吗？"

那个年龄已经不算小的女列车员板着脸："那怎么可以？火车是你们家，随便进出？"

女工作人员忙解释："我们是广东省驻京办的，要找一位重要客人。"

那个女列车员斜睨了女工作人员一眼："驻京办？北京的驻京办多了

去了! 都这么来找人，铁路不成了游乐园了? 有市公安局和公安部开的特殊证明么? 没有? 对不起! "说着，把这两位女同志推下车，"咣"的一声，车厢门就关上了。

到机场去"拦截"唐惠年的同志的遭遇似乎也不比她们好到哪儿。他们先是请机场的同志帮着在旅客名单里查找有没有一个叫唐惠年的人。查找下来，没有。驻京办的同志还是不死心，请他们再查一下有没有人民日报驻广州记者站开出的购票证明。民航的工作人员就已经有点不耐烦了。那个年代，乘飞机的和管理飞机的似乎都是具有特殊身份的"高等华人"，再加上机票十分紧俏，所以民航方面的工作人员自我感觉特别好，尤其是他们中窗口行业的工作人员，对待一般来办事的平民百姓，常常持一种居高临下的傲慢态度。当驻京办的同志第二次求他们再查找一下名单时，他们已经表现得非常不耐烦了："今天从北京飞广州，一共就这一个航班。全部旅客名单都在这儿。你们还要我们怎么查? "

省驻京办的同志谦和地说道："能让我们自己来查看一下吗? "

民航票务处的工作人员冷冷一笑道："你们自己查? 那不行! 你们应该知道，目前允许乘坐我们民航班机的都是各方面担负重要任务的工作同志或领导干部。因此，航班旅客名单和他们的去向，是绝对保密的。你们有公安局或其他内卫部门开的特许证明吗? "

省驻京办的同志："没有……"

对方立即站了起来，一边合上了旅客名册，一边做了个送客的手势，说："那只能对不起了。"就要让驻京办的同志走人了。

后来还是去火车站"拦截"的同志，情急之下，找到列车长，说明事情的重要性，搬出了"参加中央工作会议的广东省省委和省政府主要领导需要找到这个记者"这样的理由，列车长才觉得事情不像他们想象的那么简单，便立刻亲自到列车广播室，让播音员播出了这样一条通知："现在广播紧急寻人，现在广播紧急寻人。哪位叫唐惠年的旅客注意了，

哪位叫唐惠年的旅客注意了，请你听到广播后，立即到七号车厢列车广播室来；听到广播后，请你立即到七号车厢列车广播室来。"这才惊起了昏昏沉沉睡着的唐惠年。

根据中央的安排，由率领中共党政高级干部出国考察访问的谷牧等同志，在中南海怀仁堂向参加中央工作会议的同志们介绍他们在西欧五国和港澳、南斯拉夫、罗马尼亚等地的所见所闻。宋梓南饶有兴趣地赶了去。但没听多大一会儿，他便发现，钟灵和省里好几位一起来参加中央工作会议的领导都没在会堂里。以前也出现过这样一种情况，省里有个别领导同志要去中央某个部委商谈某个项目，或者他分管的某个工作口里突然出了什么紧急事要他马上去处置，有可能缺席一次小组会，或者是全体大会，但是像今天这样，省里所有与会的领导全体都缺席——当然是除了宋梓南——还是绝无仅有的。"一定是出了什么事了……"宋梓南猜测道，"什么事会跟其他所有的省领导有关，偏偏跟我没有关系呢？"稍稍往深处想一想，宋梓南有点不安起来。正为此感到疑惑时，钟书记的秘书老夏悄悄走进会场，走到宋梓南的身旁，低声对他说："钟书记请您马上到他那儿去一下。"宋梓南反问了一句："现在？"老夏点点头："现在。"看来，省里的确出了什么重大的事。宋梓南没有再多问，立即起身跟着老夏，悄悄往外走去了。

走出怀仁堂，一辆红旗车已经在不远处的松树下等着了。

汽车直接把宋梓南拉到京西宾馆。宋梓南随夏秘书匆匆走进钟灵的大套间。果不其然，省里所有来京参加中央工作会议的领导全都在这儿。

钟灵笑着对宋梓南说："就缺你一个人了。快请坐。刚得到通知，中央主要领导，包括小平同志和叶帅，对我们省委那个'全国改革，让广东先行一步'的想法很感兴趣，让我们马上到他们那儿去做一次详细汇报。那个唐记者找到没有？"

宋梓南应道："还在找。"

从来遇事都从容不迫的钟灵，这时也表现出一点急迫的情绪来了："赶快找到他，并且一定要尽快拿到他那份调查报告。深圳宝安和香港两地紧邻，但人民生活水准存在如此大的差距，有助于中央下决心同意我们实施这个'广东先行一步'的想法。"

　　宋梓南忙应道："行。我马上再给省驻京办打个电话，让他们赶快再想想办法。"

　　然后，钟灵就带着省里参加中央工作会议的全体人马，赶往西山，去见叶帅。

　　一见面，叶帅就问："广东先行一步的理由和条件是什么？"

　　钟灵："理由就是一个：我们的家乡实在是太穷了，必须赶快把经济搞上去。"

　　叶帅笑了："这个话挺耳熟啊。"

　　钟灵："是啊，这是您叶帅说的嘛。您这句话说出了我们广东大多数同志多年来积攒在心底的愿望，也可以说非常准确地表达了我们全党的共同愿望。说到条件，全国各省有的，我们都有，但是我这有一条得天独厚的地缘条件，那就是我们紧邻香港和澳门。我们只要开开窗，南风就吹进来了。"

　　叶剑英默默笑了一下道："你们这扇'南风窗'也不是可以随意开得的哦。它也是一把双刃剑哦。"

　　钟灵应道："我们省委有针对性地研究了一下，计划先在深圳、珠海、汕头划出一块地方来做试验，用各种优惠的条件吸引外资，把国外先进的东西吸引到这几个地方来。再说，这几个地方地处粤南粤东，偏于一隅，万一事情没办好失败了，对全省全国影响也不会太大。"

　　宋梓南："如果中央同意，我愿意回汕头去搞试验。我是汕头人嘛。将来要杀头，就先杀我的头！"

　　叶剑英颔首笑道："你这个话，我已经听你说过不止一次了。古语云，军中无戏言哦！"

宋梓南："今天钟书记也在场。我表这个态当然不是戏言。广东自然资源如此丰富，地理人文环境又那么优越，广东人自古以来就敢想敢干敢闯，有不甘于现状的好传统。有这么多有利条件，我们广东的许多地方，居然还那么穷，我们这些在广东手握生杀大权的'封疆大吏'可以说无颜见江东父老。拿自己的脑袋搏广东的明天，是我们的职责所在，也是一个共产党的党性所在。这不光是我一个人的心愿，也是我们省委省政府所有成员的决心。请叶帅无论如何也要替我们到中央去争取这个优惠条件。说起来，您也是我们广东老乡哦。"

叶剑英大笑道："宋梓南，你要在中央工作会议上拉一个广东帮出来，那可不行啊！"然后他又转过身来问钟灵："你们办这样一个试验区，叫什么好呢？你们想过没有？"

钟灵答道："我们正为这犯愁哩。想了好几个名字，觉得都不怎么妥当。"

一个省委领导补充道："我们也设想过，叫它'自由贸易区'，怕别人会误会我们就是冲着资本主义去的。叫'出口加工区'吧，又让人觉得是跟台湾学的。叫'贸易出口区'吧，还是不很确切，因为我们的试验肯定不能仅仅局限于外贸。研究来研究去，勉强定下一个'贸易合作区'，好像也不是很理想……"

叶剑英想了想："叫贸易合作区，不理想。中央不是一直让进出口委员会在过问这件事吗？你们可以找谷牧嘛，找找具体负责的江泽民嘛，让他们给出出主意。当然，最重要的，还是要尽快直接给小平同志作一个汇报，听听他在这方面的想法。"

宋梓南忙问："这些枝节问题，我们能去打扰小平同志吗？"

叶剑英笑道："这怎么算是枝节问题？改革开放搞试验，任何小事都是大事。当然要听听小平同志的看法啦！"

12

开往广州的那趟特快列车缓缓驰进丰台站以后，竟然停了下来。车上的旅客纷纷议论起来。因为按列车行程表，这趟特快不停丰台，而且历来都不停丰台。"出啥事了？""可能车上有人犯急病，要送医院。""八成是抓着逃犯了。你们看，有人给带下去了。"尤其是硬卧车厢的旅客，他们中间相当一部分人是经常乘坐这趟车往来京广的，既熟悉车次运行情况，也有足够的时间和空间来满足自己的好奇心，便纷纷拥到车窗跟前来看个究竟。

这时，透过车窗，他们看到一个中年男人在列车长和乘警的陪同下，走下了车。丰台站台上有一辆红旗车在等着。列车长和乘警把那个中年男子交给红旗车上的两个不像是警察的工作人员以后，列车马上就开走了。看来，列车突然在丰台站停靠就是为了让这个中年男子在丰台站下车，并把他交给那辆红旗车上的工作人员的。

在那个年代，红旗车是地位和权力的象征。

列车专门为他在丰台站停靠。站台上专门有红旗车来迎接他。这小子真牛。他是谁？

他就是唐惠年。

广东驻京办的同志在相关公安部门的帮助下，在丰台站"截获"了唐惠年，立即派车将他和那份调查报告一起送往京西宾馆。钟灵在认真阅读了唐惠年的调查报告后，立即把这份报告批给了省委全体常委，要求常委据此来反思广东多年来的工作得失，认真落实省委和中央关于"全国改革开放，广东先行一步"的伟大战略决策。并让身边的工作人员用最快的速度，把他们那天在叶帅西山住处确定下来的一些想法形成文字，报到谷牧那儿。谷牧在这份报告上附上他的意见后，又很快把它呈送到了邓小平处。第二天，他又亲自打电话到邓小平处，再一次转告了广东省的同志请求"先行一步"的想法。

小平同志的秘书在接了谷牧的电话后，立即把电话内容告诉了邓小平："刚才谷牧同志来电话，再一次申述了广东省委的那个想法。"

邓小平拿起桌上放的几份简报，问："他们的想法，是不是就是会议简报上反映的那一些？"

秘书答道："大体的意思就是那一些。"

邓小平说道："你告诉谷牧同志，我赞成'广东先行一步'的提法。这和打仗一样，大部队行动，总应该有人先走一步探探路嘛。广东先行一步，在深圳、珠海、汕头等地方先搞一点试验，我看可以。"

秘书又说："谷牧同志说，这里有一个难题，广东的同志一直拿不定主意。到底应该怎么称呼这几个试验区？有的同志主张叫'自由贸易区'，有的同志主张叫'出口加工区'，有的同志主张叫'贸易出口区'，还有主张叫'贸易合作区'的……"

邓小平笑了笑，几乎不假思索地回答道："就叫'特区'嘛！当年的陕甘宁就是特区嘛！"

秘书再问："如果办试验区，广东的同志还希望中央能给一点钱，哪怕象征性地给一点启动资金也行。"

邓小平立即很坚决地回答道："这一点要跟谷牧说清楚，中央没有钱，让广东的同志自己去搞钱。改革，试验，就是要解放思想，敢闯，敢想，就是要杀出条血路嘛！"

当天晚上，吃罢晚饭，在中南海办公的谷牧正在海子边上散步，不远处，看到邓小平在警卫和家人的陪同下，也缓缓地散着步走来。他不想在这时候打扰邓小平，刚想回避，却不料被邓小平叫住了。"谷牧，我今天白天说的话，你听明白了吗，广东那几个划出来做试验的地方，就叫'特区'。延安和我们的陕甘宁边区那个时候就是个特区嘛。星星之火可以燎原嘛。"

"叫'特区'好。我记住了。我马上去转告广东的同志。"谷牧答道。

"建立特区，一定会遇到很多困难，告诉广东的同志，告诉将来去特区工作的同志，一定要有杀出条血路的思想准备和勇气。"

谷牧回到办公室，立即吩咐秘书马上替他接通钟灵的电话。他把刚才在中南海海子边上邓小平和他讲的话，重点地、简要地给钟灵复述了一遍。

钟灵听着谷牧的复述，一边在自己那个本子上记录着，一边应道："叫'特区'，好啊。"但这个"好"字刚叫出口，稍稍想了想，放下笔，又有些担心，便谨慎地问道："叫特区……那，它们是不是就直属中央，不归省里管了？"

谷牧笑了："根据我的理解，小平同志没这个意思，其他中央领导也没表示过同样的意思。一直以来的指导思想，不管这几个试验地叫什么，它们还归你省里管。就是叫'特区'，也还归你们省里管。刚才小平同志又特别强调了白天他说过的一句话，他让我务必转告你们，尤其是将来去特区工作的同志，办特区，中央没有钱，要由你们自己去搞。一定要有杀出一条血路的勇气。"

由于当年长安街上的车流量远远不像现在这么多，再加上，这辆红旗牌轿车是驻京办的同志通过关系，特地从国务院机关事务管理局要的一种挂有特殊牌号的车，所以，一路驰来，几乎没有遇到红灯，很顺利地进了京西宾馆的大门，驰到主楼门前停了下来。只是在进了主楼大门，他们才稍稍遇到了一点"麻烦"。他们刚要进电梯，却看到有两个人匆匆走过来拦住了唐惠年。唐惠年仔细一看，是新华社内参组的那位白组长，还带着一位年轻的助手。

白组长上前叫住唐惠年后，向他索要那份调查报告。

唐惠年绝对没有想到，内参组的消息也能如此的灵通，自己刚被

"截"回北京，他们已经得到消息，在这儿等着他了。一时间他不知道白组长索要这份调查报告的用意何在。一路上，他变着法地向去车站"截"他的这两位同志打听"让返回北京的内情"，但这两位同志对他的追问，既不热情，也不冷漠，只是彬彬有礼地守口如瓶，什么内情也不透露，搞得他反而有点紧张兮兮的。所以他也不知道他该不该在这时候把这份调查报告的副本交给新华社搞内参的同志。

这时，省驻京办的同志上前拦住白组长："对不起，我们省委的主要领导正等着唐记者，你们的事，能不能等一会儿再说？"

白组长忙解释："我们只要两分钟时间。"

唐惠年也帮着介绍道："他们是新华社内参组的。"

听是新华社内参组的，驻京办同志的态度马上和善许多，本能地就让开了道，没再拦阻白组长了。

白组长立即把唐惠年叫到一旁低声说道："你那份调查报告的打印件带在身边了吗？"

唐惠年点点头："带着哩。怎么了？"

白组长又问："那些照片呢？"

唐惠年应道："也带着哩。"

白组长说："统统都给我。"

唐惠年一愣，问："干什么？"

白组长："我们刚得到通知，一定要赶在明天上午前，把你这份调查报告的内参，送到每一位在京政治局委员的手里。"

唐惠年更是有点犯傻了，怵怵地问："怎么回事，想拿去做反面材料？"

白组长："别瞎捉摸……"

唐惠年："可是昨天您还在告诫我……"

白组长笑笑："昨天是昨天，今天是今天嘛。"

唐惠年迟疑着："这……"

白组长低声地："别犹豫了。只要你本人还同意我们发你的这篇调查报告,就请赶快把报告稿交给我们。"

唐惠年还在犹豫:"不会有啥事吧?"

白组长:"你看你看,上边重视了,你自己反倒又哆嗦起来了。"

唐惠年:"可是……"

白组长说:"当然,如果你本人不同意发,我们也不勉强。"

唐惠年马上说道:"我要是不想发,干吗还带着它千难万险地从广州跑北京来?我有病?"

白组长笑道:"那你还犹豫啥?果断点,我们还要回去编稿子哩。"

几分钟后,那位内参组的白组长拿着唐惠年交给他的那个牛皮纸大信封,已经在回新华社的路上了,他的神情显得尤其的严肃,就好像是亲自去揭开一个历史大谜团,或者是要向世人宣布一项新的科学成就似的。

那个年轻的助手轻轻地说道:"我看那位唐记者好像被这突如其来的变化,打蒙了。"

白组长若有所悟地叹道:"那是。谁遇到这样的变化都会发蒙。一会儿天上,一会儿又地下……刚才还是'牛鬼蛇神',这会儿又成了圣贤仁者,谁能不蒙?"

那位助手若有所思地:"也许,我们刚才适当地跟这位唐记者透露一点背景情况,告诉他是最高层有新的精神下来了,催我们赶紧印发他的这个调查报告,他可能会踏实得多……"

白组长的神情马上又变得严肃了:"这怎么能说?来自最高层的情况,任何一点都属于内部严格掌控的。没有得到特别的允许,绝对不能随便扩散。这是宣传纪律,也是政治纪律。一定要严格遵守。在我们这个岗位上,犯任何一点自由主义错误,都会酿成大错。"

年轻助手立刻不作声了。

13

回广州已经好几天了，但宋梓南内心一直平静不下来。那天躺在床上好大一会儿都睡不着，坐起来想抽支烟，拿了烟，可是手头没找着烟灰缸和火柴，下床去找吧，又怕动静太大，影响了老伴，忍了忍，只得把烟扔回到床头柜上，又躺下了。

不一会儿却听到另一个卧室里有窸窸窣窣的响动，好像有人从那卧室里走到门外来了。那儿是老伴的卧室。难道他这边的响动，把她给吵醒了？他从床上坐了起来。但，一会儿门外的窸窣声消失了。

他又躺了下去。

可是，不一会儿，门外又响起了窸窣声。他犹豫了一下，下床向门外走去，一边走，一边轻轻地问："是你吗，亭云？"

门外没人回答。

他轻轻拉开卧室门，却看到老伴在门外过道的一把藤椅上坐着，手里还拿着一只烟灰缸和一盒火柴。宋梓南一愣。顾亭云默默地把烟灰缸和火柴递给了他。宋梓南点着烟，默默地吸了一口。老伴默坐了会儿，问："可以聊聊吗？"宋梓南犹豫了一下，摇了摇头。老伴歉疚地："那好吧……抽完烟，早点休息。"说着，起身向自己的卧室走去。等老伴进了卧室，轻轻地关上了房门，宋梓南又默坐了一会儿，便起身去了书房。他从书桌的抽屉里取出一个文件夹，又从文件夹里取出一些文件和书面材料的草稿。也许是要重温什么，还是在寻找什么，他把那些文件和书面材料的草稿——在书桌上摊开。最后拿出来的便是唐惠年写的那份调查报告，还有那些黑白照片。他仔细端详着那些让人触目惊心的照片，又拿起一些书面材料的草稿来翻阅，这些书面材料的标题是《在汕头调研后给省委的报告》《关于利用广东有利条件进行对外经济交流的几点设想》《关于广东先行一步试办深圳、珠海、汕头出口特区的初步设想（草稿）》……

这时，书房的门被轻轻地推开了。

顾亭云端着一碗夜宵走了进来。

顾亭云把夜宵放在宋梓南手边的桌子上，又把一个暖水袋放到宋梓南的腿面上，一声不响地向门外走去了。

顾亭云刚走了两步，宋梓南便叫住了她："亭云……"

顾亭云在门口站住了。

宋梓南："请坐。能跟你说件事吗？"

顾亭云犹豫了一下，在一旁的椅子上坐了下来，调侃似的笑了笑："怎么了，刚才想跟你聊聊，你没兴趣，现在又要跟我说啥事？还那么客气，让座还不够，还要'请坐'？"

宋梓南轻轻叹口气说："我的工作可能会有一点变动……想听听你的意见……"

顾亭云一愣："定了？"

宋梓南点点头："大概吧……"

顾亭云："要离开广州？"

宋梓南又默默地点了点头。

顾亭云："去深圳？"

宋梓南不无意外地："你知道了？"

顾亭云默默地笑了笑："现在哪里去找不透风的墙？"

宋梓南忙问："你什么时候知道的？"

顾亭云："你从北京回来的前一天。"

宋梓南："那你这些日子还一直装得像个没事人似的？"

顾亭云："你不开口，我怎么好说？这都是你们高层的高级人事机密。"

宋梓南："那你……同意了？"

顾亭云苦笑道："我们结婚这么多年，你从南到北，从北又到南，调动了这么多回工作，哪一回是事先征得我同意的？"

宋梓南忙说："我也是身不由己嘛！有几回通知我调动工作，从找我谈话，征求我个人意见开始，到最后拍板，确定到新工作岗位报到的时限，一共也就二十分钟。而且往往是限定当天就要去新单位报到，完全跟消防队接到火警去救火一样。"

顾亭云："不过，这一回我听说是你自己要求去深圳的。"

宋梓南哑然失笑道："你知道得还不少啊。"

顾亭云一下有点激动了："许多老朋友，都在为你担心、也为我们这一家的前途担心……"

宋梓南："干吗呢？这又不是当年去干校蹲牛棚……"

顾亭云："跟我说实话，对这一次去深圳，你心里真的就那么踏实？"

宋梓南："哎，我有啥不踏实的？在深圳办经济特区，这是当前党的战略决策、战略转移的一个重大步骤……我有幸为这一场大变革的历史浪潮鞍前马后充当开路先锋……"

顾亭云站起来，打断了宋梓南的话："你踏实，这两天为什么都睡不着觉吃不下饭地穷折腾？"

宋梓南："我怎么睡不着觉吃不下饭？怎么穷折腾了？"

顾亭云指指墙上的挂钟："你瞧瞧，现在都几点了？你躺下，又起来，起来又躺下，这一晚上都折腾几回了？"

宋梓南不作声了。

过了一会儿，宋梓南问："你还听说了些啥？"

顾亭云："多了！"

宋梓南："说说。"

顾亭云："几乎没有一个朋友不说你傻的，没有一个朋友不说你刚好了伤疤就忘了疼的。'文革'刚消停，刚喘过气来过了几天太平日子，就又想着穷折腾了。都说你在为下一次'文化大革命'彻底打倒自己在准备黑材料哩！"

宋梓南："老朋友们？哪些人呀？我怎么没有听到有人到我跟前来跟我说这些话啊？"

顾亭云："那是。都是从'文革'中熬过来的人，谁还那么傻，当面跟你说这些？能跟我说，就算这些朋友挺仗义的了。"

宋梓南怔怔地看了顾亭云一会儿，苦笑一下道："那还得谢谢他们了？"

顾亭云不作声了。

又过了一会儿，宋梓南："他们还跟你说了些啥？"

顾亭云瞟了宋梓南一眼："真有耐心听我说下去吗？"

宋梓南忙应道："当然。当然。"

顾亭云："那你听着，他们说，老宋现在的发展势头非常好，已经是副省级干部，省委常委班子的主要成员了，下一步又内定让你去中央党校省部级干部学习班去学习，还要派你去出国考察；学完了考察完了回来有可能接广州市委书记一职，他们说，以你眼前这个势头，只要一步步走稳了，再下一步，完全有可能提起来到哪个省去当一把手……就算是最差的估计，只要不出什么问题，在退休时，中央也会按惯例再提你一级，也会让你以正省部级圆满结束你这一生。但关键是，别再出什么问题。因此，到了这一步，你没有必要去干这种风险大、不太有把握的事情，特别是放着马上到手的广州市委书记不做，去深圳当个什么特区市的市长和市委书记。深圳能有多大搞头？就是一个小渔镇嘛，一共只有两三万人嘛！"

宋梓南："深圳，那可是中央的一个试验田啊！"

顾亭云："试验什么？"

宋梓南愣了一下："试验……试验一切……一切，只要能让老百姓的日子好起来的方法和措施都可以试……"

顾亭云："一切都可以试？"

宋梓南："一切都可以试。不带任何框框……"

顾亭云："不带任何框框？"

宋梓南："对这一场即将开始的改革，中央的决心很大。这一点，这些朋友可能了解得并不具体……"

顾亭云："都是一些干了几十年的老同志，他们怎么不了解内情？"

宋梓南："但这一回真的不一样了。中央的决心真的非常大……"

顾亭云："内部就没有不同意见和看法了？"

宋梓南："有不同意见和看法，这很正常嘛。但中央已经做了决议，发了公报……"

顾亭云："发了公报，做了决议，就一定会成功？你想过没有，如果不成功呢？如果出差错呢？万一不成功，万一出了大的差错，你们这种在第一线上做试验的人就会要为此负起主要历史责任，你一生的英名，大半世的奋斗都会付之东流，毁于一旦。上帝已经不会再给你时间来补救。所有这一切，你考虑过吗？"

宋梓南一愣："亭云，这……这是你的想法？"

顾亭云："我只是在转述那些老朋友们的想法……"

宋梓南沉默了一会儿："那么你自己是怎么想的……我想知道你的想法……"

顾亭云："我的想法对你来说有那么重要吗？"

宋梓南："你说呢？"

顾亭云不作声了。

以后的两天，他俩好像有过一个约定似的，都在回避这个过于沉重和尖锐的话题。宋梓南很清楚，对于已经过了六十的他，这一次的人生抉择，很可能是他一生最后一次了。正如那些老朋友们让亭云转述给他的那样，"万一不成功，万一出了什么大的差错，你们这种在第一线上做试验的人就要为此负起主要历史责任，你一生的英名，大半世的奋斗都会付之东流，毁于一旦。上帝已经不会再给你时间来补救"。这一锤子买卖的营生，的确非同小可。那天下班后，他没有让专车司机送他，自己骑着一辆自行车，在街上慢慢地骑着，"逛着"。这也是他多年来养成的一个"癖好"，但凡工作上思想上出现什么解不开的心结，他总是找这么一辆破自行车，不给自己限定去向和目的，只是在广州的老街小巷子里转悠。一个小时……两个小时……从傍晚到深夜……总能找到排解心结和解决问题的途径，最起码也能让自己放松下来，能从容面对眼前的尴尬局面。

他没有细想过，为什么这么转一转就能让自己变得从容起来。也许，那些在折磨着他的所谓"烦恼""困窘"，无非都是由特定的利益圈子的特殊行为衍生出来的。当他把自己深深地浸沉到那些布满历史苍苔的老街小巷子里去以后，扑面而来的平民生活气息，那种平凡那种琐碎那种无所谓而又无所不包的永恒性，让他觉得自己一下回归了，回归到人生的原生态的生存境地中，既无所得，也无所失，更不怕失，便"笑看六宫粉黛成青冢"。

为此，每每地要走出那种老街和小巷子的时候，总会有一种恋恋不舍的心绪隐隐袭来，让他情不自禁地回过头来久久再看上那极为普通的老街和小巷子几眼。这时，"身不由己"和"心有不甘"两种相克相生相辅相成的心态也会不约而至。他知道再往前走一步，他又会回到那"特定的利益圈子"里，从事那"特殊的行为"，又会被种种"尴尬"和"烦恼"包围住。但，不管别人怎么界定他判别他，他还是要向前走的，因为这是他为自己定下的"责任"和"使命"……而后果，更是他不愿去多想，也不能多想的……

突然间，他被警察的呵斥惊醒："喂，你干啥呢? 红灯! 没长眼? "

宋梓南忙刹车，抬头一看，正前方的红绿灯已经变成红灯了，而自己却正冲着红灯，骑到马路中间来了。他忙跳下车，向后退去。但警察已经冲了过来，指着他的鼻尖嚷嚷道："你什么名堂，当着我的面闯红灯? "宋梓南忙认错："对不起对不起，我刚才走神了……走神了……""你走神回家去走呀! 上这马路中间走什么神? ""对不起对不起……""把车推岗亭那边去，锁上，明天到交通大队去领。你这老头也太可气了，我这么大一个人站在你面前，居然还大摇大摆地闯红灯! 你以为你是谁呢? 快把车推过去! "

也许是看宋梓南上了年纪，又看他态度诚恳，警察最后还是没有扣他的车。宋梓南赶紧推着车过了马路，却仍然心有余悸地回过头来又看了一眼那个红绿灯。

红绿灯高高地耸立在十字路口中间，此刻正在变灯。一边的红灯变成了绿灯。另一边的绿灯正在变成红灯。

他怔怔地看着那刺眼的红灯。

宋梓南耳边再一次响起顾亭云的话："万一不成功呢……万一出了大差错呢……"

身后响起了两下急促的汽车喇叭声。大概呆站在街边的他又挡住了人家的去路。他忙惊醒过来，推着车向一条比较小的马路走去。小马路上车辆和行人都比较稀少。宋梓南没再骑车，他怕自己犯傻愣再挡了别人的路，再让警察生气，就只是推着车，慢慢地走着。他从一家古董商店门前走过。走过去十来米远了，忽然间好像想起了什么，又停了下来，回头向那家古董商店走去。

这是一家他常来的古董店。宋梓南走进店堂时，店堂里没有别的顾客，空空荡荡的。

一个上了年纪的店员忙迎上来："宋书记，您来了? 就您自己? "一个年轻一点的店员则忙着要去沏茶。宋梓南忙摆手："别忙别忙。今天我待不住，只是随便转转，看看，马上要走的。"老店员恭敬地笑道："嗨，喝杯茶又怎么了？前两天，我们得了两件翁方纲的东西，正想请您给看看哩。那主开价五万……"宋梓南收藏字画，已经到了相当的层次。一些知名的古董店里都有他相熟的"藏友"。他在他们中间也有相当的知名度——这可完全不因为他是个"省委副书记"。这里的道理很简单，在鉴别古董时，官大官小，是完全不起作用的。除非有人存心把真货当赝品卖给你，讨你的好，就像有人在牌桌上故意输给领导，用这样的方法，变相地送钱。但宋梓南反感有人跟他这么干。他是个真正的古董玩家。他的成就感不在钱上，而在凭自己的眼力，淘到好货。

听说店里得到两件翁方纲的玩意儿，宋梓南顿时兴奋起来，忙问："什么玩意儿，敢跟你们开这么个天价？"年轻店员也说："可不是吗？五万！我得挣一千个月，好几十年！"老店员说："我们经理寻思着要给您打电话，请您来给过过眼，就是不敢打扰。看巧您今天来了。"宋梓南提醒道："应该请博物馆和书画院的专家来鉴定呀！"老店员说："请啦。专家的鉴定意见不一致嘛。经理不敢下决心，才想到要请您过一下眼嘛。今天您无论如何帮我们看看。"说着，老店员把宋梓南带到后头的小仓库里，从一个高脚百宝架上小心翼翼地取下一个卷轴交给宋梓南。

宋梓南戴上手套，同样小心翼翼地打开卷轴。此时，屋里的光线已经有点暗淡了。那个年轻一点的店员忙拉亮灯，并且递给宋梓南一柄放大镜。宋梓南细细地察看了一下这幅卷轴，轻轻地叫道："啊，看起来倒真是件难得的真东西！"

那个老店员忙问："是吗，是真东西吗？"

宋梓南说："应该是翁方纲摹拓的《落水兰亭》真迹。"

那个年轻店员问：《落水兰亭》？怎么，王羲之的《兰亭序》还有'落水'不'落水'之分？"

宋梓南笑了笑，慢慢地解释道："你们都知道王羲之的《兰亭序》天下闻名，世间流传不少它的拓本摹本。据传，在所有《兰亭序》的拓本摹本中，拓得最好流传最广的是《定武兰亭》。南宋时，赵孟坚用五千两黄金买到一册《定武兰亭》拓本。那天他兴高采烈地拿着这个《定武兰亭》乘船回家，不幸翻船落水。这个赵孟坚居然高举着这个拓本，大声喊着：'我性命可以放弃，但这个拓本不可放弃啊！'为此，这个拓本就得到了一个《落水兰亭》的美名。这个《落水兰亭》从宋到清，历经二十一位名家和达官贵人收藏，就显得越发珍贵……到乾隆四十七年，翁方纲见到此帖……你这个小年轻大概还不知道翁方纲是何许人吧？"

宋梓南稍稍停顿了一会儿，抿了一口茶，自问自答道："这个翁方纲是乾隆时的进士，官拜内阁大学士，此人擅长金石书法，尤其在书法方面和当时的刘墉等人齐名，统称为乾隆嘉靖时期四大书法家。这个翁方纲见了此帖，爱不释手，把玩数日，以至不管刮风下雨，吃饭休息，都无时无刻不守着它。后来又用许多时间，把它摹拓了下来。并且在以后的三十二年时间里，在卷轴的后面，用楷、隶、行各种字体题跋三十段共六千五百多字。能收藏到这个摹本，实实在在是极其难得。"

那个老店员忙说："这里还有一幅翁方纲的字。但看起来总觉得有点刻板，我们怀疑它不是翁方纲的真迹，麻烦书记也请过过眼。"

宋梓南看了另一幅中堂立轴后说："看来你们的眼力还是不错的。它当然要刻板些啦，因为它就不是翁方纲亲笔写的嘛，虽然也是乾嘉时的东西，落着翁方纲的名，但却是翁方纲的儿子翁树良代笔的。他儿子有这个毛病，好代他老子在外头写字。"

老店员高兴地说："我们经理去区里开会了。但他一会儿就会回来的。经理一直想请宋书记吃个饭，感谢宋书记这一向以来，对我们店里工作的指导和支持。如果今天宋书记能赏光……"

宋梓南忙站起来说道："以后你们再收到什么好东西，别忘了叫我来开开眼，我就非常感谢你们了。吃饭嘛，免了，免了。替我向你们的经理问个好，以后得便了，再来看他。"说着，就甩手向外走去了。走到店门外，刚打开自行车上的锁，只见秘书小马驱车匆匆赶来。

宋梓南："怎么了，气喘吁吁的？"

小马："刚才接到一个电话，说是您的一个老战友病危……"

宋梓南一怔，忙问："哪个老战友？"

"张凡夫。"小马答道。

张凡夫是宋梓南当年入党的介绍人，资格很老。战争年代留下一身的病和伤痛，早早就离职在家养病。"文革"中也受了冲击。打倒"四人帮"以后，本来也该得到别的老同志都得到的那些待遇，但因为他离职早，当年级别定得低，他的问题就一直没有能得到应有的重视。这件事也是让宋梓南比较恼火的事之一。知道宋梓南马上要赶去看张凡夫，小马说："您还是赶紧坐车去吧。自行车我替您骑回机关算了。"但宋梓南坚持要骑自行车去。因为每次坐汽车去看望这个张凡夫，都会受到这个资格非常老，但基本没有能享受到应有待遇的"老上级"的讽刺和挖苦。张凡夫老说："屁股后头还是少冒冒烟。当年打国民党的时候，诸位要都是这副德行，最后给赶到台湾岛上去的，还不一定是谁哩！"

张凡夫住在一条早该拆迁的危旧小巷子里。宋梓南骑着自行车飞快地拐进这一条小巷子，在一幢旧式的里弄房子前停下。这是一幢小楼。楼门上贴着一个"光荣人家"的红签。由于时间不短了，红纸已经褪色。宋梓南匆匆把车锁在了楼道里，楼道又窄，又暗。他摸黑向里走去。他走过一个小小的天井，走到一个厢房门前，急急地敲了一下门。门突然开了。门里撞出来一个脸色苍白、惊慌失措的男青年。他是张凡夫的儿子，张弓。张弓神情恓惶，慌不迭地对宋梓南说道："宋叔叔，我爸……我爸……"宋梓南顾不得听他多说，便冲进门去。

张家住在这幢危旧小楼底层的厢房里。张凡夫这时在床上半躺半坐着，从外表看，他的年龄似乎只比宋梓南稍大一点，此时却满脸病容，已经有点喘不上来，一只手支撑在床沿上，一只手捂住自己的胸口，张大了嘴，半弯着腰，在艰难地倒腾着胸底的那口气。

宋梓南忙问："叫急救车了没有？"

张弓应道："刚才去胡同口公用电话那儿打120，人家已经关门了。"

宋梓南："才几点，就关门了？我不是已经告诉邮电局，赶紧派人来给你家装个电话吗，为什么还没装？"

张凡夫喘着："没……没事……没事……一——一会儿就过去了……别那么紧张，整得好像真要死人似的……"

宋梓南瞪了他一眼，抢白道："你以为不会死人？"说着，对张弓吩咐了一声："你看着你爸！"便大步向巷子口的公用电话跑去。

公用电话附设在一家小杂货店里。不知道什么原因，这家小杂货店今天这么早就关门了。宋梓南用力敲了两下店门。店主愤怒地打开一个小窗洞，探出头来，吼叫着："没长眼睛啊？下班了！"宋梓南不想跟他多说，直接把自己的工作证递进去："我是省委机关的。"小店主把眼睛一横："省委机关又怎么样？我下班了！"宋梓南把工作证翻到照片和姓名的那一页，斩钉截铁地对小店主人说道："我是省委书记宋梓南！这里有重病人，需要马上用一下电话通知医院来急救！"那小店主一开始还冷笑了一下，但很快看到工作证上的照片和名字，对照了一下面前的宋梓南，一下愣住了，忙从柜台下的大方凳上抱出电话机放到宋梓南面前，连连地说："是宋书记？您早说呀……今天我家里也有病人，所以下班早了一点、早了一点……"

张凡夫被送进急救室时，医院的院长书记听说宋梓南来送一个病人，立即都从楼上赶了下来。院长和书记都劝宋梓南："上楼去歇一会儿。急救室这边有我们盯着。您放心吧……"

宋梓南把张凡夫交给他们二位后，就径直到书记办公室给省委办公厅拨了个电话。他问办公厅值班室的同志："大前天我让你们通知邮电局给张凡夫同志家里安电话，为什么到今天还没安上？都几天了，安个电话就那么难？"

值班室的工作人员一手拿着电话，一手赶紧去翻电话记录本："给市邮电局已经打过电话了。他们的答复是，按规定，只有县团级以上的干部才能在家里安电话。您说的那个张凡夫同志，他们查了一下，只是副县团级……"

宋梓南没好气儿地说道："我还不知道只有县团级以上的干部才能在家里安电话？这是特例嘛！张凡夫同志，是两广纵队的老同志，特级战斗英雄，一级伤残军人，眼下又重病在身，家里经常需要电话救命。执行规定就那么死，就不能办个特例？查一下，他市邮电局办过特例没有？能办别的特例，为什么就不能给张凡夫同志特例一下？就算是过去没有办过特例，今天从张凡夫同志开始，办一个特例！市邮电局局长是谁来着？告诉他，这话是我说的。限定他明天上午以前，必须给张凡夫同志家装上电话。先装电话，后补办手续。安装电话的申请，由我来签字。装上装不上，让他们局领导在明天十一点前亲自给我报告结果。"

安排好装电话的事，回到急救室，张凡夫经过抢救，人已经缓了过来。听说宋梓南为他家装电话的事去跟邮电局的人发了脾气，张凡夫有气无力地数落宋梓南："你这是干吗呢，至于吗？"

宋梓南忙做了个手势，让他别说话。

张凡夫疲乏地闭上眼睛："现在……家大业大，锅里就那么点粥，不按级别来分这点粥，怎么够分哦？很正常啊……"

宋梓南再一次做了个手势，劝慰道："别说话……大夫不让说话……"

张凡夫无奈地："今天你来，不会就是赶着给我装电话的吧？到底有啥事？"

宋梓南："嘘……别说话……别说话……"

张凡夫料定宋梓南今天来看他，还会有真正重要的事要和他商量，见宋梓南执意不想再跟他说正事了，便轻叹一声，闭上眼睛，歇着去了。

在病床旁又稍稍坐了会儿，院长、书记劝宋梓南回去休息。宋梓南见张凡夫的病情确实已经稳定了下来，一阵忙乱后，自己也觉得比较疲倦，便把张凡夫托付给院长、和书记，走出医院主楼，望着闪烁的星空深深地吐了口气。这时，张弓匆匆从主楼里赶出来对宋梓南说："谢谢宋叔叔。"

宋梓南安慰似的拍了拍张弓。

张弓说道："爸爸让我再来问问您，您今天上我们家，到底有什么事要跟他商量的。"

宋梓南苦笑着摇了摇头："算了，不说了，让他好好休息，安心养病。今后，你爸有啥事，你只管来找我。万一我要是离开广州了，有什么事，你还可以直接找省委办公厅的同志。我会把这件事托付给他们的……"

张弓不无意外地："您要离开广州？是短期出差，还是长期调离？"

宋梓南说道："这你就别问了。反正，你父亲的事，我会给省委办公厅交代的。"

等宋梓南走到医院大门口，小马早带着车在那儿等着了。一见书记出来了，小马赶紧从车上下来，为他打开车门，并且把那辆自行车放进汽车的后备厢里。

汽车慢慢向大街上驰去。

司机问："咱们这是回家，还是回机关？"

宋梓南疲乏地点点头："回家。"

14

回到家，宋梓南掏出钥匙轻轻地打开家门，在门厅里换上拖鞋，然后蹑手蹑脚地刚走到客厅里。客厅里的灯突然一下亮了。

顾亭云在客厅里等着他。

宋梓南既感意外，似乎又不感意外地问老伴："你还没睡？"

顾亭云把一杯温开水和装着几粒药片的小盒子递给宋梓南。

宋梓南吃了药，对顾亭云说道："你先睡吧。我再看一点东西……"

但顾亭云不走。

宋梓南劝道："睡吧。去深圳的事，我会慎重考虑的。"

顾亭云问："你不是想听听我的想法吗？"

宋梓南说："你下午不是已经讲了那么些了吗？"

顾亭云说："那都是老朋友们的想法。"

宋梓南迟疑了一下："那好，说说你的想法吧。"

顾亭云说："应该说，这些朋友们的想法并非没有道理……你先别皱眉头……"

宋梓南笑了笑："我没皱眉头。你只管往下说。"

顾亭云说："我们毕竟也是六十的人了……'文革'也结束了，'四人帮'也打倒了，我们的工作也恢复了，儿子闺女也长大了，稳稳当当再干几年，别出什么差错，特别是别再出什么大的差错，争取圆圆满满地交班，退休，应该是我们这个年纪和像你这个地位的人最得当的选择。跟你一起生活这么多年，担惊受怕这么些年，说心里话，我确确实实希望能有个舒舒服服安安稳稳的晚年生活。能跟你一起安度这样一个晚年，应该是我现在唯一的愿望了。"说到这里，顾亭云的眼眶有些湿润了。

宋梓南的眼眶也有点湿润了。

顾亭云稍稍停了一会儿，接着说道："急流勇退，也曾是历史上无数风流人物在重大历史关键时刻做过的种种选择中的一种。但我知道你不甘心……"

　　宋梓南苦笑着摇摇头："不是我不甘心，亭云，当前这个历史转折关口要求我们……"

　　顾亭云说道："你让我说完……下午你走了后，我一个人闷坐在客厅里想了很长时间。从我们年轻时想起，从我俩相识相知相爱到相伴这么些年，一直想到今天，我想如果在这么一个重大的历史转折关头，让你选择了只顾这个家和你我个人的安逸，而急流勇退，你一定会痛苦余生，愧疚余生；而看着你那么痛苦地在愧疚中度过余生，我想我也会非常痛苦的。现在一些年轻人不相信共产党是真心为了这个民族和国家在付出自己的一切。但我想，你，也包括我，的的确确就是为了这样一个目的参加革命，参加共产党的……我们有可能把民众所托付给我们的事情做得不是那么圆满，甚至也还有可能继续做错一些事情，但是我们绝不推卸我们应该担负的历史责任和社会使命。"

　　宋梓南激动了："亭云……"

　　"现在全国的情况是明摆着的，打倒'四人帮'，大家都感到有了希望。但是，真正把中国的事情办好，仅仅打倒'四人帮'还是远远不够的，关键还是要找到一条路，把经济搞上去，让老百姓真正吃饱饭，住好房，有钱花。如果能真正走出这样一条路，那么我们这一代人也就算没白活。现在，组织上这么信任你，让你去办这个特区，蹚这条新路，既然我也已经为你担惊受怕了一辈子，那就再让我为你担惊受怕一回，应该也无所谓了。"

　　宋梓南站了起来，无语地看着顾亭云，眼泪一下从眼眶里涌了出来。

　　第二天，宋梓南去钟灵那儿谈事，一见面，钟灵就问："听说你昨天晚上又去看望一个老同志了？"

　　宋梓南点点头："张凡夫，两广纵队的老同志。报病危，差一点就上马克思那儿报到了。"

钟灵问:"两广纵队的? 你又没在两广纵队待过……"

宋梓南解释道:"我跟他认识得更早,当年他还是我参加革命的领路人哩。后来,我奉命去了东北战场,他去了两广纵队。他曾经十多次负伤,身上一直带着没法取出来的弹片,刚解放那会儿就没法坚持工作了,一直全休在家,治伤治病,至今还只是个副县团级。其实论能力、论资历,他都比我强。如果不是因为那些伤病,能够一直工作到今天……我觉得我这个省委书记的位置应该是他的。唉,不说这些了。莫斯科不相信眼泪。人世间也不相信'如果'这两个字。"

钟灵说:"这么一个老同志,现在还只是个副县团级? 这里出了啥差错吧?!让干部人事部门派人专门调查一下,如果真有差错,赶紧调整过来。打倒'四人帮'了,我们必须把这方面的工作做得更好一些。"

宋梓南忙应道:"是的。"

钟灵笑着问:"你这会儿来,不会是专门跟我谈老同志的安排问题吧?"

宋梓南说:"关于去深圳……"

钟灵问:"哦,考虑好了?"

宋梓南说:"其实无所谓考虑不考虑。我一直同意省委的这个想法,全国改变现状,我们广东有条件先走一步。如果允许我去带这个头,是我的荣幸,将来出什么问题,完全可以先拿我开刀问斩!但是,我有这么一个想法,如果决定在深圳珠海汕头三个地方办特区,我希望组织上能派我去汕头。我是潮汕人……毕竟熟悉那儿……"

钟灵斩钉截铁地说:"这个问题不再讨论了。你去深圳。这件事就这么定了。深圳离香港更近一些,那儿需要一个有想法又有工作力度的同志坐镇。"

宋梓南无奈地:"定了?"

钟灵说：“定了。国务院的一个领导同志说过，办特区要有孙悟空大闹天宫的精神。你宋梓南就去做这个当代中国的孙悟空吧。”

15

两天后，宋梓南参加完一次常委会，顺路又到张凡夫家检查电话安装情况。没待多大一会儿，一辆救护车呼啸而至，他忙走到天井里看情况，却见张弓搀扶着张凡夫走下救护车。这时，安装电话的工人来通知他们电话接通了，让他们去验收一下。

张凡夫忙说：“谢谢工人兄弟。谢谢。”

工人问：“你们谁在验收工单上签字？”

宋梓南说：“我。”

那个工人打量了宋梓南一眼：“我们来的时候，派工的班长说，这部电话是省委一个大头头亲自要的，将来也由他本人签收，让我们把活儿做得扎实一点。你……”

宋梓南笑道：“我不像那个大头头，对不？”

张弓忙说：“他就是那个……”

没等张弓把话说完，宋梓南就接着说道：“哦，那个大头头今天没空来验收，这事就托我了。”

那个工人看了看宋梓南的签字：“宋——”

张弓：“宋梓南。”

工人：“宋梓南？这名字怎么那么熟啊，哪见过？”

张弓笑道：“好好想想。”

宋梓南再次打断了张弓的话，对工人说：“谢谢工人师傅，电话挺好使的，就不耽搁你们了。辛苦两位了。多谢多谢。"

装电话的工人走了。张凡夫马上把张弓也支走了。屋里只剩宋梓南和张凡夫两人时，张凡夫对宋梓南说："谢谢宋书记啊……你瞧，有一个当省委书记的老战友，就是好啊。说装电话，电话就装上了。"

宋梓南摆了摆手："你说啥，老张，是想寒碜我们这些人？"

张凡夫淡淡地笑了一下，然后低下头沉默了一会儿，问："决定去深圳了？"

宋梓南："你觉得呢？这件事值得不值得干？"

张凡夫不语，又沉思了一会儿："我久不在潮流中心，对许多事已经缺乏准确的判别能力。"

宋梓南："我跟省委报告你的情况。钟书记很关心你。你的待遇会很快得到改善的。"

张凡夫："算了算了。老都老了，还改善个啥嘛。"

宋梓南笑道："廉颇老矣，尚能饭也！"

张凡夫也笑了："别篡改古典名著。人家说的是疑问句，'廉颇老矣，尚能饭否？'怀疑老头还能活多久。"

宋梓南："咱们这个老头还能活九十九。"

张凡夫："九十九就算了。老不死，老讨厌，干吗呢？还是说说去深圳的事吧。我倒是听了不少反对你去深圳的风言风语，你一定听得更多。这方面我就不再给你增加思想负担了，别闹得风萧萧兮易水寒……"

宋梓南笑道："壮士一去兮不复还？"

张凡夫摇摇头道："壮士一去兮何时还……"

宋梓南长叹一声："何时还，不知道。其实去办这个特区，我心里也是特别没底。"

"但你还是决定去了……"

"我的老大哥，有什么要嘱咐的吗？"

"嘱咐? 刚才我已经说过了, 我这个早就离开政治旋涡中心的老病号, 对你们这些弄潮儿们, 还能嘱咐什么。"

"你真的觉得, 我们这些人去深圳办特区, 跟那些浮躁的弄潮儿们一样, 也只是在赶赶浪头, 戏弄戏弄潮水, 做样子给老百姓看看的?"

"昨天有个老战友到医院里来看我, 说起你们'特区'这个名字……"

"哦, 他怎么说? 这个名称可是从延安继承来的。延安当时就是个特区。"

"他说得很尖锐……"

"没事。你说吧。这两天再尖锐更激烈的话我都听了。"

"他说, 你们根本不懂, 延安那个特区是什么特区。是政治特区。是我们党为了把我们的红色政权跟国民党的白色政权区别开来。而你们这个特区呢?"

"我们这个特区怎么样?"

"他没往下说。但言下之意还是很清楚的。闹得不好, 你们这个特区就很难区别到底是红的, 还是白的……"

"他知道特区这个名称是小平同志定的吗?"

"当然知道。人家虽然退休了, 但正经是个正部级干部。"

宋梓南"哦"了一声, 便没再问下去。

张凡夫坐直了身子, 很认真地对宋梓南说道: "不要以为是邓小平主张的, 在中国就不会有人反对了。现在不是提倡用实践来检验真理吗? 对毛泽东说过的话要用实践来检验, 难道对邓小平说过的话做过的决定就不要用实践来检验了? 恐怕都得一视同仁吧! 听说你在向省委提出去深圳办特区的报告时, 说过这样的话, 如果错了, 要杀头, 就先杀你宋梓南的头?"

宋梓南点点头: "说过。怎么了?"

张凡夫沉吟了一下："没什么……"

宋梓南："有什么就说什么嘛……难道你跟我还要搞什么内外有别吗？"

张凡夫忙说："没什么……没什么……没什么啊没什么……你小宋六十岁了，还是那一股子血性脾气啊！"

16

夜晚。

两辆黑壳子红旗牌轿车缓缓驰进中南海西门。第一辆车里坐着国务院副总理谷牧，第二辆车里坐的是交通部彭副部长和香港招商局副董事长余涛。车行驶到一个中式的大院子门前停了下来。这儿是李先念办公的地方。秘书走进来，向李先念报告谷牧副总理等人已经到了时，李先念正在灯下对照一张广东省地图，批阅一份什么文件。他马上放下手里的文件，吩咐秘书快请他们进来。

谷牧等人坐定后，谷牧指着余涛向李先念介绍道："这个大个子就是余涛。刚派到香港去担任招商局副董事长。他也就是那份关于香港招商局情况报告的起草人。"

李先念仔细地打量了余涛一眼："坐。坐下说吧。我正在看你那份情况报告。招商局想做一点什么大动作？说说，想怎么干？"

余涛挪动了一下自己的身子，以便让自己坐得更舒适一点。他是一个在任何情况下，都会想尽办法让自己所在的小环境变得更适合自己生存的人，在生活上也绝不凑合的人，即便是当年在秦城监狱坐牢接受审查时，他也是这样。因为这，秦城的那些管教一开始都很讨厌他，甚至嫉恨他，觉得他不服管，但后来又都很佩服他。因为他确实不是"不服管"，只是想在可能的情况下改善自己的生活环境，而他也确实在他们认为不可能的情况下，给自己创造了一个尽可能好的生存环境。

余涛的年龄和宋梓南相仿，好像还要比宋梓南大个两三岁似的。这时他听谷牧副总理已经点了他的名了，便说道："彭副部长，那我就先说两句？"

交通部的彭副部长说："说吧说吧，赶紧说。"

余涛笑了笑："让我先松一口气。一见中央首长，我还真有点紧张。"

谷牧笑道："不会吧，你老余打过仗，搞过外事，又做过很长一个时期的情报工作，又到越南给胡志明同志当过炮兵顾问，可是见过大场面的人，不会怯场。"

李先念温和地笑笑："说吧，余涛同志，既然已经来了，丑媳妇总归是要见公婆的嘛。"

余涛镇静一下自己："好，那我就先说说。反正我们交通部的领导在这儿，我有说错的地方，请领导给纠正。我余涛参加革命多年，啥都干了，唯独没搞过经济工作。前一段时间，我们交通部党组又派我专程去香港做了一些调研，我真正感觉到，招商局这盆水实在是太深了。"

谷牧："你先把招商局的历史背景和目前的概况扼要地向首长汇报一下。"

余涛："从历史上说，招商局，应该算是咱们国家最早的一家'国企'，也是我们最早的一家民族工业企业。它的创始人就是大名鼎鼎的李鸿章。"

交通部的那位领导："认真算起来，余涛同志应该是李鸿章之后，招商局第二十八代掌门人。"

余涛："但是，招商局目前的情况，很不乐观。几十年前，同样是在香港，同样是做海运业，像董浩云、包玉刚那样的，当年都是仰着头来看我们招商局的，现在他们已经发展成了世界著名的大船王，固定资产动辄几十上百个亿。而我们招商局的全部资产却只剩了一点三亿元，仰起头都看不到他们的下巴了。同样在香港，发展的结果如此不同。我们招商局的的确确已经到了不改革都混不下去的地步了。"

李先念："那，依你看，这里的主要问题在哪里？"

余涛："要让我说实话，那就是婆婆太多。婆婆们不太会管，但又特别爱管，还管得太死。"

李先念笑道："什么样的婆婆？我算不算一个？"

余涛忙解释道："我说的'婆婆'首先不是指人。"

谷牧笑道："不要回避矛盾嘛。在先念同志跟前，完全可以有什么说什么嘛。"

余涛的脸微微地红了一下："我不回避矛盾。我说的'婆婆'，主要还是指一些过时的条条框框。派到招商局去工作的同志，都是国内千里挑一，万里挑一，才挑到香港去的，应该说都是些最优秀的同志。但到了那边，说得不好听，连买一包手纸也得请示国内，经营上完全没有主动权，可以说什么事也干不了，空有一身抱负。大家都特别着急。既然让我们在外边，在外边就要发挥在外边的作用，我相信，国家也是想让我们在外边发挥一点作用的。"

李先念点了点头："你觉得外边的作用究竟应该怎么发挥？"

余涛："这个问题说复杂，的确非常复杂，但是，说简单，其实也特别简单。我看，唐僧只要摘掉加在孙悟空头上那顶不合时宜的紧箍咒，去西天取经的路一定要好走多了。招商局就一定大有作为。"

李先念笑道："这个比喻有意思。"

彭副部长说道："招商局能做的事情还是很多的，香港有资金、有技术，我们国内有土地、有劳动力。"

余涛点点头道："现在的问题不是招商局有没有事情做，而是让不让我们做和怎么做的问题。"

李先念说："让你们做，这个问题，中央的态度是明确的，而且一再强调，不仅结合整个广东，而且还要和福建、上海等省市连起来考虑。"

余涛说："招商局要发展，在香港租地来发展，太贵了。地段稍稍好一点的，一平方英尺就要一万五千多元。但在我们这边，也就一河之隔，一平米也只有一二百元。相差一二百倍。我们想请中央支持我们一下，在宝安县境内划出一块地，作为招商局工业区用地。也就是说，在我们这边划一块地给我们，让我们在这块地上使用香港通用的经营手段和方法，快速把招商局发展起来。"他一边说，一边从文件夹里取出一张地图，小心翼翼地放到李先念面前，并且把一个事先准备好的放大镜递给李先念。

李先念微笑着推开放大镜，表示他还不需要用这个东西来看地图，然后弯下腰，仔细查看地图，目光顺着余涛手指的移动，从香港地面移到了西北角上广东省宝安县新安地界上，说："好，给你一块地。不过，划在哪儿呢？"当他抬起头来在身边寻找什么的时候，余涛立即起身，从李先念办公桌上的笔筒里抽出一支削好的铅笔送过去。李先念接过铅笔，又问谷牧："你对招商局这个想法怎么看？"

谷牧说道："请你做个批示，我去和有关部门协调。"

李先念沉吟道："那好。"说着，拿起铅笔在地图上一划："就给你们这个半岛吧！"

余涛完全没有想到，先念同志这么爽快就把这个他们一直认为几乎不可能办得下来的事，敲定了。这一点，让交通部的那位副部长更感到意外，因为这是共和国历史上没有过的事，国家划一块土地给一个企业，让他们在那儿建立一个特殊的经济体，实施特殊的政策。

余涛去拿那张地图的手居然情不自禁地颤抖起来。这时候，他还不可能完全掂量出这件事可能产生的那些惊世骇俗的影响和由此引发的全部风云变幻，但有一点在那一刻他是已经很明白的了：压在大闹天宫的"孙悟空"身上的那座大山，将从划定给他的这块小小的不足几平方公里的地面上被捅开。他能把这件事有始有终地做下去，并把它做得很好吗？此刻，他完全没法控制住自己从心底涌出的这阵战栗。

而李先念这时已经坐了下来，又拿起了那支铅笔，在余涛的报告上做了明确的批示。

在回去的路上，彭副部长还"心有余悸"地"批评"余涛道："余涛啊余涛，你真好大的胆，刚才中央首长还在深入思考的时候，你就把铅笔递了过去。你这不等于是在逼首长表态吗？那可是中南海！在中南海这么干，可是不行的啊……"

这时的余涛似乎仍然沉浸在大突破后引发的重大激动和喜悦之中。一个人一生会有多次突破性的经历。每一次这样的突破都会给自己的人生带来新的转折。比如考上大学了，拿到出国签证了，获得心仪之人的初吻了，终于就业了，等等，等等。但是，个人突破性的命运转折能和一份伟大的事业，整个国家、民族的命运转折紧密结合在一起，并影响到这份事业和这个国家民族的前程，这样的事并不是每一个人都能遭遇得到，也不是任何一个人都干得成的。但是今天余涛觉得，拿到先念同志这个批示的一刻，他即将踏上一个历史进程的巅峰，这个巅峰就能够把他个人的命运完全和这个国家这个民族结合在一起了。因此，彭副部长究竟在批评自己一些什么，他真的都没听见。此时，他只是笑了笑，夹了夹腋下那个灰色的公文包，包里放着那张珍贵的地图和先念同志批示的那份报告，没去回答部长的"责问"。说实话，他已经完全顾不上去回答这样的"责备"和"批评"，也完全无所谓了。

17

余涛一进家门，就兴奋不已地大声嚷嚷道："拿酒来，快拿酒来。"其实他的酒量不咋的。但有时兴起，就有点"馋"酒。嚷嚷了两声，却不见老伴回应，他一边在门厅里换鞋，一边又嚷道："嗨，嗨，听到没有，给我开一瓶好酒。"

客厅里还是没人答应。

余涛张望了一下，妻子分明在客厅的沙发上呆坐着哩，便问："嗨，怎么了？"

妻子的脊背微微地抽动了两下，默默地擦了擦泪水。

余涛一惊，知道出事了，忙沉静下来，坐到妻子身旁，看着妻子，等她开口说话。又过了一会儿，妻子才慢慢地说道："刚才你老单位来了一位同志，说了一点那边的情况……"

余涛一听，既然是自己老单位那头传来的话，那肯定是跟自己有关系的事了，心里一紧，忙问："什么情况？"

妻子回过头来看了看他，先站了起来，头一下低下去，眼泪再一次哗哗地流了下来。

余涛忽然产生了一种不祥的感觉，忙问："大会上讲了我的事情了吗？"

"今天的大会上，把部里十年来所有受到过错误冲击的同志全平反了，只留下三个人，没有做结论……"

余涛的心又一紧："哪三个人？"

妻子却不作声了。

余涛催促道："快说，到底是哪三个人嘛！"

妻子还是不作声，但已经开始抽泣起来。

余涛的心猛地往下一沉："这三个人里有一个就是我？为什么？"

妻子再也忍不住地出声呜咽起来。

余涛不说话了，他默默地抬起头，悲怆地看着那昏暗的天花板。突然间，余涛站起身，向门外走去。妻子扑过去拉住他，连声叫道："余涛……老余……"余涛努力让自己平静下来，对妻子说："我得去找他们说说。"妻子着急万分地："你别再跟他们拧了。"余涛激愤道："我不是拧……老伴……我不是要跟他们拧啊……我入党几十年，出生入死，忠心耿耿，我啥也不求，只求一份属于我的公道。"说到这里，余涛突然哽咽起来，眼睛也一下瞪大了，用力吼了一声："我只求一份属于我的公道啊……"他颓然地垂下双手，呆站着，慢慢抬起头，慢慢闭上了眼，浑身战栗着，两颗硕大的泪珠，从他那已经布满皱纹的眼角慢慢地滚落了下来。

妻子呆住了。完全惊呆了。几十年了，她从来没有见过余涛如此悲愤难抑过。她是被完全震骇住了。但，余涛却很快平静下来："我得跟他们去说说理。'四人帮'倒了，中国应该有说理的地方。"说着便毅然决然地向门外走去了。

妻子没再拦阻。共同生活几十年，她太清楚老余这个人了。他执意要去做的事情，你用十个火车头也拉不转他。但等余涛刚走出门，她赶紧扑到电话机旁，给司机打了个电话："小张吗，老余要出门，你赶紧过来送他一下……今天你千万别离开他，不管到哪儿，都跟着他，注意他的情绪……"

余涛推着自行车，刚走出楼门，一辆上海牌轿车开了过来。司机小张忙下得车来，从余涛手里夺过那辆自行车，把它放在一旁，然后回头对余涛说："余董，上车吧。阿姨今天不让您骑车。"

余涛看了看小张，说道："那把你的车钥匙给我。"

小张忙说："今晚您不能自己开车。阿姨说了……"

余涛用命令的口气重复道："把你的车钥匙给我。"

小张无奈地看看固执的余涛，只得把汽车钥匙交给了他。

小张问："您去哪儿?"

余涛生硬地答道："你别问。"

小张说："可一会儿，我上哪儿去找您?"

余涛一边回答，一边向汽车走去："你跟了我这么些年，怎么还不懂?我没有主动告诉你我要去哪儿，你就不能问我去哪儿，也不能去找我。"

小张说："阿姨说您今儿个情绪不太好……"

余涛应道："我情绪很好!"

余涛在解放前搞过情报工作，作为我军军事顾问团的重要成员，去越南工作过，开得一手好车。他熟练地操纵着汽车，拐离长安街，沿着一条小河走不多远，行驶到某部委大门口，离警卫黄线不远的地方，停下车来。

他没有马上下车。这里是他原先工作的"老单位"。他是在打倒"四人帮"，重新恢复工作后，才调到交通部去的。刚才一时冲动，一时激愤，什么也没考虑就发动了车。现在终于来到老单位的大门口，他终于冷静了下来。他毕竟是个久经磨炼的老同志了。事到临头，他得仔细想一想，到底是否应该"冲"进老单位去找自己过去的那位老领导。老单位"文革"期间受到冲击迫害的老同志何止千百。全都平反了，偏偏只留下他和其他两个人不给解决问题，也不给个具体说法，这实在有点"欺人太甚"……"文革"真的结束了吗?这些人到底还想干啥?但是……但是什么?但是，最后还是要靠组织来解决问题，冲进去大喊大叫一番，有可能"适得其反"……因为我们的组织解决问题，历来是很讲究"态度"问题的。你态度不好，得罪了具体负责处理你这件事的工作同志，也许真的就"适得其反"了。本来能替你解决的，他偏偏不给你解决；本来可以很快解决的，他会拖个一年两年，甚至更长的时间……但是，不去申诉，不去催促，就这样忍受着，坐等着，还要忍受几时?还要坐等到何年?

想着想着，他觉得心跳加快，喘不上气来了……

这时，那个部委大门口站岗的解放军战士早已发现这辆接近黄色警戒线停下，却久久不见有人下车的上海牌轿车，便一直警惕地注视着它。

不一会儿，上海牌轿车莫名其妙地又向后倒去了。权衡的结果，余涛觉得还是上家里去找那位老领导更合适一些。于是，上海牌轿车拐进附近一个窄小的胡同。那里路灯幽暗。车速骤然放慢了。他把车开到一家小店门口。小店的门框上挂着一个很醒目的"公用电话"牌子。他走下车，走到小店门口，对小店主人说："使一下你们的电话。"小店的主人懒洋洋地把一部黑色的电木外壳的电话机往余涛面前一放。

余涛拿起电话，稍稍地镇静了一下，这才下手去给老领导家打电话。他要先通报一下，不想让老领导感到太突然。

电话铃响时，老领导正在沙发上看报，他刚想伸手去拿电话，他那位中年的妻子抢着拿起了电话。她当然不愿意让余涛这时候来打扰他的老公："哦，余涛同志，你好。你好。你要找部长谈一谈？部长最近身体不太好，大夫让他晚上不要工作。要是可以的话，请你明天上午……"

老领导有点耳背，问："谁啊？"

妻子捂住送话器，压低了声音答道："余涛。原先咱们部一局的副局长，后来调到交通部去的。"

老领导警戒地问："他想干什么？"

妻子说："他想这会儿来跟你谈一谈。可能又是来谈平反的问题吧。今天大会上宣布的平反名单里没有他，大家都感到很奇怪，为什么都平反了，就是不给这三位同志平反？"

那老领导略微迟疑了一下，说："余涛的问题比较复杂，当年是康生亲自给他定的性，也是康生亲自下令逮捕他的。"

妻子说："可是康生已经正式定性为'四人帮'反党集团的人了，他迫害的这些同志还不应该早一点给平反？"

老领导叹了口气道:"应该呀!但是平反是有规定的。按规定,当时哪一级处理的人和事,现在平反也得由相应的一级机构来研究处理。康生当时是中央领导,我们部当然无权推翻这个决定。你让门卫告诉余涛,明天到办公室,我再跟他好好谈。"

这位妻子原来也不想让余涛晚上来打扰自己的丈夫,但听说他是受康生迫害的,反倒同情起来,便说:"人家已经到楼下了,你就见人家一下吧。你想想,平白无故让康生把他在秦城关了五年,好不容易盼来了出头的好日子,还不给人家及时平反。这样的事情,轮到谁头上,谁也受不了。"

老领导不作声了。

妻子便忙对还在电话那头等着答复的余涛说道:"您来吧。知道我们住在几楼吧?"

一见面,那位老领导还是相当热情的。他问道:"到交通部,怎么样?听说你被派到香港去了?干啥呢?"

余涛应道:"港澳工委常委、航委书记,以副董事长的名义主持香港招商局工作。"

那位老领导:"不错嘛。招商局的工作很重要啊。"

余涛:"错不错的,都在其次。现在只要给事干,有事干就行。已经过六十的人了,再不干事,就没时间了。"

那位老领导:"你有六十了吗?看样子,你身体很好,底气也足,不像我啊,你是还可以干很多年的,很多年。"

余涛:"老部长,我不想耽搁您太多时间,咱们开门见山,长话短说。"

那位老领导:"你余涛还是老脾气,干脆麻利。说吧,是不是关于你平反的问题?"

余涛点点头:"您是我的老领导了。我这一生,真正熟悉了解我的,就是两位老领导,一位是东江纵队时期的曾生同志。一位就是您。打从一九四九年那会儿开始，我就一直在您领导下工作。也可以说，我在革命队伍中所走的每一步，都是跟着您走过来的。"

那位老领导："哎，千万别这么说，我们都是跟着党，跟着毛主席在向前走。"

余涛："特别是从六十年代以后，我们之间接触更多。我干点啥，您都知道。如果我有问题，您还不早就出事了？老部长，您也不想想，如果我历史上真有问题，党能把我派到香港去吗？"

那位老领导默不作声。

客厅里气氛顿时有些紧张起来。

余涛想缓和一下气氛，便停顿了一下，端起茶杯来喝水。但杯子里却没水了。

余涛沉默了一会儿，又说："老部长，说实话，是否给我平反还不是最重要的，您不给我平反，我也在香港干着。我今天来就是想跟您说说心里话的。您长期在周总理身边工作。总理保护干部，可以说竭尽全力。我们这些干部几十年来，跟着党出生入死，鞍前马后，大家都为一个理想在奋斗，都活得不容易。事到今天，我们能不再整人吗？即使是对一些有过过失和错误的干部，如果我们往外推他们一把，就有可能毁了他们的终身，可是，现在仍然有人拿所谓的历史问题来整我。他们到底想干什么？！"

那位老领导："余涛，你的问题，我只能跟你说，关键不在我们部里。当然，你的事情拖了这么久，我们部党组有一定的责任。我也代表部党组向你表示歉意。我们一定抓紧时间复查你的案子，尽快给你一个实事求是的结论。请你一定要相信，我们部党组是能够坚定不移地执行党中央关于坚持四项基本原则，拨乱反正，以经济建设为中心的大政方针的。"

余涛："这个，我坚信。"

那位老领导："另外，我也要实事求是地告诉你，你的案子，还牵涉到当年华南抗战游击队和所谓的地方党问题，涉及一系列的错案、冤案和假案, 涉及许多个同志。这些同志又分散在全国各地各个部门。不是我们一个部, 就能率先对其中某一个人进行结案的。再加上, 当年康生又插了一手, 事情就更加复杂难办。所以, 如果有可能, 你作为当事人之一, 给更高一层的权威部门反映一下这个情况。我们作为一级组织, 也向他们反映这个情况。我们双管齐下, 一起努力, 争取让它早一天得到解决。行不?"

对方已经把话说到这个分上, 余涛当然就无话可说了。回到家, 余涛躺在床上难以入睡, 怔怔地瞪大了眼睛, 看着黑沉沉的窗外出神。过了一会儿, 余涛突然坐了起来, 披上衣服, 向卧室门外走去。睡在另一个房间里的余涛的儿子, 此时也给吵醒了, 出门来看发生了什么事。妻子不知道余涛又想干什么, 忙下床, 跟着也走出了卧室, 并叫了声"老余!" 余涛没有作答, 继续头也不回地照直走出了卧室, 一直走到书房门口, 这才转过身来对妻子和儿子说:"你们跟着瞎起什么哄? 睡觉去! 一会儿给我送一杯咖啡过来。稍微浓一点, 别加奶, 也别加糖。我不叫你们, 你们谁也别来打扰我! 听到没有?" 说着便走进了书房。书房门紧接着被用力关上了。

余涛要给"更高的一层的权威部门"写一份申述。他怔怔地坐在书桌前。书桌上放着一摞印着"中共中央联络部"头衔的稿纸, 还有一支名贵的派克金笔。他点着一支烟, 缓缓地吸了一口。淡青色的烟霭柔曼地飘散开来。一时间他却又拿不起笔。不是笔太沉重, 而是自己这六十年的戎马生涯过于沉重, 也过于多彩。作为青年学生, 他曾在街头宣传抗日; 作为游击队的一员, 他曾带领一些高级知识分子文化名人, 穿越粤港边境线去香港"避难"。中年时期, 他时常打扮成华侨富豪模样, 乘坐高级邮轮, 出没在情报战线上; 作为炮兵顾问, 在越南丛林里指挥炮击。有一回, 敌人的一阵排炮打来, 把他掀翻, 他身旁几位越南军官都牺牲了, 挂在一棵椰子树上的胡志明像也被削去了半边, 他却侥幸地留住了自己传奇的生命。说起来, 年轻的同志也许会不太相信, 他至今只要听到国歌中那两句"我们万众一心,冒着敌人的炮火"的歌词,听到军歌中那句"向前向前向前,我们的队伍向太阳"的旋律,他依然会热泪盈眶,依然会心潮澎湃,激动不已,依然会感到当年那常常涌动在心底的那种战栗和向往……但是……但是什么……

他今天要为自己做一次申述。他要向中国共产党中央组织部的部长做一次自我申述,申述自己是忠于这个党,这个理想,这个伟大的事业的。几十年来,他以为自己不用再做这样的申述了,因为自己早就用自己的一生对此做了最无须辩驳的铁证了,但是……但是他今天还得这样写道:"尊敬的中央组织部部长宋任穷同志:我是港澳工委常委、航委书记,香港招商局副董事长余涛……"

18

东阳市。长途客车站。

一辆满是尘土的长途班车,缓缓驰入车站大院。车上的旅客们纷纷起身,拿起自己的行李,向车下走去。冯宁坐在最后那排座位上,却显得没那么着急,只是陌生地打量着车窗外的景色,一动不动地安坐在自己的座位上。他虽然还穿着军装,但这身军装上已经没有领章帽徽了。他退伍了。

很快,那辆长途班车上的旅客差不多都走完了,只剩下冯宁一个人。这时,一个二十一二岁左右的女孩——冯宁的妹妹冯小妹,带着一个五十多岁的女人——冯宁的母亲,还有一个二十六七岁的男子——冯小妹的男朋友汪大地,焦急地走到车旁寻找着。冯小妹一下发现了车上的冯宁,立刻兴奋异常地大声叫喊了起来:"哥——哥——"

冯宁看了一眼来接他的亲人，突然问道："爸呢？"冯小妹立刻战栗了一下，脸上的神情陡变，赶紧低下头去。冯宁忙转过身来问母亲："爸呢？"冯母嘴唇哆嗦了一下，忙把头扭过去。冯宁一把抓住母亲："爸他怎么了？"冯母再也忍不住了，眼泪止不住地涌出了眼眶，低下头呜咽起来。

　　这时，冯宁看到小妹手里攥着一块什么东西，忙抓起小妹的手。

　　冯小妹手里攥着的是一块黑纱。一种不祥的预感终于被证实了。冯宁大叫了一声"爸"，眼泪也夺眶而出。

　　回到熟悉而又陌生的家里，果然的，堂屋里，还设着父亲的灵堂。当间的影壁上挂着父亲大大的遗像。已经戴上黑纱的冯宁怔怔地盯着父亲的遗像，一动不动地站着，眼泪无声地从他脸颊上往下流淌着。到了晚上，小妹告诉冯宁，父亲从南边回来后，就到公安局自首去了。上头要定他投机倒把和叛逃罪，他坚决不承认，就在看守所里绝食，五天后，突发心衰，送医院抢救，最后没能抢救过来……

　　冯宁问："他最后留下什么话了吗？"

　　冯母说："他让你一定要听党的话，一定要做个真正的人，一定不能……一定不能……"

　　冯宁问："一定不能什么？"

　　冯母说："后面的话，他没来得及说出口，就走了……"

　　冯宁在心里重重地大叫了一声"爸"！便再也不能抑制住心底的那份悲痛了。一直到吃晚饭时分，他一直呆坐在父亲的遗像前。小妹来叫他吃饭。他不去。小妹说："你这样，爸在九泉之下，也不会安心的……"他只是摇着头，流着泪，却依然不作声。他想知道父亲最后留下的话里那一句"一定不能"到底是什么意思。父亲受到冤屈，仍然希望他"听党的话，一定要做个真正的人"，这是他完全可以想象得到的。父亲是个大好人，出了名的老实人，守原则的人。以他的革命资历和工作业绩，早就有朋友劝他，上下走动走动，即便不做什么出格的事，只要到有关部门和有关领导跟前去"提醒"一下，也不至于始终只能在市实验中学当个副校长。但他就是不肯去"走动"。他不去走动，一方面固然是"不屑"于做这种跑官买官的事，另一方面，当了这么多年"孩子王"，他也确实钟情于学校教育事业。他之所以钟情于留在学校做教育，也是觉得，比起别的地方，学校虽然稍嫌清贫一些，但无论怎样，它总是更接近于一块"净土佳园"。尤其是邓小平同志主管科技教育工作后，全党全国更是把教育工作提到了立国复兴之本的空前重要位置上。中等教育越发面临完成普及九年义务教育，提升整个民族素质的重大历史使命。作为东阳市最好的一所中学的领导，又是主管教学业务的领导，多年来，他已然是桃李满天下。他的学生，不说是遍布全国各个角落，起码在这个省里，上自省委省政府的各要害部门，下到东阳市的各个角落，都可以找到他冯伯秋的学生。如果再把学生的学生，学生的孩子，学生的亲戚朋友都算上，他在东阳市可以说是知名度最高，也是认可度最高的人，不管走到哪里，都能获得极大的尊重。他极其看重这个"认可"，也十分珍惜这个"尊重"。但恰恰也是这个"认可"和"尊重""害"了他。今年冬末春初时节，市郊的一个人民公社的党委书记匆匆来找他。书记自然是他过去的一个学生。那时，正值备耕备料忙于春播的关键时刻，各地特别缺化肥。化肥都是严格按省市计划部门分配的指标划拨的。书记知道省化肥厂厂长也是冯校长的学生，便求他帮忙搞到一点计划外的化肥指标。冯校长果然搞到了几十吨"计划外"的化肥。往回拉的时候，又有两个学生找到他说，他们可以搞到几辆卡车，帮着把这些化肥运回东阳市郊去，只要公社方面稍出点汽油钱，再给司机一点饭钱就行。公社书记一听，这是好事啊，公社里正缺运输力量哩。就按这两个学生说的办了。后来，有关部门就按"私自倒卖国家统一分配的重要农用物资，破坏抓革命促生产"和"组织长途贩运，搞投机倒把"罪，拘押了这位老校长。

　　……

但老校长自己从中没有捞取丝毫的利益。他只是觉得，一头化肥厂有一部分"计划外"的产品还没有得到及时销售，而另一头，却急等着化肥下地救急。他只是做了一点两头疏通的事。这是有利于当年的春耕生产的啊，怎么会是"破坏抓革命促生产"呢？化肥运不回来，省城的农资运输公司就那几辆破卡车，要是等计划安排，得等到猴年马月，才能把这几十吨化肥运回东阳市郊，用到公社的地里。有人手里正好有两辆闲置的车子。他也只不过是做了一点"两头疏通"的事情，也是有利于当年的春耕生产的啊。租车方收取了一点"油钱"和"饭钱"，也应该看作是合理的成本兑付啊。何罪之有？

　　耿直的父亲为此绝食，用绝食来维护他一生的清白和曾经获得的那个"尊重"和"认可"。

　　……

　　一直到晚饭后，冯宁仍呆坐着。

　　冯小妹来劝说："哥，吃饭吧。"

　　冯宁摇了摇头。

　　冯小妹眼眶湿润着："你这样，难道也要像爸爸那样，把自己饿死了结？"

　　冯宁说道："爸临终前到底想告诫我什么？"

　　冯小妹说："他已经把话说得很明白了，让你一定要……"

　　冯宁一下站了起来："可他最后还说了个'一定不能'！"

　　冯小妹说："那就是让你一定不要干坏事。"

　　冯宁："你不了解父亲。他不会只对我说些这么空洞的大话，特别是在自己快要告别人世的时候。"

　　冯小妹反问道："那你说，他还会要你别干啥？"

　　冯宁长叹一声："我就是不知道啊！"

　　然后，冯宁又去找母亲要父亲生前写的日记。

母亲拿出一个很旧的小皮箱。冯宁打开皮箱。皮箱里放着冯伯秋的一些遗物，老花镜、手表、印章、钢笔、紫砂茶具……还有一个小包。那里头包的是冯伯秋一生所得的奖状和奖章：先进工作者、优秀共产党员、模范标兵……最后找到一个旧皮包。皮包里放着的是冯伯秋一生用过的几十本很旧很旧的笔记本。

　　当晚，就在父亲的卧室里，冯宁几乎读了一整夜。在灯下，一边流着眼泪，一边读着父亲的日记。一直读到凌晨，窗外农民牵着母马，有节制地摇着铃铛，进城来卖马奶；一直读到那趟开往北京的列车，准点从不远处的道岔口轰鸣着奔驰而过。

　　读完最后一页，冯宁向卧室外走去，才发现，母亲和衣坐在门外一把椅子上，在那儿守了一整夜。此时，已歪在那把椅子上睡着了。

　　过了一个星期，冯宁把妹妹和妹妹的男朋友汪大地叫到市内一个茶楼里，对他俩说："我要走了。"

　　小妹一愣："走？你刚退伍，又要走？你不顾这个家了？"

　　冯宁低下头，歉疚地说道："对不起……"

　　小妹说："爸爸出事后，我和妈妈盼星星盼月亮地盼你回来……"

　　冯宁重复道："对不起……"

　　汪大地在市政府机关小车队开车，还是车队的一个小头头。他忙说："我已经跟管我们车队的那个副秘书长都说好了，把你安排到我们市政府车队去开车。先开一两年小货车，然后再安排你去给市领导开专车。"

　　冯宁说："谢了。"

　　小妹说："大汪是市政府车队的副队长。他肯定能有办法让你去给市领导当专职司机。"

　　冯宁诚心诚意地说道："真的很感谢……但是我真的要走了……"

　　小妹很难过，也很激动地说道："那不行。你不能丢下这个家，说走就走。爸爸的事还没了结。我们不能让他就这样不明不白地死了。你是长子，你得留在东阳替他申冤！"

冯宁看看小妹，看看汪大地，没再说话。

第二天下午，汪大地带着几个徒弟正在市政府车队修理车间里给一辆轿车做保养。冯宁走进门来。汪大地一愣，忙丢下手里的活向冯宁走去。冯宁跟他说："一会儿，你忙过了，我还在昨天那个茶楼里等你。别告诉小妹。我俩随便聊聊。"

等汪大地进茶楼后，冯宁却把一个牛皮纸信封放在他面前。

汪大地忙问："啥玩意儿？"

冯宁做了手势，让他拆封看。

汪大地拆开信封，居然从里头取出了一个银行存折。

汪大地一惊："你这是干什么？"

冯宁告诉他："这是我的退伍金。"

汪大地一愣："这……"

冯宁说："大汪，拜托你了，替我好好照顾我妈和我妹妹。我这一辈子都会感谢你。"

汪大地说："你一定要走？"

冯宁说："是的。"

汪大地问："你真的就那么恨东阳？"

冯宁说："不。我不恨东阳。我读了我爸的全部日记，我明白他最后要告诉我的那句话，就是不要去恨东阳……"

汪大地忙问："既然这样，那你为什么一定要离开东阳呢？"

冯宁说："我要替我爸爸、也替我自己这一生寻找一个答案。"

汪大地问："啥答案？"

冯宁说："不知道。"

汪大地："不知道？不知道你去瞎找个啥？"

冯宁说："但我读了我父亲全部的日记后，我知道他这一生过得是有遗憾。"

汪大地忙问："什么遗憾？"

冯宁想了想："一句半句很难说得清他的这种人生遗憾。而且我也不一定有把握说，我已经完全看懂了他老人家在日记中隐藏的那全部意思。如果一定要说，也只能说，我隐隐约约地感到，父亲挣扎一辈子，觉得他自己没能做成'自己'……"

汪大地疑惑地："没能做成自己，这是什么意思？活了一辈子，怎么还不是自己？"

冯宁觉得要把这里的意思全说清，既不是这一会儿半会儿工夫能完成得了的事，也不是他冯宁现在能办得到的事。先他退伍的战友告诉他，这一年多，中国社会的变化特别大，尤其是人的思想，变化更大，人们虽然还在说"向解放军学习，向解放军致敬"，还在说"解放军是个毛泽东思想大学校"，但在实际行动上，部队所时兴的热衷贯彻的那一套，在地方上某些人看来，已经很有一点"格格不入"了。在一批年轻人眼里，军人，已经成了"傻大兵"了。所以在离开部队前的几个月，他特别关注社会上一些新兴的思潮和理论。他觉得自己了解一点社会上的思潮，对自己走出部队大门，尽快融入社会，适应这个急剧变化的社会，是有好处的，也是必要的。在所有得到的新思潮中，有一点特别打动他，那就是，一个人应该也必须成为他"自己"。而这一点，据说在中国，有历史记载的两千年来，仍然还是一个老大难的人生难题……

他不能让自己只是待在东阳了。他要走进这个正在变化中的中国，要走到那变化的旋涡中心去，带着父亲一生的遗憾，去寻找不再遗憾的人生之路。

但这条路到底在哪儿，他不清楚……

19

傍晚。深圳老街。雨后的深圳老街，不只是泥泞，不只是坑洼不平。两辆旧上海牌轿车后头跟着一辆130小货车，小心翼翼地行驶在这老街上。小货车的车厢里满满腾腾装载着一些办公桌椅和文件柜。在其中一辆上海牌轿车的副驾驶座上坐着宋梓南。随着车的慢慢行进，他出神地多少也有些好奇地注视着车窗外出现的一切景色。两旁的房子是低矮老旧的，商店橱窗是灰暗窄小的，远处的山峰是沉重而庞大的，不多的几盏路灯都昏黄幽微。

一位当地的干部坐在后座上，低声地向宋梓南介绍道："这是我们深圳唯一的一条街道。"

宋梓南淡淡一笑："不错啊。总算还有条街嘛。"

那个干部不好意思地："宋书记真幽默。"

不一会儿，车子开到一家小旅馆门前停了下来。

那个干部说："这是咱们镇上唯一的一家旅馆。在没有找到合适的地方，盖起新楼前，我们打算，把市委市政府的办事机构，临时就放在这儿了。"

宋梓南没作声，一猫身，下车去了。一群都挺年轻的干部赶紧跳下车，默默地跟在宋梓南身后，也走进了小旅馆。

他们走上略有些摇晃、一直在嘎吱嘎吱作响的楼梯。在二楼幽暗的走廊里，金黄色的晚霞从窗户里透射到肮脏的墙上，形成一个个明丽的光斑，煞是别致。走廊两旁的房间门上已经挂上了一个个小木牌，分别写着"市委办公室""市政府办公室""财务办""组宣办""基建办""计划办"……最后他们走到一间门上挂着"书记办公室"木牌的房间门前，停了下来。

那个干部对宋梓南说："这是您的办公室。很不好意思啦,暂时只能先这么凑合一下了。"

宋梓南带着这一行人走进这个"书记办公室"。并不太大的房间已经按办公室的模式重新布置过了。窗户上严严实实地拉上了厚厚的窗帘,而且是那种特别华丽昂贵的金丝绒的窗帘,使整个房间显得特别的昏暗和憋气。

宋梓南走过去,把所有的窗帘都拉开,把所有的窗子都打开。

房间里顿时亮堂了许多。

宋梓南走到窗前,深深吸了一口气,注目凝视窗外的小镇。

从这儿能看到小镇的概貌。低矮陈旧的瓦房。窄小倾斜的凉棚。橱窗灰暗的商店。残破不平的街道上布满了大大小小的水凼。一些居民骑着同样破旧的自行车,不慌不忙地在水凼之间绕行着。随着一阵清脆的鸽铃声,天空中出现了一群翻飞的鸽子。随着这群鸽子的翻飞,宋梓南看到远处的水田,农舍和呆立着的老牛,起伏的土丘和整个映衬在地平线上的山岭,还有那一轮极其辉煌的夕阳。

宋梓南默默地看着窗外的一切,过了一会儿,对那些年轻干部说道:"别都傻站着了,都来看一眼……"

那些年轻干部便应声都拥到窗前,向外看去。

宋梓南故意问道:"都看到些啥了?想到些啥了?"

大部分年轻的同志都面面相觑,不知道应该怎么说。

一个中年干部说:"我看到一幅蓝图,同时想到了一句话。"

宋梓南问:"什么蓝图?"

那个中年干部说:"一座伟大城市的蓝图。"

宋梓南说:"那句话呢?"

那个中年干部应道:"未来将从这儿出发。"

这个中年干部的回答很有点意境,立即引起了宋梓南的注意。他回过头来很感兴趣地打量了那个中年干部一眼："哦,你小子倒是可以当宣传部长啊。"

那个中年干部笑了笑:"书记,我能非常荣幸地告诉您一件事吗?"

宋梓南应道:"说。"

那个中年干部:"不好意思,我就是被派来担任我们深圳市委宣传部部长的。"

宋梓南哈哈大笑,走过去深情地搂了那个中年干部一下:"对不起对不起,我的黄部长,听说你来了,但还没见到你。刚才你说得好,说得非常好啊,我们的宣传部长说得好啊,一座伟大的城市,将从这儿出发!"

然后,他又带着那一群市机关里的干部推开一间间挂着那些小木牌的房间"视察"。他问秘书小马:"从广州过来,一共用了多少时间?"小马想了想,答道:"如果不算两次摆渡所花去的等候时间……"宋梓南立即反驳:"为什么不算摆渡时间?下一回咱们去广州,或者从广州过来,就不摆渡了?也许有一天不用再摆渡,但那不会是最近的明天或后天。"小马忙说:"如果都算上,那就是六小时二十八分钟。"宋梓南耸了下眉毛,追问:"你算到哪儿为止?"小马答道:"算到我们在这个旅馆门前下车时为止。"宋梓南苦笑一下:"好嘛,一百来公里走了六小时,坐飞机都可以到东京打个来回了。"

这时,宋梓南带着那群人已经走出小旅馆了。

天色已经渐渐地暗了下来。宋梓南回过头来打量了一下这个小旅馆,突然想起一个不能不问的问题,便问那个带路的当地干部:"市委市政府占了这唯一的旅馆,来往旅客住哪里?"

那个干部说:"那,不好意思啦,暂时就没地方住了。"

宋梓南笑道:"你这不是在让我们招骂吗?"

那个干部说:"那也得看看什么是大局。"

宋梓南敏锐地问:"什么是大局?"

那个干部说:"当然尽快让市委市政府有个安身之处,尽快开展起工作,这是当前重中之重的大局。"

宋梓南立即反驳道:"错!任何时候不扰民,要安民,才是大局!"他指着那小旅馆,斩钉截铁地对这个干部说:"立即把市委市政府所有办事机构从这个小旅馆里给我搬出来。"

那个干部不解地:"那……把市委市政府机关安在哪儿?"

宋梓南不再理会那个同志,转身对小马说:"你马上给我给省基建办陈主任打电话,请他支援一下,连夜给我发十五套简易板房过来。"

小马问那个当地干部:"哪儿可以打长途电话?"

那个干部犹豫了一下:"邮电局呗。可邮电局这会儿早下班了。除此以外,也就这个旅馆里还有一部能打长途的电话机。不过,这儿要个长途特别艰难。没有一两个、两三个小时,你别想要通长途。"

宋梓南对小马说:"别管他几个小时,就是打到天明,你也负责把这个电话给我打通了。"

小马立刻走进小旅馆的登记室去打电话了。

宋梓南转身问那个当地干部:"邮电局在哪儿?"

那个干部向某个方向指了指说道:"就在那个大排档后头。"

宋梓南说:"走,找找他们局长去。"

那个干部忙提醒:"现在?局长也下班了。"

宋梓南说:"上家去找呗。"

那个干部说:"嗨,有啥事,明天上班时再说呗……"

宋梓南立刻黑下脸,不再搭理那个干部,自顾自地倒背起双手,向着那个大排档方向走了过去。

那个干部愣怔了一下,忙跟了上去。

那个大排档的所在处所,自然属于老深圳的一条小街区。街区同样的老旧,在居民住宅区的房顶上到处都是自己安装的电视和收音机天线,高高低低，形式各异，显得特别的杂乱无章。不少居民都穿着花衬衣，喇叭裤，留着长发，戴着大大的"蛤蟆镜"。有些刚从田里犁完地回来的农民，扛着犁，赶着浑身是泥水的老牛，也照样留着长发，穿着花衬衣，趿拉着一双塑料拖鞋。局长正在家里搂着一个宠物猫，穿着纯棉的长睡袍，戴着睡帽，脚上趿拉着一双牛皮底的软面拖鞋，躺在旧沙发里，悠闲地看着电视。电视里正在播放红线女幽婉甜美而清亮的唱腔段子。家里最醒目的高处，挂着一个雕制精良的佛龛。佛龛里供奉着一尊象牙白的观世音菩萨和一对硕大金黄的佛手。

宋梓南让那个带路的当地干部先去通知局长一声。那个干部便慌慌地走了进来。

局长以为他又是来找他凑牌局的，笑道："你来得太早了吧，说好牌局八点开桌的啦！"

那个干部忙对邮电局局长做了个噤声的手势。

局长哈哈大笑起来："你个鬼佬，跟我玩什么名堂呢？"

那个干部忙指指门外，低低地吼了一声："市委书记！"

局长一时还没醒过味儿来："啥书记啦？他也来打牌？你个鬼佬，昨天晚上赢了我六十二元，就溜掉了……你的牌风很不好啦……"

那个干部脸色一下变了，忙上前拉住邮电局局长，低低在他耳边快快地说了句什么。

邮电局局长愣了一下，认真地打量了一下那个干部，也许是看出那个干部丝毫没有"开玩笑"的意思，立即扔下手里的宠物猫。刚摘下那顶大得有点离谱的睡帽，正要换去睡衣，宋梓南走了进来。那个干部忙向邮电局局长介绍道："这位就是宋书记。"

邮电局局长忙恭敬地冲着宋梓南弯了一下腰，叫道："宋……宋书记……"

宋梓南来找邮电局局长，当然不是要打什么电话，他等局长换了一身正装后，立即把他带到小镇郊外的一片开阔地上，指着眼前这片开阔地，对他说："明天傍晚以前，你能把电话线给我拉到这儿吗？给我接通五部电话机，其中有两部是要能打长途的。"

邮电局局长大惑不解地："在这儿安电话？这儿？"

宋梓南肯定地答道："是的。"

邮电局局长仍然迷惑不解地："把电话就架到这空地上？"

一个随宋梓南来的干部："你把电话线拉过来就是了。明天这儿就不会是空地了，市委市政府的临时办公地点就定在这儿了。"

邮电局局长还是不能理解："在这儿？"

这时，宋梓南大概感觉到有蚊子咬他了，拍了一下脖颈，拿起手来时，手掌心上已经沾着七八个拍死了的吸饱了血的黑蚊子。然后他又随手在空中抓了一把，再展开手掌，手掌心里又捏着十来个又黑又大的蚊子。在场的那些同志也都在不停地拍打着闻着人肉香，纷纷围攻上来的蚊子。

一时间，只见周围嗡嗡地响着，蚊子越聚越多。

邮电局局长一边慌乱地赶着蚊子，一边说道："宋书记，不是我多嘴啦。你要是把市委市政府机关设在这里，你们肯定办不成事的啦。这儿又有蚊子又有蛇，麻烦好大的啦。"

宋梓南应道："蚊子的问题，蛇的问题，就不用你操心了。我需要你做的就是，明天天黑前，必须在这儿给我安起五部电话，其中两部是可以打长途的。"

这时奉命去向广州求援的小马，正在小镇的那个旅馆登记室里，艰难地要着那个怎么也要不了的长途电话。过个几分钟，他就嘎嘎地摇着老式电话机的摇柄，大声叫道："总机……总机……我已经等了一个小时了，我还得等多长时间？我有重要公事，必须马上接通广州……"两个小时后，终于接了广州，当时小马脱口而出的第一句话居然是这样一句话："广州……广州……广州吗？是省委办公厅值班室吗？我是深圳的马明华，马秘书。你能听到我说的话的吗？能听到？我的天，总算找到党了……"

当晚。小旅馆。宋梓南住的房间里。宋梓南盘腿坐在蚊帐里，怔怔地在发着愣。不一会儿，一个机关干部匆匆走了进来，看到宋梓南坐在蚊帐里那个样子挺古怪的，扑哧一声笑了起来。

宋梓南瞪他一眼，啐嗔道："笑啥笑？"

那个干部说："您的样子特别古怪，在蚊帐里那么一坐，像个盘腿弥勒佛。"话音还没落，一群蚊子就叮了过去。他叫了声"哎哟！"一边蹦跳着，一边赶紧去拍打挥赶那些蚊子。

宋梓南哈哈大笑道："看吧，这就是你嘲笑我的下场！"

那个机关干部问："您这儿没点蚊香？"

宋梓南说："怎么没点？你瞧瞧！"

那个机关干部四下里看去，只见房间四角，全都点着蚊香。

那个机关干部说："可我们那房间里点了蚊香，好像就没这么多蚊子了。"

宋梓南说："敢情你们给我的都是劣质蚊香，欺负我老年人？"

那个机关干部笑道："那不可能。谁敢给书记劣质蚊香？"

宋梓南问："那为什么我这儿的蚊子特别咬人？"

那个机关干部笑道："唯一的解释就是，宋书记的血香，特别招惹蚊子。据说，叮人的蚊子都是母蚊子，特别喜欢叮咬那种身上有特殊气息的男人，尤其是男人气重的人……"

宋梓南笑道："鬼话！少拍马屁！我都老成啥样了，还男人气重？"

那个机关干部不好意思地笑笑，想再做些辩解。

宋梓南立即做了个手势，制止了他："明天上午九点，召开深圳宝安全体干部大会，都通知下去了没有？"

那个机关干部忙应道："通知了。九点，在深圳镇政府小会议室……"

宋梓南问："怎么是镇政府小会议室？那能坐多少人？"

那个机关干部解释道："您不是让通知原宝安县委和深圳镇党委两个班子的领导同志开会吗？"

宋梓南忙说："错了。我说的是全体干部。原宝安县，含原深圳镇的全体干部！"

那个机关干部一愣："那得好几百人。"

宋梓南问："镇上不是有个电影院吗？上午不会放电影吧？把他们找到电影院来开。还是九点。"

那个机关干部忙点点头道："好的。不过，还是通知八点吧。据说，这儿的习惯，您通知九点，他们十点都不一定到得齐。"

宋梓南断然拒绝："不。从现在开始，我们不惯那毛病。明天在会场门口，安排人，拿着笔和纸，登记人头和到场时间。凡是迟到的，以后找时间给曝光。"

那个机关干部忙说："好的。"说着就要走。

宋梓南又叫住了他："等一等。附加一条通知，明天到会的干部一律不许留长发，不许穿花衬衣，更不许戴蛤蟆镜。"

那个机关干部笑道："这……"

宋梓南瞪他一眼："这什么这？就这么给我通知！"

那个机关干部立即答应道："好的。我这就去通知。"

宋梓南又说道："顺便看看组织部的刘部长休息了没有。如果还没休息，请他到我这儿来一下。"

那个机关干部："好的。"

宋梓南："还有，让他们把那些挂在机关部委办门上的小木牌全给我重做了，要做正规了。有些名称也不准确，比如市委办公室，市政府办公室。这不对嘛。明天我在大会上要宣布，我们新成立的这个深圳市，是和广州市同等级别的副省级城市。所以，这两个机构的名称应该是'市委办公厅'和'市政府办公厅'。别看我们现在只能坐在这么一个小旅馆的蚊帐里办公,但我们还是中央定的副省级大城市。对不?"

那个机关干部忙笑道:"对对对,不管怎么的,我们总还是中央定的副省级大城市! 就像黄部长说的那样,一座伟大的城市,将要从这儿出发。"

宋梓南笑道:"小伙子,不是'将要'了,现在应该说'已经'从这儿出发!"

20

凌晨时分,宋梓南床头那部老式电话机突然响了起来。从睡梦中惊醒的宋梓南本能地抓起电话机。电话是从北京打来的。打电话的是叶剑英:"深圳? 宋梓南同志吗?"

几秒钟前还有一点睡意惺忪的宋梓南,听出电话里的声音是叶帅的声音,立即彻底惊醒了,忙坐正了答道:"是的是的,是我。叶帅,您好。"

叶剑英:"还没休息?"

宋梓南忙答道:"一直在等您的电话。不过,刚眯盹了一会儿……"

叶剑英笑道:"很抱歉啊,把你吵醒了。"

宋梓南忙说道:"没有没有。是我们深圳的事情让叶帅牵肠挂肚的,不得好好休息。"

叶剑英问:"秘书告诉我,你要找我?"

宋梓南答道:"关于那个我们正在起草的特区条例,已经改了十三稿,也请陈云同志审阅了。我们听说,有关方面有的同志认为,深圳特区条例是地方法规,不应该,也不能够由全国人大来讨论通过。可是恕我直言,深圳特区不仅仅属于广东省啊,建立这个特区,是中央下的决心,它是中国的一个特区。由全国人大来讨论通过并对外颁布它的条例，是名正言顺的，也是理所当然的，也只有这样，才能真正体现深圳特区的实质，也才能向全世界明示我们中国政府和中国共产党改革开放的决心和意图。首长，您觉得呢？"

叶剑英笑了笑："知道了。"

一向以来都十分支持特区建设工作的叶帅没当场表示一个明确的态度，这让宋梓南多少有一点失望。中国要建立经济特区，欢迎外商来投资，并承诺确保外商外资的利益，这消息传开以后，全世界都震动。但同时也引发了一些疑虑：发达国家的商人并不相信任何人的口头承诺，更不相信你所谓的"文件""社论"。他们只相信法律。因此，尽快出台一部深圳特区条例，把各种相关的规定和承诺用法律的形式确定下来，对于坚定外商对深圳的信心可以说是关键性的。宋梓南他们希望这部条例由全国人大来审议讨论通过。这样，这部条例就具有了国家法的身份和地位，也从法律的角度确定了建立深圳特区是中国的一种国家行为。这一点，对吸引更多的外商来深圳投资，更加坚定他们对深圳发展的信心，都会起到不可或缺的重要作用。但是报告打上去以后，上头有些部门的同志死咬住深圳特区隶属广东省这一点，认为这部特区条例因此也只能是一部"地方法规"，只能由省人大来审议通过颁布。他们以建国以来，还没有一部"地方法规"由全国人大来审议通过颁布为由，这一次也不能破例。他们说，为了维护国家法的权威性和严肃性，必须严格按相关规定办，绝不能有半点越规的做法。在这种情况下，宋梓南想到了叶帅。他是全国人大委员长。他希望叶帅能来过问一下这件事……

宋梓南放下电话，稍稍地坐了一会儿，平静一下自己的心情，这才起身钻出帐子，下床去洗漱。当他转身去拿洗漱用具时，却意外发现在存放牙具的凳子上，有人送来一个用旧报纸包起来的长方形的东西。他拆开旧报纸，里边是四本很厚的书。一本是康芒斯写的《制度经济学》（上、下），另一本是林德·布洛姆写的《政治与市场》（上、下），都是商务印书馆的版本，属于汉译名著系列中的经典作品。他饶有兴趣地翻看了一下书的内容，并又翻找送书人的姓名，或者还会留下什么"赠言"，但书里既找不到书主人的姓名，也没发现夹有任何纸条和类似的赠言。宋梓南疑惑了，便冲着门外大吼了一声"嗨"！

这时，恰好机关的一个工作人员正在外头洗漱，嘴上都是牙膏泡沫，忙不迭地跑进房间来问："宋书记，有事吗？"

宋梓南问："马秘书呢？"

那个工作人员一边慌忙地擦去嘴上的牙膏沫，一边答道："您不是派他回广州去了吗？"

宋梓南这才想起，昨天他让小马回广州办事去了，便问："哦……这几本书是谁搁在我床头的？"

那个工作人员一时不明所以地问："书？不知道啊。"

宋梓南不再问了，把那两套书往书架下边一扔，赶紧也去洗漱了。

八点四十五分，被召来参加全市干部大会的同志，陆陆续续走进了镇上那个老电影院。个别人还戴着蛤蟆镜。一进场，便有市委工作人员走到他们身旁，弯下腰，轻轻地劝说。那些同志便立即摘去蛤蟆镜。还有个别穿着花衬衣的同志，也被劝说到卫生间去换衣服。

宋梓南正咕嘟咕嘟地喝着一碗稀饭，机关的一个工作人员走了进来："宋书记，可以去会场了。"

宋梓南立即一口把碗里剩下的稀饭全喝了，撂下碗筷，擦抹了一下嘴，又看了看那两套书，匆匆向外走去。那个工作人员随即替他把茶杯和公文包拿上，也跟随着向外走去。

宋梓南刚走出小旅馆，一辆满是泥水的上海牌轿车行驶了过来，驰到小旅馆门前停下了。从车里走出的两个中年人，目不旁视地急忙向小旅馆里走去。一开始，宋梓南也没在意他们，只以为他们是来住店的，继续向电影院方向走去。忽然间，他站了下来，问那个机关工作人员："刚才那车上下来的两个人，是谁呀？好像挺眼熟的。"

那个工作人员带着歉意地："我……没在意……"

宋梓南一把把那个工作人员手中的东西拿了过来："你赶紧过去看看。我瞧着，好像是省建委的杨主任。"

那个工作人员刚要向小旅馆走去，只见那两个中年人已经从小旅馆里走了出来，直冲着宋梓南走了过来。果然是省建委的老杨。

"哎呀，昨晚给您打了好几个小时的电话，就是要不通啊。你们这个深圳，真是要命啊！刚才又差一点失之交臂。"为人爽快的杨主任紧紧握住宋梓南的手嚷嚷道。

宋梓南笑了笑说："所以你们都得好好照顾着点我们深圳，少抽鞭子多给方便。怎么，有啥好事了？"

杨主任扬扬眉毛："好事？十万火急哦！"

宋梓南看看手表，转身告诉那个机关工作人员："去告诉周副市长，让他把握一下会场，我马上就到。"说着，就把杨主任带回到小旅馆自己住的那个房间里。

一进屋，杨主任知道那边还有个大会在等着宋梓南，什么客套话都不说了，直截了当地通报道："最近，中央精兵简政，要撤销基建工程兵这个建制，为此所有基建工程兵都得转业退伍。好几十万人哪。"

宋梓南笑着问："那跟你我有啥关系？"

杨主任忙说："那么多基建工程兵一起脱军装，就要找地方安置他们。"

宋梓南笑道："你们省建委还管复转军人的安置工作？"

杨主任解释道："据我们得到的最新消息，军方可能有意让你们深圳安置接收一部分基建工程兵的复转军人，而且是整建制地接收，总数可能会达到一两万。"

宋梓南略略一惊："让我们安置两万人，这怎么可能呢？深圳现在自己一共还只有三万居民！让一个只有三万居民的小镇接收安置两万退伍兵，这不是天方夜谭吗？这种事，过十年再说吧。十年后，来多少，我们安置多少！"

杨主任不屑地一笑："十年？部队裁军，中央的战略部署，火烧眉毛哪，怎么可能允许你等待十年？"

宋梓南不作声了。

杨主任说："我们得到的确切消息是，军方可能会在今明两天，跟你们通报这个情况，征求你们有关安置这两万工程兵的意向。"

宋梓南怔怔地说道："我还是有点不明白，这档子事，跟你们省建委有何相干，工程兵来多少退伍兵，您二位着的哪门子急，要如此火急火燎地抢在军方通报前，来向我们通报这情况？"

杨主任长叹一口气道："我的宋大书记哎，深圳要建市，就一定会进行大规模的市政建设，也就会有大量的建筑工程活儿。我们希望肥水不流外人田啊。"

宋梓南略有所悟地："哦，你们是先下手为强，来抢活儿了？"

陪同杨主任的另一个同志笑道："只是兄弟协作。深圳怎么说也是我们广东的嘛，完全是兄弟协作。"

宋梓南再问："你们是不希望我们接收这两万工程兵，免得他们将来跟你们省上的建筑工程队产生竞争？你们这个意见代表省建委吗？"

杨主任忙应道："不不不，我们今天来，不代表省建委任何一级组织，也不是省建委党组授权的。"

宋梓南哈哈一笑道："择得清吗，我的杨主任？你开金口，怎么可能纯粹是个人行为？"

那位陪同来的同志也笑道："说我们完全是个人行为，也不太准确。"

宋梓南笑了："那你们到底代表谁啊？"

杨主任诚恳地："别管我们代表谁吧，宋书记，事情是明摆着的。省里几家大型建筑公司老总得到几万基建工程兵要到深圳来的这个消息后，都挺着急的，希望我们能替他们向宋书记递个话。说一千道一万，归根结底也就是个市场问题，希望深圳的建筑市场能由咱们省里的同行来承包，这样既免了你们接收安置两万基建工程兵的麻烦，也给省里一些大型建筑企业开辟了新的生机，完全是双赢的局面嘛。"

宋梓南笑着点了点头："知道了……知道了……"

杨主任急着再问："别只说知道了。到底成不成？"

宋梓南答道："我还不知道中央和省委的态度哩。我也只能对你杨老弟说一声：知道了。"说到这里，他忽然想起一早叶帅给他的回答，便不由得会心地嘿嘿笑了起来。

九点整，市委市政府的主要领导都已经在镇上那个老电影院的主席台上就座完毕。一个女机关干部正指挥与会的基层干部在唱着一些"革命歌曲"。但唱得稀稀拉拉，无精打采。场内熙熙攘攘，极不安静。这时，宋梓南匆匆从侧幕条内走上台来。会议主持人周副市长立刻拿过麦克风喊："请大家安静，现在开会了。"

会场上渐渐安静下来。

宋梓南从公文包里取出一份讲稿，走到讲台前，准备讲话。一个机关干部替他送来一杯茶水，并替他调整麦克风的高度。宋梓南却悄悄地对那个机关干部说了一句话："通知市委市政府全体领导，会后到我房间开一个紧急会议。"

他把市里的主要领导召集起来，要说的就是那档子安置基建工程兵退伍转业官兵的事。杨主任刚走，他就接到基建工程兵总部的电话，征询他们能否在深圳成建制地接收安置两万置业官兵。宋梓南一边说，一边放下手里的茶杯和笔记本，然后又解开领扣，刚才在大会上给深圳宝安全体干部热情洋溢地讲了两个来小时的话，他觉得有点热了。

没当过兵，也没做过退伍置业安置工作的常副市长问："什么叫成建制地接收？"

周副市长解释道："就是从师长政委到炊事员，整师整团、一个不落地都转业到咱们深圳。"

另一个负责同志不觉一惊："两万人？"

宋梓南肯定地："两万。"

在座的领导同志面面相觑。

沉默。

过了一会儿，常副市长问："如果我们答应接收，这个建制师大概什么时候过来？"

宋梓南应道："当然不会是今天也不会是明天。但也不会给我们太长的准备时间。而总数是两万，一个也不会少。"

另一个负责人问道："我们自己都还没一个正规的办公、生活场所，用什么来安置这两万退伍转业军人？"

宋梓南说："所以要请大家来讨论研究一下，最后做个决定，给中央和中央军委一个明确的答复。部队大裁军，是中央实现全国工作重点转移的一个重要部署。我们得多从这一个角度来考虑这个问题。"

全体领导再一次陷入沉默之中。

21

北京。老交通部大楼的资料室里。这一类由苏联老大哥援建的办公楼，在北京还不少见。它们的开间都特别高大，宽敞，完全体现当初这个"苏维埃联盟共和国"疆域特别辽阔，气势特别宏大，决心表达全世界无产者联合起来必定会有无比美好未来的特色。但毕竟也二十多年了，陈旧的房间里，地板漆磨光了，卫生间的墙砖开裂了，墙皮也开始脱落。日积月累的旧书报和销毁期定在二十或三十年的文档，存放在越来越多的老式书报柜和文件柜里，使这个原先在整个大楼里最为清静和宽敞明亮的资料室，现在显得尤其的拥挤和阴暗。资料室里除了那个胖墩墩的中年女资料员和余涛，再没有别人。余涛坐在一个角落里，细心地翻看着有关香港和招商局的书籍、资料。

这时，那个女资料员办公桌上的电话铃响了。电话是找余涛的。但那个女资料员并不知道此时坐在这空空荡荡的资料室里的唯一的另一人就是这个大名鼎鼎的"余涛"。"您找谁？找香港招商局的余董事长？您打错地方了吧。我跟您说过了，我这里是部资料室。香港招商局的余涛董事长怎么会上这儿来？对不起。"说着正要挂电话，余涛忙抬起头说道："别挂别挂……"

女资料员一愣，问："你认识那个余董事长？"

"谁找余涛？"余涛问。

"部长秘书。"女资料员答道。

余涛忙起身向电话走去："我来接……"

女资料员将信将疑地："部长秘书要找余董事长本人来接电话！"

余涛没再搭理那个女资料员，拿起电话说道："袁秘书吗？我是余涛啊，香港招商局的余涛……"

那个女资料员仍然有点将信将疑地打量着余涛。余涛放下电话，收起反摊在桌子上的那些记事本和资料，向门外走去了——部长秘书告诉余涛，部长要见他，而且就在这会儿。让他马上赶到部长办公室。部长在等着他。

余涛走到部长办公室门前，稍稍镇静了一下自己的情绪，这才伸手去敲门。

部长很热情,问余涛:"这段日子,不太好过吧?"

余涛自嘲道:"嗨,比在秦城监狱那会儿,好过多了。"

部长亲自从秘书手里接过一杯刚沏的茶,放在余涛面前,说道:"不一定吧。那会儿,反正是'四人帮'横行,谁都不存什么希望,都在得过且过地混着。现在不一样了,别人都平反了解放了轻装上阵了,就自己还那么耗着……这日子可能就会更难熬一些。"

余涛苦笑笑:"部长英明,体贴小民啊。"

部长微笑着静默了一会儿,说:"刚才我打电话到你家找你,才知道这段日子你一直在资料室里忙乎着。"

余涛说:"也说不上忙。就是'躲进小楼成一统,管他春夏与秋冬'。"

部长从抽屉里拿出一个大信封:"也不问问,今天我这么紧着找你,到底是为了什么。"

余涛看看部长手里的那个大信封,很平静地猜测道:"我的审查结论下来了?"

部长默默地点了点头,拿起那信封:"你原单位给你做的审查结论出来了。是拿回去自己看,还是由我来向你宣布?"

向来老到的余涛一时间居然也有些紧张起来,犹豫不定了:"这……没啥关紧要的吧?"

部长笑了笑:"那还是你自己拿回去慢慢看吧。"一边说,一边把大信封推到余涛面前。

余涛犹豫了一下,觉得还是当着部长的面把这"谜底"揭了的好。万一结论上有一句半句文字写得不太恰当,还可以当面"陈述"一下自己的理由。于是,他提议:"还是您来宣判吧。"

部长笑道:"别说宣判啊。"

余涛也笑了笑道:"就是宣判嘛!"

也许为了缓和一下现场的气氛,部长故意幽了一默,说道:"你带硝酸甘油没有?"

余涛用力挥了一下手，不屑地说道："嗨，我从来不用那玩意儿。宣布吧。秦城监狱都待了五年了，早把生死置之度外了，还禁不住一个审查结论？"

部长笑了："说得好。那我就念了？"一边说，一边从信封里抽出一份公函，一字一句地念了起来："关于余涛同志的复查结论。余涛同志，原我部一局副局长，现任港澳工委常委、航委书记，以副董事长名义主持香港招商局工作。一九六八年三月二十八日康生批示'此人问题极为严重，立即逮捕，与曾生案一并审讯'。经复查，所谓曾生案纯属林彪、'四人帮'制造的一个假案、冤案。余涛同志的历史情况是清楚的，工作是积极的，政治上没有问题。所强加给余涛同志'与美军观察组进行秘密勾结出卖情报''同香港英军谈判中出卖我党利益'的问题，纯属诬陷不实之词，应予推倒，彻底平反，恢复名誉。全部撤销。一九七四年十一月二十七日中央专案审查小组第三办公室《关于余涛同志的审查结论》：在余涛同志的档案中，一切有关诬陷不实之词的材料予以销毁。"

部长念到这儿，放下手里的公函，想看看余涛的神情。却看到余涛挺直了上身，两眼呆呆地视而不见地看着窗外，整个人在微微战栗着，嘴唇也在哆嗦着，眼眶里滚动着晶莹的泪花。他竭力控制住自己，不在部长面前流下眼泪。这时，部长心里突然也一下酸热起来，眼眶也湿润了，默默地坐了一会儿，强迫自己平静下来，而后伸出手去，有力地按了按余涛的肩膀，既对眼前这位多灾多难的老同志表示由衷的祝贺，也表示一种鼓励和自身的欣慰。余涛当然感受到了部长通过这一动作传递过来的那种心意，虽然仍一动不动地端坐着，两眼也仍呆直地看着窗外迷蒙的远方，但心潮却激烈地涌动起来，当他本能地伸出手去紧紧握住部长按在自己肩头上的那只手时，眼泪便再也忍不住地流淌了下来。

22

正是午饭时分。机关食堂设在刚搭起的简易板房里。领导和普通干部都在窗口前排着队打饭菜。宋梓南刚开完会，忽然觉得有点饿了，便匆匆赶来吃饭。已经在一张餐桌旁坐下的小马赶紧站起来向宋梓南招了招手。宋梓南便走了过来。在同一张餐桌上就餐的一些机关干部忙让出一个位置来让宋梓南坐。

坐下前，宋梓南看了看小马替他打的那饭菜，又看看别人饭盒里打的饭菜，不高兴地嗔责道："上一回你就没替我买红烧肉，今天你又没给我买。你小子想馋死我？"

小马忙解释："不是我不给您买。这是顾大姐的命令。她要我一定替她把着这一关，说您这年龄不能吃太多的肉。"

宋梓南用筷子头扒拉了一下碗里的菜："谁吃太多了？现在的问题是根本就吃不上嘛，我的马秘书！如果全都吃不上，那又好受一些，现在更严重的问题还在于，别人都在吃，就我一个人没得吃。你这么做，是不是有点侵犯他人人权啊？"

在座的都笑了。宋梓南也把故意装出的那副严肃样收了起来，跟着大伙一起高兴地笑了。

小马却依然很认真："顾大姐说……"

宋梓南挥挥手，不屑地说道："将在外，君命都有所不受。况且是夫人的命令呢？去，买红烧肉来！"

小马为难地不动。

周副市长笑道："我看这问题还是这么解决吧，咱们既别难为了马秘书，也别亏待了宋书记。顾大姐的命令嘛，还是要执行的。但一点都不让书记吃肉嘛，在当前工作量这么大工作条件又这么艰苦的情况下，书记的身体可能也顶不下来。顾大姐只是不许小马替宋书记买肉吃，但没说宋书记不可以吃别人碗里的肉……"

宋梓南如获至宝似的："你看你看，当副市长的水平就是要比你这个当秘书的水平高嘛！"说着，从周副市长的碗里夹起一大块肉送到了自己嘴里。

在座的机关干部都哈哈大笑起来，纷纷把自己碗里的肉夹到宋梓南碗里。

吃完饭的宋梓南和周副市长一起到一旁的洗碗池跟前去洗碗。

宋梓南问周副市长："昨天在讨论接收安置那两万基建工程兵的常委会上，我看你没怎么吭声。难道你也觉得，此事，我们不能干？"

周副市长微微一笑道："去你办公室谈吧。不过，一会儿你得睡一会儿午觉吧？要不，等你睡了午觉起来，咱们再单独聊一聊？"

宋梓南说道："睡啥午觉？两点，已经跟组织部的同志约好谈干部问题。省委组织部原先说好从全省范围给我们调三五百个中层干部，最起码也要从广州给我们调一二百个中层干部，可是到昨天为止，只报到了十来个。都不愿意离开广州。此情可理解。但是，让诸葛亮唱空城计，总还得有几个书童和老兵在一起撑场面哩。没有干部，咱们真是连一出空城计都唱不起来啊。"

周副市长："那行，我现在就跟你去你办公室。"

在办公室坐定后，周副市长说道："关于这个接收和安置基建工程兵的问题，我先说说我的看法？据我了解，市委常委中的这些同志摆出这么多困难，并非是不想接收这两万官兵。深圳眼前虽然有困难，而且的确是天大的困难，但接收不接收这两万工程基建兵的问题，涉及当前怎么对待中央精兵简政实现全党工作重点转移的重大立场问题，涉及在政治上是不是跟中央保持一致的大原则问题。所以常委们心里是很清楚的，这两万官兵我们是一定要接收的，这里不存在接不接收的问题。把困难摆够，无非是想把这项工作做得更细，希望在过程中不出问题，或者尽可能地少出一些问题。"

宋梓南点点头道："我同意你这个分析。我相信我们这个班子在政治上是和中央绝对保持一致的。"

周副市继续分析道："光是保持一致，并不能保证接收工作不出大问题。有些事情还是让人挺担心的，比如说，深圳毗邻香港，突然之间来两万军人，刚过来时，可能都还戴着领章帽徽，还会带一些武器，这对港澳方面，甚至对台海局势会不会构成一个变数，还会产生什么负面影响，我们都得考虑……"

宋梓南若有所思地："是的，如果在这些方面没有相应的应变措施，从局部来说，就不可能做好这两万人的接收安置工作，从全局来说，也会妨碍中央实施战略重点的转移，的确不能掉以轻心。"

周副市长提议："我先找几个人做一个接收安置的预案，你觉得可以了，再上常委会定夺。"

宋梓南高兴地说道："那当然好。这件事就拜托了。"

周副市长站了起来："你还是休息一会儿吧，多多少少闭一会儿眼睛，十分钟五分钟都行。书记同志，年龄不饶人啊。别说你，我现在都感到一年不如一年了。中午要不眯盹一会儿，下午常常觉得顶不住。行了行了，不说了，一会儿你还得和组织部的同志谈干部工作。你睡一会儿，我也得去眯一会儿了。"说着，就走了。

深圳组织部刘部长按宋梓南的意思，直接到北京找中央组织部请求支援，解决深圳干部调配大问题。没有想到事情会办得如此顺利。到北京的第三天，他就打回电话来向宋梓南汇报："中组部的几位主要领导全出来接见了我们，太不容易了。我在省组织部工作的时候，去过多少次北京，除了在大会主席台上，真还没接触过中组部的主要领导。这一回，部长、副部长都出来见我们了，全都表了态，一定支持咱们深圳市的干部配备工作，答应由中组部直接出面给有关省市发公函，让他们给我们调配适用干部，陈部长和曾副部长还答应亲自出面给有关省市领导打招呼，请他们大力支持特区的这一项工作……真是破格待遇啊……"

宋梓南马上告诉他："那你们就别回来了，直接飞有关省市，趁热打铁，赶紧去落实中组部的有关安排。"刘部长觉得坐飞机去，有点"奢侈"了。那得多花好多钱。而且他们出发前也没这个坐飞机去各省市"招兵买马"的打算，所以，既没带那么些差旅费，也没带买飞机票的证明。宋梓南却毫不迟疑地告诉他："这点钱必须花。及早把干部配备齐了，让深圳这部机器整个都运转起来，它产生的经济效益，绝对不是这飞机票钱所能相比的。我的部长同志，算账要算大账啊。至于差旅费和乘机证明，都就近找省驻京办去解决。钱的问题，可以先打个欠条给他们。我马上给省驻京办主任打招呼。"

但让刘部长想不到的是，他们行程的第一站，就遭遇了一个不大不小不软不硬，"煮不烂、摔不碎、砸不扁、敲不动"的"铜钉子"。

根据宋梓南的指示，他们当天就从省驻京办拿到了买飞机票的证明，也借到了全部所需的差旅费。机票虽然紧张，但他们还是买到了第二天去某省省会城市的机票。飞机降落，赶到省委组织部，已是傍晚时分。省委组织部负责接待他们的是一个五十多岁的女干部，长方脸，齐脖子的短发，灰蓝色的制服，不新不旧，十分干净。她一边审视着刘部长递给她的那份介绍信，一边问："深圳的？"

刘部长："是。"

深圳组织部随刘部长一起来的一个工作人员忙介绍道："他是我们市委组织部的刘部长。"

那个女干部注意地瞟了一眼刘部长，慢慢伸出手，不冷不热地轻轻碰了一下刘部长的手，就又收了回去，说道："部长亲自出马，工作作风很踏实啊。刘部长看样子，还很年轻嘛。"

刘部长摇摇头笑道："不年轻了，也四十好几了。"

那个女干部说："中组部发来的明码加急电报我们已经看到了。"

刘部长说："真是给你们添麻烦了。"

"这是党的事业，说不上麻烦不麻烦。"那个女干部说道，"听说你们要在我们这儿搞什么'招聘干部'？"

"首先是调配，然后有可能的话，我们还想招聘一部分。"刘部长应道。

那个女干部又瞟了刘部长："这个招聘嘛……"

深圳组织部来的那个工作人员忙解释："中组部批准我们试行这个招聘方案。"

那个女干部立即打断了那个工作人员的话："但具体工作不还是要我们来做吗？"

刘部长忙说："那是。那是。我们首先还是要在你们的大力支持下，调配到相当数量的干部。"

那个女干部说："只要有中组部的批文，我们当然会执行的。至于，怎么配合你们这回的调配，尤其是配合你们这个'招聘'，我们还要慎重研究一下，并且先去拟订一个工作方案。把方案呈报我们部办公会议讨论，最后还得呈我们省委的主管书记圈阅。所以，最快，你们也得等到下周二才能听得到回音。"

刘部长犹豫了一下："下周二……今天……今天是周六……"

那个女干部说："今天是周六，但现在已经四点半了。周六下午四点半，你觉得还能办成什么事吗？"

刘部长愣了一下，只得点点头应道："是，周末了。那……我们下周二再来。"

刘部长带着那个工作人员刚起身要走，那个女干部却又把他叫住了："能给你们深圳的同志提个问题吗？"

刘部长忙回身应道:"您说您说。"

那个女干部说道:"我这个人说话可能有点过于直率。但我们都是党内的同志,又都是搞组织工作的,我们都要对党负责。"

刘部长笑笑道:"没事没事。您有什么话,只管说。"

那个女干部说道:"你们这一回到我们这儿来一定要搞这个'招聘'吗?"

刘部长说:"如果通过调配,能解决问题了,就不一定……"

那个女干部说:"这就是说,你们深圳的同志已经在怀疑我们组织系统的调配制度不能解决你们深圳的干部需求?"

刘部长忙摆了摆手说道:"不,不是这个意思。我们当然还是以调配为主,辅之于招聘……双管齐下,两条腿走路……"

那个女干部说道:"你们不觉得'招聘'这个做法里头更多体现的是某种资本主义的商业交易精神和雇佣色彩吗?部长同志,你搞党的组织工作有多少年了?"

刘部长说道:"前前后后算起来,也有十来年了。"

那个女干部说道:"那你应该很熟悉我们党的组织工作和干部工作基本原则了。干部选配,从来都是一项政治性政策性都极强的工作,要求我们从事这项工作的同志具备很强的党性。因此,多年来我们党一直强调,这项工作必须在我们党的绝对领导下进行,怎么可以沿用资本主义那一套,搞什么社会招聘?如果可以进行社会招聘,那么,怎么体现党的领导?这点小小的意见,只是我个人的一点想法,不代表任何组织,也不代表我对你们这个所谓的特区,有什么看法。作为一个老党员,我当然还是拥护党的改革开放方针和建立特区的决定的,你们深圳的同志既然来了,我就说一点小小的意见,小小的看法,请你们考虑。"

刘部长完全没有想到这个女同志所谓的"建议",会如此的不客气,如此的尖锐和严厉,一下没反应过来,竟然呆在那儿了。刘部长没有反驳,随同一起来工作的那两个工作人员当然更不能说什么了,但一回到招待所,这两个工作人员就忍耐不住了。

他们住的是三张床的普通标准间。其中一个工作人员在两张床之间来回地走动着,激动万分地嚷嚷道:"整个一副马列主义老太太嘴脸嘛!她训谁呢?训儿子呢?好歹我们深圳也是个副省级城市,她这个省会城市不也就是个副省级的嘛。她不顾兄弟城市之间交往的礼节,就是看在中组部的面子上,也不能这么对待我们!招聘又怎么了?招聘也是经中组部批准的。中组部代表不了党,她马列主义老太太代表党?"

刘部长忙对他吼:"又乱说了?说这些无原则的气话有什么用?现在要解决问题,不是意气用事的时候,特别现在我们又在人家的地盘上,更不能说这些不利于团结的话。"

那个工作人员静不下心来:"她纯粹是故意在卡我们嘛。今天下午离下班还有四十多分钟,我还听说这儿省委组织部人事调配方面的公章就在她抽屉里锁着哩。她要愿意替我们办事,完全还来得及办,也完全可以替我们转一个介绍信嘛。那才要几分钟时间?她完全是有意拖着不办嘛,偏偏要让我们等到下周二。太可恶了……"

原先半躺着的刘部长一下从床上坐了起来,很生气地批评道:"又来了。我再说一遍,不许说这些妨碍团结的话。要讲团结。一定要讲团结。我们这是在人家的地盘上。明白吗?公章在她手里攥着哩,你跟她把关系搞僵了,我们还想不想完成这任务了?"

那个工作人员说道:"可我听说,这个马列主义老太太其实连个科长都不是。我们完全可以越过她,直接找真正管事的领导同志。"

刘部长叹道:"你啊你……这里还有个情况,你们都还不知道,这位女同志虽然连个科长都不是,但她在这儿的作用和地位相当特殊。有些事情,就算是科长处长局长点了头,只要她不同意,别人照样拿不出公章来。"

另一个工作人员一直没有插话,而是半躺着饶有兴趣地听那个工作人员发牢骚，这时也一下从床上坐起，大为诧异道："怎么会有这样的事情？这公章岂不成了她私人东西了？这也太有背组织原则了！这种事怎么能发生在最讲组织原则的组织系统里呢？"

刘部长似乎还知道一些内情，但他不想在背后揭兄弟单位的"内幕"，不想在此时再给自己下属"火上浇油"，所以，只是轻描淡写地说了一句："是啊，是有一点不正常……"

那个工作人员说道："岂止是一点不正常，太不正常了。"

另一个工作人员问："她怎么会有那么大的法力，可以不听科长处长和局长的招呼？"

这时，桌上的电话响了。

那个工作人员接了电话，忙对刘部长报告道："他们省委组织部的领导要来看我们。"

刘部长忙说："快告诉他们，不用了。他们那么忙……"

那个工作人员说："他们已经出发了。"

十来分钟后，他们把房间大略地整理了一下，刘部长就带着一个工作人员，亲自下楼去迎候省委组织部的领导。不一会儿，他们看到一个中年工作人员骑着自行车过来了，他把车往大门口的角落里一锁，匆匆走进大堂，直奔他俩而来，问："二位是深圳组织部的？"

那个工作人员忙介绍："这是我们的刘部长。"

那个省委组织部的中年机关干部忙上前十分热情地说："你好，刘部长。我是省委组织部办公室的。"

刘部长忙说："你好你好。"

那个省委组织部办公室的中年干部说："我们部长有点事，可能要稍稍晚来一会儿。"

刘部长忙说："哎呀，快请告诉部长，一会儿还是我们去看他吧。"

省委组织部办公室的中年干部说："不不不，他一会儿就来。已经安排好了。只是有个情况……我们部长让我来想先跟你们通通气……"

刘部长忙说："好啊好啊。那就到房间里去说吧。"

回到房间，那个同志说："部长让我先来，真正的目的，是要让我通报一个情况。这个情况刚才不便在大堂里对各位说，部长本人也不太方便说，所以就让我先来跟各位做些解释……听说你们几位下午在我们部办公室遇到一点不太愉快的事。"

刘部长很大度地说："没什么没什么。那位女同志很直率，原则性也很强，我们很敬重她。"

那个同志笑道："我们也都挺敬重她。她是个资历很老的同志，她的爱人是我们省委分管组织工作的副书记。"

深圳组织部的两个工作同志立刻恍然大悟地叫："哦……难怪……"

那个省委组织部的同志说："而她入党的时间比我们这位主管书记还早一年。所以……在某些事情上，我们部里的许多科长、处长，甚至一些局一级的领导干部都会很尊重她的意见。"

刘部长忙说："可以理解。可以理解。"

那个省委组织部的同志继续说道："如果因此给你们工作上带来某些不方便，我们部长表示抱歉。但有一点请你们放心，省委组织部一定会全力支持深圳方面的工作，这一点，不要说有中组部的指示，就是没有中组部的指示，我们部领导表示，也会全力支持深圳的工作。中央说得非常清楚，深圳特区是我们全党和全国的特区。是我们大家的特区。办好特区是全国人民的共同心愿……我们部领导一定会做通那个女同志的工作，为你们的招聘工作开绿灯。只是稍稍需要一点时间，需要一点耐心。"

刘部长忙点头说道："理解，我们完全理解。"

那个省委组织部的同志又说道："一会儿，部长和副部长都会来陪刘部长吃饭。"

刘部长忙说："部长那么忙，就不用了……我们都是自己人嘛……"

那个中年干部说："那怎么可以呢？你们是中国改革开放的前沿阵地。前线的将士来了，后方军民怎么不要表表心意？不过，一会儿，当着众人，刚才说的那些情况，部长就不便再说了。请你们充分谅解。最后，部长还特地说了这么个精神，只要不违背中组部的指示精神，你们完全可以运用你们认为方便的得当的任何方式，在我们这儿开展干部招聘活动。省委和省委组织部一定全力支持配合。部长还强调，接待你们这件事，他已经亲自向省委主管书记汇报过了。主管书记的态度也非常明确，就是要认真落实中组部的指示精神，全力支持深圳同志的工作。"

刘部长心头一热，非常真诚地说："谢谢。太谢谢了。"

那个同志又说："刚才我到总台了解了一下，你们三个同志，只开了这么一个标间，这怎么行啊？"

刘部长说："可以了可以了……这已经比我们深圳的条件好多了……"

那个同志说道："我已经向部长汇报过了。我们部长说，一定要让深圳来的同志休息好，你们在这儿的住宿费用，由我们来负担。我已经通知总台，马上给你们换房间。"

刘部长忙说："不用了。真的不用了。"

但到吃完晚饭，刘部长和那两个工作人员恭送省委组织部的领导上车，反身回房间走过总台时，一个总台的服务员迎上前问："几位是深圳来的吗？"

深圳组织部的一个工作人员忙应道："是啊。"

总台服务员说："能来重新办理一下你们的住房手续吗？"等办完手续，由一个服务员带领他们到原先的房间里取上行李，坐上电梯，到新开的房间里去休息。那个服务员打开一个大房间的房门，对刘部长说："这是您的房间。"刘部长走进房间看了一下。那房间是个带客厅的大套间。刘部长有点愣怔住了。但没等刘部长说什么，那个服务员又对另外两位工作人员说："两位请跟我来。你们住的房间在那头。"给他俩换的房间是两张床的标准间。都重新安顿齐了，两个工作人员又来到刘部长的大套间里，其中一个往客厅的沙发上一倒，说道："看样子，我们只能在这儿耐心等待了……好吃好喝，又好住的……可，谁知道这儿的领导们什么时候才能做通那位老太太的工作，让她对我们高抬贵手？"

刘部长想了想说道："我们不能等。"

那个工作人员忙从沙发上坐起："不等，怎么办？"

刘部长说："刚才他们组织部的那位同志已经传达了他们省委和组织部领导的意见，只要不违背中组部的指示精神，我们完全可以运用我们认为方便的得当的任何方式，在这儿开展干部招聘活动。"

另一个工作人员说："就靠我们自己？怎么个招聘法？挨家挨户去敲门？不能吧？咱们在这儿两眼一抹黑啊，阿猫阿狗都不认识几只！"

刘部长说："当然得想个办法。你们有同学老乡在这儿吗？"

两个工作人员说："那……还是有几个的。"

刘部长高兴地说道："对啊。能联系上他们吗？"

其中一个工作人员说："有的可以，有的就不好说了。"

刘部长说："能联系上一两个、两三个不能？"

那个工作人员想了想："试试吧。"

忙乎了一晚上，他们果不其然联系上了几个熟人。早上起来，拉开窗帘一看，外头细雨蒙蒙，阴霾沉沉。又忙乎了一上午，到下午时分，雨基本停了，他们便叫了三辆出租车，带着三五个熟人走出招待所。他们手上都提着小桶，还提着一个塑料大兜。

他们每两个人上一辆出租车。一上了大街，三辆车便分道扬镳。

其中一位工作人员对司机说："今天我们要包您的车用一天。要麻烦您了。"

司机笑道："嗨，只要不卸我的车轱辘，你们怎么用我的车都行。还希望你们多包我几天哩。卖金刚钻的，还怕瓷器多？！”

深圳市组织部的那个工作人员说：“那我能在您车上挂个小广告吗？”

司机说：“挂。尽管挂。”说着，把车停在了路边。

深圳市组织部的那个工作人员忙下车，先从提兜里取出一幅小横幅，挂在车门上。只见小横幅上写着一行大字：“深圳市招聘。急！”在这行大字下边，又写了两行小字：“急需如下行业的中高级人才：机电、财会、医疗、建筑、推销……有意者，请打电话 ×××××××××。”然后又取出一张广告纸，广告纸上也写着同样的字样，就往车的后车窗玻璃上贴。但还没等他贴好，司机嚷了起来：“哎哎哎，你别往那儿贴呀。你把后车窗全给我堵死了，我就没法看车后的情况了，那多危险。警察也不让啊。”深圳市组织部的那个工作人员忙把那张广告纸取了下来。

这一天，包括刘部长自己在内，他们走大街，串小巷，进大学校园，在剧场车站医院饭馆门口，贴了不少这样的招聘小广告——所幸，那时候各城市对小广告的管制还不像现在这么严。甚至可以这么说，那时候，小广告（包括“广告”这件事本身）还是一个“新生事物”，远没像现在这么“猖狂”，人们对小广告还抱以一种比较好奇和新鲜的态度。小广告一出现，往往能招引来或多或少的一群人围观。特别是招聘人才，这样的事更是新鲜和奇崛。等他们把招聘的小广告贴到火车站时，候车室内众多的旅客骚动起来，站内民警不得不出来干预。而那时，雨也下大了……

23

东阳市。市政府小车队的院子里。

冯小妹开着一辆旧的桑塔纳轿车进了院子。由于驾驶技术很不熟练，进院子后，差一点撞到一个大油桶上。几个在院子里保养车的司机都惊叫起来。

车终于停下了。冯小妹钻出驾驶室，把车钥匙往汪大地面前一扔："瞧你这破车，刹车绝对有问题！"汪大地一愣："是吗？刚大修过的车，怎么会有问题？"冯小妹："有没有问题，去瞧瞧啊。我还蒙你？"几个司机笑着起哄道："是啊，汪副队，有没有问题，还不赶紧去瞧瞧！我还蒙你？！"

汪大地发动了那辆车，试了一下，刹车，油门，离合器，方向盘，哪哪都没问题啊。

坐在副驾驶位子上的冯小妹对他说："是没问题。"

汪大地哭笑不得地："那你跟我开啥玩笑呢？作弄人？！"

冯小妹却说："关上车门。我有话要跟你说。"

汪大地仍不明白冯小妹的用意，在那儿傻愣着。

冯小妹探过身去，关上了汪大地那边的车门，低声说道："你那屋里人那么多，说话一点不方便。我就是要你出来跟我说说话的嘛。刚才人家紧着给你使眼色，让你出来，你也不知道接一下人家的眼风。呆死你了！"

汪大地恨恨地："现在是工作时间，折腾啥？！"说着就要下车。

冯小妹忙一把拉住他："我问你，我哥今天来找过你没有？"

汪大地忙说："没有啊。又怎么了？"

冯小妹想了想："没有就算了。"

汪大地赶紧问："到底怎么了？"

冯小妹眼圈微微地红起："昨天晚上我跟他又吵了一架……"

汪大地恨铁不成钢地："你这人！"

冯小妹抢白道："这两天我发现他老在外头转悠，也经常一个人关在屋里不知道在瞎想些啥……问他，他又啥也不肯说……你说烦人不烦人？"

汪大地不说话了，只是怔怔地看着冯小妹。

过了一会儿，冯小妹着急地："跟你说话哩。"

汪大地慢吞吞地说道："你哥是特别有头脑的人。他的反常，一定有特别的原因……"

冯小妹忙问："啥原因？你知道啥了？"

汪大地抬起头轻轻地叹了一口气道："一种像我们这些人不太理解的原因……"

冯小妹说道："可是再这么磨磨蹭蹭下去，你这儿的位子还能替他留多久？要是丢了你这儿的好活儿，他在东阳市还能去干啥？"

汪大地说："他这样的人当然应该会想到这一点的……既然想到了，他不来谋这口饭吃，当然是有他的打算……"

冯小妹眼圈又红了："真是皇帝不急，太监急！"

这时，一个司机走了过来说："汪副队，有人找你。"

汪大地抬头向院门处看去，只见冯宁不紧不慢地正向这边走来。

冯小妹立即有点紧张地说："你把我哥带到那边去说话……别让他瞧见……"

汪大地忙问："干吗呢？"

冯小妹说："他要知道我在你这儿，肯定就不会好好跟你说真心话了。他说过要来单独跟你好好谈一谈的。一会儿，你一定好好地套套他的话，听到没有？"说着，赶紧在车座上躺了下来，并且把汪大地推出去。

24

在城里贴了一天小广告，刘部长他们和几个被邀来一起帮忙的同志身上基本都淋湿了。一回到房间，都累得不能动了。

其中有一个女大学生笑道："刘部长啊刘部长，没想到跟着部长干活，还会这么累。以后，我要到深圳了，您可得好好犒劳犒劳我！"

刘部长说："干吗以后？今天就犒劳。快起来，换换衣服，咱们上外头吃饭去。想吃什么？麻辣火锅，桂林米粉，还是湖北热干面？"

女大学生大笑道："哎哟，刘大部长，瞧您咬牙跺脚，才说出一个麻辣火锅桂林米粉湖北热干面。这就是你们深圳肚量？！不是说你们深圳挺赚钱的吗，怎么都那么小家子气？"

刘部长笑道："行行行，咱们大度！你们想吃啥，随便点。"

女大学生笑道："哎，这才对头嘛，才像特区出来的嘛。"

这时，外头有人敲门。深圳市委组织部的那个工作人员去开门。门外站着省委组织部的那个女干部。深圳市委组织部的工作人员一愣。

刘部长忙上前招呼："坐。坐。"

那个女大学生也上前招呼："大妈，您坐。"

深圳市委组织部的那个工作人员忙拉了那个女大学生一把："别乱叫，什么大妈，这是省委组织部的领导……"

那个女干部淡淡一笑："我可不是省委组织部的领导。"

深圳市委组织部的那个工作人员忙沏了杯茶："来，请喝茶。深圳没什么好茶，这还是我家乡安徽黄山的毛峰茶。"

刘部长笑道："深圳的同志都是五湖四海去的。"

那个女干部说道："五湖四海好。"她打量了一眼房间里乱七八糟的东西："周末都没休息？"

刘部长说:"嗨,出差在外,就不那么讲究了。"

那个女干部说:"能找个地方随便谈谈吗?"

刘部长略感意外地:"您?要和我们谈谈?"

那个女干部:"怎么,我就不能和你们谈谈?级别太低?刚才这个小丫头叫我'大妈'来着。您这位深圳来的部长,能跟我这么一个'大妈'级的人谈谈吗?"

刘部长忙笑道:"瞧您说哪里去了,您是老革命,老同志,我们尊敬的老前辈嘛。咱们另外找个清静一点的地方,行吗?找清静一点的地方去谈。"

刘部长和组织部的一个工作人员恭恭敬敬地把这位女干部带到楼上的一个小会议室里。

由于小会议室是临时决定租用的,刚得到通知的招待所服务员们,赶过来正忙着收拾:擦抹桌子,打开顶灯,沏送茶水,调整室内空调温度,关闭窗帘……不一会儿,该收拾整理的都收拾整理好了。服务员中那个带班的大姐挥了挥手中的抹布,对他们说:"行了。没别的事了吧?走人!"就带着其他几位女服务员走了。

刘部长忙对那个女干部说:"大姐,请坐。"

那个女干部:"随便找个清静的地方谈一谈就可以了,何必再花钱临时租这么个小会议室。得花多少钱?"但看得出,她嘴上虽然这么说,受到这样的礼遇,实际上心里还是挺高兴的。

刘部长忙说:"没事没事。您是老前辈嘛。坐。请坐。喝茶。"

那个女干部没再推托,端正地坐下了,接过刘部长亲自递给她的茶。

市委组织部的那个工作人员看到一切都已经安排妥当,便低声对刘部长说:"我一会儿再来。"在得到部长应允后,悄悄地退了出去。他刚回到刘部长住的那个大套间里,就听见那个女大学生略有不平地打听道:"这大妈是谁?端着那么个架子,谱还挺大,刘部长都对她毕恭毕敬的。"

市委组织部的那个工作人员只能苦笑,没有正面回答她的问题,赶紧拿起一包饼干,招呼在场的各位:"来来来,先吃点干粮垫垫肚。深圳的饼干,虽然不一定好吃,但代表我深圳人民的一片心意。来来来……"算是把话题岔开了去。

在楼上的小会议室里,另是一番气氛。

那个女干部倒也爽快,说道:"昨天晚上,我们省委的一个领导同志批评我了,对我昨天下午接待你们时的表现,很不满意,责成我今天一定要来向你们道歉……"

刘部长故意装作不知情的样子说道:"昨天?怎么了?要您来道歉?干吗呀?咱们之间没什么事啊,不是谈得挺融洽的吗?"

那个女干部很严肃地说道:"我首先对自己昨天下午的行为,向你们深圳的同志表示深深的歉意。"

刘部长忙说:"大姐,别别别……昨天……真没出什么特别了不得的事。我们之间……一直谈得很好嘛。"

那个女干部说:"不要和稀泥。我们之间当然还是有分歧的,而且还是原则分歧。"

她的那种切入问题的"高度",让对手无可辩驳的"原则性和政治性",都让刘部长一时间不知怎么应对才好。毕竟是在人家"地盘"上,一切都得以维系住现有的关系,把要办的事情办妥为重。

那个女干部接着说道:"既然是我们省委分管组织的书记要我来道歉,作为组织原则,我必须服从。但是作为一个老同志,老党员,大言不惭地说,还作为一个老大姐,我的确有一些话要对你们这些深圳的同志说。但我声明,这些话不代表我们省任何组织,只代表我个人。"

刘部长诚恳地说:"请指教,您请指教。"

那个女干部稍稍调整了一下自己的坐姿,好像本能地在为一会儿的长篇发言给自己准备一个适当的坐姿。然后她说道:"党决定要改革开放,还要办特区，我们都举双手赞成。但是，有一点，是我们这儿许许多多老同志的心愿，也可以说是一种担心，那就是生怕你们把'特区'办成了'白区'，因此也特别希望你们千万别把'特区'办成了'白区'。"

刘部长一听，这话的分量非同一般，而且说到了一个非常本质的问题。他开始对眼前这个"马列主义老太太"陡然地"肃然起敬"了，忙回答道："这也是我们这些在深圳工作的所有共产党员的立场。"

那个女干部冷冷地瞥了刘部长一眼，问："所有共产党员的立场？"

刘部长断然回答："是的。"

那个女干部冷冷地一笑道："不一定吧？"

刘部长说："大姐是老同志了，如果发现我们工作上有什么做得不好的地方，我们欢迎批评指正。从中央到我们市委，一直强调，深圳特区不仅仅是深圳的，也不仅仅是广东的，而是全党全国人民的特区……我们是一家人。有什么话，您照直说。"

那个女干部应道："既然你说了咱们是一家人，那我就不说两家话了。我听说了你们许多情况。说你们办特区要突破现行所有的框框……"

刘部长忙解释："当然不会是所有的框框，总是有所突破，有所继承和发扬光大的……"

"别狡辩，"那个女干部立即打断了刘部长的话，"不突破现存的这些框框，派你们上深圳去干啥？还叫什么特区？不是还要你们'杀出一条血路'吗？过去跟国民党斗，跟日本鬼子斗，我们说'杀出一条血路'。现在是我们共产党的天下，又提倡'杀出一条血路'，是想跟谁斗？我请深圳的同志一定要放清醒了，有些框框是不能突破的。对帝国主义，对资本主义，我们一定要保持高度的警惕。模糊了这几者之间的界线，忽视了这中间的区别，这个国家这个党就不是我们曾经抛头颅洒热血所苦苦追求的那个国家和那个党了。"

虽然思想上已经有所准备，也已经领教了对方政治水平的凌厉，刘部长还是没想到这个老资历的女同志一开口, 竟然能说出一番如此尖锐的道道来, 一时间真有些不知所措了。

那个女干部接着又说道:"听说, 你今天亲自上街去贴招聘广告了?"

刘部长忙说道:"是呀。"

那个女干部冷冷一笑:"一个市委组织部部长, 提着糨糊桶, 走大街串小巷, 去贴广告?"

刘部长应道:"是的。"

那个女干部再问:"听说你们还想要花钱在我们的报纸上发布招聘消息?"

刘部长应道:"是的。"

那个女干部突然激动地站了起来:"长期以来, 我们党的组织、干部工作, 作为党政治工作的核心组成部分之一, 已经形成了一整套被革命斗争实践和社会主义建设实践证明了是行之有效的、非常严谨的做法和光荣传统, 比如……比如绝对服从党的领导, 内查外调、分级管理、审核调配、建档存档等等。现在你们这么做, 把这一贯的光荣传统和严谨细致的做法, 都扔到哪儿去了? 你们这么做, 跟地主资本家上劳工市场去雇佣长工短工有什么区别? 这样搞来的干部, 能保证我们的队伍政治上的纯洁性和斗争的坚定性吗?"

刘部长不作声了。他不是不能反驳, 更不是不想反驳。这段时日以来, 外界对深圳的许多误解和忧虑, 早已让他"烂熟于耳", 现在对方又把话说到这样一个程度, 如果要反驳, 那有就可能引发一场"恶战"。但重任在身, 又要遵守必须遵守的"主宾之礼", 此时此刻他只能选择沉默, 而且脸上还要保持必要的微笑。不一会儿, 对方便告辞了。把该说的都说了, 她觉得做了她应该做的、早就想做的事。今天的机会, 和平时在部里学习会上发言不一样。今天是面对深圳来的同志, 完全是实战的感觉。

会议室里很快只剩下了刘部长一个人。他呆呆地坐着。身边的那个工作人员悄悄走进来问："老太太呢？"

刘部长面无表情地说道："走了。"

那个工作人员沉默了一会儿，又问："没什么大事吧？"

刘部长默默地摇了摇头。

那个工作人员见部长无心回答他的问题，觉得不便再追问，就也在一旁呆站着了。过了一会儿，刘部长突然站起身向外走去，一边往外走，一边大声说道："走啊走啊，大家都叫上，我们去找饭辙啊。我都快饿瘪了。"

吃饭时，有人问刘部长："明天咱们还去贴广告吗？"

刘部长停下筷子，反问道："谁跟你说不贴了？"

问话的那个工作人员愣了一下，想说什么："可是……"

刘部长用筷子尖点了点对方，问道："知道宋书记经常说的一句名言吗？"

那个工作人员说："知道，知道。是大诗人陆游的一句话：进不求名，退不避祸，惟民是举。他还喜欢用这句话来替人题词。"

刘部长说道："既然是'惟民是举'，咱们做的是老百姓需要我们做的事情，有利于广大民众的事情，那还说啥呢？当然继续上街贴咱们的招聘广告。不过，还有一句话，也是相当精彩的：不问个人得失，但求无愧时代。知道这是谁说的吗？"

那个工作人员想了想："也是陆游说的？"

刘部长忙摆摆手否定道："怎么会是陆游说的呢？这么一句充满当代哲理色彩的名言，陆游那么个老古董怎么说得出口？"

那个工作人员想了想，又试探着问："那是谁说的？马克思？"

刘部长笑了："那倒也高攀不上。"

那个工作人员丈二和尚摸不着头脑了："那到底是谁说的？"

刘部长故意一本正经地："我。我刘某人说的。"

这谜底一揭，不仅那个工作人员大笑，刘部长自己也忍不住笑了。在座的人都笑了。笑得特别开心。

25

晚上。北京西山。叶剑英住处。叶剑英让秘书给他接通人大法工委一个负责同志的电话。不一会儿，秘书小心谨慎地走了进来禀报："首长，您要的电话接通了。"

叶剑英"哦"了一声，慢慢取下老花镜，探过身子去，从秘书手里接过电话，说道："哦，是的。是我。昨天送过去的那份《深圳特区条例草案》，你们看到了吗？上面有我签署的一个意见。我知道这件事在我们内部还有不同看法，有的同志不赞成由我们全国人大来审议并颁布这样一部深圳特区条例。从理论上来说，深圳特区条例总还是一个地方法规，好像应该由他们省里自己来讨论通过为宜。但是，办深圳特区，是党中央国务院的一个决策。从性质上来说，深圳特区属于国家的中央的一个试点，一个示范区，所以由全国人大来颁布它的法规条例，也在法理之中。关于特区工作，耀邦同志有一个十六字方针说得很好：特事特办，新事新办，立场不变，方法全新。我看这十六个字同样可以用来处理这件事。这也是我们全国人大当前为办好深圳特区应该做的一点工作吧。请把我的这些意见和看法转告有关同志，请他们酌办。"

26

大雨瓢泼。宋梓南和几位副市长带着几位工程技术人员，踩着没踝深的泥水，在雨中踏勘地形。深圳的开发建设已经进行到具体实施阶段。现在面临的一个问题是，这第一炮（第一锹土）到底打（挖）在哪里更合适。换一句话说，深圳的城区建设究竟从哪儿开始为好。从经济上来说，把极为有限、又来之极其不易的那一点点城建资金，投向哪儿最为合理，最为划算，对此，领导班子内部是有分歧的，而且是大分歧。

宋梓南说："走，咱们上实地去瞧瞧。陆放翁（陆游）不是说过这样的话吗，'纸上得来终觉浅，绝知此事要躬行'？"

雨很快就从"瓢泼"变成"倾盆"了。

一个工程师指着前方烟雨迷蒙的一片低洼的荒原对各位领导说道："那边就是罗湖，再往前就是罗湖桥，就是通香港的口岸。"

宋梓南远远地打量了一眼，从马秘书手里拿过望远镜，看了一下，又把望远镜交还给小马，便裹裹雨衣，往前走去。

工程师忙上前拦阻："没法再往前走了。"

宋梓南说："怎么了？望远镜里啥也看不清，一片雨茫茫，雾茫茫，不往前走走，怎么行？"

工程师说："前边的洪水已经齐腰深了。"

宋梓南一愣："有这么深？这样的水情多少年一遇？"

工程师苦笑笑："多少年一遇？可以说年年都这样。这一带地势低洼，只要雨下得大一点，周围的雨水全都会往这儿汇聚，就一定会涨起齐腰深的大水。要把这零点几平方公里的洼地都填平了，搞成适宜人居的城区，工夫不是一点点啊。"

宋梓南从小马手里又拿来望远镜，向前看了看。

这时，一个响雷劈来，雨势更凶猛了。在已经淹没的区域里，浑浊的泥浆水迅速地向四周漫延开来。

看来，如果要先期开发罗湖，的确是相当难啃。

领导内部的分歧也就在这里：有人主张先开发罗湖这一带，理由是这儿离香港近，又是港人来往深圳香港的必经之道。先把这一带开发好了，便于港人来往，对增强他们来深圳投资的信心，增强他们对深圳特区未来的信心，会起到先期开发别的区域起不到的作用。但缺点是，地势低洼，在这里搞"三通一平"（通电、通水、通路，平整土地）比较费劲。为此有人主张先开发皇岗一带。那儿地势高，不用投入大量资金去搞移山填洼工程。在目前资金缺口较大的情况下，可以用较少的钱，办更多的事。缺点就是，那一带离当前唯一的与香港沟通的口岸罗湖口岸较远。即便开发起来了，对香港方面的心理影响不及罗湖那边直接，也没有那么大。

这时，在罗湖口岸那边，同样下着倾盆大雨。豆大的雨点飞弹般击打在口岸那老旧的凉棚顶上，发出单调而让人心烦的声响。

大概是因为大雨的原因，今天过关的人特别少，口岸上显得特别的冷清。办理过关手续的海关工作人员也显得格外的松散慵懒，不仅动作迟缓，相互间还在开着不咸不淡的玩笑。两个正在办理过关手续的港商心里焦急万分，虽面露愠色，但又不敢太有所表示。陪同这两位港商过境来办事的一位女公关经理，穿着特别漂亮的绸裙、丝袜和高跟鞋，看着前边一汪汪的积水，更是不知道怎么办才好。

等了好大一会儿，总算办好了过关手续。这三人赶紧拿起各自的证件，向关里走来。一走出海关那陈旧的大厅，天色越发的昏暗，雨势也显见得更加急暴。积水的广场上没有任何车辆，行人也极为稀少。水坑里漂浮着死老鼠、垃圾，还有粪便一类的脏物。

这时，来了几辆专做载客生意的自行车。

车夫用脚踩住刹车闸，问："先生，去深圳？上车吧。很便宜的啦！"

三个香港人看看这些过于"原始"的载客工具，有些无所适从，又有些不甘心。

车夫"见多识广"，明白这些头一回进罗湖口岸来办事的港客的心态，劝说道："这个时候再没有别的车的啦。我们不骗你们的啦。上车吧。很便宜的。"

"无奈"有时候是人应对困境的唯一选择。三位港客"爬"上这种载客自行车后座上的时候，除了"无奈"，还显露着特别明显的"自嘲"。但不管你是无奈还是自嘲，这三辆自行车载着这三位港客还是一扭一歪地向大雨深处蹬去了。

车驰入一些更低洼处，水便浸漫上来。港客们显得非常紧张。单薄的车身嘎吱嘎吱响得厉害。他们总觉得它经受不住重压和颠簸，会在这极肮脏的水坑里散架。而他们也会成了这脏水里的一只"落汤鸡"。但随后的路程比他们想象的要"顺利"得多。自行车虽然还在嘎吱作响，但没有散架，所有的水坑和坡道弯道也都在车夫吃力而又灵巧的努力下，一一克服了。只有那个女客，有一回眼看脏水就要浸及自己漂亮的高跟鞋和丝袜了，赶紧把它们脱了下来。不一会儿，一条小蛇似的泥鳅向她游了过来。她惊叫起来，光着脚，慌慌地跳下车，大步跑过那个水坑，连高跟鞋丝袜都扔掉了，在水坑边上歇斯底里地跳着叫喊着："我不坐这鬼车了……不坐这鬼车了……"但最后她还是"爬"上了这"鬼车"。因为只凭她那两只娇嫩的小脚更没法实现对"遥在天边"的目的地深圳的跨越。

实际上，三辆自行车蹬进深圳老街并没有花太多的时间，起码比他们想象中可能要花的时间少得多。最后来到一家旅馆门前停了下来。

旅馆的服务员卷着裤管，在冲洗被大水浸泡过的地面。

办完登记手续后，一个体形干瘦的中年女服务员带着这三位港客，分别开了三个房间的门，然后站在走廊里对他们三人介绍《住店须知》："热水在对面的开水房。厕所在楼道拐角口。外出，晚上十一点以前必须回旅馆。注意随手关灯，节约用电。躺在床上不许抽烟。派出所特别通知，如果有异性同住，必须出示结婚证明……"一边说，一边还故意瞟了一眼那个女公关经理。

这三个人听着这种"宣判"式的"须知"，便已经愣在那里了。再慢慢打量房间里那简陋陈旧的设施，看看在房间天花板上呆着的那只老大不小的壁虎，听着大嫂辈的女服务员生硬的话语，他们不知道是应该就进这房间去住下, 还是另找地方"高就"。

过了一会儿, 其中一位年轻一点、大名叫金德昌的先生终于说了声"走"。他觉得自己掏钱来受这种"狱卒"似的"大妈"的管束, 也有点"自贱"了, 下决心另寻"下榻处"。

于是, 三个人就往外走去了。走出小旅馆, 这三人站在肮脏泥泞的街头, 却四顾茫然。一眼能望得到头的街道两旁, 能看到的建筑物都是一样的老旧和低矮, 没有任何一幢建筑比他们刚走出来的这家旅馆更好的了。

已经没有任何可让他们再犹豫的余地了, 他们只得又回到那个被他们"鄙弃"的小旅馆里。

女服务员倒也没怎么奚落他们, 只是说道: "怎么样, 跟你们说了, 镇上就我们这一家旅馆是最好的啦, 你们还不信。这么跟你们说吧, 再过一会儿, 你们想要住我们的房间, 对不起, 还不一定有哩。给你们的这三个房间, 是我们旅馆最好的房间啦。这一间, 正经还住过我们市委书记哩。"

金德昌问: "房间里怎么没有电话?"

女服务员挑起细细的眉毛正告道: "我们这儿是旅店。"

金德昌诧异地说: "旅店的房间里都应该有电话嘛。这是最起码的设施。全世界都这样。"

女服务员用一种打量月球人的眼光, 不屑似的瞟了他一眼, 问: "全世界都这样, 你们上'全世界'去! 到底住不住, 快说!"口气顿时变强硬了。

另一位叫何振鸿的港商强忍住一口气应道: "住。当然要住。"

女服务员这才缓和下口气: "这不就得了嘛。"继续"宣判"道: "打电话请到登记室。市内三毛钱一分钟, 长途另外计费。"

金德昌忙问: "登记室?"

女服务员又白了他一眼, 觉得这港商就是事多, 悒悒地解释道: "就是你们香港人说的'前台'啦。"

金德昌忙对那二位说："我得赶紧去给家里打个电话。这两天全球股市行情都很不妙，道琼斯、日经、伦敦和标准普尔都在跌，我们的恒生指数也跌了两三百点。空头们反扑得很厉害呀。我得赶紧打个电话问问行情。"

何振鸿冲着他的背影叮嘱："你快点打，一会儿咱们还得去见人家市委宋书记。"

大约又过了二十来分钟，一辆普通的上海牌轿车驰到旅馆门前停了下来。车里坐的就是宋梓南和常副市长，还有秘书小马。

听说市里的宋书记来了，何振鸿忙走出房间："哎呀，宋书记，不是说好，我们去看您的吗？"由于是说的粤语普通话，他把"您"字的发音咬得特别生硬和别扭。

宋梓南笑道："有朋自近处来，就不分彼此啦。这位是我们的常副市长。"

何振鸿忙握住常副市长的手："您好，常市长。"

常副市长笑道："是副市长。"

何振鸿连连点着头说道："您好，您好，常副市长。"

这时，那个女士也听到门外的动静，从她住的那个房间里走了出来。

何振鸿向宋梓南介绍："这位是我们公司的公关经理，姓杨。"

宋梓南笑道："杨小姐，你好。听说，这一路让你长了不少见识？"

杨经理不好意思地笑道："这样的见识以后还是少来一点好啦。"

宋梓南关心地问："买到鞋和袜子了吗？"

杨经理脸再度红起，没有想到这位共产党的市委书记"情报"抓得那么细那么准，她很不好意思，忙说道："买到了买到了。"

常副市长又问："怎么只见你们二位，不是说要来三位的吗？"

何振鸿解释道："那位先生他去打电话了。"

宋梓南忙问："打电话？往哪儿打？"

何振鸿立刻有一点紧张起来，问道："怎么，这地方不能随便打电话吗？"

宋梓南忙笑道："不不不，千万别误会，不是不能随便打电话，只是这儿打电话不太方便。他去哪儿打电话了？"

何振鸿也说不太准："好像是去那个前台了……"

宋梓南一愣："前台？"

何振鸿忙解释："哦，按你们的说法是'登记室'。去登记室了。"

宋梓南忙说："小马，你赶紧去看看。"

何振鸿忙阻拦："不用不用，就是打个电话，不用麻烦你们。"

宋梓南笑道："我们这儿打电话不是一般的麻烦啦，是很麻烦、非常麻烦的啦。还是让我们的同志去一下，也许事情会稍稍好办一些。"

正说话间，金德昌气冲冲地走了进来。他看到房间里骤然多了几个"陌生人"，不免一怔。何振鸿忙上前来向他介绍："这位就是深圳市的领导宋书记，宋梓南先生。这位是常副市长……"

金德昌应付似的向宋梓南等人点了点头："各位好。"然后马上转身对何振鸿说道："你们谈吧，我是一定要走了。"

何振鸿一愣："怎么了，那边股市行情很不好吗？"

金德昌终于忍不住了："什么好不好，这电话根本就没打通嘛。"

宋梓南忙问："没打通？小马你去看看。"

金德昌一脸的不屑："不用去看啦。谁去看也没有用的啦。我已经要通你们的长途台了。你们的长途台告诉我，你们深圳跟香港根本就不通电话。搞什么搞嘛，连电话都不通，还要人来做生意……连最起码的经商条件都不具备嘛，还谈什么谈？我回去了。"

宋梓南迟疑了一下，觉得初次见面，强行留客也不是个办法，便忙说："金先生一定要走的话……小马，你通知张师傅，让他开车送一送金先生。"

金德昌调侃道："不用啦不用啦。我们坐你们那个脚踏车，很方便的啦，（揶揄地）价钱又便宜，四面又通风，还可以免费观赏你们深圳的雨中风光，很爽的啦。"

宋梓南却仍然吩咐道："小马，快让张师傅发动车，送金先生去口岸。"

回市委机关的路上，车里的气氛显然有点沉闷。司机张师傅讲述道："刚才我送那位金先生到罗湖口岸，您猜他下车时对我说了一句什么话。他说：你们就这个样子，还想学台湾新加坡大马搞什么加工出口区、经济特区，一百年以后再说吧。"

车里没人接他的话茬。因为谁都没想到，第一次和港方洽谈生意，竟然就让这么一个年轻的港客打了这样一个"下马威"。我们当然不可能祈望那些心高气傲的香港人能客观地来对待我们特区当前"百业待兴"的现状，给我们以更多的"宽容"，也不能以此来放纵自己，更不能自贱自己。这件事，反而让宋梓南在到底是先开发罗湖区，还是先开发皇岗区的决策中，得到了一种重要的启示。在不久之后召开的一次市委常委扩大会议上，他在做总结发言时说道："从香港进入我们深圳，外商第一眼看到的就是罗湖这块土地。因此，加快开发罗湖区块，迅速改善那一带的投资环境，已经到了刻不容缓的地步了……已经丢失的时间和机会不能再眼睁睁地看着它们流失了。"说到这里，他停顿了一下："在我们班子内部，有些认识还没有完全一致起来，但我们不能再争论了，也不能再等待了。希望大家能理解我的这种心情。这个问题就这么定了。我向几个城市规划专家请教了一下，以我们目前的经济实力，没有那个可能一下把整个罗湖区都收拾起来，但大致划一个范围，先搞零点四平方公里是有这可能的……我们就先在这零点四平方公里的地面上努一把劲儿，让香港同胞澳门同胞，让全世界的人都看到中国人决心要改变自己命运，重写中华民族史的决心和能力。"

27

那天晚上，宋梓南把周副市长找到自己办公室来谈一件特别重要的事：落实开发资金问题。

周副市长心里早有一本账："零点四平方公里，初期投入至少也得四个亿啊。"

宋梓南叹道："是啊，得四个亿。"

周副市长说："可是中央只答应给我们三千万启动资金。"

宋梓南说："是啊，除了这三千万，上头是多一分也不给了……怎么办？老周，只有卖裤子了？"

周副市长笑着摇了摇头说道："问题是卖裤子要能卖出四个亿，那倒好办了。我们有那么多裤子好卖吗？"

宋梓南狡黠地笑了笑："不卖裤子，咱们找找银行？"

周副市长："银行的钱有那么好找吗？再说，就算银行答应给我们贷款，国家也早有规定，银行的贷款是不能用来搞基本建设的。"

宋梓南淡淡一笑："国家哪条规定说是可以搞经济特区了？"

周副市长让他这么一反问，居然愣住了。觉得身为一把手的宋梓南这么说，有点"胡搅蛮缠"，但细一回味，这里又好像的确隐着一个什么说不清道不明的"真理元素"。但这个"真理元素"究竟在哪里，他又感到茫然了。

两天后——那时，市委市政府机关已经从简易板房里搬到一幢很旧的五层楼房里去了。他们把周边地方的一些银行的行长都请到了深圳市（严格说起来，它仍然只是一个镇）来。

当市委市政府办公厅的干部把那些财神爷贵客们都迎进会议室里以后，周副市长向宋梓南报告道："周边各县市的银行行长都到了。一会儿你能见他们一下吗？"

宋梓南笑道："光周边各县市的银行行长怎么够使？"

周副市长也笑道："放心，当然也请了一些大地方大银行的头头脑脑啦。"

宋梓南立即点点头道："见，一定见，财神爷嘛。你先跟他们谈，然后我再见。"

银行行长们心里都有个小九九。

"深圳要借钱，当然是可以的。但银行的钱，不管是谁来借，那都是要还的哦。"他们说。

"还，肯定还。这一点不用讨论。"周副市长应道。

"可你们还得了吗？你们现在连一条像样的马路都没有，一家像样的工厂都没有。说得不好听，到时候你们万一还不上钱来，我们连个稍稍值点钱的抵押品都拿不到哦。"行长们都非常担心。

周副市长说："有了你们的钱，我们就会有像样的马路，像样的工厂了嘛。有了像样的马路，像样的工厂，就会有像样的外商来投资办企业。有了像样的外商来投资办企业，我们就会有像样的税收。有了像样的税收，我们就会有钱来还你们的贷款。各位财神爷，你们现在手里真正掐着我们深圳特区的命脉，到底是要我们死，还是要我们活，全凭各位今天一句话了。这句话可是当年莎士比亚说的。"

一位行长笑道："你胡扯啥呀。莎士比亚说的，跟你说的可不一样。"

另一位行长笑道："要依周市长这么说，深圳将来搞好搞不好，责任全在我们这些人身上了？"

周副市长说道："这个各位请放一百个心。将来深圳搞不起来，中央万一要追究各位见死不救的责任，我们肯定到中央去替各位挨板子。我们一定告诉中央，虽然各位银行大佬当时没给一分钱，但他们爱特区的心还是热的，这一点我们绝对可以为他们担保……"

在座的各位银行家为周副市长这一番"咬人不留牙印"的高妙幽默的议论赞赏不已，也都会心地大笑起来。

又一位行长说："大致能说个时间吗？如果给你们贷款，多长时间能还？"

周副市长说："我搞短期借贷。以三个月为期……"

一位行长："三个月？三个月你拿啥还？"

另一位行长："再说，你找了我们这么多家银行，借得越多，背的包袱也就越重。你们还得了吗？"

周副市长笑道："还得了，还得了。我借你的还他的，再借他的还你的。车轱辘来回转嘛。"

那位行长笑道："你这是拆东墙补西墙啊！"

周副市长忙说："我们这个拆东墙补西墙，不是只在填窟窿，而是在催生新大楼。刚才我说过了，在这种又拆又补的过程中，深圳一定会壮大起来，我们一定会有钱还各位的债……现在的问题还是那句老话，万事开头难……而各位，也就是牛顿说的那只'上帝之手'，给我们以第一推动，深圳的一切将借助各位的第一推动，而繁荣昌盛起来。"

一位行长："你们打算从我们手里拆借多少头寸？"

周副市长："不用多啦，多了，我们也不好意思。这么说吧，如果你们每家能借我们一个亿……"

好几位行长马上不约而同地叫了起来："每家一个亿？"

一位行长站起来十分肯定地说道："那……那是完完全全不可能的！绝对不可能的！一个亿？我敬爱的周副市长，你干脆拿把刀来，把我们都杀了吧！"

这些老到的行长们当然也知道，周副市长这么说，只不过是在实行"头顶三尺帽，不怕砍一刀"的老策略。以往，搞计划经济，各下级单位向上级部门报计划要指标时，都会来这一手。报得高，让你在审核时往下砍去一部分，剩余的也够他们下一年度使的了。行长们心里清楚，深圳的问题，牵涉到中央的战略部署。让深圳太难堪了，自己也不好对中央交代。他们虽然对周副市长的"车轱辘来回转还债计划"并不太有把握，但经过一番讨价还价，他们还是在最后宋梓南出来"接见"他们的时候，都松了口，答应给一部分贷款。

送走这些银行行长，刚回到办公楼里，市政府办公厅主任便匆匆走了过来。

办公厅主任报告道："一个小时后，中山市市长、梅县市市长、鹰潭市市委书记、北京市经委主任、株洲市市长，乘坐特16次车到。"这也是宋梓南和常委们的一个策略安排：把全国一些省市的领导请来，请他们支持深圳的建设和工作。既然是省市的领导来，宋梓南理该去车站迎接。

七点三十八分，汀州市市长、礼县县长、广平市市委书记、西安市市长、上海市市政府办公厅副主任，乘45次快车到。

八点十九分，周至县县长、汉水市市委书记、洛阳市市长、天津市城市规划办主任、郑州市副市长、陕西省经委副主任，乘23次快车到。

八点五十分，双柳树市市长、吉林市经委副主任、西安市人民银行副行长、瓦房店市市委副书记、昆山市市长、江苏省副省长，乘25次快车到。

九点零九分，黑风口市市长、长春人民广播电台台长、南京市副市长、常州市市委副书记、鞍山钢铁公司副总经理、佛山市市委书记、中国远洋公司办公室主任、北京昌平县县委书记、浙江省省政府办公厅主任，乘33次快车到。

零点五十五分，黑龙江省副省长、湖北省办公厅主任、扬州市副市长、安徽省省委副书记、淮南市市长、大连市市委副书记，乘88次快车到。

第二天凌晨五点十五分，青岛市副市长、石家庄市副市长、沈阳市副市长、三门峡市市委书记，乘92次快车到。

二十多个小时连续在火车站和汽车站站立等候迎接各地的贵客，其间，宋梓南只有空匆匆泡了一包方便面吃。到凌晨时分，雨还在下着。站台上空空荡荡的，已经完全没有别的什么人了。只有宋梓南和市委市政府机关的那几个人还在站台上等候着下一趟列车。这时，宋梓南显得十分的疲倦，脸色苍白，灰暗。但他还是强打着精神，专注地看着那正缓缓进站来的列车。而中午时分，还有十九个省市的领导乘他们自己的专车到达深圳地界，得由宋梓南亲自去地界口迎接……

　　这时，宋梓南已经筋疲力尽，但还在支撑着。他觉得他必须支撑。一直到下午两点左右，小马终于抓住一个空隙，逼着宋梓南在办公室小睡一会儿。而且在办公室的门上贴着这样一个纸条："请不要敲门，不要大声喧哗！！！"不管谁来找书记说多么重要的事，他都一律地挡着。因为，"下午从三点二十分到五点左右，还将有二十八个省市县的领导会乘他们自己的专车进入我们深圳地界……而这些客人都要由宋书记亲自到路口去迎接。晚上还有一个接风宴会，要由宋书记亲自主持。请大家都能谅解……"小马动情地向来找书记办事的同志解释道。

28

　　晚上。由大会议室改装成的宴会厅里，灯火辉煌。当宋梓南宣布接风宴会开始时，贵客们有礼貌地鼓着掌。掌声和雨声相似，平静而久远。他们都是第一次到特区来，带着不可避免的新奇，多多少少也带着一点猜疑和窥伺，还带着一些本能的敬意，当然，更多的是政治上的理智和某种理念在促使他们向着这样一些特区的初创者奉献出他们这种"高规格"的掌声。

　　换上了正装的宋梓南一灰白的头发使他高大的身材显得很有风度。

宋梓南端着酒杯说道:"今天来了一百二十八位兄弟省市县的领导,你们不远千里来到深圳……"由于过分疲劳,他的双腿有些颤抖,拿酒杯的手也在微微地战栗。好在他面前有一个讲台。这个讲台不仅让他有了一个可靠的依赖,也恰到好处地遮挡住了他身体的疲态。

站在侧幕条里的小马非常紧张地注视着他,生怕他一时坚持不下来,会发生什么闪失。

宋梓南说道:"深圳需要全国的支持。"

他举起了酒杯。

贵宾们也举起了酒杯。

这时,"宴会厅"里的灯突然全灭了。"宴会厅"里顿时响起一片低微的诧异声。

宋梓南镇静地大声说道:"对不起,我们这个偏僻的小镇,又习惯性跳闸了。好在,我们做了一些准备,以便大家在更浪漫的气氛中,进行我们这个晚会。"他首先打着一个打火机,点着讲台上的一根蜡烛。

作为信号,由机关干部们充当的"服务员",马上井然有序地按事先分配好的路径,走到各个桌子前点亮事先就放在那儿的一支支蜡烛。而另一些机关干部则在"宴会厅"的两侧,点着了各自手中的蜡烛,为宴会照亮。

宋梓南歉然地:"很不好意思,在各位领导到我们深圳的头一个宴会上,就无可奈何地给你们上了这样一道菜。虽然这道菜有点煞风景,让我这个东道主有点丢面子,有点尴尬,但它很有我们深圳特色,非常准确地表现了我们深圳目前的现状和我们深圳人的心情。这道特色菜的名字就叫'三子'。哪三子?那就是'特区的牌子,小镇的底子,恳请全国的同胞乡亲们一起来替我们想想法子'。"

宴会厅里立即响起一片善意的笑声和赞赏的掌声。

在这片善意的笑声和赞赏的掌声中,疲劳过度的宋梓南终于支撑不住了，眼前一黑，人剧烈地摇晃起来，手中的酒杯和腿弯处也都摇晃战栗起来，人慢慢地软瘫了下去。

小马赶紧冲了过去。但不等小马冲到宋梓南身旁，酒杯已经从他手中掉了下来。他整个人也瘫倒了，把讲台上的那支蜡烛带到了地上。整个宴会厅里顿时响起一片惊诧的低低的叫声："啊……"几乎所有人都站了起来，关注地向宋梓南倒下的地方看去。但没有一个人慌乱，没有一声责备和埋怨，全都静静地站着，注视着事态的发展。

这时，周副市长和常副市长，还有其他几位市委市政府的领导都快速走上台去。他们和小马一起扶起宋梓南。宋梓南稍稍镇定了一下，对小马说："换个酒杯。再给我倒杯酒来。"

小马犹豫了一下。他不忍心再"怂恿"书记坚持在主席台上。

周副市长立即去一旁取了一杯酒递给宋梓南。常副市长忙点着那根蜡烛。

宋梓南很不好意思地举起酒杯，对来宾们说："对不起，这两天有一点累……接待八方贵宾，是一件非常愉快的事，也是一件非常需要体力的事……"

大厅里响起一片同情的掌声。他们都是领导，都感同身受过。

宋梓南指指站在自己身旁的那几位领导："借此机会，我正好向各位介绍一下我们深圳市委市政府领导班子的几位同人……"

大厅里响起了一片会意的笑声。

"正如各位都看到的那样，万一我这个不中用的一把手出点什么事，我的这几位同人是一定能够非常坚决地冲上来，把中央办好特区的命令贯彻到底的。"

大厅里再次响起一片善意的笑声和掌声。这一回的掌声却是特别的热烈。

宋梓南振作起最后一点精神："来，我提议，为深圳的未来，为中国的未来,为同志们朋友们对深圳的支持和帮助,干杯!"

就在宋梓南举杯的那一瞬间,所有的灯光突然放亮了。

大厅里再度响起一片特别热烈的掌声。

在灿烂的灯光和热烈的掌声中,宋梓南却还在微微战栗着。举在他手中的那只红葡萄酒杯,也仍然在微微地抖动着。为了不让自己倒下去,他的另一只手紧紧地把住讲台的一个边。因为过于用力,那只手的手背上甚至暴出了一根根蚯蚓似的青筋。两位副市长有意识地紧挨着他,在暗地里,各自都用一只手用力托着他的身体,以免他再度倒下。

在切身感受到同人们同志们这种强大的支撑后,宋梓南的脸上绽放出一种特别阳光的笑容。但他却在那里非常吃力地喘息着,喘息着……这喘息声,通过话筒传了出去,扩大了十倍,十几倍,几十倍,震撼着整个大厅里所有的宾客。刚才还十分喧闹的大厅顿时肃静了下来。所有人都怀着一份感动和理解,静静地听着宋梓南从胸膛深处发出的一下又一下十分粗重的喘息声……

29

蛇口。天阴沉着。

大海在不远处缓缓地涌动着……涌动着……发出那一下下震撼人心的惊涛拍岸声。几辆大马力的推土机隆隆地推铲着岸上一些坑坑洼洼的地段。有时把一些叫不上名来的高大热带作物连根铲起,并填到那些水坑里。余涛带着蛇口工业区临时委员会的领导,还有几个工程师在检查着工程进展情况。不一会儿,一个工人气喘吁吁地跑来:"余董……余董……您快上那边去瞧瞧……又发现那样的尸首了……"

余涛和工业园区的几个领导快步走到一个刚掘出的土坑旁。

这儿停着一辆推土机。土坑里掘出了两具尸体。尸体上都套着救生用的轮胎。尸体身上的衣服都已经破烂不堪了。

一个工人小声地议论道："大概还是那些偷渡者吧。"

工程的一个负责人说："这已经是在这个地段发现的第二十具尸体了。"

另一个负责人更正道："第二十二具……"

在场的人都没接这话茬，保持着一种异样的沉默。

余涛粗粗地打量了那两具尸体一眼，吩咐道："通知当地派出所和村委会来做一下鉴定勘验，并好生埋葬。"

工业园区的一个领导轻轻地叹了一口气道："真希望这是最后一具尸首了。"

余涛没有说话，脸色阴沉着，匆匆往回走去。回到工程指挥部办公室，在场所有的同志都站起来很恭敬地叫了声"余董"。余涛扫了大家一眼，只是礼貌地"嗯"了一声，就算是跟大家打过招呼了。然后脱去外衣，径直走到一旁的洗手池那儿拧了一下水龙头想洗手。但是，水龙头里没水。

一个工作人员赶紧从一个墙角那儿把一桶早就准备好的清水提了过来。

余涛很不高兴地："这个盥洗池已经让你们安装三天了。"

办公室里没有一个人接他的话茬。

余涛弯下腰去，伸出双手。

那个工作人员舀起一大勺水，浇到余涛的手掌心里。

余涛洗完脸，秘书过来告诉他："参加碰头会的同志都到齐了。可以开始了吧？"

余涛从自己的办公桌旁取下一块干净的毛巾，仔细地擦干脸上和手上的水，然后又把毛巾平平整整地挂到原先的那根铁丝上，转身走到会议桌前，把自己刚才卷起的衬衣袖管放下来，扣上袖扣，整理整齐，这才开始说话："刚才我到工地上去看了一下，工程进度太慢。你们感觉到了吗？这样干下去，在合同规定期间，我们根本无法完成这六百米码头的任务。这是我们蛇口工业区开张以来进行的第一项工程，如果这项工程我们不能按期完工，今后根本没有办法再去承接其他的工程。我们也没法保证在规划的限期内，建成这个工业园区。中央直接划一块地给一个企业搞改革试验，这是解放几十年来从来没有过的事情。办公室的一个盥洗池干了三天，水龙头里还是不出水。这种状态持续下去，我们怎么交差？这两天工地上人均运土多少车？"

一个工程师："二十车到三十车。"

余涛两手叉着腰大声问道："你们算过这笔账没有，要按合同的要求如期完工，每人每天必须运多少车才行？"

那个工程师说："至少得五十车到六十车。"

余涛说："这样干下去，工期起码得延长一倍到两倍！刚才在我们的作业区里，又推出两具偷渡者的尸体。这说明，现在还有人在往香港跑。我们有一些老百姓还是不相信我们这个党我们这个政府有能力把深圳河这边的家园搞富了搞好了！我们到什么时候才能拍着胸脯响当当地告诉他们：别往香港跑了，在深圳河这边，在大鹏湾这边，在我们蛇口、深圳，在中国这块土地上，你们完完全全可以过到更好的日子？！"

在场的人都怔怔地听着。

余涛用力地说道："工效！现在必须提高工效。一天只运二十车土，绝对不行！"

一个领导说："我们初步研究过，准备在工地上再掀起一个劳动竞赛的热潮，再多架几个高音喇叭，多插几面彩旗，多写几幅学大庆学王铁人的大标语……把竞赛的气氛再搞得热烈一点。"

余涛皱了皱眉头："这些老办法能管多大的用？"

那个工程师说："但是……学大庆是……"

余涛说："是的，大庆精神永远是我们的标杆儿。但是，怎么学，怎么体现大庆精神，得有新招。今年不是去年，今天不是昨天！在蛇口不能靠老办法老套套过日子。请各位打开思想枷锁，多想些切实管用的办法。如果靠高音喇叭和彩旗飘扬就能提高工效的话，中国不会到现在还得靠粮票、肉票和布票来过日子。"

这时，桌上的电话铃响了。

秘书拿起电话，问清来电话的人的姓名以后，忙捂住电话的送话器，低声对余涛说道："是从广州转来的电话，香港中环干诺道上那幢大楼的业主要求我们必须在今天下午两点前把购买他们那幢大楼的两千万定金的现金支票交到他们手里。"

一位领导颇感意外地说："今天？今天是周末！"

另一位领导说："下午两点前，那怎么来得及，现在都已经十一点二十分了，干吗赶那么紧？不是约了他们下午四五点见面的吗？见面谈完后，刚好是饭口，也方便我们宴请他们一下嘛。"

秘书说："他们说，宴请就免了，但两千万的现金支票必须在下午两点前送到。"

余涛一愣。

那个领导不满地说："这些香港人也太过分了吧，想咋样就咋样？！不就是有点臭钱吗？！"

余涛沉吟了一下："走。带上现金支票，走！"

那个领导说："现在就走？已经到中午饭的饭口上了。"

余涛说道："走吧走吧，到香港还怕没你的午饭吃？"

那个领导勉强站起。

临走时，余涛对所有与会者说道："怎么才能迅速提高工效，这个问题，请大家再好好琢磨一下。中央把蛇口这个地方划给我们，不是要我们在老皇历上来回磨唧的。谁要再跟我出那种靠高音喇叭和彩旗飘扬来提高工效的馊点子，趁早打辞职报告！"余涛说完便大步走到办公室门口，突然又转过身来，对在场的所有的人说道："还有件小事，我要再强调一下。以后见我进办公室，你们不必全都起立。愿意站起来招呼一下，表示对年长者的尊敬的，那也无妨；不愿意站，或者手头正在干着事的，完全可以不站。在生活上，你我是平等的。我不要求你们对我毕恭毕敬，点头哈腰。但是我交办的工作，在说明理由得到批准的情况下，你们可以不接；如果接了，就必须限时限刻按质完成，这一点，不能含糊。安装盥洗池的活儿，是谁在承办？"

一个年轻办事员站了起来："我……"

余涛仔细地打量了他一眼："刚才我进屋时，你倒是站得挺快，也表现得挺恭敬。但让你装一个水池子，拖拖拉拉三四天都没给我装起来，你这不是典型的阳奉阴违吗？"

那个年轻人立即大红起脸："我……"

余涛说道："告诉你，我是带兵打仗、当炮兵团团长出身的，我这人绝对不能容忍这种拖拖拉拉阳奉阴违的作风。"

那个年轻人忙说："我一定改，但我不是阳奉阴违……"

余涛用手指着他说道："我现在没时间跟你讨论这个阳奉阴违的问题。还有一件事也并非是不重要的。"说着，他转身向着在场的所有的工作人员："所有人的办公桌都给我整干净了。都要向我看齐。自己的办公桌都整不干净，搞得乱七八糟，怎么能让我相信他能管好价值亿万、又千头万绪的工业园的大事？这件事，我在大会小会上已经说过三遍了。我不喜欢说第四遍，也不准备说第四遍。"

30

余涛等乘坐的小轿车行驶到香港泰和律师事务所门前停下来的时候，事务所门前已经停着一辆黑色的英国奥斯汀车了。让余涛等人感到不解的是，这辆奥斯汀车居然没有关闭发动机，司机也正襟危坐地在驾驶座上等待着。精于算计的香港人怎么会在停车等人时让发动机空转着呢？再看那司机，一身标准的侍从黑西服，打着蝴蝶结式的领带，年纪总有四十来岁，那一脸既规规矩矩、又煞有介事的神情，怎么看也不像个"大陆客"啊。

余涛下车后，看了一下手表。手表上显示一点五十五分。然后他又打量了一眼那辆似乎在"临危受命"的奥斯汀车，大步向事务所楼上走去。

余涛等人走进会客室时，他们所买那个楼盘的香港业主已经在里头等着了。而且不止他自己，还有两个助手模样的中年人。

那个业主一见余涛来了，赶紧上前跟余涛握手，迫不及待地问道："现金支票带来了吗？"

余涛有点不高兴了："先生，你也不能这样啊，一见面也不先问个好，就问现金支票，显见得你们香港人眼里除了钱就啥也没有了。"

那个业主忙不迭地："抱歉啦。紧赶慢赶的，把头都赶大啦。"

余涛指着手表："我们可是完全按你们的要求，两点前准时到达的。"

那个业主一个劲儿地点着头："好啦好啦……"

余涛回头示意了一下自己身后的一个随从。那个随从打开手中的机要箱，从中取出一个牛皮纸信封，郑重地交给那个业主。余涛指着那个信封郑重地告诉那个业主："两千万！"那个业主一边连连点头一边回应道："两千万两千万。"一边把信封马上交给自己身后的一个中年助手。那个中年助手从信封里取出那张现金支票，用一个专业的放大镜认真验看了一下,对他的老板(那个业主)说:"没错。"余涛的那个随从接着从机要箱中又掏出一张公函信笺,放到那个业主面前:"请在这张收条上签字。"那个业主认真读了一下收条,接过中年助手递给他的一支金笔,在收条上签了字,立即转身就向楼下跑去。

这时,余涛真有点生气了:"你们这算是怎么回事,拿了钱就走啊?我们掏那么些钱买你们这幢楼,总还有一些后续的事要谈一谈吧?"

那个业主忙解释:"别误会。别误会。我肯定留下来跟你谈,但现在要派他们(指那两个中年助手)赶到银行去办一笔很重要的业务,有几句话我得跟他们两个单独交代一下。马上就来。马上就来。"说着,他看了看手表,催促那两个员工:"赶紧走呀。这时候赶过去,可能还来得及。"

那两个中年员工答应着,收起支票,就快步向楼下跑去了。

大约到傍晚时分,香港招商局驻广州办事处办公室里的老式电话机突然响了起来。

电话是从香港打过来的。打电话的是蛇口工业园区随余涛一起去香港办事的另一位领导。他是在香港街头一个公用电话亭里打这个电话的。此时,香港街头已是万家灯火,流光溢彩了。

那个领导告诉驻广州办事处的工作人员:"我们和余董还在香港。你们马上给蛇口工业园区办公室传个话,说我们这就往回赶,让指挥部所有人员都别走,余董他有重要的话要跟大家说。"因为香港和深圳蛇口还不通电话,他只得把电话先打到广州,让广州方面的同志去转告。

"你得抓紧时间打,别等我们到了蛇口,你这个电话还没打通。"那个领导再三叮嘱道。这并非是他在杞人忧天。这样的事已经发生过不止一回了。招商局总部的人在香港托广州办事处的同志带话到蛇口,可是,往往人已经回到蛇口了,广办那边给蛇口的长途电话还没要通。真是让人哭笑不得。

"行。我马上就打。还有什么话要交代的?"广办的同志也是知道这些并非可笑的"趣事"的，一口答应。

"电话要打得顺利，就让他们替我们留几份盒饭。"那个领导又叮嘱道。

广办的同志一听笑了："到了香港，还回蛇口去吃盒饭？"

那个领导说道："你以为呢？跟你这么说吧，到现在为止，我们连中午饭都还没捞到呢，甚至都没上咱们招商局香港本部去喝口茶，歇个脚。现在是在路边的公用电话亭里给你们打电话！余董特别关照，一定要把蛇口指挥部政策研究部的那几个教授都叫上。"

余涛这时正坐在那辆车里，闭目养神。

他的汽车也没有熄火，随时准备启动。

不一会儿，那个领导打完电话回到车里，长叹了一口气对余涛说："总算打完了。这叫什么事嘛，每一回都得先把电话打到广州，再让广州传话给蛇口。一个电话打下来，总得出几身臭汗，太耽误事了。你得跟市里的领导好好说明说明，不解决这通信问题真的是不行了。赶紧想想办法吧。市里要没招解决这个问题，就让我们蛇口自己来解决！"

对这个"我们蛇口自己来解决"的提议，余涛没做任何反应。蛇口和深圳市的关系向来比较微妙。从行政隶属关系来说，蛇口自然属深圳市管辖。但是，作为中央改革开放的另一个试行区域，蛇口又具有它很大的独立性。它需要拥有一定的独立处置事情的权力。为此，在中央的默许下，它和深圳同样享有某种"特殊政策"。有些事情，它是可以不经"直属领导"深圳市的批准就去做的。但到底哪些事情蛇口是可以"斩而不奏"，或"先斩后奏"，哪些事情是必须"奏然后才可斩"的，省里和中央也不是划分得规定得十分明确，更多的甚至可以说根本就没有规定。说实话，中央和省里也没法给划分和规定得那么明确，因为，深圳和蛇口本身都是"新生事物"，它们之间到底会产生什么问题，这些问题又是什么性质的问题，应该怎么处理这些问题才有利于中国的改革开放，是谁也不可能预料得到的。这样，在一些问题上就产生矛盾了：在深圳市看来，这些事情应该"先奏后斩"，但在蛇口看来，完全可以斩而不奏或先斩后奏。于是，时间稍稍一长了，外间的舆论就出来了，说蛇口"不服深圳市的领导"，说余涛想搞"独立王国"……余涛很不愿意让自己戴上这样的"大帽子"，并视之为禁区。只要手下有人谈及蛇口和深圳的关系，一般情况下他都不插话，不作反应，不给无聊的"碎嘴婆"们增添"报料"，也不给自己心里再添堵。

一路上还算顺利。余涛等人回到工业园区临时指挥部，那儿已经按余涛的指示，集合好所有该集合来的人了。办公室里人头攒动，连窗台上都坐得满满腾腾的。听到余涛等人乘坐的汽车声由远及近，再听到他们一下一下往里走的脚步声，一直在说说笑笑的那些年轻人立刻正经起来，坐在窗台上的也都跳下地，嗑瓜子吃零食的也都收起了这些小零碎。

很快，余涛等人大步走了进来。几乎所有人都起立迎候了。

余涛很正色地说道："不是不让你们起立的吗？"

一个年轻人笑道："您不是说只要自觉自愿，就可以起立迎候吗？"

余涛笑了笑："真都是自觉自愿的？好吧，那就算都是自愿的吧。反正我不会领这个情，更不会因此请你们上馆子吃饭的。我自己还饿着哩。"

大家都笑了。

一个工程师问道："你们是先吃饭还是先发表讲话？"

余涛回头问同去香港的那个领导："这么多人看着我们吃，你咽得下去吗？"

那个领导笑道："反正我已经饿过头了，怎么着都行。"

余涛立即说道："那咱们就先说事，再吃饭。"

那个领导说道："听你的。"

余涛忽然回过头来问大伙："你们都吃了没有？"

大伙异口同声地："吃了。"

余涛笑道："那行，饱汉听饿汉唠叨两句，天下暂时还不会大乱。那咱们就先说说。政策研究部的那几位教授来了吗？"

坐在一角的两三位年龄并不太大的学者向余涛扬了扬手。

余涛对他们招招手："来来来，你们几位往前坐。你们坐在我瞧不见的地方，我心里不踏实。"

大家又笑了。

那几位教授只得起身往前挪了挪。

余涛习惯性地随手把自己面前的墨水瓶、笔插、台历等小玩意儿摆放得更整齐一些，然后说道："紧急召集你们开个会，要跟大家说一点今天去香港的感受。你们都知道，我们在香港买了个楼，今天下午去交定金。没想到，那个香港老板给我们上了很好的一课。起码可以说是给我上了很生动的一课。所以赶紧回来跟大伙念叨念叨，希望为我们这个蛇口工业园区的制度创新、观念创新提供一点新鲜东西。中午没动身前，我们一直很纳闷，今天是周末了，那位香港老板为什么跟催命鬼似的，非逼着我们一定要在下午两点前把两千万现金支票交到他手上。我们紧赶慢赶，提前五分钟赶到双方约定的那个律师事务所，他已经带着两个财务人员在那儿等着了。办完应办的手续，那个香港老板立刻就让他手下那两个财务人员拿上支票往楼下跑，真跟火烧屁股似的，一分一秒都没敢耽搁。你们说他们去干啥了。后来我们才知道，他们是去银行存那两千万现金去了。因为明天是礼拜六，是他们的假期，银行关门，办不成事。后天是礼拜天，银行也关门。而今天是周末，按惯例，香港银行到下午三点就要停止营业。所以，如果不能赶在今天下午三点以前把这张现金支票存到银行去，就只能等到下周一去存了。这样，这个老板就要白白损失三天的利息。今天香港银行的浮动利率是十四厘。按此计算，两千万存款，三天下来他就要损失将近三万块的利息。所以他根本就没这个心思来陪我们聊大天，也没心思来吃我们为他准备的什么海鲜大餐。这一路上我一直在想，如果换了我们，我们会为了单位，为了国家，为了我们这个蛇口工业园区，去斤斤计较这三天的利息，为这三天的利息去让自己做如此精密细致而又万分紧张的安排吗？并且还会为此让自己去放弃一顿丰盛的海鲜大餐？谁说他一定会这么做的，请举手示意。但我提请各位注意，一定要说真话。"

现场一片沉默。

过了一会儿，有两三个人举起了手。但一看大多数人都没举手，他们也赶紧把手缩回去了。

余涛点点头说道："谢谢各位的诚实。能不能因为各位没有举手，就界定各位不爱这个国家，不爱我们这个正在新建的工业园区？当然不能。大家没有举手，是不是因为你们都不懂怎么计算银行的利息？当然也不是，因为在座不少同人来自名牌大学经济系，几乎所有的同人也都和银行打过交道。但在我们这儿，在这块土地上，为什么就几乎看不到，或者说很少能看到这样一种动人的分秒必争、斤斤计较的景象呢？"说到这里，余涛停顿了一下，很严肃地扫视了一下所有在场的人，最后把目光停在了那个承诺安装盥洗池的年轻人身上。

余涛看着那个年轻人说道："对不起，我又要拿你这件事来说叨说叨。"

那个年轻人涨红了脸，有些慌张地站起来辩解道："我……我……下午……已经把水池装起来了……已经能用了……"

余涛问："小伙子，哪个大学的？"

年轻人脸更红了，低着头，不说话。

坐在余涛身边的一个领导欠起身，凑近余涛的耳根轻轻地说了句什么。

余涛点点头说道："哦，那也是个名牌大学嘛。是不是因为让你去安装一个盥洗池，觉得大材小用了？"

年轻人忙抬起头："不是。"

余涛又问："是不是觉得，一个盥洗池无足轻重，什么时候干完都无所谓？"

年轻人忙摇头："不是……"

余涛再问："那是因为什么才这么拖拖拉拉的？"

年轻人无语。

余涛说道："我想，你自己也说不清楚，对不？"

年轻人红红脸，默默地点了点头。

余涛又问："老师没教你这样，对不？你爹妈更没让你这样对待领导交办的工作，对不？"

年轻人红着脸，又点了点头。

大家笑了。但笑声是有节制的。他们从余涛的问话中，似乎感觉到自己身上也被什么刺激了一下似的。

余涛对那年轻人说道："你自己在显意识的层面上，肯定也不会认为自己这么拖拉是应该的，对不？但你还是这样做了。为什么？这一路上我总结了一个原因，很简单，就是因为几十年来，我们这两三代人，端着铁饭碗，吃着大锅饭，被惯的。这毛病已经带到我们的潜意识里去了，甚至都带到遗传基因里去了。干多干少，怎么干，反正影响不了自己那点固定的收入和生活质量。盥洗池早一天晚一天安装好，跟你个人也没多大的关系，大不了，我上外头公共厕所或者隔壁办公室去洗手嘛。就是这个单位垮了，共产党还是得给我一口饭吃。不管吃好吃坏吃多吃少，社会主义肯定不能让我饿着冻着。否则怎么叫社会主义呢？对不？从这里，我想到我们工地上的工人兄弟。我们老在责备他们为什么不多推几车土啊，为什么一天只推二十车三十车土啊。但如果把问题换一个角度来问，会得到什么结果？他们为什么要替你多推一车土？因为中国曾经出过一个叫雷锋的解放军叔叔，出过一个叫王铁人的工人老大哥，他们就得天天学雷锋学王铁人，为你不计报酬地多推土？雷锋生活在全供给制的军队里，他衣食无忧，他办事可以不计报酬。王铁人的事迹产生在一个特殊的年代和特殊的历史时刻。在特定的一个历史瞬间，我们可以期待一个特殊的人物闪现出一种特别耀眼的精神火花。但是，你怎么可以据此去要求亿万普通劳动者天天为你不计报酬地去多推土，天天去闪发那种高尚无比的精神火花，而这些工人农民兄弟家里都有需要他们扶养的妻儿老小⋯⋯"

在场的一个中年人好像有点不同意余涛的这种说法。他说道："我们并没有要求工人兄弟无偿劳动。他们每天的劳动，我们都付酬了。"

余涛说："你是付酬了。但你付出的报酬量是固定的，对不？"

那个中年人不作声了。

余涛又说："你付的报酬是固定的，为什么要求他必须每天替你多干，就因为你的旗帜上写着'社会主义'几个大字？"

那个中年人怯怯地反问："如果每多推一车土，就要多收一份钱，这符合社会主义精神吗？"

余涛索性把身子转过来，正对着那个中年人，说道："我觉得，这个问题恰恰要反过来问才对：如果多推一车土，我们不多给一份钱，这是否符合真正的社会主义原则、社会主义精神？社会主义为什么就不能给多推土多干活儿的人多付报酬？为什么不能让多干活儿的人比少干活儿的人活得更好一些？为什么社会主义要养懒人？更何况我们这个社会主义还比较穷，还没那么个本钱去养这些懒人。"

那个中年人不说话了。

现场的气氛有一点紧张起来。

余涛回过身来对着在场所有的人说道："香港老板的精明算计，固然有他香港人的商业传统在这里起作用，有他利润至上的本性在起作用，但归根结底还是他们的一些有效的规章制度起了重要作用。这些规章制度的本质就是：谁多干，谁就能多得。干多干少在他们那儿，对任何一个人来说,结果都是不一样的。这一点,本来应该是我们马克思主义的东西啊,怎么就让资本主义独占去了呢?"

会场上所有的人都直瞪瞪地看着余涛,等着他继续往下说。

余涛却停顿了下来。这一瞬间,他似乎陷入了一种自言自语的状态中。他抬起头,眼睛看着天花板,沉吟了一下,自问自答道:"在蛇口,我们当然还要坚持学大庆学王铁人学雷锋。但是,除此以外,我们是不是还需要提倡一点别的精神,喊一点别的口号?几十年来,我们就是没搞懂一个如此简单的真理:时间就是金钱,效率就是生命……你们说呢?"

说完后,他很锐利地向所有的人扫了一眼。

但现场没有一个人回答他。全场保持着一种异常的沉默。这种沉默是受了震动后的本能反应,也是一个群体的自我保护的本能反应。在场的人,不管是年轻的还是年长的,从小都是在"必须仇视金钱"的教育下长大的,最起码也是反复被灌输"不能为金钱而活着"。突然从一个领导嘴里听到把"金钱"和"真理"联系在一起,他们都有一种被打蒙了的感觉。

吃饭时,随余涛去香港的那几个同人见余涛一边吃,一边在一张纸上写着什么,便劝道:"余董,赶紧吃吧,还写啥呢?一会儿不是还要跟政策研究部的那几个教授开个小会吗?"余涛没作声,继续在那张小纸条上写写画画。

过了一会儿,余涛把那张小纸条递给那几个领导:"你们都看看,能不能在我们蛇口公开提出这样几句口号?"

一个领导接过纸条,看了一眼,见纸条上写着:"时间就是金钱。效率就是生命。安全就是法律。顾客就是上帝。"他没吱声,又把纸条传给另外一个领导。

另外那个领导看了后,也没表态,只是把纸条传递给第三个人。

这第三个领导是在场的最后一位领导了。

他刚看完,余涛就迫不及待地问:"怎么样,咱们能不能提这样的口号,并且把它们做成大标语牌立在我们蛇口的大街上,让所有的人都天天看到它、想到它?蛇口人一定要学会算经济账……"

那位领导看着那张纸条,踌躇着,过了一会儿,说道:"虽然只是一个标语牌的事情,但立到大街上,别人就会误认为这是我们工业园区党委的指导思想了。"

余涛说道:"啥叫'误认为'?它就是我们的指导思想啦!我们就是要把它作为我们工业园区的指导思想提出来嘛。"

那位领导又犹豫了一下:"可是,上边还在提工业学大庆,提无私奉献、铁人精神,我们这儿只说金钱和效率什么的,会不会让人觉得我们和中央不保持一致,甚至说我们故意和中央唱对台戏?包括文字表达上是否准确,比如说,能不能把安全和法律等同起来,什么问题涉法,什么问题不涉法,这得由全国人大来定,不是我们说了就能算的。我看,还是等一等吧。应该找些专家来仔细推敲一下,再把它们公布出去。"

余涛愣了一下,看了看那位领导,再没说什么。

31

这时候,宋梓南正在市委市政府的那座旧楼里,听取关于深圳未来城市规划设想的汇报。他们请了一百八十多个城市规划方面的专家和权威来为未来的深圳做规划设计。根据深圳现有的地形条件,"我们设想,未来的深圳将划分为东、西、中三大片和十八个功能区,总体结构应该是一个成组团式布局的带状城市。组团之间用绿化带隔离和连接。市区道路采用方格网布置,道路长度约为二百五十公里。主干道路两旁各有三十米到五十米宽的草地……城市的初步规划面积一百一十八平方公里,人口在一百万左右。"专家团的主任设计师刚讲到这儿，小马悄悄走了进来，附在宋梓南耳边，低声说了句什么。

宋梓南显然被小马报告的情况震惊住了。虽然他立即控制住了自己的情绪，但是他神情瞬间的变化，仍然引起了在场专家们的注意。那个主任设计师马上停止了汇报。所有与会的人都把目光聚集到宋梓南和小马身上。

宋梓南马上对那个专家做了个手势："您继续说，请继续说。"他还暗示小马赶快离开会场，让如此重要的一次汇报会得以继续进行。散会后，他马上吩咐小马："把几位副市长和副书记都请到我办公室去。"等周副市长等几位市委和市政府的主要领导都到齐后，他又让小马把刚才从市公安局方面接到的报告内容，向他们重新说一遍。

"刚才接到市公安局的报告，在布吉镇郊外，发现有香港方面来的厂主非法租用当地渔民和菜农家的牛棚或仓库，私自生产玩具和服装。"小马照着电话记录的内容说道。

"有这样的事？在牛棚和仓库里怎么摆摊生产？动力从哪儿来？最起码得正常供电啊。"常副市长是主管郊区农业和渔业生产的，他觉得发生这样的事，几乎是不可想象的，"这些香港人怎么联系上我们的农民的？他们为什么要到我们农民家里来租房生产玩具和服装？当然首要的问题还是我说的动力问题。"

小马汇报道："据市局的同志说，他们自己从香港带发电机过来发电。"

常副市长问："原材料呢？"

小马说："更详细的，市局的同志还没怎么搞清楚。他们只是从人员非法越境的角度考虑这个问题的严重性，还没有和工商、海关等其他方面会商，进一步查清这里到底还隐藏着一些什么不法行为。"

周副市长说："我那儿也曾得到过这样两起报告，说是在南头和宝安比较偏僻的渔村里，都发现过类似的现象，香港厂主私自带着发电机和原材料，到这边租用一些空房，雇佣我们的廉价劳动力，进行手工生产。"

常副市长说："如果这些现象属实，那么一定要严肃制止。雇工问题本身就是个非常敏感的事情，又是在我们的地面上雇工，肯定都没有到工商部门办理许可手续。任其发展，会造成很大的混乱。况且还是非法越境。这里是不是还牵扯到其他政治上的和法律上的问题，我们一定不能疏忽大意了。"

宋梓南对周副市长说道："你马上去过问一下这件事。"

周副市长稍加思考后问："如果涉及港商违法，怎么处置？"

常副市长说："王子犯法还与庶民同罪哩，何况那些港商。"

宋梓南沉吟了一下答道："先稳住他们，弄清事情的来龙去脉，最后再谈处置问题。"

当天晚上，市公安局就根据线人的报告，在布吉组织了一次突袭性的围捕行动。

深夜两点左右，几辆警车悄没声地接近了布吉附近的一个村子。车子开到村口，负责这次行动的警官问随车过来的线人："你确定那些香港人就在这村子里？"

线人略有些紧张地点了点头，压低了声音答道："没错。下午我还看见他们了哩。"

警官立即打开报话器，下达命令："开始行动！"

几辆警车一起开启了警报器和车顶上的警灯，警车"哇哇"地鸣叫着，向那个小小的村子包抄而去，直扑一处在村尾的孤零零的农家大院。两个警察掏出手枪，越墙而过，从里头打开锈迹斑斑的大铁门，其余的警察一面叫喊着："不许动，警察！"一面一拥而入。

在雪亮的车灯照射下，院子里有两个本地人举着手，对警察大声叫喊着："别开枪……别开枪……这里没有香港人……没有香港人……"

为了保护线人，负责这次行动的警官没让他下车。线人在车上悄悄对这位警官说道:"左边那个男的,是个偷渡客。前年带着全家跑到香港,一个星期前他自己又偷偷跑了回来。就是他把那几个香港人引过来的……他们搞的那个地下工厂,可能就在这家后院的仓库里。"

后院里果然有一个破旧的大屋。门是个大铁皮门,被一个一斤重的大铁锁锁上了。

警察下令:"打开锁!"

那个渔民浑身哆嗦着:"这里没别的东西,就是一些破渔网和烂筐子。"

警察大声喝道:"打开!"

渔民惶惶地看看那个"偷渡客"。

"偷渡客"低着头呆站了一会儿,突然转过身就向黑暗处跑去,但马上被两个警察追上去摁倒在地上。

那个"偷渡客"慌乱不已,大声叫喊着:"我该死……我真该死……我全对你们招了……但我确实没干什么坏事……求求你们放了我吧……我全招了……"

一个警察吼了声:"晚了!"说着,拿起一个大锤用力向仓库门上的锁砸去。

大锁应声碎裂。

大屋的铁皮门被踢开了。

几道雪亮的车灯照射进黢黑一片的屋子里。这是个不小的屋子,足有二三十平方米大,里头放着几部电动缝纫机,一些衣料,还挂着一些已经缝制好的成衣。

在仓库中央站着两个人,一男一女,都是我们见过的。男的就是"金先生"金德昌,女的就是"公关经理"杨小姐。再仔细一看,在仓库的后身,靠墙还站着七八个年轻的女孩。她们大约也就在十六七岁左右,只有一两个有三十来岁,可能是聘来做这些女孩的成衣师傅的。但不管是年龄小的, 还是年龄大的, 这时无一不在哆嗦着, 相互紧紧依偎着, 脸上显出极度的惊恐和不安。

第二天上午, 宋梓南上班推门走进办公室时, 在外间的秘书室里, 已经有不少人拿着各种各样的文件草稿、请示报告、卷宗, 在那儿等着他了。在他进门前, 那些人都在靠墙那排椅子上坐等着。他一进门, 他们全都站了起来。但没人围上去, 只是都很礼貌地向他招呼声"宋书记"。

宋梓南却问小马: "他们都到了吗? "他这里说的"他们"自然不是眼前的这一些同志。

小马立刻答道: "都到了。"

宋梓南这才转过身对那些来找他批报告的同志说道: "对不起, 今天上午我有一个非常紧急的事要处理。"

一个同志说道: "宋书记, 我是昨天就跟您约好了的。"

宋梓南说: "对不起, 今天上午原定的所有的日程都改期, 顺延了。发生了一起很重要的事情, 必须马上处理。很对不起。马秘书会给你们重新安排的。"说着便进了里间。

市公安局的两个局长和两位副市长已经在里间等着了。等着他的还有组织指挥昨天晚上围捕行动的那个警官, 以及工商和海关方面的负责同志。

宋梓南一坐下就问那两个公安局领导: "谁先谈? "

公安局黄局长示意那个直接指挥行动的警官: "你先向书记汇报一下当时的情况吧。"

那个警官便把昨晚的行动过程简要地向宋梓南做了汇报。

宋梓南问: "再说说你们对这件事的处理意见。"

海关的一个同志说: "他们带进来的发电机和那些衣料, 都没经过正式报关手续, 纯属走私行为。无论从治安管理条例, 还是从工商管理条例, 他们都已经够上了惩处的条件。再加上那个送上门来的'偷渡客',

正好抓个典型，一并处理，可以狠狠震慑一下这些吃里扒外老在香港深圳两地来回窜的投机分子。"

宋梓南问那两位公安局的领导："你两位的意见呢？"

公安局黄局长："我们听市委的。"

这时，小马拿着一摞报纸走了进来，把报纸放在宋梓南面前。

宋梓南翻看了一下报纸，对在座的同志说："今天香港几乎所有的报纸都报道了我们昨天抓那两个港商的事情，有的还发了照片和评论。炒作得非常厉害。"

常副市长一惊："是吗？"忙拿过报纸来看。其他几位领导也都围了上来看。

散会后，公安系统的几个同志结伴走出市委市政府那幢旧楼大门，急急地向他们的警车走去。昨天负责实施行动的那个警官感慨道："香港的记者也真是厉害，昨天晚上刚发生的事情，他们今天怎么就铺天盖地地都发在他们的报纸上了？我们的新闻报道要是也有那么快和直接就有意思了。"

公安局黄局长只是默默地笑了笑，没作回答。

那个警官压低了声音又对局长说道："我怎么有这么一个感觉，咱们这位宋书记好像不太愿意处理这几个违法分子。"

公安局黄局长说道："不要乱说嘛。他为什么不愿意？！"

市局的另一个局长也有这样的感觉："我怎么也有这样的感觉，宋书记好像对这几个人下不了手似的。为什么？"

黄局长说："别瞎猜测。市委当然有市委的安排。"然后就不再作声了。那几位同志，知道这件事自有复杂和微妙处，也就不再议论了。

与会的那几个同志走后，宋梓南又召集市委常委研究如何处理这档子事。但在办公室外间仍有不少人还在等着宋梓南接见。小马一走进来，所有的人都围了上去。一个同志着急地对小马说道："我们是省建三公司的，已经来了两三次了。我们那边好几个工地原材料奇缺，再不给我们解决问题，就得停工了。"

小马忙说："请大家安静，安静。我现在能告诉各位的是，你们紧张繁忙，宋书记同样紧张繁忙。他现在一天只能睡四五个小时，而他已经是六十二岁的人了，当书记，还当市长……"

那个同志叫喊道："那你总得安排我见一下宋书记啊。"

小马说："真的很抱歉，他现在正在召开市委常委紧急扩大会议。突然发生了一起意料之外的事情，香港今天所有的报纸都发了消息、评论，还发了有关的照片，搅得满城风雨，所以必须立即处理。紧急会议从上午十点一直开到现在。各位一定都吃过午饭了吧。可宋书记和常委们到现在都还没顾得上吃午饭哩！"

另一个同志："到底出了什么事？"

小马歉然地一笑："这个……对不起，我就无可奉告了。我会给各位安排时间来见宋书记的。请大家少安毋躁，静等通知。"说完他等这些同志都离开后，便急匆匆地赶到常委小会议室。这时，机关食堂的两个工作人员无聊地闲坐着，在他们身旁放着两三个送饭送菜用的大笼屉。他们是给常委们送午饭来的。见到小马秘书，两位大师傅立即上前打听："头儿们还吃不吃了？不吃的话，我们就提溜回去了。"

小马立即对他们做了个手势，让他俩先别急，继续坐下等着，自己则悄悄地进了会议室。

常委会还在进行中。宋梓南面前放着好几张香港彩印的报纸。一个常委抓起一把桌上的报纸，挥舞了一下："我觉得我们市委和市政府的决策如果被这些右派报纸所左右，而丧失应有的原则立场，将后患无穷。我在这一带工作多年，我太了解这一帮人了。他们真正关心的不是这几个港商和偷渡客所谓的安危和权益，而是我们这帮人究竟什么时候能乖乖地按他们的要求，把红旗放倒，完全按他们的意愿来安排我们新深圳的去向。"

周副市长说："我不同意这种看法。这几份报纸一贯的政治倾向的确有问题。但是，我认为具体问题一定要具体对待，不能因为它们是右派报纸，就认定它们说的话、报道的观点全部都是错误的。"

常副市长说："我也在沿海这一带工作了很多年，我对香港某些媒体的偏激也深有所感。但事实教育我，我们不能再沿用当年那种机械的阶级斗争的观念，把黑的就看成完全是黑的，白的就永远是白的。如果是这样，我们在深圳就没有办法处理好我们所面临的如此复杂的发展问题。"

立即有好几个同志要求发言。会场上出现了一点"混乱"。

这时，小马悄悄地递了个纸条给宋梓南。宋梓南打开纸条。上面写着三个字："吃饭吧？"宋梓南把纸条收了起来。他默默地看了大家一眼。所有的与会领导都不说话了，知道书记要做总结了。宋梓南沉吟了一下，哑然一笑道："吃饭吧，怎么样，咱们吃了饭再议？"

休会后，宋梓南快走到自己办公室门前了，小马追了上来，对宋梓南说："投资建新竹宾馆的那个香港老板何振鸿先生有急事，想见您。"

宋梓南问："什么时候？"

小马说："现在。"

宋梓南迟疑了一下："现在？原来日程安排上有这一项吗？"

小马说："没有。何老板他刚打来电话要求见面。"

宋梓南皱了一下眉头："不能总这样随便打乱日程安排。"

小马说："他说他只要十分钟。有一件非常紧急的事。估计跟昨天晚上那档子事有什么关联。"一听说那位何先生的紧急求见跟昨晚那档子事有关，宋梓南心动了。直觉告诉他，昨晚那件事，不能简单地站在海关缉私或工商城管查无照经营、公安查非法入境的角度上来处理。它当然都有这些方面的问题存在。但它的出现似乎还预示着更多的东西。那是一些什么让他如此不安却又如此心动的东西呢，宋梓南一时半会儿还拿不准。他需要了解更多的情况来帮助自己做判断。所以听说何振鸿先生有可能是为了这件事来紧急求见他的，便立即告诉小马，马上请何先生过来。就趁小马去通知何先生的那点时间里，宋梓南匆匆吃了几口饭，喝了两口茶，在沙发上稍稍闭了会儿眼睛，小马已经进来告诉他，何先生到了。

32

市委市政府旧楼的一个小会客室里。

何振鸿神情不如以往见面时那样自如，显得有点诚惶诚恐："很对不起，今天实在是有点唐突。"

宋梓南淡淡一笑："没事、没事。需要我为你做点什么事？新竹宾馆那头的工程进行得怎么样了？"

何振鸿说："工程进展一切顺利，周一举行落成典礼，想请宋书记给个面子，为我们剪彩。"

宋梓南笑道："那怎么是我给你何老板面子呢，应该是你何老板给我面子啦。我一定去。这是我们深圳特区建的第一座宾馆，不光我去，我们市里的所有领导，只要能去的都要去。到时候别忘了给我们送请柬！"

何振鸿连连点头："那当然。那当然。还有一件事，是我那个表侄金德昌的事。"

宋梓南问："你表侄？他也来深圳了？金德昌，这个名字好像听到过。"

何振鸿说："您见过他啦。我们头一回来深圳谈生意，因为打不通电话，一气之下，提前回香港的那个年轻人，就是我这个表侄金德昌。"

宋梓南笑道："哦，蛮有个性的一个年轻人嘛。"

何振鸿不好意思地："昨天晚上他在你们布吉镇出了点事。"

宋梓南不无意外："哦,我们公安局在布吉镇抓住的那个'港商'就是你的这位金表侄?"

何振鸿面有愧色地："很不好意思啦。出这种事,他实在是没有恶意。"

宋梓南说："你能详细跟我说说这件事的内情吗?"

何振鸿于是一五一十地把他表侄金德昌如何地想来深圳办厂,一时又苦于接不上这头的关系,恰好有个从大陆过去的人说是认识这边布吉镇村里的一家什么人,就稀里糊涂地这么过来了……然后又说了些别的。

宋梓南忙看了看手表,说道："何老板啊,你表侄有没有恶意,不是我说了算的,也不是你说了就算的。这样吧,这件事,市公安局在直接处理。你一个小时后有时间吗?"

何振鸿忙说："有。当然有时间。"

宋梓南说："一个小时后,你到市公安局直接去找一下黄局长。他最终会替你处理好这件事的。"

何振鸿为难地："我……我自己去找公安局的首长?就这样去,他……他会见我吗?"

宋梓南笑了笑："放心吧。我叫你去的,他当然会见你。"

送走何振鸿,宋梓南忙赶到常委小会议室。不一会儿,周副市长和常副市长他们也都回来了。其中有一位手里还拿着没吃完的饭菜,一边吃,一边走了进来。

见没了空椅子,市局的黄局长忙站了起来。

宋梓南忙指着黄局："你坐。你坐。"然后吩咐小马："你怎么也没数准人头呢?"

小马忙去其他办公室里搬椅子。

宋梓南说："来来来,我们继续开我们的常委扩大会,把上午没了断的那档子事，了断一下。"

黄局长立刻很知趣地站了起来："那……宋书记，我一会儿再来？"

宋梓南说道："你干吗一会儿再来？让你来，就是要你直接参与这件事的。"

黄局长马上重新坐了下来。

宋梓南说："我们接着上午的议题往下讨论。我同意一些同志的意见，作为一级党委组织，我们确实不能跟着香港舆论的指挥棒转。不管它是哪一派的报纸，不管它怎么说，我们决策的准则只有一条，那就是怎么做有利于贯彻十一届三中全会精神，怎么做有利于深圳特区的建设，我们就怎么做。这是中央的交代，也是时代的要求和人民的要求。这几个小时来，大家虽然争论得非常激烈，但不管观点如何相左，有一点我想我们先要弄清楚的，那就是这件事情到底是坏事，还是好事。也就是说，在我们深圳辖区里，突然间发生了不止一起香港商人携带生产工具和原材料，到我们这边来利用我们特别廉价的劳动力来进行成品加工的活动。我们这一级党委，这一级政府到底应该怎么看待这个现象？这是资本主义的侵蚀、不法商人的投机、走私活动的新表现，还是某种……对我们这个新兴的特区来说，某种难得的发展机遇？"

周副市长说道："我提供一个情况，香港的制造业，正在进行升级换代。一大批企业，尤其是中小企业需要找到更廉价的劳动力和更便宜的厂房来保持他们的竞争力。他们都有北迁的愿望。"

常副市长说道："另外，我要说一点，别说是三五年前，就说是一年半年前，我们能想象偷渡到香港去的人会带着香港商人回到咱们这儿来设点开厂子吗？我们能想象，香港人会带着他们的发电机和原材料上我们这儿来租房子生产他们的产品吗？他们的做法的确有点不规范，甚至在某些环节上，违反了我们原有的相关规定。但这个趋势这个走向我觉得是个好兆头，应该说是我们求之不得的，甚至还可以说是值得鼓励的。

请各位想一想，如果有十个一百个或一千个，或者更多个这样的商人带着他们的原材料和机器到我们这边来，租用我们农民或渔民的房子，或者就在我们的村子里盖厂房，生产他们的产品。只要把这些活动规范起来，这样的生意，对我们有没有好处？我们做不做？"

一个常委说道："要做也不能乱做！不能允许胡作非为嘛。"

周副市长说："还不能说人家是胡作非为吧？归根结底，人家还是来办厂的嘛，只是手续上不那么齐全嘛。用过去阶级斗争的理论来分析，这些来自香港的商人，有可能是故意与我为敌，是来拆我们社会主义的墙脚。但我们不能把香港商人和香港的平民百姓都当作阶级敌人来对待嘛。他们就是商人嘛，就是想做生意赚点钱嘛。他们的失误，主要还是因为不懂我们这边的规章制度所造成的。"

那个常委说："按你们的说法，那就不要管他们了，随便他们怎么干了？"

宋梓南笑道："没有人说不要管嘛。刚才老常说得对，要把这些活动规范起来，总体还是一个怎么管的问题，管什么的问题嘛。"

宣传部黄部长说："宋书记在上一次会议上有个说法，我觉得很好。我们特区，一定要善待那些带头来深圳做生意的'蚂蚁'。如果第一个蚂蚁上我们这儿来觅食，稍稍做错了一点事，咱们就一棍子把它打死了，别的蚂蚁肯定就不会再来了。"

周副市长："千方百计保护好这第一批来我们这儿觅食的'外来蚂蚁'，具有重要的战略意义和导向性。这一点应该成为我们今后工作的重要指导思想之一。不知道其他同志意下如何？"

与会的常委们都已经走了，宋梓南和市局的黄局长回到宋梓南的办公室里。宋梓南对黄局长说道："刚才常委们的发言你都听到了，知道应该怎么处理昨天晚上那档子事了？"

回到市局，何先生已经在那儿等着了。黄局长就和他直接去了市看守所。在会见室里他们见到了杨小姐。

杨小姐叫了声"何董事长"。

何振鸿问："还好吧？"

杨小姐羞愧地点点头："还好。"

黄局长问："那位金先生呢？"

一直在杨小姐身旁站着的一位女警员："在管教室办出所手续哩。一会儿就过来了。"

不一会儿，一位管教就带着金德昌走了过来。

管教把金德昌交给何振鸿时，对金德昌说道："以后要多学习我们这边的法律知识。"

金德昌连连点着头说："是。是。"

管教笑着说道："按我们这儿的规矩，我们就不对你说再见了。"

金德昌先是一愣，但很快明白了管教的善意："是，是……不过，不在这儿再见，我们还可以在别处再见嘛。"

把何先生、金德昌和杨小姐等人送出市公安局看守所大门，黄局长客气了一下，说要用他的车送他们走。何振鸿当然不肯再"麻烦"市公安局的领导，婉言推辞了。黄局长没跟他们再客气。走之前，他特地走到金德昌和杨小姐面前，握着他俩的手说道："希望二位以后常来深圳。这一回有什么地方怠慢了二位，还请二位别往心里去。"

金德昌忙说："不不不……我们深受教诲，得益匪浅。以后，再到深圳来，一定登门求教。"

黄局长笑道："不用客气啦。以后咱们就是一家人，好朋友啦。"

金德昌连连点头："对，好朋友好朋友。"

黄局长上车走了。

内心一直处在高度紧张和畏惧中的杨小姐，这时才松弛下来，心里突然觉得非常非常的难过，泪水止不住地涌了出来，便情不自禁地向金德昌依偎了过去。

金德昌紧紧搂住她："好了好了,过去了……过去了……"

何振鸿却有些不高兴："行啦,二位,上车吧!"

在车上,何振鸿问金德昌："那些公安让你们写了什么保证书没有?"

杨小姐答道："写了。不写,能这么痛快地放了我们吗?"

何振鸿轻轻地叹了一口气："你们两个人啊……"

金杨二位面露愧色地沉默了下来。

不一会儿,杨小姐突然想起了什么："那个林先生呢,就是介绍我们来深圳的那个林先生呢?"

何振鸿说道："你们就别管他了。他是个偷渡客,落在大陆公安手里,就很难说了。"

杨小姐呆住了。

这时,司机告诉他们："有车跟踪我们。"

三个人忙回头去看。果不其然,有一辆轿车一直不远不近地在他们的后头行驶着。观察了一会儿,金德昌忙对司机说："我来。让我来甩掉他们。"何振鸿忙说："我们又没做啥坏事,别心虚,让他跟。"

眼看就要到一个拐角处,那辆车却突然加速,追了上来。车里的这三个人一下紧张起来。金德昌要司机加速,甩掉这辆车,何振鸿却说："减速。让他们走前头去。"

司机还是听了何先生的。公务车减速了。

但那辆车却并没马上减速,而是快速地行驶到他们车前十来米的地方,靠边停了下来。

这时,金德昌大声命令司机："加速,超过去。甩掉它!"

何振鸿却也着急地叫："别胡来。靠边,停在它后头。"

金德昌叫道："表哥!"

何振鸿断然地呵斥道："听我的!"

公务车在离那辆"跟踪车"几米的地方，慢慢停下了。这时从前面那辆"跟踪车"里下来一个人，快速向公务车走来。这个人走到公务车跟前，向里张望了一下，确认这车里坐的是何先生，便很有礼貌地敲了敲车门。

但车里的人却都很紧张。何振鸿让自己镇静了一下，命令道："开门。"金德昌本能地愣怔了一下。何振鸿又重复了一声"开门！"金德昌这才去打开了车门。

那个人探进头来问："是何先生，金先生？"

何振鸿客气地欠起身应道："对。我是何振鸿。"

那个人说道："总算找到你们了。我们赶到看守所，听说你们走了，让我们好一阵追赶。"

何振鸿迟疑地问："您……"

那个人说："我是市委办公厅的。宋书记让我们来接你们。"

两辆车一前一后驰进了新园宾馆。市委办公厅的同志带着何振鸿等三人走进雅座间时，宋梓南和周副市长常副市长已经在那里等着了。

宋梓南握着金德昌的手："又见面了，金先生，咱们还是有缘啊。"

金德昌不好意思地："惭愧惭愧。"

宋梓南笑道："惭愧的是我们啊。我们深圳的电话问题到现在还没有得到妥善解决。深圳跟香港之间，到今天还不能直通电话，给各位带来许多不便。非常难为情啊。我们深圳百业待举，还望香港的朋友能给我们一点时间啊……"

何振鸿忙说："艰难玉成。都一样，都一样。"

宋梓南笑了笑说道："还有一位朋友，你们大概一定是非常想见的。"

金德昌："是吗？"

宋梓南回头问办公厅的那个工作人员："那位先生来了吗？"

办公厅工作人员说："在楼下等着哩。"

不一会儿，办公厅的一个同志陪着那个"偷渡客"林先生走了进来。

何振鸿、金德昌和那位杨小姐都非常吃惊地站了起来。第一时间，他们想到的是，深圳市的领导要追查他们和这个"偷渡客"之间的关系，才把他带到这儿来的。他们完全没有想到，这位姓宋的长官，会把"偷渡客"也当作上宾请到宾馆的这个雅座间来。林先生就更是一副罪该当罚的模样。刚才在楼下大堂里等着的时候，还有两个公安方面的便衣"陪"着。一直到市委办公厅的同志下来通知"林先生"可以上去了，那两个便衣才撤走。在往楼上走的时候，林先生还相当的紧张。办公厅的工作人员一再让他"放松一点"，他嘴上说"是的是的……"但就是放松不下来。办公厅的工作人员告诉他："你现在是宋书记的客人。宋书记希望你们今后能常来常往，多为特区的建设做点事。"他还以为那个工作人员在挖苦他。进了雅座间，宋梓南主动上前拉住林先生的手笑道："以后带香港朋友回内地来做生意，事先还是要跟有关部门打个招呼，这也方便他们在这儿找厂房雇用员工嘛。"

林先生愧疚地连连说道："宋书记，我是个偷渡客……我当年是偷渡过去的……"

宋梓南说："省委钟书记不赞成称你们为'偷渡客'，建议称你们为'外流人员'。这不是很好嘛。偷渡也罢，外流也罢，现在能回来参加特区的建设，这很好嘛。有句老话，说的就是'革命不分先后'嘛。特区建设需要大家来出力，你们说对不对？"

几个人连连点头称是。

33

吃罢饭，回到办公室又处理了几件急办的事，再回到"宿舍"里时，已是深夜十一点了。宋梓南和所有没有带家属来深圳的市领导一样，都住在新园宾馆一幢小楼里。这幢小楼就是他们的"宿舍楼"。每人一间。吃饭去食堂。进了房间，宋梓南已然十分的疲倦，把公文包往沙发上一扔，便颓然坐了下来，只想好好地歇一会儿。但想到已经有两三天没有和妻子说过话了，便又挣扎着摇通电话，让总机给他接广州的家。在等着接通电话的这段时间里，他顶着腰腿的僵直、酸疼，挣扎着去给自己倒了杯水，又跌坐在沙发上，稍稍闭了一会儿眼。

过了一会儿，电话铃响了。

宋梓南挣扎着过去拿起电话。

总机通知他："宋书记，广州2897来了。请说话。"

"刚回房间？"亭云问道。

"刚回房间。"宋梓南答道。

"胃还疼吗？"亭云问。

"能跟我说点别的什么吗？你不提胃，它还不疼。你一提它，它还真有点疼了……"宋梓南轻轻地叹了口气道。

"前两天我托老陈给你捎过去的胃药，你还在坚持吃吗？"亭云又问。

"什么药？哪个老陈？"宋梓南一时想不起来了。最近他发现自己就是有点"健忘"。"大概是真的老了"，他不无悲观地想过这个问题。

"还有哪个老陈？省计委的陈副主任。前两天他跟新来的任仲夷书记一起陪万里同志上你们深圳去视察，我托他捎去的。"亭云提醒道。

"收到了。收到了。"是否真的收到过，宋梓南自己都确定不了。但不管是否收到过什么药，他觉得必须这样回答，免得亭云再为他操心。

"在坚持吃药吗？"亭云再问。

"当然……当然……"宋梓南应付道。

"你当什么然呀？你是不是把它们当垃圾给扔了？"非常了解自己丈

夫的顾亭云担心地问道。

"如果真发生了你说的这种不幸,那肇事者肯定不会是我。你要知道,他们宾馆每天都会派人来收拾我们的房间。"宋梓南笑道。跟亭云说了会儿话,精神上痛快多了,也觉得没那么疲劳了。

"可你不让他们扔,他们谁敢扔你市委书记房间里的东西?"亭云认真起来了。

"哦,我尊敬的顾亭云同志,你可不知道深圳这边的人胆子有多大。你一定要明白,全国最敢打拼,最能闯天下,最有个性的人都跑到深圳来了。我甚至都在担心,这些深圳人有一天会把我扔到海里去。"宋梓南笑道。

"别跟我贫嘴。快找找。胃药要常吃,坚持吃才有效。我早就让你好好去检查一下。六十出头的人,这时候,最容易发生病变。"亭云继续"唠叨"道。

"行行行,我找……我这就去找……找到找不到,你都别吓唬我……"宋梓南仍然笑着应付道。这是他多年的经验:对付老婆的唠叨,唯一有效的对策就是"阳奉阴违"。这时,他一回头,却又看见那两本书了:《制度经济学》和《政治与市场》。他觉得十分诧异,忙对夫人说:"你等一下……等一下,过一会儿,我再给你打……出了点古怪的事……你等一下……"说着,赶紧放下电话,大声地叫来了小马。他问:"刚才有人上我这房间里来过吗?"

小马说:"没有啊。您不在,我怎么会允许别人随便进出您的房间?"

宋梓南问:"确实没人来过?"

小马很肯定地答道:"没有。"

宋梓南又问:"你动过这两本书吗?"

小马说:"没有。"

宋梓南疑惑地说:"那就真出鬼了。"

小马忙问:"怎么了?"

宋梓南说："前些日子，我好像跟你说过这么一档子事，有人莫名其妙地在我房间里放了这样两本书。既没署名，也没说明原因。这些日子我也没时间看这特别深奥的西方经济学名著，就一直把它们摞在这茶几底下。今天，它们怎么又突然跑到桌子上来了？"

小马一愣："不会吧？"

宋梓南说："当然不会。书自己没长腿，它自己不会随便乱跑啊！"

小马说："您的意思是说，有人私自进了这房间，放下这两本书，昨天又偷偷进了房间，把这两本书从茶几下边拿到桌子上来了？"

宋梓南说："应该是这样！"

小马有些紧张起来："他还动过您房间里别的东西吗？"

宋梓南说："这我还没查过。"

小马说："快查一下。他不会那么简单，只是给您送书来的。"

小马这么一说，宋梓南也有一点紧张起来了。

这时，一列从内地驰来的客车缓缓驰进深圳站。站台上响起车站广播员的声音："接车组的同志注意了，接车组的同志注意了，209 次客车已经进站。209 次客车已经进站……"不一会儿，冯宁和大批旅客一起，蜂拥般的走出站口。出租车，三轮车，旅馆中介……各色人等纷纷上前招揽自己的生意。冯宁扛着一个旅行袋，一边好奇地兴奋地四下里打量着，一边慢慢跟着巨大的人流走出出站口。

一个小伙子贴着冯宁走了过来。

冯宁警惕地看了他一眼。

那个小伙子却对冯宁使了个眼色，想让他跟他走。冯宁犹豫了一下，最后还是好奇心战胜了陌生感和警惕心。他跟他走到不远的一个角落里，小伙子从口袋里掏出一副扑克，压低了声音："要带色的吗？"一边说，一边哗的一下洗了一下牌。只见每一张上都印着裸体女。

冯宁从来没有看到过这样的玩意儿，心里一下胀热起来，也给吓了一大跳，本能地转过身就要走。那小伙子再次拉住冯宁："别走啊，要不要这个？"说着向四下里瞟了一眼，然后快快地捋起袖子。只见他瘦弱的胳膊上戴着一串各色各样的电子表，足足有一二十块。那个小伙子悄悄地说道："西铁城、精工，还有劳来克斯、欧米茄……"刚说到这儿，只见两个戴着红袖箍的城管队员走了过来。小伙立马放下袖子，把扑克牌塞进自己裤兜里，装作没事一样，悠然地吹着口哨，向一旁走去了。

第二天，周副市长陪宋梓南一起去视察市邮电局在建的一个大楼工程。在行驶的车里，周副市长问宋梓南："听说昨晚有人溜进你的房间乱翻东西了？"

宋梓南摇摇头说道："不说这事了。已经让宾馆去查了。"

周副市长关心地问："没丢别的东西吧？"

宋梓南说道："初步检查了一下，好像还没查出丢了什么。"

周副市长笑道："还是赶快把大姐接过来吧。你老这么自己一个人住宾馆，真不是个事。怎么说也是这一把年纪了……"

宋梓南也笑道："说什么呢，'这一把年纪'，是不是觉得我该退休了？"

周副市长忙笑道："没有没有，我向毛主席邓副主席保证，说这话，绝对没有要让你退休的意思。"

不一会儿，车就缓缓驰进了邮电局的大楼工地。邮电局王局长带着人赶紧迎了上去，把宋梓南等一行人迎进工地上的一个临时仓库。现在这个仓库就是王局长的办公室。正在建的这幢大楼，就是他们邮电局的新办公大楼。

"新邮电大楼明年初一定完工。到时候我们还要搞个比较隆重的剪彩仪式……"王局长兴奋地向宋梓南汇报道，"新竹宾馆落成，各位领导都去捧场了。我们自己的邮电大楼落成，你们一定也要来哦。"

周副市长忙笑道："什么叫'我们自己的邮电大楼'，好像人家港方独资的企业就不是'我们'的了? 你这个观念有问题啊。凡是建在我们深圳的企业, 在感情上我们都应该把它们看作是'我们自己的', 都要特别爱护, 细心照顾, 都要一视同仁地为它们服务好, 保证它们在这儿健康成长。"

宋梓南问: "现在我只想知道, 你, 王局长, 什么时候可以让我们告别手摇电话时代? "

王局长说: "这件事我们一直在抓紧进行。"

宋梓南问: "抓紧到什么程度了? "

王局长说: "跟国家邮电部、省邮电局报告过多次了, 也采取了一系列行动, 比如向日本订购了一集装箱的程控电话设备。也跟瑞典的一家公司接洽了, 想订购他们的一套设备。"

宋梓南问: "那些设备呢? "

王局长说: "有的设备不配套, 现在还不能直接用到长途台上。有的因为外汇额度不能落实, 暂时还没法签协议。"

宋梓南不满意地: "那你这不全是空话嘛。"

王局长略有些难堪: "但是……"

宋梓南道: "别跟我谈什么'但是'。国外设备进不来, 国产设备呢? 国产的, 有能用的吗? "

王局长答道: "没有。我们现在这方面的技术水平, 和国外最先进的比, 至少也要落后三十年。"

宋梓南又问: "如果我能搞到外汇额度, 你最快多长时间能给我搞一套能用的程控设备来? "

王局长答道: "怎么也得三年。"

宋梓南有点急了: "三年? 你觉得我们还能等三年吗? "

王局长说: "可从国外订货历来就需要这么长时间。这是规律, 惯例。"

在边上一直没插话的周副市长这时也忍不住了: "老王, 你是老邮电了，动用动用你方方面面的关系，想想办法嘛。"

王局长稍有点为难地："前一段时间想了个办法，可是……"

宋梓南立即打断王局长的话："又来了，能不能不跟我说什么'可是'和'但是'？先说说你曾经想过一些什么办法。"

王局长说："前一段时间香港的英国大亚电报公司主动找我们，提出要和我们在深圳合资经营一家电话公司。他们负责提供全额的资金和相应的技术设备。"

宋梓南忙问："他们能提供最新的程控技术装备？"

王局长说："是的。"

宋梓南稍稍迟疑了一下后追问："那个什么大亚电报公司干吗要把这么一个香饽饽主动送给我们吃？"

王局长答道："他们当然有经济上的考虑。他们非常看好深圳的发展前景，如果能让深圳和香港直接通上话，将来无论是香港方面，还是深圳方面，要使用这条电话线路的人肯定不会少，将来的经济效益也肯定不会差。"

宋梓南问："你们跟他们进行过实质性的接触没有？

王局长说："初步接触了两次，他们表现得很积极。"

周副市长问："省里的态度怎么样？"

王局长说："没问题，主管副省长都表了态了，只要邮电部没问题，他们绝对不会拦着的。"

宋梓南问："那还有什么问题？"

王局长说："但有关部门还是有这样的顾虑，他们觉得邮电通信涉及国家主权和国家安全、保密等方面的问题。几十年来，这个领域向来是不让境外的什么人插手的，不光在我们这样的国家是这样，任何国家，都不会让境外的人来插手自己国家的邮电通信领域。"

宋梓南问："在技术上，涉密和安全的问题，有办法解决吗？"

王局长说："办法嘛，还是有的。"

周副市长说："好像国务院有这样一个文件，说，经济特区在航空、邮电、铁路交通等方面可以引进外资，进行合作经营。"

宋梓南问："那有关部门还啰嗦个啥？"

王局长说："虽然国务院有文件规定，允许我们在邮电等方面引进外资合作经营，从技术上也有办法解决涉密的安全问题，但是，这种事情，说到底在中国还是开天辟地头一回，谁也不知道在具体操作中会捅出什么娄子。万一出了娄子呢？这种事，我们都知道，要么不出娄子，只要出娄子，就一定是大娄子。毕竟谁头上都只有一顶乌纱帽……"

在回市委的路上，宋梓南对周副市长说道："老周，你马上去一趟北京，直接去邮电部找找文部长。文部长过去在中南局干过，很熟悉我们广东的情况，也比较熟悉我们这些广东的同志。跟他，我们还是可以说得上话的。"

周副市长犹豫了一下，没回答。

宋梓南忙问："有什么问题吗？"

周副市长迟疑了一下，说："没什么问题。"

宋梓南笑道："没什么问题，你为什么不吭声？"

周副市长说："如果要派人去找邮电部领导，我向你推荐一个比我更合适的人选。"

宋梓南笑道："耍滑头？"

周副市长忙说："如果你觉得我这么说是为了推卸责任，是在跟你耍滑头，那我就不说了。你定吧，要我什么时候出发？你说今天晚上走，我绝不拖到明天早晨。"

宋梓南又笑了笑道："那，你先说说，你认为还有谁比你更合适？"

周副市长说道："我当然有一个更合适的人选。"

回到机关，宋梓南就把常副市长请到自己办公室里。常就是周提议的"人选"。但等常副市长来到宋梓南办公室时,宋梓南却不在。

小马告诉常副市长:"宋书记刚出去。"

常副市长一愣:"他不在?他刚给我打了电话,让我这个点儿来见他。"

小马忙解释:"基建工程兵总部来了个首长,一定要见宋书记。他那头谈完了马上就会回来的。您坐一会儿吧。"

常副市长略有些不安地问小马:"书记这么急着找我,啥事?"

小马为难地:"这个……我……我真说不好……"

常副市长理解似的笑了笑,便不再问了。常副市长最近心里总有些不安,这种不安的感觉,说起来还是跟宋梓南有关。前一阵子,在先开发罗湖区,还是先开发皇岗区的问题上,老常是坚定的"皇岗派",站在力主先开发罗湖区的宋梓南的对立面上。他认为宋梓南初来乍到,不了解深圳的实际情况,看问题做决定,急于求成,过于主观武断,又不善于听取像他那样已经在宝安深圳一带地方上工作多年的老同志的意见。后来,钟书记调回中央工作,为此,他还专门到广州去找了一回新来的任仲夷书记,反映了深圳领导班子中这样那样的一些"问题"。所以,他有一点忐忑,不知道今天宋梓南找他,是不是跟这件事有关。

宋梓南也一直想找个空,跟老常坐下来,好好地交个心。深圳的干部组成,本来就大致分两部分,一部分,像宋梓南、周副市长那样,从广州或外地"空降"来。一部分就像老常那样,是原先就在宝安县和深圳工作的"本地同志"。从数量上来说,当然是前者越来越多。从人员素质来说,也是前者越来越高。难免让本地的同志产生一些"自卑"和"相形见绌"的心态,往往把工作上的不同看法归结到"外来户"和"本地帮"的山头之争上去。这不仅影响团结,也极大地妨碍有效地解决那些本来并不复杂的分歧。但是社会上,甚至包括机关里的一些"好事之徒",唯恐天下不乱似的,总是喜欢渲染这种带有相当封建色彩的"山头"之争。

在市委常委扩大会和全市干部大会上，宋梓南曾经多次讲过这个问题。为此，他也想好好地找老常谈上一谈。但没想到，一到办公室，就接到了从北京来的基建工程兵许副参谋长的电话，只得先去接待北京客人了。

许参谋长就住在新园宾馆。宋梓南便直接赶到新园去接待这位北京客人。

"军委希望我们深圳接收多少转业的基建工程兵？"在会客室里稍事寒暄，宋梓南就迫不及待地提出了这样一个非常实际的问题。

"当然是多多益善。"许副参谋长说得也很实在。

"大概说个数吧。"宋梓南要求道。

"至少两万。你们是副省级的大城市……"许副参谋长稍稍迟疑了一下，应道。

"你已经看过了嘛。它像个副省级大城市吗？我多次说过这话了，我们是特区的牌子，小镇的底子，镇上实实在在只有三万人哪。"宋梓南苦笑了一下。

"我离开北京的时候，我们的李司令员特别嘱咐，要我一定到深圳来见见您宋书记。他说，中央在深圳建经济特区，是个重大战略行动，这儿的基本建设一定会搞得非常红火。他还说，您宋书记就是个敢揽这种瓷器活的金刚钻。他寄希望于深圳，相信它一定能消化我们这部分转业官兵。"许副参谋长非常诚恳地说道。

宋梓南沉吟了一会儿，问道："你到我们省里去了吗？"

许副参谋长点点头。

宋梓南问："我们省里的态度怎么样？"

许副参谋长说："坦率地说，也是两派意见。有一部分同志就认为现在省里自己的施工队伍都吃不饱，再接收几万外来的基建力量，就等于把本来就吃不饱的一碗饭分给两个人吃，于己于人都不利。"

宋梓南说："这种说法不能说没有道理。市场终究是有限的，竞争会相当激烈。都想给自己留一手，这也是可以理解的。"

许副参谋长当即从公文包里很郑重地取出一封信，交给宋梓南："这是我们李司令员写给您的一封亲笔信。"

宋梓南忙欠身双手接过信："请参谋长回去一定替我转告李司令员，深圳市委非常感谢基建工程兵党委领导的这种信任和重托，我们会十分认真对待这件事的。但得给我们一定的时间来考虑和筹划这样一件大事。毕竟是两万人，我们既要对这两万人负责，更要对中央负责。"

回到市委机关自己的办公室里，已是深夜时分。宋梓南一走进办公室，就赶紧招呼老常："让你久等了。老常啊，想请你出马到北京找一趟邮电部领导。听说你当年在文部长手下干过。"

常副市长问："找他谈什么项目？"

宋梓南说："争取让他支持我们和香港大亚电报公司合作经营深圳市内电话业务。"

听说是这么一档子事，常副市长不作声了。

宋梓南打量了他一眼，问："走不开？"

常副市长还是不作声，只是怔怔地看着宋梓南。

宋梓南笑道："到底怎么了？"

常副市长沉吟了一下，问："宋书记，有件事，不知道您清楚不清楚？"

宋梓南问道："什么事？"

常副市长说道："任书记刚到省里来接钟书记的班那会儿，我去找过他，到任书记那儿告过您的状。"

宋梓南默默一笑道："我知道这事。任书记后来把我找到广州去谈过。你不就是为了开发罗湖那档事吗？你主张先搞皇岗，反对我们先搞罗湖。工作上有分歧，这很正常。你是市委常委，有权去找省委领导反映自己的主张，这也很正常。"

常副市长说："当时，我跟仲夷书记除了谈罗湖区的开发问题，也谈到了电话通信问题。我说我不同意让香港人来插手我们的长话业务。除此以外，我还对任书记说了一些非常……非常难听的话……比如说，您好大喜功，独断专行，听不进别人意见等等。"

宋梓南略有些难堪地笑了笑："嗯……这些嘛，也不全都是胡说……当然，也不全都准确。"

常副市长问："您还觉得我是到北京去替您办这事的合适人选吗？"

宋梓南笑了笑说道："如果今天我在挑选一个为我宋梓南个人办事的人，你老常的确不是个最合适的人选。但今天你是为深圳去办事的，为我们这个经济特区去办事的。我觉得，你合适，很合适。还有什么顾虑吗？"

常副市长仍然充满疑虑地看着宋梓南。

宋梓南笑道："你先回答我两个问题。一、你现在还认为当初我坚持要先开发罗湖地区，是把钱往水里扔吗？"

常副市长坦诚地答道："这不用再争论了。事实证明，先开发罗湖是正确的。当时是多花了些钱，但的确如您当时设想的那样，那样做，更有利于吸引境外商人来深投资办厂，能更快地见到更大的效益。"

宋梓南接着问道："二、在当前情况下，引进外资和国外技术改善我们的电话通信现状，是不是已经到了刻不容缓的程度了，而且是当前我们可以选择的唯一捷径？"

常副市长稍稍犹豫了一下，欲言又止。

宋梓南追问："你只要回答，是，还是不是。"

常副市长无奈地："是。"

宋梓南哈哈一笑道："那不就完了！难道你还非逼我用一些很肉麻的话来说明你老常确实是到北京去解决这问题的最佳人选吗？不用了吧？"说着，便站了起来，用力握着常副市长的手，又说道："我这个人脾气急，有时也爱冲动。这一些缺点，在上回常委民主生活会上，已经做过检讨了。至于以后，能不能保证自己绝对不会再起急、冲动，很难说，爹

218

妈给的脾气，有时是没办法的。但这次决定让你去北京，绝对不是一时冲动的结果。"他停顿了一下，忽然眯起眼，打量了常副市长一眼，慢慢说道："你老常不会是在捉摸，这是我宋梓南故意设的一个政治陷阱，故意在报复陷害你的吧？"

常副市长非常坚决地说："没有，没有。我怎么会这么想你？"

宋梓南立即说道："你没这么想就好。别的我就不再解释了。最后我只说一件事，上一回，你老常有一句话，把我说感动了。你说，你老常已经在这儿工作十多年了，亲身经历过多次边民外逃香港的惨痛事件。你太了解深圳宝安这一带的老百姓渴望过好日子的那种心情了。比起我们这些奉命到深圳宝安来工作的同志，你老常想改变深圳宝安目前这个落后现状的愿望更强烈。这话是你说的吧？"

常副市长怔怔地看着宋梓南，默不作声。

宋梓南说道："只要有你这句话，我们之间就啥也别说了。如果你同意我这个看法，那就赶紧去北京，别再跟我说什么废话。"

34

第二天上午，宋梓南就把许副参谋长到深圳来的事情，提交到了常委会上。他说："今天下午，老常去北京出差，所以要赶在他走以前，对是否接收安置那两万名基建工程兵部队转业官兵的问题，做一个决定。各位还有什么要说吗？"常委一致同意接收这两万基建工程兵。几天后，将要整建制转业退伍到深圳来的那个基建工程兵师，就派出了一批干部来深圳实地"考察"接收安置的准备情况。那正是在一场大雨之后，他们一前一后分乘三辆汽车，在泥泞的土路上艰难地颠簸行进。前边带头的是一辆黑壳子红旗车，后头紧跟着的是两辆军用吉普。

这支小小的车队在低矮的土丘中走了一段后，实在走不动了，便停了下来。一群依然还戴着领章帽徽的基建工程兵高级军官下了车，在周副市长的带领下，向土丘上走去。

不远处便是闪烁着粼粼波光的海。

"根据规划，将来这儿是一条一百二十米宽的滨海大道。大道两旁应该是一条六十米宽的绿化带。绿化带里将栽植三十米高的棕榈树和一年四季都盛开的鲜花……"周副市长向这些年龄都不算大的中高级军官介绍道。军官们都没应声，因为这时出现在他们面前的还完全是一片土丘、杂树和荒坡。

不一会儿，这一群人便步行来到了土丘顶上。极目远望，起伏的山丘笼罩在一片淡淡的灰紫色的雾霭之中。

周副市长指着不远处的一片平地说道："我们未来的市委市政府就在这儿……未来的电台电视台就在那儿……"

军官们随他手指的方向仔细看去，无论是"这儿"，还是"那儿"，现在除了土丘、杂树和荒坡，依然只有土丘、杂树和荒坡。

一个叫石长辛的团长犹豫了一下，问："我们的营地在哪儿？"

周副市长指指身前一片荒地："营地？就在这儿。"

另一个叫张万斤的军官问道："我们的副食基地呢？"

周副市长哈哈一笑："副食基地？"说着，在空中画了一个二百七十度的圆，说道："这儿……这儿……这儿……你们想要哪儿都行！"

那几个军官放眼看去，周副市长所指之处，无一不是土丘、杂树和荒坡。

顷刻间，这几个军官的脸色都阴沉了下来。

回去的路上，军官们都阴沉着脸不作声。回到师部的大院里，一进家门，石长辛的妻子莫然赶紧给他打了盆洗脸水，关切地问："到深圳脱军装，你们的级别还动不动了？是降级使用，还是原职原级使用，这一点跟你们说清楚了吗？"

石长辛此时没有那个心情来回答妻子的追问，一边洗着脸，一边敷衍道："今天哪来得及谈这些具体问题。"

莫然又问："也没谈家属安置问题？"

石长辛淡淡地答道："没有。"

莫然不高兴了："那你们去干啥了？"

石长辛不作声了。

莫然又问："听说那边情况很糟糕！"

石长辛说："基建工程兵么，就跟铁道兵一样，不会有现成舒服的地方让我们去的。你当基建兵的老婆这么些年了，连这一点都不懂？"

莫然沉默了一会儿，突然说道："听说师长副师长，包括政委，都不打算去深圳了，都替自己留了后路，做了其他安排。"

石长辛哼了一声："别扯淡！师长是老病号，组织照顾，转业回老家的省会城市。政委调总政，去北京，完全是工作需要，跟个人愿意不愿意去深圳没有任何关系。"

莫然不依不饶地又问："那两位副师长呢？"

石长辛说："他们当然带部队去深圳。"

莫然有点急了："谁跟你说他们带部队去深圳？"

石长辛说："谁跟你说，他们不带部队去深圳？"

莫然问："今天你们去深圳实地考察，你瞧两位副师长里头有谁去了，一个都没去吧？"

石长辛一愣，想想，真是的，两位副师长真的都没去。但这和他们不去深圳有什么关系呢？当兵这么多年养成的奉命办事，不去追问也不去计较领导去向的他，当然不会想到那儿去。而且这也是一个让全师官兵难以相信的事情：部队整建制转业退伍，两位副师长居然会不跟部队一起走。这种事情发生在地方，还有可能，要发生在部队上，几乎可以说是"绝对"不可能的。正因为如此，当时不仅石长辛不会朝那里猜想两位师首长为什么没有跟着他们一起去深圳实地"考察"，可以说其他的中高级军官也没有谁会想到那儿去的。

这时有人敲门。

莫然忙去开门。

不一会儿，莫然赶紧跑了回来，告诉石长辛："李副师长来了。"石长辛非常意外地："谁？李副师长？"说着，忙上外间走去。

李副师长就是莫然说到的"两位副师长"中的一位。

这时候怎么会上这儿来了呢？石长辛赶紧请李副师长落座，却半晌没有先开口。

李副师长笑着问："怎么不说话啊？"

石长辛苦笑："深圳那边情况不太好啊。"

李副师长问："有啥新想法没有？"

石长辛一愣："新想法，啥新想法？命令我那个团整建制拉到深圳就地转业，我这个当团长的还能有啥新想法？"

李副师长淡然一笑道："好同志。"

石长辛苦笑道："那还不是师首长一贯教导的结果。"

李副师长沉吟了一会儿，又问："你是不是听到什么消息了？"

石长辛犹豫了一下："消息，什么消息？"

李副师长试探着："真没听说过？"

石长辛说："我这人不爱听小道。"

李副师长又沉吟了一下："有消息说，要把你提起来当副师长。"

石长辛大笑："哈哈。这不纯粹在胡扯吗？整个兵种都要撤销了，部队也要整建制转业了，还提什么师长副师长？！"

李副师长正色道："我能跟你胡扯吗？"

石长辛马上觉得自己失言了，便收敛起笑容，歉然道："我完全不知道什么提职不提职的事。但我倒是听说，你李副师长可能不想去深圳了。"本来以为对方会在自己的下级面前闪避一下这样敏感的提问，却没想到李师长一下就承认了："确实有这么回事。"

石长辛愣怔了，不仅为副师长的坦率，也为这样的事竟然真的发生了。

李副师长倒显得十分的从容："我老家刚组建了个建筑公司，想让我回去当公司总经理。你愿意跟我回老家干吗？"见石长辛已经把事情说开了，李副师长便索性把来意也挑明了。

石长辛一时间没作声。这时他没法回答副师长的这种提问。

李副师长淡淡地一笑道："当然，去当那个副师长，也不是件坏事。怎么说，也是提了一级嘛。从正团级提到副师级，也不是那么好提的。但说句实话，就是提你一个副师长又能怎么样？我不就是一个副师长吗？脱了军装还剩下啥？老弟，别老想着你那个二五六团了。你也不可能跟这二五六团过一辈子。一到深圳，这个团立马就要解散和撤销。晚走不如早走。以后走不如现在走。现在正是离开它的最好时机，还是慎重地为你自己的前途考虑考虑吧。"

这时，桌上的电话铃响了。

石长辛接完电话，告诉李副师长："政委让我马上到他办公室去一下。"

李副师长说道："很可能是你的任职命令下来了。是跟着部队一块儿去深圳当这个副师长，还是跟我回老家，一起去折腾一个咱们自己的大公司，你做决定吧。当然，你千万别跟政委说我上你这儿来过了。"说完，就走了。

35

常副市长奉命去北京后的第四天，打回电话来兴奋地向宋梓南报告道："老宋，这边就剩文部长最后一句话了。其他各方面都没问题了……一会儿我们就去见文部长，只要他点个头，我们就可以跟香港方面签协议了。"

宋梓南一听，也兴奋起来："文部长那儿应该更没问题了，他不是一直很支持我们和香港方面合作经营这个方案的吗？"

常副市长连连点着头说道："是啊是啊，只要天不塌下来，估计今天下午事情就能形成个大模样了。我们下午就去见文部长。你就等着我们这边的好消息吧。"

但是，不管是宋梓南，还是老常，他们绝对想不到，就在这一天的下午，那个被他们认为绝对不可能塌下来的"天"，却真的塌了下来。当常副市长带着深圳邮电局和省有关方面的同志分乘两辆出租驰进邮电部大门，兴奋地等着文部长的最后接见，最后敲定跟香港大亚公司进行合作这个项目的时候，他们得到的通知是："今天下午，部长去国务院开会了。部里其他的司局长也都有别的安排了。原定下午的见面会，推迟了。什么时候再开，现在还说不好。请深圳的同志耐心在招待所等着。"

常副市长立刻敏感到，所有这些说法都是"托词"，是官场常用的"托词"。部里一定发生了什么事，使得部长和所有的司局长都不便出来跟他们见面。而且还不便向他们说明，他们内部究竟发生了什么事，只能请他们"耐心在招待所等着"。

常副市长等人板着脸走出邮电部大楼。出租车刚行驶了不长一段路，突然间，常副市长对司机说道："靠边，停车。"一直紧跟着它的另一辆出租车也停了下来。

常副市长走下出租车。其他几位同志也下了后头那辆出租车。他们都走到人行道上。

常副市长点着一支烟，闷闷地说道："这里一定有名堂。"

市邮电局的王局长说道："我也觉得不对头。"

常副市长沉吟了一下，对王局长说："你去摸一下底，尽快搞清楚这里到底出了什么问题，越快越好。"

这时，一直在办公室等着北京回话的宋梓南也有一点着急了，不时地看看墙上的电钟，问小马："常副市长那儿有电话来吗？都一下午了，应该有结果了啊。"

小马应道："还没有。要不要打个电话过去问问？"

宋梓南摇了摇头。经验告诉他，这样的关键时刻，发生什么样事情的可能性都会存在的，要给在第一线具体处理问题的同志以充分的时间去处理随机发生的各种难题。如果真的发生了问题，又是他们处理不了的问题，他们会主动打电话来请示的。催促绝对不是一个高明领导在这个时刻应该做的事。

先期回到招待所的常副市长却有一点沉不住气了。他看看手表，已经快到吃晚饭时间了，王局长却还没有回来。摸不到内情，他也无法向宋书记报告。无法报告，得不到部里的明确指示，就没法进行下一步的努力。他实在没法猜测，究竟发生什么样的事情，会使堂堂一个部长改变已然做出的决定。难道是国务院的领导对香港合作解决深圳电话问题有什么新的精神？要不然，怎么会让一个部长突然间改变决定了呢？

随同一起来北京的一个同志走过来放低了声音问常副市长："我来等电话吧。您先去楼下食堂里吃点东西。"

常副市长摇了摇头。

那个同志又体贴地说道："要不，我去替您把饭打上来？"

常副市长一下从床上坐起，长叹一声道："宋书记还在等我们的回话哩!"

这时,另一个同志冲进门来,大声报告道:"王局长回来了!"

常副市长一下站了起来。

王局长提着一大兜苹果走了进来。

常副市长迫不及待地迎了上去:"怎么样,搞清楚情况了吗?"

王局长高兴地说道:"搞清楚了搞清楚了。"

常副市长嗔责道:"搞到情况,还不赶紧回来,买什么水果嘛,瞎耽误工夫!"

王局长不好意思地说:"这几天大家又急又累的,全都上了火,您嘴里也起了泡。北京的水果又那么便宜,就顺便买了点……"

常副市长说:"行了行了,快说情况,部里到底出了啥问题了?"

王局长说道:"完全没有想到,情况突然间会发生这么大的变化,而且完全是由一个非常偶然的事情引起的。"

常副市长一愣:"一个非常偶然的事情?"

王局长说道:"是的,一个非常偶然的事情。说起来,这真是老天爷在折磨我们深圳哪……其实,一直到昨天下班时,整个事情还没有发生任何变故。大家都高高兴兴准备今天来了结这件事。包括邮电部的同志,他们也挺高兴的,因为不管怎么说,这档子事也为他们今后进一步深化中国电讯改革,捅出了条新路。吃了晚饭,部里这回具体负责我们这档事的那位赵局长出来在大院里遛弯儿,正好碰上他们部里一位已经退休了的前任主管老领导。这位前任主管老领导听说部里已经松口允许我们深圳跟香港大亚电报局合作经营深圳长途电话业务,火冒三丈,就叫住赵局长,狠狠地训斥了一通,说:'我们好不容易把帝国主义赶出了中国,你们现在又把他们请了回来,你们还算不算共产党员?'最后居然把话说到了这个份儿上:你们到底还要不要自己的党籍?!当时赵局长吓得一句话都不敢反驳,立即向部长做了汇报。部长连夜亲自赶到那位老领导家听取意见,答应一定要严格把关,重新研究中央和国务院的有关规定,重新研究这次合作中可能涉及的所有具体政策细节,然后再做最后决定。今天上午,他们部党组就重新召开了紧急会议,重新统一思想,研究是不是可以引进境外投资,合作办电讯事业的问题……因为还没有得出结论,下午就不宜出来约见我们。整个事情就是这样。"

常副市长立即把情况报告给了宋梓南。当时在办公室里等着北京方面回音的还有好几位常委。宋梓南听了这情况后,觉得问题有点严重了。他当然知道,打倒"四人帮"以后,老同志的意见,尤其是一些"文革"期间受到迫害的那些老同志的意见往往会受到特别的重视。而这位前任主管领导,又是个正部级的老同志。要改变这样一个老同志的看法,就不是一时半会儿的事情了。

真是天有不测风云啊。

一时间,宋梓南拿着电话,久久地没作声。在他身边站着的那些领导同志也都屏住了呼吸,在等待着最后的答复。

电话那头,常副市长突然听不到宋书记的声音,也有点奇怪,便问:"老宋,你听到我说的了吗?"

宋梓南这时才慢慢答道:"听到了。"

常副市长忙问:"下一步我们该怎么办?"

宋梓南反问道:"你们准备怎么办?"

常副市长犹豫了一下说道:"我们还想不出什么办法打破这个僵局。关键是现在根本见不到他们部里的人啊,在部党组没有拿出新的决定前,那些司局级的干部全都躲着我们哩。他们确实也没法来见我们,见了我们说什么呢? 或者,你看这样行不行,我们带一点东西去看望一下那位前任老领导,直接跟他沟通一下。邮电部我还有一点熟人,找到那位老领导家的地址,还是有可能的。"

宋梓南一听,立即斩钉截铁地说道:"千万别这么干。在这个节骨眼儿上我们搞这一套，会让那位老领导更加反感。你要明白，这些老领导不是贪图你几盒西洋参几罐蜂皇浆几瓶人头马才反对我们和香港大亚电报局合作的。这是几十年养成的一种理想信念在他们心里起作用的结果，而且应该说还是一种非常崇高的理想信念。所以不要轻举妄动。除了这位老领导，其他领导的态度呢？"

常副市长说："据说，邮电部党组的态度基本没有什么变化。国务院也没有什么新的精神。"

宋梓南略略松了一口气："只要国务院和邮电部党组在这个问题上的态度不变，事情就有希望。现在只有依靠邮电部党组去做工作，我们不要乱插手。等他们沟通好了，你们再去看望一下这位老领导，很诚恳地向他说明我们的真实意图，特别是要向这些老领导详细说明，我们在和英方合作过程中一定会采取各种防范措施，以切实保障我们的国家利益和国家安全，这一点一定让老领导放心。"

这时，小马走了进来，悄悄把一张纸条递给了宋梓南。

宋梓南拿起纸条一看。纸条上写着："张老要见您。"

宋梓南抬起头问："哪个张老？"

小马："广州的张凡夫。"

宋梓南有些意外："他到深圳了？怎么事先一点信儿都没有。"

36

张凡夫是抱病前来看望宋梓南的。他乘坐的那辆轿车缓慢地驶到新园宾馆宋梓南住的那幢小楼前停下来，他下车都显得有一点艰难。宋梓南忙上去搀扶。两名医护人员也随即上前搀扶。

把疲惫不堪的张凡夫搀扶到床上躺下,护士立即把氧气瓶推了过来,准备给他吸氧。大夫打开医药箱,准备给他量血压,做心电图。张凡夫忙挣扎着从床上坐起:"你们干吗? 我又不是上这儿来瞧病的。"等其他人都走了,房间里只剩了宋梓南和张凡夫两人。张凡夫说:"咱们开门见山谈谈?"

　　宋梓南笑了笑道:"咱俩,当然开门见山。"

　　张凡夫沉默了一会儿:"听说,最近你们派人去北京找有关部门解决深圳的电话问题了?"

　　宋梓南又笑道:"你从哪儿得到这个消息的?"

　　张凡夫瞟了一眼宋梓南,问:"那就是说确有其事?"

　　宋梓南点点头:"确有其事。"

　　张凡夫问:"你们真想让香港方面插手我们深圳的电信建设和管理?"

　　宋梓南更正道:"是建设,但不是管理。"

　　张凡夫问:"你觉得这二者能分得开吗?"

　　宋梓南说:"我们在做试验,试图让它们分开。"

　　张凡夫问:"如果分不开,再加上任何一点疏忽,最终在电信通信领域里,让敌人钻了空子,威胁到国家安全,你知道你这个书记兼市长对此要承担什么样的责任吗?"

　　宋梓南沉默了一会儿,直瞪瞪地看着张凡夫,问:"有人派你来教训我?"

　　张凡夫丝毫不回避地问:"你觉得不应该吗?"

　　宋梓南再问:"他是谁?"

　　张凡夫说:"国务院一位正部级的离休老领导。"

　　宋梓南问:"他怎么会找上您的?"

　　张凡夫说:"他不光是我的一位老领导,也是你的一位老领导。你当年在江西吉昌市当副市长时，他就是你的一个老领导。"

宋梓南恍然大悟地："哦，他就是邮电部那位离休的老领导啊？他对你说了些啥？"

张凡夫说："老人家在电话里整整数落了一个多小时，归结起来也就是这么一句话：我们那一拨人刚把帝国主义赶出中国没多久，你们这拨人又舰着脸，把帝国主义请了回来，让他们插手我们的邮电通信事业。当年这些帝国主义者用飞机大炮没办到的事，我们成千上万革命先烈用鲜血和生命不许他们办，也没让他们办到的事，你宋梓南替他们办到了。他让我问问你，你还算不算一个共产党员，还要不要这个党籍，还想不想当共产党的市委书记了？还是不是共产党的市委书记！"

宋梓南不说话了。

张凡夫很激动地："小宋啊，这些老领导、老同志已经把话说到这个份儿上了，你再不能无动于衷了！"

宋梓南沉默了一会儿："如果我有别的办法，能更快更好地改变深圳地区的落后面貌，我当然不会去做这种交易。可是我们不能再等了。老百姓不能再等了。大家要过好日子，中国要尽快地发展起来！"

张凡夫断然说道："当年李鸿章和慈禧太后也是这么为自己辩护的。我想袁世凯在跟日本人签订二十一条卖国条约时，心情也不会是很轻松的。据史书记载，李鸿章每次跟洋人做完交易，回到他自己府中，都要大病一场，吐血不止，最后他是为此抑郁而亡的。他内心的痛苦要比你宋梓南严重得多！但所有这一切能避免得了历史最后给他的裁决吗？"

宋梓南一下抬起头，怔怔地看着张凡夫。他无论如何也没法接受这位老战友的这一番话，一时间浑身的血都往头部涌来，但他知道此时此刻必须控制住自己的情绪，此时此刻自己任何的失态言行，都会很快传到北京的高层，并在很高的政治圈子里产生严重的负面影响，甚至有可能影响高层对深圳这一级组织的看法，而给深圳市委市政府下一步的工作带来更多的阻力和困难。宋梓南的呼吸变得粗重了。他脸部的肌肉微微地抽搐起来。全身的每一根神经都绷紧了。他感到委屈,不平,同时又感到极度的愤怒和无奈。他一下站了起来,直瞪瞪地盯着张凡夫,就像在逼视一个正威胁着自己人身安全的陌生人似的。

几秒钟以后,他终于控制住了自己的情绪,说道:"好吧……好吧……你先休息……休息……我们一会儿再谈……"说着,他转身走了出去。

走出房间,宋梓南在夜空下呆呆地站了好大一会儿。然后驱车回办公室,一路上都没再说话。脸色铁青。在机关大楼长长的走廊里遇到一些工作人员。他们照例向他打招呼。他就像没瞧见似的,直直地从他们身旁走了过去。

工作人员都有些惊愕,不明白平时挺随和的书记,今天怎么了,但又不敢说什么。

走到办公室外间,小马忙站起来:"您回来了?张老那边没什么情况吧?"

宋梓南根本没搭理小马,只是板着脸,照直向里间走去。

小马感觉到出了什么事,但又不敢问,想跟到里间去再相机行事。但刚走到通往里间的门前,已经进了里间的宋梓南"嘭"的一声,很用力地把门给关上了。小马自然不敢再去敲门了,只是呆呆地在门外站着了。

这时,有几个部门的秘书或办事员,拿文件或批件来呈请宋梓南阅示。一进门,小马立即对他们做了个严厉的手势,让他们不要出声。不明底细的他们既不敢走,又不敢进,也在那儿呆站着了。

一时间,四下里变得异常的寂静。

不一会儿,突然从里间传出"咣啷"一声脆响,酷似什么瓷器被砸碎了的声音。这声音在夜晚的这一刻听起来,特别的惊心动魄。外间所有的人都吃了一惊,都向小马投去疑询的一瞥。小马的心也怦怦地剧跳起来。因为这是他跟随宋梓南工作以来,从来没发生过,更没遭遇过的。而能肯定的是，在里间的宋书记肯定做了什么大的动作。

小马先让自己镇静下来，然后赶紧对在场的人做了一个"请平静"的手势，并让他们赶紧离开这儿；然后才走到通往里间的门前，轻轻地敲了两下。不等里间有反应，就用力推门走了进去。他看到的，真让他大吃了一惊。

只见宋梓南呆呆地站在他那张办公桌前，一只手掌还按在一个被他拍碎了的玻璃杯上。手掌上的鲜血已经染红了那些碎玻璃碴儿，并顺着茶水从桌面上往下流淌。

小马大为震惊。为了不让在外间还没来得及离开的那些同事看到，他赶紧关上了门，从一个铁皮柜子里取出一个医药急救箱，走到宋梓南身边，轻轻抬起宋梓南的那只手掌，并不很熟练地替宋梓南包扎了起来。

这时，桌上的电话响了起来。小马赶紧拿起电话："你好。宋书记办公室。好的……好的……"然后捂住送话器，低声对宋梓南说道："北京长途。邮电部的长途。"

宋梓南稍稍犹豫了一下，赶紧接过电话。

电话是邮电部某局的赵局长打来的。他说道："是宋书记吗？您好。文部长本来要亲自给您打这个电话的。因为要去给国务院领导汇报这件事，他让我尽快地转告您，关于你们和香港大亚公司合作改造深圳电话通信设施这个项目，邮电部党组态度不变，一定会给予你们坚决的支持。近期内如果你们听到了一些什么议论，请不必在意。如果有什么问题，这方面的工作由我们党组出面去沟通和解决。"

宋梓南的心头一热，忙说道："谢谢文部长，谢谢邮电部的同志，谢谢……"

赵局长又说道："文部长说，现在有两种方案供你们选择。一种是重新进口设备。拿到设备，完全由我们自己来安装调试，并由我们自己来管理经营。这是一个比较稳妥的方案，无论从哪个方面讲，都不会有什么风险。但实施起来，需要一点时间。另一种就是你们报送上来的那个方案，和香港大亚电报公司合作经营，用它们的技术和设备，马上就可以投入使用，但存在一定的风险。"

宋梓南问："听说重新进口设备最快也得三年以后才能到货？"

赵局长说道："是的，一般情况下，三年。部里帮着争取一下，可以提前到一年半或两年。"

宋梓南立即回答道："深圳没法再等了。"

赵局长略略一怔后，又稍稍迟疑了一下说道："请你们再慎重地考虑一下。"

宋梓南斩钉截铁回答道："不。我们不等了。"

说话间，鲜血又一次从那白色的绷带里渗透了出来。

37

傍晚。南方某三等小火车站。

一列军用闷罐子列车，悄无声息地慢慢驰进站，停了下来。从车上下来一个值勤军官，他掏出哨子，用力吹了一下，大声发布命令道："停车休息二十五分钟。各连司务长到餐车领取晚饭。营连以上干部到指挥部开碰头会。"这时，从进站口匆匆走来两个中年汉子。其中一位问那个值勤军官："你们是基建工程兵×××师转业去深圳的部队吗？"

值勤军官警惕地打量了那两人一眼："干什么？"

那个中年汉子闪烁地答道："哦……没事没事。"说着，那两人便匆匆向某一节车厢走去。

这时，在作为临时指挥部的那节闷罐车厢里，在一块用床单布隔开的小空间里，石长辛正席地而睡。而在这节车厢下面，奉命前来开会的营连干部陆陆续续都到了。他们知道石副师长还在休息，便都在车厢下边等着。又等了一会儿，一个参谋蹑手蹑脚走进那个用白布床单隔出的空间，蹲下身子，轻轻地叫醒石长辛。石长辛忙坐起，睡眼蒙眬地问："到……到……到哪儿了……"他的嗓子几乎全哑了，基本发不出声音。他用力咳了两下，又问："到哪了？"声音听起来还是极其低沉和嘶哑。参谋忙递给他一大缸茶水。他仰起头，咕嘟咕嘟地一口气喝了下去，又清了清嗓子，声音这才稍稍有点好转，便站了起来，对那个参谋说："营连干部都来了？走，开会去。"但那个值勤参谋告诉他，应该来开会的营连干部中，有两个人没到。这两个没到的人是二五三团四营副营长和九连连长。

石长辛："他们两个呢？"

值勤军官没作声。

石长辛看看在场的其他人。其他人也不作声。

石长辛忙叫道："四营长！"

四营长立即应道："到！"

石长辛厉声问："怎么回事？"

四营长应道："地方上有两个包工头，跟我们的营副和九连连长是老乡，刚才找来了，这会儿可能跟他们两个在商量啥事哩。"

石长辛问："商量啥事？"

四营长很为难，欲言又止。

石长辛再问："商量啥事？"

四营长只得说道："这两个包工头想让营副和九连连长跟他们回老家去干哩。他俩可能都不想跟部队去深圳了。"

石长辛忿忿然："半道上要当逃兵，啊？！"

不一会儿，石长辛让四营长把他那个营副和九连连长叫了来。为了便于谈话，他没把他们叫到车厢里来，而是叫到离站台不远的一片荒地上。

　　石长辛问那两个人："包工头给你俩出了多大的价,你们就不想跟部队去深圳,想半路脱逃了?"

　　九连连长冷笑了一下:"如果这算半路脱逃,那我们也不是头一个。还有当师领导的都自己找了退路去找自家的安逸去了。你石副师长怎么不去教训教训他们?"

　　四营长吼:"九连长,你还有点样子吗?"

　　九连连长不作声了。

　　那个副营长却说道:"再说,我们已经不是军人了……"

　　四营长又要去训斥,却被石长辛拦住了。石长辛沉吟了一下,抬头对四营长说:"通知你们营,全体集合!"

　　四营长忙低声应道:"停车休息只有二十五分钟时间。"

　　石长辛说:"快去集合部队。我只要五分钟。"

　　四营全体人马很快拉到了那片荒地上。

　　石长辛清了清嗓子说:"你们的这位副营长说,我们已经不是军人了……"但他的嗓子非常嘶哑,再加上这突发性的事件一气一急一上火,这时基本都发不出声来了。即便拼命地喊叫,发出来的那种哑哑的声音,在这旷野中,也无法让整个队伍都听得清楚。由于听不到他到底在说什么,队伍不免有些骚动不安起来。石长辛忙对站在一旁的四营长使了个眼色,让他为他"传声翻译",他说一句,再由四营长大声传达给站在暮色中的战士们。

　　"你们的这位副营长说,我们已经不是军人了。他想甩掉你们,跟他老家的包工头去挣大钱。他还想煽动你们中的一些人,跟他一起走。但是……我们都在军旗下宣过誓。"说完这句话,嗓子里突发一阵刺疼,便忍不住地剧烈咳嗽起来。四营长忙停下,想劝阻他别再说下去了。石长辛对他摆了摆手,意思是让他赶紧"传声"。

趁四营长大声复述的时候，石长辛掏出一块手帕擦了擦自己的嘴。他觉得，嗓子眼在刚才那一阵刺疼后，又热热地腥腥地涌动些什么出来。擦过后，低头一看，看到手帕上沾上了一丝鲜血。

四营长复述完最后那句话，也看到石长辛手帕上的那一点鲜红颜色了，暗自一惊，刚想再上前劝说他两句什么，石长辛赶紧把沾血的手帕塞进口袋里，并对四营长做了个严厉的手势，让他不要多嘴。然后又面对四营的队伍极其嘶哑地说道："你们，现在可以做出选择，是跟着这位副营长回老家去挣现钱，还是随着大部队继续执行军委、总部的命令，转业到深圳去闯天下！"说完后，又一阵窒息般的咳呛猛烈袭来，使他都无法站直了说话，只能重新掏出手帕，弯下腰，捂住嘴，等这一阵咳呛过去。

所有的战士都怔怔地看着他。四营长也怔怔地看着他。就连一直有点心惊胆战的那位副营长和九连连长，这时也转过头来怔怔地看着他。

那一阵猛烈的咳呛终于过去了。他慢慢地直起腰，从嘴上拿起那块手帕，深深地喘了一口气。那块手帕上已经又沾上了一大块鲜血。

战士们离得远，天色又暗，虽然看不到手帕上的血迹，但从石长辛嘶哑的声音和连连咳呛到无法站立的模样，都意识到，这位新提拔起来的副师长一定是生病了，也一定是强撑着在给他们讲话的。于是都非常安静地，也都有些担心地注视着石长辛。

石长辛擦去嘴边最后一点血迹，等喘息稍稍平息下去，对全体战士说道："现在，听我口令，不愿意随大部队继续前进的，请上前一步走！"

四营长想不到，石副师长会在会上，让战士们自己抉择。他知道，近来，关于大裁军，关于撤销基建工程兵兵种，关于整建制退到深圳，尤其是关于深圳目前基本上还是个"一无所有的农村"，部队里议论纷纷，说什么的都有。过去潜伏在心底的各种想法，这些时日以来都跟雷雨前池塘里的鱼秧子似的，七凑八合地浮到水面上来了。这时候，让他们自由选择去向，万一大部分人都不想跟着大部队去深圳，这个局面怎么收拾？他

236

犹豫着，不知道该不该替副师长把这句紧要的话复述给全营的指导员。但石长辛却容不得他继续犹豫，做了个强硬的手势，只要他赶快复述。这是命令，他得服从。尤其是，师部的领导现在只剩下政委和这位新提起来的副师长了。而政委在把部队送达深圳，大致安顿下来后，也要到北京履行他的新职去了。四营长和所有的干部战士心里都明白，今后，真正和他们一起在深圳搏取新生活的师领导，也就是这位石副师长了，对他的命令当然更不能有所违抗。四营长深深地吸了一口气，镇定下自己不安的心，大声复述道："现在，听我的命令，不愿意随大部队继续前进的，请上前一步走！"

命令发出后，整个场面上鸦雀无声。只听到野外的风在飕飕地穿梭，不远处小树林里乌鸦在哇哇地叫唤。过了一小会儿，没料想，副营长叫道："回老家挣钱也是干社会主义，怕啥？！"说着带头向前跨了一步，然后九连连长也跟着跨了一步。紧接着有三四个战士犹犹豫豫地向前走了一步。又过了一会儿，又有一两个战士向前跨了一步。

然后，再没人向前跨步了。整个场面再一次陷入了极度的寂静中。这就是极大多数的极大多数，不管心里对未来，对那个"深圳"存着多少的忐忑和疑虑，他们还是忠实于军人的天职的。如果不是内部已经正式传达了军委关于撤销基建工程兵兵种的命令，石长辛这时一定会下令把那个副营长和九连连长送军事法庭严惩。但是，现在他不能这样做了，因为从严格意义上来说，从军委下达撤销基建工程兵兵种的命令那一刻起，他们已经不是军人了。虽然还戴着领章帽徽，但那也只是在等着举行一场正式向军旗告别的仪式而已……

石长辛又下了第二道命令："上车。出发！"然后他转身向临时指挥部所在的那节车厢走去。决心继续随大部队走的那些战士也纷纷爬上闷罐子车厢。荒地上只剩下那几个不想去深圳的战士和副营长，还有那个九连连长。紧接着，有人把他们的行李从车厢里扔了下来。一个个闷罐子车的车厢门随即关了起来。

列车缓缓启动了。

这时，从树林的黑暗处，走出那两个包工头，从地上捡起那些战士的行李，替他们背着，招呼了一下那些战士，让他们跟他俩走。副营长和九连连长先跟着他俩走了。但是，等他们走出好长一段路去了，那些战士却仍然怔怔地看着远去的列车，一动不动地呆站着。

38

晚上。深圳新盖的迎宾馆院子里。细雨均匀地下在那些高大的棕榈树上，发出恬静的淅淅沥沥声。但在这种常见的静谧中，此时此刻却又笼罩着一种异常的气氛。这个迎宾馆，当时是用来专门接待中央首长的。稍稍细心一点的人，当天晚上，都能透过迎宾馆院子里那深邃的树影和恍惚的路灯光，看到那里分布着一个个便衣警卫。而在宾馆一个小院子的月洞门前，则密集地停放着好多辆黑壳子的红旗轿车，还有几辆特大型号的奔驰轿车。

这时又有两辆高级轿车驰来。两个便衣和两个佩带手枪的警察上前检查了车上的特殊通行证，才让它们通过。

那两辆高级轿车驰到月洞门前停了下来。从车里下来的两三位负责干部，匆匆走进月洞门里。他们是省里的领导干部，是来见当天从北京来深圳视察工作的中共中央总书记胡耀邦的。而也就是在这一刻，一个紧急电话从深圳打到了北京国务院招待所常副市长住的那个房间里。

接电话的是邮电局的王局长。打电话的是宋梓南的秘书小马。小马传达宋梓南的意思，要让常副市长马上赶回深圳。

常副市长不无意外地："让我马上回深圳？"

王局长情不自禁地压低了声音："对，让您马上回去。中央主要领导上咱们那儿视察了。宋书记让您赶快回去汇报这儿的进展情况。"

宋梓南也是想趁胡总书记到深圳的工夫，把和香港方面合作解决深圳电话通信的问题彻底解决了。当今已经进入信息社会，电话仍然不灵，不能提供这样一个条件，让商人们和企业家们迅捷地和世界保持联系，获取瞬息万变的信息，他们就不可能上你这儿来投资办企业。能来的，也一定不是胸怀雄才大略的大企业家和大商人。得到小马的报告，常副市长已经从北京出发，宋梓南想到常副市长飞回广州，再驱车回深圳（那时候，深圳还没有机场），他的车上是没有"特殊通行证"的，而迎宾馆此时已经进入一级警卫，所有车辆不持有"特殊通行证"，是不可能进入迎宾馆的。为此，周副市长特地去找中央警卫局的领导，告诉他："明天早上我们有一位副市长要从北京赶回来参加汇报。"中央警卫局的领导马上敏感到这位深圳的常务副市长的来意了，便问："那位副市长的车上没有我们发的特殊通行证吗？"

周副市长说："他一个小时前刚到广州白云机场，正往这儿赶。"

警卫局的领导说："很抱歉，没有特殊通行证，任何人任何情况下都不得进入这个宾馆。这是规定。"

周副市长说："可是今天上午，已经内定了他要向总书记汇报工作，如果进不了宾馆，就没法向总书记汇报了。"

警卫局的领导说："那你们也得设法事先把'特殊通行证'给到他们手上才能进这个宾馆。至于怎么才能把'特殊通行证'发到你们那位领导同志的专车上，那是你们的事情。对于我们来说，没有特殊通行证，是绝对不能进入宾馆的。这是绝对不能通融的事情。请你们理解，并配合我们的工作。把住这一关，是党和国家交给我们的任务。这完全是从党和国家的利益，从全局考虑的。容不得半点含糊。"

"我们理解。我们理解。"周副市长再没说别的，赶紧另作安排去了。

这时，常副市长他们一行人已经离开了白云机场，急速地向深圳赶来。走了不多远，负责护送他们的那辆车突然超了上来，并在前边不远处停了下来，好像是发生了什么事似的。常副市长乘坐的这辆车赶紧停了下来。

司机探出头去问："出什么事了？"

从那辆车里匆匆走过来一个干部模样的中年人，问："我突然想起，咱们都没有特殊通行证，没法送常副市长直接到会场上去。可能连宾馆门都进不去。咱们是不是先去市委机关大楼？"

常副市长想了想道："走吧。回到市里，看情况再说吧。"

两辆车一路疾驰，驰到迎宾馆附近时，就看到，在离迎宾馆几百米的地方，都布置着一些通宵值勤的便衣和交警。司机犹豫着要不要离开这儿先上机关大楼去，只见从路边的林荫下跑出一个人，跑到正缓行的这两辆车前，扬手叫停了它们。

这人是小马。

见两辆车停了下来，小马忙上前低声问："是送常副市长的车吗？"

常副市长在车里高兴地向小马招了招手，答道："是。是。"

小马忙把一张特殊通行证递给司机："都等了你们两个多小时了。快进去吧。"小马一边说，一边也上了车。

这辆获得特殊通行许可的车缓缓通过了警戒线，直向迎宾馆里驶去。而那辆奉命来护送的车，由于没有拿到特殊许可证，便只能驰到马路对面一个空地上停下了。

常副市长问小马："上午几点开始汇报？"

小马笑道："几点开始？从昨天晚上一直谈到现在，就没休过会。谈了一个晚上，还在谈。宋书记几次提议，请总书记休息。总书记坚持要继续谈下去。现在，大部分的问题都汇报了，就留着通信问题，等您回来汇报哩。"

车行驶到一号楼前，宋梓南已经在楼下等着了。常副市长不免有一点紧张起来："我们在北京的情况，我全都给你汇报过了。你直接给总书记汇报就得了，何必还要我来说一遍呢？"

宋梓南笑着做了个手势，让常副市长振作起来，赶紧上楼去汇报："整个事情，你亲力亲为，万一总书记要细问起来，只有你才能说得清楚。别紧张，总书记挺随和的一个人。讨论问题的时候，你甚至都可以跟他争论的。"

一个小时后，汇报结束了。一缕朝霞已经把院子里那些热带独有的高大乔木戴上了金黄的桂冠。不一会儿，宋梓南和周副市长、常副市长，还有余涛等人一起从小院里走了出来。宋梓南和余涛握手道别，然后他们分别上了自己的车。这几辆小车一驰出迎宾馆，就分为两路，一路跟着余涛的车向蛇口方向驰去，一路随着宋梓南向市委大楼方向快速驰去。

一回到办公室里，宋梓南几乎迫不及待地对市委办公厅秘书处的一个同志说道："赶快把总书记刚才的讲话记录整理出来，赶紧拿去和中办的记录稿核对一下。"

周副市长兴奋地："讲得太精彩了。再次强调了'特事特办，新事新办。立场不变，方法全新'这十六字方针。我看我们特区报应该好好写几篇文章，为这十六字方针造一点舆论，鼓吹一下。"

宋梓南问常副市长："总书记在你汇报后特别针对中外合作和外资投入的问题说的那段话，你记下了吗？"

常副市长说："那还用说，基本上一字不落地记下了。开玩笑呢，折腾了这几个月，不就是为了等这几句话吗？"

宋梓南笑道："特别是那段关于《水浒》王伦的话！"

常副市长也笑道："都记下了。一个标点一个字都没敢落下。"

宋梓南："不要等正式记录稿了，赶紧把我们这几个人笔记本上记的核对一下，整出一份比较全面的记录，马上给留在北京的那几个同志传过去，让他们送到邮电部去。"

没等吃午饭时分，一份"比较全面的记录稿"已经传到了国务院招待所，传到了还留守在北京的王局长等同志手中。"'关于你们（深圳）的电话问题，你建设，我管理，我们共同投资。这里不存在什么保密问题嘛'，'我们的同志，在改革开放的今天，不要学《水浒传》里那个心眼儿狭窄的王伦，你占山为王了，别人带枪带人马来投奔你，请你收编，你还不愿收编，最后惹出林冲火拼王伦的悲剧'……"

第二天上午，常副市长又匆匆赶回北京，并立即驱车赶往邮电部。当他把一份胡耀邦讲话的记录稿递给邮电部的一个领导时，邮电部的那位领导告诉他："总书记的这个讲话记录，我们已经从中办得到了。"并说："我们部党组昨天连夜传达学习了总书记的这个讲话精神。我们邮电部对于贯彻国务院二十七号文件和总书记这次的讲话精神，完全没有问题。前一段部内个别老同志说了一些气话，通过部领导去沟通，现在应该说也没什么问题了。但我们还要强调一点的是，香港虽然是我们国家的领土，但目前还没有归还。香港的政治局面历来比较复杂。那里存在着多种政治势力，这情况你们也清楚。总书记在这次深圳讲话中也说到了，利用外资搞电话通信，总的方针是'你建设，我管理'。所以，深圳市邮电局和大亚电报局合营的那个深大电话有限公司，仍然要坚持由我方直接经营管理的原则。新的电话设备安装和管理，可以成立一个设备运行维护部。但这个设备运行维护部，也必须由我方直接管理，合营方不能进入机房。这一点，绝不能有任何妥协。"

消息传回到深圳，宋梓南对常副市长等人说："现在大的问题解决了。邮电部的这个态度是客观的，也是必要的。出于国家安全考虑，也考虑到某些必须考虑的政治因素，在谈判中，我们还是要坚持合营方不能进入机房的方针。至于怎么才能让合作方接受我们的这个方针，就要看我们的谈判代表的智慧和方法了……"

39

　　谈判是在上海宾馆进行的。会议室里的大窗户上特地挂上了紫红色的金丝绒窗帘。在谈判桌的中央还陈放了一个青铜制作的仿古典式七头烛台。而代表们坐的椅子，也都是仿古式的高背硬木雕花椅。踩在那厚厚的剪绒织花地毯上，你会仿佛回到了遥远的狄更斯时代，英国一个古老的农庄里。而这一切都是为了大亚电报局方的全权代表 —— 一个英国人而特意准备的。这个瘦高的英国人，眉毛和头发都是金黄色的，同样是浅色的眼珠，看起来是那么的温和，说起话来，特别善于运用他那好听的浑厚男中音，再加上那种从容不迫的语调，似乎只是在跟你谈论一个遥远下午发生过的一次美好的茶叙。但这一切，也许只是个"伪装"，也许是他们英国绅士风度的自然流露，但风度归风度，一接触到实质问题，这个英国老头显然就是个强硬派分子了。"不让我们进入机房，等于剥夺我方对设备进行维护和管理的责任和权利，这既不公平，也缺乏技术上的必要保障。我这样说，并非是在强调贵方没有这个技术水准来保障这些设备的正常运转，只是重申我们必须拥有的责权，也是为了让这套设备能够正常运行。"

　　现场有个姓林的翻译负责把这个英国老头说得非常好听的英语翻成中文，然后又把我方负责主谈的王局长的话翻成英语。

　　王局长说："我已经把我方的意向说得非常清楚了。"

　　那个英国老头寸步不让地："我想我也把我方的意向说得非常清楚了。"

王局长不想把局面搞僵了。事情能做到这一步，上上下下已经尽了不少力了，就算不能再有所进展，起码也不能搞砸了。他淡淡一笑道："那，我们今天是不是就先谈到这儿？让我们再认真考虑一下对方的立场。我们期待在下一次会谈中能找到弥合我们双方目前存在的这一点点分歧的途径。Thank you。"

回到市委市政府那幢旧楼里，常副市长已经在他的办公室里等着听他们谈判情况的汇报哩。听完当天的情况汇报，常副市长说："不能让事情就卡在这儿啊。九十九拜都拜了，别折在这最后一拜上啊。"

市邮电局的一个工作人员气愤地说道："我看这个英国佬就是死磕。他也不想想，在你们英国能让我中国人进入你们通信中枢的机房去乱窜吗，明摆着的事嘛！他就是揣着明白装糊涂，故意跟我们过不去哩。"

省邮电厅的一个领导说："他现在又掏钱又拿设备，他就得向你要这权利。这就是商人嘛。"

王局长低头想了想："有些话，在谈判桌上确实也没法跟他们挑明了说嘛，比如，像这些话：你们英国是资本主义国家，一直挺仇视我们的，我们不能不防着你们一把。长话机房，掌管着通话机密。防泄密，在任何一个国家都是头等大事，是属于主权范围里的事。这么一说，这生意就甭做了，肯定就谈不下去了。不过，我有一种直觉，不知道该不该说？"

常副市长说："关起门来研究工作，有啥说啥嘛。这儿拿不定主意的，咱们还可以去请示宋书记嘛。"

王局长看了看常副市长："那我就说了？"

常副市长笑道："说吧说吧。"

王局长说道："打了这几次交道，给我的感觉，这个英国佬还不像是在故意跟我们死磕。他也就是一个生意人而已，并不像有什么特别的政治目的。所以，如果能让他了解到我们的为难之处，并且明白我们不是因为故意歧视他们才不让他们进入机房的，我想他们或许还是能做出适当的让步的。"

常副市长问："那你有什么办法能去解开这个死结？"

王局长沉吟了一下，眼睛突然一亮："有办法了！"

那天晚上，大亚公司的那个林翻译回到自己的房间里，刚放下手里的文件包，脱了外衣，想洗个澡好好休息一下，就听到外头有人敲门。林翻译应了声："进来。"敲门的是一个女服务生。她给林翻译送来一张便条。林翻译看了便条后，立即穿上外衣，向外走去。便条是王局长写的，约林翻译到附近的一个咖啡馆去"聊聊"。

咖啡馆附近的马路还在整修。可以看得出，这家咖啡馆是开张不久的。附近的商店多数还没开张，都还在装修之中。马路两旁也堆放着许多的建筑材料。

林翻译一进咖啡馆，就有一个女服务生上前来询问："您是林翻译吗？"在得到肯定的回答后，便立即把林翻译引领到一个典雅的包间里。

果不其然，王局长带着两个同志已经在包间里等着了。

王局长忙让座："打扰您休息了。坐。请坐。想喝点什么？"

林翻译谨慎地："不用客气。我只要来一杯不放糖的苦咖啡就行了。"林翻译年龄虽然不大，但他还不至于把王局长这个意外的安排仅仅当作谈判之余的主人好客的晚间余兴活动。

"晚上没别的安排吧？"王局长问。

"没有。没有。董事长他们回香港了。回去处理一些那边的公务。我懒得跑。本来想转转，看看咱们深圳的市容……"林翻译小心地回答道。

"深圳现在还没啥可看的啦……到处是工地嘛……"

"变化已经很大啦。"

"听口气，林先生过去好像来过深圳？"

林翻译苦笑了笑，沉默了一会儿说道："岂止是来过……"

王局长问："什么叫'岂止是来过'？"

林翻译说:"我就是出生在宝安这地方的。"

王局长忙说:"哦,是我们的同胞兄弟? 好。"

林翻译略带点愧色地说道:"好什么呀。惭愧啊。不瞒各位,鄙人是早年跟着父亲一起偷渡去香港的。就是你们说的'偷渡客'啊。"

王局长又长长地"哦"了一声,然后体贴地说道:"事出有因嘛。都是为了谋生嘛。哦,那你很不容易啊,到香港没多长时间,就能在这么大一家公司当上了翻译。你的英语……"

林翻译红红脸:"惭愧惭愧。我原先在这边就是在中学里教英语的。"

王局长忙说:"哦……不容易……不容易……很不容易……"

林翻译嗒然一笑:"王局长今天请我喝咖啡,不会只是想听我这个偷渡客说说苦难发家史的吧?"

王局长立即应道:"当然。当然。是有一点不大不小的事要麻烦林先生。"

林翻译想了想说道:"局长先生请明言。只要在香港法律许可和我个人力所能及的范围之内,能为咱们深圳特区做一点应该做的事,是我的荣幸。"

王局长说道:"我们当然不会为难林先生,更不会让林先生去做违反香港法律的事,也不会让林先生去伤及贵公司的利益。我们只是想请林先生帮这样一个忙。从几次会谈的情况来看,贵公司的董事长不太了解大陆的实际情况,尤其是政治上的了解,一时半会儿,比较难以跟他沟通。而有一些话在谈判桌上,我们又很难把一些国内的具体情况全都摆到桌面上去说。他作为一个英国商人,也很难理解我们在国家安全问题上的高度敏感和警戒心理。很难理解我们为什么要坚持今后不让合作方的人员进入机房。"

林翻译说道:"是怕我们会派人去安装什么窃听器,窃听你们的机要通话？"

"这个话当然不能由我们的嘴里说出来。"

"我们相信大亚的朋友们是绝对不会做这样的事的。但如果允许非我方人员出入机房，在今后长期的合作岁月中，就很难保证其他势力方的人不会利用这个空子来做一些有损于我们双方利益的事情。而这一点对我们来说是十分不愿意让它发生的。"王局长的一个随从进一步解释道。

"局长先生想让我在私下里替你们向我方的董事长详细解释一下你们的为难之处？"林翻译果然是个明白人，他立即把对方的意图点透了。

王局长说："有些话出自你的嘴，可能会变得比较贴切可信。尤其你们在私下谈，会显得更自然，平和。向你交一个底，我们非常希望这次合作能有一个圆满的结局。我一点也不向林先生隐瞒这个意向，无论是我们这个正建设中的深圳特区，还是急于求变中的中国，都十分需要敞开胸怀去面对外面的世界。我们相信，外面的那个世界也需要这样一个巨变中的中国。"

林翻译沉默了。过了好大一会儿，他抬起头说道："王局长，很抱歉，对我来说，您说的这些大道理，也许都显得太遥远太玄虚太……太深奥了。我……过去的一个偷渡客，现在一个香港籍的宝安人，中国，深圳，宝安，对于我来说，祖祖辈辈都只有一个含义，而且永远都只有这么一个含义，那就是'家乡'。"说着，林翻译的眼圈突然红了起来，眼眶也随之湿润了，怔怔地看了看王局长后，再次把头深深地低垂了下去。

后来的两天，这位林先生好像有点故意回避王局长似的，总是一谈完，就跟着那个英国老头走了，就像是从来也没有跟王局长有过"咖啡馆一晤"似的。但到了第三天，谈判突然就有了突破性的进展。那天下午，小马很兴奋地走进宋梓南的办公室，告诉宋梓南："邮电局王局长来电话了，好像有什么好消息。"

宋梓南立即拿起桌上的电话，就听到王局长在电话里激动万分地报告道："宋书记,达成协议了,我们和大亚电话局已经排除了最后一个障碍,并且已经草签了协议草案。"

宋梓南立即确认道："对方同意今后不进入机房参与设备的维护和管理了?"

王局长说道："同意了,虽然是勉强同意的。"

宋梓南立即吩咐王局长："赶紧把这份协议草案电传北京,报邮电部审核。"

最后一道障碍消除了。几个月后,在宋梓南办公室举行了一个别致的深港程控电话通话仪式。从一早起,宋梓南的办公室里就聚集了一批深港两地的记者和有关部门的负责同志。宋梓南办公桌上的那部电话机"披红挂绿"地戴上了一朵大红花。

仪式由市邮电局的王局长主持。他说："今天,我们在这里举行一个简单而又隆重的仪式,以庆祝深港两地之间开通数字程控电话,庆祝深圳将从此结束老式的人工接转的摇把式电话时代,进入自动化接转的数字程控电话时代。"

办公室里响起一阵热烈的掌声。

王局长接着说道："现在请宋书记拨通香港政务司副司长×××先生办公室的电话。"

宋梓南把手伸向桌上那部电话机,许多记者立即把镜头对准了他。宋梓南按住那部电话机,微笑着对着众多的镜头:"没有了摇把,我好像都有点不会打电话了。"办公室里响起一阵善意的笑声。然后,宋梓南毅然决然地拿起电话,对那些记者们说道:"我想,当我拨通这个电话的这一刻,是不是也可以这么说,我们深圳、我们中国又向外面这个丰富多彩的世界迈出了整整一大步!"

没有掌声。没有任何回应。所有人都在等着。他们的潜意识中,似乎还不相信,深圳和香港在顷刻之间就能拨通电话;分别在深圳和香港的两个人，能像在同一个写字间里的两个人那样，直接痛快地说上话。他们都在"拭目以待"。他们把自己的这种等待，化作一种异常的寂静，以表达自己那种极度的期待。

这时，王局长把一张写有港英当局政务司司长办公室电话号码的纸条，悄悄放在宋梓南的面前。宋梓南向那张纸条略略地瞟了一眼，深深吸了一口气，开始拨号。

在场的人都屏气凝神地盯着宋梓南那只拨号的手。

一个记者还悄悄拿出了一块秒表，计算从深圳拨通香港所需的时间。

第一个数字……第二个数字……第三个数字……

那个记者手中的秒表在"嗒嗒嗒"地走动着，似乎化作了所有人的心跳声，在这间并不高大的房间里搏动着，撞击着所有人的心胸。

第四个数字……第五个数字……

电话机上的号盘突然不动了。宋梓南最后瞟了一眼那张写有对方电话号码的纸条，收回了自己那只拨号的手，一边听着电话里传出的拨号音，一边本能地抬起头看着窗外那碧蓝的天空，等待对方回应。

记者手中那只秒表的秒针却还在"嗒嗒嗒"地走动着。在场的人都紧张地注视着宋梓南手中的电话机和他脸上神情的变化。突然，拨号音中断了，宋梓南的眼睛里闪出一丝惊喜的光亮。电话里传出一个浑厚的男中音问候声："Hello……"宋梓南立即回头看了一下王局长，也看了一下周副市长和常副市长，似乎在告诉他们"接通了"，然后立即回答对方道："Hello, this is 深圳……"

周副市长和常副市长眼睛里也都闪出了极度喜悦的光彩。

记者们顿时欢呼起来。

那个手拿秒表的记者用力按了一下表的开关。秒表的秒针立刻停止了走动。那个记者看了一下秒表上的数字，大声叫喊起来："十八秒。

十八秒就接通了香港。十八秒啊!"

40

闷罐子车开进深圳站的时间是下午三点三十八分。不知道是谁在军列进站前,一直在车厢里用口琴吹奏着那首撩人的《军港之夜》。当军列突然停下时,《军港之夜》也突然中断了。那时候,所有的人都愣怔了一下。后来的三十年,当这些老兵回忆起那天的情景时,都说不清他们当时愣了那么一下,是因为那动听的乐曲被"无缘无故"打断了,还是因为潜意识中明白自己人生的一个"重大转折点"到了。愣了那么一下,是因为自己完全不知道这个陌生偏僻简陋而又那么有名的深圳,将给他们今后到底带来什么样的命运……自己真的将要在这里度过一生。他们不无忐忑。他们越过那个硕大站牌,向四下里打量着。

站台上整齐地停放着几十辆来接运这些退伍转业官兵的重载军用卡车。

值勤军官首先下了车,吹响了哨子,大声传达命令:"到深圳了……全体下车……下车了……"第一个车厢门被"轰隆隆"地拉开。接着是第二个、第三个、第四个车厢门……一个接一个地被打开。显得异常疲倦的战士们都站了起来,都拥到打开了的车厢门口,但他们没有像想象的那样立即很兴奋地跳下车去。他们只是保持着沉默,很安静地看了一眼站台上挂起的那个硕大的站牌上写着的"深圳"两个大字。一直到值勤军官再喊了一次:"下车了……全体下车……"他们才慢慢地挪下车去。

宿营地的清晨是宁静的。前边是丘陵,后边也是丘陵。左边右边还是一片起伏不止的丘陵。退伍兵们都住在帐篷里。不远处的岗位上,仍然站着两个哨兵——只是他们已经不再持枪了。而这里清晨的宁静和他们过去军营里的那种宁静和他们家乡清晨的宁静，似乎并没有太大的区别。青灰色的雾霭同样淡淡地笼罩着眼前这一片山林土坡。

这时，两辆红旗轿车正缓缓地向这片帐篷所在地驰来。

在临时指挥部的一顶帐篷里，石长辛几近赤裸地睡在地铺上。一个哨兵慌张地冲进帐篷，叫了两声"石副师长"。

石长辛忙从被窝里跳起。

哨兵慌里慌张地向他报告："市委领导来了。"

还在蒙眬中的石长辛问："市委领导，哪儿的市委领导？"

哨兵说道："当然是深圳的市委领导。"

石长辛一听，所有的蒙眬都驱散了，慌忙穿起衣服来。等他穿着整齐，冲出帐篷，就见到师政委陪着几个领导干部模样的人走了过来。他忙向那几位"领导干部"中个头最高，最有领导气质的一位敬了个很标准的军礼，喊道："报告宋书记，基建工程兵×××师副师长石长辛着装完毕，听候命令！"

师政委顿时笑了起来："你这个石长辛！谁是宋书记？你瞎喊什么呀！"

宋梓南："看来，当市委书记，还得是大个儿。当官也是大个儿占便宜啊。"

在场的人都笑了起来。

原来，那个个子最大的，外貌最像领导干部的却是周副市长。

宋梓南笑着对石长辛说道："走吧，陪我们看看大家去。"

石长辛和师政委带着宋梓南等一行人走进大部队的临时驻地，走进一片帐篷的"丛林"。他们看到有人在通往一顶大帐篷的道上拉起了一道白床单。走在最前边的石长辛刚想撩起床单，给市领导开道，却从一旁突然响起一声女孩的惊叫声。

所有人都马上站住了。

一个女兵从那白床单里跑了出来，脸红耳赤地向石长辛报告："报告副师长，我们……我们正在洗澡哩……"

不一会儿，五个女兵湿着头发，光脚上趿拉着拖鞋，手里抱着脸盆和各种洗漱用具，一字排开，整齐地站在各位领导面前。

宋梓南颇有兴趣地问："你们都多大了？"问下来，这些女兵最大的才二十一岁，大都只有十九二十。"都跟块块一般大啊。"宋梓南心里暗自掂量了一下，不禁对面前的这些小女兵产生了特别的爱怜和关切。

走过女兵们的大帐篷，宋梓南语重心长地对石长辛说："有你们这支有生力量，我们这些当市长市委书记的，心里就有底儿啦！"

石长辛忙说："请市领导放心，基建工程兵能吃苦，能打硬仗，今后市委市政府指到哪里，我们一定会坚决打到哪里。"

宋梓南低下头，稍稍沉吟了一下却说："长辛同志，我要纠正你一个说法。今后在深圳，不是市委市政府指到哪里，你们才打到哪里。深圳和国内任何地方不一样的是，市委市政府是不给任何企业派活儿的。活儿，要你们自己到市场上去争，去找。今后摆在你们面前的一个大问题，也是首要的问题是，你们得学会自己养活自己，自己去找市场……"

晚上，在临时指挥部的帐篷里，坐满了各团各营来的主官。帐篷外，风声一阵强似一阵。

上午，市领导走了后，市委书记兼市长宋梓南说的那一番话，让石长辛和政委琢磨了好长时间。当兵二十多年，他们从没有见过一个领导不喜欢下级对自己做这样一种表态的："领导指到哪里，我们坚决打到哪里。"但宋梓南却立即给予了纠正，竟然还说了这样的话："深圳和国内任何地方不一样的是，市委市政府是不给任何企业派活儿的。活儿，要你们自己到市场上去争，去找。今后摆在你们面前的一个大问题，也是首要的问题是，你们得学会自己养活自己，自己去找市场。"石长辛心里有点紧张，上边不给派活儿，这一个师的队伍今后怎么带？找市场？市场是什么？它又在哪里？他觉得必须立即向团营连的主官们吹一下风，让他们也警惕起来，有个思想准备。但政委觉得，不必那么紧张。这些话，也就是书记那么一说而已。市里能不给派活儿吗？深圳不是共产党的地盘？既然是共产党的地盘，在这地盘上所有的活儿还不都攥在市委市政府领导手里？他们说给谁干，还不就给谁干了？如果他们不给这两万退伍兵派活儿，他们接收了他们干什么？"尽管把心放在肚子里吧。领导嘛，总是先把困难说得大一点多一点，到时候他们能不管吗？"政委不同意马上召开会议传达书记的话，不要先乱了阵脚。但石长辛觉得，宋书记的提醒是战略性的。不能掉以轻心。最起码也得摸摸营干部们的思想底，将来好有针对性地做工作。政委没跟石长辛坚持，他觉得，他终究是要去北京的，这个师的全盘人马今后好歹都要交到石长辛手里。做好做坏，还是应该由着他。别人说什么都不管用。

于是，一个通知下去，团营连三级干部都来了。恰如政委预料的那样，宋梓南说的这番话，在部队的这些基层干部中间引发了极强烈的不安和困惑。他们原来就对让他们退伍转业到这个几乎跟农村一样简陋的深圳感到相当的迷茫和不安。原来还把希望寄托在作为改革试点，将会有大量的建筑工程活儿派给他们来做。现在连这一点的希望都不可能实现，还要他们自己去"找活儿干，找饭吃"。那么，他们究竟为什么要拼死拼活地到这个什么也不是的深圳来呢？

四营长张万斤的嗓门最大："不给我们派活儿，让我们自己去找活儿，啥意思？你不给我们派活儿，那让我们上这儿来干啥？我们是部队！"

一个团长纠正道："我们已经不是部队了。"

张万斤反驳说："可我们是集体转业来的。我们是整建制转业来的。我们是执行中央军委和兵种总部的命令，也是应他们深圳市委和市政府的需要和邀请，才转业到这儿来的。别的都可以不计较，住帐篷，钻荒草坡，缺吃少喝什么的都无所谓，但你总得给我们活儿干啊。啥条件都没有，还要我们自己去找活儿，这叫啥事儿嘛！"

石长辛担心这个张万斤说多了，会严重影响在场其他基层干部的情绪，便厉声呵斥道："四营长，少发点牢骚，多说点建设性意见！"

张万斤收敛起来，嘀咕了一声"你以为我愿意发这牢骚？"便闷下头，坐了下来，不说话了。整个会场也都跟着沉寂了下来。

散会以后，与会的基层干部都走了，帐篷里只剩了师政委和石长辛两个人。这时，帐篷外风声越来越大，并夹杂着一阵阵低沉的雷声。两人闷闷地坐了一会儿。石长辛问政委："你什么时候去总政报到？"政委故意做出一副很平淡的样子说道："按说，部队一到深圳，我就该去报到了。"石长辛诚恳地："再多待两天吧……"

政委知道石长辛感到了压力，希望政委多留几天，帮他一起做做干部和战士的工作。但是这一摊工作，难道是他多留几天就能做得好的吗？当然不是。但，他又能对石长辛说破这一点吗？这一点，不用政委说破，石长辛自己心里也是非常明白的。可以说，事情到这一步，已经没什么可说的了。所以政委就保持了沉默。

过了一会儿，石长辛又说道："政委，我想去找找宋书记。"

"干吗？"

石长辛说："四营长刚才那牢骚发得不是没道理，什么条件我们都可以不计较，但你总得给我们活儿干！大老远地跑到你深圳来，两眼一抹黑，让我们上哪去找活？没有活儿，这两万人的队伍怎么带？带兵，最怕队伍没仗打没活儿干哪！不摘领章帽徽，你还可以用军令压着大伙，等把领章帽徽一摘，再没活儿干，这两万个年轻人闲在那儿，就等于是两万只散放着的小老虎，两万根搁在火堆旁的雷管导火索和两万个炸药包，就有可能会出大问题啊。"

政委不作声。还是那个话，此时此刻，他觉得自己一个即将要离开这个部队的人，说什么都不合适。

当时，虽然夜已深了，市里的一些领导却还在市委市政府机关那幢旧楼的小会议室里召开一个小型的紧急会议，听取市气象局关于今明两天将有一次大台风登陆袭击深圳的情况报告。会议室里灯火辉煌，却又烟雾腾腾。而在会议进行的时候，台风好像已经登陆了，窗外的狂风不断地扑击着会议室的窗玻璃，发出嘎吱嘎吱的声音。

宋梓南从会议室里出来，一见石长辛就说道："马上要来强台风了。市里正在部署抗台风的工作。你赶紧回去安排一下。"

石长辛说："宋书记，关于让我们自己找活儿的问题……"

宋梓南立即打断石长辛的话："这个问题，以后再说。今天晚上首先是抗台风。"

石长辛不肯走。

宋梓南说："这是一次十二级以上的强台风，不安置好，它会把你们所有的帐篷全都刮跑的。"

石长辛却说："可是将来找不到活儿干，这两万个退伍兵就有可能成为两万个炸药包，酿成那样的后果要比一次十二级台风更可怕。"

宋梓南说："长辛同志，我看你自己就是个不大不小的炸药包啊！"

石长辛不说话了，但还是固执地不肯走。

宋梓南无奈了。但在这无奈的同时，却又有点喜欢上这个固执得"不讲理"却又一心扑在自己所带的队伍上的军转干部了。他缓和了口气对石长辛说道："有一句话，你先不要向下传达，但你们这些当干部的心里一定得有数。深圳特区试行市场经济，这是中央给的任务。啥叫市场经济？说一千道一万，那就是：生产经营上大大小小的问题，要靠市场去解决，而不是靠市长来解决。不再搞过去那一套：一切都由党和政府做的计划来包办。"

石长辛有点不理解地问："那还要这个市委市政府干啥？"

宋梓南淡淡一笑道："建立市场，规范市场啊！"

石长辛仍然没听明白，仍然十分困惑地看着宋梓南，等着他能说出一些他熟悉的听得懂的又能让他放得下心的那种话。但宋梓南再没说什么，他很快就被其他市领导叫进会议室里去了。这一夜的狂风几乎刮跑了石长辛他那个师所有的帐篷。营区里一片狼藉。熟睡中的男兵完全被裸露在夜空下。他们惊恐地跳起。女兵们听着帐篷外一阵强似一阵的风声，惊恐地围坐着，互相抱在一起。她们的帐篷也被掀起了。她们惊叫，被大风吹散，并但所有这一切都不顶宋梓南最后说的那两句话让石长辛更"心寒"更不知所措："有一句话，你先不要向下传达，但你们这些当干部的心里一定得有数。深圳特区试行市场经济，这是中央给的任务。……生产经营上大大小小的问题，要靠市场去解决，而不是靠市长来解决。不再搞过去那一套：一切都由党和政府做的计划来包办。"

那还要党和政府干什么呢？

建立市场，规范市场。

市场建立起来，又规范好了，中国是不是就不再需要共产党和人民政府了？

不知道。

市场，你能代替党和政府吗？

石长辛迷惑着。

突然间一阵更大的狂风刮来，又有人惊叫了起来。

41

这段日子，何振鸿同样烦恼不已。原以为，千辛万苦，把新竹宾馆这个深圳第一家有港人参与投资的五星级宾馆建起来以后，自己能稍稍地松一口气，但万万没想到，更棘手的麻烦却接踵而至。这两天，宾馆里正忙着为接待西门子公司总部的一批专家和国内著名的国画大师刘海粟先生而忙碌着。他对服务员做了专门的培训，还从香港特地请了两位这方面的经理人来给大家上课、示范。上午时分，他去客服部检查，却发现几个正受命布置多功能厅的服务员一边干着活儿，一边叽叽喳喳在说笑着。有的还在嗑瓜子。看到他走过来，说笑声虽然减弱了一些，但并没有消失。当时，何振鸿很生气，但到大陆这么些时间，他已经有了一定的经验，他已经懂得"冰冻三尺，非一日之寒"，化冰之功也并非一日能成。当时没说什么，只是忍住气，问一个叫尤妮的女领班："七点以前，能布置好吗？"那个女领班回答他："七点以前，差不多吧。"

何振鸿指着撒落在地毯上的一些瓜子壳，很客气地要求道："请你们把这些东西也一起收拾干净，行吗？"

尤妮笑道："行行行……"

何振鸿又说："另外，我能不能请你们嗑完瓜子，把自己的嘴角也能清理干净吗？你们的衣着和容貌都代表我们宾馆的服务水平和服务等级。"

尤妮瞟了其他几位女服务员一眼，脸立刻红了。因为那几位嘴角上都残留着一些瓜子屑。她忙拿手绢擦了擦自己的嘴角。

然后，何振鸿带着中方经理，立即去检查这些服务员对客房的整理情况。也让那个叫尤妮的领班跟着一起去。他要求她们每天都必须对客房进行一次彻底的整理。但是她们总是做不到。今天也是这样。走进一个房间，房间根本没收拾。被子没叠，卫生间里也乱七八糟。窗帘半遮半掩的。烟缸里全是烟灰。再走进一个房间，也是这样。连着走了四五个房间，都是这样。

何振鸿忍不住了："还要我说什么？！"那个叫尤妮的女领班居然说

道："怎么了? 这几个房间, 客人都没退房啊。"

中方的陈经理也觉得她们有点不像样, 让他这个中方经理在港方管理人员面前太没面子了, 便训斥道："没退房就可以不打扫不整理房间了?"

尤妮说："房间打扫过了。"

陈经理指着床上散乱的被子："这就叫打扫过了?"

尤妮说："我觉得没必要替客人叠被子。客人是人, 服务员也是人。凭什么要让我们服务员替他们叠被子?"

陈经理说："客服部的三十条规定你们怎么学的?"

尤妮说："规定合理的, 我们执行。不合理的我们有权不执行。"

陈经理说："嗨, 还是一副造反派口气!"

尤妮不高兴了, 立刻提高了嗓门说道："谁是造反派? 请你不要污辱人!"

何振鸿说："尤小姐, 如果你不愿意执行我们宾馆制定的这些规定, 你可以辞职。"

尤妮冷笑道："何经理, 请你先搞搞清楚, 第一, 我不是什么'小姐', 请你称我'同志'; 第二, 这儿也不是你们香港, 你让我走, 我就得走? 对不起, 恐怕不行。"

回到经理室, 何振鸿觉得这件事必须有个了结, 否则这个五星级宾馆就没法经营下去。他对陈经理说："这个姓尤的领班必须辞退, 立即辞退。"让他意外的是, 刚才还理直气壮地在批评那个尤妮的陈经理, 这时候却像泄了气的皮球似的, 迟疑起来了。他对何振鸿说, 这个领班是有来头的。

何振鸿马上打断了陈经理的话, 斩钉截铁地说道："你别跟我说什么背景情况。我不管这个姓尤的领班有什么背景情况, 她必须离开我这个宾馆。合同上我们是写清楚了的, 我这个董事长兼港方经理有权处置不合格的员工。如果她不走，那么，我走。"

陈经理说："何总，天不转地转。有话咱们平心静气地坐下来慢慢说嘛。"

何振鸿说："好吧好吧。那你就慢慢说吧。"说着拿起电话就接通了总机："总机，请你给我接市政府周副市长。"

陈经理忙上前去卡断了电话："何先生，干什么嘛干什么嘛！今天晚上我们还要接待国画大师刘海粟先生和德国西门子的外宾。"

这时，挨了中方经理批评的尤妮，心里正窝着一团火，带着几个女服务员气恼地也来找陈经理"评理"。刚走到经理室门前，就听到里头两位经理正在戗着。

陈经理说："有些话，也怪我没跟您早点露个底儿。您从香港搬过来的那些规定，有一些的确不太适合我们这边的实际情况。比如说，您规定我们的服务员必须每天去打扫房间，这不错，但必须每天去替客人叠被子，刷马桶，换床单，这就有点太过分了嘛。咱们怎么能惯客人那种毛病？谁在家自己不叠被子？为什么一出差，一住招待所宾馆就得让我们的女服务员替他们去叠被子？这都成什么了？您还要求我们的女服务员必须化了妆才能上班，这更说不过去嘛。说得不好听，会让人觉得我们这个宾馆在要求我们的女服务员以色事人……"

何振鸿说："以色事人，这怎么叫以色事人？"

陈经理说："我的何振鸿先生，我的小老弟啊，当着下边的人，我不好说这些话。要摸透大陆这边的情况，你还差得远哩。你口口声声要开除尤妮，口口声声说不管什么人事背景。在大陆这边处理人事纠纷，你能不管背景吗？你知道尤妮这小丫头有什么来头吗？别说是你我，就是市里的周副市长宋书记，如果要动她，恐怕也得三思才敢行啊……小老弟，要想挣大陆的钱，你还得学几年哩。"

何振鸿目瞪口呆，一时无话可说了。

晚上，三辆高档轿车载着西门子的客人和刘大师如期而至。市里，由宋书记和周副市长亲自出面陪同。全体当班的服务员都列队夹道欢迎。何振鸿有些不放心，他等客人们都进了厅，便走到傍晚时分那几个女服务员扎堆聊天的地方看了一眼，发现地上的瓜子壳居然没有清扫干净。而这时，宋梓南陪着客人已经向这边的画桌走了过来。他只得赶紧上前，用脚踩住那地毯上残留着的瓜子壳，遮住"丑"，并狠狠地瞪了尤妮一眼。

吃罢饭，兴致勃勃的刘海粟大师到多功能厅，在那儿预先准备好的一张大画案上画了一幅《鲲鹏展翅》图，送给市委和市政府。这幅画笔力苍劲，气势宏大，大鹏腾云驾雾，搏击长空，让所有人都眼前一亮，为之一震。厅里立即响起热烈的掌声。宋梓南赶紧从画案的一角，拿起刘海粟的一方名章，在印油盒里仔细蘸上红印油，双手递给刘海粟。刘海粟忙上前接过自己的名章，盖在画上。事情进行到这里，应该说是非常圆满的了。就在这时候，宾馆的一个工作人员悄悄走来，附在陈经理的耳朵旁，低声说了句什么。陈经理立即又对何振鸿说了声"我马上回来"，便急匆匆地随那个工作人员一起走了出去。

他们的慌张表情显然引起了宋梓南的注意，但他没作声。

那个工作人员告诉陈经理，尤妮带着几个女服务员想找宋书记，给宾馆的港方经理"提两点意见"。那个工作人员劝阻着，请她等贵宾走了以后，先找中方经理谈。但尤妮说，她就要在这种时候，找深圳最大的官，说说她的想法。他没办法了，只得赶紧来请陈经理去"救火"。

陈经理低声问："尤妮那丫头这会儿在哪儿呢？"

那个工作人员低声回答道："就在多功能厅边上的那个小会议室里哩。还有几个小丫头跟她在一起。"

陈经理赶紧赶到那个小会议室里。"你们想干啥？"陈经理又气又急，"怎么一点都不顾大局。你们知道外头都谁在吗？"

尤妮却说："我们知道宋书记和周副市长来了。我们要找的就是他俩。"

陈经理说："今天有贵宾,还有外宾。"

尤妮说："贵宾外宾就比我们这些普通劳动者尊贵?"

陈经理忍了忍："尤妮,你别太过分了。"

尤妮冷笑道："我过分? 我再过分,也不会随随便便让香港佬欺负我们女服务员!"

陈经理忍无可忍了,指着门外的方向："好。你有种,你去见,你去闹呀!"

尤妮冷冷一笑,哼了哼："你以为我不敢去见呢? 走!"便照直向门外走去了。

这一下,陈经理愣在那里了。这个小会议室离领导和贵宾所在的多功能厅,只有十来米远。依尤妮这丫头的脾气,已经是不可能再拦得下她的了。即便要用硬办法去拦阻,短短十来米的距离,双方的叫嚣声,撕扯声,也会破坏了今天晚上必需的那种雍容和雅致的气氛。那会给贵宾们留下什么印象? 特别是又会给市领导留下什么印象? 这样一起事故,对他这个中方经理的业绩考评,几乎也可以说是灾难性的和毁灭性的。一时间,他竟完全呆在了那儿。但那扇门并没有关上。透过门的空隙,陈经理可以看到尤妮带着那一帮子小丫头,快步地向多功能厅走去的情景。再有几步路她们就要走进多功能厅了。这次接待活动,是这个新建的五星级宾馆试营业以来,第一次接待重量级的外宾和内宾,也是第一次由市委市政府主要领导出面,在这个宾馆接待如此重要的宾客,如果就这样让这个小丫头弄砸了,他这个中方经理对得起谁啊? 他终于忍不住了,拔腿追了上去,拦住尤妮,低声央告道："尤妮,别这样……"

但尤妮根本不理睬他,继续向多功能厅走去。

这时候离多功能厅已经很近。陈经理都不敢再大声说着话了。他只能快走一步,再一次挡在尤妮面前,不让她再往前走。尤妮站下了。她没想到这位陈经理竟然还真的敢上前来拦阻她，便怔怔地打量了对方一眼，突然伸出手去，用力把陈经理拨拉到一旁，继续大步向多功能厅走去。

这时，她离多功能厅的门只有一两步的距离了。眼看她再急走一下，就能推门闯进多功能厅了。陈经理头脑顿时都空白了，霎时间，冷汗从额角处纷纷渗出。如果说，这一刻，他的手脚都急冰凉了，也绝对不是夸大之词。就在这时，多功能厅的门突然开了，马秘书走了出来。

小马严肃地指着尤妮和她身后的那一帮小丫头，低声呵斥道："都给我站住！什么时候，什么场合，都想干啥呢？！"

她们知道他是市委书记的"贴身秘书"。这两天，他不止一次奉宋书记之命，到宾馆来安排和检查接待工作。尤妮和这一帮小丫头是见过他的。深圳市委最高领导身边的人发火了，她们还是要让一步的。一时间，她们被镇住了，被挡在了多功能厅那个磨花玻璃的大门外。

宋梓南和周副市长微笑着送走两位外宾，又恭恭敬敬地送刘海粟夫妇回宾馆的房间休息，便神情严厉地大步向多功能厅走去。

何振鸿、陈经理和尤妮，还有那几个女服务员都在多功能厅里等着宋梓南。客人离开后，多功能厅大部分的灯都关闭了。偌大个空间里只留着舞台两侧的那两盏莲花造型的壁灯，就显得略有点昏暗。恰恰是这种似明似暗的氛围，更让人接收到了一种心理上的压迫感。

走到多功能厅门口了，周副市长忙低声对宋梓南说："还是我去处理这档子事吧。"

宋梓南板着脸说："那个小丫头不是指名道姓地要找我吗？"

周副市长微微一笑道："嗨，总不能谁想找您，您都出头吧？"

宋梓南却声色俱厉地说道："这是我们合资经营的第一家宾馆。办好办不好，意义重大。"

"还是我去吧，不就是那么点事嘛。"周副市长一边说，一边给小马递了个眼色，意思是让小马把宋书记带离这儿。

周副市长走进多功能厅，里边自然是鸦雀无声。

周副市长严肃地环视一圈后问："是谁要找宋书记？"

这时，尤妮等却也都不敢作声了。

周副市长转过身来正对着尤妮问道："怎么回事，干吗都不吭气了？是不是又是你带的头，尤妮？"

尤妮不无尴尬地强笑道："是我又怎么了？我就不能提意见了？"

周副市长说："可以。"

尤妮说："我们来当服务员，是为人民服务，不是低三下四地伺候人！"

周副市长说："为人民服务就不能伺候人了？伺候人，丢脸？你要找市领导，我就来了，我低三下四吗？"

尤妮："为人民服务和伺候人不是一码事。"

周副市长："我听说你们在这儿一个月能拿到二百元工资，比中央机关一个司局长拿得还多。你不想叠被子不想打扫卫生间，你上这儿来干啥？你不想叠被子不想打扫卫生间，凭什么拿这二百元钱？让你们化一点妆见人，是对人的尊重，也是一种文明的表现，也是展现你们自己美好一面的机会。你们去相亲、去跟男朋友约会，不也要化点妆吗？顾客掏钱上这儿来住店，他们是在养活我们大家。为了表示对他们的尊重，我们女孩化一点妆，把自己打扮得整齐一点，漂亮一点，就有辱你们的人格了？说得再彻底一点，如果你们这些服务员整天耷拉个脸，把宾馆也弄得乱糟糟的，没客人愿意来住你们这个宾馆，你们每月这二百元工资上哪儿去拿？国家是不给你们发这工资的，明白吗？！只要不违法、不缺德和不损害员工的人格人权，想什么样的办法去吸引顾客来住店，都是可以的，也是应该的。这就是市场！"

尤妮没想到"周叔叔"这会儿居然这么不给她留一点面子，当着那么些人的面，如此"训斥"她。她一下被震蒙了，又气又羞，也有点不知所措了。

周副市长转身又去问另外那几个女孩：“宾馆的何老板，除了让你们穿整齐一点，化一点淡妆，微笑待客以外，还让你们做过什么有损你们人格的事没有？”

那几个女孩小声地答道：“到现在为止，那倒还没有。”

周副市长立即厉声斥责道：“那你们还闹什么闹？”

第二天上午，一上班，周副市长就接到了宋梓南从办公室打来的电话，问昨天处理新竹宾馆那档事的情况。

周副市长笑道：“把那几个小丫头吓唬了一通，都没事了。”

宋梓南略略沉吟了一下，说道：“老周啊，你把事情看简单了。刚才那个何老板何振鸿上我这儿来了，他提出要从深圳撤资……”

周副市长一惊：“撤资，为什么？”

宋梓南说：“他觉得我们这边的人员素质太差，宾馆这样经营下去，别说将来还有没有那个力量和同行竞争，他自己都觉得没这个脸面再做下去了。他希望他做的宾馆，在各个方面都是最好的。”

周副市长说：“我们支持他这种雄心。在这一点上，我们之间没有任何分歧啊。”

宋梓南：“但是，他觉得照目前这个样子，他没办法再做下去了。他真的对自己回内地来投资办宾馆的这种行为，表示怀疑。他对我说：‘宋书记，我不是在跟你说气话，我真的想撤资了。我真的觉得内地还不具备条件经营五星级宾馆。我真的是过于乐观了，也过于天真了。’”

周副市长说：“嗨，这个何老板，有啥问题咱们解决啥问题，还不至于到了做不下去、一定要撤资的地步吧？不就是一个小丫头吗？”

宋梓南：“我觉得我们要非常重视这件事才行。要非常重视这些投资方的感觉才行。他是真觉得在我们这儿干不下去了，是真要撤资。”

下午，宋梓南提议，把这件事提交常委会讨论。听说在下午的议程里加上了一项新竹宾馆小丫头"闹事"的内容，大部分常委都觉得挺"新鲜"，但多少也有那么一点不解。

宋梓南把周副市长叫到一旁吩咐道："尽快派一个强有力的工作组到新竹宾馆去做个调研，同时彻底解决一下那里的中方班子问题和管理问题。"

周副市长说："事情有那么严重吗？我觉得这位何老板是不是也有点太娇气了。"

宋梓南说："不是人家娇气，是我们人员的素质和经营管理思想完全不适应市场的需要。不能小看这件事。它提醒我们，为了吸引投资，创造一个好的硬环境固然重要，但同时还要解决软环境问题，也就是人的问题。在某种程度上，这个问题恐怕更重要，也更艰难。工作组要快点派，要派得力的同志去。工作组的任务，首先，当然是千方百计留住这位何老板。第二，更重要的是，要好好去总结剖一下这件事情里的经验教训，找到一些规律性的可以推广又必须警惕的东西，尽快在那儿开一个现场会。现在的这个中方经理一定要撤换。那个小丫头尤妮，港方老板坚持要辞退。"

周副市长略显为难地看了看宋梓南。

宋梓南问："怎么了？"

周副市长说："前天我没跟你把话说得特别明白，这个尤妮小丫头还真有点来头和背景。她是我们周边一个地区地委副书记家的儿媳妇。这位副书记曾经给我打过几次电话，希望我适当地照顾一下他家的这个孩子。"

宋梓南笑道："我说呢，这个小丫头怎么就那么有恃无恐，原来还有你这位常务副市长在后头当保镖。"

周副市长忙说："没有没有。我前前后后接了她那位公爹三次电话，但还真没替他这个儿媳给任何人递过什么话，我甚至都没单独跟这个女孩打过照面，一直就这么含含糊糊应付着。"

宋梓南笑道:"你也没有断然拒绝过她的那位公爹?"

周副市长应道:"那当然了。她公爹所在的那个地区在电、水、煤、副食品供应和劳务输出等方面,对我们还是有很大支持的……我们不能断了自己的后路……"

宋梓南说道:"处分了他儿媳,他能卡我的电断我的水,阻止他山区的农民工到我这儿来打工,不再给我们供应蔬菜猪肉等副食品?"

周副市长说:"大面上当然不会这么干……"

宋梓南却苦笑着摇了摇头,长叹道:"也不一定啊,老周。如果这位公爹真想卡我们的电断我们的水阻止他山区的农民工到我深圳来,或者减少对我们的副食品供应,他还是有办法的,还是能把这种事干得非常冠冕堂皇,让你我无可奈何地像哑巴吃了黄连一样。"

周副市长说:"那……"

宋梓南沉吟了一下说:"老周,你知道那天晚上,你们都走了以后,那位国画大师刘海粟先生把我叫到他房间里又跟我说了一番什么话吗?他说他最近听说了不少关于我们深圳的议论,他非常担心。他觉得就算我们把深圳搞好了,国内也会有人说我们在走资本主义道路;假如我们把深圳搞糟了,那这些人更会说我们在复辟资本主义。反正有这么一顶大帽子在那里等着我们这一帮人……连这样一位不搞政治的艺术家都感受到我们面临的压力!我常常这么想,我们受命来建这个特区,实际上已经把身家性命全都押上了。为了这个党,为了我们这个国家这个民族,也为了你我的妻儿老小。"说到这里,他把语气特别地加重了:"老周啊,我们必须把特区的事情办好,绝不做半途而废的事,也不做一瓶子不满、半瓶子晃荡的事。要知道,除此以外,我们别无出路,也别无选择啊。"

说到这里,宋梓南动了真情,他的脸微微地涨红,两眼炯炯地湿润起来。他再次停顿了一下,平静了一下自己,然后紧紧抓住周副市长的胳膊,非常坚定地说道:"我们必须向那些境外愿意来投资,但又疑虑重重的商人企业家表明这样一个决心，不管是什么人，不管他是什么人的儿媳闺女大小孙子，还是七大姑八大姨，只要他妨碍了我们特区的改革开放事业，深圳市委市政府决不姑息，更不迁就。我们也要通过这件事，向所有到深圳来工作和打工的人表明，深圳决不向任何人提供旱涝保收的铁饭碗。社会主义也必须解雇那些不好好干活的劳动者，绝不养庸人和懒虫！只有这样，我们才能把这个特区办下去，并且把它办好！"

周副市长说："您放心，我一定处理好这档子事。"

宋梓南缓和了口气："当然，我们还是要妥善安置好这个小丫头。辞退以后，如果她还愿意留在深圳，我们可以在其他适合她的岗位上重新安置她。这种人际关系，还是以不要搞僵了为好。俗话说，不看僧面，也得看佛面啊。"

周副市长忙说："您放心，这个我会处理的……"

宋梓南又问："什么时候开个会专题研究那两万名基建工程兵的安置问题？人是收下了，现在看来，问题还是不小的啊。"

周副市长说："一会儿常委会上要定嘛。总在这一两天里吧。民政局正在进一步制订安置方案……"

宋梓南立即说："不行！这个安置方案，不是民政局一家能定得下来的。你让秦秘书长牵头，召集各委办局一把手，先行召开一次预备会议，拿出一个真正可行的安置方案，然后再提交常委会上来拍板。这两万官兵安置不好、用不好，就会成为我们这个年轻城市的一大麻烦，我们也没法向中央交代。但是安置好了用好了，就是一支难得的有生力量。你定下开会时间，一定通知我。"

周副市长笑道："当然要通知您啦，您是安置委员会当然的主任委员嘛。"

宋梓南忙说："啥当然？这个主任委员我不当，你当。"

周副市长说："您是书记，又是市长，这个主任委员的大名当然应该是您来顶。具体工作可以我们去做。"

宋梓南坚决地："不。今后政府方面的事，你老周要多出面多操盘。工程兵这件事，会议我参加，主委我肯定不当。但是，我过去说过的那句老话仍然管用：这个主委不管由谁来当，该我说的话我一定会说；该我做的事，我一定会做。出了问题，中央、省委要打屁股，肯定由我老宋脱了裤子上广州上北京去替你们挨板子。"

周副市长哈哈大笑起来："那好那好……"

42

傍晚时分。蛇口工业园区的临时指挥部办公室里。电话铃突然响了起来，是码头工地工程处按日常惯例向指挥部汇报当天工程的进度。接电话的秘书随手就把电话交给了每天汇总工程进度、编制当日"战报"的那个统计员，便去忙他自己的事去了。那个统计员也不急不忙地接过电话，一边从墙上拿下一摞表格，又从桌上一个用德国易拉罐空筒（当时国内还没有制作易拉罐的厂家）改制的笔筒里抽出一支削尖了的铅笔，这才对电话那边说道："报吧。好……好……好……"准备填写对方报来的各种数字。办公室里所有的工作人员早已习惯了这种工作流程。他们明白，自己只是整个工业园区这部大机器上的一个零部件。虽然对于外部世界来说，蛇口工业园区担负着整个中国经济改革的试验田任务，是一个充满着时代激情和革命性理想的伟大历史工程，但是对于他（她）们这些这部大机器上的"零部件"来说，需要的是精准和可靠。也就是说他（她）们得用他（她）们点点滴滴无处不在的"精准"和"可靠"来保证这"时代激情"和"革命性理想"的实现。这也是余涛平日里反复向他（她）们灌输的和要求的,也是这样来培训他(她)们和汰选他(她)们的。

汇总完当日工程进度,打印出"当日战报",呈送总指挥余涛和工业园区的其他领导,抄送市有关部门后,今天一天的工作就结束了。他(她)们就可以像往常那样下班了,回到租住的小屋里,和千千万万大学刚毕业,刚步入社会的年轻人一样,带着一点疲乏,带着一点点埋怨,再带着一点"心有不甘",再去做自己其他种种的人生之"梦"。

平凡,依然是这个伟大试验区日常生活的主调。

但,那天的傍晚,在那个年轻的统计员接听电话的两分钟后,这种平凡和单调,却被一声尖叫声,准确点说,是惊叫声暂时地打破了。发出这惊叫声的就是那个统计员。

"什么?"他大叫了一声,好像有人在电话里告诉他,他突然被提拔起来当了副总指挥似的,"你再说一遍。你说清楚了。今天人均推多少车土?说慢一点。多少车?五十八车?你没开玩笑吧?昨天你们人均还只有二十六车,今天怎么就五十八车了?是车变小了,还是土变轻了?"

码头工程处报战况的同志回答道:"谁跟你说是车变小了,土变轻了?车,还是原来的车;土,还是原来的土。不过,今天的平均工效确确实实是五十八车。最多的推了九十四车。"

那个统计员用最快的速度抄收完战况,都来不及打印,拿着抄收下来的当日战况草稿,就向余涛的办公室冲去:"喜讯,特大喜讯……"

余涛的秘书忙冲他做了个手势,让他噤声。

那个统计员仍然控制不住地:"特大喜讯啊……"

余涛的秘书再一次向他做了个严厉的噤声手势。

那个统计员这才冷静下来了。

只听余涛在里屋用很大的嗓门在说话,好像是在跟谁吵架似的:"这些情况我已经向你通报过不止一次了,但是问题还是得不到解决嘛!我们希望得到这几个方面的审批权,比如说户口审批权、边防证发放权、物资进口的批准权和成立企业的审批权等等。这些都是为了简化行政审批程序，加速蛇口工业园区的建设。完全不是像有些人挑拨的那样，我们蛇口工业园区想要脱离深圳市委的领导，搞什么独立。市里的同志应该信任我们嘛……"

余涛这是在和宋梓南通话。他大声地在为自己申辩，也在为蛇口工业园区申辩。不管是谁，只要他想在某地的某个领域里实行一系列的改革，就需要在某些方面获得某种独立的处置权。太多的"婆婆"，事必请示，每事务必征得多数上司点头才能实行，改革就一定搞不成。中央在全国推行改革开放方针，之所以下决心要先搞几个"特区"，并且给这些特区一定的特殊政策，用意也就是在于"放手让他们试一试"。但是，如何处置好蛇口和深圳两个试点地之间的关系，确实是个相当微妙的问题。余涛既要为蛇口争取必要的独立处置权，大力推进蛇口的开发开放，但又不能造成"无视深圳市委领导"的印象。其实，同样的"痛苦"也在煎熬着宋梓南，他也时常会受到人们"无视广东省委领导"的指责。

"梓南同志，我们能不能见面谈一下？"余涛慎重地建议道。

"可以啊，老余，我们见面谈一下，好好交换一下意见。但是我有个小小的请求，见面时，你能不能把嗓门放得小一点啊？经验告诉我们，嗓门大并不一定代表拥有真理。"宋梓南笑道。余涛也笑道："但经验同样告诉我们，嗓门小，也不一定就代表拥有真理。所以你就别计较我的嗓门大小了。解决问题吧！如果你允许，我马上就过去见你。"得到宋梓南的同意，余涛便匆匆走出办公室，准备驱车到市里去见宋梓南。他一出门，那个统计员忙迎了上去，把刚抄收到的当日工程进度递了过去："余董，今天的工程战报……"

余涛因为心里还在想着去市里怎么跟宋梓南沟通的事，就没把统计员递过来的战报太当一回事，接过来后，只是很随便地浏览了几个最主要的数字，就把战报交给了秘书。

那个统计员忙说："余董……"

余涛问："还有什么事？"

统计员说："工地上出了大事了……"

余涛继续向外走去："又是什么大事？"

统计员紧紧地跟着："完全不可想象，今天工地上的平均工效一下提高两三倍……"

这句话打动了余涛。他的脚步一下放慢了，回过头来瞟了那个统计员一眼。

那个统计员兴奋地说道："真是难以想象，人均推土五十八车，最多的一个工人居然推了九十四车。完全没法想象啊。"

余涛这一下站住了，定定地看着那个统计员："人均推土五十八车？你再说一遍。"

那个统计员从余涛的秘书手里把那份战报拿了过去，重新递给余涛："这是刚抄收的今日战报，今天他们人均推土五十八车，最多的推了九十四车。平均工效一下提高了两至三倍。"

余涛立即从统计员手里拿过战报，仔细审看了一遍，回头吩咐秘书："马上给我接工地指挥部。"一边说，一边扭头就向办公室走去。他要立即核实这个数字。如果这个数字真实的话，那么，可以认为，码头工地上爆炸了一颗他余涛早已在期待的"原子弹"。

一回到办公室里，余涛就拨通了工地指挥部的电话："你们今天报的平均工效数属实吗？"

接电话的是工地指挥："属实，当然属实。给您余董谎报军情，我们还想不想在这儿干了？"

余涛犹豫了一下，觉得这件事里一定有什么名堂，他必须亲自到工地上去核实才行，便对那个工地指挥说："你们都别离开那儿，在工程处办公室等着我。我马上到。"放下电话后，马上又吩咐秘书："你给我要市委宋书记。"

秘书立刻拨通了市委书记办公室。

余涛接过电话，对宋梓南说："梓南同志吗？我是余涛。对不起，工地上突然出了一点事情。对，非常紧急的事。今天晚上我去不了了。改个日子吧。"

余涛赶到码头工程处办公室，在场的人都一下站了起来。余涛也不说让他们坐下，只是扫视了他们一眼，便问："说说，怎么回事？工效一下提高二至三倍，你们这个闷葫芦里到底在卖的什么药？"

工程处的一个领导高兴地说道："统计数字绝对是真实的……"

余涛拧着眉毛问道："别心虚！没人说你们这个数字不真实。但你们得告诉我，这个天方夜谭的事情是怎么发生的？昨天平均每人还只搞了二十六车，今天一下就提高到五十八车。是吃了兴奋剂，还是怎么的？"

几个工程处的领导互相看了一眼。一位主要领导说："应该说，五天来，每天的情况都是如此……不只是今天才这样……"

余涛一听，来气了："五天来每天平均都是五十八车，那你们是怎么报的？"

工程处的另一位领导："前四天我们没敢报……"

余涛的眉毛又一拧："没敢报，什么意思？"

工程处的另一位领导："当时工效一下提高那么多，我们自己都非常吃惊，不敢相信这是真的。派人去核实，自己也去核实。甚至一个一个工人地去核对数字。都没错。可总是有点不敢相信。想着再看一看，这样的高工效能不能持续出现。如果只是偶然一两次，那就算了……"

余涛渐渐兴奋起来："这么说，五天来，工效一直保持着这么个高水平？"

工程处的一位领导说："严格说起来，应该是每天都略有提高。第一天的平均数是五十二车。后来是五十三车，五十五车……今天一下提高

272

到五十八车。"

余涛忙问："什么原因？"

几个领导再一次面面相觑，似乎有点不敢作声。

余涛着急地："说啊，什么原因？"

那个主要领导先给余涛端过一杯茶来："您先别着急上火……坐下，喝口茶……"

余涛："别给我来这套！快说！"

那个主要领导微微一笑道："您要这样，那我们就更不敢说了。"

余涛质疑地："你们另外又雇用了一些民工？人家是吃空额，你们是吃余额了？"

那个主要领导赶紧摇摇头："没有没有。干活的还是那些个工人。"

余涛再问："延长了工作时间？"

那个主要领导说："现在工作时间不由我们来定。"

余涛不解地："什么叫'现在工作时间不由我们来定'？"

那个主要领导说："啥时候开工，啥时候收工，现在不用我们这些当领导的说话了。"

余涛一愣："你们到底跟我在玩啥呢？快说！"

另一个领导："上个星期，工地上有个小队长来找我们，说要跟我们商量个事。他说工人们都愿意加快工程进度，他们也有那个力气每人每天再多推几车土。但是这小队长说，不能让工人白白地多干活，按社会主义多劳多得的原则，也不应该让他们白干。再说，这也快过年了，工人们都想多挣几元钱，给家里办点年货，顺便也给孩子们挣一点下学期的学费。这个小队长建议，如果工人们在完成原先的定额以后，每多推一车土，就多给他们几分钱作为奖励，这件事就把掐把拿准能办成。"

余涛问："你们答应了？"

几位领导都不作声了。

余涛一拍桌子："你们到底答应了没有？"

那个主要领导蔫蔫地说："如果您要批评我们违反政策，这件事主要责任在我。最后是我拍板的……"

其他的领导七嘴八舌一起上前来解释："这件事是我们集体研究定的。要处分，就处分我们大家。"

那个主要领导说："您老批评我们工效一直上不去，大家都特着急。我们知道这个码头工程是我们整个蛇口工业园区的龙头工程，我们真不能拖了整个工业区的后腿。我们也知道我们不应该搞物质刺激。但是各种办法都用过了，工效就是提不起来，实在没辙了……"

余涛忙问："每车土多给多少钱？四分钱？"

那个主要领导忙说："不是每车土都多给四分，是超额以后，每多推一车，再多给四分钱。"

余涛不说话了，突然一下坐了下来，好长时间不作声，只是怔怔地看着工程处这几个领导。工程处的那几位领导也都怯怯地看着他。一时间从余涛那略显沧桑黧黑又粗糙多皱的脸上看不出此时此刻的喜怒表情来。从他那不动声色的神情上，完全看不出这位老资格的老领导到底怎么判定他们做的这档子事。过了好大一会儿，只见余涛突然从椅子上站了起来，笑着吼道："你们这帮家伙，这么好一档事，生生瞒了我五天。快，给我详细说说，到底怎么折腾出这四分钱奖金的点子来的。"

在场所有的人这才松了一大口气，才一五一十地把事情前后过程向余涛做了比较详细的汇报。说这个四分钱奖金的点子最早出自一个上这工地上来打工的小伙子。

余涛忙问："这小伙子叫啥？"

那个主要领导回过头去问身边的那些干部："小伙子是叫冯宁吧？"

那几个领导纷纷点着头："对，就叫冯宁。没错。"

43

消息传开，所引起的反应，却完全出乎余涛的意料。方方面面来了好几个调查组来调查这档子"四分钱奖金"的"案子"。蛇口工业园区临时指挥部的院子里，一时间竟然人满为患，车满为患。余涛只能决定让这些怀着不同的目的和动机来调查此事的"检查组""调查组"和"考察组"一起来听他们的汇报，这样既省了他们自己反复做同样的事情，也避免万一在对不同的调查组汇报时说的不一样，产生误导，引起误会。

那天，所有的调查组都集合在工业园区临时指挥部的会议室里。余涛亲自在会议室门口迎接这些从上面来的调查大员。很快会议室就爆满了。秘书们还在继续往里搬椅子。虽然会议还没开始，但与会的人神情都比较严肃，也没有人随便交头接耳。整个会议室里的气氛显得异常的紧张。那时候，毕竟全国上下都还在提倡"铁人精神""无私奉献"。虽然许多地方已经在考虑"奖金"的问题，但是在这个"社会主义的奖金"到底怎么发，发多少，发放奖金会产生什么弊病，如何防止物质刺激带来的副作用等问题上，争论是空前的，也是极其激烈的。

余涛看看人员都到得差不多了，便去请示一位级别最高的调查组的组长："可以开始汇报了吗？"

那个领导同志谦和地说道："再等一会儿吧，好像省计经委的调查组还没到呢。等等他们吧，一起听你们的汇报。"

余涛点点头道："好吧。"

这时，在蛇口码头工地工人住的工棚里，由于是白天，绝大部分工人都出工去了，工棚里就显得空空荡荡的，只有两三个病号半躺半靠着，凑在一起打扑克。

一个机关干部模样的人匆匆走了进来，问："冯宁呢？你们见冯宁了么?"

一个病号说道:"他又不是病号,这时候能在这儿待着吗?"

另一个病号说道:"你得上工地上去找啊。"

那个机关干部说:"我们去过工地了。工地上的人说他回这儿来了。"

那个病号往床铺上一躺,说道:"那你愿意,就找吧……"

那个机关干部推了他一把:"喂喂喂,别死样怪气的,快说,到底见到他没有。"

另一个病号说:"你这人真怪! 死乞白赖跟我们要冯宁。你把冯宁交给我们了吗?"

那个机关干部无奈地:"行行行,我没把冯宁交给你们。"说着,急匆匆又向外找去了。

派人来找冯宁的是码头工程处的领导。其实这时候,工程处的另一个领导怀着同样的目的,正在工地的那两棵歪脖子大树后头,和冯宁谈着话哩。

冯宁说:"这一点,请你们放心,这个四分钱的馊点子是我出的。到啥时候我都不会赖账。追查下来,该杀该剐,都由我去扛着。"

工地工程处的那个领导说:"好小子,别说傻话了。你扛着? 你以为这四分钱事小? 擅自改变社会主义劳动付酬方式,大搞物质刺激,只要有人存心要上咱们这儿来抓个反面典型,随随便便那么一上纲一上线,他们就能在这四分钱里搅出一场震动全国的腥风血雨来……"

冯宁说:"我不就是个小小打工仔吗,他们还能在我这粒芝麻里头榨出多少油?"

那个领导说:"存心上这儿来抓反面典型,当然不会是冲着你冯宁啊。"

冯宁疑惑地:"那还能冲着谁?"

那个领导说:"冲着咱们蛇口工业区,冲着余董,冲着深圳特区,再往上就冲着邓小平胡耀邦和……"

冯宁："可这个点子是我出的呀。"

那个领导反问："当年包产到户这个点子是刘少奇出的吗？不是。可是最后打倒的是谁？还是刘少奇啊。这就是政治。小伙子，你不懂！"

冯宁愣住了。他的确不懂。

那个领导又说："再说，小伙子，你还嫩着哩，没有经历过这种场面，也没对付政治审查的经验。你想去死扛，就一定能扛住了？万一你扛不住，再把咱们全都供出去了，这事还就真没法收场了。想想你老爹的下场吧。他当时不就是帮着买了一点计划外的化肥，又搞了一点长途运输？他应该还算是经历过大风大浪的。但结果呢？只要把你往那场面上一搁，几轮下来，扛得住吗？"

冯宁心里一紧："您的意思是希望我赶紧消失？只要我这个出馊主意的人不见了，啥事也就没了？"

那个领导说："那当然啦。你想啊，你不在了，那些调查组工作组还去追谁？整个事件因此就成了下边自发闹出来的。自古以来，法不责众。这事也就会不了了之。"

冯宁想了想，定定地看了那个领导一眼，突然问道："你们……你们不会……不会为了保自己的乌纱帽，杀我灭口吧？"

那个领导非常生气地揪住冯宁的耳朵用力拧了一下："你小子说啥呢？！"

在工业区临时指挥部会议室里，最后一个调查组也来了。会议室里真的是满满腾腾，再也挤不进一个人了。那个级别最高的调查组领导点头示意余涛，可以开始汇报了。余涛拿起一份汇报提纲说："各位领导，各级调查组工作组的同志们，欢迎你们来我们蛇口工业园区检查指导工作。关于这次四分钱奖励事件……"余涛的秘书走了进来，走到余涛身后，附耳悄悄对余涛说了句什么。余涛立即对在场的那位最高领导说："对不起，要稍稍耽搁几分钟，有一点急事，我去去就来。"

找余涛的是工程处那个刚找冯宁谈话的领导。因为成功劝说冯宁"主动消失"，特地来告诉余涛一声。他觉得，如果知道冯宁已经"消失"了，余涛今天面对这些调查组，会从容和超脱许多。

"我们已经把那个小伙子安顿好了……"工程处的那个领导在会议室门外的走廊里这样对余涛说道。

余涛问："哪个小伙子？"

那个领导说："就是出这个'四分钱奖金'点子的小伙子，冯宁。"

余涛一愣："安顿？你们怎么安顿人家来着？"

那个领导说："让他赶紧离开我们工业园区。"

余涛果然是老到，他马上猜到工程处领导这么做的用意了："这样我们就可以把所有的责任全推到这个小青年头上去了，对不？"

那个领导应道："您看，一下子来了这么多调查组和工作组，这架势……我们总不能硬扛……"

余涛一下瞪大了眼睛，斥责道："糊涂！你马上把这个小青年给我找回来！"

那个领导还想辩解什么："这……"

余涛说："如果有人真要收拾咱们，你藏起一个冯宁，就躲得过了？头脑怎么这么简单？你们这样做，反而把事情搞复杂了。快去把这小伙子给我找回来！"

工程处的领导只得再次派人去寻找冯宁。但这一次，他们找遍了整个工地，也没有找到冯宁。最后，找到他原先住的那个工棚时，工友说："他刚回来，取了一点自己的东西走了。"工作人员忙问："他说他去哪儿了。"那个工友说："他啥都没说。"另一个病号却问："今天你们这些当官的都咋了，都在找冯宁。这小子出啥事了？"那个工作人员匆匆说了句："没出啥事。"就赶紧转身走了。

冯宁没有马上离开深圳。他没觉得自己出的这个"四分钱奖金"的点子，有多么的了不起，但也不想由此连累工业园区的领导。在蛇口待的不多的时日里，他明显地感觉到，这小小的蛇口，的确有它与众不同之处。到底有什么与众不同，他也说不太清楚。只是觉得，汇集到蛇口来的这些年轻人一个个似乎活得更痛快些，更少精神包袱。虽然绝大多数来蛇口和深圳的年轻人，在相当长的一段时间都会"睡地下室"，"挤在合租房里"，有实在没办法的，就只好睡人行道。但他们似乎还是"乐此不疲"，炯炯地寻找着应该属于他们的什么"东西"……在深圳闲逛了两天，他决定还是先回东阳去过渡一下。他准备坐长途汽车走。这样要便宜一点，半道上还可到一个老战友那儿看一看。

　　一走进深圳长途汽车站停车场，就见一派极其忙碌的景象。一辆辆浑身沾满灰土的巴士驰进停车场。一批又一批来深圳"闯天下"的年轻人扛着大包小包的行李，走下车。停车场周围满是各企业各公司设立的招聘摊位。这些摊位前也挤满了那些刚到深圳的年轻人。大大小小的牌子上写着"急需电工十名，清洁工十五名，月薪面议"，"急需餐厅领班、配菜工、服务员多名，包吃包住，月薪面议"，这种在某些人看来，属于"乱糟糟"的社会景象，那时候，在冯宁那样的年轻人看来，恰恰是充满了活力和吸引力的。在这些所有的"乱糟糟"中，他们看到了机会和希望。

　　冯宁带着他那简单的行李刚要走进售票大厅，却看到蛇口工业区工程处的两个工作人员从售票大厅里走了出来。他们真是来寻找冯宁的。两天来，没有找到冯宁，余涛非常生气。工程处的同志非常不理解，余董为什么非要找到这个冯宁。既然是余董非要找到冯宁，他们就必须去拼命地找。为此，他们不无焦虑、满脸愁容。看到他们在售票大厅门口四处张望，冯宁赶紧向一旁躲去。工程处的那两个工作人员张望了一下，没发现冯宁，便不免有些怏怏地向出站口走去了。

　　冯宁躲到一个大排档那里，再回头看时，已经看不到那两个工作人员了，他这才松了一口气。这时，他觉得有点饿了，便在大排档里找了个座位。刚坐下，抬头一看，工程处的那两个工作人员也向这个大排档走来了。他赶紧起身离开。

冯宁走出停车场，快快地走进一条杂乱的小巷子里。他一直向前走着。但是忽然间，他听到身后有脚步声跟着，但又不敢转过身去探查，只能加快脚步。但是无论他怎么加快脚步走，那身后的脚步声却总是不远不近地跟在他后头。他犹豫了一下，想确认一下，身后的这脚步声是不是真的在跟踪自己。便走到不远处一个小杂货店前，站下了，装着要买一瓶矿泉水。让他吃惊的是，当他停下时，那脚步声居然也停下了。

买了矿泉水，他重新走动起来时，那脚步声也再一次响了起来。冯宁有点骇异了，困惑了。现在可以认定，这脚步声确实是冲着他来的。但是，谁会在这里跟踪他呢？肯定不会是工程处的那两个工作人员。因为如果是他们，早就叫住他了。不是工程处的人，又会是谁呢？在深圳，他没有别的熟人啊。他站了下来，想了一想，不管怎么样，觉得必须搞清楚身后这个人到底是谁，就算是工程处的人，他也得正面去面对他们。到底多大一件事啊，要把人折腾成这样？！这样想定后，冯宁便攥紧了手中的矿泉水瓶，屏住一口气，突然转过身去。

放眼一看，冯宁呆住了。

一直跟在他身后的，竟然是一个挺清秀的女孩，大概十六七岁的样子。怎么可能是她呢？她干吗要跟着自己呢？他忙四下里又去张望了一下，想找到另一个人，或两个人，但是，身后除了那女孩便再无别人了。这一下，冯宁真的困惑了。一个十六七岁的女孩为什么要跟踪他？兴许是偶然同路的吧，自己多心了。在再次打量了那个女孩一眼后，冯宁转过身朝前走去。

没想到的是，这个女孩居然追了过来。那个女孩走到冯宁面前，红着脸，鼓起勇气问："对不起……我……我……能跟你打听一个人吗？"

冯宁忙站住："打听人？对不起，我在深圳不认识任何人。"

那个女孩忙说："你……你……你是不是当过解放军？"

冯宁略有些警觉起来："怎么了？"

那个女孩说："你们部队……有一回路过一个车站，有许多穷孩子向你们要饭吃……"

冯宁依然警觉地反问："干吗？"

那个女孩说："你是那一列火车上的解放军叔叔吗？"

冯宁刚想回答，看到工程处的那两个工作人员突然出现在这条小巷子的巷口，便忙对那女孩说："对不起……没时间跟你说这些了……别跟着我……别跟着了……快走开……"说着便赶紧转身走去。但刚走了几步，就发现这条巷子竟然是个死巷子。而那个女孩又傻傻地不肯离开。

工程处的那两个人却越走越近了。

他四下里一看，忙走进近处的一个门洞，拼命地向那个女孩使眼色，让她走开。但那女孩却好像看不懂他的暗示似的，仍然呆呆地站在他身前。

工程处的人真的越走越近了。

他忙把那个女孩拉进了门洞。

女孩惊恐地挣扎。冯宁低声地："别动。我没别的意思。有人在跟踪我。别动。"

工程处的那两个工作人员走过这门洞时，回过头来看了一眼，因为有那个女孩挡着，他们就没能看到冯宁，只看到那里有一男一女两个年轻人，以为是在谈情说爱，便只是会意地笑了一笑，大步走了过去。

44

在方方面面的调查组云集深圳的第二天下午，蛇口就接到市里的一个通知，要他们立即停止实行那个"四分钱奖励制"。

一个小时后，工业园区政策研究部的两位主任匆匆走进余涛的办公室，十分不理解地问余涛："为什么要下令停止实行新的奖励制度？实际效果那么好……"

余涛僵坐在靠背椅上，绷着个脸，不作声。

那个主任说："你总得说出一个能说服人的理由……"

余涛突然冒出一句话："别犯书呆子毛病了，啥理由不理由，叫你停就停。"

那个主任还想争辩："可是……"

余涛已经不想再跟那个主任多说什么了，一起身，就向门外走去。

他的专车正在门外等着他。不大一会儿，专车载着他，就到了市委市政府大楼前了。

走进宋梓南办公室，宋梓南已经在那儿等着他了。宋梓南忙起身握着余涛的手，说了句实话："稀客。少见啊。"

余涛不想笑，生硬地应了句："甭管是稀客还是稠客，少见还是多见，反正我今天来就是要你宋书记一句话。"

宋梓南笑道："别着急嘛，坐下慢慢说。想喝什么茶，乌龙、铁观音，还是云雾毛尖？哦，我想起来了，余董是有点崇洋的，不爱喝茶，爱喝咖啡。"

余涛挥挥手："你啥也不用折腾，我一会儿就去广州。"

宋梓南明知故问道："交通部在广州有活动？"

余涛说道："书记同志，咱们就别兜圈子了。前两天你没派人到蛇口来跟着那帮人一起折腾我，我感激不尽，可是今天一早，我办公室的同志告诉我，昨天晚上，市里有关部门下了个通知，让我们立即停止在蛇口码头工程工地上试行新的奖罚措施，一切都回到老的轨道上去……"

宋梓南问："停了吗？"

余涛冷笑道:"君要臣死,臣不得不死;父要子亡,子哪敢不亡? 这不是咱这伟大祖国千古不变的光荣传统吗? "

宋梓南说:"余涛同志,你言重了。"

余涛说:"可……可……这难道不是两千年来我们所共同经历、经受的事实吗? "

宋梓南问:"现在工地上的情况怎么样? "

余涛哼了一声:"怎么样? 完全跟预料的一样,今天上午工效直线往下降,估计到今天晚间,总的平均工效,将比前天下降百分之一百二十。到明后天,情况会更糟糕。"说到这里,他激动地一下站了起来,继续说道:"我们的新奖罚制度只是在工人完成当日的定额以后,每一车奖励两分钱。超额以后再干的,每一车才奖励四分钱。多推一车土,多给四分钱,可怜的四分钱,可是实行这个制度后,工人日均推土量从过去的二十至三十车,一下提高到五十至六十车。最多的一天,已经能推到一百车了。我们计算了一下,这样的话,工期能提前两个月,能为国家多创造价值一百三十万元。而多发的奖金数只不过是两万六千元。我们用两万六千元给国家换来了一百三十万元的价值。这样的生意都不想做? 这些掌握政策的人心里到底在想啥呢? 说中央有规定,必须刹住滥发奖金之风,什么叫滥发? 发了奖金,不能创造更多的价值,这才是滥发。如果你发给他一分钱,他能给你创造一毛钱一元钱,甚至十元钱一百元钱的价值,这样的奖金为什么要限制? 为了少发给工人一粒芝麻的奖金,宁可让国家损失十个一百个西瓜。宁可守着那些过时了的规章制度拿钱去买棺材,也不愿意让别人突破一下拿钱去治病。这就是我们现在一些人的毛病! 书记大人,我说得不对吗? "

宋梓南沉稳地问:"工效变化有书面统计数字吗? "

余涛又哼了一声:"当然有啊。"掏出一张表格递给宋梓南。

宋梓南仔细地看了看:"这还是今天上午的数字。"

余涛问：“想要今天全天的情况？方便。我能用一下你的电话吗？”

宋梓南立即做了个“请便”的手势。

余涛立即走到宋梓南的办公桌前，拿起电话，拨了个号码，然后对电话说：“我是余涛。码头工地今天的战况统计什么时间能出来？”

指挥部的那个统计在电话里答道：“总得下午五点半左右吧。”

余涛问：“最早能几点出来？”

那个统计答道：“最早也得五点才能出来。再早，就不能反映全天的情况了。”

余涛拿着电话犹豫了一下：“那好吧。如果我等不到五点就去了广州，你们把今天当日的工程进度战报送一份给市里的宋书记。直接送到他办公室，交到他本人手里。他本人不在，就交给他秘书。”

统计连连答应道：“行行行。”

等余涛放下电话，宋梓南却对余涛说：“你就别去广州了。”

余涛斩钉截铁地：“不行。我不仅要去广州，还要去北京，中南海。”

宋梓南说：“你不就是要解决这四分钱的奖金问题吗？”

余涛说：“你这儿解决不了我的问题。”

宋梓南说：“何以见得？”

余涛说：“就是你市里的有关部门叫停我这个奖励制度的。”

宋梓南：“我已经批评市里叫停你们这个奖罚新制度的有关部门领导。”

余涛马上说：“我已经了解过了，这件事的根子还不在你们市里，甚至都不在省里。是最高方面的有关部门发了指令。反正我一级一级地找。实在不行，就去找总书记，再不行，就直接去找小平同志。既然允许我们蛇口搞试点，那就放开我们的手脚嘛。用你当初说过的一句话，搞错了，杀我的头。可是你不能不让我搞不让我试啊。中国再这么墨守成规下去，真没法救了。”

宋梓南说："我同意你的看法,这个四分钱是个大事。但我觉得,现在就去闯中南海,好像还早了点。"说到这里,他看见余涛的手一直还没离开电话机,便对余涛笑道："能把你的尊手离开一下电话吗?"

余涛醒悟似的忙缩回手。

宋梓南拿起电话,按了一个按钮："小马,让唐大记者上我这儿来一下。"

不一会儿,唐惠年便走了进来。宋梓南向唐惠年介绍道："余涛。"唐惠年忙上前握手："久仰久仰。我去蛇口采访过您。余董是大忙人,可能不记得了。"余涛一边追忆着,一边礼节性地握着唐惠年的手。宋梓南赶紧向余涛介绍："这位是人民日报驻我省记者站的军事记者,赫赫有名的大记者唐惠年。"这一下,余涛立即热情起来了:"哦,唐惠年,知道知道。几十万边民逃港事件给中央上过磕头帖的大记者,久仰久仰。你们这些记者啊,的确不能只说好话,只说上边爱听的话,得报一点实情。"唐惠年笑道:"我现在改行了,不跑军事口,改跑经济口了。"余涛笑道:"哦,也下海了?"唐惠年笑道:"是的是的,也算是下海了,赶个时髦吧。"

余涛转过身来对宋梓南说道:"你是想请唐大记者捅一篇内参上去?"

宋梓南点点头道:"英雄所见略同!"

余涛用力挥了一下手说道:"好!这个点子好!"马上转身对唐惠年:"你需要什么材料、数据,我负责供给。要什么给什么。"

宋梓南笑道:"那当然得由你余涛负责供给啦。你余涛不供给,谁供给?"

宋梓南、余涛和唐惠年共同策划的这份内参,很快就送到了中南海。那天晚上,谷牧副总理还在办公室召开一个小型会议,桌上那部很醒目的红色电话机突然响了起来。谷牧立即对那些与会的同志低声地说:"各位稍等一下,中央领导的电话。"他拿起电话。果然是耀邦同志打来的。

耀邦同志先问："谷牧同志，没打扰你休息吧？"

谷牧忙答："没有没有。我们正在开个小会。总书记，您有什么吩咐？"

胡耀邦说道："几分钟前，我批了新华社一个关于蛇口码头由于停止实行奖励制度而延误工程进度的内参，请你看到后，立即过问一下此事。我记得中央讨论奖金问题时，并没有哪位同志赞成奖金额不得超过一个半月到两个月工资额的硬性规定。为什么我们有些部门要死守住以往的老规矩办事，而且还办得这么积极？看来，我们有些部门并不是在搞真正的改革，仍然依靠做规定发号令过日子。这怎么搞'四个现代化'呢？请你顺便在财经领导小组例会上提一提这件事。这个问题值得引起我们整个工交财贸战线上的同志们重视。"

放下电话后，谷牧对与会的同志说了声"请各位再稍稍等一下"，便马上走到外间，问秘书："有个批给我处理的新华社内参，中办转过来了吗？"

秘书查看了一下收发文登记簿："还没有。"

谷牧说："你马上去取一下。总书记刚才打电话来催问这件事了。"

到散会时，秘书已经把那份有总书记批示的内参取了回来。谷牧很快看完了那篇内参，又认真地读了总书记的批示，拿起红笔，沉吟了一下，准备下笔圈阅，但想了一想，重新拿起那篇内参，又看了一遍，这才很快作了批示，交给秘书："马上送国家进出口管理委员会。"当时，特区建设的许多工作，在国务院，分工由国家进出口委员会来负责处理。

秘书一边回答："好的。"一边拿起那份批件就要走。

谷牧笑道："我还没说完哩。是不是困了，有点迷糊了？"这时已经是凌晨两点来钟了。

秘书略略红起脸："没有没有……"

谷牧说："找一下进出口管委会的江副主任，如果他还在办公室，请他接个电话。"

秘书一想，这时候江副主任很可能已经不在办公室了，便问："要是不在办公室，已经回家了呢？"

谷牧稍稍犹豫了一下："那也得找到他。"

江副主任居然还没离开办公室。

"江副主任吗？深圳蛇口那边又出了点事啊。"谷牧说道。

"蛇口的事，我已经知道了。余涛天黑前给我打了个电话，慷慨激昂地说了一个多小时。这个余涛真应该去搞宣传工作，说话很有煽动性，很有激情，也有一定的理论高度。"进出口委员会的江副主任说道。

谷牧说："总书记非常关心深圳蛇口改革的进度，对我们一些同志仍然用老的规章制度制约深圳和蛇口，很不满意，把这个问题提到了是不是真心在搞改革，想不想把'四个现代化'建设扎扎实实进行下去的高度来认识。我想请你亲自去处理一下。总的方针就是，既然在深圳蛇口实行特殊政策，那么，某些部门的某些规定在深圳蛇口就可以不实行。如果同意这个方针，也请通知他们省里。"

江副主任立即答道："好的。"

谷牧又嘱咐："要快。"

江副主任笑道："一定尽快落实总书记的批示。要不，余涛他天天往我那儿打电话，我也受不了啊！"

谷牧说道："我马上派人把总书记的批示和那份新华社内参给你送去。"

这时，在蛇口工业园区临时指挥部的那个小会议室里，灯火通明。但会议室里并没有更多的人，空荡荡地只坐着冯宁。不一会儿，余涛在几个工作人员的陪同下，走了进来。冯宁忙不好意思地站了起来。余涛微笑着打量了一下冯宁，然后回过头来问那几个工作人员："你们在哪儿找到他的？"一个工作人员笑道："真费了我们牛劲了。你让他自己说说，怎么跟我们捉迷藏来着！"

余涛笑着冲那几个工作人员挥了下手,示意他们可以走了。那几个工作人员立刻走了。

余涛走到冯宁面前坐了下来,问:"冯宁?"

冯宁忙站了起来:"是的。"

余涛看了一眼手上的资料:"二马冯?列宁的宁?"

冯宁答道:"是的。"

余涛做了个手势,示意冯宁坐下,又问:"退伍军人?"

冯宁:"是的……"

余涛:"你给我们工业区捅了个大娄子,还惊动了中央主要领导。"

冯宁惶惶地:"对不起……"

余涛哈哈大笑道:"别对不起呀。我要重奖你。"

冯宁一愣:"重奖,我经受不起。别赶我走就行了……"

余涛:"啥意思?不相信我会重奖你?"

冯宁默不作声。

余涛:"怎么回事?"

冯宁仍然不作声。

第二天,余涛把几个工作人员都找了来,问:"你们昨天找到这个小青年时,对他动粗了?"

一个工作人员说:"怎么可能嘛!当时我们瞅见他搂着一个小女孩在一个居民楼的门洞里亲热哩,都没敢打扰他俩。足足等了有十来分钟,等他俩完事了,走出门洞了,才上去叫住他的。"

余涛问:"真的没对他来硬的?"

那个工作人员说:"您跟乔部长下的任务是一定要找到他,把他请到您这儿来。乔部长也是这么给我们下的任务,把他请到您这儿来。我们再没水平,'请'这个字还是听得懂的嘛。既然是'请',我们还能怎么他了?"

这时，另一个工作人员匆匆跑了进来，气喘吁吁地报告道："冯宁这小子跑了！"

余涛一惊："跑了？怎么又让他跑了？"

那个工作人员说："昨天晚上您跟他谈过后，我们就按您的意思，给他在工业园区招待所开了个房间，说好今天上午十点，再陪他过来一起见您的。可是，刚才上他房间去一看，他已经不在了，他临走时，把房门钥匙都交前台了，也没留任何话……"

余涛非常生气地："你们当时到底是怎么跟那个年轻人谈的？"

工程处的一个领导："我们劝他暂时离开蛇口……"

余涛："让他离开蛇口？为什么？"

工程处的那个领导欲言又止。

余涛："说呀！"

工程处的那个领导说："当时我们认为，那个'四分钱'的点子是他出的。他走了，上头就没法追究下去了……"

余涛哭笑不得地："他一个年轻打工仔，不管出什么样的点子，没有我们这些手握大权的人点头，批准，这个点子能在全工地推广实行吗？点子是他出的，但责任在我们这些人身上。上面开始追究了，你们就把责任全都推到他一个年轻打工仔头上去了，怎么都那么聪明，那么会当官呢？"

工程处的领导都不作声了。

余涛非常生气地："这事传出去了，外边的人会怎么看咱们蛇口，啊？谁还敢到咱蛇口来？就是来了，谁还愿意替咱们出新点子？谁都不出新点子，谁都按老框框老条条做事，咱们这个蛇口还搞什么试验，搞什么改革？还有存在的必要吗？出这么一点事就赶紧把责任往下面推、往老百姓身上推，眼睛里只有自己头上这顶乌纱帽，为了这顶乌纱帽，可以不择手段，甚至可以忽略和伤害老百姓应该享有的权利。这符合中央的要求和小平同志的思想吗？这种事情绝对不允许再发生在蛇口！"

工程处的一个领导慌忙应道："我们马上派人去找他……"

但这时，冯宁已经上了巴士。他没有买到座票，就站在车门附近。挤满旅客的巴士车缓缓地驶出了车站大门。前面的公路似乎漫无尽头。车里的人昏昏欲睡。冯宁也有些瞌睡了。但因为无依无靠，他不敢真正睡过去，只能一手抓住车门把手，偶尔地打个盹。这时，在他旁边座位上坐着的一个年轻母亲从随身带着的旅行包里掏出一包食品给孩子吃，然后就随手把包食品的报纸扔在了地上。

报纸飘飘然落在了冯宁脚旁。

瞌睡中的冯宁当然不会在意这张并不完整的旧报纸。但是不经意间，他忽然看到报纸上有这样一个大标题："工程处总结改进劳动付酬方法，余涛董事长在大会上勇做自我批评。"

一下子，瞌睡醒了，他忙弯下腰去捡起这张报纸。在字里行间，他竟然多次看到自己的名字"冯宁"，并且还看到了这样一段文字："工程处的同志现在急切地想找到这个叫冯宁的年轻人，要表彰他这种一切从实际出发，敢闯敢突破敢创新的改革精神。"

冯宁震惊了。他呆住了。他拿起报纸向司机走去。他想下车。他对司机说："师傅，您能停一下车吗？我有东西落在车站了。"

司机瞥了他一眼："回车站去取东西？我可没法等你！"

冯宁忙说："不用您等。不用……您只要停一下车就行了。"

蛇口工业园区临时指挥部所有的人都不会想到，那个自行失踪的冯宁居然又"自行"跑回来了。秘书急匆匆去向余涛报告了这个消息，余涛也觉得"不可思议"，笑道："这小伙子，跟我们在玩啥呢？"一直到冯宁掏出那张旧报纸，放在余涛面前，说明了，要不是报纸上的这个报道，他还真不敢再回来见董事长，甚至都不想再回蛇口。

余涛拿起那份报纸看了看，笑道："看来，这报纸媒体什么的，还真管点用。"

冯宁不好意思地笑了。

余涛说："小伙子，我说过，要重奖你，有什么要求，尽管说！当过兵？"

冯宁说："五年。"

余涛说："好。我们要建公安派出所。怎么样，去当警察吧？再给你一个蛇口的正式户口。还想要啥？"

冯宁却说："谢谢余董。"

余涛问："听口气，你好像不太满意我这点奖励？"

冯宁忙说："不是……"

"那到底有什么要求，快说！"

"今天能见到余董，我特别高兴……"

"少说这些废话！"

"我到蛇口来，有两大心愿：一是想感受一下咱们蛇口的改革气氛，再一个就是妄想着有朝一日能近距离见见您余董。"

"我又不是什么明星。"

"明星有什么好见的，不过都是一些水上浮萍而已。"

"好大的口气。"

"我爸是个老革命，市实验中学的老校长。今年死在我老家看守所的监室里了……"

"他改行去看守所工作了？"

"不。他当时的身份是看守所里的一个嫌犯……"

"哦？"

"我爸是一个特别正派老实的好人。您一定会很奇怪，这样一个人怎么会被关进看守所的。"

"你知道我的经历吗？我在中国最高等级的一个监狱里被关过五年。其实我也是一个特别正派特别老实的大好人。"

"但您那时是在'四人帮'时期，我爸不是……"

"'四人帮'倒了，这标志着中国开始了一个新的时代。但是，年轻人，你也要看到，一个社会，一个时代的变迁，不跟开灯关灯似的，'啪'，拉一下灯绳，全都亮了。'啪'，再拉一下灯绳，又全都黑了。几十年来的许多习惯势力，许多习惯的做法，特别是某些政策法令都还没有改变，一些人的观念一时半会儿更是难以改变。他们还坚守着老的那一套。这时候，如果有先行者想冲破这些政策法令的局限，就有可能要付出重大代价，甚至还会头破血流，会头破血流的啊。小伙子，迎接新时代的曙光，在实际生活中，并不像想象的那么轻松浪漫，有时还是需要一批人用自己的身家性命去做代价的。我不了解你父亲的具体情况，我想他可能就是属于在社会转型的轨道上，付了代价的一个悲剧性人物吧……"

冯宁低下头，没接余涛的话茬。这一段时间以来，关于父亲，他已经说得太多了，遇到一个熟人，他就会说一遍。一开始是自己特别想说，后来，自己不太想说了，但那些熟人特别同情和关心，总想问个究竟，他就得从头到尾地再说一遍。后来，他下决心了，不说了，绝不说了。不做无能的祥林嫂。重要的是不让自己重蹈父亲的覆辙，再不让任何人发生父亲那样的人生悲剧。

"现在，你老家那儿，应该也有了很大的变化了吧？再发生你爸那样的事，应该不会再有人去逮捕关押他们了吧？"余涛问道。

冯宁很难过地说道："政策是有了变化，事情也平反了，可我爸已经不在了……"

余涛长长地叹一口气说道："是啊，也许这就是我刚才说的'代价'吧……"

冯宁说："他们想留我在老家给市领导开车。"

余涛问："那也不错呀，为什么还要到蛇口来？"

冯宁说："许多人都说，在蛇口、深圳，可以看到中国的明天。"

余涛说:"但现在还不能说在蛇口和深圳看到的就是中国的明天。现在还不行。"

冯宁认真地问:"那还得多长时间?"

余涛淡淡一笑:"那很难说的。最起码也得三五年后,试试看吧。这的确很难说。"

冯宁不说话了。他想,如果连这么一个赫赫有名的,碰到什么事,既敢于也有那个能耐直接闯进中南海去说话的余董都觉得"难说",那还有啥可说的呢?

余涛停顿了一会儿问:"不想去当警察,蛇口户口呢,要不要?蛇口户口也不要?"

冯宁沉吟了一下:"让我再想想。"

余涛打量了一下冯宁,很认真地说:"蛇口需要你这样的年轻人。"

冯宁惭愧地说:"可我没有文凭。"

余涛问:"你不会拒绝读书学习吧?"

冯宁忙说:"那怎么会?我也琢磨过要不要去考个大学。"

余涛忙点点头说:"这个想法不错。你毕竟还很年轻。"

冯宁说:"但后来我又觉得,当前对我来说,最最重要、最最紧迫的,还不是去搞一张文凭。"

余涛问:"你觉得对你来说,当前什么最重要最紧迫。"

冯宁犹豫了一下:"反正不是拿文凭……"

余涛笑着问道:"不想跟我说,跟我还留一手?"

冯宁忙说:"不是不是……"

余涛挥了一下手,说:"好吧,不说就不说吧。咱们谁也别勉强谁。归根结底,人生的路只能靠自己的脚去走出来。"说着,在台历上写了个电话号码,然后撕下这页台历,交给冯宁:"以后有事,打这个电话就可以找到我。这是我秘书的电话。"

冯宁拿起那个电话号码看了看。

这时秘书走了进来："余董，今天工地上的战况报来了。"

余涛对冯宁说："你在这儿坐一会儿，我去一下马上就回来。"便走了出去。

余涛一走进大办公室，就被那些工作人员包围上了。一个工作人员激动地对余涛说："今天工地上全线飘红。人均日推土量从昨天的二十五车提高到今天的九十六车，提高四倍左右。最高的一个工人今天推了一百二十五车！"余涛立即从那个工作人员手里把那份战报"夺"了过来，仔细地看了看，马上走到电话机旁，给宋梓南拨了个电话。但怪了，无论是书记办公桌上的直线电话，还是秘书那儿，都没人接。迟疑了一下，刚想挂电话，电话里却传来宋梓南秘书小马的声音："你好。宋书记办公室。请问您是谁。"

余涛应道："蛇口余涛。"

小马忙问好："是余董，您好。"

余涛问："宋书记呢？"

小马说："他在开常委会。"

余涛"哦"了一声。

小马恭敬地问："有什么事需要我转告的吗？"

余涛想了想，问："他这个会大概还得开多长时间？"

小马说："这可说不好。他经常让人把晚饭送到会议室，让常委们边吃边开，一直开到后半夜……"

余涛迟疑了一会儿："那好吧，请你替我转告宋书记，今天一早，我们接到省有关部门的通知，蛇口可以继续执行新的奖罚制度……效果之明显令人惊叹……仅今日一天，日平均工效就比昨天提高了四倍左右……感谢市委、省委和中央对我们蛇口改革事业的支持……另外，前些日子，我们给市里打了个报告，希望市里在户口审批权、边防证发放权、物资进口的批准权和企业成立的审批权这几个方面给蛇口以更大的独立处置的空间……"

余涛给小马打完电话,回到办公室里,冯宁已经不在了。余涛愣了一下,忙叫:"哎,人呢?"秘书忙应声跑过来问:"谁?"余涛问:"那个小伙子啊!"秘书说:"哦,他说他不打扰您了。走了。这是他留给您的字条。"

余涛忙拿起字条。

只见那字条上写道:"尊敬的余董,今天我见到了我一向以来所敬重的人,我会记住今天这个日子的。我会好好干下去的。谢谢。真的非常非常感谢您今天的召见。冯宁敬上。于即日。"读完字条,余涛发现,冯宁并没有带走那张他特地写有他秘书电话号码的字条。是无意间的疏漏,还是故意显示清高?还是什么……

这个毫无政治背景的年轻人居然表现得如此的"高傲",余涛真有些不理解了。他拿起那张字条,将它揉成团,扔进字纸篓里去了。

45

这时,在常委会上正发生一场激烈争论。盒饭已经送来了,但都放在一旁,没人动。会议室的墙上挂着好几幅深圳城市规划图。有总成图,还有分区规划图,还有一些地段或楼景在建成以后的现场效果图和气氛图。

宋梓南说:"规划中的一百公里市内道路和五十幢大楼必须限期完成。基础设施形不成一个相当的规模,生活环境达不到一个相当的水准,人家就不会上你深圳来投资。"

宣传部的黄部长说:"大寨永贵大叔时代那种先生产后生活的做法,在当时那个历史背景下,也许是先进的,也是可行的。但是拿到现在,特别是拿到我们深圳来，肯定是行不通的。我们面对的是境外投资商。他们没有那个义务，也不会有那种心情忍受我们这儿极差的生活条件来我们这儿投资办企业。"

一个常委领导问："但问题是，经费从哪儿来，一百公里的市内道路和五十幢大楼啊，中央能不能再给一点钱？"

周副市长说："这个梦就别再去做了。小平同志已经说得很清楚了：建深圳特区，中央没有钱，你们自己去杀出一条血路。后来，好说歹说，国务院给筹了三千万启动资金。给这三千万的时候，也说得非常明确，再多一分钱也没了。"

宋梓南说："现在就是需要我们去打破各种条条框框来筹这个钱。我们找银行贷……"

那个市领导说："这样做行吗？历来的规定都是专款专用，打酱油的钱决不能拿来买醋。银行的钱只能用来办工业，是不允许搞基本建设的。"

常副市长说："深圳不搞基本建设，就不会有人来投资搞工业。我们现在贷款搞基建，从长远来说，也是为了搞工业。"

宋梓南笑道："这个解释很好嘛。"

那个领导说道："但是基建毕竟还是基建，上边管钱的领导也不是那么好糊弄的。前一阵我们向几家银行贷了一个亿来做基建，有关部门已经在内部通报批评了我们……"

宋梓南淡淡一笑："这个内部通报我看到了。"

那个领导说："那我们还要继续这样做下去？"

宋梓南仍然保持着那种从容的笑容说道："深圳和别的城市不一样。我们完全是白手起家。没有道路没有任何生活设施。在这种情况下不把基建搞起来，根本谈不上吸引外资，更谈不上工业生产。"

那个领导说："可是上头有规定啊。"

周副市长答道："中央制定这个规定的时候还没有特区，还没有改革开放。"

常副市长说："财政部和国务院财经领导小组已经意识到这个规定有点不合时宜了，派人来做过调查研究。"

那个领导说："可现在并没有宣布废除这个规定。"

宋梓南说："我们现在有两种做法，一是等着中央改变这个规定以后再来做我们该做的事。这种做法，对我们个人来说最保险。再一个就是抓紧时机，不等不靠来做我们该做的事。但这么做，有可能就会碰一些黄线。为此，我们个人就可能要冒一定的风险。让我们再回过头来看一看，你们说到的那些规定两年内有可能改变吗？不一定。一年内有可能改变吗？也不一定。半年内有可能改变吗？还是不一定。那么我们啥也不干地在这儿等他一年两年？中央要我们尽快把深圳特区建设起来。为了这么一个国家有关部门都已经感觉到它不太合时宜的老规定，我们停顿下来，等待一年两年，甚至更长的时间，我们就会失去一个发展经济的大好历史时机。而小平同志最近以来，一再跟全党强调，如果丢失当前这个发展的历史机遇，我们就要犯最大的错误。"

那个领导说："但是，如果上头有人真的要跟我们较真起来，他们是可以按这个规定来追究我们的违纪责任的！"

宋梓南立刻沉下脸说道："刚才我已经说过了，为此，我们个人就可能要冒一定的风险。如果上头真的要追究起来，这个责任我来负。还是那句老话，撤职查办杀头，统统由我来承担！张秘书，请把我这句话正式记录在案。"

常委会结束后，回到办公室里，呆坐了一会儿，宋梓南把两位副市长请到自己办公室里来研究这个基建资金问题。

他对他们说："光从银行拿贷款，恐怕还不够。"

常副市长说："今天常委会结束后，房地产局的龙局长来找我，说他有个亲戚在香港做房地产。他们有个做法，不知道我们这儿能不能拿来试一试。"

宋梓南很感兴趣地问:"啥办法?"

常副市长说:"卖楼花……"

"卖楼花?"宋梓南还没听说过这个新鲜词儿,又问,"哪三个字?"

周副市长在一张纸上写了"卖楼花"三个字,递给宋梓南看。

宋梓南:"什么意思?"

常副市长:"我们这儿多年来的做法是总要等楼建成后,再开始卖楼,回收资金。但他们那儿一般都是出了图纸,开始打地基,就开始卖楼了。"

宋梓南大惑不解地:"那有人买吗?"

常副市长笑道:"只要地段好,性价比高,又有升值空间,就有人买。"

周副市长说:"还有个办法,可以回笼更多的资金。"

宋梓南忙问:"是吗?还有什么办法?"

周副市长说:"多年来,我们的地都是无偿提供给别人去建楼修路。"

宋梓南忙说:"那当然。土地是公有的。宪法规定不能买卖土地。"

周副市长:"那时候,所有的一切都是公有的,包括需要这些土地去建厂房和楼房的单位,包括随后建起的厂房和楼房,以及这些工厂和别的建筑随后产生的经济收益都归国家所有。但现在不是了。使用土地的可能是私人企业主,即便是国有单位,也都实行了经济核算,那凭什么要让他们无偿使用国家土地?"

宋梓南一听,觉得很有道理:"说得对啊。"

常副市长从自己手边的一个公文包里取出一摞纸条:"这些都是有各地各部委以至更高领导签了字的批条,请求咱们深圳无偿拨地给他们在深圳建楼建厂房的报告。有一些确实符合国家利益和需要,但有一些是人情面子工程。今后这样的批条会越来越多。不拿出一个办法,深圳的土地很快就会被这样'吃'完了。"

宋梓南忙说:"你们的意思是说,卖地,一是可以筹集到大量的城建资金,另外也可以堵住这些只仗着人情面子来要地的人的嘴?"

常副市长拍了一下桌子:"是啊。"

宋梓南又想了想:"但是……宪法上说得非常清楚,国家土地是不能买卖的。我们连宪法都不管不顾了?你们真的觉得,我们这个特区连宪法也可以去突破?"

周、常二位不作声了。书记提的这个问题,他们不是没有想过,但真的拿到桌面上来拍板,要真的说出个一二三来加以实施,显然不是他们两位做得到的事。现在,梗在他们面前的毕竟是国家大法,宪法啊……

第二天一早,同样焦虑了一夜的周副市长就来敲宋梓南的房门。让他意外的是,房间里居然没人应答。再敲了一下,还是没人答应。书记一夜没回来,还是一早就上办公室去了?等他回到自己的房间里,给宋梓南的办公室打了电话过去,宋梓南果然在那儿。

"昨晚都没回房间休息?"周副市长问。

"是的……"宋梓南轻轻地叹道。

"你这样怎么行啊?"周副市长劝道。

"你不是也没睡好吗?要没别的事的话,上我这儿来说说话吧。"宋梓南说道。

于是,周副市长马上就赶到了宋梓南的办公室里。一推门,看到宋梓南桌子上放着一本宪法,就笑道:"嘿,研究起宪法来了?怎么样,找到什么破绽没有?有突破它的希望吗?"

宋梓南轻轻地叹了口气,笑道:"怎么可能嘛。这玩意儿是多少个专家琢磨了多长时间才编织起来的,固若金汤。但是,不把市政建设搞起来,这个特区就有可能一事无成。卖地是筹集资金的一个办法,但是……老周啊,我们什么风险都可承受,这个违宪的风险,实在是太大了啊。"

周副市长也叹了口气说道:"世界各国,可以说没有一个政府是傻到了像我们这样的,让那么宝贵的不可再生的土地让人无偿使用。或者说糊涂混乱到我们这个程度，只凭行政长官的一个签字就可以让人把土地无偿地拿走去使用。也正是因为我们这几十年一贯的无偿使用，才会出现目前这种混乱现象，拿着一份首长的手谕或批示，有些人就可以大摇大摆地上深圳来要地。"

宋梓南说："是的是的，我昨晚想了整整一夜，把土地变成商品，让它进入市场，是当前杜绝这许多弊病的唯一途径。我们市财政也可以得到一笔巨大资金。把这笔资金用在市政建设上，我们可以做多少现在根本不敢做的大事啊。可是卖地，会把我们送到违宪的被告席上……"

周副市长忽然站了起来："如果我们不说卖，只说租呢？我们收租金。"

宋梓南怔怔地想了想："深圳市委市政府收地租，你觉得行吗？在中国谁才收地租？地主老财刘文彩恶霸地主黄世仁啊。到那时候，你这个周副市长真成了高玉宝笔下的那个'周扒皮'了！这档子事，咱们还是得慎重啊。不能革了几十年命，最后把自己整成了个'周扒皮'。"

因为多年的军事记者生涯，经常要下部队采访，到基层连队和那里的官兵同吃同住一起摸爬滚打，唐惠年养成了每天早睡早起、早起后总要到院子里活动一下的习惯。改行跑经济口以后，他常住深圳。他住的小区，是深圳最早建成的一个居民小区，也是作为示范性居民小区来建设的，所以小区里布置了相当精致的绿化带，一年四季还都有相应的花卉伴随。他便是在那绿化带中坚持晨练的中老年人中最为常见的一个。那天，因为有雨，起床后，他便改在自家的阳台上随着音乐做早操。

有人敲门。因为音乐声太响。他没听得真切。似乎听到有人在敲门，但又不确切，他便停下手里的动作，去把录音机的音量拧小了一些。这时，外头的敲门声就听得非常清晰了。

唐惠年拿起毛巾，一边擦着汗，一边过去打开房门。让他十分意外的是，门外站着的居然是市委书记宋梓南。唐惠年扬起眉毛，手扶着门框，瞪大了眼连声叫道："哎呀呀呀,怎么会是您呢?"

宋梓南笑了笑:"怎么,我就不能来了?"

唐惠年忙闪开身子,让出正道:"快请进快请进!"

于是他又忙着去沏茶。

宋梓南在他背后笑他:"你怎么回事,一个大记者,连茶都不会沏?这好茶,怎么可以用手抓?喝茶就喝一个味道。你用手抓,那手上的气味全窜到茶里去了,那还喝个什么劲儿?有没有茶勺?"

当兵出身的唐惠年真还没这么讲究:"茶……茶勺?"

宋梓南只得起身走了过去:"行了行了,我自己来吧。"说着,从茶叶罐里直接倒了些茶叶到杯子里。拿起热水瓶时,问:"这水是隔夜的吧?"

唐惠年想了想:"应该是昨晚的吧……"

宋梓南沮丧地放下暖瓶和茶杯:"行了行了,不喝了不喝了。"

唐惠年忙说:"那我去煮点新的吧……"

宋梓南忙挥挥手说道:"行了行了。等你把水煮开了,我又得走了。我只有二十分钟时间。你坐。"

唐惠年坐下了,仍然有些遗憾地看看那茶杯和茶叶罐:"书记,我这茶叶可是最好的大红袍……您尝尝……要不,我还是给您去烧点新的开水?"

宋梓南说:"不烧了。"

唐惠年:"还是烧点吧?"

宋梓南笑了:"哎哎哎,我俩到底谁是这屋子的主人?你搞得那么紧张干啥吗?"

唐惠年也笑了:"可是你一大早地突然闯到我这儿来……我能不紧张吗?"

宋梓南说:"我昨晚一夜没睡着……"

"又想让我写什么内参?"唐惠年一边说,一边拿眼角的余光在自己家各个角落里四下溜睃。他总还是有点不甘心，总想为书记找出点能喝的东西来。

宋梓南摇摇头说："写啥内参哦，就是想到你这儿来坐一会儿……"

唐惠年疑惑地打量了书记一眼："不会吧？"

宋梓南苦笑笑："就是想来坐一会儿……"

唐惠年仍然满腹疑虑地打量着宋梓南。

宋梓南长叹一声："一夜未眠……惠年老弟，就是想来跟你这个中央党报的大记者随便聊聊啊……"

唐惠年谨慎地探问道："有啥烦心事了？"

宋梓南长叹一声："当书记的也不容易啊……许多话是没法跟身边人说的……许多话只能憋在心里……憋在心里啊……有啥烦心事？天天都有啊。说不完道不尽的烦心事啊，还不能随便跟人说……"

46

广州。张凡夫家。张凡夫的儿子张弓正在院子里擦拭他那辆刚买不久的摩托车，忽然接到省委办公厅打来的一个电话。电话当然是找他爸张凡夫的。"我是他儿子。他上医院去取药了。有什么事能跟我说吗？"省委办公厅的同志虽然犹豫了一下，但可能还是在电话里简单地跟他说了点什么，一下把这个张弓惊得就像是听说有人马上要到他家来上房揭瓦抄家似的。他忙丢下手里的活，抓起一团棉纱，匆匆把手上的机油擦拭了，发动着摩托车，就拼命向医院跑去。

医院的大厅里人头攒动。交费处的窗口前排着长队。张凡夫也在弯弯曲曲的队伍里等着交费。

张弓一路狂奔，进了医院大厅，又上下一通乱找，好不容易才在那交费的队伍里找到老父亲。老父亲这时真的已经有一点站不动了，脸色都有点发青了。见到父亲，张弓二话不说，一把把父亲拉了出来，让张凡夫大吃了一惊。但他已经没有多少力气挣扎，只是虚虚地问："你干啥呢？"张弓根本没搭理父亲的责问，只是拉着父亲向门外走去。拉到大厅外，便问："老爸，您到底是什么人？"

张凡夫直喘着，嗔责儿子："你说啥呢？疯了？"

张弓激动地："老爸，您好好跟我说说，您到底是什么人？"

张凡夫狠狠地瞪了张弓一眼，不屑跟他多说，稍喘定，转身又向大厅里走去。

张弓却上前又一把拉住父亲："您还要对我隐瞒自己的身份吗？您还有这个必要吗？"

张凡夫甩掉儿子抓他的那只手，直啐道："张弓，你今天吃错什么药了？"

张弓却一下热泪盈眶："爸，爸，我全知道了……刚才省委办公厅的同志打来电话，他们把情况全告诉我了。宋梓南叔叔向他们提供了您的全部历史情况。现在他们已经查清，您十年前就是副部级干部。退休回广州时，正值'文革'最乱的时候，您就没去省委办理申领高干待遇。为了躲开群众组织乱斗乱批高级干部的歪风，您对外一直声称自己只是个副县团级干部。您也没让我们知道您的真实身份。您一直就这么委屈着自己……老爸，您这到底是为什么呀！"

张凡夫愣怔了一下，喃喃道："你小子又在胡说个啥？"

张弓一把拉着父亲直往摩托车那儿跑，一边跑一边还说："我胡说。我胡说。您自己去跟省委办公厅的同志解释。"

47

那天上午，宋梓南把"卖地"还是"租地"的问题，提交到市委常委会上去了。那时，市委和市政府已经各自分户独立了，分别都搬进了新建的办公大楼里去了。

宋梓南说："是卖地，还是租地，各位有什么高见？"

沉默。

宋梓南看看周副市长。

周副市长在会前告诉宋梓南，昨天晚上他又想到了一种更平和一些的提法，似乎能比"卖"还是"租"更能让上下的一些忧心忡忡的同志接受。宋梓南让他上了会，先把这个新想法说一说。他于是说道："如果我们对外不提卖地和租地，怎么样？只提土地有偿使用。这样做，在实质上也不触及我们的根本大法和公有制的社会根基。有偿使用，毕竟只是一个使用的问题，并没有改变土地的产权归宿和我们社会体制的性质。领导我们的核心力量，还是中国共产党；指导我们思想的理论基础，还是马克思主义嘛。"

在座的常委们还是没人表态。

做记录的秘书怔怔地坐着。

记录本上一片空白。

这是一次有记录以来，开得最沉闷，最紧张，除了宋周二人以外，再没有一个常委在会上发言，会程也最短的一次常委会。创造了整个会议全过程居然没有一个常委发言，记录本保持空白的历史记录。

那天傍晚，宋梓南把市委政策研究室主任叫到了自己的办公室里来。在此前，他已经怔怔地在自己的办公室里呆坐了一下午。怎么才能让人相信，他们在深圳卖地或租地，是真正有利于中国的社会进步和历史变革的呢?

宋梓南怔怔地坐着。

小马走进来报告:"政策研究室主任来了。"

宋梓南:"快请进。"

不一会儿,政研室主任便走了进来。

宋梓南一下走到这位研究室主任跟前,都没请他落座,就吩咐道:"你们研究室的同志紧急行动起来,到马恩列斯毛的原著里,给我找一点理论依据,看看老祖宗们有没有说过这样的话:社会主义国家的土地是可以出租、拍卖或有偿使用的。"

主任迟疑了一下:"什么时间要?"

宋梓南抬头看了看墙上的电钟:"给你们二十四小时,明天这个时候交卷。"

主任一愣:"二十四小时? 您这是要我去大海捞针啊。只给二十四小时?"

宋梓南:"对,二十四小时。最晚也不能超过后天凌晨。养兵千日,用兵一时。你们这些秀才,该出来晒晒太阳了。"

到晚上,宋梓南又突然得到消息,那个老战友老领导老病号张凡夫到深圳。事后他回忆,那一天,是他就任深圳市委书记兼市长以来心理负担最为沉重的一天。得知张凡夫到深圳已经两三天了,而且一直住在一个什么气象局还是水利局办的小招待所里,他便匆匆赶了过去。

"到深圳两三天了,才给我打招呼。你这是什么意思?"宋梓南真有点不高兴了。

"你们忙嘛……"张凡夫淡淡一笑道。

"再忙你也不能这样! 谁让你住这儿的?"

"住这儿又怎么了?"

"你这不是反而在给我添乱吗? 走。快跟我走。"

宋梓南立即把张凡夫安排到当时深圳最好的宾馆（当然要除去迎宾馆）——上海宾馆，给了他一个装潢精美又宽敞的大套间。

张凡夫在那个大套间里，左顾右盼了一会儿，挺不安地说道："你瞧瞧，干吗非得住这么阔气？我知道现在能供你支配的人财物相当了得。这也是我不愿意一来就跟你打招呼的原因之一。"

宋梓南却说："我可跟你说好了，下不为例。你以后再到深圳，不马上给我打招呼，我可就不乐意了。准备在深圳多住些日子吧？我们现在的条件虽然还不算好，但还是可以有那么点本钱，好好给你安排一下的。你在深圳好好转转，看看，多指导。说实在的，我非常希望你这样的老朋友老上级能多来，给我出出主意。现在有些人请他来，还不敢来，不愿意来，怕沾了我们资本主义的邪气……"

张凡夫说："这两天，我上街转了转，也看了一些老朋友，明天他们还想带我去蛇口看看。"

宋梓南立即说道："蛇口很值得看……"

张凡夫笑了："是不是怕别人说你宋梓南老在压制忌妒人家蛇口，所以故意那么热情地向我推荐蛇口？"

宋梓南也笑了："如果我宋梓南在政治上至今还那么不成熟，不成熟到了十分幼稚的地步，那么，您这个当年的入党介绍人，也没什么光彩的。"

张凡夫笑道："那你小宋有啥让我看的？"

宋梓南说道："我们正在筹建国内最高的一幢大楼……"

张凡夫问："谁掏的钱？又是港资，还是日资，还是美资？"

宋梓南答道："是合资。但我们占有百分之五十一的股份……"

张凡夫突然站了起来，显得相当的激动，大声问道："多年以后，在你们深圳还能不能找到一块完全属于我们自己的地方，来让我们自豪地升起五星红旗？也许到那时候，你这个共产党的市委书记事先还得给这些帝国主义者和资本家们打个请示报告，求得他们同意以后，才能在深圳的某个角落里升起我们的五星红旗？"

宋梓南一开始还以为老张只是拿外间的这些流言来跟他开个"玩笑"而已，于是就说道："你怎么也会跟着说这种话？"

张凡夫的神情一下变得十分的严肃起来："我跟着说？我是有调查研究的，不是盲目跟从的。我问你，宋梓南，外头正在传你们准备卖地给香港的资本家，这是真是假？！"

宋梓南愣怔了一下，喃喃道："不是卖，是有偿使用……"

张凡夫哈哈一笑："'有偿使用'，哈哈，说得真好听。前两天，华东一个大城市的一家党报上刊登了一篇文章，你注意到了没有？"

宋梓南："什么文章？"

张凡夫："谈旧中国租界的由来。"

宋梓南："注意到了。"

张凡夫："知道这篇文章的背景吗？"

宋梓南："听说了一些……"

张凡夫："不会只是听说吧？"

宋梓南不作声。

张凡夫："据我了解，指导写作这篇文章的同志，还是我们党内一个很重要的理论权威。而他之所以要在这个时候抛出这样一篇文章来，就是要警醒全党同志：发生在旧中国的耻辱，有可能在今天的中国重演！听说他还亲自到你们这儿来考察过，明确地对你这位市委书记讲过，深圳目前的状态，不能被认为是社会主义的，至多也只能被称之为'国家资本主义'。有这么回事吗？"

宋梓南默默地点了点头。

张凡夫扳着他那干瘦而又苍白无力的手指，数落着："一个党内的理论权威，一家党内的大报，一篇由党内的理论权威们写成的大块文章，虽然是资料性的，但它所传递的，却是血一般的沉痛历史教训和千百万共产党人、真正的马列主义者毛泽东思想捍卫者们的心声。所有这些在你宋大书记眼里，难道都只是一些'谣传''流言'而已？"

宋梓南仍然不作声。他不愿意在这时候在这个地方和这样一个老同志发生激烈的争执。

这时，小马突然推门走了进来。

所有在场的人都被突然推开的门和突然闯入的小马吓了一跳。

在任何场合都显得相当温文尔雅的张凡夫不知道为什么这时候变得很不耐烦和急躁，马上责问小马："你是谁？为什么不敲门？"

宋梓南忙解释："哦，他是我的秘书……可能有什么急事……"说着转过身很严厉地批评小马道："为什么不敲门就往里闯？瞎窜个啥嘛！"一边说，一边推着小马往外走，自己也跟着出了豪华的大套间。在走出大套间的那一瞬间，随手把门给带上了。

走到套间门外的走廊里，宋梓南对小马做了个手势，让他走得离门稍远一点，自己带头向走廊的那一头走去，待站定后，低声问："有事吗？"

小马还没有从刚才被张凡夫那一啐中恢复过来："没……没什么太大的事……"

宋梓南也有点不高兴了："没什么太大的事，你来搅啥乱？"

小马这时才想起自己为什么要闯进屋去"搅"这乱的原因了："我……我是想让您出来一下，也好让这位老首长冷静冷静。他怎么可以这么训斥您，像训自己的孩子似的。您好歹也是个在职的副省级领导……"

宋梓南忙"嘘"了一声，让小马小点声，然后催问道："快说，到底有啥事？"

小马说道："白天有件事，我忘了给您汇报。余董打过一个电话来，说，他们恢复实行新奖罚制度后，当天的工效就翻了四番……"

宋梓南这时完全没有心思再跟小马议论蛇口的工效问题，只是应付似的说道："那好……真该祝贺他们……"

小马接着说道："余董还说，市里能不能在户口审批、边防证发放和物资进口和企业成立的审批等方面，把权限下放给蛇口自己去办。"

宋梓南马上打断了小马的话："这些事咱们回头再说吧。你现在赶紧回去给余涛同志打个电话，告诉他，张凡夫同志明天一早就过他们那边去了，让他把游艇准备好。张凡夫同志的意思是，明天中午饭肯定在游艇上吃。张凡夫牙口不好，要为他多准备一些软食，就是青菜一类的东西也要煮得稍微烂糊一点……"

小马说了声"知道了"，就转过身走去。

宋梓南忙叫住了他："别慌着走。一会儿打电话时，千万别带进刚才对张凡夫同志的那种情绪。张凡夫这样的老同志对革命有过大贡献，我们一定要他对我们的批评看作是对深圳的爱护，千万不能随便扩散对老人家的任何偏见。"

张凡夫是按计划好的时间表上了蛇口工业园区事先准备好的那个游艇的。但一上游艇，他就钻进了客舱里，说什么也不愿意到甲板上去好好看看蛇口的海，蛇口的码头建设。而且始终满脸愠色地端坐在那里，也不跟任何人说话。

余涛小心翼翼地："张老，我们陪您上舱外看看吧，那儿空气更好，视野也更宽阔。"

张凡夫端坐不动。

余涛又说："一会儿拐过弯去，您就可以看到我们码头工地了……"

张凡夫突然问道："小宋今天为什么不来？"

余涛说："他今天可能有个外事活动。"

张凡夫马上就说道："那，不看了，回去。"

余涛忙说："我们已经在游艇上准备好了午餐……"

张凡夫却起身了："不吃了，回去。"

余涛说:"明后年我们的码头就可停泊两万五千吨的货轮。从香港铺设过来的海底电缆也将在明年送电。我们还准备和英国老牌的壳牌公司合作搞一个大型的石油产品储存中转基地,和美国总统轮船公司联合开辟国内第一条去北美的集装箱运输航线……"

张凡夫极其不耐烦地挥着手,像是在驱赶一只苍蝇似的说道:"回去! 少跟我提这些美国佬、英国佬! 被他们瞧得上,你们觉得很光荣,对不? 离了他们,中国就活不了了,对不?"

到晚上,张凡夫把宋梓南叫到宾馆的房间里。这时,他的情绪已经和缓多了。他让宋梓南坐在他身旁的一个小沙发上,和颜悦色地说:"梓南,我明天就回广州了。然后,还要去一次北京,到解放军总部的三零一医院做一次彻底的身体检查……"

宋梓南忙说:"需要我这儿派人陪您去吗?"

张凡夫摇摇头:"不必了……"

宋梓南又劝说道:"或者,您就在深圳多住些日子,好好地休养休养。"

张凡夫又一次轻轻地叹了口气,摇了摇头,"我的难受不是生理上的。你别看我瘦弱,体质好着哩。我是……"他指指太阳穴,"这儿难受……"

宋梓南不说话了。

张凡夫诚恳地看着宋梓南说道:"梓南,你能听我好好地说一说吗?"

宋梓南忙挪了一下身子,做出一副贴近老头的样子,同样诚恳地看着张凡夫说道:"您说。"

张凡夫停顿了一下说道:"梓南啊,这次有一些老战友知道我要到深圳来,特地到我家来,有的让我带话给你,有的希望我再跟你好好谈一次,心平气和地谈一次。他们知道,建这个特区不是你宋梓南的主意。从大的方向和今后的前程来说,你宋梓南个人也是无法左右得了这个局势的。但现在你在这儿主持工作，毕竟还是能起相当的作用的。他们让你不要忘了和我们一起战斗过的那些同志、战友，那些为了共产主义理想而没能活到今天、用他们年轻的生命为我们这些活下来的人铺平了掌权生涯的同志战友……"

宋梓南的神情这时也庄重和肃穆起来，但又略略地渗透了一些无奈和沮丧。

张凡夫接着说道："有个情况我一直不便于告诉你。当年发展你入党时，支部里有相当一部分同志是不太同意的，认为你太有棱角，太强势，对许多问题的认识，总是过于强调个人的理由，比较不注意团结其他同志。如果你不健忘，当时的支部书记就是我，我力主要发展你，真可以说是力排众议，不仅力排众议，还挑头为你做入党介绍人。实事求是地说，如果没有我这个支部书记当时的这种坚决，你的入党问题，也许还要拖一段时间才能解决。当然，这些年来，你为党做了大量有益的工作，进步很快，这都证明，我当年没有看错人。但是我希望你继续用行动证明我没有看错人，也向所有这些老战友老同志们证明，你当年在党旗下宣誓时所拥有的那一种理想和信念是坚定的，是继续走在正确的道路上的。"

宋梓南怔怔地看着张凡夫。应该说，他没料到张凡夫会向他传递这样一番"希望"和"期待"，一时间，他有点不知所措了。

这一夜，宋梓南又失眠了。他一会儿坐起，一会儿躺下，一会儿又在房间里转圈，一会儿又对着灯光点点的窗外发呆。他转过身来走到床头柜前，拉开床头柜的抽屉，摸出好几个烟盒，但一捏，全都是瘪的。

他拿起电话，拨号，想让小马给他送一盒烟来。电话拨通了，受话器里已经传出正常的拨号音了，他却又挂断了电话。他不想这时候叫醒小马。年轻人好睡。这时候被叫醒，是他们非常痛苦的一件事。虽然，依小马的素质，书记有事叫醒他，他是绝对不会表示不高兴的。但能够不去吵扰这些年轻人，尽量还是不去吵扰的好。反正，烟少抽一点，也是件好事……宋梓南又倒在床上，想闭眼休息一会儿，但还是睡不着，随手拿起一本书，看看是那本《政治与市场》，翻了两页，又心烦意乱地扔下了。

书掉在地上。他刚想弯腰去捡，有人轻轻地敲他的门。

他很不耐烦地问："谁？"

门外应了声"我"。听声音，好像是小马。

宋梓南一愣，忙去拉开门。

果然是小马，下身还穿着睡裤，上身披着一件外衣，手里拿着一条烟。小马听到电话响了一下，但等拿起电话，电话却挂掉了。他忙打电话到总机房查了一下，问刚才是谁要的电话。得知是书记，他猜，一定又是书记通宵没睡，缺烟了。于是赶紧拿了条烟走了过来。

小马放下烟，替宋梓南从地上捡起书，又替他把茶杯续满水，这才悄悄地退了出去。他只能做他该做的事，不能去打听书记今晚为什么又失眠了，为什么又通宵睡不着。虽然他就像一个忠诚的儿子似的，非常想知道"父亲"今夜为什么辗转不眠……但他不能问……

等小马走后，宋梓南点着一支烟，在窗前坐了下来……烟点着了，但他却并没有去吸。是忘了自己手上还拿着一支已经点着了的烟，还是因为满心焦虑而无意去吸？这时的他，望着窗外特别明亮的月色，却只是一味地呆坐着，沉思着。

耳边再一次响起张凡夫的声音："这些年来，你为党做了大量有益的工作，进步很快，这都证明，我当年没有看错人。但是我希望你继续用行动证明我没有看错人，也向所有这些老战友老同志们证明，你当年在党旗下宣誓时所拥有的那一种理想和信念是坚定的，是继续走在正确的道路上的。"

宋梓南站了起来，用力在烟缸里掐灭了烟，向外走去。

宋梓南刚走出他住的那幢楼，就看见警卫这个院子的一个战士陪同一个老人向这边走来，他觉得这个老人有点眼熟，便放慢了脚步。

走到跟前一看，那老人居然是张凡夫。

警卫战士向他敬了礼："宋书记，有个老同志坚持要来看您，但又没带任何证件。我们跟马秘书联系了一下，他同意让这位老同志进来。"

正说着，小马跑了出来。

小马说道："要给你们找个说话的地方吗？沏壶茶，还是煮一壶咖啡？"

宋梓南挥了挥手："好了好了，你们该干嘛干嘛去吧。别管我们了。"

小马和警卫战士各回各的地方去了。

院子里只剩下宋、张两位"老人"。

宋梓南说道："我正想去找你。"

张凡夫说："是吗？为什么？"

宋梓南说："你这么晚了还来干啥？白天还没批评够？"

张凡夫说："你这话里好像挺有情绪的啊？"

宋梓南说："老张，你和那些老战友真的觉得我在这儿就是在复辟资本主义？我们都在党教育下工作了这么多年，谁不想一夜之间进入共产主义？谁不想天下劳苦大众一夜之间都能坐上劳斯莱斯、奔驰？可是，我的老张同志，我们已经干了几十年了啊，正面、反面的，辉煌成就的和灾难性的……我们都经历过了。现在一个非常现实的问题就是，面对深圳河那边的香港，面对海峡那边的台湾，面对所有我们必须面对的当今这个世界，我们用什么来告诉他们，我们这个制度，我们这个理想，我们这个信念是人类有史以来最美好的，最能给人民带来富足和幸福的？用什么？空洞的口号并不是真正的社会主义。难道这样一个浅显而真实的定律，还需要用多少具浮现在海面上的偷渡者尸首，才能让我们一些好心的同志接受它？我不是说我们深圳的工作没有缺陷，只是想说，中央决定建立特区，大家心里都很忐忑，都在摸着石头过河，但深圳的同志和大家一样，干好干坏是我们个人的能力问题，但目的只有一个，那就是想把中国的事情办好，把党交的任务完成好，让老百姓真正能过上好日子。"

张凡夫冷静地："说完了？"

宋梓南激动地："没完！"

张凡夫笑道："你还想怎么的？"

宋梓南说道："我的张凡夫同志，我问你一个问题，很严肃的一个问题，希望你如实地回答我。"

张凡夫说："请问。"

宋梓南说："今天晚上，你跟我说的那话，完全是你自己想说的呢，还是别人让你带话来的？"

张凡夫问："你打听这个干什么？是我的意思，还是别人的意思，有什么区别嘛，有必要追究这个吗？"

宋梓南说："当然有必要。而且是大有必要。"

张凡夫问："必要性在哪里？"

宋梓南说："你先告诉我，你的那一番话，到底是源自谁。"

张凡夫说："我一开始就跟你说得很清楚了，是我自己的意思。完全是我要说的。"

宋梓南不作声了。

张凡夫问："怎么了？"

宋梓南说："张凡夫同志，你不应该这么做。"

张凡夫一怔。

宋梓南说："你不觉得，今天你说的这些意见，真正涉及我深圳具体工作的几乎没有……"

张凡夫："那又怎么样？"

宋梓南："你的批评矛头主要针对着十一届三中全会所决定的这个改革开放总方针……"

张凡夫："你这个纲上得够高的了。"

宋梓南："难道你觉得我说过火了？"

张凡夫不作声。

宋梓南："我不是说，对改革开放这个方针，不可以讨论，不可以批评，但你我不是一般的工作同志，我们都是党的一个高级干部。作为党的高级干部，我们可以对党的决定保留自己的意见，但是不能背着党在外头散布和从事和中央决定不一致的言行。"

张凡夫质疑地："我怎么在从事和中央决定不一致的言行？"

宋梓南说："你要我用行动证明，你当年没有看错人，证明我当年所拥有的理想和信念是坚定的，是继续走在正确的道路上的。"

张凡夫立即反问："这话难道说错了？"

宋梓南说："你还说，建这么个特区不是我宋梓南的主意。从大的方向和今后的前程来说，也不是我一个宋梓南能左右得了的。但现在我在这儿主持工作，毕竟还是能起相当的作用的。我没记错吧，这是你的原话吧？我再笨，也能听出你这里的'醉翁之意'。你已经说得非常明确了，要我利用深圳一把手的权位，在工作中尽可能地改变中央决定的这一系列改革开放的基本方针，回到我们过去习惯了的老路上去，也就是你所谓的'当年的理想、信念和正确道路'。"

张凡夫说："我们的愿望只是希望你办好这个特区……我们对于中央决定改革开放，还是拥护的，我们希望中国真正强大。你怀疑我们这些老同志的这个动机？"

宋梓南说："对这一点，我当然不怀疑。但对于一个高级干部，在当前这样一个历史性的大转型时期，仅仅有这样一点良好的愿望是不够的。必须在政治上和党，和中央保持高度的一致！要和党共渡难关。"

张凡夫不作声了。

宋梓南问："我说错了吗？"

张凡夫仍然不作声。

宋梓南说:"如果我说错了,请你批评我。"

张凡夫苦笑着慢慢地摇了摇头。

这时,小马匆匆走了过来。

张凡夫马上说道:"好啦,你的秘书来了。咱们就说到这儿吧。好话,赖话,你我都好好地再想一想吧。我走了。"说着就转过身向大门外走去了。

小马要去送。

张凡夫立即转过身来,做了个很坚决的手势:"你们别管我。我想一个人走一走。"

小马只得站下了。

宋梓南也暗示性地看了一下小马,让他由着张凡夫自己去走一走。

张凡夫踽踽地走出了大门。

小马悄悄地:"张老没事吧?"

宋梓南目送着张凡夫,轻轻地摇了摇头,却反问小马:"你有事吗?"

小马说道:"团市委的方书记来了……"

48

团市委的这位负责同志是来汇报深圳第一届团代会的筹备工作的。

"团代会的筹备工作基本就绪,但出了个不大不小的问题……蛇口有个很有名的高士达玩具厂,他们厂里有个女工被选上了团代表。但是厂的老板不让她参加团代会。"方书记汇报道。

"不让她参加团代会?什么理由?"宋梓南问。

"厂里说要加班。"

"团代会的日程安排不是已经考虑到那些独资和合资企业的劳动用工的需求，把主要活动都安排到晚上举行了吗？"宋梓南问道。

"是的，都考虑到了。也尽量做了这样的安排。这次团代会的大部分会议都放到晚间进行了。"

"那这些老板还有啥说的？"

"高士达的老板说，他们最近为了赶订单，晚上都在加班。不管是谁，不加班，他们就要开除谁，不管他是什么人。"

"那个女工的态度呢？"

"她很坚决，即使被开除，也要参加市里的团代会。"

"你们的态度呢？"

"当然不能让她被开除。但也有的同志觉得，高士达是最早到蛇口投资的一家企业，规模也是最大的，它的员工总数要占蛇口现有员工总数的四分之一还强。考虑到这些，再参照上一回市里处理新竹宾馆的中方经理和尤妮的做法，我们还是应该做一点必要的让步……"

"怎么让步？"

"这些同志认为，可以另选一位团代表……从他们厂不用加班的那些工段里选一个，或者把这个名额给其他厂……"

"荒唐！上一回发生在新竹宾馆的事，是我们的员工不适应科学管理规定，而伤害了企业利益。这一回是老板侵犯了员工的合法权益。这两次的情况能相提并论吗？再说，谁能当团代表，谁不能当团代表，不应该由你我说了算。你我都没有这个权力，老板也没有这个权力。除非那些共青团员要求罢免她，除非她自己要求辞去团代表，其他的任何人都没有这个权力剥夺她的这种政治权益。我们的劳工法保障员工合法的政治权益。这件事不能让步，尤其在我们深圳绝对不能开这种先例。深圳不应该只是投资者的天堂，也必须是劳动者的天堂。否则，那就真的让某些人说中了，我们这些共产党人在这儿正在把特区办成了白区。"

"那……那您能不能出面给高士达的老板打个电话，直接跟他沟通一下？"

"蛇口的事情，最好先请余涛同志出面处理。你们给余涛同志汇报了没有？"

"还没有。"

"马上给余涛同志汇报。"

"是。"

49

深夜。蛇口。一家高级歌舞厅包间里。金德昌正在那儿应酬着。一个助理匆匆走到金德昌身旁，低声对他说了点什么。金德昌马上显得有点不太高兴，但还是勉强起身，跟他走到歌舞厅包间外的走廊里，瓮声瓮气地问："什么了不起的事？"

那个助理说："工会方面的，还有共青团方面的人打电话来，想约见您。"

金德昌不高兴地说："他们要见我，你不会随便说个由头回绝了算了，用得着这时候来打扰我吗？你不知道我这会儿正陪的那几个客人都是什么身份的人吗？"

那个助理说："他们……他们非常着急，希望明天上午就能见到您。"

金德昌依然没好气地："让经理办派个人出面去跟他们谈。不就是那个女孩的事吗？"

那个助理忙点头："是的。他们想直接跟您面谈。"

金德昌淡然一笑："让经理办的人告诉他们，我们这是企业，员工就得好好干活儿。完不成订单，一切都玩完。这件事，没什么可谈的，假如这个小妞一定要去参加什么团代会，可以呀，她完全可以离开我这个工厂。我厂子的大门是开着的，进来不容易，出去非常方便。"说完，他就转过身向KTV里走去了。但那个助理面露难色，还是呆站在那里没有离去。

金德昌走到包房门口，又回过头来问："怎么回事，还不明白？"

那个助理吞吞吐吐地："那样……"

金德昌气势汹汹地："那样什么？"

那个助理说："那样他们会到法院去起诉我们侵犯员工合法权益。"

金德昌笑了："笑话！起诉？他们起诉我？你以为这是在香港？"

那个助理说："可这件事已经惊动了蛇口的余董事长和深圳的宋书记。"

金德昌这才有点认真起来："哦？"

那个助理说："您……您……还是再考虑考虑……我觉得没有那个必要为这样一件事去打一场官司，去当一回反面典型……这儿的政府是很会抓典型的……而且有些话，也不只是大面上说说而已，可能会动真格的。"

金德昌不作声了，稍加沉思后，问："那个女孩叫什么来着？"

那个助理说："陶怡。"

金德昌决然地说："找到她。"

那个助理问："找她干什么？"

金德昌训斥道："笨蛋！假如她本人能提出不参加什么团代会，那些什么工会什么团的人，包括余涛和宋梓南还有什么话可说？"

那个助理迟疑道："可……可是……那女孩政治上比较亲政府。"

金德昌："你们不是了解过她的情况，说她还曾经逃过港吗？"

那个助理立即把一份书面材料呈递给金德昌："这是我们了解她的情况后，写的一份文字材料。"

金德昌接过去看了一眼："才十七八岁……还逃过港，很可能还有亲戚逗留在香港……连这么一个小女孩你们都拿不住，你们还想在我这儿混饭吃?!"

那个助理忙红着脸说道："是……是……"

金德昌说："今天晚上就去找她谈。让她明天自己去跟什么工会什么团的人说，她不去参加什么团代会了。只要她肯这么说，什么条件都可以答应下来!"

深夜时分，那个助理开着一辆本田车，带着两个助手，"直闯"高士达玩具厂的女工宿舍区。

女工宿舍管理员忙出来拦住："哎，这是女工宿舍! 你们干啥呢?"

那个助理没搭理她，照直向里走去。跟在他身后的那两个助手对那个管理员丢下一句话："我们是厂部总经理办公室的。"

女工宿舍管理员是个中年妇女，有点倔，她说："你是天王老子也得跟我们打个招呼啊，这是总经理亲自定的规矩。"

助手横了她一眼："少废话。总经理有急事，让我们来找陶怡。"

女工宿舍管理员忙说："陶怡出去了。"

那个助理一下站住了，转过身来问："出去了? 你看见了?"

女工宿舍管理员说："当然看到了。"

那个助理问："上哪儿了?"

女工宿舍管理员幸灾乐祸地笑了笑："那我管不着!"

这时，那个助理的一个助手从女工宿舍快步走出，低声对助理说："找到下落了。"

助理忙问："她去哪了?"

助手说："跟我走吧。"

那个年轻助手常来女工宿舍"闲逛"，认识了不少年轻妹子。刚才他溜进宿舍去，找那些妹子打听，才知道，陶怡最近结识了一个开办求职中介所的女孩，经常下了班上那中介所去，有时也带一些打工妹去，问问职场的行情。她们还告诉了他这个中介所的地址。

那个助理驾驶着那辆本田车，驶进一条弯弯曲曲的窄巷子。巷子两旁耸立着深圳特有的那种"握手楼"。随着深圳的"开埠"，外来人员越来越多，需要租房的人也越来越多，当地农民便在自家的包产地上盖起了一幢幢简陋的水泥楼房。为了在有限的土地上尽可能建起更多的楼座出租，楼房与楼房之间的空隙往往小到不能再小的地步，稍稍夸张一点说，两座相邻楼房里的住户都能伸手握到对方。这在深圳，被人们戏谑地称为"握手楼"。虽然时间已经很晚了，但巷子里仍然显得很热闹，一些小店仍然在营业，还有人聚集在巷子里，围坐在小方桌旁打麻将。还有些人则聚集在有彩色电视机的店家门前，目不转睛地收看港台的电视剧。

那个助理带着两个助手就是走进这样一幢"握手楼"里。他们走到一个单元门前，单元门上挂着一个"职业中介所"的牌子。

一个助手上前按了一下门铃。过了好大一会儿，才有人来开门了。这个人我们认识，是尤妮。尤妮被新竹宾馆除名后，并不想离开深圳，这不仅是这个倔强女孩的天性使然。在深圳生活了这么一段时间，她觉得自己已经不能再回到原先那个怎么看都怎么觉得封闭和滞重的生活环境里去了。虽然不能在那个五星级宾馆里做领班，但深圳的天地还大得很。被除名的当天下午，周副市长就派自己的秘书找她谈了一次话。如果她愿意留在深圳，周副市长负责再为她找一个落脚的单位。她说："我当然要留在深圳，但我不想给你们增加负担，我想我还能为自己找到一个更好的饭碗的。到我真的活不下去了，我再来求你们。"她就是这么回绝了周副市长，然后就办起了这么个职业中介所。

听到敲门声，尤妮很不愿意地张开眼。外人是很难理解那时候深圳职业介绍所的繁忙和劳累的。她总是感到睡不够，在床上挣扎了好大一会儿，才睡眼惺忪地操着广东方言问道："什么事啊，都半夜了！"

那个助手在门外问："你认识一个叫陶怡的女孩吗？"

尤妮揉揉眼睛："来找人也用不着那么厉害嘛。"说着，便让出一点位置，让他们三人进了单元门。那几个人走进这个单元房一看，多少都有些吃惊：门厅里和过道里都躺满了一些年轻女孩。她们都枕着自己的行李，也不脱衣服，就那样席地躺在临时铺的草席或旧床单上，还有的半躺半靠在墙根处在打着盹。

尤妮低声地："别吵醒她们。她们大多刚下火车，有的都好几个晚上没睡过觉了。"

尤妮带着那三个人蹑手蹑脚地走进一个当作办公室用的小房间，关上门后才拉亮灯，问："干吗上我这儿来找陶怡？"

那个助理问："有人说你是陶怡的好朋友？"

尤妮说："那又怎么样？"

经常在女孩堆里占便宜的那个助理笑嘻嘻地道："漂亮妹妹，说话别那么厉害。"

尤妮板起脸："谁是你漂亮妹妹？有话快说，有屁快放！"

那个助理知道遇上厉害的主儿了，便收敛了问："陶怡是从你这儿介绍到我们厂子里去的？"

尤妮马上敏感地问："你们是高士达的？"

那个助理说："那还有假。"

尤妮迟疑了一下，便说："她已经有很长时间没到我这儿来了。"

那个助理说："别跟我们打哈哈，我们有好事找她。"

尤妮老练地说道："是不是好事，我管不着。但她没在我这儿，这是真事。我也不知道她现在在哪儿。还有事吗？对不起，我要睡觉了。"说着，就把他们推出了门去。

虽然陶怡并不像尤妮说的那样很长时间没上她这儿来了，但当天晚上，陶怡出了厂门，确实没上尤妮这儿来。这时候，陶怡正在一辆驶往

"关"外的公交车上。她要去找冯宁。深圳一直有关外关里之分。正对着香港的关口，俗称一线关。而对着内地的，叫二线关。划归深圳治下的地盘，一部分在关里，那是真正的市区，还有一部分也是深圳的地盘，但却在关外，那就是深圳的郊区或者说是农村了。这个二线关的检查在当时还是相当严格的。尤其是进关的人和车，如果没有深圳当地的居住证和行驶证，所要接受的检查，绝不次于海关民航或边境线上那个一线关的严格程度。那时候，内地居民和工作人员如果要去深圳，要进这二线关，也是要手持当地公安机关发放的"边境通行证"。

顺利出关以后，行人车辆骤然减少。公路两旁也立显"荒野"，就像是真的进了农村一样。没过多大一会儿工夫，公交车行驶到一个铁路道岔口前停了下来。陶怡跳下车，公交车继续向前开去。陶怡则顺着铁路，向丛林深处走去。铁路两旁的灌木丛越来越密，四周的景象也越来越荒凉。

陶怡越走越快。

不时有一些叫不上名的大鸟从树丛中飞出，常常把陶怡吓一跳。

又走了一会儿，铁道路轨分岔越来越多了，出现了一个火车货运编集站。眼前的景象也变得热闹起来，岔道上停放着不少火车头和一些满载了的正在等待编集的货车车皮，还有一些废弃了的客车车厢，同时又出现了一些住人的工房。当然，重要的是，车厢车皮前后，工房工棚里外，不时出现一些来往的人影，还有那些闪烁的信号灯和不时在鸣叫的汽笛声……这些都让陶怡觉得又回到了"人间"。她加快了脚步，走到一个工房前，心情十分兴奋的她，似乎都等不及敲门，一边叫着："冯哥……冯哥……"一边就推门走了进去。

冯宁只穿了个短裤衩，脱光了上身，弯着腰，正在一个脸盆架跟前，哗啦哗啦地擦洗着。陶怡一看，大叫："哎呀……对不起……"忙退了出去。冯宁只听见那叫声了，却没看清楚闯进门来喊叫的人是谁，便直起腰，一边用湿毛巾擦着上身，一边踱出门去问："谁呀，吱吱哇哇鬼叫唤的？"陶怡脸大红，用力推了他一把，嗔责道："快去穿上衣服！讨厌！"

等冯宁穿戴整齐，倒掉脏水，坐定下来，听陶怡说了来找他的事由，他答道："参加团代会，好事呀！这还有啥犹豫的？"

陶怡忧郁地问："要是老板不想让我参加呢？"

冯宁用力在空中扇了一下巴掌说道："抽他！"

陶怡笑了："你要是我老板就好了。"

冯宁也嘿嘿一笑："会有那一天的。"

这时，有人突然撞开门，跑了进来。那个人大声叫喊着："冯宁，还在这儿磨蹭啥呢？你的货全到了！"

冯宁一听，忙拉着陶怡就往外跑。他跑到货站的月台上，那儿果然已经停着一列货车。他冲动地爬上一节敞口的车厢，车厢里堆满了一袋袋的玉米。冯宁拿刀划开一个麻袋，从划开的口子里，立刻流出金黄的玉米粒来。冯宁抓起一把玉米，喜不自禁地仰天大叫："玉米……我的玉米啊……黄金宝贝啊……"

陶怡站在车下，呆呆地看着在车厢顶上兴奋得近似疯了的冯宁。

不一会儿，冯宁从车厢顶上跳了下来，对一帮搬运工大叫了一声"快卸车"。

陶怡问："这么些玉米都是你的？"

冯宁用力地点点头："啊！"

陶怡又问："你买那么多玉米干啥？"

冯宁笑道："这么多？还有两车皮哩！"

陶怡问："还有两车皮？你干啥使？"

冯宁得意地答道："干啥使？你就瞧好吧！"

50

　　到凌晨时分，一辆很旧的上海牌轿车快速开进新园宾馆的院子里。车里只有一个人，就是市政策研究主任。那天一早，天还蒙蒙亮，他就自己开着车来找宋梓南了。应该说，那时在内地，有资格享受专车待遇的领导，几乎没有自己开车的，但凡要出门，都有司机开车伺候。但在深圳，走上中层领导岗位享受专车或公务车待遇的，大都还是一些年轻人，他们喜欢自己开车，也习惯自己开车外出办事。政策研究室主任开车来就是给宋梓南送从马列原著中寻找的有关卖地租地的语录的。

　　警卫战士疑惑地问："宋书记让你这个点来送材料？"

　　政策研究室主任回答道："他让我什么时候整完这个材料就什么时候送来，一刻也不许耽误，而且必须送到他本人手上。"

　　那个战士仍不敢放行，又给马秘书打了个电话。不一会儿，小马就匆匆走了出来，把主任接了进去。小马问主任："语录找到了？"主任忙说："找到一些，就是不太多。"看样子，他是一夜没好好睡。

　　走到宋梓南住的那个房间门口，小马刚要敲门，却又回过头去压低了声音对那位主任说："能不能让他再睡一会儿？昨晚又折腾到半夜才散会。你上我房间去待一会儿。"

　　那个主任犹豫了一下："行吧……"

　　两个人刚想走，房门却开了，是宋梓南。他显然听到门外的动静了，便迎了出来，说道："这两个人，在门外嘀嘀咕咕的，存心不让人睡觉？！"

　　主任忙不好意思地说："对不起，对不起……"

　　宋梓南笑了："行了行了行了，快进来吧！我已经等了你一个多小时了！找到几条语录？"

　　不大一会儿，周副市长和常副市长等人也都闻讯匆匆赶到。又过了一会儿，别的相关领导也都来了。这时，宋梓南让文印室的同志把这份语录打印了出来。

一个市领导翻阅着那份打印出来的书面材料，兴奋地说："老祖宗们讲得还真不少哩！你们听听列宁说的：'不怕租出格罗兹内的四分之一和巴库的四分之一，我们就利用它来使其他的四分之三赶上先进的资本主义国家。'一个是'不怕租出四分之一'，再一个是'利用它来使其他的四分之三赶上先进的资本主义国家'。目的和手段都讲得非常明确啊。"

市委宣传部的黄部长高兴地说："这都是尚方宝剑啊。有人再来质疑我们卖地或租地，就有得可对付他们的了。"

几个领导七嘴八舌地沉浸在极度兴奋之中时，宋梓南却转过身对周副市长说："你通知政策研究室和市委市政府秘书处的同志，立即起草一个关于土地有偿使用的条例……"

宋梓南这个话一说出口，刚才还显得极其兴奋和热闹异常的其他领导，立刻都不说话了，场面上立刻安静了下来。

过了一小会儿，周副市长慢慢地放下手里打印的语录，问："立即起草？"

宋梓南说："对啊，我们还等什么？宪法上确实写明国有土地不得买卖。但是，第一，我们没有卖，只是转让使用权，而且是有时限的。第二，有偿转让国有土地使用权的所得，完全是按列宁同志说的那样，为了让'其他的四分之三的土地赶上先进的资本主义国家'，这有何不可？第三，让境外的资本家来无偿使用我们的土地，让本可以得到的几十亿几百亿几千亿建设资金白白变成他们的利润，肥了他们，而我们的社会主义却苦于缺乏资金引不来人才和技术，买不到先进设备，不能甩开膀子大干，继续陷在一穷二白的泥坑里，眼睁睁看着几百几千、几万几十万边民日复一日、年复一年地逃港，海面上总是漂浮着逃港淹死者的尸体，而束手无策，如此这般，我们这些共产党人就心安理得了？更何况宪法上也没写可以搞经济特区，我们不是也已经搞了吗？宪法也没写社会主义可以搞中外合资，我们不也已经搞了吗？马恩列斯毛都没说过社会主义国家可以演电视，可我们还不是演了，还天天在看得一个劲儿的。搞改革，不能那么机械嘛！"宋梓南慷慨激昂地说完后，却没有一个人响应他。

现场再次出现一种让人感到特别窒息的沉默。

突然间，周副市长用力拍了一下桌子，大叫："是啊，我们还等什么？"

常副市长笑道："谁说还要等了？"

宣传部黄部长比较激动："再等就要等一万年了！"

组织部刘部长比较冷静："对，应该马上就起草！"

周副市长说："还要专门开一次常委会吗？"

宋梓南看了一眼在场的同志："常委不都在场了吗？"

宣传部黄部长说："是啊，常委都表态了嘛！"

宋梓南立即走到办公桌前，按了一下电铃。

小马跑了进来。

宋梓南说："让秘书处处长马上过来一趟，起草一个常委会纪要，关于决定深圳国有土地有偿使用的特别常委会决议纪要。"

那天常委们就在新园的餐厅里用了早餐，然后分头去各自的办公室上班。周副市长和黄部长都挤在宋梓南的车里，一起去市委办公大楼。

车启动后，颇有诗人气质的黄部长非常感慨地大声说道："我在想，假如今天我们在老祖宗的书里没有找到这些语录，我们这些市委常委们还有没有这个胆识和胆量，来拍这个板？说起来也是惭愧，甚至可以说都有点凄惨。我们这些一百年后的共产党人，还得到一百年前老祖宗的书里去找行动的依据。老祖宗们的负担也有点忒重了吧？"

是啊，假如今天我们在老祖宗的书里没有找到这些语录，我们这些市委常委们还有没有这个胆识和胆量，来拍这个板？兴奋之余，再回过头来把这样一个敏感的问题提到所有这些手握执政大权的同志面前，答案会是同样的吗？历史是不能用"假如"来改变的，历史也是不相信"假如"的。胜利者和实践者无须困扰于"假如"和"万一"。但也是这个"历史"告诉我们，一个统治者完全忽略了有可能发生的"假如"和"万一"，就一定是不清醒的统治者。而不清醒的统治者，终将被历史抛弃。现在看来，在这个车里坐着的"深圳的掌权者"宋梓南和周副市长似乎还是清醒的，因为在听了"诗人"黄部长的追问后，他们两人虽然都没作声，但脸上还是隐隐地掠过了一丝难堪和尴尬的神情，他们没有不屑于这样的追问，更没有反感这样的追问，也没有像有些在官椅上坐的时间过长的人那样，早已麻木，对这种"不着边际的追问"毫无知觉和反应。他们之所以会产生一点"难堪和尴尬"，是因为他们知道，在深圳今后的改革进程中，一定会遇到黄部长今天说到的这种情况：当权者想做的事情，在老祖宗那儿找不到可以用来为自己开脱和掩护的护身符。他们无法把自己的"乌纱帽"，以至身家性命安全地寄放在老祖宗那儿，他们必须为自己所做的一切来负责。他们还会做错一些事情，犯一些"很严重的错误"，得罪一些绝对不能得罪也不该得罪的人。到那时候，他们还会有决心去做一些改革需要他们做的事情吗？他们还敢说，中国的历史，由我们来创造吗？

　　别的地方的官员是可以躲着这样的追问的。只要这些官员有足够的"官场经验"，他们是躲得开的。也就是说，他们既可以安全着陆，也可以光彩前行，其实什么新事也没做，就像是附着在巨轮底部的那些软体或硬壳动物一样，同样享受了"历史性远航"的辉煌……但是，在深圳执政，他们是没法躲开的。起码在这个历史阶段，在深圳执政，他们躲不开。至于以后，三十年后，五十年后，深圳的官员会怎么样，深圳是否将永远保持必需的锐气和活力，谁也说不好，也不是他们该操心、能操得了那心的事了……

　　两个人沉默着，内心却在翻滚着。

过了一会儿，周副市长突然发现宋梓南的坐姿有点不对，忙推了推他，叫了声"老宋"。

宋梓南身子已经歪斜着瘫软了下来，而且已经说不出话来了，但神志似乎还清醒，只是没有力气说话，他一只手捂着胸口，一只手对周副市长轻轻地摆了摆，好像是在告诉他，不必大惊小怪，不会有什么事的。但这时，周副市长已经嚷嚷起来："黄部长，你带硝酸甘油了吗？快调头，去医院！快去急诊室！"

51

汽车急速地掉头，飞一般的向医院驶去。近处的行人和车内的驾驶员都惊奇万分地目送这辆突然逆行了一段路而超速行驶的高级轿车远去。

等顾亭云赶到，进入特护病房六个多小时的宋梓南已经安然睡着了。安放在床头的监视仪器上的各种波纹显示，宋梓南心脏都在正常值的范围内跳动着。顾亭云忧虑地看着熟睡中的宋梓南，眼泪慢慢地渗出眼角。

小马低声地："大夫说，他主要是太累了，别的倒还没查出什么病变。"

顾亭云默默地点了点头，说了声"谢谢"。

周副市长说："大姐，您也去歇一会儿吧。颠这一路，也挺辛苦的。"

顾亭云再一次默默地点头，但仍然没有走。

小马说："阿姨，您走吧。这儿有我们哩。"

顾亭云轻轻地摇了摇头："你们走吧。明天还得工作……"

周副市长动情地说："大姐，您要是再倒了，老宋的精神负担就更重了。您这时候稍稍去休息一下，等老宋睡醒了，再来嘛。医院里已经做了最周全的安排。您还不放心吗？"

话说到这个份儿上，顾亭云觉得自己不能再固执了。她知道她这一生最大的弱点，就是不善于"固执"，而这正是老宋所特别"擅长"的。他认定要做的事情，踹破天去，也一定得做到。但她常常会让步，常常会替对方想一想，就放弃了自己的初衷……

比如拿眼前这档子事来说，虽然如此揪心，但她能不相信医院里的安排吗？能不相信市委市政府的同人们为老宋做的一切努力吗？为了这些好心的同志，自己也该去休息一下……

她点点头，不放心地又看了一眼老宋，就随小马往外走去了。

车启动后，顾亭云就冷静多了。她对周副市长说："周副市长，能求您给帮个忙吗？"

周副市长忙说："大姐，您说。"

顾亭云说："给我在深圳找间房。我不能再让老宋这么一个人过下去了。"

周副市长无奈地笑了笑，并轻轻地叹了一口气。

顾亭云脸微微地一红，忙"让步"道："当然，要是房子有困难，那就别勉强了。"

周副市长忙又说："嗨，您要个房子怎么会有困难呢，房子早就准备在那儿了。这件事，我跟老宋不知说过多少回了，我一直希望您能调到深圳来，好好照顾老宋。我们再怎么照顾他，总不如您啊。但他一直不表态，他就是不愿意影响您在广州的工作。"

顾亭云苦笑笑："工作？他垮了，我工作还有什么意思吗？"

周副市长立即说道："只要有您这句话，房子是现成的。"

顾亭云感激地说："那就谢谢了。听说你们马上就要取消粮票肉票布票，放开一切物价，所有的东西都随行就市，政府不再控制这个物价了? 对不起, 我不是想干预你们市委市政府工作, 只是随便问问。您也别去跟老宋说。"

周副市长笑笑: "也不是所有的东西都随行就市。但粮、油、肉、布的供应, 一定会取消凭票供应, 主要日常生活用品和食品, 也都由市场来决定它们的价格。"

顾亭云担心地: "你们不怕天下大乱? "

周副市长笑道: "我们的感觉是, 如果继续凭票供应, 继续由政府来管制一切物价, 深圳的日子可能要过不下去了, 这天下真要大乱了。一直到现在为止, 上面还按过去常住人口三万人的老计划来供应深圳方方面面的物资, 包括粮油肉和日常百货用品, 都从三万人这一个盘子里出。可是现在深圳的常住人口已经接近五十万了, 而且很快就要突破一百万, 每天进出深圳的流动人口超过十万。这么多人, 每天一睁开眼, 都要吃要用。我们没有别的办法, 只有靠市场来解决这个问题。但是这个市场到底怎么搞, 我们没有经验。万一搞不好, 不是不可能出大问题的。所以说实话, 下一阶段, 老宋心里的压力会更大, 而且不是一般的大, 会是非常非常的大。如果您真的能来深圳工作, 我想我们常委班子里的每一个同志心里都会感到轻松一点。"

顾亭云不说话了。

回到新园宾馆。宋梓南住的房间里, 总是一个缺少女主人的住处, 显得有一点凌乱。

顾亭云坐在房间的一角, 感慨万千地环视着房间里的一切。她发现在床头的茶几上, 放着一个小镜框。镜框里夹着她和宋梓南的一张合影。那是他们前些年参观韶山毛泽东故居时照的。而在镜框背后, 则夹着两张他们女儿和儿子的照片。她把女儿和儿子的照片移到前边来, 就成了一家四口的合影了。看着看着, 顾亭云的眼眶湿润了。

既然决定调往深圳去照顾老宋, 顾亭云等宋梓南病情稳定后, 就赶快回到广州，去为这个"调动"忙碌去了。她的具体工作单位在市文史馆，回到广州的当天，她就去了文史馆。刚要掏钥匙进自己的办公室，一个正在走廊上打扫卫生的女孩上前来招呼她："顾副馆长，您不是说还得过两天才回来的吗？宋书记身体好点了吗？"

顾亭云说："嗨，他那是老毛病了，无所谓好不好的。"

那女孩说："昨天有封信，是市人民医院给您寄来的，是不是催您去看体检结果？怎么那么慎重啊，还特别给您写封信呢？我给您塞门缝里了。"

顾亭云打开办公室的门，从地上捡起一摞邮件，特地从里头挑出那封从人民医院寄来的信，拆开来看了看，对那女孩说："人民医院里有我一个好朋友，是她写的，没别的事，就是催我去看体检结果的。"说着，随手又把信扔回到办公桌上，走过去拿起暖瓶要去打开水。

那女孩忙从她手里接过暖瓶："我去我去。"

顾亭云没跟她争，由着她去打水了。多少显得有一点疲倦的她，在办公桌前坐了下来，再次拿起了医院来的那封信，忧心忡忡地看了起来。信里写的，并非如她刚才对那女孩说的那样"没事"，她只是不想让单位里的同事知道她"有事"罢了。当天下午，她按那个好朋友约定的时间，赶到了人民医院。她那个好朋友叫单秀娟，从年龄上来说，她们应该说是"忘年交"了。因为快到下班时分，单秀娟的诊室里已经没有了病人。一见顾亭云，单秀娟就着急地说："你必须立即住院手术。"

顾亭云说："你听我说……"

单秀娟说："我不听你说。"

顾亭云说："它现在不是还没发生病变吗？"

单秀娟说："是不是已经发生病变，现在还很难说，一定要等手术做了切片活检，才能下最后结论。"

顾亭云说："但是，从现在的各种症状判断，还不能确定它已经发生了恶性病变，对不对？"

单秀娟说:"如果等它发生恶性病变,就晚了。"

顾亭云说:"我需要这三个月时间。"

单秀娟说:"你想干啥,研制导弹,解放台湾,还是想跟着女排一起去打世界冠军?"

顾亭云说:"我要到深圳去……"

单秀娟说:"去照顾宋书记?"

顾亭云说:"也可以这么说吧。"

单秀娟说:"那是你一辈子的事情,动完这个手术,然后再去完成这个光荣而伟大的历史使命也还来得及。"

顾亭云说:"你不了解老宋目前的情况……"

单秀娟说:"别跟我固执,别跟科学固执。你们这一代人光凭热情办事已经吃过许多亏了,现在需要你们冷静理智科学地对待自己和面前的这个世界了。"

顾亭云说:"秀娟,你应该知道,我这个人一生缺的就是固执。但眼前有些事,我跟你说不清。我必须到深圳去。你给我配一点好药,维持它三个月。保证在这三个月内让它绝对不发生恶性病变。"

单秀娟说:"你以为我是谁,癌细胞它祖宗,亲爹亲妈?"

顾亭云说:"可是现在不是还不能说它已经发生了癌变吗?"

单秀娟说:"又来了。我想我已经说得非常清楚了,是不是发生癌变,只有通过手术,做完切片活检才能知道!"

顾亭云说:"我只要三个月时间!"

单秀娟说:"我的顾大姐,我不能给你这三个月时间。我做不到!因为癌细胞是不会等你三个月的。"

顾亭云说:"你能控制这个癌细胞,你做得到的。你是我见过的最好的大夫,又是我最好的朋友之一。"

单秀娟无奈地说道:"我尊敬的顾副馆长,顾老前辈,顾大姐,你必须明白,癌细胞是不会跟你认这些个情和理儿的!"

顾亭云突然站了起来,十分恳切地看着单秀娟,说:"求你了……我需要这三个月……我必须马上去深圳……"

从没看到顾大姐如此"固执"过的单秀娟,一下愣怔住了。

当天晚上,顾亭云竟然又把单秀娟"请"到一家茶馆的雅座间里去"疏通"。

单秀娟激动地对顾亭云说:"你干吗? 请我上这儿来喝一通茶,吃两块点心,我就能给你变出一种好药,就能让你放心大胆地去深圳,保证你再不会发生恶性病变了? 不可能! 我是大夫,不是巫师!"

顾亭云默不作声地看着单秀娟。

单秀娟说:"从大夫的角度说,从病理的角度说,你目前的状况比宋书记严重。如果不谈政治地位和社会影响,只从人这个角度说,要说照顾,现在应该他回广州来照顾你,而不是你去深圳照顾他。"

顾亭云冷静地:"说完了吗?"

单秀娟说:"顾大姐……"

顾亭云做了个坚决的手势,打断了她的话:"现在你听我说。昨天在医院有许多话我不便跟你说。知道你今天轮休,才想到请你来坐一坐……"

单秀娟说:"你倒是会找地方。知道这小茶馆是谁开的吗? 我妹妹。"

顾亭云说:"是吗? 那真是缘分。"

单秀娟说:"要见见我妹妹吗? 她可是一个比我聪明能干一百倍的狠角色!"

顾亭云说:"一会儿吧……埋单时,也许请她给我打个折什么的。"

单秀娟说:"那没问题! 好,请继续往下说。到底有何重大机密,昨天不便在医院跟鄙人我说的?"

顾亭云从随身带来的一个皮包里取出几份香港报纸放在单秀娟的

面前。

单秀娟疑惑地看了顾亭云一眼,拿过报纸,翻看起来。看了两眼,没发现什么特别重大的消息和新闻,便抬起头质疑般的看了看顾亭云。顾亭云拿过报纸,翻到那几个版面,交给单秀娟。单秀娟拿过报纸后,再仔细看去,只见那版面上刊有这样的大标题:《九评深圳假大空》。再往下看,还有这样的小标题:《过去的大寨今天的深圳》《邓小平改革偏离正确轨道》《深圳的路究竟该在何方》……

单秀娟丢开报纸,不屑地对顾亭云说道:"这些都是香港右派报纸……我们老家有一句老话:听蝲蝲蛄叫,你还不种麦了?"

顾亭云从皮包里又拿出一份报纸,递给单秀娟:"再看看这个,这是我们国内的。"

单秀娟接过报纸一看,上面有一篇文章的大标题是《旧中国租界的由来》。

单秀娟问:"这是哪个省的报纸?"

顾亭云说:"你自己看。"

单秀娟看了看报纸的标题,不作声了。

顾亭云问:"还想看吗?"说着,从皮包里又拿出一摞各种各样的报纸和杂志。

单秀娟一惊:"全是?"

顾亭云默默地点了点头。

单秀娟不作声了,过了一会儿,她才疑惑不解地问道:"深圳特区不是邓爷爷让搞的吗,怎么还会有那么多乱七八糟的声音?"

顾亭云淡淡地苦笑了一下:"这些人怎么敢直接冲着小平同志去,就只能拿深圳说事呗。"

单秀娟默默地点了点头,然后又轻轻地叹了口气:"看来深圳的一把手还真不好当……"

顾亭云说:"说一句实话……不过,我这句话,你千万不可以拿到外头去说。"

单秀娟立即说道:"我保证!"

顾亭云说:"说一句实话,他到深圳去当这个书记,凡是一把手该享受的能享受的,他可以说一点都没享受到,而一把手要吃的苦要担负的责任和风险,他却全吃了,全担负起来了,甚至比别的地方的一把手吃的苦还多,担负的责任和风险还大还重。"

单秀娟深为同情地安慰似的拍了拍顾亭云的手背。

"未来的三个月,是深圳特别关键的三个月,所以,我必须待在他身边……虽然不可能起什么大的作用,但最起码,晚上他下班回来,不至于独对冷冷清清的空房,心里有什么排解不开的烦恼时,能有个贴心的人愿意听他唠叨几句;特别疲劳时,还能有个人给他递一杯热茶,递一双拖鞋……让他不至于感到特别的孤独特别的无助……"顾亭云平静地说着。但单秀娟的眼眶却湿润了。顾亭云的眼眶也慢慢地湿润了起来:"秀娟……帮帮我……给我这三个月的时间……"

滚烫的泪水顿时从单秀娟的眼角流淌了下来,一股莫名的酸涩在她心里涌动起来,让她说不出任何话,只是默默地看着顾亭云,犹豫了好大一会儿,无奈地点了点头。

喝完茶,外头已经下起了小雨。顾亭云和单秀娟慢慢地走在人行道上。

单秀娟说:"我可以答应你去深圳,也尽可能给你开一些药,帮你控制病变的速度。但你得答应我,每个月必须回广州来做一次检查,而且必须按我要求的时间回来做检查。如果检查结果表明我们的努力并没有能有效地控制住你体内的这个病变,你必须听我的话,立即住院治疗……"

顾亭云没作声。

单秀娟一下站住了:"如果你不答应我这个条件,我以后就永远不管你了!"

顾亭云再一次表现出了她一生都罕见的"固执":"秀娟,这三个月里我无论如何不能离开老宋。"

单秀娟真生气了,几乎要喊叫起来:"顾姐,你是一个有大文化大阅历大责任心的聪明人,一下子怎么就变得那么死性了呢,变得那么的掰不开扯不清了呢?我已经跟你说得非常清楚了,如果你体内真的发生了这种病变,如果不及时治疗,一定是致命的。你应该懂'致命'这两个字的意思吧?为了这三个月,你愿意让宋书记永远失去你吗?还有块块,她才十八岁!还有你的工作你的事业!还有你们的儿子!"

顾亭云说:"秀娟,你没有经历过那种残酷的战争岁月,你没有体会,在某些关键战役的关键时刻,人一生的意义也许就凝缩在那几分钟几个小时之中了。而那几分钟几个小时的成败,却关系着几十万几百万几千万人,以至一个民族一个国家的命运⋯⋯这样的关键时刻,人一生也许只能遇到一两次,有的人也许一辈子都遇不到。目前,老宋和深圳就处在这样的关键时刻。这个时候,我必须待在老宋身边⋯⋯秀娟,你明白吗⋯⋯"

单秀娟一扭头,极其生气地走了。

顾亭云愣了一下,忙叫喊着追了上去:"秀娟⋯⋯秀娟⋯⋯"

52

凌晨。一辆公交车行驶到高士达公司门前停了下来。陶怡一下车,就向厂子大门走去。厂子的大院里静悄悄的,亚热带的阔叶树们都凝固了的似的,低垂着它们那茂密的大头。陶怡刚走进厂子大门不远,突然从一排灌木丛后头窜出两个人,上前一把抓住她,就把她往灌木丛深处拖去。陶怡刚叫了一声"救命",嘴就被他们捂住了。大门口传达室的那个师傅听到了陶怡的叫喊声,急忙出来探视,但仔细看了一眼,见发出声音的地方空无一人,四下里看看,到处都暗暗的也没有任何人迹,便迟迟疑疑地踱回传达室去了。

而这时,在那偏远的货运编集站的月台上,冯宁正监督着工人搬运玉米。工人每扛下一麻袋来,他就给这个工人发一个小牌子。以后让这些工人凭这些小牌牌,来结算工资。

最后一袋玉米粒终于从车厢里被扛了下来。工人们拿着自己所得的小牌子到冯宁那儿登记自己所搬运的麻袋总数。有个工人报了自己的牌牌数:"三十三。"冯宁抬起头来看了他一眼。那工人有点蛮横,斥问道:"不信,你数。"冯宁略略地看了一眼那工人放在他面前的小牌子,马上挑出几个假的。那工人不服气地:"你凭什么说这是假的?"

那几个假牌子做得确实非常像真牌子,几乎没有任何差异。冯宁拿出一个真的和一个假的,把它们翻过来让大家看。原来冯宁怕工人做假,在真的牌子的一角又画上了一个很小的记号,不仔细看,是绝对看不出来的,而假的,却没有这个记号。其他的工人起哄似的"啊"的一声哄笑起来。

那工人不作声了,却仍然梗着脖子,红着脸说:"那我还扛了二十九袋哩!"

冯宁说:"假一个罚十个。"

那工人:"你他妈的!"

冯宁:"你才他妈的!"

那工人突然掏出一把刀,对准了冯宁:"你他妈的,想欺负老子?!老子不替你干了,把今天的工钱算给我!"

工人们一下紧张起来。

那工人冲着冯宁不停地晃着那把雪亮的小刀："听到没有，把今天的工钱算给我！少我一分钱，你小子别想囫囵个儿地走！"

冯宁冷笑一下："好小子，有种，跟我玩刀？"说着，从口袋里也掏出了一把刀。

其他的工人再一次惊讶地叫了起来。

冯宁向那个工人逼进一步："怎么玩？说呀，咱俩怎么个玩法？"

那工人竟哆嗦地往后退了一步。

冯宁说："是你捅我一刀，我也捅你一刀，最后看谁先倒下，还是我们各自往自己身上捅，看谁捅的刀数多？"那工人没想到冯宁会出这么个"点子"，一下子便呆在那儿了。冯宁说着便在自己的手臂上划了一刀，血立即涌了出来。在场的工人们再一次低低地叫了声"啊！"这时，那个装横的工人完全傻在那儿了。冯宁趁机一步上前，把那个工人手里的刀打落在地。那个工人忙扑过去，弯下腰，想从地上把刀抓起来。冯宁眼急脚快，先一步，把地上的刀踩住了。那工人见没能拿回刀，便一步冲到冯宁面前，撕开自己的衬衣，亮出自己的胸膛，对冯宁大声吼道："捅吧，你他妈的捅啊！"冯宁却上前一下卡住对方的脖子，低声对他吼道："你小子再张口闭口跟我妈过不去，我今天非卡死你不可！你还不知道我在部队当过特种兵吧？"说着手里狠狠地用了一下力，把那工人憋得满脸发紫，像干鱼似的张大了嘴，一点气都出不来，然后一下推开了他，一边吩咐其他工人道："谁都不许报警！听到没有？"一边掏出块手巾，把自己胳膊上的伤口简单地包扎了一下，然后重新站回到桌子前，对那些还没有向他报告当日工效的工人们说道："下一个，多少袋？"

53

宋梓南出院后的第一个周末，小马把一串钥匙放到他面前。宋梓南看看钥匙，看看小马，不解地问："啥钥匙？"

小马说："您家的。"

宋梓南说："我家的？"

小马说："亭云阿姨不是马上就要来深圳了吗，市委办公厅给您整了一套房。"

宋梓南诧异地说："亭云要来深圳？"

小马高兴地说："啊。"

宋梓南拿起钥匙刚想再问什么，电话铃突然响了。宋梓南拿起电话，就听周副市长在电话里有点紧张地说："国贸大楼工地出事了……"

宋梓南一惊，稍稍问了下情况，就立刻让小马备车，急忙向国贸大楼工地赶去。等他赶到工地，先期赶到的周副市长和实地负责这个工程的石长辛都迎了上来。

出事后的巨大水泥构件周围已经用警戒性的黄色窄布条封锁了起来。所有的施工机械都已经停工了。不少工人都呆站在黄布条外的空地上，显露出一种束手无策的茫然神情。一条巨大的红布标语从高耸着的脚手架上悬挂下来，默默地显示着这样一行大字："冲击世界顶级工艺水平，创造世界第一深圳速度。"

石长辛给每位领导都发了一顶安全帽。宋梓南接过安全帽，但没顾得上戴，就迫不及待地问："有人员伤亡吗？"石长辛答道："没有。"宋梓南半信半疑地又转过身去看看其他负责人。另一个负责人也回答道："确实没伤到人。"宋梓南这才稍稍安了点心，跟着石长辛往出事的建筑构件圈里走去。

看完现场，石长辛把市里的领导带回到工地办公室，向他们报告事故的详情："我们在施工中试用了一种国际上最先进的施工工艺，滑模施工法……问题就出在这种最先进的施工工艺上了……"

一张长桌子上陈放着一个施工模型。

石长辛指着那个模型继续说道："过去盖房子建大楼，基本上都是在沿袭一块一块砖地往上'砌'，或者一个一个预制件往一起'搭'的工艺传统。这一回我们使用的这个滑模工艺，完全颠覆了这种砌和搭的传统，是用混凝土先把一个楼层在模板里整体浇铸好，然后把这整个楼层整体向上滑升，再浇铸下一层。这样做，不仅可以大大加快施工速度，也极大地提高了楼体的刚度和强度。现在的问题是我们每次要浇铸的楼层面积太大，有一千三四百平方米，这在混凝土浇铸工艺上要求极高，难度也极大……"

宋梓南问："国外有成功的先例吗？"

周副市长说："当然有。"

投资商说："但也曾发生过严重事故。在丹麦，一次试验失败，死伤过三十多人。在美国，一次失败，损失了好几千万美元。"

来过这工地好几回的宋梓南觉得眼前说这话的"外人"有点眼生，便问："您……"

石长辛忙介绍道："这位是我们的甲方，投资方，杨先生。"

宋梓南伸过手去："你好。"

投资商忙起身，用两只手握住宋梓南的手象征性地上下晃了晃，说道："把各位领导都惊动了，真不好意思。"

宋梓南说："一家人不说两家话。在采用这项新工艺前，做过试验没有？"

投资商说："做呀。我们现在做的就是试验，这已经是第三次试验了。前两次全失败了，这一次又失败了……"

工程副总指挥雷半伍补充道："这种工艺在香港已经有成功的先例。"

杨先生却说："但那是在香港啊，我的雷总指挥。"

雷半伍说："但是香港能做到的事情，我想，我们深圳也一定能做得到。"

杨先生说："做得到？做得到当然好啊。我也希望你们能做到。这样我们的投资就有保障了，可是愿望总还只能是愿望。"

雷半伍还想反驳，周副市长忙暗示了他一下，让他控制一下自己的情绪，别在这种场合，让境外的投资商太过不去。况且工程的问题，不是在嘴皮子上能解决的，归根结底还是得在工程现场拿活儿。

雷半伍不作声了。

宋梓南看了雷半伍一眼，问石长辛："这个同志是谁？"

石长辛忙介绍道："他叫雷半伍，是我们指挥部的另一位副总指挥。您应该知道，他是去年我们市评的十大杰出青年之一。刚调到我们工程指挥部来。"

在回去的路上，宋梓南问周副市长："你是怎么考虑这个问题的，老周？"

周副市长说："还算好啊，没伤着人，真是不幸中的万幸。"

宋梓南说："我问你这种新工艺，还支持不支持他们试下去？"

周副市长想了想说："工艺方面的问题，我想，我们市里……是不是就不必管得太细太实了，还是让他们工程承包方自己去决定。"

宋梓南："但你听那个石长辛说了没有，如果我们也能成功使用这个新工艺，就能在三至五天之内建起一层楼。"

周副市长说："香港使用这种工艺，最快的记录是七天建一层。"

宋梓南说："但这个石长辛说，他可以争取做到三至五天建一层。"

周副市长说："可以争取做到，但也存在另一种可能，继续失败，继续出事故，而且有可能出大事故。"

宋梓南说："小平同志说过很多次，要重视速度问题，尤其在当前，经济建设必须保持一定速度……你怎么了？"

周副市长说："没什么呀，正听你说哩。"

宋梓南问："在各次常委会上，你一直是特别强调速度问题的。今天怎么了？"

周副市长沉默了一会儿，说道："我没什么呀。"

宋梓南忙对司机叫了声"停车"。

车立刻停下了。

宋梓南转过身来，正对着周副市长，郑重地问道："老周，到底怎么了？"

周副市长犹豫了一下："回去说吧。"

宋梓南说："干吗要回去说？"

周副市长无奈地笑笑："你这个急性子……"

宋梓南催着："快说。"

周副市长又沉吟了一下，才说道："中央马上要召开特区工作座谈会了……"

宋梓南说："这跟中央要开特区工作会有何相干？"

周副市长说："最近，方方面面对我们深圳都有一些非议……我在想，在这个坎节上，如果我们不小心再出一档重大工程事故，或者像丹麦一样，在试验这种新工艺时，一下死伤几十人，或者像美国在试验时那样，一下损失几千万美元，会让所有那些一直等着瞧我们深圳笑话的人如获至宝，据此来进一步否定我们深圳这几年的工作……同时也会给那些一直支持我们深圳工作的同志以巨大的压力……深圳的成败，关系整个中国的前途，也关系许多人的政治前途。你想想，这个后果……"

54

一辆奔驰车缓缓驶进高士达公司厂部大院里。何振鸿下了车后，急匆匆走进厂本部大楼，走进金德昌的办公室。

何振鸿听说了厂子里新选的团代表出事的消息，便赶来查询此事："你想怎么处置那个当了团代表的打工妹？"

金德昌说："这事，你别管。"

何振鸿问："你知道你在做什么吗，浑球？"

何叔从来不这么"粗野"，这一下，让金德昌很不舒服，便叫了声"七叔！"

何振鸿仍然表现出了一种少有的激动："做什么事都要讲一个底线。不要忘了我们是在内地做这个生意。"

金德昌说："我就是为了把这里的生意做起来，才要收拾这个小丫头的。我不能让什么共青团什么工会在我厂子里做大了！"

何振鸿说："浑蛋！就是在香港，我们也要充分尊重员工应该享有的政治权利，你不懂？！"

金德昌冷冷一笑道："幸亏这儿不是香港。"

何振鸿马上驳斥道："但深圳也不是咸水湾的洗脚店。你睁开眼看清了！"何振鸿说着，把金德昌拉到窗口前，指着周围耸立着的塔吊："你高士达很快就不是这儿最大的一家厂子了。明年后年，会有几十家上百家比你大几倍的厂子在深圳蛇口落户。人家要的，不光是你这点税金你这点投资，他们的最终目的，还是要在这儿建一个规范协调的人人都有前途的温馨小康社会。我跟你说过多少次，你在这儿怎么干都可以，就是不要去碰他们的这条底线，不要忘乎所以！"

金德昌冷冷一笑道："小康社会？别听他们那一套宣传！"

何振鸿无奈地："好吧,我不跟你说了。你要继续这么胡来,我马上打电话回去给董事局,让董事局来裁定你这样的作为。我还要告诉你的是,多数董事对你这种故意无视内地法律法规的行为,都表示了极大的忧虑。"何振鸿说罢,愤然走了。

对于七叔丢下的这几句狠话,金德昌不能不在意。七叔毕竟是董事局的主席,是高士达厂主要的出资方。他的态度绝对是能影响董事局的决定的,也是能影响他金德昌的前程的。而且七叔这个人,许多时候是只论事,不论人的。固执起来,谁也拿他没办法。金德昌必须让他几分。于是在呆呆地闷坐了一会儿后,他按了一下电铃,叫来了自己的助理。

金德昌问:"那个小妞呢?"

助理说:"还在跟她谈着哩。"

金德昌问:"谈多长时间了,还没谈下来?"

助理说:"金总,你太好心了。当时要用我的办法,稍微教训她一下,她早就会很乖很乖的了……而且我肯定不会在我们厂里教训她的啦。只要花一点钱,找几个江湖上的朋友,在外头找个地方,很容易做的啦。不怕她不听话啦。"

金德昌斥责道:"你懂什么?你以为这儿是咸水湾的洗脚店,只要花点钱,想做什么就能做什么?"

助理不作声了。

金德昌沉吟了一会儿:"你们没动那个小丫头吧?"

助理赖兮兮地一笑:"动?怎么动?"

金德昌瞪他一眼:"说正经的!没对她来硬的吧?"

助理摊开手,无奈地说:"你不让我们对她来硬的,我们怎么敢对她来硬的?"

金德昌立即吩咐道:"去,请她到我这里来。"

助理一愣:"去请……请她?"

金德昌说："听不懂我的普通话？去把她请到我这里来！"

55

石长辛和雷半伍接到宋梓南的电话，立即到工地上开了部 130 小货车，赶到市委大楼，走进宋梓南办公室，喊了声"报告"！

宋梓南笑道："哦，还报告呢？英武之气不减当年啊！两位副总指挥同志，坐，快坐。昨晚我们走了后，你们一直忙到几点？"

石长辛："忙到现在。"

宋梓南："事故现场清理完了？"

雷半伍："还在清理。"

宋梓南："事故原因呢？"

石长辛："已经成立了一个专家组专门来查找事故原因。"

宋梓南："紧急召你们来，是因为今天的常委会要专题研究昨天你们这个事故。让你们上会做个汇报，除了讲讲昨天的那个事故，还要讲讲那个滑模工艺，最后还希望你们再汇报一下两万名基建工程兵现在生活、工作中还存在的必须着重解决的问题。"

石长辛："是。"

宋梓南："你们的汇报，只是今天常委会诸多议程中的一个。什么时候需要你们去汇报，现在还不好定，这要看前边儿项议程的进展情况。"

石长辛："明白。"

宋梓南："所以，你们就别回去了，就在我这儿等着。洗一洗，简单吃点东西，抓紧时间再睡上一会儿……昨晚一夜没睡，别一会儿到常委会上再打瞌睡。"

雷半伍笑了笑："那怎么会呢？"

这时，小马送来两条崭新的毛巾，一瓶洗浴液和一瓶洗发液，不一会儿，又给石长辛和雷半伍端来一盘早点。

石长辛："在您这儿洗漱休息？不不不不……"

宋梓南："干吗不？"

石长辛："反正我不在您这儿休息……"

宋梓南："石长辛，你跟我还来这个虚套？"

石长辛看看雷半伍，十分为难地："要不，你在宋书记这儿睡一会儿。我真不能在这儿休息。多别扭……"

宋梓南大惑不解："别扭？别扭啥？我这里头有个小间，有个床。被子褥子都干干净净的……我让小马在外头替你们把着门，不会有人来吵你们的……你们现在回工地，那儿能休息吗？再说，我马上也要走，去开常委会……这儿没人吵你！"

雷半伍："算了，咱们听宋书记的，就在这儿歇会儿吧。"

石长辛还是执拗："不行不行……这儿再干净再没人吵闹，我也不在这儿睡……"

宋梓南故意板起脸来，吼道："石长辛，你听话！让你们在这儿休息，也是为了让你们就近等着开会嘛。"

石长辛还是推托："不行不行。我上下边大厅里等着去，那儿离你们的会议室也挺近的……"

宋梓南："在大厅里等着？可你们已经一天一夜没睡了呀！"

石长辛："一天一夜没睡，稀罕？"说着便大步走了出去。

56

顾亭云是她们单位用一辆红旗车把她直接从广州送到新园宾馆的。进深圳那会儿，天已近傍晚。车一到，还没等顾亭云下车，周副市长就迎了上去。

顾亭云忙笑道："周副市长，怎么敢劳您大驾？"

周副市长笑道："是我主动请缨要为大姐服务一回的。"

顾亭云笑道："服务？不敢当。一定是您周副市长有啥事要求着我这老太太办了。"

周副市长大笑："大姐果然名不虚传，一语中的，厉害……厉害……"一边说，一边赶紧帮着拿行李。

进了宋梓南房间，安顿好行李，周副市长对顾亭云说："大姐愿意到深圳来，机关里的同志都特别高兴。不光是为宋书记，也为我们大家。宋书记身边确确实实需要您这么个人。有您在，我们大家心里就踏实多了。"

顾亭云淡淡地一笑："我可没那么重要，不仅没那么重要，说不定来了以后，还会给你们添许多麻烦。"

周副市长告诉顾亭云："房子初步已经定下了，一会儿让市委办公厅的同志陪大姐去看一下，如果您觉得还行，咱们就赶紧搬家，赶紧结束老宋这种四处打游击的老单身汉生活。"

顾亭云问："那房子老宋看过了吗？"

周副市长说："他说他不看了，一切都由您定夺。"

顾亭云笑了："他倒挺会当甩手掌柜的！"

周副市长也默默地笑了笑。

顾亭云长叹一口气，往沙发上一靠，微笑道："开场白都说完了，说正事儿吧。说说，周大市长今天忍心撇下党国重任，屈驾接车，所为何来？"

周副市长立即说道："今天我们开了一天的常委会……"

顾亭云马上从沙发上欠起身："我能发表个声明吗？我们家的习惯，你老周应该是知道的，我从来不在工作问题上给老宋吹什么枕边风，老宋也从来不惯我这毛病。"

周副市长忙笑道："大姐，我也要先跟您声明两点，一、我今天来找您，完完全全没把您当作谁谁谁的夫人……"

顾亭云还是坚决打断周副市长的话，强调道："不管你主观上怎么认为，可我实际上还是谁谁谁的夫人……"

周副市长一本正经地："不，这还是不一样的。因为您除了是谁谁谁的夫人以外，还有一个身份，那就是我们的老同志老战友老朋友。我今天来找的是这样一个顾大姐，而不只是一个什么夫人。"

顾亭云指着周副市长笑道："狡辩。"

周副市长也笑了笑，继续说道："第二，更重要的是，我今天来，不是代表我周某个人……"

顾亭云有点意外："你代表组织？"

周副市长点点头："也可以这么说吧。"

顾亭云认真起来了："组织要我吹枕边风？"

周副市长口气立即变得有一点沉重："深圳近来处境不太好……"

顾亭云从随身带着的旅行包里拿出那一摞报纸和杂志，放在周副市长面前。

周副市长瞟了那些报纸杂志一眼："您已经有所了解了？"

顾亭云问："还有什么情况是我不了解的，又是需要我了解的？如果你们觉得，这两个问题，都是我不该问的，可以不回答我。"

周副市长忙说："不，这正是市委常委授权我来找您大姐，要做的事情之一。"

顾亭云略略一怔，神情一下从认真变得紧张起来。然后，周副市长就跟顾亭云谈了将近一个小时。周副市长走的时候，宋梓南还没有回来，房间里只剩下顾亭云。在和周副市长谈话后，她显得很不安，神情略有些发呆。呆坐了一会儿，她好像突然想起什么似的，慌慌地从自己随身带来的行李包里取出一个装满各种各样药品的多宝盒，又从这多宝盒里取出几盒药。她不想让宋梓南知道她竟然在服用这种抗癌变的药，她要藏起它们。但藏了几个地方，都觉得不那么保险，忽然间，她发现在书架的顶端放着一个小小的保险箱，便把它取了下来，并试着去开了一下保险箱的门。

这小保险箱的门居然没锁上。

顾亭云小心翼翼地把小保险箱挪到台灯底下。保险箱里并没有什么特别金贵的东西，只是存放着宋梓南的工作证、边境通行证、党费证和党代会代表证等一类证件。正在她犹豫着要不要把那几盒抗癌变的药存放到这保险箱里去的时候，却发现在保险箱的最底层还放着一样东西，摸摸，好像是几页纸，外头还用油纸包裹着，似乎显得有一点神秘。她知道自己是不该在没有得到老宋允许的情况下，"私"看他"藏"起来的书面材料的，但这既不是信件，更不会是日记。于是在稍加迟疑之后，她还是把那份东西取了出来。

打开外面包着的那层油纸，她看到这是一份正规的病历报告。刚翻开来大略地看了一眼，外头有人在敲门了。

顾亭云忙问："谁？"

宋梓南在门外答道："还能有谁？"

顾亭云慌不迭地把自己要藏的那些药塞进小保险箱里，把那份病历塞进自己放药的多宝盒里，再把小保险箱放归原处，这才慌慌地应道："来了……来了……"

宋梓南一进门，顾亭云马上就告诉他："刚才，老周来过了。"

宋梓南问："哪个老周？"

顾亭云应道："你班子里还有几个姓周的？"

宋梓南不无意外："周副市长？他来说啥了？"

顾亭云沉默了一会儿，说道："他说，有人写了一份很长很长的书面材料，把你老宋告到中纪委去了。"

宋梓南淡淡一笑道："这种事，稀罕吗？"

顾亭云说："可是偏偏在这个时候！"

宋梓南坦然地："是的，偏偏在这个时候……"

顾亭云说："而且这个老同志曾经在这一带工作过很多年。"

宋梓南说："是的，他在这一带工作过很多年，担任过很重要的领导工作……"

顾亭云说："他应该比别人更清楚，深圳宝安如果不换一种方式来发展经济，就没法再赶上时代前进的步伐了，就会彻底被历史淘汰！"

宋梓南说："从理论上来说，他应该比任何人都明白这一点……"

顾亭云说："他是这个地方的老领导，有什么看法可以当面跟你们这些后来者谈嘛。大家都是党内的同志，又是同一地区前后任的领导，有什么必要非得把事情捅到北京，捅到中纪委去呢？"

宋梓南说："我只能说，他是出于一种忧国忧民的良好动机，才这样做的。他认为，建立特区后，深圳的干部百分之八十都已经烂掉了，百分之八十的公务员都堕入了纸醉金迷的深渊中……他说，中央如果再不下大力气纠正这儿的错误，社会主义的深圳真的就要变成资本主义的深渊了。而这一切的责任都在我，宋梓南。"

顾亭云说："你能承认你们深圳的干部真有百分之八十都烂掉了，都过着纸醉金迷的生活？"

宋梓南一下激动了，腾的一下站了起来，脸涨得通红，大幅度地挥舞着手，冲着顾亭云嚷道："昨天我们有个工地出了点事故，从市里的主管领导到分管领导，从主管厅局的主要领导到工程承包的主要负责人，从行政方面的领导到工程技术方面的负责人，连续在事故现场工作了三十六小时，我们有个工程副总指挥今天在市委常委会上做汇报时，由于太疲劳了，才说到一半就虚脱，昏倒了……我们有个厅局的总经济师死在了办公桌前，我们的特区报，是在一张办公桌两把椅子一间平房的条件下创刊的……"说着他大步走到窗前，推开窗子，"在中央基本不给经费的情况下，我们把一个三万人的小镇搞成了近百万人的现代化城市，上百公里的城市道路和近百幢高楼，都能是在干部纸醉金迷的情况下创造出来的？他在污辱谁呢？都是党内的同志啊，都在拼着命地为实现三中全会制定的方针路线去救我们这个中国啊。煮豆何必燃豆萁呢！"

静场。

这一幢由特殊警卫手段保护起来的小楼，在夜深人静时，还是能让人觉得风轻轻地从绿化带的小林子里穿过时，的确留下了一长串细微的沙沙声的。

这时，顾亭云从行李包里拿出那份从小保险箱里抄出来的病历报告，放在了宋梓南面前："所以你要把这份病历向组织隐瞒起来？"

宋梓南一愣，上前拿起那份病历报告翻了一下："你……你怎么……怎么知道的……"说着，他瞟了一眼书架顶上的那个小保险箱，想上前去取那个小保险箱。顾亭云赶紧上前挡住了宋梓南。她不想让他看到她藏在那里的药。

顾亭云说："老周他们都感觉出你身体出了大问题。"

宋梓南说："还不能说什么大问题……就是常常会间歇性地喘不过气……但是大夫又查不出什么原因……"

顾亭云拿起那份病历报告，用力地晃了晃："查不出原因？"

宋梓南说："就是还没有最后确诊嘛！"

顾亭云说："为什么不告诉我？"

宋梓南说:"没最后确诊,告诉你什么呀?"

顾亭云说:"你这样一个状态,能查出什么名堂来?你得住院检查,得找最好的医院和大夫做检查……"

宋梓南说:"它只是间歇性地喘不上气,并不是总是喘不上气……"

顾亭云说:"等到总是喘不上气来,就晚了,我的宋书记!"

宋梓南不说话了。

顾亭云拿着那个病历,冲到宋梓南面前:"你必须去住院检查。胸闷,喘不过气,这都是心血管和呼吸系统方面的症状。心血管和呼吸系统出了问题,那意味着什么,我的老宋同志,还用得着别人来给你讲解吗?你……"

宋梓南慢慢地点了点头说道:"是的……心血管和呼吸系统都是要害部位……"

"你既然知道问题严重,还一直瞒着我,还一直在这么蛮干?"顾亭云说着,眼圈红了。

宋梓南说:"知道有这样一句古话么?'衣沾不足惜,但使愿无违'……"

顾亭云立即打断了他的话:"儿戏!"

宋梓南无奈地摇了摇头,苦笑了笑,低头不说话了。

顾亭云恍然大悟地:"哦,所以你在别人眼里看起来是那么的'不正常'!不管什么人说你深圳什么,你都不管不顾地只知道往前冲。你是想趁着自己还能喘气,还能站直了在那儿发号施令,就拼命地去推行那些你想推行的东西……你知道自己身体不行了,怕来不及做那些你想做的事?"

宋梓南又苦笑了笑:"这不只是我想推行的……是党……是三中全会……是老百姓……是整个时代和整个民族……这还关系到整个国际共产主义运动的命运和前途。社会主义到底行不行?马列主义到底行不行？共产党到底行不行？我们所做的一切……"

"别跟我说大道理！"顾亭云再次打断了宋梓南的话。

"这怎么是大道理？！眼下，国内外怀疑马列主义、怀疑社会主义还是不是个好东西的人还少吗？在一些大学校园和知识圈里，公开质疑马列主义的人还少吗？"

顾亭云不说话了。

宋梓南："房子你去看了吗……"

顾亭云："别跟我转移话题。老周代表常委会的其他同志正式来找我谈你的身体问题，你还当儿戏着呢？"

宋梓南苦笑笑："没人把它当儿戏啊……"

顾亭云："我现在什么也不想跟你说，只问你一个问题：你到底去不去认真检查一下病情？"

宋梓南："亭云，你说我现在能离开岗位吗？"

顾亭云板起脸："那行。你不去，我去。"说着拿起那份"病历"，就向外走去。

宋梓南忙拦在门前："你……你想干啥？"

顾亭云："我把你这份病历交给省委，交给任书记，交给中央！"

宋梓南立刻正色地："亭云，不许胡闹！"

顾亭云颓然地坐倒在一把椅子上，默默地呜咽起来。

宋梓南："你也说过，我现在身上的压力非常大……"

顾亭云："可是……"

宋梓南做了个手势，让顾亭云不要打断他的话。"这种压力，非常人能想象……关起门来我们私下这么说：深圳干成什么样，牵涉到的，不只是我宋梓南个人的前途命运，牵涉到的是我们这个党这个国家的前途命运，一种政治理念和一条政治路线的前途命运，牵涉到一大批政治家和经济家的前途命运……刚才还说了，关系到国际共产主义运动的命运和前途。我宋梓南何德何能，居然身负此重任，站在这个历史大闸门前的风口浪尖上。"他指着墙上挂着的一副对联说，"我和我这一班人的心情，就是魏源这两句话所表达的：'秋水马蹄天放客，春冰虎尾梦回时。'……看起来，我们风光得好像飞马疾驰在秋天那平静的水面上那样，但实际上，却像行走在初春已经开化的冰面上，而且手里还拉着一根老虎尾巴那么艰险……我不能说深圳的工作做得有多么好，更不能说，人们批评深圳，就一定是为了反对改革开放。但不管怎样，在中央面前，在全国人民面前，对深圳的一切负主要责任的是我宋梓南！我必须尽一切可能地做好这个工作，即便到全国特区工作座谈会上去当被告，我现在也不能缩进山洞里去猫着。我宋梓南毕竟不是为了平安度过这一个座谈会而在这儿当这个市委书记的，中央派我来的目的也不是这个啊……"说到这里，他突然气急起来，脸色也一下苍白了，因为胸闷，喘不过气，双手本能地去抓挠揉搓自己的胸口。

顾亭云忙扑过去，扶住宋梓南："老宋……老宋……你怎么了……怎么了……"

宋梓南这时张大了嘴，却已经说不出话来了，只是战栗着指指那个柜子顶，说着："那……那……那……"

顾亭云忙问："你要什么？快说呀，你要什么？"

宋梓南连连大口大口地喘着气，艰难地说道："那……那……那……那里有药……"

这时门外有人敲门。

顾亭云大声叫道："快来人啊……"

外边的人冲进门来。是雷半伍。

顾亭云不认识雷半伍，一愣："你是谁？"

雷半伍忙说："我是国贸大楼工地指挥部的，来向书记汇报工程进展情况。"

顾亭云急得都快哭了："快打电话。要救护车……救护车……"

宋梓南挣扎着："别叫救护车……家里有药……有药……"

57

冯宁突然间听陶怡告诉他，她决定不去参加市第一届团代会时，都要惊倒了："你不想去参加团代会了，为什么？因为那个金老板答应替你到香港去找你的爸爸妈妈？这纯粹是个阴谋，是收买！"

陶怡红着脸："不是收买！他说我活儿干得好，是全厂最出色的员工，给工厂做出了特别大的贡献。所以他想好好奖励我，一定想办法替我到香港找到我家里的人……也许还会带我到香港去，让我亲自去找……"

冯宁一字一顿地追问："让你、去、香、港？"

陶怡激动地说："是的。他就是这么说的。"

"你觉得有这可能吗？"冯宁眼睛里闪过一丝冷峻的光。

"可他就是这么说的。"陶怡天真地答道。

"同时他又提出，你必须拒绝参加这次团代会？"冯宁再问。

"不是拒绝，是去请个假……因为要为厂子加班……"陶怡认真地解释道。

"那不还是拒绝吗？"冯宁哭笑不得。

陶怡不说话了。她的不说话，不是无话可说，而是不想再和对方争论。小丫头平时看起来挺文静，但骨子里却挺倔强，挺有主张。不和你争论，绝不等于已经放弃了她的主张。恰恰相反，她这时的不作声，只表明她早已决心要去实行自己的主张了。

冯宁想了想，又问："他没向你提什么特别的要求？"

陶怡脸微红:"哎呀,你说啥呢!那个金老板都比我大一二十岁哩。说话时,我们整隔着一张桌子,他连荤笑话都没对我说一个,特别正经……"

冯宁忙说:"我不是说这个……"

陶怡不解地:"那还有啥?"

冯宁问:"你们厂子里就选了你一个团代表?"

陶怡默默地点了点头。

冯宁一跺脚,着急地:"你瞧瞧这事儿!"

陶怡平静地说道:"我不去了,他们还可以选别人嘛……"

这一下冯宁真急了,一下站了起来,指着陶怡嚷嚷道:"你以为这是小孩过家家呢?!你不去,别人过去替了你就行了。这是共青团代表大会!"

陶怡渐渐显得有一点尴尬起来,慢慢地低下了头去,不一会儿,眼眶便湿润了起来,接着便颇有些委屈地呜咽起来。

冯宁把口气放缓和了一些:"说起来,挺惭愧,我虽然也是个老共青团员,但一直也没能入上党,从来没有当过团代表。这么些年,对有些地方的有些选举,我也是挺有看法的。但是,陶怡,你得明白,你这一回的当选真的很不一样,那些打工仔打工妹完完全全是自觉自愿把票投给你的。没有任何人要求他们,或暗示他们,必须选你当他们的代表。他们跟你我一样,全都是初来乍到,在这儿,全都是上无父母亲戚,下无乡里友好,内心的那种孤独忐忑,跟对深圳的新奇、激动是同样的强烈沉重。他们把票投给你,让你代表他们到大会上去行使某种权利,表达某种要求,其目的恐怕远远不止是应付一个上面下来的政治任务而已,他们托付给你的这种信任、信赖,恐怕也远不止在政治层面上……你懂我的意思吗?"

这些话,对于陶怡来说,显然是"太深奥"了。陶怡似懂非懂地看着冯宁。

冯宁接着说道:"他们是把你当作他们在深圳最可信赖的亲人之一,

就像你现在把我当成你的亲哥一样，你成了他们心底里一个最温暖的向往……"

陶怡的眼圈又红了。她并没有听懂什么叫"心底里一个最温暖的向往"，更不明白受托了这种"向往"又有多大的意义和价值。此时此刻，她只是觉得一向待她特别体贴和温和的"兵哥哥冯宁"突然变得如此的生硬和不依不饶，让她觉得非常的失望和难过。而后，就像她习惯做的那样，她再也不说话了。后来的一段时间里，冯宁又说了不少话，比如："别让你厂子里这几千名打工仔打工妹和上百名共青团员失望……更别让他们瞧不起你……如果你真心想做他们的代表，就勇敢地去做。人活一辈子，最难的就是要有勇气创造一个真正的自己……"又比如："退一万步说，你爸爸妈妈姐姐哥哥真还活着，也已经到了香港，那么你早晚总能找到他们的，用不着这么急于付出背叛这些打工兄弟姐妹的代价，让自己一生都陷在良心自责的苦恼中……"等等。有的话能听懂一点，有的还是听不懂，不管听懂了的，还是始终没听懂的，她都低着头，再不说话了，让冯宁真正领教了一回这个小丫头的牛脾气。

陶怡虽然一直没说什么，但她的心里还是在翻腾着。冯宁这么"生气"，滔滔不绝地说了这么多大道理，让她感到自己一定是做错了的。也许，自己是应该去参加团代会的。回去的路上，她倒了一辆公交车，在团市委门前停了下来。团市委的大门上已经挂上了通栏的大红横幅："热烈庆祝我市共青团第一届代表大会胜利召开。"

陶怡得到过通知，团代表与会，直接到团市委报到。她觉得，冯宁那么激动，自己好像应该去报到。下车后，她在团市委的大门前犹豫着徘徊着。她几度向团市委那个并不算高大的门楣里走去。但走到门楣下，却又迟疑了。

这时，从厚厚的云层里，开始往下洒落一阵阵小雨。小雨细细地无声地润湿了街道和林木。陶怡既下不了决心走进那个门楣里，又下不了决心彻底离开这儿。她不想让冯宁生气,但又不想得罪金老板,更不想失去金老板许诺给她的那些美好前景。长到这么大,毕竟还没有谁,包括"兵哥哥冯宁"也都没有向她许诺过什么。她太希望有人向她许诺些什么了,就像无数年龄跟她一样大的女孩那样,在对种种许诺的盼望和失望中才能逐渐长大……于是,这一刻她只能痛苦地在细雨中迟疑着,踯躅着。

雨,毫无疑问地要越下越大。

她的徘徊引起了传达室一位同志的关注。大概是因为过去经常有一些想找团市委上访倾诉的青年人到了这儿,又犹豫着不敢进这大门,所以,传达室的同志赶紧打着一把伞,向陶怡走来。但他没想到,他的这种"热情",反而在不明底细的陶怡心里引发一阵莫名的紧张和忐忑。她不知道眼前这个市级"大机关"的这个工作人员匆匆向她走来,是为了"驱赶"自己的,还是来"质询"自己的,唯一不敢想象的就是人家是来请自己进门的,更难以预测下一步还会发生什么样的事,于是她赶紧转过身走开了。

当天晚上半夜时分,有人打电话到高士达厂女工宿舍的传达室里,要找陶怡接电话。女工们住的房间里自然是不会安装电话的,电话只能打到传达室,再由传达室的那个"阿姨"(管理员)传呼。

女管理员四十来岁了,已经在躺椅上眯盹着了,被这电话铃吵醒,自然特别的不高兴,便对着广播话筒连着叫了几声:"四零三室的陶怡,电话。四零三室的陶怡,电话……"

这时候,女工们都已经上床睡觉了。一个睡在下铺的女工听到广播,忙拿起一个晾衣服的竿子,捅捅上铺:"陶怡……陶怡……你聋了?"

睡在上铺的陶怡忙跳下铺。

另一女工笑着调侃道:"陶怡,又是那个兵哥哥的电话吧,啥时候带来让我们瞧瞧嘛!"

陶怡脸一红,只说了声"睡你们的吧"!就披上衣服,赶紧走了。到传达室,还没等她向管理员"阿姨"说句好听的话,那个女管理员已经挖苦道:"团代表,这楼上楼下,就数你电话多了。"

陶怡脸又一红:"谁是团代表……"

女管理员皱了皱鼻子,扁扁了嘴道:"还谦虚呢? 快接电话! "

陶怡怯怯地拿起电话。

电话果然是冯宁打来的。"去市里报到了吗? "他还挺牵挂这档子事。自己在部队都不好好解决"组织问题",上这儿来,倒替别人着起这个急来了。人啊!

陶怡不知道怎么回答冯宁,她真的不希望再惹冯宁生气,不愿意再看到冯宁生气。一时间,不知所措的她,拿着电话,只是在喘着气,没有回答。

冯宁问:"没去报到? "

陶怡还是不作声,只是粗粗地喘着气。

冯宁有点失望了:"你真行! "

陶怡特别歉疚地:"对不起……"

冯宁恨铁不成钢似的:"跟我有啥对不起的! "

陶怡看看那个女管理员,她虽然在很无聊地看一本香港版的命相书消磨时间,但脸上的神情却让陶怡觉得,她已经对陶怡半夜来骚扰自己很有些不耐烦了,便忙对冯宁说:"等见了面咱们再细说。传达室的阿姨要休息了。我挂了。"说着,没等冯宁做出回应,便挂断了电话,然后对那个女管理员说了声"谢谢李阿姨"。那个姓李的女管理员,居然都没搭理她,马上丢开手里的那本命相书,收回电话机,关了那扇小窗户,在那张权当作夜班床的竹躺椅上躺了下去。

那边,冯宁听到陶怡不等他说完话就挂断了电话,也赶紧撂下电话,向远处的一个公交车站跑去。他想去告诉陶怡,当好这个团代表,在我们这个体制下,会对她的一生产生什么样的作用。

这时,恰好有一辆公交车进站了。但等他跑到,大概因为时间很晚了,车站上没什么人在候车,车上也没什么人下车,这辆公交车又匆匆地开走了。

雨,无声无息地下着……

雨幕中的夜色无边无际,浓重而又深远……

冯宁在雨中无奈地呆站了一会儿,转过身刚要回工房去,从路边却走出三四个男青年,全都打着台湾产的那种花花绿绿的折叠伞,那时候很时兴这种折叠伞,比我们通常用的那种油布伞自然要灵巧方便得多。他们直直地向冯宁走来。

冯宁愣了一愣,定睛一看,为首的竟然是那个在工效牌子上做假的男青年。这时,冯宁全身已经淋湿了,他本能地去摸了摸口袋,想掏刀自卫。但今天偏偏没带刀具出来。他忙向后退了半步,顺手从路边的林带里抄起一根树棍,对着那几个直冲他而来的不速之客,摆下了打斗的姿势,大声问那几个男青年:"你们想干啥?"

那个做假工牌的男青年忙笑道:"嗨,冯老板,别误会。我带几个朋友来跟你谈一笔生意……"一边说,一边象征性地拍拍自己两边的裤子口袋,表示自己没有带任何"武器"。

另外那几个男青年也做个类似的动作,表示都没带"凶器",不是来和冯宁寻衅斗殴的。

冯宁再一次打量了一下这几个男青年,确认了他们都没恶意,这才扔掉手里的树棍,走过去跟他们握手,不料那几个人一下扑了过来,把他摁倒在地。那个做假工牌的男青年哈哈大笑道:"冯老板,看来你的江湖道行还是不够深啊,还是好骗啊!"冯宁在泥水地里正挣扎着,那几个男青年突然哈哈一笑,都松开了手。那个做假工牌的男青年忙上前来拉冯宁:"开个玩笑啦。冯老板,快起来。真的是请你去谈一档子生意啦,快起来。"

这几个年轻人还带了一辆很新的桑塔纳车来。他们就用这辆在那个时候还挺气派的新车把一身泥水的冯宁带到了市内一个洗浴中心里。冯宁一开始说什么也不跟他们去"洗浴"，他不知对方的深浅，也不想贪这便宜。"可你这一身泥水，一会儿我们怎么谈生意呢？"那个做假工牌的年轻人说道。"有什么事，就在这儿说吧。我身上的泥水碍你啥事？"冯宁就是不想跟他们进那洗浴中心。"我们要跟你说的事，不是一会儿半会儿说得完的。你不觉得自己身上难受，我们还觉得难受哩。"那年轻人又说道。听听这话，冯宁觉得也在理，再说，就算是进去洗个澡，他们还能把他怎么样了呢？冯宁还猜想，今天晚上真正想跟他唱对手戏的还不会是这个做假工牌的小子。这小子，应该有自知之明，他不够那个分量来跟冯宁"谈生意"。那么，到底是哪路神仙让这小子打头阵，跟冯宁摆下这一场汤汤水水的"鸿门宴"的？他还真想领教一番。想到这里，他心一横，就跟着进了洗浴中心。

果不其然，洗完澡，冯宁等人穿着雪白的一次性浴衣回到包间里刚躺下，那个做假工牌的男青年就带着一个年龄稍大一点的人从另一个包间里走了过来。

陪着冯宁在这包间里休息的那两个男青年立刻恭恭敬敬地站了起来。

那个做假工牌的男青年向冯宁介绍道："冯老板，这是我栾哥，久闻您大名，今天特来会会您……"

那个被称做"栾哥"的男青年开玩笑似的拧起那男青年的耳朵，笑嗔道："你什么时候长了辈分，跟我称兄道弟起来了？"

那个男青年忙捂住那只被拧的耳朵，赔着笑脸道："栾叔……栾叔……你当然还是我栾叔……"

"栾叔"扔开那个小子已经发红的耳朵说道："行了，我跟冯老板有话要说，你们都上那边包间去吧。"

于是，那几个男青年呼啦一下都走了。只留下冯宁和那个被称作"栾叔"的人。

"栾叔"也就是三十出点头吧。精瘦,留着浓重的唇须,说话不慌不忙。他掏出一包好烟:"听说冯老板不抽烟?"

冯宁礼貌地欠欠身:"不抽。"

"栾叔"笑道:"是从来就没抽过,还是后来又想学好,戒了?"

冯宁说:"从来就没抽过。"

"栾叔"感慨道:"好男人。"

冯宁说:"那说不上。主要是在家,老子管得严,当兵,领导又管得严……想抽也不敢抽,后来就再没沾过……"

"栾叔"故作意外地:"看不出来冯老板还是个服管的人啊,真看不出来。"

冯宁不想跟这样一个人云里雾里瞎兜圈子,便单刀直入地问:"栾叔今天是……"

"栾叔"忙摆摆手:"别别别,冯老板您怎么能叫'栾叔'呢?那是我跟我那些小兄弟闹着玩的。听倭瓜说……"

冯宁问:"倭瓜?"

"栾叔"笑道:"就是在您那儿扛活儿的那鬼东西……我们都叫他倭瓜。"

冯宁也笑了:"哦……"

"栾叔"接着说道:"听倭瓜说,冯老板是条汉子,蛇口的余涛想收编您去当雷子,还给您上那边的正式户口都没瞧上,愣想着自己出来打天下,难得!"

冯宁忙说:"没想着要打什么天下,只想着自己痛痛快快做一点事情。"

"栾叔"说:"不知道冯老板想过没有,能和我联手做点事情吗?"

冯宁试探道:"这联手的意思……栾叔是……"

"栾叔"再次做了个断然的手势:"我说过了,在冯老板跟前,我怎么敢称什么'叔'呢? 顶破天, 我也就比你大个六七岁吧。冯老弟要不嫌弃, 叫我栾哥就可以了。"

冯宁问: "那我能冒昧地问一下, 栾哥希望我们联手做什么样的生意?"

"栾叔" 诡秘地一笑: "肯定比你现在给那些养鸡的贩那么点玉米要强一百倍。我这生意可以说什么都是, 也可以说什么都不是。归了包齐, 一句话, 什么能赚钱, 我做什么; 而且专做那无本生意, 一本万利的生意。"

冯宁犹豫了一下: "栾哥不会是拉我去贩毒吧?"

"栾叔" 哈哈一笑道: "怎么的, 我姓栾的在冯老板眼里就那么缺德少性?"

冯宁忙说: "对不起对不起。只要不是贩毒拐卖妇女做假药, 别的咱们都好说。"

"栾叔" 眼睛一亮: "真的?"

冯宁端坐不动地: "请栾哥多指教。"

"栾叔" 试探道: "那我就直说了?"

冯宁说: "请栾哥赐教。"

58

深夜, 宋梓南的病已经平稳。经常是这样, 突然的就喘不上气了, 心悸, 脑袋一片空白。整个人飘飘忽忽, 就像是在厚厚的云层里躺着似的。但不知道为什么, 稍稍静歇一会儿, 又能缓过劲来了……

宋梓南艰难地深吸了口气, 对依然还在紧张之中的雷半伍说道: "谢谢你啊。你今天来得真是时候。"

雷半伍劝道："宋书记，还是上医院瞧瞧吧。"

宋梓南摇摇头："改天吧。说说你们那边的工程情况吧，你不是来汇报工程情况的吗？"

雷半伍忙说："今天就不谈工程了，我明天再来。您歇着，我走了。"

宋梓南想欠起身送送雷半伍。雷半伍忙按住宋梓南："您别动。别动。"然后转过身对顾亭云说道："大姐，我走了。您这儿有啥事要我办的，只管给我打电话。要车要人，我那儿都方便，这是我的联系方式。"说着留下一张名片，赶紧走了。顾亭云把雷半伍送出门后，回到房间里，拿起雷半伍的名片看了看："小伙子也就三十来岁不到四十吧，已经是工程指挥部副总指挥了？"

宋梓南自豪地："我们这儿的干部都很年轻。也特别能干。就是我这个书记，老了点……一个老头带一帮子年轻人……"

顾亭云过去把窗帘拉上："快别说话了，闭上眼睛，歇会儿吧。"

宋梓南却问："有件事，今天老周跟你说了吗？"

顾亭云回过头来反问："哪件事？"

宋梓南说："明天，北京方面要来一个联合调查组，二十个人的庞大的调查组，调查那封告状信所涉及的那些问题。"

顾亭云说："说了。"

宋梓南苦笑道："兵临城下啊……这也是我不能去住院的重要原因之一。你想过没有，在这种时候，我要去住院了，不管你是真有病还是假有病，人家都会觉得你宋梓南是在有意躲避调查，有意推卸责任。我毕竟是深圳的一把手，我不能让他们这么说我……不能因此玷污了深圳。今天，常委们讨论，在当前形势下，市委市政府还要不要旗帜鲜明态度坚决地支持国贸大厦工程继续试验一种国外的最新工艺，争取创造一种深圳速度。原来我以为，会上肯定会有争议。因为在会前，还是听到了一些不同声音的。但是一到会上，一旦知道'大兵'压境了，大家的态度反而都鲜明起来了，一致同意支持把新工艺试验继续搞下去，一致表示，即便冒再大的风险，也要争取创造一种深圳速度，为特区正名，为中央的改革开放路线争气。亭云，我就是在这样的一个班子里当班长。有时候我想想，真的觉得自己做得很不够，真的觉得自己很惭愧啊……"

顾亭云被感动了。她握住宋梓南放在桌子上的手，轻轻地抚摸着……这时，门外突然传来一阵脚步声。宋梓南不说话了，侧过身去，警觉地倾听着这阵细碎的脚步声远去。顾亭云忙问："怎么了？"

宋梓南心不在焉地："没什么……"

顾亭云又问："没什么，你怎么像猎狗看到兔子似的？"

宋梓南嗒然一笑道："没事……没事……"

这时，那脚步声突然又响了起来，并由远及近地向房门这头响了过来。而且居然在房门前停下了。

宋梓南突然一下站了起来，顾亭云也站了起来。她刚想开口问什么，宋梓南立即对她做了个手势，让她不要出声。这时，整个世界好像都凝固了似的，一切声音一切光线一切物体仿佛都消失了，整个空间里，只剩下了顾亭云那轻微的呼吸声。又过了一会儿，门外的那个"不速之客"突然走动起来。顾亭云想冲出去看看这个"不速之客"到底是什么人，但宋梓南一把拉住了她，并对她使了个眼色，让她绝对不要冒失，不要声张。

很快，这脚步声再次消失在走廊的尽头。

顾亭云迫不及待地问："到底怎么回事？经常有这样的骚扰吗？你们好几位没带家眷的市委市政府的主要领导都住在这儿，这儿的保卫工作怎么就做成这样？"

宋梓南对顾亭云再次做了个手势，让她不要唠叨，然后他慢慢地坐了下来，沉吟了一会儿，拿起电话，拨了个号："宾馆保卫科吗？我是宋梓南。让你们的科长和经理马上到我这儿来一趟。对，马上过来！"

半个小时后，宾馆的经理和保卫科长送宋梓南和顾亭云上了一辆汽车。汽车立即离开了新园宾馆。

等汽车开出新园宾馆院子,开上宾馆前的大马路,顾亭云疑惑地问:"鬼鬼祟祟的,你们到底在玩啥把戏? 深更半夜,又把我们往哪儿拉? "

宋梓南告诉顾亭云:"我们几位没带家眷的主要领导住到这宾馆以后,实事求是地说,这儿的保卫工作还是做得非常严密的。但是一段时间来,在我的房间里一直在发生一件让人百思不得其解的事情……"

顾亭云一惊:"在你的房间里? 发生什么事? "

宋梓南眼睛看着窗外,回忆道:"是的。有两三次,有人上我屋里来放书,翻书……"

顾亭云惊问:"直接进你屋里? "

宋梓南点点头:"是的……"

顾亭云还是不解:"保卫科的人就那么……那么无能? "

宋梓南说:"不能说他们无能。他们也查了,就是还没查出名堂来。现在各地的破案率也就在百分之三四十左右。能达到五十,相当不错了。"

顾亭云忙问:"你怀疑今天晚上门外的脚步声,跟这件事有关? "

宋梓南沉吟道:"到底有没有关系,现在当然还不好说……"

顾亭云又问:"你想过没有,这个神秘的人为什么要上你屋里来放书又翻书? "

宋梓南说:"我一直没细想过。谁有那个时间,跟这种人捉迷藏? "

顾亭云再问:"他留过什么话没有? "

宋梓南说:"没有。就是因为他啥话都不说,才让人觉得古怪和不可理解……"

顾亭云问:"除了放书,他还做过别的什么事情吗? "

宋梓南说:"没有,好像没有。"

顾亭云问:"什么叫'好像没有'? "

宋梓南说:"我让小马查过,房间里好像也没丢什么东西……"

顾亭云问：“那可能更可怕。他不是冲着你房间里那点东西来的，他可能不是一般的小偷……你房间里丢过文件之类的东西吗？或者发现文件和材料之类的东西被人翻动过吗？”

宋梓南说：“没有，好像也没有。”

顾亭云大声说道：“那，真的就很奇怪了。真不能掉以轻心了。”

宋梓南轻轻地叹道：“是有点奇怪……”

这时，车已经到市内上海宾馆大门前了，宾馆门前已经有人在等候着了。

宋梓南和顾亭云一进入早为他们准备好的房间里，顾亭云就看到房间里已经有几位公安干警在等着了。她不禁意外，甚至吃惊。但宋梓南却安之若素，好像这一切都在意料之中似的。

显然，今天晚上有人安排了一个为顾亭云所不知晓、但又跟老宋有紧密关系的“行动”。

宋梓南问：“新园那边也都安排好了？”

公安干警之一：“都安排好了。您和顾姨好好休息，那边有什么动静，我们会立即向您报告的。”说着，那几位公安干警便退了出去。

房间里刚剩下他们两个人时，顾亭云便迫不及待地问道：“到底发生什么了，搞得这么神神秘秘的？”

宋梓南笑道：“我们分析，经常上我房间里来‘捣乱’的那个不速之客应该是宾馆的‘内贼’。”

顾亭云问：“为什么？”

宋梓南解释道：“在宾馆的内保工作做得那么严密的情况下，这家伙居然能一而再，再而三地出入我的房间，如此自如，而且看样子还挺了解我起居、活动的规律，都能在我不在的时候进入我房间。除了内贼，任何一个外人都很难做到这一点。我分析，这个人三次进入我的房间，名义是‘送书’，实质可能是想引起我的注意，而且一定是有话要对我说。他心里的话没说出来以前，他一定不会善罢甘休，还会上我房间里来折腾的。因此，他如果是内贼，这两天他应该能得到消息，我就要搬新居了，不再长住在这个新园宾馆里了。如果他真想要对我说什么话吧，这一两天，应该是他最后的机会了。所以，我做了这样的安排，故意让出房间……"

顾亭云说："虚席以待，以待'瓮中捉鳖'？"

宋梓南说："不管会捉到什么吧，我想今天晚上，至迟明天凌晨，总会有个结果的……等着吧。"

大约到凌晨时分，电话铃突然响了起来。新园宾馆那边来报告，人抓住了，确实是宾馆的人。

宋梓南匆匆赶到新园宾馆经理办公室门口，两个公安干警和经理都迎了出来。宋梓南忙问："谈出点名堂来了吗？"经理说："还是那几句话，他说他没有恶意，只是想把自己对特区经济工作的一些想法用这种方法呈递给市委主要领导。"宋梓南嗒然笑道："他呈递了什么想法？他啥也没说呀！"一个公安干警说："我们今天逮住他的时候，他倒是正要把这一封长信留在您房间里。"说着把厚厚一封信呈给宋梓南。

宋梓南接过信问："他人呢？"

经理说："还扣在小会议室里哩。"

宋梓南又让人把他带到那小会议室里，果然看到一个三十多岁、皮肤黝黑的男子，拘谨地坐在两个公安干警面前。

宋梓南讯问道："庞耀祖？"

那个男子答道："是的，我叫庞耀祖。"

宋梓南问："哪个庞？"

庞耀祖答："庞统的庞，光宗耀祖的耀祖。"

宋梓南问："多大了？"

庞耀祖答："三十九。"

宋梓南问："已经不年轻了。"

庞耀祖低了一下头："是的……"

宋梓南问："怎么还做这种幼稚的事？"

庞耀祖说："但我还是达到了目的。否则，我什么时候才能见深圳的一把手，什么时候才能获得今天这样的对话机会？"

宋梓南说："在深圳，普通市民有很多方式能和主要领导沟通。"

庞耀祖说："但是在向普通民众提供机会，让他们能面对面地和主要领导交换战略构想等方面，深圳和内地大多数城市一样，同样障碍重重。"

宋梓南问："你能不能举出一个国外的例子来向我证明，在他们的城市里任何一个普通市民随时随地都能见到他们的市长或议会议长，就'战略构想'等重大问题，进行'充分'的交谈？"

庞耀祖说："即便也不是随时随地的可行，但中间必须经过的环节和可能遇到的障碍一定比我们这儿要少得多。"

宋梓南问："来深圳多长时间了？"

庞耀祖说："三个月零九天。"

宋梓南断然揭穿道："不对！最早在我房间里出现你那两本书，至少也是三年前的事情了。"

庞耀祖答道："是的，那时候我曾经来过深圳一次。那时候就觉得很难见到你们，所以，后来就又回老家去了。三个月前，我忍不住，又来了。"

宋梓南问："你到底要向我们传递你什么想法？"

庞耀祖说："也可以说是一种忧虑。"

宋梓南问："一种什么忧虑？"

庞耀祖说："深圳终究会失去市场活力，而渐渐地被旧体制同化掉，重新变得跟内地某些城市一样，等因奉此地过上衙门气十足的日子。市民们只顾个人眼前实际利益，官僚们只顾取悦上级，以保自己头上的乌纱帽为主要生存目标……"

宋梓南打断庞耀祖的话，问："深圳难道已经有这种迹象存在了吗？"

庞耀祖说："请让我先把话说完。深圳在躁动，躁动的目的是想改变中国……"

宋梓南又一次打断庞耀祖的话："深圳人担负的历史使命只是按社会主义市场经济的模式，把深圳建设好。至于能不能通过深圳去改变中国，这是另外一个层面上的事情，不是深圳人可以操作的，也不应该由深圳人来操作。"

庞耀祖也抢过话头来说道："谁来操作这件事，不是我这会儿要说的。我只是想说，从一九七九年以后，所有让深圳躁动起来的目的，归根结底总是一个，那就是为了改变当前这个中国，这一点没错吧？"

宋梓南没作声了。

庞耀祖说："几年过去了，现在几乎所有的人都确认，这是建立特区唯一可能产生的结果，也就是：在深圳的带动下，古老的沉重的中国一定会被改造成一个年轻的特别有活力的中国。但是我认为，这不是唯一的结果，它还有可能产生另一个结果，那就是古老的沉重的中国改变了年轻的躁动的深圳。最后，这个年轻的深圳被古老的中国同化了，湮没了，我要提醒的就是这一点。书记读过宋朝大诗人杨万里的一首七绝吗？"

宋梓南问："哪首？"

庞耀祖答道："《宿新市徐公店》。'篱落疏疏一径深，树头花落未成阴。儿童急走追黄蝶，飞入菜花无处寻。'那个天真的孩子要追寻的目标飞进油菜地里，被黄黄的一片油菜花吞没了。我们建立特区所要实现的目标，会不会也会被什么吞没了、同化了、异化了呢？"

宋梓南问："你觉得我们是一帮天真的孩子？"

庞耀祖忙说："那倒不是。"

宋梓南尖刻地问："那能不能说你是在杞人忧天？"

庞耀祖坦然一笑道："但愿我这是在'杞人忧天'。"

讯问完毕，他们把这个庞耀祖又带回附近的派出所去了。一直在讯问现场旁听的宾馆经理不以为然地说："这小子，还要提醒您！也太不知道天高地厚，太狂妄了。"

宋梓南却问："他平时工作表现怎么样？"

经理说："工作表现还是不错的，比较踏实，寡言少语，交给他的差事一般都能如期完成。人也还算聪明……"

宋梓南又问："来深圳前是干啥的？"

经理从员工档案柜里翻找出一份卷宗递给宋梓南："据他自己说，好像是在他老家市政府机关里干来着。"

宋梓南问："机关干部？那为什么要跑深圳来？"

经理说："据他自己说，希望为自己找一个更好的定位。他觉得公务员这个岗位有点束缚他。"

这时，附近那个派出所的所长来问："拘他几天？他最起码也是违反了治安条例，擅自闯入他人住房，而且还是市委领导的住房。"

宋梓南笑着摇了摇头："放了他。一走司法程序，就麻烦大了。再看一看，看看他下一步还会干出什么古怪精灵的举动。"说着便往外走去，走到门口了，才回过头来对宾馆经理说："罚他三个月的奖金，以观后效。"

回到自己办公室，宋梓南吩咐小马："给组织部打个电话，让他们调查一下新园宾馆一个新来的会计的情况。这个会计叫庞耀祖，庞大的庞，光宗耀祖的那个耀祖。另外，你让社科院主管经济所的孙副院长给我来个电话。"

小马应了声"好的"，便去办书记交办的这两件事了。

不一会儿，孙副院长便来电话了。

宋梓南拿起电话："孙副院长吗？我是宋梓南。新园宾馆有个新来的会计叫庞耀祖。他给我写了封很长很长的信，谈对深圳今天和未来的忧虑。你能抽个时间看看这封信,并且跟他聊一聊吗?请你考评一下,此人说的写的是否真有道理,肚子里是不是真有些干货。"

刚放下电话,周副市长来敲门了。

宋梓南笑道:"门开着哩。敲什么敲!"

周副市长说:"尊夫人一早上我那儿去了。"

宋梓南笑道:"我说呢,刚才怎么也找不见她人了。"

周副市长问:"有时间说说吗?"

宋梓南反问:"说什么?"

周副市长说:"说说尊夫人希望我来跟你说的某些话。"

宋梓南笑道:"你瞧这事办得!她是不是觉得我这儿的副市长都闲得没事干了?"说着放下手里的卷宗:"说说吧。她上你那儿都叨叨了些啥?"

周副市长刚要说,电话又响了。

宋梓南拿起电话:"宋梓南。哦,是刘部长。"

刘部长是接到小马的电话后,来询问这个任务的详情的:"您要我了解新园宾馆那个庞会计的情况?"

宋梓南答道:"是的。"

刘部长问:"但是,宾馆会计不是市管干部,不归我们组织考察。"

宋梓南说:"我知道他不属于你刘大部长辖内所管,但我需要由你们直接去搞清他的情况,也算是特例吧。"

刘部长立即不再多问了:"明白了。我马上安排人去调查。"

放下电话后,宋梓南按了一下呼叫电铃,小马立即走了过来。宋梓南对他说:"我跟周副市长要商量个事。半个小时之内,所有电话你都替我挡了,也不要让任何人来打扰我们。"

小马答应着,临走问:"周副市长,给您沏什么茶?顾大姐从广州给宋书记带了些特别好的铁观音,想尝尝吗?"

宋梓南忙冲小马挥了挥手:"你走你的。茶我来沏。"

周副市长忙欠身站起:"你们俩干吗呢?一搭一档,琢磨我啥呢……"

宋梓南笑着向周副市长做了个手势，让他安心坐下，随即沏了杯茶放到他面前："你老周有啥好让我们琢磨的？快说吧，我那位顾大姐又想出个啥妖蛾子来折腾人了。"

周副市长："你猜猜。"

宋梓南："行了行了，别瞎耽误工夫了。快说吧。"

周副市长："她说再过几天，是她五十八岁生日，她想请客。"

宋梓南："过生日，想请客，我来替她办呀。麻烦你周大市长，她想啥呢？"

周副市长："她想请市里几个领导一起到家里去坐坐，粗茶淡饭家常菜，再加薄酒一杯，小聚聚。她说这事你出面张罗不方便，想让我帮个忙。"

宋梓南："新鲜！"

周副市长："她说，这一段承蒙大伙支持你工作，她觉得心里特别过意不去。"

宋梓南："哦？"

周副市长："你觉得怎么样？"

宋梓南沉吟了一下："新鲜……"

周副市长："我的直觉，大姐好像另有什么用意……话里话外，总给我一种感觉……"

宋梓南："你感觉到什么？"

周副市长："我感觉……也许是我过于敏感了，还是先入为主了？大姐过去对过不过生日并不怎么在意的呀。尤其是对她自己的生日，我好像听你说过，她从来没有主动提出要为自己过生日的，对不？这一回……还那么郑重其事，可以说一反往常，总让我感觉到，她话里话外还带着一些伤感……"

宋梓南："伤感？她伤感什么？"

周副市长："是啊，我也在想啊，她伤感啥？在感慨岁月之无情，人生黄昏之将至？这不符合大姐向来的性格和一贯的人生主张。是惆怅特区前行，举步维艰？好像也有点不太搭界。还是因为最近一段时间听到一些对我们的反面议论，她心里陡生不平之气所致？但大姐在政治上是相当成熟的，也可以说是见过大世面经过大风浪的，她不会拿过生日这种小儿科的举动来表达和宣泄自己胸中之郁闷，这应该是非常小资的那些白领和银领们干的事。这一回不仅主动提出要过生日，还特别要请我们班子里的同志一起来坐坐，这……"

宋梓南："你的意思是她是不是出什么事了。"

周副市长："希望没出什么事……但……我总有这样的一种感觉……一种不太好的感觉……"

那天晚上回到新园宾馆的房间里，顾亭云正在为搬家收拾着东西。宋梓南让她歇下手来，说是有话要跟她说。

顾亭云打量了一眼宋梓南，立即敏感地问："是不是周副市长跟你说了些啥？"

宋梓南答道："是啊，你不是要人家替你办生日派对吗？"

顾亭云苦笑一下说道："这个老周！他还跟你说啥了？到底是搞政治，当大领导的，抓阶级斗争新动向，抓出瘾来了。我告诉他别跟你说，他转过脸就去跟你汇报了，组织纪律性倒挺强啊！"

宋梓南说："你跟我说实话。真没事吧？"

顾亭云回答："管好你自己吧！我能有什么事？！"转过身去又想收拾东西，宋梓南却一把拦住她，郑重地说道："你要有什么事，我可受不了。"

顾亭云笑道："行了行了，把自己说得多柔情似的。"

宋梓南瞪大了眼睛："你真没事？"

顾亭云说："烦不烦哪？！"

宋梓南又仔细打量了一眼顾亭云，见顾亭云不想再跟他多说，便没再追问下去。但事情并没有就这样了结，第二天上午，宋梓南到了办公室，就给广州的女儿块块打了个电话:"块块吗? 我是爸。"

块块半躺半坐在床上,手里拿着电话,一旁还放着那种当年流行、但很快就过时了的砖头式录音机和耳机,还有一玻璃罐小点心,漫不经心地答道:"听出来了……"

电话那头,宋梓南觉得块块情绪有点低落,便赶紧问:"怎么了?"

块块答道:"有什么'怎么了',反正可怜呗,全宇宙超级顶破天的可怜虫呗,姥姥不疼舅舅不爱,亲生爹娘也不管呗,孤苦伶仃寂寞难耐弱不禁风呗……"

宋梓南笑了:"哪来那么多的废话,一套套的! 舞蹈比赛什么时候开始?"

块块立即纠正道:"什么舞蹈比赛,是舞蹈大赛!"

宋梓南笑着应道:"舞蹈大赛什么时候开始?"

块块噘着嘴埋怨道:"哎呀,我都快要被淘汰了,你还跟我说什么比赛。"

宋梓南:"名次不重要,经受锻炼,增长才干,才是最重要的。"

块块啐噗道:"您说的跟我们老师说的一个腔调。啥锻炼,啥才干,你们也不想想,现在是什么社会。市场经济社会。您在深圳不就是带头在搞这玩意儿吗? 您的产品要是卖不出去,成不了名牌,挣不了大钱,您愿意吗?"

宋梓南说:"嗨,谁跟你说市场经济就只看挣钱多少? 就是搁在西方,它也不是只看这一点。况且我们还是社会主义的市场经济哩!"

块块忙截住宋梓南的话头:"行了行了,老爸! 您不是给我上政治经济课来的吧? 这一回舞蹈比赛虽然要加考文化,但也不考您这一套! 我忙着哪,没工夫跟您煲电话粥。您到底要跟我说啥呢?"

宋梓南说:"谁跟你煲电话粥来着? 爸想你了,多跟你说两句,就嫌烦了,你怎么这样?!"

块块委屈地:"这会儿你想我了? 你那点可怜的父爱终于被激发了,

终于想起还有这么个可怜兮兮的女儿被您扔在广州了？想跟她说说话了？您早干吗来着？”说着，噘起了嘴，眼圈当即就红了，泪水一下从眼里涌了出来。

宋梓南沉吟了一会儿说道：“那你上深圳来读大学吧。我们已经开始在筹建深圳大学了……”

块块说：“上你们深圳那破地方去读大学？别想。你把妈骗去了，把哥也骗去了，现在还想把广州最优秀最年轻的舞蹈家也骗到你们深圳去，哼，没门儿！”

这时，团市委的方书记带着两个团市委的同志走进外间的秘书室，告诉小马：“是宋书记约我们来的。”

小马忙对他们说：“宋书记正在接一个很重要的电话，我去看看他完事没有。”说着，便轻轻地推开一点里间的门，进去看了看，忙又关上门，退出身子来对方书记说：“你们稍坐一会儿，他还在说着哩。”

这时，宋梓南问块块：“问你个事，你妈来深圳前，家里没出什么事情吧？”

块块应道：“您问家里出过什么事情？当然出过。最大的事情就是你们丢下我不管……”

宋梓南对块块不知轻重的纠缠，有点不耐烦了：“行了，你！爸在跟你说正经事！这一段时间，你有没有觉得你妈身上出现过什么跟过去不太一样的状态？”

块块立刻说道：“跟过去不太一样的状态，那可多了。”

宋梓南问：“比如说，最明显的……”

块块说：“最明显的就是她特别特别地念叨您呗……”

宋梓南十分严厉地：“块块，爸跟你在说正经事！”

块块也“厉害”起来：“谁没在跟您说正经事？您到那个破深圳去了以后，她真跟丢了魂似的，整天念叨着那个破深圳，我都烦死她了，凡是报纸上杂志上登了关于您，关于深圳的消息、大小文章，她都会跟念圣经一样,翻来覆去地看,连个标点符号也会读上三遍才过瘾,然后把它们统统剪贴起来,装订成册,供着。家里来个谁,包括我那些跳摇摆舞的朋友,她都会跟人没完没了地说您那个破深圳……"

宋梓南:"还有些啥?"

块块:"她不就在您身边了吗,有啥您自己不会去发现?"

宋梓南沉吟了一会儿:"你妈有个非常好的朋友叫单秀娟,单大夫,知道吗?"

块块忙说:"知道啊。她是妈最好的朋友了。妈去您那儿以后,单阿姨常来看我的啊,她说她还要替我组织一个粉丝团,在决赛时去给我当拉拉队哩。"

宋梓南说:"你有她的电话号码吗,家里的和单位的?"

块块说:"有啊,当然有啊。"

宋梓南说:"告诉我。"

块块迟疑了一下,问:"干吗?"

宋梓南只应了句:"快告诉我,别的你就别多问了。"

放下电话,宋梓南走到外间秘书办公室,便邀方书记他们去里间谈。

方书记说:"跟书记汇报一下团代会后,在全市青年中开展争当新时期创新尖兵的活动情况……"

宋梓南说:"听说你们这个活动搞得很红火?"

方书记说:"我们完全是按照市委的指示精神进行的……"

宋梓南忽然想起一个人,便问道:"对了,有个小青年的情况我一直想问,不知道她最近怎么样了,就是高士达厂的那个小丫头。"

方书记一时没想起来这个让宋书记一直牵挂着的"高士达厂的小丫头"是谁,便稍有一点不好意思地问:"高士达厂的小丫头?"

宋梓南提醒道:"就是那个厂方一开始不想让她参加团代会的那个女孩。"

方书记这才想起来了,但似乎仍没有百分之百的把握,便"哦"了一声，又回过头去问一起来的另一个团市委领导："那女孩好像是叫陶怡吧？"

团市委另一个领导点点头："就是叫陶怡。"

宋梓南也想起来了："对对对，陶怡。她怎么样了？"

方书记有些遗憾地说："她后来还是没来参加团代会。"

宋梓南略感意外地："没参加？为什么？是厂方的原因，还是她本人的原因，还是别的什么原因？"

方书记说："据说是她本人后来决定放弃了。"

宋梓南立即追问："据说？你们没去调查一下，到底是怎么一回事？"

团市委另一个领导解释道："后来他们厂里另外选了个团代表。"

宋梓南说："他们厂里另外选了个团代表是一码事，这个女孩突然放弃了团代表资格，是又一码事。"宋梓南一下变得严厉起来，使办公室里的气氛一下紧张起来。宋梓南接着说道："现在外面对我们特区有误解。刚才我接了我女儿一个电话，她胡搅蛮缠地说了许多让我哭笑不得的话。这说明，连我家里这么个小丫头，自己的亲生闺女都觉得，深圳建特区，中国搞改革开放，无非就是让大家伙多搞点钱而已。别的，什么都可以不在乎了。这不对嘛！特区是全方位的，搞钱只是一个方面嘛。我们重要的任务还是在遵纪守法的大前提下，给所有的人创造一个发展自己各方面潜能的活动平台，在遵纪守法的大前提下，让所有的人在深圳都能发挥自己的聪明才智，并且维护人民在这些方面的合法权益，深圳不能只是一部分人的天堂，更不允许只成为少数人和极少数人的天堂。我们绝对不能漠视多数人，尤其是弱势群体的权益……"

59

第二天，团市委就派人去高士达厂了解陶怡的情况了。他们轻轻地敲了敲宿舍传达室的窗户，问："对不起，陶怡是住在这儿的吧？"

那个中年女管理员抬起眼皮，瞄了他们一眼爱理不理地答道："陶怡？干吗的？"

团市委的一个同志说："你们二车间八组的打工妹。"

那个女管理员忙说："没听说过！"

团市委的同志自我介绍道："我们是团市委的，来找她有一点事。"

那个女管理员赶紧说："对不起，没有就是没有。"说着便"啪"的一声，把小窗户关上了。对方的生硬和蓄意要回避这件事的态度，让那两个同志完全愣住了。这时有几个女工从宿舍里走了出来，团市委的同志忙上前问："对不起，能向你们打听一个人吗，二车间八组，有没有一个员工叫陶怡的？"那几个女工只是瞟了一眼，什么也不说，躲闪似的快快地走了。

团市委的这两个同志只得转过身向厂外走去，已经走过厂的中央大道，快要到大门口了，这儿有一片比较茂密的绿化带。忽然听到路旁有人小声地在叫他们："嗨，那两位大哥……"团市委的两个同志一回头，看见树荫里有个女工在向他们示意。但不等他们走到跟前，她却又快快地向前走去了，一边走，一边回过头来低声对那两个同志说："陶怡让厂方除名了。今天刚搬出宿舍。"

团市委的两个同志忙跟上一步问："厂方为什么把她除名？"

那个女工快快地说："这会儿不便跟你们细说……"

团市委的两个同志问："你知道她上哪儿去了吗？"

那个女工忙答道："不知道。"

团市委的两个同志又问："有谁知道她去了哪儿？"

那个女工四下里看了看，又说："不知道。"

团市委的两个同志问："她在深圳有亲戚吗？"

那个女工忙说："俺们都是单身来深圳打工的，哪有亲戚在深圳？不过听人说，她有个兵哥哥在深圳，他们常来往。"

团市委的两个同志问："兵哥哥？在哪儿？叫啥？"

那个女工赶紧摇摇头："不知道。"

货运编集站办公室里的办事员告诉冯宁，有个挺秀气的女孩来找他。他知道那肯定是陶怡了，于是赶紧往自己住的那间工房赶去。等冯宁赶到工房前，果然看到陶怡带着她那点简陋的行李正在门外等着他。一见冯宁，陶怡便扑在一旁的门框上，哭了起来。这时已经是傍晚，天色也渐渐暗淡了下来。冯宁打开两个罐头——一盒沙丁鱼，一盒蜜桃，然后又从塑料袋里掏出两只圆面包，倒了两杯果汁，把它们放在一个破旧的方板凳上，又点着一枝蜡烛，对陶怡说："停电了，凑合着吃吧。"

陶怡仍有些哽咽。

冯宁说："来，举杯。"

陶怡勉强举起杯子。

冯宁拿起一瓶啤酒："陪你喝这啤酒……"

陶怡忙摇摇头："我不……"

冯宁放下酒瓶，问："你退出了团代会，这金老板怎么还把你除名了呢？"

陶怡难过地："能不说这事了吗？"

冯宁说道："干吗不说？他说除名就除名了？这深圳还真让那些人说着了，一夜之间成了旧社会了？！"

陶怡抬起头说道："你以为不是呢？"说着，往自己的杯子里倒了满满一杯的啤酒，然后咕嘟咕嘟地一口全喝了。喝完后，呛得直咳喘，把小脸憋得通红。等这一阵咳过后，她拿起酒瓶还想往自己杯子里倒，被冯宁一把按住。

冯宁说："跟我说说，到底咋回事。"

陶怡想甩开冯宁那只有力的大手,但甩不开,只得大声叫道:"我不想说嘛!"

冯宁生气地:"窝囊废!"

陶怡再次抓起酒瓶。冯宁一下夺过酒瓶,用力砸到地上。酒瓶"砰"的一声砸得粉碎。陶怡一惊,呆住了。好大一会儿,两个人都保持着沉默。而后,陶怡便嘤嘤地呜咽起来。

冯宁怔怔地看着她,道歉道:"对不起……"

陶怡抽泣着:"他们对我厉害,你也对我那么厉害……"

冯宁又说了一遍"对不起"。

陶怡说:"我知道是我不好。可你是大人,你不能对我这么厉害……"

冯宁说:"我已经对你说了两个对不起了!"

陶怡慢慢地不哭了:"其实这件事还得怪我自己……"

冯宁问:"为什么?"

陶怡说:"当时退出团代会后,我挺后悔的……"

冯宁问:"发现在一起干活的打工仔打工妹都不理你了?"

陶怡摇摇头:"才不是哩……"

冯宁问:"那是为什么?"

陶怡说:"实际情况才不是像你说的那样:厂里的打工仔和打工妹们都那么看重'团代表'这个资格,我退出团代会,他们就会立刻疏远了我……我退出团代会以后,金老板和厂里各层主管都挺器重我的,对我也特别好,金老板还亲自把我找到厂部去美美地夸了一通,还说要把我调到车间办公室去当质量检验员,还要给我加薪。一起干活的打工仔和打工妹都特羡慕我的,有一些反而还主动来亲近我了。我想,他们大概是想通过亲近我,可以跟老板和老板身边的人走得近一点。"

冯宁问:"那你还后悔?"

陶怡说:"还不是因为你! 你老说我退出团代会,就是背叛了那些选我当代表的青年伙伴。"

冯宁说：“难道不是背叛？”

陶怡眼圈红了：“你还说，还说！”

冯宁说：“后来呢？老板总不能因为你后悔就炒了你鱿鱼的吧？后来你又去当面戗老板了，踹他了，烧他厂房了？”

陶怡忙说：“那怎么会呢？”

冯宁说：“就是呀。你听他的话，退出了团代会，后来也没戗他，踹他，没干什么对不起他的事，他怎么又把你给除名了呢？”

陶怡说：“后来……大伙又选了个代表。老板还是不想让他去参加团代会，派人调查了他许多情况，全都是说那个小伙子坏话的，还来找到我，让我带着这些材料到各车间去宣讲，去搞臭那个小伙子。”

冯宁忙问：“你去了？”

陶怡红着眼圈：“我要是去了，老板还会把我开了？”

冯宁拿起酒瓶：“好样的，我敬你一杯！干了！”

陶怡忙推拒：“人家不爱喝那玩意儿嘛！”

冯宁端起酒杯，大声说道：“除名不要紧，只要主义真。除了小陶怡，还有大冯宁！干！”

很快两人便把冯宁搞回来的那几瓶啤酒全喝光了。两个人都有点晕陶陶的，一边唱着台湾校园歌曲《南屏晚钟》，一边用筷子敲打着拍子。忽然间，陶怡不唱了，一把抓住冯宁的手：“冯哥，你来当老板吧。”

冯宁苦笑笑：“老板不是说当就当的。”

陶怡怔怔地看了看冯宁，然后从行李袋里摸出一个小钱包：“你不是要办一个饲料公司吗，给那些开养鸡场的供应饲料？这点钱全给你。也算我入伙。”

冯宁慢慢地摇了摇头：“谢谢你啦……”把钱还给了陶怡。

陶怡不高兴地：“你不要我入你的伙？”

冯宁醉意蒙眬的：“要啊！但我只要你这人，不要你的钱。”

陶怡的脸顿时红了：“哎呀，冯哥，你说啥呢？”

冯宁一时没明白过来："我……我怎么了？"

陶怡躲开冯宁那直瞪瞪的目光："不许说那些不正经的话。"

冯宁大惑不解地："我说啥不正经的话了？"

陶怡叫了起来："不许说了还装糊涂！"

冯宁真不明白："我到底说啥不正经的话了？"

陶怡只管叫唤："哎呀呀呀呀……"

冯宁也有点急了："小陶怡，咱俩之间可不兴这个。法院判人死刑还要说个一二三四哩。我到底怎么不正经了？"

陶怡说："说了还不认账！你说你只要我这个人……"

冯宁两手一摊，大大咧咧地说："要你这个人又怎么了？你不是想入伙我的公司吗，我不要你这个人，你怎么能上我这儿来上班当我的员工？但我不能拿你的钱。你的钱都来之不易，留着将来去找你的家人。我就这意思。你想哪儿去了？小小年纪，思想怎么这么复杂，都乱想些啥嘛？"

陶怡忙嘟起嘴："不许说我小。听到没有？过了生日我都十七了。还记得我生日吗？"

冯宁说："嗨……那还能忘了……"

陶怡追问："那你说，我生日是几月几日？"

冯宁故意地："几月几日你也得过生日啊，对不？好了，咱们不说这些了，再开一瓶，喝！"

陶怡一把夺下冯宁手里的啤酒瓶："你又给忘了，还是存心气我？"

冯宁歉疚地："对不起，我这人在数字方面就是个老糊涂……"

陶怡忙说："胡说！替你扛包的那两个工人跟我说，你在数字方面特精明，加减乘除算得比计算器还快，记得还特别牢，谁都别想蒙你。可你就记不住我生日！我都跟你说了八遍了，还记不住！"

冯宁忙说："没有八遍，绝对没有八遍。前前后后就说过三回，我记得特别清楚。"

陶怡欲哭无泪地："说三回，你都记住了，为什么我的生日你老记不住?"

冯宁说:"情况是这样的,一个人对自己特别珍贵特别珍惜的东西,总想好好把它藏起来,有时藏得特别深特别牢,突然间……反而找不到了。怎么找啊都找不到。急死人啊。你没发生过这种情况?你的生日,就是这样。我老想着,啊,这可是小陶怡的生日,千万不能忘,不能忘,一定要牢记心间,就像当年伟大领袖毛主席教导我们的那样,阶级斗争要年年念月月念天天念。念得太厉害了,就找不到了……"

陶怡扑哧一声笑了起来:"你还跟我狡辩!你改不改?"

冯宁忙说:"改。一定改!"

陶怡又问:"道歉不道歉?"

冯宁忙说:"道歉。真心诚意地向陶怡小姐道歉。"

陶怡说:"谁是小姐,洗头房的才是小姐哩!"

冯宁忙说:"是陶怡同志。陶怡同志。"

陶怡问:"再不许忘了?"

冯宁说:"不忘,坚决不忘!"

陶怡说:"再跟你说一遍,八月四日。"

冯宁说:"八月四日,永生不忘。"

陶怡说:"我的生日是哪一天?"

冯宁说:"嗨,这还记不住?六月七日呗!"

陶怡一下傻了,眼泪一下也迸了出来:"啊,刚告诉你,你怎么就……"

冯宁忙说:"开玩笑的,开玩笑的。八月四日!八月四日!八月四日!"学着红卫兵跳忠字舞的样子,边跳边唱:"八月四日永不忘……八月四日永不忘……永不忘。永、远、不、忘,八、月、四、日……"

陶怡含着眼泪笑了:"讨厌!"

等吃完喝完,又说完要说的话,已经很晚了。冯宁便说:"一会儿,你就别走了。太晚了,末班车都没有了。"

陶怡脸一红:"不走?我睡哪儿?"

冯宁大大方方地："睡这儿。"

陶怡忙叫道："那不行。"

冯宁说道："有啥不行的? 我上大工房去挤一挤……"

陶怡说："那也不行。"

冯宁解释道："你一个人睡这儿, 门窗都有锁, 床上被褥齐全, 有啥不行的? "

陶怡依然红着脸说："当然不行。我妈跟我说过, 女孩是不能睡在男人被子里的。女孩睡了男人睡过的被子褥子, 女孩会……会生孩子的……"

冯宁哈哈大起来。陶怡疑惑地："你笑啥?"冯宁差一点笑岔了气, 捧着笑疼了的肚子, 歇了一会儿, 才说："算了算了, 今天晚上没时间跟你上生理卫生课了。"说着, 从床上卷起自己的被褥, 再打开陶怡的行李卷, 把她的被褥铺上："这总行了吧。不会生不该生的孩子了吧? "

陶怡仍固执地说："那也不行。"

冯宁问："怎么还不行? "

陶怡说："你是老板哪。让老板去挤大工房, 自己睡老板的床, 我这个员工以后还会有好日子过? "

冯宁问："那咋办? 这也不行, 那也不行, 你这不是要逼死我吗? 那我也上床上来睡? "

陶怡一愣："你……你想干啥? "

冯宁也一愣, 立即脸大红："对不起……对不起……我不是这意思……不是这意思……"

这时, 外头突然传来一下闷闷的雷声。然后又响起两下惊心动魄的炸雷声。冯宁忙去窗前看了看："糟了, 要下雨。"

陶怡问："下雨糟什么? "

冯宁说："我那些玉米还在场上堆着哩。要淋了雨, 再一发芽, 就会霉烂, 那就全完了……"陶怡顿时也有点紧张起来。这时, 有人突然来敲门。冯宁忙对陶怡做了个不要出声的手势，一边披上外衣，一边大声问："谁啊？"

门外的人好像知道屋里除了冯宁，还有女人在，便知趣地说道："冯宁，还没睡吧？你快出来一下。"冯宁对陶怡做了一个安定她情绪的手势，便走出门去了。不一会儿，冯宁回来了，对陶怡说："糟了，已经开始下小雨了。我得赶紧组织人去把那些玉米扛进库房去。"陶怡忙说："我也去。"冯宁不想让更多的人看到自己屋里有那么年轻的女孩在，便赶紧说："小点儿声！"然后放低了声音："老老实实给我在屋里待着！"

陶怡说："我能扛麻袋！"

冯宁说："你扛？你想让别人知道，深更半夜的，我屋里突然冒出个女孩？"说罢，抓了件雨衣就向外跑去，顺手把门搭上了。

冯宁出了门，夜已很深。通往货场的路上，小雨越来越大。那个来报信的民工诡异地笑道："冯老板，我可啥也没看到，啥也没听到。"

冯宁笑了笑："你没看到啥？神神道道的！"

那个民工笑着："没看到冯老板屋里还藏着个小娇娘呢。"

冯宁笑着捅了那民工一拳："藏你个鬼！那是我妹妹。"

那个民工："是是是，现如今都时兴把女孩叫'MM'。"

冯宁笑着："跟我耍贫嘴，是不？"

这时，陶怡呼哧带喘地跑了过来。

冯宁和那个民工先是一愣，然后相互看了一眼，又都会意地大笑起来，直笑得前仰后合地直不起腰。陶怡一头雾水地："你们俩坏笑个啥嘛，还不快去抢救玉米！"

冯宁忙制止自己的笑，一边把雨衣脱下给陶怡披上，一边说道："对，对……快去抢救玉米……"

这时，货场上的雨已经下得很大了。但场上却只有两个扛包的人。冯宁着急地："怎么就来你们两个人？"其中的一个只是不吭声。冯宁冲着他俩喊叫道："咋回事？快去喊人哪！"另一个民工告诉冯宁："喊不来了。"

冯宁看了看那两个民工，心里似乎有点明白是怎么回事了，忙对那俩民工说："你们先扛起来，我马上就回来。"其中一个民工说道："冯老板，别去了，你喊不来人的。这件事，有人事先安排好了的。"冯宁忙又叫："别废话，快扛。今晚扛一包，我加四分。"便向大工房里跑去。

大工房里，那个倭瓜聚集了一帮民工在赌钱。浑身已经湿透了的冯宁跑进来，叫道："没长眼睛啊？下雨了！"

倭瓜瞟了冯宁一眼："下雨了。对啊。那又怎么了？"

冯宁吼："倭瓜，你故意跟我捣乱！"

倭瓜说道："不是我要跟你捣乱。你不听招呼，有人递下话来了，今天晚上有雨，不许给姓冯的小子干活儿。"

冯宁不再搭理倭瓜，直冲着那帮子民工喊叫道："每扛一包，今天晚上我多给四分钱。"

倭瓜说："收起你那四分钱吧，你以为它真是神丹妙药？"

冯宁说："给八分！"

赌钱的民工中有人心动了，出牌的手一下呆住了。

倭瓜瞪了他一眼："出牌！"

那个民工忙出牌。

冯宁又叫："给一角！"

所有参与和没参与赌钱的民工都愣怔了一下。但还是没人动窝。

冯宁狠狠心："一角二！"

一个民工站起来了："冯老板，你说话算话？"

冯宁攥紧了一个拳头，用力挥动了一下："我要是说话不算话，你们当场把我给撕了。"

另一个民工说："要现付。"

冯宁咬着牙说："麻袋进库房，凭工牌领现钱。"

几乎所有的民工——除了倭瓜，都起身向门外的雨地里走去了。

回到场上，冯宁把一大把工牌交给陶怡，对她说："你替我守在库房门口，发工牌。"

陶怡忙问："你呢？"

冯宁说："快别废话！"冯宁把工牌交给陶怡后便冲到玉米堆上，扛起一包麻袋向库房跑去。于是，货场上响起了一片呼啸声，这呼啸声盖过了雨声、雷声，扛着装满玉米粒的麻袋的民工们一边跑一边欢叫起来。

而这时，货场经理和几个牌友正在货场办公室里打麻将。这一阵阵欢叫声传到他们耳朵里，货场经理一边摸牌，一边吩咐一个叫阿丘的工作人员："去那边看看，出什么事了。"那个叫阿丘的打起一把伞走了。

不一会儿，阿丘回来报告说："没啥事。"收起伞，又默默地站在一旁看他们打麻将。但不一会儿，那欢叫声又响了起来。货场经理瞟了阿丘一眼，问："嗯？"

阿丘忙俯身对经理说道："是冯宁那小子啦，带人在雨地里扛他的玉米。鬼哭狼嚎的。"

场地上已经剩下不多一点麻袋了。雨下到这时，也不下了。冯宁已经累得站不起来了，倒在麻袋上直喘。几个民工过来，坚持着想再把那几个麻袋扛走。冯宁勉强从麻袋上支起上身，摆摆手说道："别费那劲了。这些个都让雨给浇透了，就是扛进库房，它们也肯定得发芽了。给我省几毛钱吧……"那几个民工听冯宁这么说，便一下泄了劲，都倒在了那些麻袋包上。

这时，货场经理却走了过来。

冯宁想再次直起上身来打招呼，但怎么也直不起腰来，腰眼处疼得他直龇着牙抽凉气，只得喘着对经理说道："经理，您不是来逼我交库房租金的吧？这租金我肯定会付，但得容我卖了这批玉米再付了。先前准备好的现款，都让我发了扛包钱了……我冯宁说话得算话啊……"

60

　　单秀娟给顾亭云开的防癌变的药里，有一部分是中药。所以顾亭云每天都得煎药。那天，她煎好中药，把药渣倒进一个塑料口袋里，扎紧袋口，扔进垃圾通道，回到厨房里，洗干净煎药罐，连同那几服还没煎制的中药一起藏到橱柜里边，然后打开所有的窗，开动电扇，吹去室内的药味。

　　这时，有人敲门了。顾亭云到猫眼前看了一下。门外站的是宋梓南。她慌慌应道："来了。我在卫生间里哩。你自己的钥匙呢？"一边说，一边赶紧关了电扇，关掉窗子，点着一根薰香，最后又把那一小碗的药汁喝了，用水匆匆地把碗给冲了一下，擦干手，这才去把门开了。

　　但宋梓南还是闻到了那中药味儿。

　　"怎么耽搁那么长时间才来开门？"宋梓南问，一边问一边循着那药味儿，到厨房里去巡视了一圈，又回到客厅里。

　　"这大白天的，怎么有空回家来了？"顾亭云忐忑地问。

　　"我要再不回来，怎么得了？"宋梓南直瞪瞪地看着顾亭云。

　　"什么事嘛。"顾亭云有点心虚。

　　"刚才我跟单大夫通了电话。单大夫，你的好朋友，那个单秀娟，她把你的病情全告诉了我。这么重大的事，你为什么要瞒着我？"宋梓南说道。

　　"我瞒你什么了？我有什么病？"顾亭云脸红了起来。

　　宋梓南一下从沙发上站了起来："你没有什么病，这屋子里怎么会充满了中药味儿？几十年来，你从来也没有在屋里点薰香的习惯。最近你老点着它，你想用这种难闻的生硬的香味来掩盖什么。"不等顾亭云回答，他一下到橱柜里取出那几包中药和煎药的瓦罐。"我注意你好几天了。你藏得了有形的药和药罐，驱得散屋里的药味儿，但是你驱除不了也藏不住你服药后体内必定会散发的那种中药味儿。再说了，你瞒住了我，就能阻止住自己体内的细胞发生恶性病变吗？"

顾亭云忙说："谁体内细胞在发生恶性病变？你在咒谁呢！"

宋梓南说："单大夫说……"

顾亭云一下打断宋梓南的话："小单也只是说有那种可能。"

宋梓南一下又从那个小保险箱里取出了那几盒西药："仅仅是可能？如果你没有发生病变，吃这种控制病变的药干什么？我去问过西医大夫了，这两种西药是人体内已经发生癌变后，大夫才会配给病人服用的。"

顾亭云淡淡一笑道："你还真行，从来没管过公安，更没搞过刑侦，什么还都瞒不过你！"

宋梓南瞪了她一眼道："别跟我嬉皮笑脸！跟我说实话。"

顾亭云低下头，沉默了一会儿说道："你不是已经跟小单说上话了吗，她告诉你的，就是我的实情。"

宋梓南说："她是你的好朋友，我不信她已经把你病情中最严重的部分都告诉我了。"

顾亭云说："你的意思是我俩在共同作弊欺骗你？她是我的好朋友，如果我真的已经发生了恶性病变，她为什么要帮着我向你隐瞒病情？这样做，是对我有好处，还是对你有好处，还是对她自己有好处？她为什么要做这种只会损人，而既不利己，也不利他的事？小单是这种人吗？"

宋梓南说："亭云，你知道吗？我现在无论是在体力上还是心理上，还是政治上的承受力，都已经到了极点。我得告诉你，在这种情况下，如果突然间，我是说'突然间'，在我毫无思想准备的情况下，你再出一点无法挽回的事，这将是加在我这头老骆驼背上的最后一根稻草。"

顾亭云眼圈红了："我知道……"

宋梓南恳切地："告诉我实情。"

顾亭云说："小单没有向你隐瞒，目前我的状况就是有可能发生恶性病变，但还没有……"

宋梓南立即说道："回广州去住院治疗。立即回广州去！"

顾亭云恳求地："老宋……"

宋梓南决然地："没有任何讨价还价的余地！"

顾亭云说："我不是在跟你讨价还价。我只是在向你声张我的权利！"

宋梓南哑然失笑地："你还要声张你什么权利，不治病的权利，任由自身病情发生恶变的权利？"

顾亭云也激动起来："一个妻子在丈夫渡过一生最大的难关时，有权跟他一起冲锋陷阵。"

宋梓南苦笑一下："别浪漫了。"

顾亭云怔怔地："这怎么是浪漫？"

宋梓南冷静地："现在最重要的事情是保证你不发生任何恶性病变！"

顾亭云忙说："这个我正在努力……"

"大夫要求你住院接受治疗。"

"这只是防止病变的一种方法……"

"但它是最好的一种方法。"

"但也是不太全面的一种方法。"

"对谁不全面？"

"对一个妻子来说……"

"亭云亭云，你什么时候变得如此固执？"

"从认识你的那一天起，决定要跟你结婚的那一天起，下决心和你一起走完人生之路的那一天起！"

"你这个态度这种做法是表明你想和我一起走完人生之路吗，能保证你和我一起度过这段最困难的人生旅程吗？！"宋梓南大声呵斥道。

顾亭云不说话了，但神情却骤然变得黯淡起来。过了一会儿，她又说道："梓南，你受命来深圳挑这副担子，当时，我也非常激动。那种感觉就像当年我们年轻时第一次读《共产党宣言》，第一次上北大校园里听演讲，第一次读《新民主主义论》，第一次在拉严实了窗帘的房间里，朗诵主席那段对革命前程的预言，他说新中国已经像地平线上那喷薄欲出的霞光，那大海中已经能看到桅杆的航船，那摇篮里的婴儿第一声啼哭一样……我们谁也没想到，过了耳顺之年，又能参加一次开创新时代的战斗，并且作为第一梯队的战斗员，在前沿阵地上冲锋陷阵。我们真的是焕发了青春，明知山有猛虎，偏向虎山行。但是这两天，你别批评我，说实话，我真的觉得，我们老了，是不是该离开深圳这个是非之地了？我们已经尽到责任了，无论是从一个共产党员的角度，还是从一个领导干部的角度，还是从一个普通公民的角度，我们已经尽了最大可能，做了我们应该做的一切。我们站在任何人面前都可以说无愧于列祖列宗，无愧于衣食父母，更无愧于我们追求了一生的这个共产主义事业了。如果我们还想全身而退的话，现在是我们该撤退的时候了……回广州吧……我们毕竟在广州工作了几十年。将来退休了，交权了，就是要个车，看个病，找人聊个天，也比这儿方便吧？"

宋梓南说："我原先也有过这么个打算。"

顾亭云说："那你现在更应该这么打算！"

宋梓南说："现在？什么意思？好像我宋梓南马上就要被五马分尸了似的……"

顾亭云说："你以为没有这个可能？"

宋梓南说："别胡说八道！"

顾亭云从茶几下面甩出一摞报纸杂志。

宋梓南冷笑了一下："还是这些乱七八糟的东西……"

顾亭云说："不要小看这些东西。你要认真想一想，为什么在这段时间里，突然出现了这些舆论，市委书记同志！"

宋梓南说："我不否认我们深圳的工作存在着一些不足之处……"

顾亭云说："在某些人眼里，你深圳的问题，仅仅是一点'不足'而已吗？老宋啊老宋，所以我要你冷静下来，认认真真读一读这些言论。这里有香港的澳门的，有加拿大的美国的，有西方主流大报，也有华文侨报，有一向反华的，也有历来亲华的。有所谓的右派，也有所谓的左派。

特别值得注意的是国内的一些报纸，国内的媒体向来是听话的，是严格按宣传口径办事的，但现在也出现了一些为数不多但非常值得注意的关于你们深圳的噪声。这说明，在我们内部，甚至认为是在相当高的一个层面上，也有人希望这时候出现这些噪声，整个态势已经非常清楚地表明，深圳当前确实处于一个山雨欲来风满楼的局面之中……"

宋梓南说："既然'风满楼'了，那你为什么还要离开广州往这风窝里来呢？还不肯赶快去住院治疗呢？"

顾亭云说："为什么？等着那一天，能到隔离审查你的地方去给你送饭送水哩！到那时候，除了我这个当老婆的，还有谁会理你这个老顽固吗？"

宋梓南嘿嘿一笑："想得真够远的。不过，我亲爱的夫人同志，我想就算是到那么一天，我宋梓南为了执行三中全会的路线头破血流了，隔离审查了，停职反省了，我想中国也不会再乱到'文革'那副模样的，我想我宋梓南也还是会有饭吃有水喝的，不会再坐'喷气式'、戴高帽，到处去游街挨批斗的！"

顾亭云立即站了起来："不一定！"

宋梓南一怔："不一定？"

顾亭云坚决地："对，不一定！"

宋梓南愣了一下，也站起来，很沉重地在房间里踱了两步，站在那里呆呆地想了想，然后重新走回到顾亭云面前站了下来，怔怔地说道："不一定？你的意思是说，中国还有可能出现那种完全无秩序的极'左'状态？如果真的到了那一天，中国就彻底完蛋了，国家完了，整个民族也完了，万里江山全完了，我一个宋梓南没饭吃没水喝，又算得了个啥？那就大家一起彻底完蛋吧！"说到这里，他突然气急起来，脸色也一下苍白了，因为胸闷，喘不过气，双手本能地去抓挠揉搓自己的胸口。顾亭云忙扑过去，扶住宋梓南："老宋……老宋……你怎么了……怎么了……"宋梓南这时张大了嘴，却已经说不出话来了，只是战栗着指指那个柜子顶，说着:"那……那……那……"顾亭云赶紧伸手到柜子顶上找出一个小巧的氧气瓶,立即装上附带的吸氧管,拧开气阀,让宋梓南吸上氧,然后拿起电话,拨通了急救站的电话,几分钟后,一辆标着红十字的急救车便已经停在楼门前了。经过抢救,宋梓南再一次脱离了危险。但有一件事,让医院里所有的大夫都感到十分的为难。因为,医院经过最细致周密的检查,也没查出宋梓南的病因来。他的心、肺和血液,一切的一切,都显示正常。连医院的院长,国内一位著名的心血管外科大夫,都"想不出有什么原因会让他产生这样的窒息症状"。院长只得建议:"还是让书记到广州、北京,或者上海再去彻查一下吧。"

61

周副市长是在当天傍晚时分得知宋梓南又发病的消息的。得到这消息后,他立即给宋梓南办公室打电话,宋梓南的直线电话上没人接,他又给宋梓南家打电话,家里也没人接电话,他赶紧又把电话打到小马处。

周副市长问:"什么时候发生的事情?"

小马应道:"今天上午十点左右。"

周副市长问:"为什么拖到现在才告诉我?"

小马说:"宋书记不让惊动你们……"

周副市长气愤地:"他说不惊动,你们就不报告了?以后,再发生这样重大的突发情况,你不仅在第一时间要向市委常委报告,市委常委还要向省委报告,省委还得向中央报告。这完全不是什么谁说了不报告就可以不报告的!你当了这么多年秘书,连这点起码的常识都不懂?"

小马愧疚地低下头去。

第二天一早,三四辆崭新的轿车快速驰进医院大门。小马带着周副市长、常副市长和市里其他一些领导，大步走到特护病房门前，轻轻地敲了两下门。

门开了。

开门的是一个护士，病房里还有一个护士，她俩正在收拾病房，但病房里没有宋梓南，也没见到顾亭云。

周副市长忙问："宋书记呢？"

护士应道："出院了。"

周副市长一惊："出院了？谁同意让他出院的？什么时候走的？"

护士答道："刚走一会儿。"

周副市长忙问："他们是回家了吗？"

护士为难地："这……他们可没跟我们说……"

因为查不出发病的原因，宋梓南坚持要出院。在回家的路上，顾亭云警告宋梓南道："查不出发病原因并不是一件好事。"

宋梓南说："我没说它是好事。"

顾亭云说："严重的症状是客观存在的事实，找不到发病原因就没法对症下药，就没法防止它再一次发作。你一定要充分重视它。院长建议你去别的地方再彻查一下，是非常合理的建议，也是非常重要的忠告。"

宋梓南淡淡一笑道："干吗要到外地去？我这儿的大夫水平挺高的。"

顾亭云反问道："你总不能说，在中国就找不到比你深圳更好的医院和大夫了吧？！"

宋梓南笑道："那当然会有一些更好的医院和更高明的大夫啦。但我看水平也不会相差太大。我早就说过，能治的病，本来就是死不了的。要是得了没法治的病，找华佗也没用……"

顾亭云忙啐唾道："别乌鸦嘴！呸！呸呸呸！"

宋梓南笑道："你呸啥呀？你不想想这个道理，深圳的大夫给我看病，肯定会使出百分之两百三百的看家本事。在这种情况下都没查出病因，去北京上海有用吗？上那儿找一般的大夫，没意思。而那些顶级的大夫，整天跟大领导们打交道，谁知道你宋梓南是个啥玩意儿？就是托了关系，走了后门，请动了他们出来伺候你一下，他能拿出百分之两百、三百的力气吗？不是他不愿意，是没那个时间耗在你身上噢。"

顾亭云一时语塞。

宋梓南立即笑着挥了挥手道："行了行了，这事我心里有数。"转身拍拍司机："先送夫人回家。"

顾亭云忙问："你呢？"

宋梓南笑道："我？我当然得上班去啊！"

把顾亭云送回家，宋梓南没有去办公室，而是直接去了国贸大厦工地。在工地临时搭建的会议室里，正在讨论新工艺的试验问题。

会议进行得非常激烈。会议室里烟雾腾腾。门突然被推开了，宋梓南走了进来。所有与会者都非常意外，立即站了起来。宋梓南微笑着做了个手势："坐。坐。还没商量出个结果啊？谁有烟？"好几个人赶紧掏出烟，递了过去。宋梓南随便接过一支，有人赶紧打着打火机，他点着烟后，深深吸了一口，问："找到事故的原因了没有？"

石长辛报告道："初步认定，这一次的事故是由两方面的原因造成的。一、浇铸力量不足；二、滑升时机选择不当。我们一次要浇铸的混凝土，面积达一千三四百平方米。这么大面积的浇铸，必须一次浇铸完，才能让这些混凝土的凝固速度保持一致，成型后的强度也才能保持一致。可是我们浇铸的手段非常落后非常原始，还是使用几十年一贯的那种罐浇法，一罐一罐地往里浇。用这种方法浇铸一千几百平方米的混凝土构件，最早浇的和最后浇的，时间相差非常大。混凝土在模块内部凝固进程很不一致，最后造成强度也不一致，所以模块往上滑升时，在强度不同的地方就必然会发生断裂现象……"

雷半伍说道："前几次的失败，跟这种方法本身没有关系，完全是技术手段不完善造成的。"

宋梓南问："有办法解决吗？"

石长辛说："有。使用一种连续浇铸机来进行浇铸，就可以避免出现这样的问题。"

宋梓南问："上哪儿可以搞到这机器？"

雷半伍说："德国。"

宋梓南问："进货时间很长吗？"

石长辛说："不用很长时间。"

宋梓南："为什么？"

石长辛说："国内有存货，就是价格稍稍高了一点。但还可以承受。"

宋梓南问："那为什么不买？"

石长辛不作声了。

宋梓南转过身问别人："为什么？"

所有人都保持了沉默。

宋梓南："有分歧？"

石长辛："是的。"

宋梓南："在要不要把这个试验进行下去这个关键问题上还有分歧。对吗？"

石长辛："是的。我们已经争论了一个晚上了，就是下不了决心。"

宋梓南："我说几句。"

石长辛："好啊，就盼您来做结论哩。"

宋梓南挥挥手："别拉我下水。我不是来给你们做结论的。"

在场的人都笑了。

宋梓南也笑着继续说道："我不懂工程技术，我没法告诉你们哪个工艺管用，哪个工艺不管用。但是，我要很坦率地跟你们说，这一回你们这个国贸大厦工程，让我特别揪心。揪心揪到了什么程度？送医院抢救。但是，昨天送进医院，今天我就出来了……"

雷半伍一惊："书记您……"

宋梓南马上做了个手势,打断了雷半伍的追问:"我这回为什么会犯病? 为什么又无心住院治疗? 虽然不能说全都是因为你们这个工程的缘故,但牵挂你们这个工程,确实是其中一个相当重要的因素。这两年,小平同志多次强调,以经济建设为中心,也要讲速度。再慢下去,振兴中华民族的最后机会就会从我们这一代人的手指缝里彻底溜走了。所以,中央要速度,人民也要速度。我这个深圳特区的市委书记、市长身上压力就特别大。上一回来,我看到你们工地上挂着这样一幅大标语:'要创造世界一流的深圳速度。'我眼睛一亮啊! 这句话,充分体现了中央的要求,邓小平的思想,马列主义水平很高。体现了一种大气魄,大智慧。你们提出了一个本应该由我们市委提出来的理念,那就是'深圳速度'。滑模工艺到底行不行,这得由你们的实践说了算。但是,我要说两句话:一、如果这个工艺有利于创造'深圳速度',市委市政府坚决支持你们试下去。不允许说错话做错事,不允许失败,不想付必须付的代价,就别搞改革。千百年的历史都在告诉我们,改革的道路历来是由改革者的鲜血和眼泪冲出来的。二、要坚定地相信,外国人、香港人能做到的事,深圳人一定也能做得到,也许还能做得更漂亮。"说着,他转过身来对香港投资方说:"杨先生,我希望您也能相信这一点,说到底,您现在也是深圳人了嘛。而且我还要说一句特别世俗的话,如果滑模工艺这次能在国贸大厦工程中试验成功,您的投资收益,就会成倍地增长。整个这件事,一定会载入中国建筑史和中国当代史的!"

62

下午,冯宁正在他住的那间小工房里结算最近这一个时期的资金账时，一个工人气喘吁吁地冲了进来，通报道："冯老板，你快去看看，咱们外运的玉米全都退回来了。"这个消息让冯宁大吃了一惊。这批运出去的玉米，几乎动用了冯宁手头上所有可以使用的资金。如果出了问题，冯宁不仅把老本全亏了进去，还会因此而背上一笔相当可观的债务，这笔债务可能会使他在好多年里都难以翻得过身来。

冯宁赶紧跑到货场上，四五辆满载着玉米的卡车刚刚停稳。领头的那辆车的司机从驾驶室里探出头来喊叫道："有人卸车没有？"

冯宁忙冲过去："等一会儿……等一会儿……先别卸货……"

司机一听有人嚷嚷着不让卸货，心里先就烦了，横着瞪了冯宁一眼道："你是哪棵大葱？"

一个工人忙上前介绍："他就是我们老板。这些鸡饲料的发货方。"

司机再瞟了冯宁一眼冷笑道："就是你啊，把这些发了芽又发了霉的东西假充好货拿去蒙人？"

冯宁忙说道："先别急着卸货……稍等一会儿……等一会儿……"说着，便拿起一把专用钢钎，跳上车，把那把专用钢钎用力捅进麻袋里，然后取出一些玉米粒儿。这些玉米粒确实是既发了芽，又已经开始变黑了。

他不甘心地又踩着高低不平的麻袋冲到车厢的另一个角落处，从另一个麻袋里取出一些样品。那些玉米粒也发了芽，又变黑了。他接着把钢钎捅进第三个麻袋、第四个麻袋……取出的玉米粒，无一不是发芽变黑了的。冯宁绝望了。别人要你的玉米粒去是做饲料的。发芽发黑变质了的玩意儿，别人当然要退货。他呆站在那些麻袋上，茫然地向另外几辆卡车看了一眼，然后又疯了似的向其他几辆车冲去。他希望这几车东西至少能有一两辆车还能换回一点钱来，不至于让自己瞬间变成一个破产的"绝户头"……

但是，在那几辆车上，他仍然没有抽出完全没有变质发霉的玉米样品来……

他不知道自己最后是怎么指挥那些个工人卸下这些麻袋的，也不知道自己是怎么在司机手中的退货单上签字的，更不知道那些个卡车是在什么时候、又是在什么情况下开走的……眼前这场不大不小的雨又是在什么时候开始下起来的……一切都变得那样的茫然不觉，又是那样的荡然无知。完全空白的脑海中始终在回响的只有这样一个声音："完了……这一下彻底完蛋了……"

等恢复了些许的知觉后，他只看到自己踽踽地行走在市内一条陌生的小马路上。（自己怎么会跑到市里来的？不知道。）天上还在淅淅沥沥地下着小豆粒般的小雨。既没打伞，（不可能嘛！）也没穿雨衣的冯宁呆呆地坐在街边树荫下的一个石墩子上。不断有人匆匆从他身边走过，多数人都向他投来关切的一瞥，但没有人停下他们匆忙的脚步，更没有人来询问他，到底发生了什么事，会如此的失魂落魄。不一会儿，两个戴着红领巾的女孩发现了冯宁，但她们不敢贸然地上前询问，便在离他不远的地方站下了，小声地研究了好长一段时间，还是没勇气走过去。过了一会儿，又来了两个男孩子，四个人围在一起，又嘀咕了一阵，但等他们决定鼓起勇气要采取行动，去关心一下这个在雨中有失常态的"大哥哥"，转过身去看时，那个"大哥哥"却不见了，那个石墩子上已经空无人影了。

63

每天临近晚饭时分，是这个职业中介所一天里最空闲的时候。说它"空闲"，只是说来这儿寻找劳务工的雇主少了。雇主们——这些在深圳已经相对地有了比较稳定的职业和生活的人，这时候已经找到了他们所要雇佣的人，即便没雇到的，这时也赶着回家去忙晚饭，或者得去参加预定的应酬和约会，只有那些劳务工们，那些还没有被雇主带走的劳务工们，来深圳求职的碰一碰运气的年轻男女们，带着随身的行李卷，仍然挤在中介所里，用期待和疲乏的神情，任劳任怨地等待着这一天里最后的奇迹出现。

这时候，陶怡带着冯宁走进了这个职介所。

清醒过来后，冯宁在大街上又漫无目的地游逛了好大一会儿，确认自己不仅清醒了，而且也已经镇静下来了以后，他去找陶怡了。为什么要去找陶怡？难道陶怡能给此时此刻处于绝境中的自己以决定性的帮助？当然不可能。但为什么还要去找陶怡？他真的说不清。他只知道，心里的一个直觉在推动自己去找陶怡。同样说不清的是，很绝望时，自己只要想到这个"小丫头"，心里就会泛起一种让自己无法回避的温暖感……见到陶怡，他并没有很详细地告诉她他到底发生了什么。但聪明的陶怡还是感觉到"兵哥哥"出了大事，他一直在为之努力向往着的"饭碗"砸了，用时下流行的话来说，就是"待业"了，被逼进了绝境。她不容他抗辩，坚持带他来这个职介所，让他见一见尤妮。

尤妮那个经理办公室窄小而且有点零乱。冯宁见尤妮的第一眼，就认定，这个脸色有点苍白，脸形有点窄长，眼神特别凌厉，胸部却并不饱满的"女孩"是个可以交往，而且一定还是个值得交往的人。

陶怡先向尤妮说明了他俩的来意。尤妮便直接向冯宁发起问来："你有什么特长？"冯宁刚想回答，陶怡抢着回答了："他手特巧，脑袋瓜也特灵活……"尤妮瞪了陶怡一眼："是他叫冯宁，还是你叫冯宁？"陶怡只得不作声了。

尤妮回过头来，又重新问冯宁："到底有什么特长？"

冯宁说："当兵的，没什么特长。"

尤妮一愣。

陶怡也一愣。

尤妮咧开她那张好看的大嘴，乐了："你没特长，来我这儿干什么？"

冯宁平静地反问："你屋外那么些人，都是有特长的？所有从农村到深圳来打工的男女,都是有特长的?"

尤妮叫了起来:"哎哎哎,你是来跟我找别扭的,还是来求我替你找工作的?不想谈,那就算了!"这时,有人叫她,说外头有人来找临时工了,她便匆匆对陶怡说:"你们等我一会儿。"就去外头了。

大约过了十来分钟,陶怡给冯宁使了个眼色,让他跟她上外头去说话。走出职介所的门,陶怡又把冯宁带到楼下,一上了大街,陶怡就责备道:"你刚才怎么这么跟人家尤经理说话?你是存心跟人家尤经理过不去还是怎么的?人家好不容易替你说通了尤经理,她都答应替你找个工作了。"

冯宁笑道:"我总得说实话。"

陶怡:"你当那么多年的兵,总学了许多本事的吧?"

冯宁:"当兵的那一套,她这儿用得上吗?"

陶怡:"那你也不能说自己啥也不会。"

冯宁笑了笑:"不说这事了。咱们吃饭去。"

陶怡气呼呼地:"吃饭?你还有钱请我吃饭吗?"

冯宁说:"咱吃不了大饭店,还不能吃大排档?吃不了生猛海鲜,还不能吃家常小吃?吃不了下顿,还不能先把眼前这一顿塞饱了?嘿,我还不信,尿还真能把活人憋死了!"刚说到这儿,冯宁突然不说了,他看到尤妮直直地向他们走了过来。

尤妮不高兴地揶揄道:"怎么,招呼都不打一个就走啊?这是什么礼数?"

陶怡忙解释:"不是不是……"

"不是个啥呀?"尤妮说着,又转过身去对着冯宁说道,"冯宁,我警告你,你再跟我斗嘴,我绝对不会再管你这屁事。"

陶怡忙说:"刚才……冯哥他不是存心的……"

尤妮瞪了陶怡一眼:"小丫头,我跟冯宁说话,你少插嘴!"

陶怡不作声了。

尤妮接着说着："今天我们先不说别的，你先跟我澄清两个事实。第一，听陶怡说，你曾经在蛇口干过，而且干得特别出色，替余涛出过一个特别了不起的点子，连那么牛皮的余涛都非常赏识你。这是不是真的？二、余涛后来想留你，你更牛皮，居然拒绝了余涛的挽留。这也是真的？假如这两档子事都是真的，那我倒要问了，余涛都留不住你，你上我这儿来干吗？你知道我这儿是干什么的吗？介绍人去当保姆、钟点工、电工、服务员、天车工、车工、铣工、保安、门卫……这些活儿你愿意干吗？干得了吗？"

冯宁笑了笑道："怎么的，咱们就在这大马路上说？"

尤妮脸略略一红："我又没让你们上大马路上来！"说着，把他俩又带回到职介所经理办公室里。冯宁说道："先回答你前边的两个问题。第一，我在蛇口，确实出过一个点子，那个点子也确实起了一点作用。但必须说清楚，这点子不是替余董事长出的。那会儿我纯粹就是码头工地上一个卖苦力的，跟余董隔着十万八千里哩，怎么谈得上去替他出点子呢？"

尤妮说："那出那个点子是怎么一回事？"

冯宁说："当时出那个点子，就是觉得，现在通行的这个劳动报酬制度对我们这些卖苦力的太不公平。我也就是想替自己和工友们找回一点该归我们所得的那点血汗钱而已……并没有想到要改革啥制度……"

尤妮说："行了。说第二点。简明扼要！外头还有一大帮人等着我哩。"

冯宁说："第二点，后来余董确实想留我来着，我也确实婉拒了。理由嘛……要说理由吗？"

尤妮说："当然要说。"

冯宁说："理由说起来也很简单。我拒绝，既不是对警察这门职业有什么不敬，更不是对余董本人有什么不敬。你大概也知道，我是当兵出身，对警察这一行有天生的亲近感；对余董，那就更别说了，在蛇口，百分之九十以上的人都对他特别敬重，我也不例外。但是，我上深圳来，目的就是想试着能独立做点事，所以……"

尤妮说："想挣一份大钱？"

冯宁说："一开始真没有想到钱的问题。"

尤妮说："跟我不说真话？"

冯宁说："不管你信不信吧，一开始我真没想钱的问题。原因很简单，我长这么大，从来没缺过钱花。后来到部队，更没觉得钱是个问题。倒是这两天，一下穷到了叮当乱响的地步，才明白，钱这玩意儿，一旦缺了它，还真是个大问题。"

尤妮说："可我这儿不可能帮你去挣大钱。"

冯宁说："明白。"

尤妮说："我也不可能替你找一个马上就能让你独立发挥才干的职业。"

冯宁说："这我也明白。"

尤妮说："因此，结论只有一个，你走错门了。我这儿供不了这么个菩萨。你也不应该来敲我这个庙门。"

陶怡忙叫："尤姐……"

尤妮立即打断陶怡的话："你小丫头别插嘴。"然后又转过身来重新对着冯宁说道："我看你来当这个职介所的经理倒蛮不错。但问题是这个职介所只有一个经理的位置。你干了，我干啥？"

陶怡又说："尤姐，他啥活儿都能干的！真的，冯哥这人特别好！"

尤妮瞪了陶怡一眼："小丫头，我这儿是职业介绍所，不是婚姻介绍所！"

冯宁觉得这样较劲下去，事情准得搅黄了，就对尤妮说道："那我再想想吧。也麻烦你再替我留个神，如果有合适我干的活儿，麻烦你替我留着。刚才小陶怡有句话说得不错，我其实是啥活儿都能干的，在蛇口，我不照样在工地上干苦力推车运土吗？人到这份儿上，不还是先得混口饭吃。"等尤妮答应下来，两人便走到了大街上。这时，街上早已是万家灯火了。

陶怡沮丧地问："我们去哪儿？"

冯宁反问："你有地方去吗?"

陶怡迟疑了一下说道："我……我有地方去……昨天尤姐替我介绍了个保姆的活儿……那家大姨本来让我今天就去她家的……"

冯宁忙说："那好啊。只要你有落脚睡觉的地方就行。"

陶怡不放心地问："那你呢?"

冯宁嘿嘿一笑道："嗨,我一个堂堂七尺汉子,还愁那个? 实在不行了,哪个桥洞下面窝一夜也没啥。"

陶怡忙说："那怎么行?"

冯宁说："我不过就是这么说说罢了,当然不会真的到桥洞底下去混。还没差到那一步。"

陶怡问："那你今天晚上有地方睡吗?"

冯宁说："还回我工房去啊!"

陶怡问："他们不是要你搬出那工房了吗?"

冯宁说："那我也有地方睡觉。你就别操那个心了。"

两人回到冯宁原先一个人单独住的工房里,把属于冯宁的那点东西打成两个行李包。然后,由冯宁扛着那两个行李包,一起走到另一处大工房里。那里是个集体宿舍,全是上下铺。屋里拥挤不堪,也凌乱不堪。自然也混杂着这样的大宿舍里常有的那种鞋臭和汗臭。有些民工蜷缩在他们肮脏的被窝里,已经睡了。多数没睡,在聚众打牌。这些不睡觉的民工已离家多日,不管在老家结过婚的还是没结过婚的,这时都用异样的、多少有些饥渴的眼神打量着陶怡这个年轻而偏偏又特别秀丽的女孩。冯宁走到大房子最里头一个空床前,把自己的东西往床上一扔。

陶怡想帮冯宁收拾一下床铺。冯宁示意陶怡别收拾了,赶紧走。 走到大工房门外,陶怡拿出一点钱给冯宁。

冯宁一愣："干吗? 我有钱……"

陶怡说："行了行了,你有钱? 你以为我不知道? 那几车玉米把你赔了个底儿掉,还逞能?!"

冯宁犹豫了一下，拿过钱来，从中取出一张五元的藏进衬衣口袋里，把其他的又塞回到陶怡口袋里。

陶怡忙从口袋里又取出那张票子："你干吗呀?!"一边说，一边把钱再次塞给冯宁。

这时，有一辆旧吉普开了过来。从车上下来三个年轻人，气势汹汹地向大工房走了过来。冯宁瞟了那三个人一眼，马上把陶怡拉到暗处，悄悄地催促道："你快走!"

陶怡一惊道："怎么了? 他们是什么人?"

冯宁压低了声音："听着，这几个人是来找我的。一会儿不管发生什么，你都在这儿待着别动。等我走了，你赶紧走。在人家家里好好干。一定要记住，不管到什么时候，在什么情况下，都一定要跟我保持联络。一定要相信，我不会让你在人家里干太久的。"说着，便迎着那三个人走了过去。

不一会儿，陶怡便看到，那三个人带着冯宁往外走去。那三个人中有一个就是那个做假工牌的"倭瓜"。他们带着冯宁横穿院子，又穿过那条黑森森的林带，继续往外走。这时，冯宁有点犹豫了。因为再往外走，就出了这个货运站，到了一个比较荒芜的地方了。到那儿，如果他们要跟他来横的，他不是不可以对付一阵，但毕竟是三比一，再说，他身上也没带什么防身的家伙。一旦吃亏了，那可是叫天天不应，叫地地不灵的地方。于是，他站了下来。紧接着，那三个年轻人也站下了，神情里流露出那种狠劲儿，似乎冯宁今天晚上不跟他们走，是绝对不行的。

冯宁习惯性地放眼向那荒芜的地方看了一下，想琢磨出一个应急的办法。他看到在那边浓重的夜色中，正停着刚才看到过的那辆旧吉普车。那车不仅亮着车大灯，发动机也没熄火，在那儿沉重地轰响着。车里有个人在沉闷地抽着烟，借助那烟头一明一暗的微弱火光，冯宁隐约地看出，那人好像就是那个见过一面的"栾叔"。看到今天为首的不是那个倭瓜，而是"栾叔"，冯宁本能地放松下来，直觉告诉他，"栾叔"还不至于带人来"废"他。果不其然，这时，"栾叔"已经下车来了，朝着这边三个人招了招手，三个人便把冯宁带到了吉普车跟前。

"栾叔"让冯宁上车谈。冯宁稍稍犹豫了一下，也朝车里打量了一眼，见车里是空的，觉得就是动起手来，这单个的"栾叔"，也不是自己的对手，便跨上车，却把自己这边的车门虚开着，但凡对方有什么不利自己的举动，也便于脱身。

但看来，"栾叔"并没有跟他要横的打算，只是嘲讽道："余涛请不动你，我姓栾的也请不动你，软的硬的都不吃，你小子有种啊！"

冯宁一边暗自把着那车门，一边说："您这话说得有点夸张了，栾哥，我现在已经混到连给自己单独放张床的地方都找不到了，还值得栾哥您亲自来跟我较劲吗？"

"栾叔"说："跟我干，我保证你想要什么就有什么！"

冯宁说："栾哥能心平气和听我说两句吗？要是不能，今天你想卸我胳膊还是卸我腿，我冯宁悉听尊便。但我还是希望栾哥能听我说两句。"

"栾叔"掐灭了烟，把烟头扔出车窗外，重新关好车窗，把身子往椅背上一靠，做出一副居高临下听"汇报"的样子，等着冯宁开口。

冯宁不习惯车内那么重的烟味，便去开车窗，但是，刚摇下车窗，"栾叔"探过身来，又把车窗摇上了。他不喜欢开着窗子说话，也不想让车外的人听到他和冯宁的谈话。

冯宁没再坚持要开窗。

两人稍稍沉默了一会儿。然后，冯宁说道："栾哥，说到要过舒服日子，说到'想要什么就有什么'，请你想一想，我老爹是解放前参加革命的老干部，在老家那么个只有三四十万人口的小城市里，又当了一二十年的中学校长。应该说是桃李满天下，全城每个角落都有他的学生，他的学生都有当了地区行署专员的了，还有到省里去当了厅局级干部的。我的七大姑八大姨大舅子小叔的，又都分布在这个小城市的各个岗位上。如果说只是为了过日子，我完全不必到深圳来。光靠这些关系，我在老家想办什么事办不成? 想要什么得不到? 说句实话, 您栾哥听着千万别生气, 要是搁在我老家, 你栾哥此时此刻, 绝对不敢这么抱着膀子, 抻着腿, 爱搭不理地跟我说话。我这是有啥说啥……"

"栾叔"本能地放下抱在自己胸前的胳膊, 略略地坐直了上身。冯宁接着说道:"我爹死了。他老人家临死前, 留给我几句话。最后一句话是, 让我不要……"说到这里, 他停顿了一下。"栾叔"以为他不说了, 忙问:"让你不要干吗?"

冯宁说:"这一句没说完, 就咽气了。"

"栾叔"说:"我操……"

冯宁说:"你操啥呢?! 姓栾的, 请在我们谈论我父亲的时候, 放尊重些!"

"栾叔"忙说:"对不起, 对不起。我没冒犯你父亲的意思。他让你不要, 总不是让你别跟我姓栾的一起干事吧?! 那会儿, 他知道我是谁呀。"

冯宁说:"我父亲是一个特别真诚的人, 也是一个特别难得的人。我一直在想, 他说的这个'不要', 会是什么……"

"栾叔"挖苦道:"也不会是不让你留在蛇口当警察。"

冯宁却很认真地点了点头说道:"那是……他不会想得那么具体……"

"栾叔"说:"你琢磨了这么长时间, 觉得最大的可能, 他老人家说的这个'不要'是什么意思呢?"

冯宁说:"后来我读了他的日记, 先是悟出他可能是让我别恨东阳这地方……"

"栾叔"不解地:"东阳? 啥地方?"

冯宁忙说:"就是我老家。但后来我又琢磨, 最大的可能……最大的可能……根据我对他的了解, 我觉得他最大的可能是让我'不要轻易放弃了自己的人生追求, 去屈从世俗的眼前利益'。"

"栾叔"揶揄地扁扁嘴："深刻。太深刻了嘛。"一边说，一边把手不自觉地伸到口袋里，玩弄着那把明光锃亮的电工刀。一会儿把刀从口袋里掏出来，一会儿又把它塞回到口袋里。

冯宁说道："所以，栾哥，你就别逼我了。你到深圳来也是为了做自己想做的事。你能瞧得起我，我挺感激的。但咱俩不是一条道上的人。咱们做个好朋友吧。说不定，今后栾哥还有用得着小弟的地方，到时候，只要栾哥不嫌弃，只要小弟有能力，小弟我一定鼎力相助。"

说完，冯宁拉开车门下车走了。

那几个正在车外闲聊着的哥儿们见冯宁突然走下车来，向那林带里走去了，不觉一愣，忙上前来问"栾叔"到底是怎么一回事。"栾叔"板着脸，半天也没答话，过了好大一会儿，突然掏出那把电工刀，用力扔去。电工刀追随着冯宁走去的方向，在夜晚的路灯下，闪亮地向着冯宁后脑勺飞去，却不偏不倚地插进了冯宁正前方一两米处一棵大树的树身上。

等冯宁回到院子里，陶怡急匆匆带着两名警察跑了过来。

陶怡喘着问："你没事吧？"

冯宁瞧瞧两位警察，问陶怡："怎么了？"

陶怡忙说："我报110了。"

冯宁忙再对陶怡说："嗨，啥事也没有，你报啥110？你这不是没事找事么？！"跟两位警察道了歉，编了个情况，把两位警察打发了，再送陶怡去回城的公交车站。不一会儿，一辆公交车就向这边驰来了。

陶怡赶紧对冯宁说："你回吧。"

冯宁却说："记住我跟你说的话：不管在什么情况下，都要跟我保持联系。你要相信，我不会让你在别人家里当太长时间保姆的。"

陶怡不放心地上车了。车一启动，陶怡就扑到车窗前，把头探出车窗外，对冯宁做了个有点古怪的手势。冯宁一开始并没看明白陶怡这个含意并不很清楚的手势的意思。后来，陶怡特别着急地又指了指上衣口袋。冯宁有点明白过来了，马上把手伸进自己上衣口袋里。果不其然，陶怡在上车前，偷偷地又把钱塞到了冯宁口袋里。冯宁掏出钱，赶紧追上去。但这时车子已经提速，追不上了。

以后的几天，冯宁每天都进城去"逛"职业介绍所。深圳到处都需要人，但一直也没找到合适的活儿干。这个世界其实就是这样，假如你不把自己真当一回事，怎么活都行的话，世界是广阔的，也真好活。但万一你要真的把自己当一回事了，这世界突然就会变得窄小起来，处处是钢门铁锁，你要不下一个头破血流在所不惜的决心，你是很难前进一步的。到第三天，冯宁已经走得有点烦了，也有点累了，中午时分，他一边啃着一个大饼，一边走进一个劳务市场。市场里挤满了从外地赶来的打工的年轻男女。下午，下起了小雨。在一家商场廊檐下躲雨的冯宁忽然发现马路对面就是市图书馆老楼，便三步并作两步地冲了过去。在报刊阅览室里借了一堆旧报的合订本，翻阅市内的各种企业的招工信息。忽然间一个通栏大标题吸引了他，那是一组报道基建工程兵当年集体转业的消息，图文并茂，充满了豪言壮语，气势如虹。冯宁忙用心地看了下去，接着在那一堆旧报里又找出许多篇关于基建工程兵转业安置的新闻报道，也知道了这些转业退伍兵脱了军装后，在深圳组建了几个建筑公司，便忙跑到街上找了个公用电话亭，给 114 打了个电话，说了一箩筐的好话，打听到了其中一个建筑公司的地址，并赶到了那里。

64

那个建筑工程公司坐落在一个老院子里。门上的黑漆已经脱落。冯宁轻轻敲着传达室的门，里边没人回应。冯宁又敲了一回，里边还是没人回应。冯宁纳闷了，他掏出一个老式的挂表来看了看，应该还不到下班时间啊，怎么就连这传达室里都没人了呢？他又看看紧闭着的大铁门，那冷冷清清的院子和旧楼里一个个黑乎乎的窗户。他怀疑这是不是组建不久的基建公司。正犹豫要不要离开这儿时，大铁门响了，从里边走出一个身穿旧军装的人来。

冯宁忙上前问："请问，这儿是刚组建不久的市二建公司吗？"

那个人冷冷地："是啊。"

冯宁再问："这传达室怎么没人？"

那个人却说："奇怪吗？"

冯宁说："没到下班时间呢。"

那个人说："市场经济。有活儿就上班，没活儿待在这儿干啥呢？"

这时，一辆汽车开了过来。那个人立即打开大铁门，把那辆车让进门里。冯宁也要进门去。那个人马上拦住冯宁："兄弟，你找谁呢？"

冯宁说："找你们管事的。我也是退伍军人……"

那个人说："深圳满大街都是退伍军人和打工仔打工妹。你到底想干啥？是来给活儿干的，还是来揽活儿干的？"

冯宁说："是想揽个活儿干干……"

那个人忙把冯宁推出大门，并"咣唧"一声，用力把大铁门关上了，一边还嘀咕道："瞎凑什么热闹嘛！我们自己还找不着活儿哩！"

那辆车进了院子，停在那幢旧楼前，石长辛走下车，匆匆向楼里走去。

其实那楼里有人，不仅有人，而且还有不少的人，不仅有不少的人，而且还都是这个公司的一些头头脑脑，正在召开着一个很重要的会议。他们在讨论公司的前景。一股沮丧和沉闷的情绪笼罩着所有在场的人。

这时，石长辛走了进来。在场的人马上都站了起来。

石长辛说："你们都在啊？张万斤呢？"

当年的四营长，现在的工程队队长张万斤忙站起，应了声"在！"

石长辛从一个与会者手中接过一支烟，一边弯腰，去另一个人手里的火柴上去点烟，一边对张万斤说道："你一个劲儿地打电话催我来，说是有好事儿。好事在哪儿呢？"

张万斤说："听说石副师长马上就要荣升市政府基建办副主任了，弟兄们都非常高兴，特地凑了两桌，为副师长庆贺……"

石长辛当然听出这个当年的部下话里的酸意，正色道："你到底在搞啥名堂？"

张万斤自嘲地一笑道："就是想为副师长荣升庆贺一下，没啥名堂？"

石长辛声色俱厉地呵斥起来："张万斤！"

张万斤拧过头去，不说话了。

石长辛停顿了一下，向与会的大多数人扫了那么一眼，问："到底怎么回事？工作时间不干正事，把那么些人都找来，开什么玩笑？"

一个转业干部说道："报告副师长，我们现在工作时间没正事可干。"

一个老同志说道："老四营转业过来的三百六十二位兄弟，已经有三四个月没活干了，有两个多月没开工资了。大家着急……"

石长辛说："着急，去找市场啊，待在办公室里哭丧个脸，就能解决问题了？咱们老部队敢打敢拼、特别能战斗的老传统老作风哪儿去了？！"

张万斤冷笑道："还老部队老传统老作风呢？我尊敬的石副师长，石副主任，别再自欺欺人了。您进市政府机关当头头去了，又吃上皇粮了，把我们扔进这个什么狗屁市场里，让我们自己去找活儿干，还说得好听，让我们下海闯世界，为人民再立新功。可是活儿在哪？"

石长辛说："现在整个深圳热气腾腾的像个大工地，每天都有一二十个工程项目要开工。怎么会没有活儿？"

张万斤说："深圳的确有活儿，整个深圳的确就是个大工地。可是活儿都在那些发包商手里。我们连那些发包商姓什么、叫什么、家在哪儿，全都不知道，找谁要活儿？就算认识一个两个，你想从他们手里拿活儿吗？可以！你得带这个去！"说着，他故意很猥琐地做了个数钱的动作，"可我们能这么干吗？我们是中国人民解放军集体转业的部队！我们还要自己这张脸！"说着又用力拍了拍自己的脸，"我们还要给八一军旗守护这颗军心！"说到这儿，他眼眶一下湿润了，"可我们也是人，也得吃饭拉屎，也得养家糊口。我的石副师长石副主任，您知道不，同志们不是不听话，不是不想在这个破深圳扎根建设一个美好的特区。我们营已经有一百多位兄弟把家属从老家接过来了。已经有五十多个刚结婚的媳妇肚子里已经怀上了。这可都是深圳的种啊。他们想把深圳当自己的家，想在深圳好好干。几个月没活儿干，两个月发不下工资，还可以熬一熬，可下一个月咋办？再下一个月又该咋办？您知道老四营的这些弟兄们现在在干啥吗？您要有兴趣，跟我去瞧瞧！去瞧瞧您过去手下那些敢打敢拼特别能战斗的指战员们现在在你们给我们的这个'市场'里到底在干啥！走啊！"

会场上所有的人都屏住了呼吸，不知道他们那位原先的副师长石长辛会怎么对这位口无遮拦的四营长发飙。让他们没有想到的是，石长辛居然没发飙。他怔怔地看了一下张万斤，看了看此刻所有保持着高度缄默的老部下，只说了一句："想让我上哪儿去看，走啊。"

吉普车带着石长辛、张万斤和其他两三位中年转业军官飞快地驰出二建指挥部简陋的院子。车子很快便行驶到一个比较冷落的街区，那是一条正在修建中的马路。他们看到，不远处有十几个年轻小伙在捡拾施工中遗落在马路两旁的建筑垃圾。张万斤指着这些年轻人告诉石长辛："这是我们营九连的一些兄弟。在这儿替打工的民工当下手，收拾工地上的垃圾。捡一天垃圾，一人给一元五角钱，够买两斤大米的。这点钱，连农村来的民工都不稀罕来赚。"

然后，车拐进一个自由集市模样的小街。但没再往里开，就停在了路口。张万斤指着前边不远处一些摆地摊卖小日用百货的年轻人，告诉石长辛："这是我们十一连的几个兄弟，带着家属在这儿摆地摊。一大早在这儿卖蔬菜，这会儿工夫在这儿卖小日用百货。可他们都是八级工，顶级的技术好手，都参加过中央军委国防部大楼工程的。"离开这儿，吉普车又从一条小马路里拐出。车的前方有六七辆架子车组成的一个车队，车上拉的全是沉重的红砖。几个小伙子脱光了上衣，吃力地拉着这些架子车。后头还有他们年轻的媳妇在帮着推车。张万斤颔首指指那些拉红砖的小伙子："这是我们十二连的一些小伙儿带着他们刚怀了孕的小媳妇在这儿拉红砖。这样一天每个人能挣一元八角钱。"

最后，车子行驶到一个崭新的小别墅楼前，在它马路对面停了下来。

张万斤指着那个小楼对石长辛说："这是一个发包商的家。这小子好像还不到三十岁，听说他是市里哪一个委办头头的小舅子。好像也当过两年兵，到深圳还不到两年，你看他已经住上这样的小洋楼了。我们来找过他。他明打明地跟我们提出，可以给我们工程干，但得从工程款里给他本人提百分之十的回扣，否则就一切免谈。给不给他这回扣？石副主任，同志们兄弟们从来没干过这种事。工程款是国家的钱，集体的钱。就是港台海外老板的钱，也是受法律保护的呀。到底给不给？他们控制着工程项目。你不给他们回扣，他们就跟你'免谈'啊。"

说到这里，张万斤突然停下不说了。

从那小洋楼里走出一男一女。那男的就是跟冯宁较过劲儿的"栾叔"。女的也很年轻，但一身的珠光宝气，显得甚是富贵和傲慢。

张万斤本能地压低了声音："就是那小子……这一带挺有名的发包商。"

不一会儿，来了一辆崭新的大奔驰，把"栾叔"和那个年轻女子接上走了。

65

石长辛再没跟他的那些老部下说任何话。张万斤问他，还想不想看看弟兄们在深圳到底是咋活着的了。他只闷闷地说了一声"回去"！看到弟兄们这样生活着,他的心一阵阵绞疼,这种绞疼远不是用什么"同情"二字可以说得清的。应该带有相当浓烈的"自责"的成分,也有"不解"和"不平"。他决定找市委书记宋梓南去好好"报告"一下情况。

宋梓南听说石长辛要向他汇报基建工程兵转业退伍后的生活工作现状,让小马立即安排了时间来见他。石长辛赶到宋梓南办公室,正要向宋梓南汇报情况时,宋梓南却又打断了他的话:"你稍微等一下。"说着拿起电话,拨了个号:"老周吗?你能过来一下吗?一起来听一个情况,是关于那些基建工程兵的。请秦秘书长也过来一下。把起草安置方案的那些同志都请过来。大家一起来听听。一起来想想办法。对。请他们马上过来。"

石长辛却说:"宋书记,不用那么大张旗鼓的。我没那么多话要说……只是想跟您单独说说话,提一个请求。"

宋梓南问:"啥请求?"

石长辛说:"能暂时不把我调到市基建办来吗?"

宋梓南问:"怎么了?"

石长辛说:"没什么……"

宋梓南说:"哎,你这个同志,说话只说半句,算什么名堂?!"

石长辛沉吟了一下,说道:"跟我一起转业过来的这些同志,现在走市场走得非常艰难。他们都是我带到深圳来的。在这最艰难的时候,我想我应该和他们在一起,去摸索走市场的途径……"

宋梓南说:"我把周副市长、秦秘书长和安置办的同志都叫来,就是要让方方面面的同志都进入一点情况,一起来想想办法,帮助这些同志尽快渡过走市场这道难关嘛!"

石长辛低下头,不语。

宋梓南:"需要我们为你们做点什么,只管说。"

石长辛还是沉默着。

宋梓南:"怎么不说话?"

石长辛："宋书记，千言万语……万语千言……其实……其实……只要市委市政府领导知道，服从命令听指挥集体转业来深圳的这两万名基建工程兵弟兄们，现在活得非常……非常不容易就行了。其他的……我想我们能解决。"说着，站起来向宋梓南敬了个礼匆匆走了。

石长辛走出宋梓南的办公室，大步从在外头秘书室里工作的小马身边走过。他的神情引起小马的注意。小马想叫住石长辛，说一点什么。但石长辛却一反往常，没跟小马打任何招呼，就头也不回地从秘书室快快地走了出去。但敏感和敏锐的小马还是从石长辛的眼眶里，看到了有泪水在滚动。是的，只要一说起昨天自己亲眼看到的那些老战友老部下的现状，石长辛无法抑制住自己心中的不平和内疚。但他又不想让书记看到自己居然如此"软弱"。而宋梓南看到石长辛突然起身就向外走了，忙按响了呼叫电铃，让小马赶紧告诉大门口传达室："把石长辛给我请回来。"

石长辛回到市第二建筑工程公司那幢旧楼里时，已是晚上七八点钟了。白天在这儿开会的同志一个都没走，都等着他从市里能带回一点好消息。所以，他一走进办公室，这些人立即围了上来。

张万斤迫不及待地："谈得怎么样？"

石长辛说："市里几乎所有的头头都到了。"

一个老同志惊喜地："是吗？市领导还真够重视的！"

张万斤问："给我们派活了吗？"

石长辛说："他们答应安排。"

张万斤失望地："还是等着安排啊？还是个空心汤圆啊！你没跟这些头头脑脑们说，深圳现在哪哪都是工地，活儿多得不得了，只要他们愿意，有诚心，不会没有我们干的活儿！"

石长辛说："但是，你必须看到，深圳跟国内别的地方不一样，这里的活儿，都不是政府行为，基本上都是市场行为。也就是说都是各公司投资的。而这些投资方老板，多数又是境外的。有一部分国内的投资，也不是深圳市政府的钱。就算是深圳市政府占了股的，投了一点钱，整个工程也不能由市政府一家说了算。"

张万斤不依不饶地说道:"但是凭宋书记这点影响,他要出面给这些老板老总打个招呼,他们能不给他老宋家这个面子?"

石长辛说:"他宋书记当然可以这么做。但你想过没有,难道我们永远只能像幼儿园的小孩子那样,靠市委市政府领着扶着,甚至还要他们抱着,才能在市场里混日子吗?"

张万斤被石长辛逼问得有点上火了,他直着嗓门嚷着:"那我们该怎么干?你来做个样子!"

那个老同志忙呵斥道:"万斤,你小子又犯格儿!"

石长辛却说:"不,张营长说得很有道理。我们,包括我在内,从到深圳的那一天起,就面临一个生死攸关的大问题,那就是怎么跟市场打交道。对这一点的重要性,我跟大伙一样,认识不够,而且不是一般的不够,是很不够。转业到深圳,不会走市场,就跟当兵的不会打枪一样,纯粹在胡扯蛋!这样,我也没那个资格去当什么基建办副主任。所以,我已经正式向市委提出,暂时不去基建办上班。留下来,跟你们一起去摸索、学习怎么走市场。"

这时,电话铃响了起来。

张万斤拿起电话:"二建公司。你找谁?找石长辛?宋……宋书记?"忙捂住电话的送话器,低声对石长辛说:"快,宋书记找你。"

石长辛一愣:"谁找我?"

张万斤:"市委宋书记!快接电话呀!"

石长辛接过电话:"宋书记,我是长辛。我在二建哩。好的……好的……我们一定按市委的指示办。您放心!"

石长辛放下电话,一下软瘫在椅子上,好半晌说不出话来。

那个老同志忧心忡忡地:"怎么了,出啥事了?"

石长辛深深喘一口气:"市委给我们活儿干了……在建的市委新办公楼工程进度太慢。市委决定让我们参与这个工程。"

在场所有的人都惊喜地叫了起来："老天爷！"

石长辛说："市委要求我们，一是坚决保质保工期……"

张万斤忙叫道："一定。一定。一定。你向宋书记保证了没有？我们一定保质保工期！"

石长辛又说："再就是，通过这个大工程，在深圳的这两万名基建工程兵都要为学会走市场创造必要的条件。这是时代交给我们的一个新的战斗任务！"

张万斤忙说："一定。一定。一定啊！我们一定学会走市场！"

66

那天，冯宁一回到那个集体宿舍式的大工房，就觉出屋子里的气氛有点不太对头，那些年轻的民工们都在用异样的调侃的眼光看着他。他没搭理他们，只是闷着头匆匆向里走去。快走到自己的床铺跟前了，他发现有个人坐在自己的床铺上。由于大工房灯光很暗，自己的铺位又在尽里头，那里的光线更暗，自己又是从明处走进来的，所以一时半会怎么也看不清这个坐在自己铺位上的人到底是谁，甚至还以为又是"栾叔"的人来寻衅找茬了，便警觉地站了下来。

这时，那个人却站了起来，一边用调侃的口吻跟他打招呼："怎么了，不认识我了？"一边向他走了过来。好像是个女子，他不觉一愣，再仔细看去，才认出，这女子竟然是尤妮。他忙让座。尤妮却说："这儿哪是说话的好地方？走。我们另找个地方说会儿话去。"于是他俩在那众多热辣辣的复杂的目光注视下，赶紧出了大工房，来到市内的一个茶室里。尤妮带冯宁走进一个包间里，那包间里已经有个人等着了，看来约冯宁上这个茶室来说事儿，是尤妮事先安排好的一个活动。

"来，我介绍一下，这位是庞耀祖。我爸原先的秘书，名牌大学经济系高才生，也是一个不安分的人。这位是冯宁……"尤妮指着那个事先在包间里等着的那个中年男人，对冯宁说道。冯宁不等尤妮介绍，便自我介绍道："退伍军人，文盲，大老粗，不过现在最准确的身份定位是待业青年。"

那个庞耀祖笑道："听尤妮说，你想上深圳来完成一个心愿，实现一种独立人格所必须完备的心路历程。不过，在中国谈论独立人格，恐怕还是下一步的事。但你已经有了这样的觉醒，这是难能可贵的……"

冯宁说道："你可别把我想那么深刻。我也没那么玄虚，更没什么高远的目标，只是想自己做点事情，用时下特别时髦的话说，实现一种自我价值。"

庞耀祖说："如果每一个人都能产生这样一种生命的自觉，来声张和维护自己的独立人格，而这个社会又能保障每一个人合法的生命觉醒和生存权利，那么我们就可以说，这个中国大有希望了……"

尤妮却说："二位，能不能说点实在的，说一点我听得懂的，行不行啊，庞秘书？"

庞耀祖笑道："这里没有'庞秘书'，只有'庞会计'。"

冯宁忙问："庞大哥在哪个宾馆当会计呢？"

庞耀祖说："新园。"

冯宁问："听说市里一些领导，没带家属来深圳的，都住在你们新园？"

庞耀祖笑笑："是的。"

冯宁："那你经常能见到这些市领导了？"

庞耀祖说："那又能怎么样？"

冯宁问："你不会就这么安心于当一个宾馆会计了吧？"

庞耀祖坦然地承认道："那是。"

冯宁问："深圳是不是聚集了一批像你这样的知识分子和前国家机

关干部?"

庞耀祖肯定地答道:"是的。"

冯宁问:"你们常聚会吗?"

庞耀祖说:"也不经常,但还是会不定期地举行一些聚会。"

冯宁问:"互通有无?"

庞耀祖说:"这只是一个方面……也需要互相的慰藉和支撑。"

冯宁问:"你们在深圳感到孤独和寂寞?不会吧?"

庞耀祖说:"你也应该有所体会了嘛。这儿的人都来自五湖四海,都刚到深圳不久,都没什么历史包袱,也少有传统和纲常的约束,另外,他们也是为了闯出自己人生中的一片新天地才放弃了以往的生活。所以,这些人都挺敢于、也更有可能充分发挥和表现自己人性中本真的一面。为此,从表面上看起来,这些人一天到晚忙得不可开交,各种应酬都对付不过来,可以说活得特别热闹。但在高强度的竞争中,时常会感到莫名的孤独寂寞,以至于无助,所以发自肺腑地需要这样一种聚会。我们把这种活动称为'心理按摩和慰藉'。"

冯宁笑道:"你们这些文化人恐怕不只是在心理上需要按一下摩、慰一下藉吧?"

庞耀祖会意地一笑道:"那又是另外一回事了,咱们就别当着女士的面来展开这个话题了。"

尤妮揶揄道:"说啊,展开啊,讨论呀,还装什么纯洁呢?你们这些臭男人,在一起三分钟不说性,就不得过了。"

冯宁和庞耀祖都哈哈大笑了起来。

庞耀祖说道:"你这个尤妮,我们说啥了?你一棍子打死天下男人!"

冯宁试探道:"我能参加你们这种聚会吗?"

庞耀祖立即点头道:"当然可以。我们没有什么资格和门槛可论,只要志同道合就行。"

冯宁说:"我可没有文凭,没有背景,也没有社会地位……"

庞耀祖说："我们不看这些！"

冯宁嗒然一笑："不会吧……"

庞耀祖笑道："不信？那你试试。"

67

晚上，刚吃了饭，顾亭云正准备去院子里散步，听到有人按门铃。她从猫眼看了一下，惊喜万分，赶紧开门。从门外扑进来的是女儿块块，顾亭云一把搂住女儿："死丫头，你还想得到你老妈呢？"

块块一边放下手里的旅行包，一边说："爸爸让我来接你回广州，立即去住院。所有住院手续都已经替你办好了。"

顾亭云一怔："住院手续？谁办的？你？"

块块说："他让小马叔叔专程去了次广州替您办这手续。"

顾亭云咬着牙说道："这死老宋，干吗呢？！"

等宋梓南一回家，她就把他叫到卧室里，问他到底是怎么回事。

宋梓南疲倦地往藤椅上一坐，说道："亭云，中央马上要召开特区工作座谈会……"

顾亭云激动地："中央要开特区工作座谈会，和我去住院有什么关系？我顾亭云不住院，中央就开不成这个座谈会了？笑话！"

宋梓南只是摇了摇头，低声说道："听话。"

顾亭云追问："是不是小单又给你打电话来着？或者，是你又给小单打电话来着？你们又嘀咕我什么呢？"

宋梓南说："没有没有。你别胡乱猜想，小单绝对没有对你隐瞒什么。她的态度是一贯的，我的态度也是一贯的，无非就是希望你尽快去住院治疗，以免病情恶变了。"

顾亭云说:"你没跟我说真话!"

宋梓南恳切地:"亭云……"

顾亭云不依不饶地:"一定发生了什么,要不,你不会这样突然间的,一定要弄走我。"

宋梓南说:"怎么是突然间呢?怎么是要'弄走你'呢?从你到深圳的那一天起,我哪天不在劝你去住院治疗。"

顾亭云说:"跟我说实话。"

宋梓南说:"我说的全部是实话。"

顾亭云说:"老宋,我们一起生活了几十年,我的脾气你是了解的,我是绝对不会去做不明不白的事情的。再说了,我们在一起这么多年,你什么时候在这么个具体的事情上为我操过心?如果不是发生了什么特别的事情,你怎么会亲自派你的秘书专程去为我办住院手续?你说你过去这么做过吗?"

宋梓南不作声。

顾亭云直催问:"老宋,快说呀,你要急死我?!"

宋梓南说:"你别激动。"

顾亭云问:"真的是跟特区工作座谈会有关系?这个座谈会完全是针对你针对深圳来的?"

宋梓南马上断然否认:"怎么可能是专门针对我的呢?"

顾亭云又追问:"那就是专门为了解决深圳存在的问题的?"

宋梓南说:"召开的是特区工作座谈会,不是深圳工作座谈会。"

顾亭云又问道:"那你为什么偏偏要在这个时候把我送回广州去?"

宋梓南只说:"你必须住院治疗。"

顾亭云逼问:"别回避要害。我问的是为什么偏偏要在这个时候把我送回广州去。"

宋梓南说:"你干吗非要和这个座谈会联系起来呢?"

顾亭云说:"不是我要联系,是你刚才自己说的,马上要召开特区工作座谈会了。"

宋梓南说:"我只是说马上要开特区工作座谈会了。"

顾亭云说:"是啊,你为什么会突然提到这个座谈会?在你的潜意识里,这两件事肯定有某种不可分割的联系!"

宋梓南只得说:"你说这两者之间可能有什么联系?你顾亭云在深圳,中央就开不成这个座谈会了?这不是天方夜谭吗?"

顾亭云还是抓着这根"稻草"不放,紧着追问道:"那你刚才为什么要跟我提到这个座谈会?"

宋梓南说:"因为它重要嘛,这次座谈会是中央决定成立特区以后,第一次以国务院的名义,召集这么多方方面面的负责同志,来全面总结特区工作的经验和教训。"

顾亭云说:"同时也要对你们这些人这几年的工作做出鉴定。"

宋梓南说:"我们党的传统从来是对事不对人。"

顾亭云说:"但对你们这些在特区工作中负有领导责任的个人来说,可能就是性命攸关的。"

宋梓南淡淡一笑,叹道:"千秋功罪,沧海一粟……无所谓啦。"

顾亭云很不高兴了:"好吧,既然不想跟我说实话,只想跟我打哈哈,那就没必要再谈下去了。"说着,便起身向客厅走去。

块块正在客厅里看电视,见妈妈板着脸走了过来,忙关掉电视,站了起来。顾亭云往沙发上一坐,拿起遥控器,打开电视。但她显然无心看什么电视,只是视而不见,听而不闻地呆坐着。块块当然看出来,妈妈一定是和老爸拌嘴了才这么不高兴的。不知事情原委和真相的她,不知道自己应该上前怎么去劝慰妈妈才好,便不免显得有些难堪,但又不能完全置若罔闻,正在两难之际,宋梓南走了过来。乖巧的她赶紧躲进自己的卧室里去了。

宋梓南在顾亭云身旁坐了下来。

宋梓南说:"你瞧你,激动什么嘛,大夫说你现在不能着急。"

顾亭云大声反问道："是谁让我着这么大急的？"

宋梓南说："你刚才说，这么多年来，我从来没有在你的一些具体生活问题上为你操过心，你批评得很对嘛。现在我来操一回心，派个人去替你办一回住院手续，让闺女来接你回去住院，你有必要做这么多的联想吗？"

顾亭云说："别跟我在这儿避重就轻，云山雾罩地继续跟我打哈哈。你以为我是三岁的小孩，想怎么蒙就怎么蒙？好吧，你不愿说实话，那么就让我来替你说吧。中央对你们深圳的工作有看法，召开这次特区工作座谈会就是为了解决你们深圳的问题。很可能要把你调离深圳，你为了不让我受到那么大的刺激，所以急于在这次座谈会召开之前，借口治病，把我弄回广州。"

宋梓南哑然失笑地："天方夜谭……完全是天方夜谭。"

顾亭云站了起来："什么天方夜谭？最近国内外对你们深圳突然爆发那么多负面的舆论，尤其是国内一些著名大报上发的一些文章，难道都是空穴来风？"

宋梓南说："是，它们的确代表了国内一些人的看法，甚至代表了很高领导层里一些非常有实力的同志的看法，但它并不代表中央的看法。中央坚持改革开放，坚持建设特区的决心是丝毫不会动摇的！"

顾亭云立即说道："坚持改革开放，坚持办好特区，不一定非得肯定你们这几个人在深圳的工作，更不一定非得要肯定你宋梓南的工作。"

宋梓南说："深圳的工作有不足之处，但它的大方向是正确的……我们错在哪里了？我们在深圳努力地建立和健全社会主义的市场体制……努力地按中央的要求，按小平同志的要求，把深圳建成一个以外商投资为主，工业为主，出口为主的外向型经济窗口。"

顾亭云说："多数同志都认同你们的做法了吗？"

宋梓南说："什么叫多数？什么叫认同？马克思恩格斯在写作《共产党宣言》的时候，有多少人认同他们的理论观点？毛泽东在提出用农村包围城市，建立农村革命根据地的理论时，受到过多少机会主义分子的打击和排斥？"

顾亭云说："你能肯定地说，这次特区工作座谈会主要不是为了解决你们工作上的不足之处才召开的？完全不会用把你调离的方式来解决你们当前工作上的不足？而在你的潜意识中，也不是因为担心发生这样的事会对我产生更大的刺激，所以才要赶在会议召开前，让我离开深圳的？"

宋梓南犹豫了一会儿："是的，会议有可能着重来谈深圳当前工作中的不足之处，但这并非因为我们这几个人的错误严重。深圳是全国最大，也是最有影响的一个特区。要总结这两年特区工作经验和教训，当然就要着重谈深圳的事情，也要着重谈谈我这个深圳一把手的工作。这是回避不了的，也是很正常的。至于中央会不会把我调离深圳，这不是我考虑的问题，更不应该是你考虑的问题。我也不是因为怕你受到什么重大打击和刺激，才慌急慌忙地要把你送回广州去的。"

顾亭云立即问道："那你到底是因为什么？"

宋梓南不说话了。

顾亭云追问："说呀！你急于把我送回广州去住院，真的和马上要召开的这次座谈会没有一点关系？老宋，我们一起生活几十年，你可是从来没跟我说过假话！"

宋梓南沉默了一会儿，说道："深圳目前的确面临一个十分关键的时刻。你也感觉到了，对我们这几年来的作为、举措，众说纷纭，而我们在实际工作中的确也存在着一些不够完善的地方，也出过一些差错。中央在这个时候召开这样一个座谈会，我作为深圳的一把手，心里的压力当然是巨大的。但不管中央将怎么来估价我们这一班人的工作，将会采取什么样的措施来完善和加强深圳特区的工作，你要相信，老宋我是一定会坦然面对的。我们都经历过'文革'九死一生的风浪，接下来要发生的事，还能比那个更折磨人吗？当初，我主动要求来深圳当这个特区一把手的时候，就跟钟灵书记立了军令状，在建立深圳特区的过程中，只要出了重大问题，要杀头，就先拿我宋梓南开刀。我不认为我宋梓南有谭嗣同那样的血性和勇气，时代发展到今天，也不会像当年对待谭嗣同那样来对待改革者。但是，有一点，我是清楚的，也是做好了充分思想准备的，那就是：不管时代发生了什么变化，任何一个社会变革，仍然需要以它的先行者付出重大代价来做驱动力。我觉得，一旦真的要我宋梓南为改革付出相应的代价，我能做到'我自横刀向天笑'……但是……"

顾亭云忙问："但是什么？"

宋梓南说："但是，最近……大概是因为真的老了，我忽然发现自己，在横刀向天笑的时候隐隐约约地有了一种甩不掉的后顾之忧。"

顾亭云问："后顾之忧？什么样的后顾之忧？"

宋梓南说："那就是你……"

顾亭云一愣："我？"

宋梓南长叹了一声道："我担心这场争论会影响到你的情绪，你的身体。"

顾亭云说："你把我想得那么脆弱？"

宋梓南说："你对眼前这场斗争的严重性估计不足。改革的前程和结局还很难设想……如果真的要撤我的职，把我调离深圳，你……"

顾亭云问："你以为我就扛不住了？"

宋梓南说："我知道你能扛住……但我希望那个时刻你还能在我身边……能对我说一句：老宋，挺住，不管怎么样，你还是好样的。"

顾亭云说："那你还要把我送回广州去？"

宋梓南说："但是，我需要你十分健康地在我身边。我不能接受……到时候你再出一点什么事情……更没法想象，到那个时候，会失去你……这些天，我一想到有这种可能发生，心跳就会加快，会有一种控制不住的慌张……我觉得自己从来没有这么脆弱过……看来，我宋梓南真的老了……"说话间，宋梓南的眼圈红了，眼眶湿润了。

这时，从他们身后传来轻微的丝丝抽泣声。

他们忙回头去看，原来是块块。她一直站在那儿听着他俩的谈话。此时，已然是泪流满面了。看到父亲和母亲回过头来看她了，便赶紧跑回卧室去了。

那天的交心应该说是非常有效的。顾亭云说不清究竟是老宋的那一番话说服了自己，还是老宋最后的神情在她的内心引发了一种从未感受过的震撼，让她决定做出这样重大的让步，总之，她最终同意回广州去"住院"了。在块块的帮助下，她把要带回广州去的东西都收拾妥当了。在动身离开深圳前，块块问："爸不回来送我们了吧？"顾亭云说："他说他要来送我们的。"但等了一会儿，仍不见宋梓南回来。这时，在楼下院子里，司机已经把两三个大一点的皮箱放进了汽车的后备箱里，又到楼上来拿走了最后的两件小行李。到这时候，宋梓南却还没回来。当所有要带走的行李物件都已经拿了下去，客厅里只剩了顾亭云和块块母女俩时，块块又问妈妈："爸爸不会来了吧？"顾亭云抬头看看钟，不知道怎么回答女儿的追问。她觉得老宋这一回应该来送她母女的。这一生里，他们曾经有过很多很多次这样的离别。老宋常常答应了要来送别，但最后总是因为这样那样的急事，或突发什么大事而不能来送她。她应该是早已习惯了这样一种"违约行为"。甚至觉得，他要是不"违约"，反而倒是"不太正常"了。她能做到淡然一笑，坦然处之。但今天不知道为什么，她觉得他应该来，他应该不会违约。对这一次"离别"，她心里有一种特别的预感，一种特别不祥的预感，她觉得自己可能再也来不了深圳了。这种预感让她特别想在离开深圳的这一刻，再见老宋一面。她对自己这种"无来由"的预感感到可笑，但是又无法抑制自己不这样去期待和盼望。他为什么不来送自己了呢？这样的机会，今后不会太多了……

这时，宋梓南还在主持一个常委会议。市委常委们正在讨论要拿到中央特区工作会议上去用的一份"汇报提纲"。这份提纲已经做过多次修改，常委们仍存在较大的分歧。分歧的焦点集中在，到座谈会上，是去说以深圳存在的问题和改进的打算为主呢，还是要着重把深圳这些年取得的成绩谈透谈够。多数常委坚持要多谈问题和改进意见，包括一向以来在工作上和宋梓南配合得相当默契的周副市长这一回也是持这样的观点；而宋梓南偏偏坚持要到座谈会上去"谈成绩"，要为深圳这几年来推行的一些做法做必要的"辩护"。

宋梓南当然知道顾亭云在等着他。但是常委会迟迟得不到统一的结论性的意见，他不能轻易宣布散会。他拿起自己面前的这份提纲草稿的打印稿，说道："对这份汇报提纲，各位还有什么高见？如果都已经谈完了，那么，我说一点我的看法。正因为是要拿到特区工作座谈会上去说的，所以，我认为更要实事求是，要从特区建设的实际情况出发，有一说一，有二说二。我们现在基本建设的摊子可能是铺得大了一点，国内投资和国外投资比例确实还不是那么理想，从香港转移过来的劳动密集型产业的产值在全市 GDP 中占的比例过大了一点。但是，所有这一切，我认为，在特区建立初期，是不可避免的，有的甚至还应该说是必须这样做的。我们从一个不到三万人的小渔镇起步，如果不先下大力气搞一点城市基本建设，谁到你这个小渔村来投资？在国外的和港台的投资商对我们这个特区还处在观望怀疑的时期，我们当然要争取一点国内各省市的投资来发展我们自己，这个阶段，国内的投资在一定程度上大于国外的投资，也是不可避免的嘛。港台和东南亚各国在高速发展的十年后，实行产业转型，需要把一大批劳动密集型的企业，以三来一补的形式转移出来。从国际的产业发展趋势看，这些企业确实是低水平的，但对于还是一穷二白的我们来说，接受这些企业，正是我们从低端到高端发展的一个机遇。红薯当然不如白馒头好吃，但在别人不给你白馒头、自己又没有白馒头的情况下，先拿到一点红薯，争取一个生存和发展的机会，也是不得已的嘛。"

这时，小马悄悄走了过来，低声对宋梓南说了句什么。

宋梓南犹豫了一下："让她们再等一会儿。"

这一等，又是一个小时过去了。然后，电话铃突然响了起来。块块冲过去拿起电话。电话是宋梓南打来的："你让你妈接电话。"

顾亭云忙从块块手里拿过电话。

"常委会还得一会儿才能结束。"宋梓南说道。

"我知道了。你就踏踏实实开你的会吧,别心挂两头了。"顾亭云让自己尽量说得平静一些。但那种不祥的预感,让她最终还是没法让自己真正平静下来。除此以外,从老宋刚才说话的口气听起来,这次常委会进行得相当艰难。她虽然不知道这次常委会的具体内容,更不可能得知这次常委会为什么会开得如此的"艰难",但有一点她是知道的,这次常委会是为即将召开的中央特区工作座谈会做准备的。凭着多年的政治经验,她可以判断出,会议的艰难是缘于常委们在一些重大问题上产生了分歧。而这些重大问题,又一定是跟这次中央特区工作座谈会有关。当然,这些分歧也会和如何评价、看待老宋这几年的工作有关……而他最近身体又那么不好……所有这一切,都使得顾亭云非同寻常地希望在走以前,能再见老宋一面,再叮嘱他几句……

"你别走。会一散,我就赶过来送你!"宋梓南在电话里说道。

"别顾我这头了。踏踏实实开你的会!"顾亭云的语气变得强硬起来。

"不。你等着!"宋梓南几乎是在下命令了。

四十分钟后,宋梓南驱车赶到家。一下车,他就急匆匆向楼里跑去。但顾亭云已经走了。他用力敲门,没人应答。宋梓南忙掏出钥匙,开门进屋,客厅里没有人,匆匆走进卧室查看,卧室里也没人了。宋梓南再回到客厅,似乎有点沮丧,呆站了一会儿,突然发现在茶几上留有一张纸条,忙去拿起纸条,纸条是块块留的,纸条上这样写着:"老爸,我们走了。妈妈让我告诉您,不管下一阶段会发生什么样的事情,您在我们眼里,永远是最棒的,您永远不会老。您别牵挂妈妈,我会照顾好她老人家的。三个月后,保证还您一个年轻漂亮健康活泼的好老婆。块块敬上。另:代妈妈狠狠亲您一口!"

宋梓南拿着那张纸条,若有所失地呆坐在沙发上。这时,电话铃突然响了起来。宋梓南一愣,然后忙去抓起电话:"亭云吗?"

电话里立刻传出一个男人的笑声。是周副市长。他笑道："是我，老周。"

宋梓南忙歉然一笑道："对不起。"

周副市长问："怎么，大姐走了？没送上？"

宋梓南轻轻叹了口气说道："走了……没送上……有事吗？"

周副市长说："想跟你再聊一聊关于那份汇报提纲的事。"

宋梓南忙站起："行。我马上回办公室。"

周副市长却说："不，你不用动，我马上过来。"

宋梓南说："咱们在办公室聊，不好吗？"

周副市长："不不不，我上你家聊。有些话，还是别在办公室说。"

不一会儿，周副市长便赶到宋家，在空空荡荡的屋子里转了一圈，安慰道："大姐答应去住院，是好事。"

宋梓南苦笑笑，只叹道："好事。"

周副市长知道这个话题不宜再延伸下去，便知趣地转到正题上来："刚才在常委会上，我一直没吭气。"

宋梓南冷静地问："对我的看法有意见？"

周副市长说："我不想在会上公开跟你唱反调。"

宋梓南淡淡地苦笑笑："好同志……"

周副市长说："老宋，这次中央召开这样一个座谈会，主要目的是想解决当前特区建设工作中普遍存在的一些问题，总结和摸索出一点可在全国推广运用的经验和规律。中央需要我们更多地看到这几年来我们工作中存在的一些问题，比如说，我们的投资结构和产业结构是否合理，基本建设的摊子是不是铺得有点过大，产品的外销竞争能力是否有待增强。我们吸引的外资多数都投到房地产旅游业上去了，真正投到工业上的比较少，引进的技术大多数还是过时的，还是属于劳动密集型的，真正属于世界先进水平的也还比较少，包括我们的深圳湾大酒店甚至还引进了西方的赌具，开设了赌场。外汇的黑市买卖和沿海地区走私现象也可以说是比较猖獗的……因此，我觉得，在这个座谈会上，我们深圳的同志应该保持一种谦虚的低姿态，才是合适的。尤其是在听到反面意见时，一定不能做自我辩护……因为根据以往的经验，在中央召开的会议上，态度问题，往往是最重要的。我们特别不能让别人产生这样一种误解，我们深圳的同志对来自上边和周边的批评有抵触和不满情绪。"

宋梓南扔出一份香港报纸："但因此就可以说我们深圳失败了吗？你没有觉得，有人在围剿我们？！"

报纸上一篇文章的大标题是：《深圳失败了》。

周副市长说："你不是也一直在向我们强调，这种论调并不代表中央的认识和态度的吗？《人民日报》最近连续发表了三篇谈我们深圳工作的文章，着重谈到深圳的发展，应该以工业为主，应该赶快从内向型经济，真正转到外向型经济上去。那才是中央的态度和希望。"

"这三篇文章我都看到了。"

"我们是不是应该以这个口径来准备我们的汇报提纲？多数常委也都是这个意见……"

宋梓南不作声了。

那天夜里，宋梓南很晚了也没回家。他不想回到已经没有了亭云的大屋子里。没有了亭云的大屋子，对于他是"陌生"的。在一个陌生的大屋子里，他会感到更加压抑和孤独，他愿意待在自己的办公室里。市委新办公楼建起来以后，宋梓南非常满意自己的这个新办公室。虽然并不奢华，但很有气派。看着默默散发着亚光漆色彩的新办公家具和深色实木地板表达出的那种稳重和坚固，还有那塑钢窗上闪发出的冷峻的银灰色光泽，他常常会产生一种幻觉，仿佛自己登上了一艘最强大的渡轮，在征服那正从远处海平面上涌来的黑灰色的风暴潮。这种幻觉，或者更准确地说，这种"向往"，是他童年时，跟随父亲去码头上批发一篓篓银光闪闪的咸鱼时，站在海岬一角，面对略带些咸腥味的强烈海风，总会在心头涌动的。

他无数次做过这样的梦：独自驾驶着一艘强大的渡轮（为什么只是"渡轮"，而不是"豪华邮轮"，或"万吨巨轮"，他说不清楚），在生锈的钢铁、乌亮的油漆、灼热的煤水汽和粗大的锚链摩擦硬木甲板时发出的种种气味、声响的包围中，他迎着无数只海鸟驰去……海浪把船头高高抬起，又重重摔下，作为船长的他，在驾驶室里大声地叫喊着。整艘船腾空而起……

办公室……驾驶室……深色的地板……灼热的煤水汽……深南大道……远处海平面上那一堆堆层层叠叠的乌云一群群的海鸟……

宋梓南面对着铺展在大条案上的宣纸，呆呆地打量了一会儿，拿起毛笔，奋笔写去。宣纸上出现了"是真君子乃真本色"几个行草体的大字。写完后，自己看看，不满意，便又写了一幅，还是不满意。又写了一幅"是真君子乃真本色"……但还是感到不满意，正要重新写时，小马匆匆走了进来。

宋梓南停笔问："有事？"

小马忙说："您写。"

"有事就赶紧说事。"

"刚收到省委的一个文件，说省委已经批准蛇口独立行使物资进口、干部使用和户口审批等四项权力……他们行使这四项权力时，不再需要经过我们市里批准，只需要在我们这儿备个案就行了。"

宋梓南略略一怔，但没说什么。

小马停顿了一会儿，又说："最近外头有个小道传得挺凶，说上边有这样的意思，要把蛇口的余大叔调到咱们市里来当市长。"

宋梓南的脸色沉了下来。

小马以为书记脸色的变化是因为"余大叔"要来当市长，所以，接着说道："这个时刻，要把余大叔调来当市长，会让人对我们深圳前一阶段的工作产生什么印象？"他却没有料想到，不等他说完，书记很严厉地批评他道："这种事是你我应该在背后议论的吗？越活越抽抽了？！"

小马立即意识到，书记是不让自己在人后议论这种高层的人事问题，特别是涉及深圳，涉及市委市政府领导班子的人事问题。他忙低下头去不再说了。

宋梓南生硬地问："还有事吗？"

小马赶紧答道："没了……"

宋梓南说："把省委那个文件给我留下。"

小马把夹着那个文件的卷宗放到宋梓南桌子上，乖乖地走了。

办公室里又只剩下宋梓南一个人了。他看了一下那份省委文件，显得有一点心烦意乱，丢开文件，起身到大桌子旁，拿起毛笔想把那条幅写完，但写了两个字，又觉得非常不满意，便把纸团掉了，铺开一张新的宣纸再写，又觉得此刻自己已经完全静不下心来重写了，就把毛笔也扔了。

这时，小马又走过来敲门。

宋梓南很不高兴地："你今天事真多。"

小马说："刚才亭云阿姨来电话，她说她到广州了……"

宋梓南说："到就到了呗。"

小马说："她已经和单大夫接上头了，明天上午去办理住院手续。等住到医院里了，她会再给你打电话的。"

小马走了。

宋梓南闷坐了一会儿，怔怔地打量了一下电话机，突然拿起电话，拨了个号。

这个电话是打给那位唐大记者的。

宋梓南："没出差？"

唐惠年："出差刚回来。去汕头厦门转了一圈。"

宋梓南："是不是要为马上召开的特区工作座谈会准备稿子？"

唐惠年笑了笑："书记英明。"

宋梓南犹豫了一下："惠年……"

唐惠年："书记有啥吩咐，只管说。"

宋梓南:"不是吩咐。(又犹豫了一下)最近你听说了些什么吗?"

唐惠年:"哪方面的事情?"

宋梓南犹豫着。

唐惠年:"是经济方面的,人事方面的,还是外交事务方面的?是省里的,还是北京方面的?"

宋梓南迟疑着:"没什么没什么……随便问问。什么时候来深圳,一定来看我。"说着,慌慌地挂断了电话。

唐惠年一愣。

唐惠年身材矮小的妻子走了过来:"怎么了?谁的电话?"唐惠年苦笑着摇了摇头,没答。等妻子又回到卧室去了以后,他迟疑着要不要再给宋梓南追一个电话过去,问问到底有啥事要他办的。但想了想,居然连书记自己都觉得一时还不好开口说下去,那就一定是不便他人主动过问的了。想到这里,他把已然伸到电话机上去了的那只手,又缩了回来。

挂断了给唐惠年的电话后,宋梓南却不安地呆坐着,怔怔地看着电话机。好几次伸手去拿电话,想继续从唐惠年那儿"打听"一些什么,但又放下了。说心里话,随着深圳的发展,工作摊子已越铺越大,当前对于深圳的掌权者,当然还需要他们继续张扬"杀出一条血路"的勇气,但更需要创新求实的科学精神和精雕细刻的工作作风,需要深化和协调。在这种情况下,宋梓南已然感觉到,党政一把手一肩挑的现状,对于他来说,已经有一点力不从心了。自己可以继续这样挑下去,但为了把这副担子挑得更出色,如果能够配备一个强有力的同志来把市长的工作分担了,也许更符合当前形势发展的需要。他也曾多次向省委和中央领导谈过自己的这个想法。他知道,省委和中央也在考虑这个问题。而蛇口的余涛,无疑是众多候选者中最孚众望的一个。但是……但是什么呢?

他忽然想到,是不是直接跟余涛沟通一下,听听他对这档子事的想法?宋梓南立即拨通了余涛办公室的电话。但余涛不在办公室里。他又拨通了余涛秘书的电话,才得知,余涛被省委书记任仲夷叫到广州去了。

问清了余涛回蛇口的时间后，宋梓南在办公室里略略地又呆坐了一会儿，便离开了办公室。

第二天下午，周副市长打电话找宋梓南，却怎么也找不到他。居然连市委办公厅的值班员都在说："我们也在找宋书记哩……"

周副市长一愣："怎么回事？书记出门，没跟你们打招呼？"

值班员一边忙翻看值班记录，一边答道："一早他到国贸大楼工地去参加了一个会。后来，他去国土资源局听取局内专家对土地拍卖的意见和建议……"

周副市长问："这个座谈会我也参加了。后来呢？我问的是，他离开国土资源局以后又了哪儿？我需要知道，现在怎么才能找到他？小马呢？怎么马秘书也找不到了？"

值班员又翻看了一下值班记录，从那记录里发现了一个线索："哦……中午十二点二十分时，马秘书曾经打过一个电话来，说下午宋书记要去见余涛同志……"

周副市长忙问："余涛？他不是去广州了吗？他回来了？他们说好在哪儿见面？"

值班员答道："记录上没写。"

周副市长忙催促道："赶快找找。找到以后，马上告诉我。"

这时候，宋梓南确实在余涛那儿，由余涛陪着"视察"正在装修中的"海上世界"。庞大的船体里，到处都堆放着建筑材料，到处都闪烁着电焊枪所发出的刺眼白光，到处都回响着震耳欲聋的敲击声和锤打声。余涛得意地向宋梓南介绍道："将来我这个'海上世界'会成为整个远东地区最大的海上游乐休闲场所，将成为咱们深圳最热门的观光旅游点，也会给咱深圳增添一道最亮丽的风景线。"

宋梓南笑笑，没作声。他俩走出杂乱的舱室，走到甲板上。海面上凉风习习，远近渔火点点。面对着开阔的视野，宋梓南长长地舒了口气，问："还有啥要让我看的？"

余涛兴趣盎然地提议："去看看正在装修的多功能厅？灯光音响设备全都是一流的，最起码也是亚洲一流的……"

宋梓南笑着沉吟了一下，说道："老余，今天你不会只是让我来欣赏你这个远东地区最大的海上游乐休闲场所的吧？想跟我说什么，咱们直奔主题。你知道，我对这些休闲游乐的玩意儿，向来不感兴趣。"

余涛似乎早有准备似的提议道："那……咱们找个地方去喝杯茶？"

宋梓南摆摆手："不用去那种地方了吧。咱俩要往那儿一坐，别人都不得安生。还是去你办公室聊吧。"

余涛却说："干吗去办公室？办公室这种地方你还没坐够？走走走。我有好地方，不会让你暴露在众目睽睽之下的。"说着，他立即带宋梓南下了船。码头上早有一辆进口的高档车在那儿等着了。二十多分钟后，余涛就把宋梓南带到市里一家高档茶园的特别包间里。茶园是新开张的。院子里绿树藤萝假山流水断桥营造了一个相当悠闲惬意的小环境。

余涛显然和这个茶室的老板非常熟识，而且事先也是打好了招呼的。他俩一到，老板已经做好了一切的准备，走一条比较僻静的通道，把他俩领到一个特别幽静的雅座间里。包间里，桌椅茶具花格窗棂和墙上的那些字画，也尽显一派古意。

老板恭敬地对余涛说道："这是您要的咖啡。这是宋书记喜欢喝的特级龙井，你们看可以吧？二位还要点什么？"

余涛说："谢谢啦。书记不爱吃零食。今天我俩就干喝，啥也不用了。"

一个身穿暗花织锦缎旗袍的女服务员端着一整套茶具，袅袅娜娜地走过来要给两位表演茶道。

余涛笑道："今天也不用玩这一套了，我们自斟自饮。需要你们的时候，再听招呼。"

老板和那个女服务员马上恭恭敬敬地退了出去。随即，门也关上了。不知是室内木料本身带的香味，还是在什么角落里有个香炉里燃放着某种幽香，这雅座间里隐隐绰绰地浮泛着一股沁人心脾的气息。

两人默默地喝了两口茶,还是余涛先开口:"听说你最近病倒过一次?怎么了?不会是因为我上省里替蛇口要了几项自主权,就把你给气成这样?"

宋梓南笑笑:"至于吗?你老余是什么样的人,我早就一清二楚的了,还能跟你置这个气?"

余涛大笑:"哦呵呵,大人大度。"

宋梓南说:"我明白你的苦衷。手里要是不把着一点自主权,在当前这个情况下,要想真正推动一点改革,就难上加难。但……不过也没什么……无非是你越过我们这些人,直接找到省里去提要求,让我们这些人脸上稍稍感到有一点发热,有点尴尬罢了。"

余涛立即举起咖啡杯:"来来来,敬我们书记同志一杯,理解万岁。"

宋梓南默默一笑,也举起茶杯,意思了一下。

余涛又说道:"还有个情况的,今天特别要跟书记同志说明的是,关于中央要调我到市里当市长的问题……"

宋梓南忙表态道:"我觉得这是个很好的想法,这也是我今天要来跟你见一面谈的重要话题之一。我一直以为,有你到市里来工作,先不说别的那些有利的方面,最起码,蛇口和市里许多不该产生的矛盾和摩擦都可以得到比较好的协调……我是完全拥护中央和省委这样的安排的。从我个人来说,身兼书记和市长两副担子,也的确有些勉为其难,力不从心……"

余涛却打断了宋梓南的话头,说道:"我已经跟任书记明确表态了,我余涛只想留在蛇口,折腾我那两三平方公里的小自留地。"

宋梓南略显得有些意外:"为什么?不会是因为担心我们俩不能好好合作,所以才不愿意到市里来任职?要是真的为了这一点,你完全不必担心……我虽然也是个急脾气,烈性子,但这么多年组织的教育和训练,你还是应该信得过我的嘛。再说市里也的确缺一个市长。这是我真心话。"

余涛忙说:"我就怕你这么想,所以听说你在找我,我就赶紧约你过来了。这两年,在工作上我们虽然难免有点磕磕碰碰,但有一点,我想你也会相信,我们之间并没有根本的分歧和矛盾。所以,你也应该相信,我余涛绝对不是为了回避你,才不想当这个深圳市长的。我比你还大几岁吧?我们这一拨人有共同的经历,都曾经有过一个热血沸腾的青年时代,千难万险,亲手建成了这个共和国。现在,我们又都感到我们亲手建立的这一番伟大事业还有一些必须改进的地方。否则,到马克思召我们去报到时,我们多多少少还是会有一些内疚。因此,你我都还想拼着这条老命,最后做成一两件事,来促成这个改进。但偏偏时间又不允许我们做太多的事了。我六十六了啊……书记同志,让我集中精力把'蛇口工业区'这棵小苗养大,也算是对自己这一生,对我们这个伟大事业,有个最起码的交代了。"说到这里,余涛有点动情了,眼眶也微微地湿润起来。宋梓南也被打动了。他举起茶杯,向余涛表示敬意,也表示理解,然后,长长地叹了口气道:"是啊,你我都没有多少时间可虚度了。"

68

这时,仍在急于四处寻找宋梓南下落的周副市长,接到了宋梓南的一个电话:"老周,你找我?"听到电话里传出的是宋梓南那熟悉的声音,周副市长长出一口气:"老天爷,你去蛇口也不跟办公厅打个招呼,都急得我快要向公安部报案了!"宋梓南笑道:"嗨,在蛇口,我还能出什么事?"

等见了面,周副市长问宋梓南:"余董他找你?"

宋梓南说:"我找的他。"

周副市长不便追问宋梓南为什么要在这个时候找余涛单独谈,只是怔怔地看着宋梓南,说了两个字:"找他……"想让宋梓南能主动说一点跟余涛会面的情况。但宋梓南沉吟了好大一会儿，才慢慢抬起头，感慨万千地说道："余涛这样的同志，无论是过去、现在以至将来，都是不可多得的，也不可能多得的……"再没说别的，接着便问："哎，你那么着急找我，什么事？"

周副市长只得应道："到特区工作座谈会上去发言的汇报提纲修改稿赶出来了。你什么时候再过一下目？"

宋梓南笑了："好嘛，就这点事？我还以为马上要发生强地震和大海啸哪！"

这时，小马走了进来："宋书记，那个张弓来了。"

宋梓南对周副市长说："有个老战友的儿子到深圳来了，找了我好几次，我得见他一下。"

周副市长忙起身："那行，提纲这一稿改动很大，我看过了，那些秀才们果然聪明，很会领会领导的意图，这一稿，比较充分地体现了你的情绪和种种看法。但我还是有点担心啊。就这么拿到中央召开的座谈会上去说，是不是会产生某种副作用……老宋，你能不能再掂量掂量？"

宋梓南只是笑着拍了拍周副市长的肩膀，应付道："好好好，我再认真掂量认真权衡一下。"

这时，小马领着张弓走了进来。

张弓到深圳已经不是一天两天了。他现在在高士达集团金德昌身边谋了个职，在高士达厂公关部任经理。今后要在深圳谋发展，无论他本人，还是他的老板金德昌，或者集团的其他高层，都希望张弓能和他父亲的老友，当今深圳的一把手宋梓南搭上关系。今天是金德昌亲自陪他来见宋梓南。因为是第一次见宋梓南，金德昌觉得自己还是不出场的好，让张弓以"老友儿子"的身份单独拜见书记更合适。金德昌一直在车里等着。半个小时后，张弓踌躇满志地走出市委新楼。见张弓走出大楼，金德昌忙吩咐司机发动车，上前去接。等张弓一上车，金德昌就迫不及待地问道："怎么样，见着宋书记了吗？"

张弓却说："今天是他想见我,那还能见不着?"

金德昌笑了笑道："他想见你? 不会吧?"

张弓说道："不会? 我爸是他当年的入党介绍人,我们两家的关系特别不一般。知道什么是入党介绍人吗? 没有我爸的介绍和推荐,他当年就入不了共产党。当年入不了共产党,今天就不可能当上这个市委书记,威震深圳一方。你想想,这是啥关系?!"

金德昌似信非信地"哦"了一声。

回到厂里,张弓对金德昌说："公关部招收了几个新人,您要不要过一下目?"随即便把包括陶怡在内的三四个年轻人带到了金德昌面前。

金德昌审视了一番,一声没吭就转过身走进了他自己的办公室。

张弓先让那几位回避,自己跟着进了金德昌的办公室。金德昌对他说："别的都可以,就是这个陶怡不能进公关部。"张弓忙解释:"她当过团代表,这个身份很重要。"金德昌说:"我不稀罕什么代表! 我要听话的人。"张弓却说:"你不稀罕我稀罕。我公关部今后少不了要跟政府部门的人打交道,就需要这样的人。她有过团代表的身份,在政府方面的人看来,就会很不一样。"金德昌毕竟还是不太了解大陆体制内的实情,将信将疑地问道:"是吗?"张弓拍拍自己的胸脯说道:"这个,你听我的。"

晚上,陶怡给冯宁打了个电话。这一阵,冯宁还住在货运编集站的大工房里。大工房里没有电话。电话只能打到编集站办公室。办公室的一个文员来传冯宁去接电话时,大工房里的多数人都聚在一起打牌听小收音机,或者嘻嘻哈哈地聊大天,或者闷头睡觉。唯有冯宁躲在一个角落里,在一张小方凳上,凑着昏暗的灯光在读着什么书,做着什么笔记。书单是庞耀祖给开的。一下子,买了十来本。"小子,别用功了,快去接电话。"办公室的那个文员拍拍冯宁的肩膀说道。冯宁不无意外地:"电话? 我的?"那个文员笑道:"不是你的,还是我的? 是个小妞打来的,快去吧。"一听是"小妞",冯宁自然知道就是陶怡了,便放下书和笔记,一边可劲地谢了那个文员,一边赶紧向办公室走去。

"陶怡，你在哪儿呢？"好几天没听到陶怡的声音了，猛然间听来，冯宁觉得格外的亲切。

陶怡是在路旁的一个公用电话亭里打的这个电话。"你还好吗？"她问道。

冯宁赶紧说："还凑合吧。你干啥呢？"

陶怡说："我马上得回去加班，所以不能跟你多说……"

冯宁不解地："在人家里做保姆也得加班？明天我能去看你吗？"

陶怡忙说："你先别过来……这儿的老板特别不愿意有人来看我们。再说，我原先跟他们又闹过那么一点过节儿，他们都挺防着我的……"

冯宁一怔："老板？怎么回事？你……你又回那个玩具厂去了？"

陶怡微微地红起脸，答道："是的……"

冯宁赶紧问："为什么？"

陶怡说："我想，怎么着，在厂子里干，总比给人当保姆多少还能学到一点东西……我这么年轻……"说着，看看电话亭对面那个小店里的时钟赶紧说："我得走了。到时间了。这一段，你别来找我。有事，我会给你打电话的。拜拜。"

两天后，陶怡得到通知，让她正式到厂部公关部去报到。她慌慌地赶到厂部大楼公关部办公室，张弓正在那儿等着她。桌上放着一身黑色的女式职业套装。

张弓对陶怡说："这是给你的。试试，合不合身。"

陶怡脸一红："给我的？"

张弓说："啊，公关部的制服。这儿是坐写字间，你今后再不能穿车间工装来上班了。"

陶怡犹豫着，她想知道，得这一身黑呢料制服，她得交多少钱。

张弓一眼看穿了她的心事，便笑着说道："这是厂里免费供给的。可能象征性地收一点点钱。我已经替你交了。"

陶怡忙说："那怎么可以。我……"

张弓催促道:"行了行了。先去试试合身不合身。公关小姐形象第一。要穿得挺,精神,这可是咱们工作的一部分。你们也是厂子的形象大使。快去试试。"

陶怡又迟疑了一小会儿,只得拿着这套衣服上卫生间去换装。不一会儿,陶怡换罢装从卫生间走了出来。张弓眼睛一亮:"哟,这一身打扮,才能体现出团代表和我们公关部职员的真实面貌。"

陶怡忙脸红红地恳求道:"张经理,您以后能不再提'团代表'这档子事吗?"

张弓笑道:"行行行。皮鞋呢?为什么不把皮鞋换上?"

陶怡为难地:"那鞋跟,有点太高了……"

张弓忙说:"嘿,这高跟鞋是专门配这一身套装的,别土了!快换上!"

这时,一个办事员匆匆走了进来对张弓说道:"经理,大门口有个叫冯宁的人找陶怡。"

张弓说:"让他等一会儿。我这儿正说事哩。"

陶怡的脸又红了,支吾道:"张经理……那是我……我表哥……他大老远地……我去见见,一会儿就回来……"

张弓勉强地:"行吧。"

陶怡说了声"谢谢",就忙向门外跑去。

张弓忙叫:"鞋。把鞋换上。"

陶怡只应了声"一会儿吧,一会儿回来再换",人已经下楼了。跑到厂门口,陶怡有点不高兴地对冯宁说道:"我不是让你这段时间轻易别来找我吗?"

冯宁说:"我只是顺便路过。"说着话,才发现陶怡大变样了,便故意从头到脚地打量了一下陶怡,打趣道:"哟,士别两日,小日子过得相当不错了,好像……不在流水线上干了?当白领了?行啊,鸟枪换炮了!"

陶怡红着脸:"你别挖苦人了……"

冯宁说："我的活儿也有变动了。"

陶怡说："他们给你一个啥活儿？不会太累人吧？"

冯宁说："站里有个劳动服务公司，一直在亏本经营。主任让我上那个公司去……"

陶怡忙问："让你干啥？管仓库，还是搞运输？"

冯宁哈哈一笑道："当经理。"

陶怡疑惑地："当经理？谁？你？"

冯宁笑道："我为什么就不能当经理？"

陶怡还以为冯宁在开她的玩笑，就只用怀疑的眼光看着冯宁，再不说话了。

货运编集站前两年，办了个劳动服务公司。说起这个劳服公司，其实是用公家的钱为编余的职工和职工家属找生活门路的。但这个公司一直办得不景气，每年要白白地扔进去好几十万。编集站的老主任深感头疼，也一直在暗自物色着能干的经理人选。那天下大雨，不经意间，他看到冯宁情急之中，亲自带着工人扛麻包救场。能这样拼死拼活吃苦带头干的年轻人，现如今真还不多见。后来，又有意识地跟冯宁聊了几次，聊下来果然印象更好，觉得这个年轻人不仅肯干，心气还高，头脑也清楚，是个明白人。老主任暗自高兴，真可谓踏遍四海无觅处，此人却在眼前。昨天便找冯宁正式谈了一下。这事着实让冯宁兴奋，他也很想试试这个"经理"一职，但当场没敢答应。出了老主任办公室门，他就进城找庞耀祖商量去了。庞耀祖问他："让你当经理？给实权吗？"冯宁说："我当然要这个实权。货场主任答应，第一给我人权，公司所有员工的去留将来由我决定；第二，给我财权，公司自负盈亏，收入支出完全单列，在银行另开独立账号，由我掌控；第三，给我自主经营权，在经营方面，货场领导完全不干涉。"庞耀祖笑了："我操！这么大一个馅儿饼，怎么就落到你头上了呢？"冯宁说："馅儿饼？你仔细往下听：第一，这个公司连年亏本，银行里只剩下两块八毛钱流动资金。固定资产有一百零二万，但外债倒有一百五十多万, 已经濒临破产, 亏到了没人再敢去当它的经理的地步了。所以准确地说, 落在我头上的不是馅儿饼, 也不是意大利的比萨饼, 而是茅屎坑里的一块臭石头, 为什么说它是块臭石头? 就是我要跟你说的第二点, 这个公司的员工, 基本是货场干部职工的家属, 七大姑八大姨十三小舅小叔子, 谁都是招惹不起的主儿。这些人原本就没打算来好好干活, 纯属是来找个空位拿干薪。你说他们不跟茅坑里的石头一样, 又臭, 还又硬?! 从这个角度讲, 它根本不是任何一种馅儿饼。"庞耀祖问: "那你决定接了?" 冯宁说: "我这不是来找你商量来着吗?" 庞耀祖笑道: "啥商量, 我看你就是想让我也说一句: 接! 好壮壮你的狗胆!" 冯宁笑着叹了口气道: "知我者, 庞哥也。我是想接, 好歹它是个公司, 他又给了我三权……" 庞耀祖又问: "跟货场签了合同没有?" 冯宁说: "我傻呀, 现在就签? 当然得让他先把所有给我的权力都落实到字面上, 再说别的。"庞耀祖又问: "他让你承担什么责任?" 冯宁: "一年内必须扭亏为盈。"庞耀祖再问: "你有这把握吗?" 冯宁说: "这不是来跟你商量吗?" 庞耀祖沉吟道: "让我也想想……"

话说到这儿, 宾馆的一个经理来叫庞耀祖: "市里叫你去哩。"庞耀祖一惊: "市里? 市里哪个部门?" 经理笑道: "你别紧张, 反正不是公安部门。"庞耀祖忙说: "经理, 你别吓我, 行不? 我胆小着哩。到底是不是公安方面的电话?" 经理便说: "我说不是, 你不信。电话我还没挂哩, 你自己去接。"庞耀祖说: "我不就是给书记送了两回书嘛, 至于要惊动公安局了?" 经理不耐烦了: "谁说是公安局找你了?" 庞耀祖问: "那到底是谁找我?" 经理真烦了, 说: "我不跟你说了, 你自己去接吧。有病!" 庞耀祖便赶紧去接电话, 临走时还特意对冯宁说了句: "劳服公司的事, 肯定是件好事。关键就看你到底能承担起多少责任。而这一点又跟他们到底能给你多大的自由处置权有关。这里头名堂大着哩。回头咱俩再好好议一议。"说着就走了。当天上午, 他给冯宁打了个电话, 只说了一个字: "干!" 冯宁就赶紧来找陶怡了。但陶怡不敢跟冯宁在厂门外多耽搁时间,只说:"要真是让你当经理,那你就好好干吧。有什么事,咱们回头再说。"便赶紧回办公室去了。

到办公室只见张弓正指挥办公室的人调整桌椅。他指着一套半新不旧的桌椅对陶怡说道:"这是给你用的。"陶怡这时心里还在回味着刚才冯宁的那档子事,神情上显得有些心事重重,只勉强对张弓说了句:"谢谢!"

张弓这一向对陶怡这个长相秀丽、外表文静、却又内里倔强,颇有主见的女孩起了不是一般的好感,特别关注她的一举一动和心情变化,此刻就觉得陶怡应该更高兴一点才对,便不解地问:"怎么了?你没事吧?"

陶怡忙说:"没事……没事……"

张弓说:"快去把鞋换了,一会儿跟我一起去陪韩国来的客户吃饭。别忘了化一下妆。"

陶怡为难地:"化……化妆?"

张弓问:"不会化妆吗?"

陶怡忙说:"会。会。"

张弓催促道:"那赶紧去化呀。"

陶怡嘴上答应着:"哎哎……"但仍然没有行动。

张弓犯疑似的打量了她一眼:"没带化妆用品吧?"

陶怡脸略略有些红了。

张弓对一个女职员:"阿珍,借你的化妆品用一下。"

那个叫阿珍的女职员很不高兴地从自己的抽屉里把一个化妆包扔给了陶怡。

陶怡忙说了声"谢谢",拿着那些化妆用品进了女洗手间。但从来也没用过这种高级化妆用品的陶怡站在卫生间的化妆镜前有些束手无策。这时,进来两个补妆的女职员,陶怡鼓足勇气刚想开口请教。那两个女职员很快地补完妆,对陶怡的求援举动,只当没看见似的,说说笑笑地自顾自地又走了出去。

张弓在卫生间门外等了十来分钟,不见陶怡出来,就觉得有点奇怪。

这时办公室里已经没有别人了，只剩下张弓自己。他有些焦急起来，走到女洗手间门前，想敲门，却又觉得不太合适。只得又回到办公室里。时间又过去了十分钟。他再次走到女洗手间门口，下定决心，敲了敲门，轻轻地叫了两声"陶怡"。

洗手间里没有回应。

他转过身对着走廊里大声地叫了一声"陶怡！"

还是没有回应。

他起疑了，用力敲了敲女洗手间的门，问了一声"里头有人吗？"

没有回答。

他推门走了进去。只见陶怡站在镜子面前低头抽泣着。

张弓一惊，忙问："怎么了？"

陶怡赶紧擦去眼泪。

张弓问："为什么还不化妆？"

陶怡一下眼圈又红了，说道："张经理，还是让我回流水线上去吧……"

张弓感觉出一点情况来了，便问："谁说你什么了？"

陶怡摇摇头。

张弓问："不会化妆？"

陶怡脸红了。

张弓说道："嗨，没吃过猪肉，还没见过猪跑？来，我教你。"

不一会儿，张弓便在陶怡脸做完最后一道"手续"。张弓退后一步看看自己面前的陶怡，再看看镜子中的陶怡，问陶怡本人："看看，行不行？"

陶怡抬起头来一看，愣住了。她完全想不到经过这样一番淡妆的打扮，镜子中的她居然如此光彩照人。

69

　　天色近晚,张弓便带着陶怡去市内一家超豪华大酒店的豪华包间里,接待一批韩国客人。等客人都已经入座完毕,菜也已经上齐,酒杯都已经斟满。一个中年的韩国客人端着酒杯向陶怡走来。这是韩国人的习惯,只要酒桌上有年轻的女客,他们一定会把目标对准这样的女孩。

　　陶怡是第一次上酒桌,更是第一次见"外宾",自然会相当的紧张。

　　张弓鼓励似的暗示了她一下,拿着酒杯,迎着那个韩国客商走了过去,对他说道:"我们这位小姐酒精过敏。这杯酒,我替她喝了。"

　　韩国客商却说:"我也酒精过敏。但我今天高兴。没想到,你们深圳建设得那么漂亮,小姐也那么漂亮。为了我们的合作,请赏光。"

　　陶怡只得站起来了,端酒杯的手直哆嗦。她大红着脸说:"先生,我真的从来不喝酒。我家里从来不让女孩喝酒,而且我们家也喝不起……"

　　张弓立即打断了陶怡的话:"他们家从来不喝白酒。我们就不勉强女士了。"

　　韩国客人说:"我们刚从你们东北来。东北人豪爽,喝酒好样的。你张先生做护花绅士,我们尊重你,但是,那样的话,就不能只喝一杯。"说着对服务员招了招手。服务员忙又拿来两个酒杯。韩国客商说:"两个不够。"服务员又拿来两个。韩国客商仍嫌不够:"多拿几个来嘛。"

　　服务员一气拿来十几个小酒杯。

　　那个韩国客商在张弓的面前排了十个小酒杯。在自己面前排了十个小酒杯。然后做了个手势,让服务员把这二十个小酒杯全都倒满。韩国客商说:"你们的东北人新疆人内蒙人,都是这样喝的。我们喜欢。这才是真正的中国人。来!"

　　陶怡鼓起勇气说:"张经理一会儿还要跟你们谈生意。这十杯下去,他就没法跟你们谈了。"

韩国客商说："今天还谈什么生意？今天的生意全都在这酒杯里了。"

陶怡说："张经理也就是两杯的量……"

韩国客商说："这十杯酒喝下去，我肯定也得倒。用你们中国人的话说，就是肯定得钻桌子底下去了。可是我高兴。我今天就豁出去了。"

其他的韩国客商齐叫了起来："好！"

张弓犹豫了一下，勉强地："好吧，那我今天晚上就舍命陪君子了。"刚要去拿那十杯中的一杯，却让陶怡拦住了。

陶怡脸涨得通红地对那个韩国客商说："不行不行。张经理不能喝。您倒了，今天晚上还有您的那些朋友来为你们公司说话。张先生倒了，我可没法代表我们公司来说话。今天晚上如果一定要倒一个人的话，那还是让我倒吧。"

那些韩国客商再次地叫了起来："好。女英雄！"

但陶怡端起酒杯时，真的快要哭出来了，又哆嗦了一会儿，下定决心，一闭眼睛，屏住气，把杯里酒一下全"扔"进嘴里，然后咕嘟一声，全咽了下去，辣得她浑身都冒火，嘴都合不上了。人也微微地有些晃动。韩国客商一起鼓掌，叫好。这时，那个韩国客商已经喝掉五小杯了。又停了下来，看着陶怡。张弓也担心地看着陶怡。陶怡脸色变得青白。她看看剩下的九小杯，镇静一下自己，去拿起了第二杯、第三杯、第四杯。

大包间里肃静了下来。所有的人都屏息静气地看着陶怡端起第五杯……第六杯……终于，陶怡把她面前的最后一杯酒都喝了下去。这时，只听"咕咚"一声，那个韩国客商倒在了地上。大家忙着去搀扶他，同时也不约而同地去打量陶怡。张弓也急着去搀扶陶怡。陶怡晃了一下，觉得自己有一点头晕，有一点站立不稳，可能要倒，忙伸出手去扶住张弓。但她终于没倒，靠在张弓的肩膀上，稍稍歇了一会儿，便不好意思地抬起头，对在座的客人羞涩地笑了笑。韩国客商都感到十分惊讶，片刻惊愕以后，都情不自禁地对着陶怡鼓起掌来。

回去时，一上车，张弓就关切地问陶怡："没事吧？"陶怡不好意思地说道："没事。"张弓惊诧万分地："你真的从来没喝过酒？"陶怡应道："没有。从来没喝过。"张弓更是惊喜地说道："那你简直就是个天才，天生一个女酒仙！"

第二天，是厂里例行发奖金的日子，办公室里自然洋溢着一种兴奋和不安的情绪。"兴奋"是因为要发钱了。"不安"是因为不知道这一个季度自己给老板留下了什么样的印象，老板到底能给自己发多少钱。这个奖金额度，是因人而异的，完全随老板心情而论。而且各人所得还得保密。互相之间不得打听，也不得张扬。否则会受到各种严厉的惩罚，甚至开除。

职员们一个接一个地被叫进经理室去。出来的时候手上都拿着一个密封的信封。有的兴奋异常，但又得控制住自己那种意外之喜，装出一副若无其事的样子。有的则沮丧不已，连看都不看地把信封往抽屉里一扔。不管是高兴的，还是沮丧的，领完奖金后，都绝口不说自己到底得了多少钱，也都马上埋头去干自己的事去了。陶怡觉得自己刚来不久，这一回的奖金，不会有自己的份儿，便只是目不斜视地埋头整理着一些资料图片。

终于，最后一个女职员也从经理室里走了出来。

这个女职员走到陶怡桌子旁边，板着脸，屈起一根手指，用那纤细柔弱的指关节敲敲陶怡的桌面，招呼道："该你了。"

陶怡一惊："我？啥事？"

那个女职员嘲谑道："别装傻了。领钱！"

陶怡还愣在那儿。

那个女职员向着经理室那儿撇撇嘴道："张经理有请哩。"

陶怡这才赶紧把桌上的东西收拾进抽屉，起身向张弓的办公室走去。进了张弓办公室，只见张弓把一个封了口的信封郑重地推到陶怡面前。

陶怡呆站着，有点不知所措。

张弓笑着问："怎么了？"

陶怡略有些慌乱地："我……我……才来……"

张弓说："我发奖金，不看谁来的时间长短。快拿着。"

陶怡慌慌地拿起那个信封。

张弓说："好了,没事了。"

陶怡赶紧说了声"谢谢",转过身向门外走去。

张弓却又说："等一等。"

陶怡马上又慌慌地转过身来。

张弓训教道："有个规矩,你可能还不知道,部门奖金,是授权部门经理发放的。每个人拿多少,只有部门经理和本人知道。随便透露自己的奖金数或者肆意打听别人的奖金数,都要受罚的。"

陶怡忙点点头。张弓又扔给她一本杂志。陶怡不知道张弓为什么要扔给她这本杂志,茫然地看看张弓。张弓做了个手势,示意她把信封夹在杂志里,再往外走。陶怡一走出经理室,那些男女职员不约而同地都向她转过头来,想看看她手中那个"信封"的厚薄程度。陶怡匆匆回到自己座位上,像藏赃物似的赶紧把那本夹着信封的杂志塞到抽屉里。她惴惴不安,特别想知道张弓到底给了自己多少钱,但又不敢马上拆开看。因为她知道那些同事们仍然不时地在向她这边投来好奇而又不满的忌妒的目光。她控制住自己慌乱的情绪,继续整理那些图片资料。又过了一会儿,她把手悄悄伸进抽屉里,一点点拆开信封。从信封口往里瞟瞥了一眼。这一眼,吓了她一大跳。

信封里足足装着上千元,可能还不止。

她的心顿时像十五只提桶似的,七上八下地慌跳起来。"怎么给那么多呀!"她一边忐忑,一边忙向四下里扫瞥,当看到这时大家伙好像已经不再关注她了,便稍稍安心了一些,忙把信封夹进那些图片资料里,匆匆向经理室走去。走到张弓面前,她把那些图片资料放在张弓的面前。张弓不解地看看陶怡,又看看这些图片资料,问:"整完了?这么快?"

陶怡却从图片资料里取出那个信封,小声地问:"张经理,您……您给错人头了吧?"张弓看看信封上的编号:"别冒傻气!"又把信封扔还给了陶怡。

一直到下班时分，陶怡在自己的座位上待着，几乎都无心再干什么事，每隔几分钟都会情不自禁地向藏着那个信封的抽屉瞄上一眼，总觉得这个被自己深藏在抽屉里的信封，会像个不定时的炸弹似的，随时随地都会发出"砰"的一下巨响，把她这个人和这个办公室都炸个粉碎……

终于挨到下班时间，她抄起那个信封，拿上自己的小皮包，便向厂门前的公交车站跑去。是的，她要去告诉冯宁，她挣到了"大钱"。她要告诉她最亲近的人，她"有钱"了。她要让自己最亲的人分享自己这一刻巨大的快乐。除了冯宁，这个世界上还能有谁来跟自己一起分享这个巨大的快乐呢？一路上，每每想到这一点，她都不免涌出一点心酸和怅惘。

下了车，她一路小跑，跑过小丛林，跑过林间空地，跑过货场，跑过杂乱的家属院，冲到小工房门前。（货场主任邀请冯宁主持那个所谓的劳服公司工作后，就让冯宁又搬回小工房单独住去了。）正要去敲门，却听到从小工房里传出一阵阵激烈的争吵声。"吵架"的双方中，一方肯定是冯宁，另一方声音苍老，肯定是个长者，但这长者到底是谁，她听不出来。正犹豫着要不要擅自进门去劝架时，只见冯宁和货运站主任都激动万分地从小工房里冲了出来。毫无思想准备的陶怡本能地躲到了一个房角背后。

货场老主任听说冯宁在就任劳服公司经理后，居然跟一家民营公司签订了一份推销合同，替它推销一批"乱七八糟"的电子元器件。老主任觉得，你冯宁再能干，公司初起，是没有那个能耐做这种事的。"你是这样的金刚钻吗，你能揽这样的瓷器活儿吗？合同是随便签的吗？你要推销不出去那些乱七八糟的玩意儿，再把公司现有的这点家底全赔进去了，你考虑过这个结局吗？"两个人争执了一阵，唯恐冯宁好高骛远，再次把事办砸了，心急之下，主任居然说出这样的话来："我现在非常后悔，后悔找了你这么个自以为是、不听话的人来当这个公司的经理！"冯宁说："你到底是想要一个能办好这个公司的人，还是一个只知道在你身前身后点头哈腰的人？"主任却说："你可以不点头哈腰，但也不能乱来！"冯宁不解地："我怎么乱来了?"主任说："你还没乱来?还没乱来?你说你冯宁有多大能耐,能把这些乱七八糟的玩意儿都推销出去?你掂量过自己到底有几斤几两吗?"冯宁解释道："那不是你说的乱七八糟的玩意儿,是紧俏的电子元器件!"主任说："紧俏?那些香港老板精得跟猴儿似的,紧俏货能让你来推销?"冯宁说："那也因人而异。他们这家公司在大陆没有推销渠道……"主任真急了："你有?你刚把一大批玉米弄砸了,亏了好几万。你这好,一下子跟人签了两百多万的合同。你脑袋大?两百多万!"

冯宁还想解释："这批电子元器件……"

主任挥挥手："好了好了,别说了,我不愿再听你说了。我再给你一个星期的时间,如果一个星期后,你还不能把这些玩意儿都推出去,你就乖乖地从我面前消失!我另选经理!"说着就十分气愤地走了。

冯宁忙追过去拦住主任："一个星期?一个星期你就是让孙悟空来,他也没法把这些东西变成现钱!再说,我们订合同,我有一年经营这个公司的权利,在这一年里,你不能随便干预我的经营活动,更不能随意来夺走我的这个经营权。"

主任冷笑笑："合同?你大概是刚从月亮上下来的吧?"说着,便没再理睬冯宁,就这样一直走回办公室去了。

过了一会儿,陶怡才悄悄走出那个房角落,走到冯宁身边。冯宁抬头一看,呆呆地说："你……你怎么来了?"一时间,陶怡竟然忘了自己是来干什么的了,也不知道该说些什么来安慰突遭如此打击的冯宁,只是一声不吭地呆站在冯宁面前。

随后,陶怡跟着冯宁走进小工房,抬头一看,也愣住了。小工房简直成了个仓库。除了原先放床的地方还放着那张床以外,几乎所有的地方都堆放着一箱箱的电子元器件。陶怡刚想问些什么,冯宁匆匆拿出两包方便面和几根肉肠,一罐辣酱,对陶怡说："来,赶紧吃一点垫垫肚,咱们去找庞哥。"

70

见到庞耀祖,冯宁一五一十地把情况给说了,庞耀祖问:"你替人家推销那么多电子元器件,他答应你什么条件了?"

冯宁没正面回答庞耀祖的问题,只反问道:"你有时间跟我跑一趟吗?"

庞耀祖问:"干吗?"

冯宁说:"他们答应给我的,跟你说不清。你去一看,就明白了。"

庞耀祖笑道:"这么神秘?"

陶怡却问:"你让我们看的那东西离这儿远吗?"她担心来不及赶回厂里,将来被扣奖金。

冯宁说:"远。"

陶怡忙说:"那我就没法陪你们去看了。一会儿我还得回厂里去上班。"

冯宁说:"你回吧。有事,我们再找你。"

陶怡不无失落地走了。刚走了两步,庞耀祖叫住了她。庞耀祖问:"你今天来看冯宁,应该有什么事的吧?"

陶怡犹豫了一下:"没什么事……"

庞耀祖笑了笑:"要有事,你就说。要是觉得我在边上不方便说,我可以回避的。"

陶怡脸微红:"庞哥,您说啥呢?想赶我走,就直说。"

庞耀祖笑道:"不不不,你们说你们的悄悄话。我暂且回避五分钟。"说着就做出一副要向外走去的样子。

冯宁给了庞耀祖一拳笑道:"行了,庞耀祖,你看你把人家小陶怡折腾得都快要哭了!我俩要真想干什么事,你回避五分钟够吗?"

陶怡跺着脚,哭笑不得地:"冯哥,你也学坏了!不理你们这些坏男人了!"说着就走了。两个人追上去,把她送到公交车站,看着她走远,然后打了个出租车,一直向更远的郊外驰去。

出租车驰到一片荒地前停了下来。

冯宁带着庞耀祖走到荒地中央。他指着这片荒地对庞耀祖说:"制造那些电子元器件的厂子,是香港一个老板和这附近一个大队的书记联合办的,也是他们做出来的第一批成品。不管是那个香港老板,还是这个大队书记,都没有国内市场的销售渠道。急于找到一个代理商,替他们把新产品变现……"

庞耀祖问:"这一切跟这片荒地有什么关系?"

冯宁说:"这片荒地产权属于那个大队。我提出,如果我能替他们把产品顺利推销出去,那个大队得让我使用这块荒地三十年。"

庞耀祖嗒然一笑道:"就这几十箱产品换三十年的地权?"

冯宁说:"不,只要他们继续生产这种元器件,我就要承担不断为他们推销产品的责任。"

庞耀祖再问:"是他们提出这交换条件的,还是你提出来的?"

冯宁答道:"我。"

庞耀祖问:"企图何在?"

冯宁答:"我料想,这块荒地在几年之内,将会极大地增值……"

庞耀祖再问:"理由何在?"

冯宁有些得意地说:"那天我去市工商办理完更换公司法人资格的手续,顺便到市政府大厅里溜达了一圈,听到两个机关干部在那儿聊天……"

庞耀祖皱起眉头问:"他们在楼下大厅里聊天?"

冯宁笑道:"好像是在往上搬什么宣传资料。搬累了,在大厅里歇气哩,就一边抽着烟一边随便瞎聊呗。开始我也没在意,后来他们就多次提到了这个区域这片山洼洼,引起了我注意。他们说,一段时间来,中央对深圳有批评,觉得咱们过于关注城市基本建设,对发展工业,尤其高科技方面的生产，有所忽略。市委市政府已经决定把这儿规划成一个科技城，或者是叫什么高科技工业园区。这个我没记得太牢，但市委市政府下了这么一个决心，我是听到了的。将来要建一条高速公路从这儿通过。这两个机关干部还在商量，将来要不要调到这个高科技园区来工作……假如这一切是真的，这片荒地一两年之内，增值幅度就很难说了……三五年后，它很可能就成了一块黄金宝地！"

庞耀祖说："可你只跟人家货场签了一年的合同……"

冯宁说："先拿下这块地再说！"

庞耀祖说："以你这个身份，你无权跟人家签什么三十年的合约。你这样做是非法的。现在那个香港老板和大队书记还不清楚你的真实情况，如果知道了，他们是可以去告你欺诈的！"

冯宁一愣，不说话了。

庞耀祖继续说道："如果你能顺顺当当地把眼前这点货推销出去，情况可能会好一些。假如你再没能做到这一点，把他们的产品压在了你手里，他们一定不会饶了你，只要稍稍一追查，真相一定会败露，后果就会不堪设想！"

冯宁看看庞耀祖，脸色一点点变得严峻起来。

庞耀祖拍拍冯宁的肩膀，安慰道："你再琢磨琢磨吧，然后咱们回头来再细细合计这档子事。我得往回赶了……"

冯宁说："干吗呢？都快到饭点儿了，咱们到附近镇子上去吃点东西。我请客。我现在是经理，我有经理特别费可用。"

庞耀祖说："不行。宾馆领导通知我，下午一点半得准时到中方经理办公室。他们要找我谈话。"

冯宁一惊："不会有什么情况吧？"

庞耀祖沉吟了一会儿，说道："难说啊。"

冯宁不满地："哈，你不就是进书记房间送了两本书吗，犯什么大罪了，折腾出那么大个动静！"

庞耀祖叹道："就这，公安局的人还找我谈过好几回哩。奇怪的是，市社科院的孙副院长也来找我谈话，还出了几张卷子考了我一回。今天宾馆经理又来谈话。得谈到何时才是个头呢？"

冯宁却说："社科院的领导都来找过你了？这倒新鲜。说不定还可能是件好事哩。他们在考察你？你说有这种可能吗？"

庞耀祖不说话了，过了好大一会儿，才蔫蔫地说道："我也想过这个可能……我想，这档子事，要么让我凄凄惨惨下地狱，要么就让我轰轰烈烈上天堂，反正不会有第三种结果。"

71

那天，宋梓南正在和宣传部以及特区报的几位主要领导谈事的时候，周副市长匆匆走来要找他。周副市长问小马："书记跟他们谈完事，还有啥安排吗？"

小马说："约了上步工业园区的领导来谈二期工程的问题。"

周副市长问："几点？"

小马答："十点。"

周副市长看看手表，问小马："能不能请上步工业园区的同志晚来十五分钟？我在这中间加个塞。跟宋书记说个事。"

小马忙说道："那我跟宋书记去请示一下，请上步工业园区的领导明天再来……"

周副市长忙说："不不不，别推到明天。我只要占个十五分钟就行了。"

过了一会儿，宣传部和特区报的几个同志谈完事，周副市长匆匆和他们打了个招呼，就进了里间。

宋梓南一见老周，就笑道："我想着你会杀上门来的。"

周副市长也笑了笑，只是有点勉强："老宋，你不要嫌我多事儿……我实在是忍无可忍……"

宋梓南笑道："嘿，有那么严重吗？！"

周副市长说道："听说你要起草汇报提纲的同志还要往里增加谈我们成绩的内容。老宋，这样不行啊……拿着这样的汇报提纲去上会，跟中央的精神满拧啊。现在已经非常清楚了，中央召开这次座谈会，不是要我们去摆成绩，是要找问题，完善特区的下一步工作……"

宋梓南收敛起笑容，沉吟了一下："当前有人要否定改革开放的路线，这是事实……"

周副市长说："可我们到这个会上，是去和中央对话，不是去和那些人对话。"

宋梓南说："不管和谁对话，也得实事求是地对待特区这几年的工作，特别是要坚持高举改革开放这面大旗。"

宋梓南这样回答，让周副市长感到非常意外，他悄悄愣怔了一下后再劝道："总书记已经两次把省里的任书记找到北京去谈话了。我们都知道，'文革'期间，那么大的压力，任书记都从不写检讨，最近他根据中央的要求，为这一时期在沿海地区出现的各种问题做了两次检讨。从这一点看，我们也应该可以觉察出，中央这一回的确是下了很大的决心要解决改革开放中已经出现的实际问题。这次座谈会主要不是让我们去摆成绩的。我们硬顶是没有好结果的。"

宋梓南固执地说道："我没有硬顶，也不会硬顶。但是特区的成绩必须谈够。这不是我宋梓南的成绩，也不只是深圳几百万人的成绩，它是党的成绩，邓小平思想的成果，是全国人民求变求改革的结果！如果不充分认识到这一点，中国还是有可能走回头路的。而一旦回头，中国就完了！"

周副市长不说话了。他忧虑地看着这位老领导，真是有点不明白，这么简单的一笔"政治账"，搁到任何一个政治新手面前，都能算得清楚，都不会如此固执己见，为什么他一个在领导岗位上已辗转几十年，不仅身经百战，而且也战果辉煌的老同志，竟然会这样的转不过弯来，要硬碰硬上？也许，宋书记执意这么干，真有他的远见谋略？周副市长心中忐忑。

是的，"固执己见"有时是让众人感到非常头疼的一种"毛病"。中国历来时兴"中庸"，"中庸"的一个副产品就是"得过且过"。当我们真心寻找一度强盛的中国在近现代数百年历史上为什么会落后于欧美强国，甚至落后于日本那样的东亚"小国"的根源时，往往忽略了"中庸"这个老病根。我们视偏激为"洪水猛兽"。且不知，历史的进步往往是在偏激（先知）和固执（执着）中找到必需的突破口和得到必需的激情和动力的。在货运编集站冯宁住的小工房里，再次发生的一场争执，同样表明了这样的一种人文冲突，在中国当代几乎无处不在。为了推销那批电子元器件，冯宁决定不惜工本，要去参加一个全国性的电子元器件经销洽谈会。这当然要开支一笔经费。老主任觉得冒这样的风险，对于他们这样一个小公司，代价太大。

主任说："有必要花那么高的成本，到全国的洽谈会上去活动吗？"

冯宁说："有必要。"

主任说："你真是一根筋儿！"

冯宁却说："你答应过我，一年内不干预我的经营活动。"

主任说："我不是在干预你，冯宁，你想明白看清楚了，我这是在挽救你……"

冯宁说："我现在算是明白了，为什么前几任经理都没本事办好这个公司，甚至包括你那个准女婿。因为他们都没能摆脱了你这种一次次诚恳的'干预'和'挽救'，所以最后走向了'死亡'。"

主任立刻变色："你冯宁嘴硬，你有能耐。行。行。行。你有能耐。一年后，我再跟你算总账！"

72

那天上午，张弓把陶怡叫到他的办公室里，通知她："我们下午三点出发去广州，然后从那儿坐飞机去参加一个全国性的电子元器件洽谈会。"

陶怡一愣："三点？"一边说，一边本能地抬头看了看墙上的电钟。电钟显示的是上午的十一点。

张弓敏感地问："怎么了？"

陶怡忙掩饰："哦，没事……没事……"

张弓问："还没坐过飞机吧？"

陶怡点点头："没有……"

张弓又问："没有晕机和恐高等毛病吧？"

陶怡忙说："没有……"

张弓让她赶紧去准备准备。陶怡匆匆回到自己的办公桌前，收拾桌上的东西，显得有些心神不宁，再次抬头打量墙上的电钟。这时，电钟上显示的是十一点二十分。她伸手去拿电话，但电话机旁贴着一张统一印制的小"贴士"。上面写着："免谈私事，话者自重。"她立即收回了手，匆匆向大写字间外走去，并一路小跑，向厂门外跑去。跑到一家装有公用电话的小店门前，气喘吁吁地拨通了货运编集站办公室的电话。她要找冯宁，但货运站办公室的文员却告诉她："冯宁？他不在这儿。"陶怡一再恳求他："麻烦您，能替我叫冯宁来接个电话，好吗？我真的有急事……"那个文员显得特别不耐烦："我跟你说他不在这儿。"近来，陶怡总觉得自己和冯宁之间，或多或少已经产生了一点说不清道不明的"隔阂"。这让她感到非常不舒服。所以她觉得这一回自己出差前无论如何也得通知一下冯宁，免得造成更大的误会。她耐住性子恳求道："我知道他不是你们办公室的……"没等她说完，对方却说："你知道还缠个没完？"便挂断了电话。

这时，冯宁也确实不在货运场内。他去新园宾馆找庞耀祖了。匆匆走到会计室，一推门，见宾馆的几个财会人员一边在聊着天，一边在忙碌着各人手里的活儿。庞耀祖并不在屋子里，冯宁赶紧又退了出来。

没找到庞耀祖，冯宁有一点失落，正在会计室门外的走廊里呆站着，琢磨自己该上哪儿去寻找和等待这个庞耀祖时，会计室的门又打开了。一个女会计走了出来。

女会计走到冯宁身前，打量了一下，问："请问你是不是姓冯？"

冯宁忙答："是的。"

女会计再问："你是来找庞会计的吗？"

冯宁谨慎地点了点头道："是的。他……"

女会计说："哦，他被我们宾馆的中方经理带走了……"

冯宁一惊："带走了？带到哪儿去了？"

女会计说："这不是很清楚。可能是带到市里去了吧。"

冯宁忙问："带到市公安局去了？"

女会计说："好像不是。"

女会计说："一会儿你问他自己吧。他走的时候，让我们转告你，如果一个小时之内，你等不到他回来，那就请你别再等他了。他以后方便的时候，会去找你的。"

"一个小时之内，等不到他回来，那就别再等他了。他以后方便的时候，会去找你的。"这句透出些许悲壮意味的话，到底是什么意思？冯宁在新园宾馆院子里，一边琢磨着刚才那个女会计转达的庞耀祖的"最后留言"，一边若有所失地呆站在一棵高大的棕榈树下。等了一会儿，却看到庞耀祖突然快速地从宾馆大门处向他跑来。

庞耀祖手里提着一点东西，气喘吁吁地："对不起，等了多长时间了？"

冯宁忙迎上前问："没事吧？"

庞耀祖喘着："当然有事啊。"

冯宁迫不及待地："怎么回事？"

庞耀祖拉着冯宁说："走，上屋里去说。"

庞耀祖带冯宁回到他住的宾馆员工宿舍里，对冯宁说："本来我可以早一点回来的，他们跟我谈完话，我又顺路到华强北商场买了一套西服……"

冯宁一语不发地看着庞耀祖。他不明白留下那么悲壮的"告别辞"的庞耀祖，这一刻为什么会那么兴致盎然地跟他谈什么"华强北"和"西服"。华强北是深圳最繁华的一条街道，是青春小资们和打工仔打工妹闲暇时最爱去游逛的地方。他曾经陪陶怡去逛过，但他自己一个人是从来不会去那儿凑热闹的。"这个庞耀祖在搞啥名堂？"他暗自忖度着。

庞耀祖笑道："干吗呢？跟看个贼似的看着我。"

冯宁说："我这儿替你着急上火，你他妈的却在那儿悠哉游哉逛华强北买什么西服。"

庞耀祖说："我说过对不起了嘛。"

冯宁催促道："快说，到底出什么事了？"

庞耀祖说："我被选上去东京股票交易所学习两年。"

冯宁嘿嘿冷笑一声道："操！你就蒙吧，我还要去纽约福兰克林学航天哩！"

庞耀祖立即把刚买回来的那一堆包装盒统统撕扯开，把那崭新的西服领带皮鞋全都亮在冯宁面前。冯宁愣怔住了，不说话了。庞耀祖兴奋地说道："哥儿们，不信吧？连我自己都不信哩。我一直觉得自己在做梦。请你告诉我，我现在到底在不在梦里？他妈的，快说呀！他们要派我去东京学习。"

这时候，冯宁告诉自己，这件就是做梦也做不到的事，可能是真的了。但他还是不信。只是怔怔地看着满脸涨得通红的庞耀祖，等着他提供更多的信息来让他确信这不是一通梦呓般的胡说。

庞耀祖撂下那些衣物，便把冯宁拉到宾馆大厅一侧的咖啡座里，叫了两杯咖啡，让冯宁静静心，也让自己静静心。然后，庞耀祖对冯宁说：

"你知道宾馆经理带我到哪儿去了？市委组织部。市委要派送一批人出国学习金融证券。经过一番考察，我以最高平均分入选。一共只有两个名额去东京学股票交易。因为我大学里学的是日语，就被选派到东京去了。"

冯宁故意不屑地："操，小日本……"

庞耀祖立即说道："你别小看小日本。他人口只有我们十分之一，国民生产总值是我们的八九倍。目前是仅次于美国的世界第二大经济实体。东京股票市场也是全球几个主要股票交易市场之一。"

冯宁想了想，问："市公安局倒能放过你的？"

庞耀祖说："他们本来是要好好教训我一下的。听说对我的惩戒报告都报到宋书记那儿了，让宋书记摁下了。宋书记大概是看到我考察成绩不错，也算是惜才吧……怎么不说话了？"

冯宁真诚地道："祝贺啊……"

庞耀祖笑道："真的假的？"

冯宁犹豫了一下，掏出一点钱，放到庞耀祖面前："绵薄之意，略壮行色。"

庞耀祖立即把那点钱扔还给冯宁。

冯宁问："嫌少？"

庞耀祖说："少放屁！"

冯宁只得收起钱："什么时候走？"

庞耀祖说："这个星期之内吧。"

冯宁说："这么快？"

庞耀祖说："你要知道，我一直对资本运作这档事特别感兴趣，对金融也很感兴趣，自己偷偷看了不少这方面的书。当年在尤妮她爸身边当秘书的时候，就多次跟她爸闹着要去银行，那时候的愿望无非也就是到哪个储蓄所当个营业员而已。完全没有想到今天居然会被派出国去学金融证券。"

冯宁顿了顿说："我也要走了。去参加那个电子元器件的洽谈会。"

庞耀祖问："什么时候动身？"

冯宁说："今天晚上。"

庞耀祖问："坐火车？"

冯宁说："我还能坐什么？而且还是站票。跟你不一样，官派留学，飞来飞去……"

笑容从庞耀祖的脸上消失了，沉默了一会儿，他鼓励道："冯宁，抬起头，你会有大好前途的。"

冯宁笑道："行啦，别给我灌迷魂汤了。走好你的阳关道吧。"

庞耀祖不说话了，默默地喝了两口咖啡，突然掏出一个密封好的信封交给冯宁。

冯宁问："这是什么？"

庞耀祖说："这是我对你今后生涯的一番设想，将来你万一遇到什么阻力和障碍，我帮你想了几点应对措施。但你这会儿先别看。"

冯宁哈哈大笑起来："诸葛亮的锦囊妙计啊！此时不让看，何时让看呢，军师大人？"

庞耀祖说："走投无路日，事到临头时。"

冯宁想了想说："你觉得我用推销换他们那块荒地，有一天会沦落到走投无路的地步？"

庞耀祖说："走着瞧吧。不光是你，就是我，虽然取得了官派出国留学的好机会，也难说有一天不会遭遇走投无路之际。人生嘛，很难预料的。"然后又拿一个密封好的信封放在冯宁面前。

冯宁笑问："这又是什么？"

庞耀祖说："如果没有遭遇太大的阻力，事情比较顺利，要谋划下一步举措，想知道我对此有什么建议，可以打开这个信封。"

冯宁说："我操，完全一副诸葛孔明的派头啊。"

庞耀祖说："不让你现在看这两封信，不是故意作秀，拿派儿。两种应对措施，针对你可能的两种前途。前程知道得太早，会乱了眼前做事的方寸。这也是古人常说的天机不可泄露的原因之一吧。而现在对你最最重要的，还是安安心心扎扎实实做好眼前的这档子事，推销不出去这点元器件，你一切都完蛋。但怎么能推销出去这点元器件，我一点招都没有。"

冯宁笑道："你他妈的是理论家嘛，军师嘛，玩战略决策的嘛，左右大局命运的嘛，不干我们干的这种苦力的买卖！"

庞耀祖点点头说道："没错。"

冯宁笑着捶了他一拳："没错你个头！"

庞耀祖说："冯宁，你今天晚间就要走了。我三五天后也要走了，你三五天里回不来，我一走，两年内是不会回来的。今天这个见面，就是我们这两年内的最后一次见面了，两年内会发生什么样的事，很难说得准。中国会不会继续沿着眼下这个路走下去，按说是不会有问题的。但个人的命运变化，却还是很难预测的……"

冯宁说："你他妈的不会就此留在日本米西下去了吧？"

庞耀祖说："跟你这么说吧，就是所有的留学生和访问学者都他妈的不回来，我庞耀祖也肯定回来。"

冯宁用力拍一下桌子："有种！"

庞耀祖说："我谁都可以对不起，也得对得起力排众议选派我出国学习的这个宋书记！看过古希腊伟大哲学家柏拉图写的一本书吗？叫《王制》。那里探讨了人的血性中严酷的一面和温和的一面。他说，人必须得节制自己表达欲望的血气，以维护正义、公理和尊严……"

冯宁问："还有什么要嘱咐的？"

庞耀祖却犹豫了。

冯宁试探着："你说过你在老家结过婚，还有过一个男孩……"

庞耀祖说："他们不用你操心……"

冯宁会意地笑了笑。

庞耀祖立马啐喷道："别做出一副悲世悯人的坏样子。"

冯宁坏笑道："深圳还有谁要托付给我的？"

庞耀祖笑着说："我是在担心，会不会把一只小绵羊托给了一只大灰狼。"

冯宁大笑道："你就这么看我？我冯宁再不济，能欺负你庞哥的意中人？你也太不会看人了！"

庞耀祖忙说："到目前为止，她还不能说是我的意中人。"

冯宁说："应该说，她是你的意中人，但人家是不是认可了你庞哥，现在还拿不准。"

庞耀祖叹了一口气道："我和我妻子分居好些年了……"

冯宁说："别跟我说这些。我不管你那个。赶快说，要我照顾深圳的哪一位。"

庞耀祖犹豫着。

冯宁说："瞧你那怂样。我替你说了吧，要我替你照顾好尤妮！没错吧？你小子行，不想给人家老爸当秘书了，倒过来想当人家女婿了。野心不小啊！"

庞耀祖说："你别看尤妮表面上咋咋呼呼，风风火火，实则内心特脆弱，耳朵根也特软……"

冯宁哈哈一笑道："只有你庞哥说她脆弱，觉得她耳朵根子软。只听说过情人眼里出西施，没听说过情人眼里还出弱者。"

庞耀祖又叹道："不跟你开玩笑，深圳鱼龙混杂，她从小又长在那样一个环境里，总以为天下事都能依她的意志来回旋，最容易上当受骗……我走后，你要有空，常去看看她……"

冯宁故意大声说道："天哪，想不到庞大哥还真是个情种！"

庞耀祖忙做了个手势，让冯宁小点声，然后淡淡地苦笑了一下："……这也算是我到深圳来的一大收获吧……"

冯宁笑道："收获'尤妮'？"

庞耀祖摇摇头："变得多愁善感喽……以前在老家时，我绝对不是这样的……不是的……"

冯宁故意问道："知道为什么吗？"

庞耀祖问："为什么？"

冯宁坏笑道："因为你恋爱了。"

庞耀祖也笑了起来，搡了冯宁一把，说了声："去你的！"

73

列车超载，车厢里挤满了人，不仅过道里站的都是人，连车厢连接处也都站满了人。冯宁和他手下的两个员工带着两大箱电子元器件，前胸贴后背地挤在车厢的连接处，一点都动弹不得。不一会儿，员工中一个年龄稍大一点的有点受不了了。冯宁忙从挎包里掏出一小盒万金油递了给他，又递给他一个军用水壶，并鼓励似的对他笑了笑。另一个年轻一点的员工一直在用微型耳机听着音乐。这时立即从自己的耳朵里摘下一个耳机，塞到那个员工的耳朵里。那个员工感激地对他俩笑了笑。冯宁把自己的耳朵也凑了过去，贴近那个耳机，听着那微弱的音乐。

耳机里正在播放一首叫《宾波》的小号独奏曲。那明快而昂扬、带有进行曲般特点的旋律显然立即吸引了冯宁，并深深打动了他。他的身体不由自主地随着音乐的节奏微微地摆动起来。由于车厢里的闷热，大串大串的汗珠正从这三个人的额头上往下流淌着。

而这时，同样赶往展销会现场的张弓和陶怡，却坐在一架客机的商务舱里。机舱里播送着柔曼的轻音乐，许多旅客都睡着了，陶怡也好像睡着了。张弓按了一下呼叫铃，空姐走了过来，张弓对空姐指了指睡着的陶怡，又指了指别的旅客身上的毛毯。空姐立即拿来毯子，张弓轻轻地替陶怡盖上毯子。陶怡惊醒，惶惶然地对张弓说道："您自己盖吧。"张弓微微一笑道："睡吧睡吧，还早哩。"其实并无睡意的陶怡只得盖上毛毯，闭上了眼。

张弓替她把座椅调整到半躺的位置上。

不知道座椅还能调整的陶怡，突然觉得身后的椅背在往后倾斜，还吓了一跳，忙睁开眼睛，欠起身子。张弓低声地："睡吧睡吧。这样更舒服一些。躺下。躺下。"

陶怡犹豫了一会儿，还是乖乖地躺下了。

张弓从身前的椅袋里抽出一本杂志随意地翻看起来。

陶怡虽然闭着眼睛，但她的眼皮不时地在跳动着，她并没有睡着。因为临走前仍然没有通知到冯宁，她一直还不安着。不知道到了展销会现场所在的城市，能不能找到打长途电话的地方，再跟冯宁联系上。她一直还在担心这件事。张弓在欠身去换另一本杂志时，有意无意地让自己的胳臂贴着了陶怡的胳臂，腿也轻轻地贴住了陶怡的腿。

敏感的陶怡感觉到张弓的这个举动，她的眼皮急剧地跳动了一下。但她没马上动弹，她不想让张弓难堪。等过了一小会儿，她悄悄地把腿往旁边移动了一下，躲开了张弓的亲近。

张弓却仍若无其事地在看着他的杂志。

又过了一会儿，陶怡把胳臂也悄悄地从张弓的胳臂旁挪了开去。

由于是夜航班机，到达目的地，已是深夜时分。从机场到市内，在路上走了约三十来分钟。头一回坐飞机，头一回离开深圳，一路上陶怡既感到新鲜，又忐忑。出租车把他们送到一个叫皇都饭店的大宾馆里。到前台，张弓报上姓名和厂名后，前台服务员查找了一下预约簿，告诉他："张弓先生和陶怡小姐？欢迎你们来参加电子元器件订货大会。这是你们的房间钥匙，你们的代表证。谢谢光临。"

张弓打开一个房间的门，对陶怡说："这是你的房间。进来吧。"然后他又向陶怡一一介绍房间里的各种设施："这是卫生间……这是洗漱用具，牙刷牙膏梳子洗发液和浴帽……这是壁柜，这里有睡衣、拖鞋……这是顶灯开关、镜前灯开关，这是床前灯开关和立地灯开关……来试试。"

陶怡颇有些紧张地把每个开关都试了一遍。

张弓说："我就住你隔壁。有什么事,你可以打电话叫我,敲我门也行。"

陶怡红起脸点了点头。

张弓说："那你先洗洗,喝口水,歇会儿。一会儿,我们下楼去吃点东西。光靠飞机上那顿晚饭,是熬不到天亮的。"

陶怡看见房间里有两个床,就问："这……这个屋里还要住别的客人吗?"

张弓笑道："不会了,这房间我们包了,就你一个人住。快洗洗吧,半个小时后我来叫你。"

张弓走了。

陶怡忙去关上房门,回到房间里又细细地端详了一下房间里的设施。这一切,对她来说自然都是又一番的新奇。但她马上注意到了床头柜上放着一部电话机。她忙走过去,赶紧拿起电话。电话里马上传来女接线员清脆的声音："皇都宾馆总机。请问你要哪里?"

陶怡说："我想要深圳东道口货运编集站办公室,找一个叫冯宁的人。"宾馆总机却告诉她："对不起。您的房间现在还没有开通国内长途业务。要开通的话,请先到前台办理相关手续。"

陶怡忙说："哦,要办手续的呀……对不起……对不起。"赶紧挂断了电话。

到天亮时分,冯宁乘坐的那一趟客运火车,在晚点一个多小时后,也到达了这个城市。他和那两个员工扛着那两箱货,随着拥挤的人流挤出了火车站的出站口。那个年轻一点的员工指着不远处高兴地叫道："看,就在那边,有接站的哩。"冯宁抬头看去,果不其然,在车站广场的一角竖着一块大牌子,上面写着:电子元器件展销订货会接站处。

三个人忙跑了过去。

接站处的工作人员问他们："是正式代表吗?"

冯宁出示了一封信函:"这是你们的邀请函。"

接站处的工作人员看了一下那信函:"光有邀请函不行啊。你们交了会务费没有? 领了正式代表证没有? 我们接待的是交了会务费,有正式代表身份的厂家。"

冯宁他们只得直接赶到展销订货会现场。那时候天光已经大亮。不少厂家进入现场在布展。现场已经开始忙碌了。

冯宁对会场门口的工作人员说:"我们是来布展的。"

工作人员检查了他们的手续,同样告诉他们:"不行。没有交会务费,不能进会场布展。你们就是进去了,也没有你们的展台位置。"

第一次参加这样的展销会,又不想多交钱(也没有钱多交)的冯宁迟疑了一下:"可是……"

后面有一个厂家的人扛着他们布展的大块展牌,叫着:"别挡着路啊。劳驾。劳驾……请让让,让让……"

冯宁手下的一个员工回头就冲着那个厂家的人说道:"你们嚷什么? 先来后到嘛。我们先来的!"

那个把大门的工作人员却一把推开冯宁的人,说道:"什么先来后来? 你们都没交会务费,还先来什么呀! 快闪开! 让交了会务费的人进!"

74

凌晨时分,从深圳通往广州的公路上已经很忙碌了。在众多的车辆中,有两辆黑色的轿车一前一后快速向广州驰去。这是深圳的车,得到中央召开特区工作座谈会的正式通知,深圳市委的主要领导同志,正赶往广州珠岛宾馆去与会。

进入广州市区后,两辆车立即就分开了。周副市长和常副市长乘坐的后面那辆车加速驰到宋梓南乘坐的那辆头车旁边，按了两下喇叭，打了声招呼，便向珠岛宾馆的方向驰去了。宋梓南要趁会前那点有限的时间，回家去看望一下住院治疗的亭云。

由于有中央主要领导来参加会议，此时的珠岛宾馆已是一派高度警戒的气氛。主楼的大厅里挂着"热烈欢迎参加全国特区工作座谈会的首长和嘉宾"大红条幅。

周副市长入住到会议安排给他的房间里以后，刚洗漱完毕，正在给自己沏茶，准备放松一下，却听到有人在敲门了。他忙去开门，门外站的却是常副市长。

市里来参加会议的几位主要领导都担心老宋的态度会不会影响中央对深圳的看法，听说昨天晚上临来前，周副市长还和宋书记深谈过一次，一到广州，常副市长就坐不住了，立即想跟周副市长了解一下，昨天晚上他们交谈的情况。

常副市长忧虑地问："听说昨天晚上你又跟老宋聊了一次？怎么样？"

周副市长沉吟道："我相信，老宋多年的政治经验会有助他应对这次会议上可能发生的任何突发情况。"

常副市长说："这一点，我也是相信的。另外，我也相信，中央会全面估价深圳的工作，所以……"

周副市长说："所以，我们就别操什么心了。明天一早，咱们找个好茶楼，好好吃一顿广州的早茶吧！"

常副市长会意地笑了。正说着，省委书记任仲夷大步走进房间来。周和常立即站了起来，叫了声"任书记"。

任仲夷习惯性地四下里打量了一下，问："怎么，老宋没跟你们一起来？"

周副市长忙说："他马上就到。他先回家去看望病中的老伴了。"

任仲夷说道："哦，他要是来报到了，让他尽快到我那儿去一下。"

周副市长忙应道："好的。"

任仲夷说完便向门外走去，走到门口，他突然又转过身来，问二位："你们的那个汇报提纲，你二位都看过了吧？"

周和常忙答道："都看过了。"

周副市长又补充了一句："那是我们常委会讨论通过的。"

任仲夷又问："你们觉得怎么样啊？"

周副市长看看常副市长，稍稍犹豫了一下："做了多次修改，应该还是比较全面的吧。任书记，您觉得还有什么问题？"

任仲夷没正面回答周副市长的询问，只是又重复地提醒了一句："一会儿老宋到了，让他赶紧上我那儿去，啊？"说完就走了。

宋梓南乘坐的车缓缓驶到他家所在的那幢楼前时，块块已经在楼下等候着了。

宋梓南一下车就问："你妈的情况怎么样？"

块块只说："爸，您先别着急……进屋再说吧。"

宋梓南催问道："情况到底怎么样？"

块块停顿了一下说道："大夫说，妈的病灶有恶变的迹象。"

宋梓南一下愣住了："恶变？怎么搞的嘛？！"一下站住了，转过身，对身后的小马说："走，去医院。"

块块忙说："爸，您先别急呀。一会儿，哥还要来。等哥到了，咱们一起去医院。我还有些情况没说呢。"

宋梓南却说："有什么情况，到医院再说！"说着，便大步向汽车停着的地方走去了。

块块忙对宋梓南说："爸，您也不看看现在才几点？这时候到医院去，您不想让老妈睡觉了？"

宋梓南终于在门口站住了。

这时，从窗外传来一阵汽车的声音。块块忙走到门外张望了一眼，大声说道："爸，妈回来了。"宋梓南回头看去，顾亭云在儿子的陪同下，缓缓走下车,向楼里走来。块块忙迎过去,搀扶住她,嗔责道:"妈,您怎么这个时候就溜回来了?"

顾亭云微微一笑道:"我要不回来,你爸还不得冲到医院去大闹天宫?"

块块问:"您跟大夫请假了吗?"

儿子大康说:"请假了。大夫一开始怎么也不让妈出来,后来还是单阿姨去说了话,出面保证妈明天一早就回病房,值班大夫才勉强答应的。"

宋梓南也上前扶住亭云,问:"你怎么知道我今天会回来?"

顾亭云笑道:"我当然有密报啊。"

进了屋,块块安顿下母亲,就问:"妈,你们想吃点什么?我去替你们去做。"

大康说:"做啥嘛? 想吃的话,我开车去买点回来不就得了?"

顾亭云说:"你们都别忙了,我现在吃不下。都回你们的房间去,我跟你们老爸单独说一会儿话。"

块块说:"哎呀,爸都走了一夜的路了,让他歇会儿吧,别说了。再说你也得休息,待会儿说兴奋了,今天你们俩谁都别休息了。"

顾亭云说:"你爸今天一会儿就得走,得到会议上去报到。就你爸那脾气,不说说,今天晚上他能躺得下来吗? 说几句我就休息。快回你们房间去吧。"

大康担心地:"那你们俩别吵架……"

顾亭云说:"说什么呢? 我和你爸什么时候吵过架了?"

大康说:"行行行,不吵最好。"说着,便和块块各回各的房间去了。

客厅里只剩下宋梓南和顾亭云两个人了。两人默默地对坐了一会儿,刚要开口说话,块块又端来一杯刚沏好的茶,一杯热牛奶和一些小点心,放在他俩面前的茶几上,把茶放在了宋梓南的面前,把热牛奶放在顾亭云面前,然后打趣地问:"要不要做会议记录? 我留下来替你们当记录员?"

顾亭云笑着啐道："去你的。快回你房间去吧。"

块块做了个鬼脸，回房间去了。

宋梓南感叹道："你发现了没有？块块突然变得特别懂事了，包括大康也好像老成多了……"

顾亭云默默地点了点头。

宋梓南说："大概跟你病情变化有关系。"

顾亭云说："咱们今天晚上不说我的病。"

宋梓南说："如果到这个份儿上还不说说你的病，我会谴责自己一辈子！"

顾亭云说："我的病，说不说，就这样了……"

宋梓南说："什么叫就这样？如果早一点回来住院，它可能就不会这样！"

顾亭云说："老宋，我的病怎么了？现在仍然还是处在可能恶变的阶段，并没有发生特别了不起的变化……"

宋梓南说："别跟我说这些！告诉你，这次回来，我下决心要解决两个问题，其中之一就是你的病。你别跟我二五眼！这次我不会由着你，更不会听你的！"

顾亭云笑："你想把我怎么样？"

宋梓南断然说道："你给我去北京……"

顾亭云说："好啊，广州都治不了我的病了？宋书记，你行啊，怎么不把老婆送美国去？"

宋梓南说："你以为我不会？"

顾亭云说："现在的关键问题不是我的病……"

宋梓南一下把声音提高了八度："亭云，你怎么还不明白呢？我不能没有你！"说着，眼圈一下湿润了。顾亭云心一热，一酸，眼圈一下也湿润了。而一直在自己屋里虚掩着门，在"监听"二老谈话，一直在关注着客厅里的动静的块块和大康，听到爸爸这么说，眼泪也一下涌了出来。

顾亭云的心微微地颤抖了一下,竭力控制住自己的情绪,轻轻握住宋梓南的手说道:"别乌鸦嘴。事情没那么严重。"

宋梓南激动地说道:"恶性病变……"

顾亭云故作平静地说:"还只是有可能。"

宋梓南大声打断她的话:"可我得到的情况报告是部分已经开始发生病变,而不只是'有可能'!"

顾亭云说道:"那不也才是部分吗?"

宋梓南一下站了起来:"你还要怎么样?你还想怎么样?"

顾亭云说:"我向你保证,我会积极配合治疗,一定不让病情继续发展。不仅不让它发展,还要充分利用它目前只是部分组织发生早期变化的有利情况,彻底把它治愈。"

宋梓南几乎是扑到顾亭云面前,说道:"亭云,我们俩还没有一起到国外休过假!你一直想去意大利,去俄罗斯,你说你一定要去看看牛虻和琼玛的故乡,看看保尔·柯察金和冬妮亚的故乡……"

顾亭云说:"我们一定去!而且一定一起去!等你不当这个市长兼书记了,等我的身体完全康复了,咱们坐一艘世界上最豪华的邮轮,去意大利,去俄罗斯!再去萨拉热窝,看看瓦尔特的故乡!"

宋梓南说:"你向我保证!"

顾亭云郑重地:"我保证!但我有个条件……"

宋梓南断然说道:"这件事,没有条件可讲。你必须无条件服从!"

顾亭云却也固执起来:"不,我不离开广州。不离开深圳。"

宋梓南:"亭云……"

顾亭云:"当时,有人让你去北京看病,你怎么回击他们的?你说你宋梓南在广州在深圳看病,任何一家医院任何一个大夫都会使出百分之二百、三百的力气来做这件事。到了北京,谁知道你宋梓南?我也一样啊……广州和深圳的医院里收治过、也治好过成千上万个我这样的病例,为什么一个市委书记夫人得了同样的病,就非得去北京治疗了呢?书记同志，请你回答一下我的这个问题：同样的病，生在普通百姓身上，广州深圳的大夫就能治，生在书记夫人身上就治不了了？这位夫人就非得去北京上海？这种想法，有科学依据吗？”

顾亭云：“还有一点，你想过没有？眼下是你和深圳最困难的时候，上上下下一片质疑声，在这样一个关键时刻，你让我去北京，去三五天还可以，让我在那儿长期住下来治疗，我能安心吗？我不安心，我整天为你提心吊胆，坐立不安的，再好的药吃下去，也会失效的！我把话说透了，如果你想折磨我，想让我早点离开这个世界，不想在你退休后，让我跟你一起去意大利俄罗斯转悠，那么你就逼我去北京上海！”

宋梓南犹豫了一会儿：“不去北京，你能保证好好接受治疗吗？”

顾亭云：“我不好好接受治疗，难道我还想早点死？！我还答应过块块大康，要替他们带我的孙子孙女哩！”

宋梓南半信半疑地看着顾亭云：“这件事你可不能跟我耍半点滑头……”

顾亭云：“你怎么变得跟个糟老头似的，来回来去，净说些三五不着边的车轱辘话？”

宋梓南挥了挥手：“行，不说了不说了。只要你保证好好接受治疗，我啥话也不说了。不过……”

顾亭云笑道：“瞧，又来了。还有什么‘不过’的？”

宋梓南：“可以不去北京住院，但去那儿做一次检查，总可以吧？北京上海毕竟还是有一些可以利用的医疗资源。你以为普通老百姓就不上北京上海去看病？你去北京上海那些大医院看看，每天排着长队看专家门诊的，有一半是外地去的病号。”

顾亭云想了想：“检查一下，可以。但不在那儿住院。”

宋梓南无奈地：“行行行，不在那儿住院。”

这时，有人敲门。

顾亭云忙问：“谁？”

块块立即冲了出来："我去开门。"

门外站的是单秀娟。

单秀娟："对不起，这一大早的就来打扰你们。"

顾亭云忙起身招呼："小单，快进来。"

单秀娟勉强地笑笑："我不进去了……我有几句话，要跟宋叔叔说……"

顾亭云警惕地："那你也得进来说呀。"

单秀娟坚持着："不用了……"

宋梓南马上看出，单秀娟是想跟他单独说什么话，便立即披上衣服走出门去。等宋梓南一走到门外的走廊里，单秀娟先对他道了个歉："真对不起……"

宋梓南笑了笑："你再说对不起，我可真受不了了！"

单秀娟脸微微红起："有个情况，我想必须要让您知道。这两天顾阿姨在医院里一直静不下心来，特别关注你们即将召开的特区工作座谈会。从昨天晚上知道你要回广州来参加这个座谈会，就死活吵着要来看您。关于这次座谈会，她好像有许多话要对您说似的。"

宋梓南说："你有什么建议？"

单秀娟说："不管顾阿姨跟您说什么话，您都别反驳她。都应承下来。千万要让她保持内心的平静……您别看她平时老做出一副乐观开朗的样子，其实这一段时间，她内心紧张得都到了快要崩溃的边缘了。这时候不能再气她，不能再增加她的精神负担……"

宋梓南一惊："崩溃的边缘？她崩溃啥？"

单秀娟说："为您，为深圳。那些声讨质疑深圳的文章，她会翻来覆去地看，十遍八遍地看。自己一个人在病房里的时候，她还会叨叨着跟这些文章的作者辩论……"

宋梓南一惊："辩论？"

单秀娟："啊！很小声地对着报纸说一些反驳的话，神情非常专注……"

宋梓南呆住了。

这时,顾亭云推门走了出来:"什么秘密话,进屋里来说嘛。"

单秀娟有些尴尬地:"已经说完了。我走了……顾姐,明天一早,你可一定得回病房。我可是做了担保的。"说着,便匆匆走了。

宋梓南回到客厅,顾亭云就问:"小单她跟你叨叨啥了?"

宋梓南说:"她还能说啥?让我管住你,让你这一回一定好好地住院接受治疗。"

顾亭云质疑地看着宋梓南:"肯定还说了些别的……"

宋梓南做出一副没事人的样子:"她还能说啥?"

顾亭云苦笑一下:"这是你们的秘密,既然你不肯说,我就不问了。"

宋梓南笑了:"我跟她有什么秘密?"

顾亭云说:"小单为我这一回住院忙前忙后出了不少力,什么时候找个方便的时间,请她和她老父亲上家来一起坐坐。她说她的老父亲还是你的崇拜者哩……一个老知识分子……"

宋梓南说:"行。时间你安排,我随叫随到。"

顾亭云说:"今天什么时候去报到?"

宋梓南说:"总不能晚过上午吧?下午就有一个预备会。"

顾亭云说:"还有话要说吗?没有话要说了,就休息一会儿吧。五六个小时的路程,也够你受的了……"

宋梓南沉吟了一下,问:"你还有什么要跟我说的?一会儿我就去开会了……"

顾亭云沉默了一会儿:"没有……"

宋梓南说:"真没有?"

顾亭云迟疑了一下:"原来有,现在没有了。"

宋梓南诚恳地:"你不要为我担心。中央还是肯定深圳的。"

顾亭云点点头:"我知道……"

宋梓南又说："大多数干部和老百姓都是支持深圳的。"

顾亭云点点头，重重地叹了口气，说道："知道……"

宋梓南拉住顾亭云的手，"答应我，一定要安心治疗。我跟你说过多次，对于我来说，六十多岁了，事业、工作、职务、权位、奋斗、未来，都在这最后一回的挣扎中。不管历史怎么评价我，怎么评价深圳，我都不可能再干太长的时间了……对于我宋梓南，最后剩下的就是你顾亭云……你不能让我再失去这个顾亭云……"说着，非常激动地流泪了，"所以，你心里憋着什么话，尽可以对我说……所有的担心，都可以对我说……只要能让你安心治病……"

顾亭云怔怔地看着宋梓南，过了好大一会儿，才说道："我真的没什么要说的了……"

宋梓南问："可是小单告诉我，你关于这次座谈会，有许多话要对我说的……"

顾亭云慢慢地说道："曾经有过，现在没有了……"

75

宋梓南一回到珠岛宾馆，就立即去见任仲夷书记。他大步走进任仲夷的房间，一边向书记伸过手去，一边习惯性地问："任书记，您找我？"

任仲夷做了让座的手势："坐，坐，老宋。看到会议安排了没有？会上有余涛同志的一个发言，让他汇报蛇口近来的情况，介绍蛇口的一些经验。"

宋梓南说："看到了，这挺好。"

任仲夷说："你要有个思想准备哦。"

宋梓南笑道："那要什么思想准备？蛇口是深圳的一部分。蛇口的工作得到中央的肯定，也是我们深圳的光荣。而您也知道，我是一直希望余涛同志能到市里来工作，帮我分挑一部分担子。"

任仲夷笑着摇了摇头："这个不可能了。我找他谈过两次。这个老余，是死抱着那个蛇口不放啊，哪都不想去。"

宋梓南感叹道："他聪明啊。要是我，我也不会离开蛇口的。都已经到这个年龄了，最重要的当然是做成一两件自己一生想做又一直没能做成的大事，能让自己毫无愧疚地轻轻松松去见马克思啊。再去劳心费神地当个什么市长市委书记，没意义啊。"

任仲夷耸起眉毛说道："怎么？你还觉得自己不能轻轻松松毫无愧疚地去见马克思？深圳特区的一把手，你在全国全党改革开放这一盘棋上，举足轻重啊！"

宋梓南忙摇着头说道："盛名之下……什么'举足轻重'，虎尾春冰哦！我真的觉得这副担子对我来说有点过于沉重了。辜负众望，真的辜负众望。"

任仲夷诧异道："怎么回事，梓南？我从来没有听你说过这样的话。你从来都是希望组织上多给你压点重担，从来没听你嫌自己肩上的担子太重了的……"

宋梓南苦笑道："我大概是真的老了……老了……"

76

这个小旅馆是建在地下室里的。冯宁等在地上入口处办完入住登记手续，由小旅馆的服务员带领着，往下走了很长的一段水泥梯级，又在一条很窄很昏暗的走廊里七拐八拐地走了一段路，才到达要住的那个小房间。廉价的化纤地毯上全是泥迹和被烟头烫出的斑痕。空气中充塞着陈旧的潮味儿和霉味儿。那个年轻一点的员工问："明天我们根本进不了订货会的会场,还有必要在这儿待下去吗?"

冯宁没搭理他。那个年轻一点的员工抬起头四下里打量,忽然发现天花板上的一个角落里有一片黑黢黢的东西,似乎是被烟熏黑的痕迹。他迟疑地问:"这房间着过火?"

那个年纪稍大一点的员工:"别瞎说。"

那个年轻一点的员工:"你看呀。"

三个人同时把目光盯在了那片天花板上。当他们喘着粗气,把疑虑的目光从那片天花板上慢慢地向另一个角落扫描过去时,在另一个角落里也发现了一片火烧过的痕迹。在深入地下二十来米的地方,如果发生火灾,即便不烧死,那些燃着了的化纤地毯散发出的有毒气体,也会让他们没法逃命的。但愿这种事不会经常发生。三个人都不作声了。而这时,住在皇都饭店的张弓和陶怡已经洗漱完毕,来到一层的豪华餐厅用餐。张弓悉心地替陶怡铺好餐巾,又关切地问:"要不要再来一个鹅肝酱煎鲜贝?或者再来一个法式奶油龙虾汤?"陶怡忙说:"不用了吧。就这些都已经吃不完了。"张弓笑道:"瞧你。谁说必须都吃完的?出来了么,总要吃点在厂子里吃不到的好玩意儿。要不,谁愿意出这个差?"

到早晨,冯宁先醒了。他看看手表,赶紧推推那两位:"起床。快起床!"

那个年轻一点的员工忙跳起,睡眼惺忪地惊问道:"火……着火了吗?"

冯宁笑道:"着火了着火了,快走吧!"

到街边上随便找了个小吃摊,买了一提兜包子,等这三人一边大口大口嚼着包子,一边匆匆赶到展销订货会现场大门外的空场上,那里早已是人头攒动了。不断有人凭着代表证,或拿着入场券向会场里拥去。冯宁向两个员工使了个眼色,他们三个便扛起那两箱器件,买了三张入场券,进了会场;又找了个特别中心的位置,在地上铺了块白布,打开箱子,把那些器件一一在白布上铺开。然后又打开一块折叠状的商标牌子。牌子上一行大字写着"深圳万达国际科贸公司",下面一行小字写着"批发多种原装进口最新电子元器件,联系电话……"刚举起牌子,就有不少人围了上来打听他们的器件性能品种价格……

但没过多久,就有两个在会场里巡逻的保安疾步向他们跑来。

他们当然心虚,因为他们没有交纳会务费,不能在会场里占位设摊。三个人中本来就安排了一个人专做"警戒",一旦看到有保安来干涉,就发信号,好让其余两位先作"逃脱"准备。这时,不等那两个保安赶到,他们匆忙把货装进箱子里,由那两个员工扛着,哧溜一下钻进了嘈杂的人群。而冯宁则双手高高地举着牌子,赶紧向另一个方向跑去,以便引开那两个保安。冯宁是这样考虑的,即便自己被抓获,只要那两箱货不出事,也就不会有太大的损失。就算在会场里引起一点纠纷,也起到了吸引观众眼球的作用,等于为他们公司做了活广告,而且是免费的。那两个保安果然如冯宁所料,紧随着那块在人群头上游动起伏的牌子,一个劲儿地追赶而去。冯宁举着牌子,一边跑,一边大声叫喊:"我们是深圳万达国际科贸,我们经营最新进口电子元器件。我们的联系电话是……"

没等他说完电话号码,从另一边又跑来两个保安,堵住了他,并一把从他手中夺下那个商标牌。这时,一个订货会的工作人员也冲了过来,叫道:"这是非法商户。他没有交会务费。把他赶出去!"

冯宁冲过去,从那个保安手里夺回商标牌,大声喊道:"我们不是非法的。我们有正规营业执照……"

这时越来越多的人都围了过来。四个保安一起冲过去,把冯宁按倒在地。冯宁挣扎着站起,刚要再次伸出手去夺回牌子,一抬头的瞬间,却呆住了。他看到陶怡和一个年轻男子向这边款款走来,并且也看到了他。他完全没有想到,此时此刻会遇到陶怡。就在他傻愣走神,不管是在精神上,还是在体能上,都完全解除了防备和反抗的那一瞬间,一个保安挥拳击打在他脸上。他只觉得鼻根处涌出一阵腥热,眼底也冒出一团金星,人便不由自主地向后倒去了。

陶怡本来也呆站在那里，看到冯宁的鼻子在那个保安的拳头击打下，喷出一股鲜血，便惊恐地叫了一声"啊"，想冲过去，却被张弓紧紧地拉住。她用力一甩手，挣脱了张弓，一边叫着："别打人……你们不要打人……"一边便向冯宁冲了过去。但张弓还是追过去用力拉住了她。

这时，那四个保安从地上拽起冯宁，把半个脸都染红了的冯宁向大门外拉去。

冯宁挣扎着回过头来寻找陶怡。但刚才还站着陶怡的地方已经没有人了。

张弓拉着陶怡走出会场。陶怡还在挣扎着四处寻找冯宁的下落。等她再度看到冯宁时，那四个保安正把冯宁送上一辆警车。随即，那警车呜呜地鸣叫着就开走了。张弓松开手，陶怡站了下来，呆呆地无奈地看着警车远去。展销会会场很快又恢复了平静，就像是一艘巨轮的沉没，虽然即刻间会在大海中掀起一股强大的旋涡，但随之而来的浪涌很快便填平由那旋涡削开的缺口。巨轮也会被吞没得无影无踪。要知道，大海总归是大海……

回到高士达集团的摊位前，张弓见陶怡仍然处在惶惑和不安中，便低声地关切地对她说道："我来接待客户吧。你回宾馆去歇会儿？"

陶怡摇摇头，稍稍振作起精神，拿起一摞宣传材料，向新产品展示桌走去。她知道，作为一个公关小姐，除了在酒桌上起到她应起的那份作用外，更多的应该是在这样一个展销和订货会上做好她的本分工作。况且，这一回又是她第一次以公关部工作人员的身份来参加的展销订货会，她不能让任何人留下这样一种印象，她陶怡只是一个空有秀丽可人外表的"花瓶"，而不能胜任任何实际的业务……

到中午时分，会场里来看货洽谈生意的人已显稀落。一些小饭店的人推着各自的小车来兜售盒饭、茶叶蛋和各种小吃。张弓买了十几盒盒饭招呼公关部的员工们吃饭。陶怡却走到摊位后头的简易帐篷里去坐着了。过了一会儿，张弓也走了过来。他把一个盒饭放在陶怡面前。陶怡摇摇头："我不饿。"张弓打趣道："不是还在惦记那个兵哥哥吧？"陶怡不作声。张弓在陶怡身旁坐下："别太着急，一会儿我托人去打听一下他的下落。你还是吃一点吧。"陶怡眼圈一红："谢谢……"张弓轻轻拉住陶怡的手，感慨地："你是个善良的好女孩。但是，你得明白，现在这个世界，光靠善良是不行的。生活是现实的，也可以说是残酷的。什么是市场经济？有关的理论书可以装满这整个帐篷。但是归根结底就是两个字：交易。或者说就是交换。就是用最低的成本换取最高的利润。或者说适者生存，或者说弱肉强食，或者说大浪淘沙。你看看这个洽谈会，吵吵嚷嚷，不都是在贯彻我刚说的那些话吗？你的那位兵哥哥也得接受这个规则的汰选。大、浪、淘、沙啊！这是没法回避的。"

陶怡呆呆地听着，似懂非懂地听着，怔怔看着张弓，似乎都忘了自己的手还一直被对方抓着。

77

冯宁手下那两个员工扛着那两箱货慌不择路地跑出展销会会场后，赶紧打了一辆出租车回到那个地下旅馆，收拾完东西，又去前台办理了退房手续。办理退房手续时，他们小心翼翼地问前台的收银员："刚才没人来找我们吧？"

那个收银员："没有。要发票吗？"那个年纪稍大一点的员工："要。当然要。"随后拿了收银员找回的零头，拿了发票，两人赶紧离开了这个小旅馆。

而这时，冯宁却被那两个保安已经"押送"到附近的派出所了。

所长显然对抓住一个从深圳来的"捣乱分子"特别感兴趣："深圳

来的? 听说你们深圳满大街都是卖走私货的, 人人都特别有钱, 年轻人都不愿结婚不想成家, 只要私下愿意, 男男女女就可以往一块儿住, 住腻了就拜拜, 谁也不找谁算账, 特别自由, 特别潇洒, 也特别方便?"

冯宁说:"纯粹胡扯蛋!"

所长说:"我看你胆敢捣乱全国性的订货会, 就挺野, 特像我们想象中的深圳人!"

冯宁忙声明:"我不是捣乱。"

所长说:"你还不是捣乱?"

冯宁说:"这在我们深圳根本就算不上个啥。我是个新办的小公司, 没那么些钱来交会务费, 买这会场里的展位, 只能用另一种方式为我的公司打广告。"

所长哈哈一笑道:"打广告? 你以为你在深圳呢, 可以想怎么干就怎么干? 无法无天! 说吧, 怎么处罚你? 是罚款, 还是行政拘留, 还是既罚款, 又拘你几天?"

冯宁故意做出一副"无赖"的样子:"随便吧, 反正, 要命有一条, 要钱, 没有。"

所长大声地:"你一个深圳的公司经理, 身上没带钱? 骗鬼呢? 哈哈。哈哈……"

冯宁把身上所有口袋里的东西都掏出来往所长面前一放, 又把口袋底都翻了出来:"信不信由你。这就是我身上全部的家当。你随便挑吧, 想拿什么就拿什么, 就是请你别扣留我。我公司五六个员工还等着我去挣钱给他们发工资哩。"

所长说:"又胡说。你给公司职工发工资? 那公司是你个人的? 国家不给你拨款?"

冯宁说:"对, 公司是我个人承包的。国家不给一分钱。员工的工资全由我来发。你要扣了我, 公司就垮了, 员工就失业了, 一切的一切都没了……"

所长狐疑地看着冯宁，不说话了。也许"聊"到最后，引发了这个也是转业军人出身的派出所所长的同情，同时也感觉出眼前这个冯宁不会是个"捣乱分子"，在教训了一通后，这个所长就把冯宁给放了，甚至都没有罚他的款。冯宁千谢万谢后，回到旅馆，发现已经打不开他们那个房间的门了。他敲了敲门，里边没人回应。他又回到入口处的前台，着急地问前台的服务员："我那两个伙伴已经走了？"前台服务员告诉他："走了，也结完账了。""我那两个伙伴结账时留下什么话没有？"冯宁着急地问。"没有。"前台服务员答道。"我能进房去看一眼吗？看看我那两个伙伴是不是在房间里给我留了什么便条。他们把我的行李全拿走了。我现在身上一分钱都没了。我必须找到他们才行。他们不可能什么话都不留就这么走了。"冯宁想了想，要求道。前台服务员犹豫了一下，取下钥匙，交给一个中年女服务员，对那女服务员说道："你带他去看一下。"

　　再次回到房间里，仔细"搜寻"，什么也没找到。在冯宁进房去找便条的过程中，那个中年女服务员一直站在房门口，一脚在门里，一脚却在门外，警惕地注视着冯宁的每一个举动。冯宁沮丧地走出小旅馆大门。抬头望去，这时他懂得古成语中说的"举目无亲"到底是一种什么意味了。他掏掏自己的腰包，才想起，在让那两个员工扛着两箱货脱逃时，聪明的他把自己的钱包塞给了那个年纪稍大一点的员工。他料到自己可能会被保安抓获，不管是不是送到派出所去，只要在他身上搜到钱包，他们就会罚他的款。他把钱包交给他们带走了，让自己身上不名一文，保住了公司那点可贵的资金，但也让他这时处在了"不名一文而举步维艰"的困境中了。如果找不到他俩，下一步怎么办？今天晚间真的要睡大马路了吗？他仔细掏掏口袋，还有几个硬币，也就够买两个大饼的……这时，忽然听到身后什么地方有人在叫他："冯经理……"

　　他回头寻声找去，没等他找见人，只见那个年纪稍大一点的员工从一个树丛里蹿出，快步跑来，一把拉住他，就往那树丛里跑去。跑进树丛后，他才看到，那个年轻的员工守着那两箱货，也在那儿等着他。

那个年轻一点的员工忙问："你没事吧？"

冯宁反问道："你们怎么把房退了？"

那个年纪稍大一点的员工说："我们怕那些保安带着警察追踪到这儿来找事儿。"

冯宁有点不高兴地："那就把我甩了？"

那个年轻一点的员工说："怎么会呢？我们退了房，一直猫在这儿等着您哩。"

冯宁："那你们怎么在房间里连个条儿都不留一个？"

那个年纪稍大一点的员工解释道："留了条，万一让公安方面来追踪的人先看到了，那不是自投罗网了吗？"

冯宁这才不追问了。

那个年纪稍大一点的员工又问："派出所方面怎么就那么轻易把你放了？"

冯宁说："他干吗不放我？我干啥了？"

这时，从小旅馆门口突然传来喊叫声："喂，冯宁，电话……谁叫冯宁，有电话找。"

三个人都一愣。冯宁想过去接这电话。那个年纪稍大一点的员工忙拉住他，说道："别再去接什么电话了，咱们赶紧离开这儿吧。"

冯宁想了想："不，我去接一下电话。"

那个年纪稍大一点的员工说："行了，冯经理，这地方又没咱们的熟人。闹不好，这电话又是派出所打来的，你一去接，这不正好又送上门去找砸吗？！"

冯宁说："可我没有留电话号码给派出所啊，也没告诉他们我住哪个旅馆啊。"

那个年纪稍大一点的员工一愣："你在这儿还有熟人？"

冯宁说："没有。"

那个年轻一点的员工："肯定没有？"

冯宁应道："肯定没有。"

那个年纪稍大一点的员工疑惑道："那能是谁呢？"

冯宁忙说："你们在这儿等着。只要不是派出所打来的，任何电话都有可能是个机会。"说着，便向小旅馆跑去。不一会儿，冯宁接完电话，兴奋地跑了回来。那个年纪稍大一点的员工忙问："怎么一回事？"冯宁答道："是个客户。"那个年轻一点的员工不解地："客户？我们在这儿有什么客户？"冯宁得意地解释道："我们刚才在订货会会场折腾了那么一下，还真起作用了。有人记住了我们，对我们产生了好印象，还记住了我们的电话，就找上门来了。快把钱包还给我。"那个年轻一点的员工问："干吗？"冯宁说："人家来找我们订货，我们怎么也得请人家吃顿饭啊。"那个年纪稍大一点的员工说："请他吃完饭，我们拿什么去买回程火车票？"冯宁说："你们身上带了私房钱没有？"那个年轻一点的员工说："你不能抄底啊！"冯宁着急地："快。快。凑一凑。留下回去的路费和今晚的住宿费，剩下的全拿出来。快一点啊。"

78

宋梓南多年来都有晨练的习惯。到会上报到后，他仍然起得很早。况且珠岛宾馆有名贵花木组成的环境特别幽雅的林间小道。每一次在这儿参加重要的会议，他都会利用这儿在别处难得一见的环境，散散步，让自己彻底放松一下。这一天，他刚要踱出房间去，有人来敲门了。开门一看，竟然是庞耀祖。宋梓南非常意外："庞耀祖？你怎么来了？"宋梓南的惊讶是很有道理的。因为，在举行有中央领导出席的重要会议期间，这个珠岛宾馆是容不得任何和会议无关的人出入的，何况又是庞耀祖那样的"小人物"呢？

庞耀祖坐下后,告诉宋梓南:"我被选送到日本去学习证券交易……"

宋梓南忙打断庞耀祖的话,问:"等一下。等一下。我想知道,你是怎么进这儿来的?你是坐车进来的,还是走着进来的?"

庞耀祖说:"走着进来的。大摇大摆地就那么走进来了。"

宋梓南更诧异了:"是吗?今天这儿有中央首长,里里外外实行的是一级警卫。"

庞耀祖笑了:"宋书记,您千万别去批评门卫。他们把守得还是挺严密的。一般情况下,要想进这个宾馆,确实得费好多的口舌。可是我没那个时间,没有那个可能去办各种各样的通行证,去做各种各样的申请,因为明天就要启程去东京了。所以,我想了一点办法,钻了个空子。我想,开这样一个会,肯定会有不少老首长出席。老首长一般都喜欢早上起来遛遛弯散散步。我就在门外等着,果然有一位老首长模样的老同志从宾馆里出来散步了,等他往回走时,我就不远不近地跟着他一起走了进来。门卫以为我是他的秘书。老同志一定认为我是宾馆的工作人员,所以都没来拦我。"

宋梓南哈哈大笑起来:"庞耀祖啊庞耀祖,你这个鬼精灵,连一级警卫的空子你都钻得了,看来以后还真得防着你一点哩!"说着两个人都哈哈大笑了起来。

笑罢,庞耀祖对宋梓南说:"我来,就是想对宋书记说一声谢谢。"

宋梓南摆摆手说道:"谢我什么?如果那几张试卷你答得不好,你的日语没过关,我绝对不会同意他们送你去日本的。"

庞耀祖诚恳地说:"您没计较我一再地用那么幼稚的方式冒犯您,您还在派出所公安局的同志面前保了我,所有这一切都让我真实地感到深圳和您的宽容。"

宋梓南说:"那是因为整个中国都在学习宽容,都在注重大家庭的融洽、和谐。"

庞耀祖说:"我会在深圳好好干的,不辜负您的期望和好意。"

宋梓南问："还记得你送给我的那本书吗？"

庞耀祖说："《政治与市场》。"

宋梓南说："对，《政治与市场》。它让我非常意外的是，这位资产阶级的经济学家，丝毫没有避讳地谈到了市场的缺陷和不足之处。"

庞耀祖不无意外地问："书您真看了？"

宋梓南说："我还不止推荐给一个人看了哩。"

庞耀祖忙说："谢谢，非常感谢。"

宋梓南说："我不能说我已经都看懂了。"

庞耀祖说："从他的理论出发，现在国内不少学者都在研究一种新制度经济学。"

宋梓南说："但是它让我感受到了一种理性的力量。他让我感受到，理性是可以驾驭主义的。你到日本，还是应该去增长这种理性思维的操控力量，只是简单地学一点条条框框回来，就事倍功半了，也可惜了这次机会了。再一点，你可一定要给我回来。"

庞耀祖忙连连点头道："一定。一定。这您放心。"

宋梓南感叹地："日本，我们全市就只送了两个人去。寄予厚望啊。"

庞耀祖正色道："我一定回来。"

上午，会议正式开始。一个秘书走到主持会议的国务院副总理谷牧身旁，低声地禀报道："余涛同志从机场打来电话，说他正在往这儿赶。"

谷牧问："哪个机场？"

秘书答道："这儿的白云机场。他已经到广州了。"

这时，已经有一个与会的代表在做正式发言了。他说道："深圳当前的问题，不是方针路线不对，不是纲领政策有问题，问题是执行上的偏差，是个别领导人居功自傲。他们总是在要求特殊政策，特殊了再特殊。灵活政策，灵活了再灵活。社会主义嘛，怎么能没有限制呢？如果没有限制，那和资本主义还有什么区别？"

周副市长和常副市长悄悄地瞟了一眼宋梓南。他俩还是有些担心的，当然不是担心宋梓南沉不住气，当场去反驳持这种观点的与会者。宋梓南还是有足够的政治历练去面对各种各样的反对者的。但，他们还是担心在这种似是而非的评价冲击下，轮到宋梓南发言时，他还能有多大的自制力，把该说的话说得有条有理，还能控制住自己的情绪，绝对不说那些在这种场合绝对不该说的"气话"。

宋梓南此刻不出他俩所料，已经板着脸了。会场的气氛异常紧张。与会的其他代表也都十分关切地注视着宋梓南。这时，余涛匆匆走进会场。谷牧对他做了个"请入座"的手势。那个与会代表继续剖析道："中央强调深圳要以三个为主，那就是以工业为主，以出口为主，资金来源要以引进外资为主，但事实上，这几年，深圳主要赚的还是内地的钱，资金方面主要也还是靠国内银行的贷款……在这些方面，蛇口就比深圳做得好。"

刚刚坐下的余涛愣了一下。他不愿意看到人们拿蛇口来比深圳，更不愿意人们拿蛇口来"攻击"深圳。有一点，他当然是非常清楚的，蛇口和深圳不管在具体工作上有什么样的出入，它们都是难兄难弟，是一根绳上拴着的蚂蚱。在中国当代的政治经济史上，担负着同样的使命，在同一面大旗指引下，做着同一件大事。如果有人真的彻底否定了深圳，那么只要轻轻掉转枪口，蛇口被否定的命运也是逃脱不了的。

这时，那个与会代表却莞尔一笑地说道："我们希望深圳能好好地向蛇口学习。"谷牧也关切地看了宋梓南一眼。

终于轮到宋梓南发言了。他站了起来："我能对刚才那些发言，谈一点我个人的看法吗？"

谷牧微笑着："当然可以。"

宋梓南说道："最近一个时期，对深圳的工作，国内外，境内外都有许多议论。香港《信报》连续发表十二篇评论，论述深圳，这些评论文章把今天的深圳说成是当年的'大寨'，说'邓小平改革偏离正确轨道'，'搞来搞去全是假大空'，还说'深圳特区人被吓呆'，等等。其强烈程度，有目共睹，其用意也十分清楚。我不是不接受来自各个方面对深圳的批评。但我必须强调,深圳作为一个白手起家的经济特区,中国改革开放的一个试验田,它的发展,自有它不可违抗的自身规律……深圳的工作存在不足之处,怎么发展深圳也可以有各种不同的路径,但是作为深圳市的主事者,以三个为主的大方向我们始终是坚定不移的。但我们面临的一个不可回避的问题是,怎么把这一潭水搅活起来,去实现这个三个为主。要让这么一个非常落后的边陲小镇能吸引大量的外商来投资,要在这一片荒山野岭中建起一个以工业为主的产业园区,还要让它的产品具有和发达国家产品竞争的实力,从而实现以出口为主的目标,都是要有基础的,有前提条件的。这几年我们就是在打这个基础,创造这个条件。有了这些基础建设和前提条件,外商才愿意来深圳投资,我们才有本钱去引进国外的先进技术,才能生产出有竞争力的产品,实现以出口为主的目标。我们不能一方面拼命地要求别人能赶快站到第三层楼上去登高望远,一方面却责备别人埋头建设第一层楼和第二层楼时的辛苦付出。今天的深圳,从三万人增加到了上百万人,国民生产总值从将近两个亿增加到四十个亿,整整翻了二十倍。老百姓生活安定,市场繁荣。一个基本现代化的城市已经出现在当年的荒山野岭中。这怎么是假大空?怎么偏离了正确轨道?我必须要说,当前,公正地评价深圳,是整个中国进一步实行改革开放路线的必要条件和前提条件……"

会场上所有的人都吃惊了,都屏息静气地听着看着宋梓南这一番异常激烈的"反驳"。

周副市长和常副市长也都呆住了。

余涛也不无忧虑地看着宋梓南。

而在主席台上就座的几位主要领导,已经面露愠色了。在中央召开的工作座谈会上,公然反驳批评,为历来罕见,几乎也是不允许的。

散会后,一位领导把省委书记任仲夷找到小会议室里,建议道:"看样子,现在很有必要把深圳市委常委都找来谈一谈,认真统一一下思想才行。"

当天深夜,深圳市委的常委们便都被召到了珠岛宾馆。他们立即感觉到了一股不同寻常的气氛。周副市长立即去找宋梓南，说："常委们都到了。你要不要去看看他们？"

宋梓南问："都安排住下了吗？"

周副市长说："住下了。"

宋梓南说："让他们抓紧时间休息吧，颠了一路，够累的了。"

周副市长迟疑了一下，问："你……不去看看他们？"

宋梓南平静地："不去。"

周副市长解释道："有几位同志不太清楚为什么这么紧急地把他们从深圳召到座谈会上来，想上这儿来听你先介绍介绍情况。"

宋梓南说："我说过了，在中央有关领导跟他们见面座谈前，我不跟他们中的任何一个人打照面。不给任何人造成这样的口实，说我们事先私下统一思想来对付上边的什么人。也请告诉所有的常委，明天的座谈会，他们有充分的自由表达自己对深圳这几年工作的看法。他们在深圳工作，只对党负责，对人民负责，而不是对宋梓南负责。所以，有什么，尽管说。"

79

晚饭前，张弓就通知陶怡，今天晚间有个重要的应酬活动，可能又要她这个"酒仙"上阵应战了。应酬活动中，他会有个宣布，让陶怡临场不要感到太意外。陶怡忙问，啥宣布，跟她有什么关系。张弓就笑而不答了。到应酬活动开始，张弓果然当着众多的客商，宣布道："谢谢各位这些年来对我们高士达集团的支持和信任。在下不胜酒力，只能请我们年轻漂亮的公关部副经理陶怡小姐代劳。"

陶怡听张弓在这儿"宣布"她为公关部副经理，不禁暗自一惊，忙站起来解释："我……我不是什么副经理……"

张弓立即给她丢了个眼神，让她沉住气，并再次起身说道："有个情况我要说明一下。关于我们这位陶怡小姐的新的人事任命，是这一次出差前才决定的。还没有来得及通知陶小姐本人。"

雅座间里立即响起了一片有节制的掌声。

陶怡红起脸："谢谢……谢谢……"

一个客户说："我们年轻漂亮的陶小姐，你们公司既然这么器重你，你应该有所表示才对啊。"

陶怡忙端起酒杯，站起："我替我们张经理，也替我们集团各位老总诚心诚意敬各位老板一杯。"

老板们笑着起哄道："你用一杯酒就想打发我们这么多人？那不行！诚心诚意就得献真情啊！"

陶怡马上对服务员做了个手势。事先有所准备的服务员马上拿出十多个小酒杯，一字排开放在一个托盘里，然后当场给每个酒杯都倒满了白酒。服务员托着这十多个酒杯，跟在陶怡身后。陶怡走到一个老板面前，喝干一杯。把空酒杯放回到托盘里，又端起一杯有酒的，走到下一个老板面前一口干了，接着向第三个老板走去……托盘里有酒的杯子越来越少。在场所有的老板都惊诧了。他们目不转睛地看着这个年轻漂亮的女孩风度翩翩、面不改色地从一个老板走向另一个老板……

终于端起了最后一杯酒。最后那个老板不忍心了，忙不迭地："别急别急，先请陶小姐吃一口菜，垫垫，别喝坏了你那可爱的小身子。"他一边说，一边夹起一筷菜，往陶怡嘴边送去。

陶怡保持着淡定的微笑，得体地躲过那一筷菜，把酒杯在那个老板面前轻轻地晃了晃，一口又把它干了。包间里顿时响起了极为热烈的掌声和叫好声。好几个老板都忘情地叫道："精彩。精彩。高士达就是精彩！有这么漂亮能干的公关经理，这生意就是做得，做得！"

张弓和陶怡送走最后一位客商，豪华餐厅大门门楣上的霓虹灯都已经熄灭了，只有气派的大玻璃橱窗在路灯灯箱广告的彩色光泽映射下，

494

还在黑夜里隐隐闪亮着。看着远去的车影，张弓感激地说："陶怡，今天你真给我们集团争光添彩了。"这时，陶怡觉得胃里开始翻腾起来，便忙对张弓说了声"我想去一下洗手间"，快步走进卫生间，刚刚冲着洗手池弯下腰来，就吐了起来。吐完后，她稍稍收拾了一下自己，重新给自己补了一下妆，这才打起精神走出洗手间。

张弓料到陶怡是去吐了，已经等在卫生间门外，一见陶怡出来，忙上前极其关切地问道："怎么了？"

陶怡苦笑着摇了摇头说道："没事。"

张弓忙问："还能坐飞机走吗？"

陶怡不解地反问："不是已经买了飞机票了吗？"

张弓说："嗨，这还不简单，要是不舒服，想在这儿多待一天再走，咱们可以把明早的机票退了。"

陶怡说："飞机的退票费特别贵。"

张弓笑道："嗨，今天你这几杯酒，给集团争到多少码洋的订单！花这么点钱，算什么嘛！"

而在这同时，另一桌应酬，也在进行之中，自然，那规模、那气派、那奢华程度，远不及这边。那只是在一个普通的饭馆里，也已经吃得差不多了。冯宁回头叫服务员："埋单！"

那个老板忙掏钱。

冯宁立即摁住他的手："你想打我脸呢？"

那个老板："今天虽然不是山珍海味，但我吃得非常高兴。"

冯宁说："那也不行。"

那个老板说："咱们就算是朋友了。你就别跟我客气了。"

冯宁坚决地说道："不行！你要看得起我，真把我冯宁当朋友，你就得让我来埋单。"

付完钱，冯宁他们和那个老板出了饭馆。那个老板一招手，叫了两辆出租。

"上车。上车。"那个老板说着，自己先上了一辆出租，并让冯宁跟他坐一辆车，让那两个员工坐另一辆。冯宁和那两个员工不知道这位老板还想把他们带到哪里去，便都愣在了那里。那老板在车里探出头来招呼冯宁的那两个员工说道："都上车。上车。咱们去放松放松。我还有话跟你们冯老板说哩。"然后又吩咐后车的司机："跟着我。别跟丢了。"

不一会儿，两辆车子便驰到一个很豪华的浴池门前停了下来。

冯宁觉得啥事都还没说，就先来洗澡，总有点不太合适，便多少有点为难地说道："这……"

那个老板大大咧咧地笑道："列宁同志怎么说来着？不会生活，就不会工作。今天能认识你冯经理，我高兴，很高兴。走啊，戳在这儿干啥嘛！"

进了浴池的大堂，那个老板就吩咐迎上前来的服务员："给我开两个特包，软座，带彩电的。"说着便径直向里走去。冯宁他们三个犹豫了一下，只得赶紧跟了上去。

冯宁洗完澡和那个老板进了包间，马上就有服务员拿着热腾腾的毛巾来伺候着。

老板舒舒服服地擦了把热毛巾，往软椅上一躺，又吩咐道："沏一壶最好的铁观音。"

服务员凑上前提醒道："最好的一壶一百八。您要哪种？"

老板却说："只有一百八的了吗？"

服务员一愣："我们这儿，这就算是最好的了。"

老板说："那就这样吧。"然后又补充道："给那个包间的两位先生也送一壶一百八的去。再给我们这儿叫两个捏脚的技师，要女技师。"

冯宁一听，要叫女技师来给自己捏脚，忙说："不用不用。"

老板又嘿嘿一笑道："老兄弟，列宁同志怎么说来着？为了好好工作，必须先好好生活。"

过了一会，那个领班便带两个身穿浅色短袖短裤脚工作服的女技师来让那个老板过目："您瞧这二位怎么样？"那个老板欠欠身，对冯宁说："老兄弟，你先挑。"

冯宁一听，还要让他先挑，脸先红了，忙说："一样……一样。"

那老板看出冯宁显然是个"嫩茬"，没怎么经历过这种场合，便不再为难他，随便分配了一下，把一个稍稍年轻一点的支给了他，自己留下那个粗壮的。

两个人躺下后，捏脚的女技师也开始捧住两位的脚开始上手了。冯宁显得有点紧张，他显然还不习惯这样一种有异性参与的"放松活动"。特别是刚洗完澡，宽大的浴袍里头，光溜溜地只穿着一条纸质的半透明的三角裤衩。那个老板自然是个中老手了，很放松地四仰八叉地躺在那软椅上，显得怡然自得，还不时地指导着那个女技师，该怎么用力怎么掰扯；两杯热茶下肚，他才转过身来，开始跟冯宁说正事了："冯经理，我虽然没当过兵，但在矿井下刨过煤，在林区伐过树。说话做事，喜欢直来直去。你的货，我全要了。"

冯宁忙欠起身说道："谢谢……谢谢。"

老板又说："但是，请听好，我下边有一个'但是'。你要满足我这个'但是'，咱们马上就签合同。"

冯宁一下有点紧张起来："请说。"

老板说："我想说的就是：我不光要你的货，还要你这个人……"

冯宁一惊，一下从软席的躺椅上坐了起来。这话，让他想到了"栾叔"。都要他这个人哩。老板却笑了："别害怕，别害怕，我可不是想跟你搞同性恋。"

听他这么说，两个女技师都扑哧一声笑了起来。

那老板用脚轻轻踹了一下那个女技师，笑道："你们笑啥？我要是喜欢搞同性，我还能要你们来做这活儿吗？"然后又对冯宁说道："我要你做我的合作伙伴。干脆把话给你挑明了吧，我原先是一个国营大厂的厂长，刚从那个大厂子里辞职下海。我能一口吃掉你全部的货，你就可以想见我现在的实力。电子买卖，是个发展方向。我准备在这方面投入相当的资金，把这个盘儿做大。但是，我觉得你比你那些电子元器件更难得。"

冯宁忙说："可是您……您并不了解我呀……"

老板摆了摆手："我文化不高，但这一生阅人无数。没有太大的本事，看人还是挺准的。你在洽谈会会场那一番动作，最起码让我觉得你这人敢想敢干，聪明。现在市场刚起，各路神仙尽显神通，我身边就缺少你这种有气魄的干将。你别只黏着你那个深圳。现在谁都知道，深圳是个好舞台。但舞台虽好，不一定每一个人都能在那儿捞个大角色演演。别看我文化不高，新闻我可天天在看。每年进进出出深圳的人不止十万百万吧？为什么有那么多人到了深圳又走了？不就是在那儿没找到自己最合适的角色呗。我看你在那边干得就不那么顺畅，起码暂时还有点穷酸潦倒吧，要不你今天也不会交不起会务费，干出那一档多少有一点丢人的事吧？上我公司来吧。你有这冲劲，眼光清澈，挺有内涵，看得出你这家伙是个成大事的。我给你月薪这个数。"说着，伸出一个手掌，停了一下，然后又翻了一翻。一千？不止吧。一万？冯宁暗自倒吸一口凉气。

冯宁忙说："让我想想。"

老板问："你现在在深圳那边挣多少？有我给的五分之一？"

冯宁说："还不到你给的这个数的十分之一。"

老板说："那你还考虑个屁！"

冯宁说："你得先要了我的货，我才能考虑下一步的事。"

老板哈哈一笑道："你很精明啊，冯先生，不见兔子不撒鹰。"

冯宁忙说："我记得，列宁同志教导我的时候是这样说的，要想好好生活，就得先学会好好工作。所以……"

老板哈哈大笑起来："好好好……我们都是马恩列斯老祖宗的好学生。你很精明，很精明，我喜欢这样精明的年轻人。好。好。"

冯宁他们第二天晚上坐火车回深圳。那时候，火车票特别紧张，还是托那个老板的关系，总算买到了三张站票。能够尽快地赶回去，三个人都挺知足。上车时，三个人扛着那两箱货，从软卧车厢窗前走过。那车厢里窗帘柔曼，灯光幽雅，有几个已经上车的淑女绅士，悠闲地在走廊里抽着烟，聊着天。那个年轻一点的员工艳羡地说："操，什么时候咱也坐一回软卧！"那个年纪稍大一点的员工："行啦！赶紧吧，先上硬席车厢里找着自己立脚的地方后，再说这梦话吧。"

他们三个刚跑到自己那节硬席车厢门前，就看到有三四辆高级轿车直接从进站口开到软卧车厢门前停了下来。那是一群老板来送张弓和陶怡——主要还是来送陶怡的。那种欢洽、殷勤和铺张的气派让站台上所有的人都为之注目。在众星捧月式的氛围中，陶怡仍然显得有些腼腆，但也流露出一丝得意的神情。冯宁一眼就认出了陶怡。头发新烫过，衣服也换成时装了的她，还精心地化了淡妆，显得比实际年龄要大三四岁，倒也在清纯之外，显现出一种过去所没见过的娴雅。这让冯宁一下呆住了。这时，陶怡也看到了冯宁，但即刻间，根本不容回身，就被那些"贵人"们簇拥着向软卧车厢里走去了。

上车后，冯宁他们三个人，只找到一个座位。另外一个人只能坐在摞起的货箱上，第三个人就只好站着了。车厢里，照旧是那么的拥挤、闷热。而在陶怡乘坐的那个软卧车厢里，四个铺位今晚只有张弓和陶怡两个人。那种安静、洁净和舒适，自然是不用说的了。因为包厢里只有陶怡和张弓两个人，即便张弓在陶怡面前一向以老师和兄长自居，接触这么长时间以来，除偶尔地有一些语言会流露一点挑逗和调侃的意思，张弓在绝大多数时间里，还是很尊重陶怡的。也看得出，他许多的作为，确实是想让陶怡生活得舒服和宽裕一些。但毕竟是一对年轻的"孤男寡女"，要在一二十个小时里，一起生活在这么一个封闭的小空间里，陶怡还是有一些不习惯。准确点说，她有点不自在。车开动起来后，陶怡就问张弓："一会儿还会上人吗？还空着两个铺哩。"

张弓说："不会了。"

陶怡问："为什么？"

张弓说："为什么？因为那两个铺位的票，我都买下了。"

陶怡一愣："为什么要多买两个铺？"

张弓一边削着一个苹果，一边笑道："还能为什么，为了能让你安安静静地休息呗。"

陶怡脸微微地一红，心里却顿时升起一股暖意，这股暖意慢慢地从心间游走开来，让她对张弓不由得更增加了一分尊敬和感激。车走了有一二十分钟后，陶怡犹豫着对张弓说："我想上外头站一会儿，透透气。"

张弓把削好的苹果递给陶怡，说道："行。就是别走远了。要上远处，记住咱们的车厢号。"

陶怡把张弓递过来的苹果用一张餐巾纸裹上，放在桌上的一个不锈钢托盘里，说了声"一会儿我回来再吃"，就走了出去。

她当然不是为了"透气"才要出去走走的。陶怡在包厢门外稍稍站了一会儿，见包厢里的张弓没什么动静，便快速地向车厢连接处走去。其实，陶怡一走出包厢，张弓就一直侧耳倾听着门外的动静。听到陶怡的脚步在移动，过了一小会儿，他轻轻拉开包厢门，张望了一下。当陶怡快走到车厢接头处，也回头来张望时，他忙关上了包厢门。

当确认自己身后没人在监视，陶怡越走越快，走过不多几节软卧车厢，又走过比较漫长的硬卧车厢组。这里的旅客已经明显增多了。但因为已经进入夜间行车时段，车厢里的顶灯全关了，只剩下一个个小小的脚灯幽暗地投射到地板上。铺位一旁的座位上此刻本该不会有人坐的，但这时，还是让列车员或列车长做人情，让硬座车厢里一些没有找到座位的熟人来坐了。那些人或者伏在小桌上，或者头靠在车窗上，再把脚伸得老长，尽量找一种可以让自己躺下的姿势，以便打一会儿瞌睡。这使陶怡会不时地磕碰到他们伸到过道上来的脚，她只得不断地对他们道歉。走进硬席车厢，这里就又是一副景象了。仍然亮着大灯。整个过道都挤满了人。这时，光道歉已经不管用了，得用力气才能挤出个空当来前行。

终于走完一节硬座车厢，进入第二节硬座车厢，那里依然人满为患。她几乎没有勇气再往前走了。犹豫了一下后，还是往前挤去。走到第三节车厢, 终于看到了冯宁和他的两个员工。这时, 原先在座位上坐着的冯宁已经把"座位"让给了那个年纪稍大一些的员工, 自己坐在那两个箱子上, 正在打着瞌睡。

而只能站着的那个年轻一点的员工看到了陶怡, 忙推推冯宁。睡意蒙眬的冯宁看清自己面前站着陶怡时, 不无诧异, 忙站了起来。陶怡示意冯宁跟她到车厢的连接处去。冯宁犹豫了一下, 还是跟她去了。

到车厢连接处, 陶怡拿出一点钱, 塞给冯宁。

冯宁一愣:"干吗?"

陶怡说:"去补一张卧铺。"

冯宁苦笑道:"可我们有三个人哩。"

陶怡犹豫了一下, 又掏出一点钱, 递给冯宁。

冯宁看了看手中的钱, 又看了看陶怡:"你喝酒了?"

陶怡脸微微一红:"是的。"

冯宁迟疑一下, 问:"你现在经常喝酒?"

陶怡有点不高兴地:"我喝酒又怎么了? 那是我的工作。"

冯宁不说话了。过了一会儿, 陶怡说:"跟你商量个事。我要是能在高士达替你找到个活儿, 你去干不干?"

冯宁淡淡一笑道:"也去陪喝酒?"

陶怡敏感地反驳:"陪喝酒怎么了?"

冯宁默默地叹了口气道:"没什么。"

陶怡很不高兴地:"没什么, 你老提这档子事?!"

冯宁又不作声了。

陶怡又瞪了冯宁一眼:"让你陪, 你还不行!"

冯宁嗒然一笑:"是……我是不行……"

陶怡问:"说呀, 我要是在高士达替你找活儿, 你去不去干?"

冯宁断然说道:"不去。"

陶怡说:"不会让你去陪酒。"

冯宁说："我现在挺好。"

陶怡"哼"了一下："你挺好？再这么好下去，下一回出来，就得扒煤车走了！"

冯宁苦笑一下："世界上还有三分之二的劳动人民没解放哩……我扒煤车又怎么了？！"

陶怡跺一下脚："别跟我贫！我现在没时间跟你贫。你认真考虑一下。你到高士达，不管干啥，我总还能罩着你一点，总比你现在这样强一百倍。听到没有？到深圳，一定给我电话。"说完赶紧走了。等回到那节软卧车厢时，陶怡身上已是细汗淋漓。其实，她和张弓乘坐的那间包间的门在她离开后，一直虚开着。张弓不时地从那条门缝里向外张望。陶怡在窄窄的走廊里稍稍呆站了一小会儿，让自己收了收汗，平静一下，这才转过身向包间走去。看到陶怡要进包间来了，张弓赶紧离开门缝，躺回到自己的铺位上去了。

80

深夜。顾亭云已经睡下了。突然间，她被门外一阵吵声闹醒了。说话的人就在这特护病房门外不远的地方。本来就有些失眠的顾亭云马上坐了起来，开亮床前灯。但这时，门外那声音突然又消失了，四下里重新恢复了医院里特有的那种异常的有时还显得特别空阔的幽远的寂静。但过了一小会儿，那吵声却又响了起来。虽然声音压得更低，但在这深夜病区的空间里，听起来，仍然十分的不协调。

顾亭云轻轻地下了床，刚走到门前，想推门出去看个究竟，门却先行被外头的人推开了。门外站着夜班护士和小马。看到小马这么晚了直接"闯"到医院来，顾亭云本能地觉得，一定是宋梓南出了大事了。她的心一紧，未曾开口便呆在那里了。

"老宋出事了？"顾亭云呆呆地问。

"没……没出什么太大的事。您别急……别急。"小马忙安慰道。

"跟我说实话。"顾亭云严厉起来。

"您先答应我，别告诉宋书记，今天晚上我来找您了。"小马支吾了一阵，请求道。

"一定。"顾亭云满口答应。

"宋书记今天在会上跟上边的一些领导顶起来了。"小马还是犹豫了一下，这才说道。

"往下说。"

"他拼命地为我们深圳辩护，让主持会议的领导很不高兴，已经下令让咱们市的全体常委连夜赶到广州来，明天他们要直接跟全体常委谈话，统一思想……亭云阿姨，您劝劝宋书记吧。别再这么硬顶下去了。深圳又不是他宋梓南一个人的，谁爱怎么数落就让他们数落去吧。把深圳数落完了，又能怎么样？把中国数落完了，又能怎么样？但是，像他现在这样硬顶着，他个人的后果就很难说了。"说完后，小马再恳求亭云阿姨千万别告诉书记，他上这儿来过了，便匆匆回珠岛宾馆去了。

到早晨时分，宋梓南还没睡。这一夜，他一直在整理着一些文字资料。为了不吵扰左右隔壁房间里的那些负责同志，他把窗帘也拉上了，为此房间里显得十分的幽暗。

小马在一旁坐着。

宋梓南头都没抬地："没事了。你去睡一会儿吧。我再核实一下这几组数字。"

小马不动，只是瞟瞟墙上的电钟，好像在等待着什么。

宋梓南说："喂，听见没有？别在这儿干耗着了，快抓紧时间去睡一会儿，一会儿天就大亮了。"

小马又抬头看了一眼墙上的电钟。

宋梓南说："你到底在等什么呢？老看电钟，又不去睡觉！快走！"

小马只得站起来了："您也该休息一会儿了。"

宋梓南头都不抬地冲他挥了挥手："行了行了，睡你的去！"

这时，电话铃响了。小马一震。宋梓南也惊颤了一下，立即抬起头看了一下电话机。

电话机顽强地响着。

宋梓南拿起电话机："警卫室？我是宋梓南。有人来看我？这么早，谁啊？我夫人？顾亭云？"

小马听到顾姨终于来了，悄悄松了一口气，想赶快溜走。

但宋梓南却没放过他，一声厉喝："马明华！"

小马在门前站住了。

宋梓南扔下手中的笔："你跟我搞的什么鬼？！"

小马装作很无辜的样子："我搞鬼？我怎么搞鬼了？"

宋梓南冷冷一笑道："你去找你顾阿姨了？"

小马双手一摊："没……没有呀……我都没离开过这儿。"

宋梓南逼问："没有？你还敢说没有？"

小马不作声了。

宋梓南叹了口气道："你呀你呀，叫我怎么说你好！"说着便大步向大门口走去。顾亭云这时已经进了宾馆的大门，正向里走来。宋梓南在离大门不远处，拦住了顾亭云，然后把顾亭云带出大门。一直走到大门外一个背静的树下，宋梓南问顾亭云："你怎么知道今天我们全体常委都被约到会议上来的？"

顾亭云说："这你就别问了。"

宋梓南说："这是个非常明显的政治动作，所以必须搞清楚。"

顾亭云说："深圳正面临一场空前的大爆炸，难道我就不应该知道？论公论私，我都应该得到这样的信息。"

宋梓南说："他们让你来怎样做我的工作？"

顾亭云不说话了。

宋梓南说："快说，他们让你来做我什么工作？让我承认深圳的大方向错了？承认中国不应该走改革开放的路？承认中央建特区的决定是错误的？或者，让我承认，深圳这一届市委没能好好执行中央的既定方针。"

顾亭云说："我知道，这一些都不是我应该过问和干预的事。"

宋梓南说："那你来干什么？"

顾亭云说："我来就是要告诉你一句话，老宋，不管在这次座谈会上，或座谈会后，他们是需要你继续好好干下去，还是要罢你的官、撤你的职，让你滚蛋，或者有朝一日所有的人都不敢再来理睬你这个复辟资本主义的老家伙了，我顾亭云仍然会上前来，从那个宣布撤你职的讲台上，搀着你慢慢走回我们自己的家。只要深圳的老百姓说你是个好书记，我顾亭云就心满意足了。"说到这里，顾亭云说不下去了，轻轻地呜咽起来。宋梓南也抑制不住自己的情绪，紧紧抓着顾亭云的手，借此来压抑住从胸中迸发出的一阵阵哽咽。

……

送走亭云，回到房间里，宋梓南就厉声叫喊道："马秘书！马秘书！"一直没有离开这儿的小马，听到宋梓南呼叫，立即像弹簧一样跳起，直向里间冲去。

不等小马站稳，宋梓南就冲到小马面前，逼问道："昨天晚上十二点半到一点四十分左右，有一个多小时，你去哪儿了？神秘蒸发了？你是到你顾阿姨那儿去瞎叨咕了？"

小马满脸涨得通红："我……"

宋梓南说："我什么我？！这么重大的事情，是你该插手的吗？这是什么性质的问题，你知道不知道？你已经不是个新手了，怎么可以这样无视秘书工作的基本准则和政治纪律！"

书记一下把话说到这么个严重的程度，小马的脸色一下苍白了，忙低下头说道："我知道我错了……但是……"

宋梓南说:"错了,还有什么可'但是'的?"

小马以少见的固执说道:"但是,大伙都不希望您这么去硬碰……"

宋梓南大声吼道:"你懂什么?!"

小马悲愤得几乎要哽咽了。他强制住自己,不再跟宋梓南争辩,再一次低下了头去。

这时,电话铃突然响了起来。宋梓南刚想伸手去接电话,但想了想,却对小马说:"接电话呀。傻站着干吗?"

小马忙过去拿起电话:"您好!宋书记处。请问您是……"小马得到回答后,忙捂住送话器,对宋梓南说:"是余董。他要来见您。"

宋梓南这时也有点糊涂了,一时间居然没反应过来,呆呆地问:"余董?哪个余董?"

小马忙说:"蛇口的余董事长。"

宋梓南立即吩咐道:"请他过来。"并让小马赶紧收拾一下房间。不一会儿,余涛便大步走进房间来了。

余涛环顾了一下四周,关切地问:"昨晚没睡好吧?"

宋梓南装作没事人一样,笑笑道:"没有啊,睡得挺好。"

余涛点点头笑道:"那就好。好。"

宋梓南不作声了。显然他是在等着余涛继续往下说。因为他清楚,一大早的,这位声名遐迩的"余董",绝对不会无事瞎串门,只是来问候睡眠情况的。

余涛长叹一声道:"睡得着就好。老宋啊,我记得你好像比我小……小?"

宋梓南说:"可能吧。"

余涛说:"我一九一七年生的。正是十月革命那年啊。"

宋梓南嘿嘿地一笑道:"好嘛,十月革命一声炮响,给这世界送来一位革新闯将。"

余涛却沉默了一会儿说道:"他们要我在会上做个发言。"

宋梓南说:"蛇口的经验值得重视和推广。"

余涛说:"老兄,什么经验? 你还不清楚吗? 你我年逾花甲,无非是被历史架到了这么一个风口浪尖上,做了一点人人都应该去做,也应该能做得到的事。有首儿歌怎么唱的? 两只老虎两只老虎,跑得快,跑得快。现在在中国,就是有这么两个老头,跑得比别人快一点而已。"

宋梓南苦笑了一下:"你老兄还是跑得更快一点,更好一点。"

余涛说:"这两年有时候我会冒犯老兄一点。"

宋梓南说:"这时候说这个有意思吗? 既然是同场竞技,有时候难免要抢抢跑道。无非就是如此而已。终点和目的毕竟是完全一致的嘛!"

余涛悠然地鼓了两下掌:"好! 好一个'无非就是如此而已'! "

宋梓南:"上个月,上边有个领导到深圳视察,说,深圳经济特区这些年是靠国家输血活命的,如果一旦把输血的针头拔掉,它就不行了。"

余涛说:"是吗? 当时我也在场啊,我怎么没听到这个话? "

宋梓南说:"当时你去洗手间了。"略一沉吟后,他突然满脸涨得通红,激愤地站了起来,急狠狠地来回踱了几步,又停在余涛面前,大声地嚷道:"深圳完全是靠输血才发展起来的吗? 说这样的话公平吗? 公正吗? 干脆把我宋梓南撤了算了嘛! 把深圳特区也撤了算了嘛! "

余涛说道:"没有人要撤你宋梓南,更没人敢撤销这个深圳特区。现在只是需要做一些调整……老兄,关键时刻,要克制、冷静,要冷静冷静再冷静,克制克制再克制……"

81

冯宁兴冲冲走进货运编集站办公室时,编集站的老主任已经在那儿等着他了。"怎么了,我的大经理? 办完大事回来了? "主任不紧不慢地从里间踱出来，调侃道。

冯宁兴奋地："那批元器件找到下家了，全部顺顺当当地兑出去了。"

主任脸上掠过一丝不易觉察的冷笑："哦？"

冯宁说："他们还准备继续和我们合作下去。我来就是想请主任给我们特批两个车皮，争取明后天就把所有库存都发走。"

主任说："好啊好啊。居然有这样的好事。不错。不错。真对上那句老话了，'时来运转'啊。"说着，把手伸给身后一个办事员。那个办事员立即递给他一封电报。主任接过电报后，故意看了一眼电报上的收报人名字，问："先生您是叫冯宁吧？"

冯宁笑了笑："主任，你跟我逗什么乐呢？"

主任继续不冷不热地说道："您是深圳货运编集站万达国际科贸公司的总经理吧？"

冯宁一愣。到这时，他开始觉出主任不像是在跟他开玩笑，好像是出了什么意料之外的大事了。

主任："冯总，这里有一封刚到的加急电报，我替您代收了。您老先生能抽个空看看吗？"

冯宁迟迟疑疑地接过电报一看，上面赫然写着这样一行字："情况有变，请缓发货。"

冯宁一怔，刚想去抓电话，主任却已经把电话机递过来了。冯宁接过电话，刚要掏出小本来查找那个老板的电话号码，主任却已经报出他的号码来了："0103389339。"冯宁打开小本一看，那老板的电话号码果然是"0103389339"，一点都不差。

冯宁诧异道："你……你怎么会有那老板的电话号码的？"

主任说："是那位老板告诉我的嘛。他已经跟我通过两三次电话了，了解你的情况。"

冯宁忙问："你跟他说什么了？"

主任说："他马上会到深圳来找你的。你让他自己跟你说吧。"

那个老板一到深圳,冯宁就把他带到一家大饭店的雅座间里。不等冯宁发问,那个老板就对冯宁说:"你的老板说你能干,聪明……"

冯宁说:"他不是我老板,只是我的领导。"

那个老板问:"这不一样吗?"

冯宁说:"当然不一样。他只是我行政上的领导,经济上他管不着我。我自负盈亏。我才是我公司的老板。"

那个老板嘿嘿一笑道:"你分得那么清啊?"

冯宁说:"这当然要分得很清。要不,我跟他的关系就跟过去国营单位里厂长和车间主任一样了。但现在不是。在经济上我是自负盈亏、独立经营的!"

那个老板说:"你这家伙脑袋瓜确实够用的。"

冯宁问:"主任还说我什么了?"

那个老板说:"他说你这人身上有一股子狼性,而且还是只白眼儿狼……"

冯宁说:"所以你突然改变了主意,不想要我的这批货了?"

那个老板说:"我要你的货,是为了让你来当我的合作伙伴。如果我花那么大代价请到自己身边来的只是一只白眼儿狼……你说我会有多冤多亏?"

冯宁说:"他还说我什么了?"

那个老板说:"他说你不会答应做我的合作伙伴的。他说你这人,野心要有多大就有多大,你只想支使别人,绝不会对任何人低头。他说你现在推销这些电子元器件,完全是为了实现和满足你自己一个更大的野心。他说,不是不能跟你打交道,但跟你打交道时,千万要小心,要小心小心再小心。闹不好,就进了你的圈套,把我给卖了,我还傻乎乎地帮你去数钱哩。"

冯宁愣怔了好大一会儿,然后无奈地干笑了一声说道:"我怎么会给他留下那么个印象?"

那个老板说："我也挺纳闷的。我虽然跟你只有那么一点交往,不能说已经非常了解你了,但凭我那么多年跟人打交道的经验,你给我的第一感觉不错啊。我能那么看走眼吗?要不,你骗术高明,演技一流,真是天下第一大骗子?"

冯宁忙说："我骗过你什么?瞒过你什么?我一直说得非常清楚,我想自己办个公司,我不太愿意跟人合伙。我可以保证,给你的那些东西都是货真价实的好东西,但我不可能用这个来做交换,把自己卖给你。你公司需要我的这些元器件,这是我们做这笔生意的第一前提、基础。至于,我是不是能做你的合作伙伴,到你的公司里去做你的副手,这是咱们这次交往的衍生产品、附加产品。成,当然好,不成,也不影响我们的友谊。"

那老板哈哈一笑道："你小子就是会说。我身边就是缺你这么个人啊。"

冯宁说："我跟我主任其实并没有闹过太大的矛盾,就是为了去不去参加这一回的展销订货会,我没听他的,顶了他一下……那也不至于就把我看成白眼儿狼了。"

那老板说："好了好了,不去说你那位主任了。你没当过国营单位的领导。我可知道这玩意儿。你不听一把手的话,那怎么成?"

冯宁着急地问："你真的不要我这批货了?"

那老板也问："你真不能来给我当副手?你才二十来岁吧?你还没多少资产吧?你的翅膀还没长全。你的后腿筋也还没长硬。你爹妈就是给你了天大的能耐,你现在也还是个小马驹哩。给我这个四十来岁的人,资产上千万的老总,当一回副手,就真那么委屈你了?"

冯宁诚恳地说："我不是不能给人当副手。"

那老板说："你能这么说,咱们就好商量!"

冯宁说："我不知道该叫你田哥,还是田叔?"

那老板说："当然是田叔。"

冯宁说："田叔,您能耐下心来听我说一段我的家史吗?"

那老板笑了："啊，李铁梅想教育李奶奶了？新鲜！"

冯宁拿出父亲去世时戴的黑纱："这是我父亲的祭物……我父亲和您一样，也曾是个老同志。当然他比您还要大个十岁八岁的，资历可能比您还要老一些。但是他死了，死得非常委屈……我能继续说下去吗？我父亲的死，给我的刺激和教育非常大。他曾经是一个什么样的人，我用一个例子就可以给您说清楚，那年，他被裹挟到逃港的风潮里去了。当时他受了伤，处于半昏迷状态，被人带到了海里。他醒来后，发现自己是在向香港方向飘浮，他立即挣扎着向岸上游去。当时成千上万个人都在向香港游，就他一个人拼着命地向大陆岸上游，他叫着：'我是四八年参加革命的，我是某某市实验中学的副校长……'他就是这么一个人，但他后来却死了……他用他的方式结束了自己的生命……您还想听下去吗？"

田叔一动不动地说道："说下去。"等冯宁说完，那位田叔显然被他的讲述打动了，只是怔怔地看着他，呆坐不动。过了好大一会儿，田叔问："你想告诉我什么，除了这些个动人的情节。"

冯宁说："我们想解放全世界还没被解放的三分之二的劳动人民，这没错。但这种解放，究竟是恩赐的派发的，是由少数领导指定的，还是应该在一种公平的宽松的和谐的社会环境中，由民众自己来救自己，自己解放自己？"

田叔不耐烦地挥手说道："不要跟我讲那么些理论，直截了当说，你想干啥？"

冯宁说："我想做一件我父亲一直想干一直也没能干成的事，那就是试着自己来救自己，自己来解放自己。这也是我到深圳来的理由。它现在是特区，它有可能给每一个到这儿来的人创造一个自己救自己，自己解放自己的大环境。说到底，自己当家做主。"

田叔眯起眼，咬着牙说道："你小子……说浅了，是不简单。再往深里说……就是脑后有反骨！"

冯宁忙站起来说道："我不害人，也不去妨碍任何人，我不给社会添乱,我只想要我那一份生存的权利。我想做我自己,我创造,我努力,我守法……我想活得更滋润。"

田叔慢悠悠地说:"然后去支派别人?"

冯宁说:"有朝一日,我有那个可能了,只是想为别人创造一个环境,让他们也去创造,也去努力,也去活得更滋润,更像一个人。"

田叔不说话了。

冯宁又说:"一会儿,我带你去看样东西,你就会明白,我到底想干些什么了。"说着,他把田叔带上一辆出租车,驰到远郊那块荒地旁,带着田叔走到荒地中央。

田叔茫然四顾,问:"这块地有多大?"

冯宁说:"一百五十亩左右吧。"

田叔说:"你有把握将来你说的那条高速公路,一定会从这儿通过?"

冯宁说:"商场上没有百分之百的事。"

田叔说:"那万一那条高速公路不从这儿走呢,你不是要输得连裤衩都穿不上了?"

冯宁说:"按深圳的发展前景和发展速度,就算是今年高速公路不从这儿通过,两三年之内,也得从这儿通过。"

田叔问:"你绝对看好这块地的增值前景?"

冯宁说:"是的,只要深圳要发展,这块地就一定有巨大的增值潜力。不说是百分之三百的把握,也得有百分之二百九十九的把握吧。我不要您担任何风险,只要您把我库存的那些东西全买下。"

田叔说:"另外给我什么好处?"

冯宁说:"等我拿到这块地,运作这块地的时候,我给你百分之十的份额。"

田叔说:"百分之二十。"

冯宁说:"百分之十。"

田叔说："百分之十五。"

冯宁说："百分之十。"

田叔说："你他妈的这是在跟人谈生意吗?"

冯宁仍固执地说："百分之十!"

82

少见的细雨,烟雾般从深圳上空飘过。宋梓南站在窗前,怔怔地俯瞰着深圳市区。雨中的深圳层林尽染,显得越发的妖娆多姿。这时,他听到有人走进办公室来了,以为是秘书小马,没转过身来,就问道:"小马,假如我们要在市民广场中央,立一个标志性的雕塑,你看要立一个什么样的雕塑好?"

答话的是周副市长。他说:"那就立一个扬蹄奋进的飞马雕像吧。"

宋梓南忙回头:"是你啊。我还以为是小马哩。坐。"

周副市长笑着问:"怎么又想起要立一个标志性雕塑? 这个点子好。"

宋梓南说:"立一个标志性雕塑,也是给我们这个刚建成的城市画一个漂亮的句号,再给后来者吹响一曲新进军号嘛。"

周副市长说:"什么叫画句号? 深圳这么年轻,画什么句号嘛!"

宋梓南淡淡地笑了笑:"不说这事了。产业结构的调整方案做出来了吗?"

周副市长把一个卷宗放到宋梓南面前。

宋梓南打开卷宗看了一下,吃惊地:"要砍掉这么多的工程项目? 停建这么多的大楼?"

周副市长说:"这是按上次特区工作座谈会的精神规划的。"

宋梓南迟疑了一下:"你先放这儿,我再考虑考虑。"

周副市长想劝说两句："老宋……"

宋梓南立即打断了对方的话："我说了，让我再考虑考虑。"

周副市长不作声了。

宋梓南缓和下口气："我会很快考虑出一个结果，不会拖很长时间的。"

周副市长勉强地："那好吧……"说着就要走。

宋梓南说："你别走。一会儿，石长辛来研究拍卖皇岗107号地块的事，你参加一下。"

周副市长问："拍卖皇岗地块的事，不是已经决定放到下半年再进行吗？"

宋梓南说："这两天，我又想了想，觉得能提前做的事情，还是尽量提前来做。咱们商量一下，看看有没有那个可能，提前来做。"

周副市长又犹豫了一下，想说什么，但又控制住了自己，什么也没说。

非常了解周副市长的宋梓南马上感觉出他的犹豫和迟疑来了："怎么，想说什么？说嘛。"

周副市长欲言又止地："没什么……"

宋梓南："说嘛。"

周副市长笑了笑："我说你这个人，对事对人，就是泾渭分明。想做的和不想做的，全放在脸上，一点掩饰都不带。调整产业结构，是上一回座谈会上定下的方针。也是我们向国务院特区办领导做了保证的。"

宋梓南说："调整啊。没人说不调整。我最后在会上做了检讨，而且承诺了，一定要把这个调整工作做好做彻底。"

周副市长说："可是……你一说这个'调整'，就是'放这儿，让我再考虑考虑'。但是说到拍卖土地，你的态度马上变了，'但凡能提前就尽量提前'。对不同的事情，你完全是从亲妈一张脸立马变成了后娘一副脸。"

宋梓南笑："哈哈，从亲妈变成后娘。"

这时，石长辛走了进来："什么亲妈，什么后娘？"

周副市长笑道："什么亲妈？你，你就是亲妈的孩子！"

石长辛一愣："怎么回事？"

宋梓南笑道："行了行了，快说说你的拍卖方案吧。"

到傍晚时分，拍卖土地的事，已经谈得差不多了。

石长辛便说："如果二位再没有别的意见的话，那我就按你们刚说的去制订实施方案了？"

宋梓南问周副市长："你觉得怎么样？"

周副市长想了想："我觉得可以。"

宋梓南就对石长辛说道："那你先做个方案，再交常委会讨论。"

石长辛问："这事还要上常委会？"

宋梓南笑着说道："傻话！你以为这是小事？社会主义的深圳要卖地，这可是捅破天的大事！告诉你，今天咱们这么商量，还只是个开头。真正实施这方案，还有九曲十八滩要过哩！"

石长辛说："所以我觉得还是别上常委会的好，万一常委七嘴八舌，再夜长梦多，这事就很难做了。"

宋梓南感慨地说道："长辛啊，有时候有的事需要先斩后奏。那时候，敢先斩后奏，就是一种大智大勇的表现。但有的时候，就不能搞先斩后奏。因为我们绝对不是好莱坞电影中那种个人英雄主义者，可以在任何时候都以个人为上。要想做好深圳的工作，没有一个坚强的常委班子的团结和共同奋斗，必将一事无成。深圳能走到今天，就是因为我们有这样一个班子，大家体贴团结、互相信任、互相提携、互相尊重、同心同德。所以，一切重大的事情，绕过谁，也不能绕过这个常委会。"

石长辛不再反对了。过了一小会儿，他问："东方歌舞团今天晚上在咱们大剧场演出。二位有兴趣去放松放松吗？"

宋梓南问周副市长："你有兴趣吗？"

周副市长摇了摇头。

宋梓南笑道："年轻人，你赶快去吧。"

石长辛忙说："别这样嘛……列宁同志是怎么说的？"

宋梓南赶紧向石长辛挥了挥手，把他赶走了。

周副市长也要走。

宋梓南说："你别走。拍卖土地的事，你要多过问一下。这件事，咱们尽量争取做得不出问题，或少出问题。"

周副市长说："我们已经邀请国家体改委的主要领导亲临现场压阵，指导。"

宋梓南说："我估计做完这件事，我在深圳的使命可能就会画上一个句号了。"

周副市长皱了皱眉头说道："又是画句号。老宋，你最近老说这样的话，合适吗？"

宋梓南默默一笑道："合适。"

周副市长不作声了。

宋梓南说："在小石来以前，你批评我……"

周副市长忙说："我那不是批评。"

宋梓南说："是批评，而且批评得很正确。你说我对马上要进行的这档子拍卖国有土地的事，非常热情而又急迫，就像是亲妈在给自己的独生子女做过冬棉袄，而对上上下下一致强烈呼吁的产业结构调整，我有点冷漠，那态度就有一点像后娘了。这次座谈会前后，几乎所有的人，都在批评我老宋，不愿意看到这几年深圳工作中存在的不足之处，好大喜功，盲目扩张，盲目铺摊子。"

周副市长说："我从来就不赞成这种说法。我们几个常委都不赞成这种说法！"

宋梓南说："不。这批评有它合理的成分。我在深圳干不长了……"

周副市长说："老宋你又来了。中央是充分肯定我们深圳的工作的，这一点，在特区工作座谈会上说得非常明确！"

宋梓南说："即便中央对我们的工作非常满意，允许我继续干下去，我也干不长了。"

周副市长一怔，忙问："什么问题？身体问题？"

宋梓南沉重地点了点头，然后从办公桌的抽屉里拿出一份病历，放到周副市长的面前。

周副市长说："解放军三零一医院的检查报告？"

宋梓南点点头："上一回去国务院特区办汇报工作时，我在北京多待了两天，就去三零一做了一下检查。情况不太好。这情况我都没给亭云说。"

周副市长不满意地说道："你为什么不告诉她？"

宋梓南说："我不能说。我一说，肯定马上就会让我离开深圳。但是现在我还不能走。也不想走。"

周副市长问："你想把产业结构调整完了再考虑下一步的事？"

宋梓南说："不。不是结构调整的事。深圳工作上存在的这点不足和缺陷，已经有一百个人一千个人一万个人看到了。这成千上万的人都愿意，也有这个力量来调整它平衡它。我现在只想在上帝留给我的这点有限的时间里，再做一两件许多人不愿意做也不敢做，但又是我们这个经济特区、我们这些奉命在经济特区杀出一条血路的共产党人应该做的事。"

周副市长说："比如像拍卖国有土地这样的事？"

宋梓南说："是的。也许我们会因此而被钉在历史的耻辱柱上，但也许我们因此会成为开辟中国历史新纪元的第一推动力。实实在在地说，中国迫切地在等着再一次解放啊，充分地解放思想，解放生产力。老周，这件事必须由我们这批人来干。因为只有我们才真正懂得，眼前的这一切，什么是必须珍惜的，要很好地保存下来，什么又是必须突破，加以更新的……"

周副市长怔怔地看着宋梓南，等着他继续说下去。

宋梓南："我在特区工作座谈会前后激烈地反驳所有对我们深圳工

作的批评，不是为了维护我宋梓南的面子。我从解放战争后期，就在江西担任过一个城市的市长。多少年从政的经历，我怎么能不知道一个党政领导在工作中是一定会有不足和缺点错误的呢？我怎么能不知道这样反驳批评和硬顶会产生什么结果？如果只为了维护我宋梓南个人的政治地位，我当然懂得，最聪明最保险的做法就是除了写检查，什么话也别说，什么事也别做，乖乖地等着这股风潮过去，但是……"

周副市长："但是，老宋，你的反应也有点太激烈了。"

宋梓南："我正是要以我的'头破血流'昭示国人，深圳正在走的这条路，是不能从根本上被颠覆的。也只有这样，才有可能在最后一点时间里，允许我把我们正在深圳做的这几件事再做下去。"

周副市长："但你这样，却为别人制造了许多把柄。"

宋梓南："如果上帝恩惠，给我时间，我相信我有能力不让他们抓住这些把柄。但上帝很刻薄啊，他可能不会再给我这点时间了，我只能做这样的选择！"

周副市长："但给我的感觉，中央主要领导从来没有从根本上否定过深圳，你没必要做这么激烈的反应。"

宋梓南不作声了。

周副市长突然有点紧张起来："怎么，你听到了什么很严重的情况？"

宋梓南："没有……"

周副市长："不可能。如果你真的一点都没听到什么，这段时间你的反应绝对不可能这么激烈。你真的听到了什么？上头对这几年的路线方针有动摇？"

宋梓南："不要胡说！"

周副市长："你肯定听到了什么！"

宋梓南沉默着。

周副市长："好吧，那就是我不该问的。不问了。还有什么事吗？如果没有事了，我回去了。"说着就要走。

宋梓南做了个手势，让他别着急。

周副市长站住了，但没有坐下，怔怔地看着宋梓南，等着他开口。

过了好大一会儿，宋梓南说："小平同志可能要亲自来考察特区工作。他老人家要亲自对中国这几年的改革进程做一个判断，对国内外掀起的这一股否定经济特区的风潮，做一个判断。"

周副市长："专门来视察我们深圳？"

宋梓南："具体行程还不清楚。但我想，深圳，他是肯定要来的！"

83

那天临近下班时，张弓突然走到陶怡的办公桌前，敲敲她的桌子对她说："走，跟我看一个仓库去。"陶怡一愣，不知道张弓今天要带她去看什么仓库。而且，仓储方面的事，从来也不归公关部管，让她去看什么仓库呀？但张弓却不容她多问，下班后，便把她带上一辆轿车，快速驰出厂门。坐在副驾驶座上的陶怡看着车窗外的街景，越发地疑惑起来，就问："咱们这是上哪去？咱们厂子的仓库不在那个方向。"

驾驶着这辆高档轿车的张弓却神秘地笑笑："你就跟着走吧。不会卖了你的。"

车子很快驰进一个新落成的住宅小区里，停在一幢住宅楼前。陶怡疑惑地看看张弓，看看眼前的这幢新楼，迟迟疑疑地下了车。

上到三楼，张弓不走了，掏出钥匙打开了一个单元房的门，并开亮了房间里的灯。

陶怡呆住了。出现在她眼前的是一套刚装修好的两居室房子，明亮、温馨而别致。

张弓对陶怡说："这是给你的。"

陶怡一愣："给……给我的？"完全不知所措，甚至都有一点害怕似的看了看张弓，不敢再往里走了。

张弓笑笑："怎么了，傻孩子？"

陶怡警戒地："张经理，你别害我。"

张弓乐了："我怎么害你？"

陶怡迟疑地说道："这……这一个月得掏多少租金？我把自己卖了，够付这房租的吗？"

张弓说："不用卖你。这房子是买下来的，所以不用月月付租金。"

陶怡更诧异了，问："买下的？谁买的？"

张弓说："这你就别管了。"

陶怡问："什么叫别管？你让我住，我能不管吗？"

张弓说："让你别管就别管了嘛。"说着，张弓把一串钥匙放在陶怡面前。陶怡忙推拒："不不不……这不可以的。"张弓再次把钥匙推到陶怡面前："怎么不可以。"陶怡站起来，拿起自己的小包："真的不可以的。"说着，就往外走了。一直走到楼下，在车旁站着，等着张弓来开车门。

上车后，两个人都不说话，气氛显得有一点尴尬。快到厂门口了，突然，张弓把车停在了路边。张弓问："陶怡，你是不是把我看成坏人了？"

陶怡微微红起脸说："没有……没有啊。"

张弓说："我借给你房子住，你都不要！"

陶怡说："你没说是借啊。"

张弓说："好，现在我明确告诉你，这房子是借给你住的。一月租金六千五。"

陶怡忙说："六千五？你要杀我呀？"

张弓说："杀你，我还不舍得哩。有个张弓先生愿意替你垫付这租金。"

陶怡说："垫付，将来我怎么还啊？"

张弓笑了笑："你不糊涂啊。"

陶怡说："每月六千五，我敢糊涂吗?!"

张弓说："那就……我替你代付。"

陶怡问："不用还?"

张弓说："不用还。"

陶怡说："天下哪有那么好的人啊。"

张弓说："瞧瞧瞧，我说你还是把我看成坏人了嘛。"

陶怡脸大红："不是那么好，不等于说你是坏人嘛。你还可以是比较好的，一般好的，较差一点好的，有时好有时候不那么好的，或者好的时候多不那么好的时候少的，或者……"

张弓笑了："你还挺伶牙俐齿的哩。"

陶怡说："你以为农村来的打工妹只会替你们傻喝酒，全是猪脑袋?"

张弓再一次把钥匙放在陶怡手里："踏踏实实去住，我不害你。只有两个条件。"

陶怡一听，笑了，说道："瞧，还是有条件。说，啥条件?"

张弓说："一、不许把地毯和墙壁给我弄脏了。"

陶怡说："你真以为我是没文化的农村傻妞呢?"

张弓说："二、每月允许我上那个房子里去看你两次。"

陶怡笑道："可以，但是，只许白天来，白天来也不许拉窗帘。"

张弓大笑："陶怡，你完全不傻啊?"

张弓刚想再说些什么，突然不说话了，把视线定定地盯在了厂门口不远的一个地方。

陶怡不解地："你看啥呢?"

张弓不说话，只是盯着那个地方。陶怡忙抬头顺着张弓的视线看去。她看到，在那儿站着一个男青年。再仔细一看，却是冯宁。她略有些尴尬地打量了一下张弓。张弓低声地对她说道："咱们走吧。"一边说，一边要去启动车。但陶怡已经拉开车门，走下车去了。

陶怡走到冯宁面前，稍有些不安地问："找我？"她的不安是张弓的目光引起的。这时，她虽然只是背对着张弓，但可以明显地感觉到张弓在警觉地注视着他俩。那目光里，除了警觉，还包含着灼热的妒忌和不屑。近来，陶怡越来越为张弓这目光所"困扰"。少女的敏感当然让她懂得这目光的灼热意味着什么，她甚至潜意识地暗自为之心动，又暗自不安……

"今天晚上有时间吗？"冯宁多少也有些不安地问道。

"有事？"陶怡一边反问，一边用眼角的余光向张弓所在的方向瞥视了一下。

"也没什么大事……我那边事情有点进展了。"冯宁说道。说白了，确实没有什么大事，就是想看到她，跟她在一起说说话。

"有进展了，那挺好……咱们改天再聊，行不？我刚去见了个客户，还有点事要办。"陶怡又向张弓的方向瞥视了一下。她不愿意让张弓等太长的时间，虽然离开张弓的车才只有几分钟的时间。

"那你赶紧忙你的去吧。"冯宁的心一凉，不由自主地也向张弓所在的方向瞄了一眼。

"等我电话。"陶怡也没再跟冯宁客气一下，便转身回到了车上。

张弓一边发动车，一边问："兵哥哥又来借钱了？"

陶怡不高兴地："你别老这样说人家。"

张弓嘿嘿一笑道："不说……不说了。"说着，挂上了挡，汽车慢慢启动，并快速地从冯宁身旁开了过去，一直开进了厂门。冯宁目送汽车消失在厂区内，心里忽然涌出一股莫名的惆怅。这时，传达室里的那位工友慢慢踱了出来，走到冯宁身旁，劝慰道："咋的了？跟丫头谈崩了？别在意啊，小两口一起到深圳来，最后还能一起过下去的，反正我见到的不多。多数都是一两年就分了手。有的来几个月就不行了。别在意啊别在意。这就是深圳。"

冯宁苦笑了笑，说了声"谢谢"，便转过身走去。但刚走了两步，却又回转身来，走到传达室窗户前，掏出一包烟，扔进窗户里，并向那个工友挥了挥手，表示了谢意，这才扬长而去。

84

邓小平来深圳视察，将下榻迎宾馆的桂园。那天，宋梓南和周副市长等人带着一大群工作人员检查宾馆为接待邓小平所做的准备工作。

宾馆负责人带他们走进一间大套间。

"这是给小平同志准备的卧室。"

宋梓南走到床前摸了摸被褥，又去试拉了一下窗帘，探出头去看了看窗外的环境，目测了一下离窗户最近的那个岗哨的距离远近，最后又弯下腰去拿起床前的那双拖鞋看了看。

市委接待处的张主任忙上前来汇报："原先宾馆准备了一双皮底的拖鞋。我们考虑小平同志年纪大了，眼下又快到阴历年的年跟前了，天气也比较冷，我们建议他们换这样一双软底绒里布面的，小平同志穿着会更软和更舒服一些。"

周副市长提醒张主任说："小平同志这一回来，没带厨师。饮食上全靠你们安排。老人家是四川人，口味比较重，也喜欢吃辣。但上了年纪，从保健上来说，还是应该清淡一点才好。这是一对矛盾，怎么求一个平衡，你们要好好斟酌。"

然后他们又上了宾馆的六号楼，专门去看那里的小会议室。因为向小平同志做工作汇报，就安排在这个会议室里。常副市长特地上前检查了一下摆放在会议桌上的烟，一看，是小平同志常吸的那种熊猫牌香烟，就又把它整整齐齐地放了回去。走到院子里，看到那儿停着一辆白色的中巴车。接待处张主任介绍道："这是按中办和中央警卫局的要求，给小平同志和他的随行人员安排的交通工具。"

检查完毕,这一行人走出桂园大门,接待处张主任问:"各位领导对我们的接待准备工作还有什么指示?"

　　宋梓南看了看一起来的那几位市领导,问:"你们还有什么建议?"

　　周副市长和常副市长等都点点头表示满意。张主任又转身来问宋梓南:"宋书记,您看呢?"

　　宋梓南沉吟了一下,说道:"你们的确安排得很周密细致了,该想到的都想到了。不过……我总有那么一种感觉,好像少了一样什么东西。"

　　张主任忙说:"啥东西?您说。我们马上去办。"

　　宋梓南笑了笑:"刚才都到嘴边了,这一下子又怎么也想不起来了……真是老了……常犯这种糊涂。"

　　张主任安慰道:"您别着急,哪方面的?想想。交通方面的,通信方面的,安全保卫方面的,还是饮食起居方面的?"

　　宋梓南努力地想了想:"好像都不是……想不起来了……你看我这脑子。"

　　周副市长挥了挥手说道:"一会儿等宋书记想起来了再说吧。这种事常见,跟老不老的没关系。我就经常这样,见了一个特别熟的人,那名字都到嘴边了,但就是说不出来,怎么也想不起他到底叫什么,而且越想越记不起来,当场好尴尬!"

　　宋梓南默默地笑了笑,再也没说什么,便随着其他人一起向他们将要乘坐的那几辆汽车走去。快走到汽车跟前了,宋梓南突然停了下来,转过身冲着张主任和宾馆的两位领导叫了声"一张大桌子"。

　　周副市长一愣,忙问:"什么桌子?"

　　宋梓南高兴地叫道:"我想起来了,还少一张大桌子。"

　　首长来视察,最后总要题字留念。既然要留下珍贵的墨宝,怎么可以没有大的案桌和文房四宝伺候着呢?于是,宋梓南一行人又匆匆回到桂园的大厅里。宾馆负责人指挥几个员工,搬来一张画国画用的大案桌,放到大厅的一角,然后在桌面上铺上一张专用的白毡,又放上上好的宣纸、笔墨砚台。

宋梓南感慨地期待地说道："小平同志这回来,如果能给我们留下几个字,对我们深圳特区做一个中肯的评价,不管是什么样的评价,眼前这场暴风雨般的争论就可以画上一个句号了。"

几天后,邓小平乘坐的专列缓缓驶进站台。等列车停稳了,宋梓南带着市委和市政府的几个主要领导登上列车,把老人家接到迎宾馆六号楼小会议室。广东省省长梁灵光向小平同志一一介绍深圳市委市政府的几位领导。

邓小平微微笑道："我们已经见过了。见过了。"

梁灵光请示道："邓主席,下边是不是请宋梓南同志汇报一下深圳的情况?"

邓小平摆了一下他柔软而略显苍老的大手："好啊,说说吧。"

宋梓南立即走到一幅事先已经准备好的深圳大地图跟前。也许因为有一点紧张,在去拿那根教鞭时,第一次竟然没拿得起来,还掉在了地上。教鞭落到了陪同小平同志一起来视察的国家副主席王震身前。王震弯腰拾起教鞭,笑着递给宋梓南,说道："你这个市委书记,千军万马都调动了,一根小小的指挥棍,怎么就拿不起来了呢?"

宋梓南不好意思地笑笑。

邓小平也温和地笑了笑。

宋梓南稍稍镇静了一下自己,拿起教鞭指着地图说道："深圳特区总面积三百二十七点五平方公里,是一个不规则的狭长地带。东西长四十九公里,南北平均宽约七公里。中央决策建立深圳特区以来,在中央的正确领导下,工农业生产总值比建立特区前增长了十倍……"

邓小平从桌上拿起一支熊猫牌香烟,点着后,深深地吸了一口,注意地倾听着宋梓南的汇报。

宋梓南继续说道："跟前年相比,去年我们的生产总值又翻了一番……"

......

宋梓南汇报到最后，特别说道："我们知道我们的工作还存在不少问题，也一直盼望邓主席亲自来深圳视察检查我们的工作，能直接给我们一些指示。"

邓小平温和地笑了笑："你们深圳这个地方正在发展中，你们谈的这些我都装在脑袋里了，不过，这一回我暂不发表意见。"

在座所有的人都会意地笑了。

陪同视察的杨尚昆插话道："小平同志历来关心特区，但这次主要是来广东休息的，有关问题我们回京后吹个风，让国务院有关部门研究解决。"

这时，邓小平从沙发上欠起身子，掐灭了手中的烟头，站了起来，大声说道："走，我们还是到外面去看看。"

在座的各位都站了起来。接待处的张主任和中央警卫局的一个同志快步先跑到楼下院子里，压低了声音，对负责联络的小马说道："首长下来了。赶紧通知国贸大厦，四十分钟后首长到他们那儿视察。"小马立即跑到一个办公室里，拨通了一个电话通知道："国贸大厦吗？我是市委接待指挥组。首长四十分钟后到你们那儿。"

这边，张主任忙着安排指挥调度车辆。接待指挥组的一个工作人员悄悄地走到张主任身边，低声地问："小平同志听了宋书记的汇报，说什么了？表了个什么样的态？"

张主任摇了摇头。

那个机关干部："他老人家没表态？为什么？"

张主任厉声地："快去干你的活儿去！"

这时，邓小平和其他几位中央领导已经在省市领导的陪同下，走出六号楼，向车队这边走来了。

不一会儿，邓小平等乘坐的车队缓缓驰出大门。驰上大街后，邓小平饶有兴趣地看着车窗外出现的一切，不时回过头来向坐在他身后一侧的梁灵光询问一点什么。坐在梁灵光身旁的宋梓南仍然显得有一点紧张和拘谨。

车队加速,驰入罗湖区。车窗外街道旁,骤然出现的上百幢高楼比肩而立,立即引起邓小平极大的关注。他回过头来问宋梓南:"这是什么区?"

宋梓南忙探过身子去答道:"罗湖区。我们最早开发的一个地区,也是深圳毗邻香港最近的一个地区。通往香港的罗湖口岸就在这个地区。"

邓小平若有所思地点点头道:"哦,罗湖区……"

上了国贸大厦楼顶天台,邓小平健步走向天台的边沿。梁灵光、宋梓南和一些警卫人员立即抢前一步,先走到天台的边沿护栏前,做好保护工作。

时近傍晚,夕阳彩照。邓小平兴趣盎然。

宋梓南指着远处在霞光中成带状蜿蜒伸展的一条河流,对邓小平说:"那就是深圳河。河对面的绿地就是香港的落马洲了。"

邓小平低低地说:"真的是很近啊。"

宋梓南忙说:"是很近。"又指指在霞光中耸立的那许多塔吊,对邓小平说:"在这个罗湖地区,正在兴建的大楼有一百多幢。这应该说是全国楼群最密集的一个地区了。"

邓小平指着楼对面一个正在建筑中的大楼工地,问宋梓南:"那个楼要建多少层?"

宋梓南说:"这是我们深圳目前最高的建筑,计划修建五十三层。也是目前全国最高的建筑。工人们使用了国际上最先进的滑模提升法,现在平均三天就可以建成一层楼。"

邓小平有些惊讶地说道:"平均三天就能建成一层楼?"

宋梓南点点头道:"是的,平均三天建一层,是当今的世界纪录。"

邓小平立刻显出了惊喜之情:"哦……"

这时,一阵风吹来,撩乱了邓小平的头发,也吹得他身边的那些工作人员打了个寒噤。工作人员立刻拿出一件呢子大衣要给邓小平披上。邓小平却推开了那件大衣，健步又向天台的另一个方向走去。

这时，冯宁正带着那两个曾经跟他一起去参加全国展销订货会的员工匆匆地赶往尤妮的职介所找尤妮。一走进那窄小的胡同，看着那两边壁立的"握手楼"和楼底层临街的一面开设的各种各样的小店，那两个员工神情中疑虑的成分越来越重，终于站下不走了。那个年纪稍大一点的员工对冯宁说道："你没走错路吧？你不是说那个叫尤妮的女孩是地委书记家的孩子吗？那她怎么会住这儿？"

冯宁笑道："地委书记家的孩子怎么了？他们也得从头开始创业。这两年，多少省长、部长、将军、省委书记的孩子，都到深圳来创业。来一个两个地委书记家的孩子，还能怎么样？"

说话间，他们已经到了职业中介所所在的那幢握手楼前了。让两个员工更想不到的是，这幢握手楼竟然还是这条小胡同里所有握手楼中最为陈旧的一幢。

冯宁等人推门走进那个"金鹏职业中介所"。房间里聚集了好多女孩，在叽叽喳喳地说笑着，整理着什么东西。当发现有人来了的时候，女孩们立刻安静了下来。

尤妮被那些女孩包围着。偶尔一抬头，发现冯宁站在自己面前，便有些惊喜地叫道："哟，是你啊？怎么想起我这个老太婆来了？"

冯宁笑道："天啊，能出这么个妙龄老太婆，深圳得上吉尼斯了。"

尤妮对在场的那些女孩嚷嚷："赶快把发给你们的那个表都给我填了。填清楚了。不会写的字，互相问一问，尤其是老家的地址和邮编得填准确了，还有你们的身份证号，昨天的十来张表里有六七张都填错了。一会儿我就来收表。"说着，就示意冯宁跟她向那边的一间小房间走去。

冯宁对那两个员工示意了一下，让他们在外屋等着，便单独跟尤妮进了小间。

刚进了小间，一个女孩突然从外边闯了进来，特别激动地嚷着："来了个大头头……尤姐，来了个特别大的头头。"

尤妮："谁啊，什么特别大的头头？！"

那个女孩气喘吁吁地："中央领导……特别大的中央领导……"

尤妮冷笑道："有那么激动的吗？他给你发红包了？"

那个女孩依然激动万分地："可是……可是……有人说今天来的是邓小平……"

尤妮撇了撇嘴："胡扯啥嘛。邓小平来，会让你们这些人知道？一点政治常识都没有！"

那个女孩涨红了脸说道："真的。街上的人都这么说。他们都去看了。"

尤妮挥挥手道："行了行了，赶紧上外头去帮着那些新来的妹子把表填对了。我可告诉你，昨天有一多半的表都填错了。"

那个女孩还在那儿叫嚷："真是邓小平哪！我从那边过来时，看到好多好多警察都守在国贸大厦周围！从来没有看到有那么些警察的，还有许许多多的便衣呢！"

尤妮有点恼火了："你这小妞真是的，邓小平来了，又怎么样？我跟冯哥要说事哪。你快出去吧。"转过身对冯宁刚要说什么，冯宁却忙做了个手势，说了声"等一等"，冲到窗前，向外看去。这一看不要紧，冯宁也激动起来。因为他看到窗前的大街上，一群群市民都向一个方向拥去。而且从四面八方续续不断地有一群群市民在向一个方向拥去，就像是被强大的地球磁场所吸引的鸟群，身不由己地掠过广阔的天空，向着一个极端会合……

冯宁有点按捺不住了："可能是邓小平来了，至少也得是个政治局常委。"

尤妮依然是那么平静："这两年，中央领导经常来深圳，政治局常委除了一两个，都来看过了，稀松平常事嘛。"

冯宁猜测道："但最有可能还是邓小平……别人来，老百姓没那么激动的。你看看街上的人群。"

尤妮迟疑了一下，也上窗前向外看了一眼。这一看，让她也有些心动了。冯宁忙说："走。咱们也去瞧瞧。"

尤妮看看冯宁，她觉得冯宁不应该是个"追星族"啊，就用带些调侃的口气说道："就算是邓小平来了，又怎么样？"

冯宁大叫道："那当然不一样。当然不一样啊！"

尤妮问："有啥不一样的？"

冯宁已经顾不上多解释了，催促道："快走吧！"

尤妮问："你不是有事要找我吗？"

冯宁说："我的事一会儿再说吧。快走。快走。"

冯宁带着尤妮等人正要跑出窄小而幽暗的楼门洞时，尤妮站下了。"咱们是不是也太傻了，跟个追星族似的。至于吗？"她自嘲地说道。

冯宁一边推着她，一边往前走，说道："别说傻话了，快走。"

尤妮笑道："冯宁，我真想不到，你还是个政治追星族。"

冯宁正色地："如果真是邓小平来了，就是不一样！这是一个信号，一个重大的信号。你以为他是你们楼下那个退休老头，吃饱了撑的，才上外头来随便转悠的？"

尤妮再一次站下了，问："你说有啥不一样？官比他大的，比他小的，来了还不是就来了，咱们这些小老百姓该干啥还不得干啥？"

冯宁觉得已经没时间再跟她打嘴皮官司了，只是拉着她向大街上跑去。等他们来到大街上，那一股股人流摩肩接踵地已经汇成一股股洪流，向国贸大厦那个方向涌去。

走了不多远，就能感到街上的人越来越多了。冯宁激动地四下里顾盼张望着："肯定是邓小平了……"一边说一边加快了脚步。冯宁和尤妮等人赶到国贸大厦楼前的街口时，这儿已经是人山人海了。冯宁焦急地问身前的人："肯定是邓小平吗？"

没等那个人回答，人群中突然爆发出一阵极为炽烈的欢呼声："噢……"并且自发地向一个方向移动。冯宁什么也顾不上了，扔下尤妮等人, 一个箭步向前蹿去, 蹿到人群的前边, 再想往前蹿, 已经被一些便衣警察挡住了。这时, 冯宁看到, 从国贸大厦的大门里走出一群人来。为首的就是邓小平。

人群中立即再次爆发出一阵欢呼声。

人们自动地为邓小平等让出一条通道, 并有秩序地向他挥手欢呼, 跟随着邓小平的走动, 人群也有秩序地向同一方向移动。当整个人群都跟随着邓小平移出国贸大厦楼门前时, 冯宁却没有跟着人群往前移动, 仍然孤零零地呆站在那空阔的街口上。不一会儿, 路灯亮了起来。昏黄的路灯光在他身后投射出一条长长的身影……在确证是邓小平来视察以后, 冯宁就没有再跟着人群向前拥了。庞耀祖曾经这样评价过冯宁: "小子, 别看你只有一段并不传奇的当兵的经历, 你的家族也没什么政治背景, 但是你有一种过人的政治敏感性。" 冯宁不是不想跟着人群去再看两眼邓小平, 但这时, 他突然被自己刚才产生的那个感觉震住了: 如果真的是邓小平来了, 这是一个信号, 一个重大的信号……但究竟是什么信号? 中共最高层, 或者说邓小平本人通过发出这个信号, 要向世人表明什么? 一时间, 冯宁当然是说不清楚的。但他要搞清楚它。一种本能, 一种潜意识在告诉他, 中共高层, 或者邓小平本人发出的这个信号, 将会进一步影响许多人的命运, 其中就包括他冯宁的命运……

那天的晚饭, 他们是在街边的一个大排档里吃的。尤妮一边扒拉着碗里的炒粉, 一边嘲谑地对冯宁说: "怎么样, 邓小平来了, 咱们不还是只能在这路边大排档里刨食? 啧! 还是说说你今天带人来找我的目的吧, 是不是想让我找我公爹去为你做银行贷款担保?"

冯宁说: "如果有可能的话, 我当然感激不尽。"

尤妮立即说道: "这完全不可能! 你趁早死了这条心。"

冯宁愣了一下, 又闷头吃了一会儿, 对尤妮说道: "尤妮, 我可以肯定地告诉你, 邓小平绝对不会随随便便到深圳来的, 我们应该充分估计他这一行动的后续效应。我估计他这次来, 会刮起一股发展特区经济的龙卷风,而下一步,电子工业又将是整个工业发展的热门产业、基础产业和支柱产业……"

尤妮笑道:"你是什么人?国务院总理?主管特区工作的谷牧副总理?还是什么电子工业部部长?"

冯宁诚恳地说道:"是的,我啥也不是。但你得相信我这种直觉!"

尤妮说:"因此,我就应该去对我老爸说,深圳有个啥也不是的年轻人,他有种直觉,说他看到邓大人到深圳来视察了,因此他一定会成为大老板的,你赶紧上银行替他借个一两百万雪花银,让他痛痛快快地花一花吧!我要真这么去说了,你说我是不是个百分之百的白痴傻蛋二百五?"

冯宁极其痛苦地:"好吧,不肯帮忙就算了。老板,埋单!"

尤妮马上说道:"嗨,你还挺厉害。不替你办事,马上就埋单走人?指不住你来见我,就是为了让我替你办事?做人怎么可以那么功利?"

这时,服务员拿着账单走过来问:"哪位付账?"

冯宁应道:"我。"

尤妮上前一把把账单拿了过去:"我付。"

冯宁说:"那怎么可以。"

尤妮说:"怎么不可以?告诉你,我尤妮从来不吃势利眼的饭。"一边说,一边看了一眼账单,扔了一张一百元的大票给服务员,转过身就走了。

几个人走到街上,天下起了雨。尤妮气呼呼地向前走着。冯宁和那个年纪稍大一点的员工紧着追了上去。那个年纪稍大一点的员工:"尤小姐……尤小姐,您别生气嘛……"尤妮连头都不回:"找小姐,上洗头房去!"说着对一辆出租车招了招手。出租车一下准确地在她身旁停了下来。她拉开车门,刚要上车,冯宁忙上前按住了车门。

"尤姐,我道歉。"

"道歉?我尤妮从来不接受那种势利眼的道歉。闪开!"

"嗨,到底走不走?"司机见两个人只是在车门前推拉,而不上车,便忙问。

"对不起,我们还有点事,你先走吧。"冯宁赶紧说道。

出租车立即就开走了。尤妮转过身要走开。冯宁忙拦住她,说道:"您生气,也不能连别人找您的零钱都不要了。五十二块八哩,满可以还请我们吃两顿的。我们现在穷着哩。"

尤妮瞪他一眼:"穷?穷着,就可以那么功利、势利了?"

冯宁说:"哪是功利,更说不上势利,只是着急。一二百万元的货压在手里,合同期一过,又不知道往哪出了。到那时候,还真得借您这五十二块八毛钱,去买上吊绳哩!"

尤妮扑哧一声笑了:"那现在就把这五十二块八给你吧。去死!"

冯宁说:"现在还不能上吊。现在就上吊了,中国将来会因此少一个伟大的企业家,深圳也会少一个纳税大户。"

尤妮哈哈一笑道:"哟哟哟,上吊绳都买不起,还伟大的企业家、纳税大户哩!纳你个头啊!"

这时,那个年轻一点的员工在尤妮手下的一个打工妹的带领下,气喘吁吁地找了过来。

打工妹自豪地:"你瞧,我说他们在这儿吧,你还不信?!"

冯宁忙问:"怎么了,又出什么事了?"

那个年轻一点的员工:"有人找你。特别着急。"

冯宁问:"找我?哪儿的?"

那个年轻一点的员工说:"东京的。"

冯宁说:"东京的?庞耀祖?庞哥?"

尤妮一惊:"庞耀祖?他在哪里?"

那个打工妹说道:"他在电话里哩。"

外头的雨越下越大,几个人赶紧赶回职介所。打通庞耀祖在东京的电话,冯宁问道:"庞哥吗?我是冯宁啊。我在尤姐这儿哩。你想跟她说话吗?"

庞耀祖说道："告诉尤妮,我一会儿再跟她说话……今天东京的报纸都用重要版面报道了邓小平去咱们深圳视察的消息。你那儿有什么新消息吗?"

冯宁说："暂时还没有。"

庞耀祖又说道："冯宁,这可是件大事啊。中央对特区,对改革开放可能会有进一步的新举措和大动作了。"

冯宁问:"下一步,政策上你估计是要往回收呢,还是要进一步开放?"

庞耀祖说道:"邓小平三起三落都没有屈服,这一回,他是下了决心要改革开放,不会去做那种半途而废的事情的。"

冯宁赶紧说道:"那好啊……好啊。"

这时,外头的雨下得更大了。

85

晚上,陪同小平同志视察的市领导回到市委大楼,宋梓南对其他几位市领导说:"都早点回去休息吧,明天上午小平同志去蛇口视察。"

回到办公室,宋梓南显得异常的疲倦,脱掉大衣,往沙发上一躺,就不想动弹了。这时,小马走了进来,替他沏了杯茶,然后说:"亭云阿姨来过电话了。要回话吗?"

宋梓南默默地做了个手势,让他出去。

小马走了。

宋梓南又默默地躺了一会儿,这才欠起身给广州家中拨了个电话。

接电话的是儿子宋大康,他冲着卧室的方向叫:"妈,爸的电话。"然后又赶紧问宋梓南:"爸,您这两天身体怎么样?"

宋梓南应道："我没事。你妈怎么在家？"

宋大康说："她有一点头疼，不过也没什么大碍。她来了。您跟她说话吧。"

顾亭云接过电话。宋梓南忙问："你怎么又离开医院了？怎么又头疼了？"

顾亭云说："嗨，老毛病了么。"

宋梓南说："老毛病，你就不好好在医院里待着了？"

顾亭云问："不是小平同志来了吗？"

宋梓南说："小平同志来了，你就得开小差？"

顾亭云在藤椅上调整了一下坐姿，让自己坐得更舒服一点，然后赶紧又问："快说，小平同志怎么样？他看了深圳以后说什么了？你感觉，他对你们的工作，是满意，还是不满意？"

宋梓南沉吟了一下："咱们不说这个……"

顾亭云略略一惊："怎么了？他感到不满意？"

宋梓南："他还没结束整个儿的视察哩，而且首长在视察中间说些什么，也不是你该打听的。"

顾亭云不作声了。

宋梓南郑重地说："别大意，还是赶紧回医院去吧，啊？"便放下了电话，但神情仍有点呆滞。不一会儿，电话铃又响了。他以为还是顾亭云在不厌其烦地追着打听小平同志对深圳的态度，便很有一点不高兴地拿起电话，不问青红皂白，就劈头盖脸地嗔责道："你怎么这么不懂事，中央首长对深圳工作满意不满意，是咱们之间应该拿来闲扯和讨论的吗？"

电话里很快传出周副市长的声音："喂喂喂，怎么回事？谁跟你讨论中央首长的态度了？"

宋梓南忙道歉："老周啊，真对不起，我还以为是……"

周副市长笑道："你以为是谁呢？"

宋梓南忙说："没什么没什么。"

周副市长说道："是不是有人来向你追问小平同志今天的态度了？谁那么不知趣？"

宋梓南轻轻叹口气："不说它了。"

周副市长叹道："我这儿也是，一回到办公室，就电话不断。老朋友老同事老部下，都来问，怎么样，小平同志对你们深圳说什么了？你们是要上天堂了，还是要下地狱了？不过，说实在的，我觉得老人家今天还是挺高兴的。"

宋梓南不动声色地："但愿如此。"

周副市长又说："你也别太担心了。早点休息。也许就像他上午一开始听你汇报时说的那样，这回到深圳来，只是来看看，来听听的，暂时不会表什么态。我想，如果他觉得咱们的问题很大，一定会说话的。一般情况下，也许就不说什么了。"

宋梓南嗒然笑道："也许是这样吧……你也早点休息吧。"放下电话后，在沙发上呆坐了一会儿，他又给迎宾馆值班室拨了个电话。为了保证接待工作做到万无一失，市委在迎宾馆设立了一个二十四小时的值班室，专门负责处理小平同志在深期间可能发生的意外事件。值班室由周副市长负总责，具体工作由市委接待处的主任在那儿牵头做。这时，接电话的就是接待办的张主任。虽然已是深夜时分，但张主任只是和衣而卧，仍亲自守在电话机旁。电话铃一响，他就忙欠起身子，一把抓起电话，答应道："你好。市委接待处总值班室。请说。"

宋梓南问："是老张啊？"

张主任一听是宋梓南的声音，立即坐起："宋书记？是我。有事吗？"

宋梓南问："宾馆那头，没什么事吧？"

张主任应道："没事。一切正常。我盯着哩。您放心。"

"哦……"

"宋书记，您有事吗？"

宋梓南犹豫了一下："我今天晚上不回家了，也在办公室待着，有什么事可以打电话到这儿来找我。"

张主任赶紧说:"宋书记,您也这么盯着,哪受得了啊。这儿有我哩。您踏踏实实回家去休息一会儿吧。真有事了,我会打电话到您家里去的。"

宋梓南立即说:"不,今晚我就在办公室里了。这样,有什么事,临时调度起来更方便一些。你记住,有事就往这儿打电话找我。千万不可掉以轻心。"

张主任忙答应:"好的。"

宋梓南想了想:"嗯……"

张主任问:"您还有事吗?"

宋梓南又犹豫了一下:"小平同志吃晚饭的时候,你在旁边吗?"

张主任忙说:"在。在。我一直在旁边。"

宋梓南试探着:"他老人家……胃口还可以吧?"

张主任笑道:"我给他悄悄上了一瓶三十年藏的茅台。老人家喝得可高兴。晚饭后,他一家人去院子里散了好大一会儿步,我也一直陪着哩。"

宋梓南终于问道:"老人家说什么了? 有什么重要指示吗?"

张主任说:"老人家夸我们迎宾馆院子整得漂亮。"

"还说别的了吗?"

"再没说别的了。"

"哦……"

"不过……也没准他回房间以后,会给我们写两句,来肯定一下我们这个深圳特区。您不是让宾馆的人准备了笔墨纸砚,还准备了一张请他题字用的大案桌吗? 我去瞧瞧,他题了字没有。"

宋梓南忙说:"不用去。这么晚了,老人家不会题的。"

张主任说:"那不一定。反正我觉着老人家今天是挺高兴的。您等着。我去瞧瞧。"不等宋梓南再说什么,张主任就放下电话,穿整齐了衣服,一路小碎步地上桂园去了。

宋梓南嘴上说"老人家不会题的"，心里却还是盼着老人家能写上两句，哪怕批评的话，责备的话，也总比眼前这样"不明不白"的强啊。中国不能再按前三十年那模样走下去了，这一点，在党内可以说是已经取得比较一致的认识。"文革"的教训沉重地让大家看到了改革的必要性。但是继往开来，到底怎么才能走出一条强国富民的新路，而且还是"社会主义"的强国富民之路，就没有人可以说得清楚了。当下产生的"深圳争论"就充分说明了这一点。经验告诉他，这场争论所涉及的远远不是深圳某些具体工作的得失，而是整个中国改革的方向问题。如果中央对这一场"深圳争论"继续没有明确的态度，"特区建设"这场仗，下一步就很难打了。宋梓南所谓的"明确态度"，不是祈求中央全盘肯定深圳市委前一阶段的工作，也不是在奢望给予什么高度的评价。不是的。即便是批评，他所要的也只是两句话：一、迄今为止，深圳前行的方向到底对不对？二、允不允许他们突破原有的框框条条，进行试探性的改革？如果说他们干的，方向错了，今后必须也只能在原有的框框条条中进行小修小补，那么……那么……那么，宋梓南觉得自己确实应该退休了，没有那个必要再周旋下去了……这一段时间以来，他是那么的盼望老人家能到深圳来看一看，说上几句话啊！用宋梓南这一个时期经常在心里翻腾的一句话来说，就是：你就是让我去死，也得让我死个明白啊！老人家三起三落，当今又身系国家民族的命运安危，他应当是能理解像宋梓南那样跃马在改革最前沿阵地上的指挥员的心情的。说不定，今天回到宾馆，兴之所至，走到那张大案桌前，挥笔写下了一两句对深圳的评价和寄语之类的话，也是完全有可能的啊。放下电话，他颇有些焦虑地等待着。

　　不一会儿，电话响了。

　　他忙拿起电话。电话果然是张主任打来的。张主任说："可能是没题，那张大案桌上的宣纸还是空白的。"宋梓南有些失望地说："你休息吧。快休息吧。"说着便慢慢放下了电话。

　　夜深人静。越发变大了的雨点铅弹似的击打在窗玻璃上，发出十分清晰而又密集的噼啪声，使这个本来就十分悠长而寂寥的夜显得越发的悠长和寂寥。宋梓南睡不着，也不想睡。电话铃突然又响了起来。是秦秘书长打来的。"哪位？秦秘书长？你在哪里？还在珠海？什么？小平同志今天给珠海题词了？题了什么？'珠海经济特区好'？题得好啊！替我祝贺老梁他们。谢谢你给我传递这么个重要消息。"放下电话后，宋梓南却慢慢收敛起刚才那种由衷的微笑，神情一下变得十分的沉重，甚至都有一点呆滞了。是啊，老人家到珠海题了词，为什么不给深圳题呢？这里到底有什么玄机呢？

不一会儿，宋梓南桌上的电话再一次急促地响了起来。是周副市长打来的。周副市长说："老宋吗？你知道小平同志昨天上午在蛇口给余涛题字以后，昨天晚上又在珠海题了字。"

宋梓南闷闷地答道："知道了。"

周副市长说："老人家给珠海题了七个字，'珠、海、经、济、特、区、好'。这七个字，字字千斤重啊。有这么七个字，什么问题都解决了！梁广大昨天晚上一定睡得特别舒坦。"

宋梓南不作声。

周副市长说道："在蛇口虽然只是给他们那个'海上世界'游乐园题写了园名，但在外人看来，也完全可以认为他老人家对蛇口工作是认可的啊。深圳、蛇口、珠海，他看了三个地方。两个地方都题字了，只有我们深圳，他没表态。"话说到这里，已经非常清楚了，周副市长没再说下去。

但宋梓南仍然没作声，只是脸色越发凝重起来。

不一会儿，常副市长有些冲动地走了进来。平时说话嗓门都不大的他，今天显得特别激动："老宋，小平同志昨天晚上给珠海题字了，你知道不？"

宋梓南默默地对他做了个请坐的手势。

常副市长完全坐不下来，嚷嚷道："我的宋书记……"

宋梓南又对常做了个少安毋躁，请坐下的手势。

这时候，市里的其他几个领导不约而同地都来了。几乎每一个人手里都拿着一份当日出版的印有邓小平给珠海题字的特区报。常副市长有点按捺不住了："给不给我们题字，倒还在其次，但我们总得搞搞清楚，老人家对我们这几年的工作到底有什么看法，我们深圳的工作到底出了什么问题。这样，心里才踏实。"另一位市领导说："老人家对我们深圳的工作一定会有个总体评价的。为了今后的工作着想，我们也应该知道老人家到底是怎么评价我们的。""这个时期以来，上上下下对我们深圳议论这么多，力度又那么大，矛头直指一些根本性的问题，比如说，深圳特区到底办得怎么样，这个特区到底还要不要办下去，如果要办下去，到底应该怎么个办法，方方面面都有截然相反的两种意见。在这种情况下，如果珠海蛇口小平同志都给了说法，唯独我们深圳不给说法，有可能造成更大的波澜，甚至还会在社会上造成一定程度的思想混乱。"几个在场的领导都显得有些激动。

周副市长说："虽然老人家一来就声明，这一回上南方来，只是休息，光听光看不说，但现在他老人家在蛇口珠海都说话了。情况已经有了变化。我们能不能主动一点，主动请老人家给我们一个说法？哪怕是最严厉的批评，也让我们有个明确的改进方向。"

大家焦急万分地议论了一番，见宋梓南一直安坐着不作声，便渐渐地也都镇静了下来。宋梓南沉吟了一会儿："我已经给省里打过电话了，想问问到底是怎么回事。任书记没有正面回答，只是说，小平同志明天回广州，今年春节就在广州过了。关于没给深圳题字的问题，他也挺着急。办好特区，是中央交给广东省的重要任务。深圳特区又是所有特区中最大的，可以说举足轻重。小平同志对我们深圳这几年的工作到底有什么看法，他作为省委一把手，当然也非常想知道。但他确实也不好说什么，只对我重复了小平同志的原话，此次来深圳，原来就定了只看不说不表态的方针，没给深圳题字，大概没别的意思。小平同志回北京以后，一定会有明确的说法下来的。让我们不要妄自猜测，自寻烦恼。"

这时，一位市领导忽然提议道："我们能不能主动一点……"

宋梓南忙问："怎么主动？"

那个市领导说："派一个同志去，争取小平同志给我们一个说法。"

宋梓南一怔："争取一个说法？"

那个市领导说："能拿回一个题字也好。"

宋梓南沉吟了一下："能拿回个题字，当然好。那……派谁去？"

常副市长说："这个同志应该比较熟悉小平同志身边的人，但又不是那么招眼的……最好和中央警卫局的同志也比较熟悉。这样比较好办事……当然，这个同志政治上一定要特别可靠和老练。"

周副市长笑了笑："我倒有个合适的人选。"

宋梓南忙问："是吗？说说，你觉得谁合适？"

周副市长不慌不忙地说出一个人名来，果然在场的常委和市领导都同声称是。

当天深夜一点多钟的样子，市委接待处的张主任回到家里，刚躺下不一会儿，他床头的电话铃就急促地响了起来。多年忙于接待各方贵客的他，显然已经很习惯这种突如其来的"半夜电话"了。他立即翻身坐起，为了不干扰妻子休息，一边接电话，一边拿起座机，就向外屋走去。不一会儿他回到卧室里，放下电话机以后，匆匆穿衣穿鞋，并推醒妻子："我马上出差。"

妻子睡眼惺忪地："出差？马上？"她本能地去看了看放在床头的闹钟。闹钟上的显示是一点十八分。妻子显然也已经习惯了他这种突发性的外出，二话没问，立即起床替他收拾东西。

张主任接到的"立即出差"的电话，是宋梓南打来的，交给他的任务就去广州，寻找机会，请小平同志为深圳题字。

"到广州后，千万要注意方式方法，千万不可毛躁，更不可莽撞。"宋梓南郑重叮嘱道。

张主任意识到此行任务的艰巨和重大，再加上半夜里突然被叫醒，此时精神上仍然紧张万分，身上一阵阵战栗着，只是点了点头，"嗯"了一声。停了一会儿，他忽然好像又想起了什么似的，赶紧问："如果能见上小平同志，让他题啥字呢？"

常副市长说："如果能跟珠海一样，题一句'深圳经济特区好'，那也算是相当不错的了。"

一个市领导说："如果小平同志嫌字数多，就题'深圳特区好'这五个字也行。"

另一个市领导说："真要能给我们题这五个字，那就上上大吉了。"

宋梓南想了想说："如果小平同志愿意给我们深圳题字，题什么，当然由小平同志自己定。也可以让秦秘书长拟几句备用的带上。但是千万千万要注意的是，如果小平同志不愿意题，或者他有他自己要题的内容，我们一定不能表示出半点的勉强和不高兴……千万千万。这可是头等重要的政治纪律！在这一点上不能有疏忽和闪失！"

张主任忙点点头道："您放心。这个我懂。我懂。"

张主任连夜赶路，到凌晨时分，已到达小平同志下榻的珠岛宾馆。宾馆里边，戒备森严，气氛也越发肃穆。这时，车慢慢地在宾馆大门口停下，张主任赶紧下车，向警卫人员交验证件。张主任当然不能说是来找小平同志的，只说是来找中央警卫局的一位副局长。警卫人员看过张主任的证件，又和警卫局的那位领导联系过以后，正要放行，发现那辆车太脏，便让张主任他们把车洗刷干净后，再进院子。张主任立即和司机一起，从大门旁拉过一个橡皮水管，起劲地把车冲刷干净了。

张主任提着一小筐南方的水果，找到警卫局的那位副局长时，这位副局长刚从外头查哨回来。"张主任，这一大早的，从哪儿来？"副局长热情地握着张主任的手问候道。

张主任却立即打了个立正，给副局长敬了个礼："报告局长，我从深圳赶过来，来求您帮我们深圳人民一个忙啊！"

副局长笑道："啥事呀，说得那么严重？！快进屋去坐会儿。"

张主任把来意给他说明了，把这件事对整个深圳的重要性也说明了，副局长答应在适当的时候，把张主任引见给小平同志身边的人。然后，张主任立即打电话给宋梓南，汇报了情况："我已经见到中央警卫局的孙副局长了。他挺热情的，答应见到老人家，替我们说一说……然后，我今天再去见省里的任书记，还有那些曾经在我们深圳工作过的老领导，请他们到尚昆副主席和王震、谷牧等领导跟前再做做工作，请他们再跟老人家说说。"

　　到第二天上午，张主任正和司机一起在收拾那辆车子。见中央警卫局的那位孙副局长匆匆走来，张主任便赶紧迎上去问："有消息了？"孙副局长笑了笑说道："走走走，上屋里去说。"

　　进到张主任住的那排平房里，孙副局长说："昨天我去见老人家了，特地说到了你们这档子事。老人家很爽快，一口答应给你们深圳题字。"

　　张主任惊喜得差一点跳起来："答应了？！好啊好啊！孙局长，您可为我们深圳人民办了件大好事啊。怎么谢你才好呢？"

　　孙副局长笑道："谢我干什么？给我的感觉，老人家是早有考虑的。我一说，他都没犹豫，就应下这事了。他说：给深圳题个字？好啊。"

　　张主任心跳加快："他怎么说的？您再说一遍。"

　　孙副局长放慢语速，又复述了一遍："'给深圳题个字？好啊'。"

　　张主任忙把这句话记在一个小本子上。

　　孙副局长接着又对张主任说道："这下行了，你赶紧回去过年吧。老人家说，等他回北京写好后，再寄给你们。"

　　张主任一听，惊愕住了："什么什么？等他回北京以后再给我们写？这怎么行呢？"

　　孙副局长说："老人家说了要写，就一定会替你们写的。早写晚写，有什么区别？你们就别在这里傻等了。"

　　等孙副局长走后，张主任赶紧又给宋书记打了个电话："小平同志答应给我们题字，但是要等他回北京以后再给我们写。"

宋梓南问:"他会题什么字,还不知道咯?"

张主任:"那是。孙副局长的意思是,让我回深圳等。别再耗在广州了。"

宋梓南问:"你的意思呢?"

张主任说:"老人家人在广东,深圳的事就是他看得到摸得着的一件大事。等他回到北京,全中国全世界那么多的大事都摆到他面前了,他虽然还是会重视咱们这个深圳,但什么时候才能腾出空来给我们题字,就难说了。我想我既然已经到广州了,当然不能轻易就走。我再去找找省里的任书记,吴书记,让他们通过其他领导同志去沟通一下,再请警卫局的孙副局长给想想法子……我就在这儿耗上了。老人家一天不离开广东,我就再在这儿努力一天。您看行吗?"

宋梓南立即答应道:"好。你全力以赴办这件事。随时跟家里保持联系。我们等你的好消息。"

86

深圳。长途电话局大厅里。许多打长途电话的人填完单子,交了预付款,挂了号,都在等待着。大厅里可以说人头攒动,人潮涌动。不一会儿,广播里传出叫号声:"国际长途,冯宁。国际长途,冯宁,到三号电话亭。"

冯宁忙收起手中的报纸,冲向三号电话亭。

说是"电话亭",其实就是分成格子的通话间。那时候,虽然有了程控电话,但私人安装电话和往国外打电话,控制是比较严的。特别是拨国际长途,必须到长话局来打。在电话单上填清楚了你要拨的国外电话号码,由长话局的话务员替你拨通了对方,通知你到某一个通话间的电话上去说话。这样做,一方面当然是电讯事业在当时还不能说是很发达,再一方面，也未必没有国家安全方面的考虑。

冯宁今天主要是想问问远在东京的庞耀祖，日本方面对邓小平视察深圳有什么评价和分析。在深圳生活的这几年，他已经觉察到，国外对中国某些重大政治事件报道的速度肯定要快于国内的媒体，内容也生动，所作的时评分析，往往有新颖的和让国人一愣或一怔之处，只是因为出发点不一样，他们往往是反着来看这些事件和问题。如果能不受这些政治方面的影响，还是能从国外的这些资讯里得到某种及时的启发。"庞哥……庞哥……我是冯宁啊……你听得清楚吗？东京方面对邓小平视察深圳有什么新的评论和分析？他们是怎么估计中国局势的下一步发展趋向？什么？我的嗓门太大了？让我说慢一点？我怕你听不清啊！你听得很清楚？对不起……我都忘了，国际线路有时候的确比咱们国内线路上的杂音要少得多……"打完电话，长途电话局，一直等候在门外的尤妮迎了上去，迫不及待地问："庞哥怎么说的？"冯宁闷闷地说："东京方面也还没有进一步的详细分析。"

回到货运编集站，老主任把冯宁找到办公室里，问："听说你把推销电子元器件的全部收入都跟附近那个大队换了他们那块荒地了？你想干啥？那块荒地里出黄金了？它只长杂草，啥用处都没有！你是不是想翻了它种向日葵，让你的员工到秋天全上街上去卖葵花子挣钱？挺聪明的一个人，怎么想出这么个烂主意？"

冯宁不作声。

老主任又问："听说你还要炒我这个服务公司员工的鱿鱼，说最少要炒掉一半以上？"

冯宁说："这些都还只是计划。"

主任说："你干这些事之前，能不能跟我这个顶头上司通个气？你要知道，你那个服务公司的员工多数都是我货运编集站干部职工的家属。我当初拿出那么些钱来办这个劳动服务公司，就是为了安置我的这些职工家属的。不安置我这些职工家属，我还要你办这个公司干啥用？你现在居然要开除我的这些职工家属？！冯宁，你头脑给我放清醒了，别尽干些本末倒置的事，当经理才几天，就不知道自己到底吃几碗干饭的了！"

冯宁说："主任，你给了我一年自主经营权。"

主任气不打一处来，手哆嗦得连茶缸子都端不稳了："行。冯宁，算你厉害。我的确给了你一年的自主经营权。你就拿它来跟我叫板吧。你厉害。不就是一年吗？你这么干下去，我看你一年后拿什么来兑现你的承包诺言！"

冯宁再没说什么。他觉得现在说什么都不管用，关键还是老主任最后说的那句话，"一年后拿什么来兑现你的承包诺言"。

出了编集站办公室，他和尤妮慢慢向他住的那个小工房走去。

尤妮问："你们这个主任挺横的？"

冯宁感叹地笑了笑："人是个好人，就是头脑简单点，书读得少点。"

那个年纪稍大一点的员工这时也有些担心地问："咱们真的要把那块荒地拿下来做命根子？深圳的发展前景有你估计的那么大吗？邓小平不表态，国际舆论也摇摆不定，我们把这家当全押上了，万一……"

冯宁笑道："万一押错了，你们就挖个坑，把我就地埋了，埋在那块荒地当中。"

那个年轻一点的员工："那我们咋办？"

冯宁苦笑道："你们？你们不是还有尤姐吗？她会给你们重新找个饭碗的。来年丰衣足食时，家祭无忘告小冯哦。"

到了小工房，几个人一时都怔怔无语，谁也拿不准邓小平的视察是否真的能给深圳带来巨大的发展前景。闷坐了一会儿，尤妮忽然想起了什么："哎，庞哥走的时候不是给你留下了两封信，让在你最困难的时候，拆开看的吗？"

冯宁摇摇头说："先别看，现在还不能算是最困难的时候。"

尤妮问："他知道你要从那个大队手里拿下这块荒地的事吗？"

冯宁说："他知道。我还带他到那儿实地看过。"

尤妮忙说："那说不定他留下的两封信里,有一封说的就是要不要把宝押在那块荒地上这档子事。万一你押错了宝,深圳将来的发展没你想的那么快和大,就算要发展,也不向这边来,这块荒地就真成了你坟头上的一副十字架了,到那时候,你真的连回头路都没得可走的了。"

那个年纪稍大一点的员工说:"冯老板,尤姐的话,还是有道理的。做生意,都讲究都不能把鸡蛋全放在一个筐子里,总得留点后路。"

冯宁说:"今天在电话里,我提到那块荒地的事了,他没吭气,也没提醒我要去拆看那两封锦囊妙计。"

那个年轻一点的员工问:"那你准备怎么着?"

冯宁想了想说:"咱们跟他们先签个意向书。再等半个月看一下形势发展再签正式合同。邓小平既然来了,我相信他一定会对深圳问题表态的。这不是他个人愿意不愿意和想不想的问题。深圳不是一个普通的城镇。怎么定论深圳,跟中国今后向何处去有直接关系。因此,对深圳表态,这是一段历史,一个时代需要他做的事情……这是他作为国家的掌舵人,大政方针的制定者,一个领袖人物,必须要做的事。"

那个年纪稍大一点的员工说:"万一他的表态对深圳不利呢?"

冯宁说:"那我们还可以撤销这个意向嘛。"

那个年轻一点的员工说:"意向书能随便撤销吗?"

冯宁说:"这一点可以在意向书里写明嘛。写明将来可以撤销这意向,当然可能要拿出一部分保证金来做赔付。"

那个年轻一点的员工担心地说道:"那也得损失好多万吧?"

冯宁苦笑道:"十来万左右吧。"

那个年轻一点的员工轻轻地叫:"十来万? 我的妈!"

尤妮说:"那也比现在就签正式合同保险得多,终归不会倾家荡产。"

那个年轻一点的员工还在惊呼:"十来万啊……"

尤妮转身问冯宁:"问题是你有这么一笔现金来做保证金吗?"

冯宁想了想:"我跟田叔商量一下,让他替我垫付一下。"

尤妮问："有可能吗?"

冯宁说："争取一下吧。我先给他打个电话探探他的口气。"说着，拿起电话。刚要拨号，门外进来两个人。

是编集站办公室的工作人员。

工作人员说："冯经理，不好意思，这个电话，我们要拆了。"

那个年纪稍大一点的员工一愣："什么意思?"

工作人员淡然一笑道："没什么意思。我们主任说了，前些日子替你们装电话，是因为咱们是一家人。现在冯经理处处做出两家人的事，我们就没必要替你们负担这个电话费用了。"

那个年轻一点的员工气愤地说："不就是一个破电话吗? 我们自己交话费就是了。"

工作人员嘿嘿一笑道："是啊，主任说了，你们现在阔了，完全可以自己去装电话了。"

那个年轻一点的员工还要说什么，被冯宁拦住了。冯宁走到那两个工作人员面前，说道："行，你们拆。不过能让我打最后一个电话吗? 有点急事，必须马上打这个电话。等我打完这个电话，你们再拆。行吗?"

两个工作人员稍稍犹豫了一下："行吧……"

冯宁说了声"谢谢"，立即开始拨号。但刚拨了两三个号，一个工作人员却上来一下挂断了电话："你这在是拨国内长途啊? 那不行，长途多贵! 对不起，我们不能再替你们承担这个费用了。"

尤妮立即从口袋里拍出一张一百元的人民币："这个长途电话的费用，我现付!"

两个工作人员一下愣住了，慢慢地从电话机上松开了手。冯宁立即拿起电话，开始重新拨号。

87

陶怡还是住进了张弓为她"买"下的新居里。她一再声明,"房租我将来会还的。一定会还的"。张弓只笑着不说啥,还替她买了不少粉红色的小玩意儿,放在卧室里做摆设。那天,下了班,陶怡正在厨房里做饭。张弓兴高采烈地冲了进来:"哟,好香啊。"陶怡红红脸说:"我不会做饭的……你别夸我……"张弓却直说:"好香好香,真的好香……"一边说,一边凑近过去,故意嗅着陶怡的头发,还在说:"好香……好香……"陶怡忙轻轻地推开他:"又不正经了……"张弓却笑道:"我今天就是想不正经!"

陶怡忙躲开,装着不高兴的样子啐嗔道:"张弓,不许这样不正经!我们说好的……"张弓追过去拉起陶怡的手:"来来来,别做饭了。"陶怡挣扎着想甩开张弓的手:"张弓……"但张弓还是把陶怡拉到了厨房外头客厅兼餐厅的那个空间里。

小小的餐桌上放着一大包东西。

陶怡一边揉着被张弓握疼了的手,一边啐嗔道:"又乱花钱。"

张弓从那个包里掏出许多吃的用的和一个大蛋糕。

"你干吗呀?总是乱花钱。没人过生日,买那么大的蛋糕干什么吗?"陶怡问道。

张弓兴奋异常地说:"今天这日子比过生日还重要。你听我说,刚才金老板找我谈了,集团决定要做房地产生意,马上新成立一个房地产公司,让我去操作这个公司。"

"让你当房地产公司的老总?"

"暂时是副总。可是现在那儿没有老总,我这个副总就等于是老总。陶怡,我的小陶怡,房地产公司的老总,这意味什么?啊,这将意味什么?你知道不?"

"那你也用不着一下乱花那么些钱呀！"陶怡一边说，一边粗粗地扫了那些东西一眼，心里快速地估算了一下，买这些东西大概要花多少钱。

"乱花这些钱？走。"张弓大声叫道，说着又要上前来拉陶怡的手。

"干啥？"陶怡忙躲开。

"我让你瞧瞧，一个房地产公司的副总是可以怎么花钱的！"说着就拉着陶怡要往外走。

"哎哎，你别急呀，让我把煤气灶上的火关了呀！"陶怡叫道。

半个小时后，张弓开车把陶怡拉到了一个新落成的花园式小区里。车停在了一幢联排别墅门前。张弓用钥匙打开别墅的门，打开古朴的壁灯和树枝状的水晶吊顶灯。陶怡呆住了。眼前沉稳的柚木地板所映射出来的那种典雅，映衬着新家具华丽的光泽，让她觉得自己被眼前的这一切都融化了。她不知道说什么才好，只是感到自己的心在一阵阵狂跳。张弓引领着她，慢慢地从一间房走向另一间房。一切都是按精装修的标准来做的。也就是开发商经常喜欢夸口的那样："你买了这房，到时候，你只要带一条洗脸毛巾和一把牙刷来，就可以入住了。"厨房是欧美那种开放式的。硬木长方形大餐桌上陈设着一个六头的烛台。六根雪白的蜡烛都已经点着了，在那里幽幽地散发着淡定的烛光。然后，张弓又把陶怡带到附近一个高档的西餐馆里。一个年轻的女钢琴手在弹奏着舒缓的"Return to Love"。

餐馆里灯光幽微。

张弓一只手拿着那套新房的钥匙，（那钥匙的样式也是陶怡从来没见过的，它几乎有半根筷子那么长，一个"巨大"的齿形方头和一个同样"巨大"的圆洞状把柄，加上又粗又重又黑的本身，让人能想起十六世纪前英国古老城堡和私家监狱里才会使用的那种钥匙。）另一只手举起那杯像血一样红的葡萄酒，深情地对陶怡说道："来，为我们的未来。"

陶怡的心又狂跳了一阵。她还是犹豫了一下，一边举起酒杯，一边却说："为了你的未来。"

张弓强调道："为我们的未来。"

陶怡固执地更正道："不。为你的未来。"

张弓放下了酒杯,有点不高兴了:"还在为那个兵哥哥跟我较劲?一个贫穷美丽但却饥饿的少女,一个淳朴善良强壮的年轻军人。一次三等小站上的邂逅。一个在风中飘荡的干粮袋……这个故事的确很美丽,也很浪漫。但是,人不能只为了一种虚幻的美丽而活着。人一生也就能活六七十年,七八十年。最辉煌的,最精彩的部分也就一二十年,甚至只有六七年、七八年而已。你知道现在世界上最流行的一种哲学是什么哲学吗?存在主义。存在主义的基本要领是什么?选择。人为什么是人?人,怎么才成为一个真正的人?就是因为他懂得选择,他可以选择,他知道维护自我选择的神圣不可侵犯性。你看看周围,拿着价值数万数十万,甚至上百万元一张的年卡,出入最高档的私密会所,从穿名牌吃名馆玩小蜜到穿最土的土布衣服土布鞋,吃最新鲜的环保杂粮野菜,把自己怎么活得好当作唯一人生追求的人,还在少数吗?他们还会在意雨花台的悲壮、渣滓洞的辛酸和那首在《刑场上的婚礼》中所唱过的《国际歌》吗?也许历史最终将证明,人类只是这样为自己的舒服而活着是错误的,但我们现在要不跟上这个趋,去获取别人已经得到的那一切,那么,我们就会像那首摇滚歌曲里唱的一样'一无所有'。中国人曾经一无所有,我的老子革命了一辈子,最后还是靠市委书记开恩才在家里安上了一部电话。难道我们还将继续一无所有,一无所能吗?"

陶怡呆住了。

"干了!"张弓拿自己手中那个酒杯用力地碰了一下陶怡手中的杯子。陶怡终于举起了杯子,并一口喝干了杯中那个像血一样红的酒……

"我们在自己的房子里。你要放松。再放松一点……"

从西餐馆出来,回到陶怡住的那套小单元房里,张弓在录音机播放了一曲优美的钢琴曲"Return to Love"。屋里的灯全关了,只有桌子上那个大蛋糕上点着的蜡烛,散发出恬静和幽暗的光。张弓拉起陶怡的手,走到小小的客厅中央。陶怡开始有点不愿意。但在张弓的坚持下，还是跟他走了过去。张弓搂着陶怡，随着那钢琴曲的节奏在慢慢地旋转着，跳着慢四。陶怡的动作有点僵硬，脸上显露出很不自然的微笑。张弓继续轻轻地在她耳边说道："放松……放松……对……就这样……你知道吗，学表演首先要学会放松……对……学做人也是一样……要放松……还要学会迎合……在迎合中去做出最符合自己愿望的选择……对……对……你很有舞蹈天分……"他显然已经有点喝多了，一只手仍然举着那套新房的钥匙，把脸紧贴住陶怡的耳根，喃喃道："快去学车……拿驾照……三个月后我一定给你买辆新车……女式的跑车……跑车，明白吗? 我给你请最好的舞蹈老师……最好的教练……你给我学跳舞……学钢琴……学礼仪……你会成为公司最出色的公关部副经理……我会向金老板推荐，你很快会成为公关部的副经理……成为张弓夫人。"然后他把那串钥匙挂在了陶怡的耳朵上，腾出双手，捧起陶怡的脸，重重地向陶怡吻去……

陶怡拼命挣扎了一下。

张弓愣愣住了："怎么了，我的小陶怡?"

陶怡忙喘气着气说道："对不起，我有点头晕……我去开一点窗。"说着便向窗前跑去了。但张弓却从身后，把她一把抱住了……

一个小时后，舒缓的音乐声还在继续中。从窗外映射进来的路灯光落到昏暗的墙上，显出一幅光怪陆离的图像。

一些男女外衣散乱地扔在床前那把椅子的椅背上。男鞋、女鞋、男袜和女袜，还有一些内衣散乱地扔在地板上……而在那张并不算特别宽大的床上，陶怡背对着张弓，在那里默默地流着泪。张弓则显得有一点惶恐，又有一点愧疚和不知所措。过了一会儿，近乎半裸的陶怡突然裹着被单下床去，从地上捡起自己的衣物，向外走去。张弓忙欠起身，想叫住陶怡，但却没叫出声，只是怔怔地看着陶怡匆匆离去。

不一会儿穿好衣服的陶怡坐在客厅兼餐厅里，无声地抽泣着。她已经把自己的一些日常生活用品和用具都收拾进一个蓝白相间的旅行包里。不一会儿，张弓也穿好了衣服，走了过来。"对不起……"张弓有些惶惶然。陶怡把单元门的钥匙往桌上一扔，拿起那个蓝白相间的旅行包，向门外冲去。张弓呆愣了一会儿，醒悟过来，跟着也追下楼去，陶怡已经上了一辆出租车走远了。

第二天，都快九点了，张弓到公关部一看，陶怡的位置还空着。

张弓做出一副漫不经心的模样问："陶怡去哪儿了？"

一个女职员答道："她还没来哩。"

张弓说："一会儿她来了，让她上我那儿去一下。"就进了自己的办公室。但到十点左右，陶怡还没有来，张弓有些不安了。他刚想上外间去看看，陶怡却走进来了。

张弓忙去把门关上，压低了声音问："昨晚你上哪儿去了？"

陶怡把一份辞职报告往张弓面前一放。

张弓问："什么东西？"

"辞职报告。"

张弓揉掉那份报告，往身后的字纸篓里一扔："别胡闹！"

陶怡又掏出一份报告，往张弓面前一放。

张弓拿起那报告撕了。

陶怡又拿出了第三份。显然她是有备而来的。

张弓呆住了，过了一小会儿："如果你……只是因昨晚的那档子事，我向你道歉。"

陶怡听到"道歉"二字，一下叫了起来，眼睛里一下充满了泪花。她直瞪瞪地看着张弓，逼问道："道歉？！"

张弓忙提醒道："轻点！"

两个人都不作声了。但陶怡的这一声叫喊，还是传到了外头的大办公室里，让所有的职员都暗自吃了一惊。

这时，张弓桌上的电话突然响了起来。张弓拿起电话，应答了一下后，忙对陶怡说："金老板叫我。我们之间的事，一会再说吧。"一边说，一边把陶怡第三份辞职报告撕掉扔进身后的字纸篓里，便大步向经理室走去了。

张弓走进金德昌所在的总裁办公室，金德昌递给他一份打印的材料："你看看这份材料。"

张弓拿过那份书面材料，不觉心里暗自一惊。材料封面上印着《下一个五年深圳城市发展规划征求意见稿》和"绝密件"等字样。这样的内部未定稿，应属最机密的"经济情报"，轻易外传，闹不好是会在某一个社会层面上引起不稳心态，甚者还会引发社会动荡，是很不容易搞到手的。他忙问金德昌："您是怎么拿到的? 是真的吗? "

金德昌冷冷一笑："笑话，我搞的怎么会是假的? 至于我怎么拿到手，你就别问了。这些情报本来应该由你们这些职能部门去搞来给我们这些集团高层决策时做依据。现在好了，反过来了，我这个总裁去搞情报，为你们这些职能部门服务。"

张弓惶惶地说："总裁能做到的事，当然不是我们这些人都能做到的。"

金德昌说道："少拍马屁! 市场和战场一样，搞不到情报，拿不到最有升值空间的地块，你做房地产就永远会落后人家一步。而做市场，落后一步，就会被动，输掉全盘棋。更谈不上做到最大最强。"

张弓忙应道："是的是的。"

金德昌说："拿回去好好研究研究。要认真加强你的公关业务。集团决定，把原先的公关部划一半到你那个房地产公司去，切实加强你房地产公司的公关业务。要把你那个公关部实实在在做成一个情报部。要用各种手段，拿到政府方面和其他公司的最新经济信息，及时掌握他们的各种动态。"

张弓忙说："知道了。"

金德昌说："张弓，你自己心里一定要有数，论做市场，你在集团不仅算不上一流，恐怕连二流三流都算不上。论对公司的贡献，也谈不上是最大的，更别说其他方面的条件，比如资历，比如别的什么。但是对你的提拔，应该说是最快的了。为什么? ! "

张弓不无愧疚地说道:"这一切都仰仗金总的栽培……我心里明白。"

金德昌屈起一个手指,敲着桌面问道:"你明白什么? 我是谁? 清楚吗? 明白吗? 我是个商人。我为什么要这样栽培你?"

张弓一愣。

金德昌说:"你有一个强项,就是和内地方方面面,特别是和政府方面的人脉关系,是我从外头带过来的那些助手所没有的。如果你不发挥你这方面的作用,那么,张弓,我可以明明白白地告诉你,你在我眼里就一分不值。市场经济的关键词是'交易'。交易的关键词是'利益'。如果你付出的和我付给你的不等值,不仅不等值,还让我觉得是亏了,那……"

张弓惶惶地道:"我知道。我知道。"

金德昌说:"根据这份绝密的未定稿显示,深圳马上要进行重大的经济结构调整。在这个调整中,将加强高科技工业的建设和引进。在深圳的西南郊将很快建起一个高科技园区,并且建成两条高等级公路。因此,那儿的地价会很快飙升。特别是货运编集站后头那块荒地,会很快成为最抢手的地块之一。但据我得到的情报,现在还没有什么地产商看上这块地。你要尽快地去拿下它。"

张弓立即答道:"好的。"

金德昌说:"还有个情况,这块荒地原先属于当地一个大队所有,但现在好像落在了一个叫冯宁的年轻人手里。现在还不清楚这个叫冯宁的年轻人为什么要拿这块荒地,他到底有多大的实力。据说他是个退伍兵,没有任何地产方面的经历和经验。"

张弓一愣:"冯宁,不会吧?"

金德昌问:"怎么,你知道这个冯宁?"

张弓忙问:"这个冯宁也是个退伍兵?"

金德昌说道:"我听说的。你认识一个退伍的冯宁?"

张弓忙说:"不不不,我不知道……不知道。"

88

一直到年三十的那天，从小平同志身边还没有传过来要给深圳题字的消息。张主任真有点着急了。那天，他房间里的电话铃突然响了起来。电话是中央警卫局孙副局长打来的："老张吗，我是老孙啊。起床了吗？"

张主任忙应道："起了起了。早起了。"

孙副局长说道："那我马上过来。"

张主任一听，心一紧："有新消息？"

孙副局长说："也可以这么说吧。"

张主任忙说："那还是我过去。"

孙副局长说："你就别动窝了。我马上就到。"

不一会儿，做事精明又干练的孙副局长已经到了老张的房间里。出乎老张意料的是，他是来劝他回深圳过年的："老张啊，你还是回去吧，今天已经是大年三十了，看来是不行了。"

张主任心里一凉："怎么了？"

孙副局长说："昨天晚上在白天鹅宾馆吃饭，几个老人家，包括王震老、尚昆老都跟老人家说了题词这件事。老人家一直不表态。看样子，老人家还是坚持原来的想法，要等回北京以后再表态。那就没办法了，你回去交差吧。"

张主任长长地叹一口气："我这样回去，怎么交得了差？"

孙副局长说："该做的咱们都做了。尚昆老王老都做了工作，还能咋样？"

张主任又叹道："看来不走是不行了……"

孙副局长说："老人家虽然没答应马上就给你们题字，但也没说不题。这个门还是开着的。所以，还是踏踏实实回去先把这个年过了再说。"

张主任激动地："孙副局长，您说我这样回去，这个年，怎么过？我个人没完成任务, 过不好这个年, 也就算了, 我想深圳市今年也会有好多人都过不好这个年, 甚至全国都会有一些人因为老人家没在深圳表一个态, 而心里七上八下, 过不好这个年。"

孙副局长说: "别说得那么悲壮嘛。"

"你说我夸大其词了没有？" 张主任问。

孙副局长不作声了。看样子, 他心里也是挺为深圳着急的。过了一会儿, 他问道: "老人家认识你吗？"

张主任迟疑了一下, 说道: "五十年代我见过他……这么些年了, 印象肯定不会深了。"

孙副局长又问: "他身边的人呢？比如他家里的孩子们。"

张主任说: "肯定都见过。但他们都是大忙人, 很难说对我还会有什么特别深刻的印象。"

孙副局长犹豫了一下: "现在只剩下一个办法, 也是唯一的最后的办法, 就是你直接去找老人家。"

张主任一愣: "我直接去找老人家？我的天……可是, 老人家住的一号楼我连门都进不去啊。"

孙副局长说: "那好办, 我带你进去。但是有一条, 我得先说明了, 我只带你进去, 别的, 我什么也不管, 也不能管。这是有纪律的。你也是搞保卫工作的, 应该都知道。"

张主任犹豫了一下, 鼓足勇气答道: "行……只要您能把我带进一号楼, 别的, 您就别管了。"

当天上午, 由孙副局长带着, 一号楼的警卫果然对张主任放行了。等老张走进一号楼, 孙副局长向张示意了一下, 转身就离开了一号楼, 把老张一个人 "撂" 在了一号楼里。

张主任在空空荡荡的走廊里呆站了一会儿。他试着向走廊的那头走了两步。走廊里极其安静。走廊两旁的一些房间都开着门。但那些房间里显然都没有人, 因为房门里一点声音都没有。这异样的安静, 反倒使张主任不敢动作了。不一会儿，有脚步声传来。张主任有点紧张起来。第一瞬间，他甚至本能地找了个地方回避了一下。躲到那个角落里以后，他还是没动，只是呆呆地向传来脚步声的方向看了一眼。

走过来的是一个三四十岁模样的女士。

眼熟。

是邓家的一个人。

张主任忙向她走了过去："您好。"

邓家的那个人显然一眼就认出了张主任："不是叫你回去等的吗？怎么还没回去？今天都是大年三十了，家里的人不等你回去过年？"

张主任忙低声解释道："您说……您说我怎么回去？老人家对蛇口珠海都说了话，表了态，就剩下深圳没说。您说，我要是就这样回去了，深圳上上下下，这个年怎么过？"

邓家的那个人想了想："这倒也是。这样吧，咱们做好准备，文房四宝，宣纸，什么都准备好，桌子也铺好。老人家去散步了，等他回来我跟他说。你就在走廊里等着，他要答应写了，你再慢慢进去。哎，要让老人家写什么，你们准备了吗？"

张主任忙说："我们拟了几句话，您看看合适不合适？"

邓家的那个人看了看张主任递给她的那张小纸条，什么话也没说，把纸条又还给了张主任："这个，一会儿老人家要是愿意写了，让他自己来决定写什么吧。"

想到事至这一步，都还顺利，老张一直紧张不安的心稍稍得以安稳了一些。但不一会儿，看到邓小平缓步从外走了进来，他又紧张了。稍镇静下自己，立即按刚才约定的，退到一个不显眼的角落里，站定了。邓家的那个人忙迎上前，挽住邓小平的胳臂，问候道："爸，您回来了？累不？"

邓小平微笑着摇了摇头。

邓家的那个人说道："深圳想请您题个词，写几个字。"

邓小平很敏捷地答道："不是说好了，回去再写的吗？"

邓家的那个人说道："您不题，人家怎么敢回去？没法交差啊，深圳上上下下连这个年都没法过了。"

　　邓小平笑了，往沙发上一坐："没那么严重吧？那写什么东西啊？"他虽然这么问着，但很显然，对于深圳目前的形势，对于深圳一贯以来坚持的大方向，他已经做了周密的思量，有了成熟的结论，也有了表态的准备，只是原先决定要回北京再说话的，才没有立即表态。邓家的那个人听到老人家已经松口，忙向站在不远处的张主任示意了一下。张主任立即走过去，把小纸条递了过去。

　　邓家的那个人看了一眼纸条上写的几句话，顺手把纸条递给了老人家："您要是觉得可以，就像在珠海写的那样，写'深圳经济特区好'，行吗？"

　　邓小平看了女儿一眼，不置可否地淡然一笑，根本没看那张纸条，就把那纸条摞在一旁，吸了口烟，默默地想了想，然后摞下烟卷，起身缓步走到桌子旁。

　　这时，一些随行人员看到老人家要为深圳题字了，便都纷纷围了过去。有的赶紧为他磨起墨。邓小平则拿起毛笔，从容不迫地在砚台上舐了舐，直起身，比照着这一段时间来，在心里早已酝酿好的题字内容，打量了一下纸的大小，俯下身子开始运笔。

　　最初出现在纸上的几个字是："深圳的发展和经验证明"。

　　张主任一见，老人家写的并不是他们预料中的"深圳特区好"一类的语句，心里着实还有点忐忑，甚至连老人家的女儿脸上也显出一种十分意外的神情。但在场的人没有一个敢出声的，空气好像是凝固了。等待老人家往下写的那几分钟里，张主任的额角上略略地渗出了一些汗珠。紧接着在宣纸上出现的题字的后半部分是："我们建立经济特区的政策是正确的。"

　　写下自己的名字后，老人家抬起头问："今天几号？"

　　他的女儿告诉他："今天是二月一日。"

老人家沉吟了一下，俯下身去在题字最后的落款处，写上了"一月二十六日"。一月二十六日那天他还在深圳。老人家之所以要落这个日期，而不落题字当天的日期，大概是为了在历史上留下这样一个印迹：这个题字是他在深圳时写下的，是他对深圳的真实看法。或者是想说明这一点：题字虽然是离开深圳后写的，但题字的内容和对深圳的评价是他在深圳期间就已经思考成熟了的。

89

得到小平同志的题字后，老张那种欣喜欲狂的心情自不待细说，他提着墨迹未干的题字，迅速走进一个小房间里，把门锁上，拿过一个小电风扇，对着宣纸吹了起来，并吩咐司机："你赶紧回房间去收拾我俩的东西，并且把车发动着，一会儿，我们就往回赶。"

这时，小房间里的电话铃响了。

司机一愣。这个小房间是一号楼里平时没人使用的房间。他们前脚刚进，后脚怎么就会有人把电话打到这儿来了呢？

张主任却说："你别管，快去发动车。"

司机还惴惴着："你不接电话？"

张主任啐道："别多管闲事。快去发动车。"

司机急忙跑出一号楼，向他们住的六号楼跑去。留在那小房间里的张主任则继续用电风扇在吹着那幅题字。他必须得赶快带走这幅题字。过去他听说过，有的首长题字，评价一个人或一个地方的工作，题的时候兴致勃勃，遣词用语相当的褒扬，但题完后，或者是由秘书提醒，或者是听说了什么风言风语，后悔了，也有收回当初的题字的。他当然不能让这样的事情发生——这位张主任自然也没有想到，那种事有可能发生在

560

别的当首长的人身上，但绝对不可能发生在邓小平身上。邓小平素来以思考缜密深邃著称。现在要他来题字评价全国改革开放的示范地深圳，他怎么可能草率从事，出尔反尔？但不管怎么样，把题字先拿回深圳，总是上上大计。

这时，那个电话却继续在响着。小小的房间里，除了这烦人的电话铃，还有那个老式的电风扇在呜呜地响着。老张小心翼翼地拿着那幅题字，警惕地看看电话，仍然不敢去接。而他的司机此时已经拿着收拾好的东西，跑出六号楼的房间，去发动车了。

题字终于吹干了。张主任关掉了电风扇。小房间里一下静了许多。只有那电话铃声依然还在顽强地刺耳地响着。老张卷起题字，用一张旧报纸把它细心地包好，便向门口走去。这时，他的司机把所有的东西往汽车里一扔，发动着车，已经向一号楼驰来了，而老张也已经走出一号楼的这个小房间的房门了。只听得那电话还在顽强地响着。张主任无奈了。多年的习惯和纪律的约束使他不能就这么一甩手走去。常识告诉他，这个珠岛宾馆，尤其是这个一号楼，从来都是接待省部以上最重要的首长的。特别是接待中央首长的时候，这个楼里的每一个安排，每一个动静都不会是偶然的，随意的。能够打电话到这个小房间里来的人，也一定是内部的人。他既然往这儿打电话，一定是发生了什么事。要知道，在接待中央首长的过程中，发生的任何事情都是大事，是没有小事可说的。如果因为他不接电话，而耽误了什么大事，这个责任他张某人是负担不起的。想到这里，他还是走回房间来拿起了电话。果不其然，电话是广东省委的吴书记打来的。吴书记已经听说了小平同志给深圳题字的事了，让张主任立即带着题字，赶到他家里去。

司机也有点愣怔了："吴书记的消息怎么那么快？"

张主任忐忑地："不知道他的消息怎么那么快。"

司机担心地："省里不会扣下这个题字吧？"

张主任没有多大把握地："应该不会吧。"

吴书记反复看了两遍题字，兴奋地也感慨地说道："老人家的评价很高啊。'深圳的发展和经验证明，我们建立经济特区的政策是正确的。'回去告诉你们宋书记，小平同志的题字什么时候发表，怎么发表，还是要等一等中央的决定。这件事非同小可！"

这时，两个记者带着一些照相器材走了进来。

吴书记向老张介绍这两个记者道："这是南方日报的记者。我让他们来的。"

一阵闪光过后，两个记者把邓小平的题字反反复复地拍了十几张照片。拍完照，张主任赶紧收起题字，刚要走，吴书记家的电话响了。吴书记的秘书接了电话，对吴书记说："中央警卫局的孙副局长请深圳市委接待办的张主任接个电话。"

张主任犹豫了一下，拿过电话后，显得十分勉强，有好大一会儿没说话；过后，却把送话器严严地捂了起来，低声向吴书记请示道："能不能告诉孙副局长，我已经走了？"

吴书记笑了笑反问道："干吗？"

张主任忧虑地说道："您说有没有这个可能，老人家事后一想，要收回这题字，所以让孙局长打电话来找我？"

吴书记笑道："胡说什么呢？小平同志这个题字绝对不是因为有人催促了，更不是因为你来了，才写的，而是他深思熟虑的结果。统观全局，他才决定南下视察特区，一路上视察深圳，视察蛇口，又视察珠海，应该说看了一路，思考了一路，最后才得出这样的结论。而且，他根本就没按你们事先给他拟好的那些话写嘛……是不是？这么一个大政治家，领袖人物，当然知道自己给深圳题字是一件什么分量的事情，会怎么影响整个中国的明天，怎么可能如此轻率，题了又收回？！这也不是他老人家办事的风格。你们太不了解老人家了！"

张主任赶紧说："是的。我们给他拟了好几句话，他都没按那写。"

吴书记说："而且最后的日期，你们注意到没有？他没有写今天的日子,写的是离开深圳那天的日子。他要向世人表明,在历史上留下这样的记录,是深思熟虑的,是成竹在胸的!这二十五个字,是他老人家对中国社会主义道路思考几十年,也是对今天的深圳进行全面考察后得出来的结论。怎么可能说变就变呢?再者,退一万步说,即便发生了老人家要收回这个题字的事情,老人家一定有他必须这么做的原因,那你也不能躲。躲了,在组织上和政治上,就是个重大错误!而且还是不可原谅的错误。快接电话。"

张主任无奈地拿起电话:"孙局长,你好。"

孙副局长不是来"收回题字"的,而是来为老张"庆功"的:"老张啊,你怎么拿着题字就跑了呢?中午你可不能走,在我这儿吃饭,要替你庆功哩。"

张主任忙说:"我有什么功?我来不来,小平同志都会这么夸我们深圳的。饭我就不吃了。您的好意我全领了。我现在得赶紧把这题字送回去。家里人全在等着哩。"

孙副局长笑道:"你小子是怕夜长梦多吧?"

张主任也笑道:"孙副局长不愧是一直在首长身边工作的人,啥也瞒不住您哪!"

孙副局长笑道:"老人家替深圳题字,又说得那么好,我们大家都高兴。这不光是你们深圳的大喜事,也是我们全党全国的大喜事。你小子立了一功。这杯庆功酒你得喝。"

张主任为难地:"局座……"

孙副局长说:"听我安排。你马上回宾馆来。你要不回来喝我这杯酒,以后,别再找我办事了。"

张主任只得把车又缓缓开回到六号楼门前,然后他按孙副局长的安排,把房门钥匙递给服务员,让服务员拿着钥匙去总台把房退了,对外声张:"深圳来的同志已经带着题字回深圳去了。"这样,不管是谁,也找不到他手上这幅题字了。"然后,你再把车开到我住的十号楼的侧门口。我在那楼里为你庆功。喝完这杯庆功酒,我肯定不留你……"

这样,到当天的傍晚,张主任带着题字,赶回了深圳。听说老张带回了小平同志的题字,市委市政府所有的领导都在最短的时间里赶到了迎宾馆六号楼的会议室里。

当小平同志的题字展开在深圳市全体领导面前时,所有人都被这个题字震住了。会议室里几乎没有一点声音。晶莹的泪花在宋梓南的眼眶里闪烁着。他扶住椅背的那只手在微微地战栗着。

宋梓南尽量控制住自己激动的心情,急迫地问:"通知特区报的记者了吗?"

周副市长说:"已经通知了。他们马上就到。"

宋梓南回过身来用力握住张主任的手说道:"小张,你辛苦了。这一回你给深圳立了一大功。我看应该为你请功啊。"

在场的领导都不约而同地鼓起掌来。

周副市长感慨地说:"小平同志这个题字,不光肯定了我们深圳的工作,也肯定了中国这些年前进的方向和探求的一条发展道路。"

张主任忽然想起省委吴书记的嘱咐,便忙对宋梓南说:"离开广州时,吴书记叮嘱,何时发表这题字,要等老人家回北京后再说。"

宋梓南却斩钉截铁地说道:"不。让特区报马上发表,明天就见报!"

第二天,《深圳特区报》就在头版头条的位置发表了邓小平为深圳特区题字的消息,并刊登了题字的照片。紧接着,全国各大报纸各大媒体都在最醒目的位置上发表了这个消息,刊登了题字的照片。中央电视台和香港各电视台的滚动新闻节目都在第一时间里播出了这条消息。而在深圳,华强北商业街建设工地上的人们聚集在仅有的几台电视机前观看。邓小平的这一把火,不仅把深圳改革开放的温度提升到了空前炽烈的程度,也把整个中国改革开放的温度提升到了空前炽烈的程度。

那天,冯宁的公司乔迁新居,他正带着几个员工往一个新的写字楼里搬办公用具。下楼来接刚运到的家具，看到隔壁一家商店的橱窗里有电视机在播这条消息，便走了过去。其他几个员工也走了过去。看了一眼那橱窗里的电视新闻，冯宁的心跳加快，立即向楼里跑去。冯宁冲进办公室。那时，办公室还没布置好，还是空空荡荡的。有两个工人正在安装电话。

他立即打开电视机。电视机的画面上显现的就是这条新闻。不一会儿，两个工人抬着一张老板桌呼哧呼哧来到他的办公室门口，问："这张老板桌搁哪儿？先生？"他因为太投入了，只顾着看电视上的新闻，完全没有听到工人的问话。那两个工人便走近来，又问道："先生，这桌子要搁哪儿？"却没料到，冯宁回过头来，涨红了脸，大喊道："你们吵什么吵，都别出声了。听新闻！"

这时，陶怡在她居住的那套小单元房的厨房里正做着饭。外间的电视机里正在播放一部香港言情电视剧。张弓冲进房间来，呼哧带喘地说了句："你怎么还看这个？"马上拿起遥控器，把频道换到新闻栏目上。而何振鸿和金德昌也在一家新开张的五星级宾馆的董事长办公室里看着这条电视新闻。为人低调而内向，喜怒轻易不溢于言表的何振鸿这时也按捺不住地说道："这可是一条利好的重头消息啊。太重要了……太重要了……"

在冯宁新租的写字楼里。在冯宁不断催促下，电话局的工人用最快的速度安装好了电话。冯宁立即拿起电话，问那两个工人："现在能拨国内国际长途了吗？"

电话局的工人说："已经设置了这个功能，但正式开通还得三天后。"

冯宁说："包括国际长途的功能也得三天后开通？"

电话局的工人："是的。市内的，马上就能用了。但国际国内长途的功能，得三天后开通。"

冯宁立即拨了个电话给尤妮："尤妮吗？我冯宁。这是我公司新写字楼的电话。你稍稍等一下。"然后回头吩咐公司的一个女文秘："你马上上街把所有的报纸都各买五份回来。"

女文秘不解地："各要五份?"

冯宁斩钉截铁地："对,各买五份。所有的报纸,中央的省里的和市里的各种报纸,只要能买到的、今天出版的报纸,各要五份。"然后又对尤妮说："你看今天的滚动新闻了吗?邓小平表态了,完全肯定了深圳特区。你马上替我打个电话给田叔……我这儿的电话得三天后才能打长途。你马上告诉他,不用那笔保证金了。我们立即跟那边签正式合同,马上把那块荒地拿下来。我现在就到那个大队去。你也马上赶过来。尤妮,放弃你那个职业中介所吧,到我这儿来,我们一起来经营这个公司吧。"

尤妮愣了一下："马上就签正式合同?冯宁,你冷静一点……万一……。"

冯宁立即打断她的话："不能再冷静了。百年不遇,百年不遇的机会来了。"

尤妮尽量让自己放平静一点,她知道如果这时跟冯宁吵,他一定会显现得更猛烈的,那样就更说不清事情了："冯宁,你把鸡蛋都放在一个篮子里,是犯了投资经商的大忌……万一……。"

冯宁说："百分之九十九的时候是应该把鸡蛋分别装在三个篮子里的。但是在遇到百分之一、千分之一、万分之一的大好机遇时,就得拼全力地冲上去,拿出所有的本钱去搏啊。现在我们手上的这副牌是草头同花顺,而且是大顺子,A、K、Q、J、10。尤妮,百年不遇、千年不遇、万年不遇啊!"

冯宁放下电话,大步跑出写字楼,冲进一辆二手的桑塔纳车里。车刚起步,那个被支去买报纸的女文秘抱着一大抱报纸回来了。

女文秘忙问："冯老板,这些报纸怎么办?"

冯宁说："搁我办公桌上。先替我分一下类,把刊发邓爷爷题字的版面全给我单独放。等我回来处理!"说着,车便箭一般的冲出去了。

这时,在那家新开张的五星级宾馆董事长办公室里,金德昌也极其兴奋地对何振鸿说道："我已经督促新成立的那个房地产公司赶快运作起来。让张弓去把货运编集站背后的那块荒地拿到手。"

何振鸿问："交付给这个张弓办，有把握吗？"

金德昌说："应该可以吧。如果他不行，我还有一层关系。"

何振鸿问："你还有一层关系？哪层关系？"

金德昌故作神秘状："何叔，这你就别多问了。狡兔三窟……那是我手里的一张秘密王牌哟。"

何振鸿说："在大陆做生意，上层关系不能不用，但各种分寸也得把着一点。"

金德昌拍拍这位七叔的肩膀笑道："放心啦，我的何叔，这边房地产生意上的事，你就统统交给我好啦。"说着，拿起电话，按了一个按钮。

一个秘书立即走了进来。

金德昌吩咐道："你让张弓马上来见我。马上！"

90

那天，很多人打电话到宋梓南办公室去找他，都没找到，找秘书小马，小马也说不知道他去了哪儿。到中午时分，周副市长有事也没找到宋梓南，有点急了，把电话打到秘书室，找到小马，小马这才告诉周副市长："宋书记他躲起来了。"

周副市长觉得不可理喻："躲起来了？怎么回事？"

小马说："他说他想清净一下。"

周副市长立即找到宋梓南"躲藏"的那个山间别墅，问："想清净一下？为什么？"

宋梓南说："这两天，我觉得心脏有点难受。"

周副市长问："怎么会呢？所有人都说，小平同志题字以后，是你宋梓南最春风得意的时候。你怎么会难受起来了？你难受什么？"

宋梓南闷闷地看了一眼周副市长，问："你也这么想吗？"

周副市长沉静下来："你说的心脏难受，是指生理上病理上的，还是心理上精神上的？"

宋梓南说："先回答我的问题，你也觉得老人家给我们题字以后，我宋梓南因此就春风得意了？"

周副市长说："总不能说，老人家给我们题字，你不高兴？我看小张从广州带回题字来的那天，你激动得都流泪了，晚上为小张庆功，喝了好几杯茅台，劝都劝不住。"

宋梓南说："我当然高兴。"

周副市长笑道："那你还'心脏难受'？"

宋梓南说："你仔细品品小平同志的题字，他说，深圳的发展和经验证明，我们建立经济特区的政策是正确的。重点是在强调中央改革开放路线和政策的正确性。"

周副市长说："那当然啦。他作为一个掌舵的人，考虑的当然是全局的大方向问题。他首先要肯定中央的路线和方针，这样才能号召和带动全国都来进行改革开放，走一条具有中国特色的社会主义道路！你还能要他怎么写？他总不能像毛主席给雷锋题字那样，题一个'向深圳特区学习'吧？"

宋梓南说："所以，在这种时候，我们这些在深圳工作的同志，就得更加冷静地来想一想，我们的工作中还存在一些什么重大的缺陷和问题。"

周副市长笑了："哦，你躲到这儿是反省来了？前一阶段，乌云压城，八面来风时，你处处跟人拍桌子吵架，连国务院一些重要部委领导提的意见，你都不买账，照顶不误。现在，小平同志肯定我们的工作和大方向了，你倒又羞答答起来了。"

宋梓南轻轻叹一口气："当时我也没'处处跟人拍桌子吵架'，你也不要夸大其词了。"说到这里，他稍停顿了一会儿，又接着说道："当时，你们看我好像很不冷静，其实那会儿，我心里明白得很。你想啊，我怎么会不知道我们的工作还存在不少问题？我怎么会听不出来那些人发出的种种'攻击'中，的的确确还包含着不少合理的成分？我也非常清楚，我们的工作，和中央的要求，和小平同志的要求，还存在很大的差距。但当时，我感觉到，有一部分人之所以要掀起那么一阵黑风狂浪，目的不是帮助深圳改进工作。他们要说的核心话语，恰恰是和小平同志要说的正相反，他们无非是想说这么一句话：深圳的现状和教训证明，中央建立特区的政策是错误的，中国的改革开放是错误的。中国不应该走这样一条具有中国特色的社会主义道路。如果这样，中国还有希望吗？深圳还有前途吗？我们这些人还有什么干头？"说到这里，他一下站了起来，再一次激动起来。

周副市长不作声了。

宋梓南大步走到周副市长面前："我知道我的顶撞，反驳，声嘶力竭的喊叫，在政治上会被不少人看作是不成熟，甚至会被人当作一种忌讳来对待，但当时，我觉得必须要有人站出来做这件事。我是深圳的一把手，我不做，谁做？！我必须站出来捍卫深圳所坚持的大方向。"

周副市长显然被宋梓南的这一番话打动了。

宋梓南继续说道："但是，你也应该清楚，经验告诉我们，我一定会为自己那样的不冷静和顶撞，付出必须付出的代价的。"

周副市长忙劝慰道："这个你过虑了。"

宋梓南苦笑道："你怎么也学会不说真话了？"

周副市长略为有一点尴尬地笑了笑。

宋梓南的神情突然变得沉重起来，沉吟了一会儿说道："还有我的身体。"

周副市长忙说："最近你老说你身体怎么怎么了。你身体到底怎么了？

去北京彻底做一次检查吧。"

宋梓南轻轻地摇了摇头："所以，我在想，如果我不可能在深圳这个位置上久待下去，如果有一天，我必须得突然离开深圳。"

周副市长微笑道："老宋啊老宋，小平同志这么高度评价我们深圳，你作为我们这个班子的班长、带头人、一把手，却躲在这儿，忧虑自己什么时候会不得不离开深圳？老宋，你是不是也……"

宋梓南做个手势，打断了对方的话，"听我说完。请你相信，我说这些话，不带一点个人情绪。虽然，通过这些年在深圳的工作，深圳在我生命历程中烙下的痕迹已经非常非常深了。我的确不想离开深圳。"说到这里，宋梓南眼眶湿润了，甚至略略地有一点哽咽了，"我前一阶段对待批评所持的那种暴烈态度，一定也伤害了那些本想善意地来帮助我们的领导和同志，给他们留下了很不好的印象。我现在真的非常后悔。"

周副市长劝慰道："天性使然。"

宋梓南长长地叹了口气："也许吧……真是白活了这六十多……"

周副市长忙说："哎，这话可说重了，说重了……"

宋梓南说："现在我着急的是，在我离开深圳前，我还能为咱们的深圳做点什么，弥补一点什么……我这些想法当然不能跟别的什么人去说，但我需要你的帮助……"

这时，已快到傍晚时分。小马正准备下班，雕塑家潘教授轻轻地敲了敲宋梓南办公室的门，走了进来，问："对不起，我能请问一下，这是市委宋书记的办公室吗？"

小马热情地："对对对。潘教授，您好。请进。"

潘教授忙解释道："是宋书记约我来的。他想在市委大院，或市民中心广场上立一个标志性的雕塑，约我来谈一谈有关雕塑的问题。"

小马一边让座，一边说道："知道。知道。宋书记交代过这件事。可是非常对不起，情况临时有变。他有一点急事，出去了。"

潘教授略有点失望："他大概什么时候能回来？"

小马说："现在还说不准。"

潘教授有点着急起来。

小马忙说："要不，您先忙您的去？让宋书记跟您再约时间？或者，您就耐心等一等？一会儿他应该会回这儿来的。"

雕塑家正在犹豫着要不要再等一会儿时，宋梓南推门走了进来。

宋梓南大声说道："我没迟到吧？真对不起啊，潘大教授！"一边说，一边把潘教授带进了里屋。

宋梓南稍稍问候了一下教授的生活近况，便说道："我有这么个想法，前一阶段发动市民选市花，莲花已经入围参评了。我们何不立一个莲花的塑像，寄寓我们深圳人民和特区干部在改革开放中出淤泥而不染的精神追求？"

潘教授想了想说道："莲花当然好。不过，您这淤泥又指谁呢？指……深圳河那边？如果有人做这样的联想，不好吧。"

宋梓南笑了，"当然不是指深圳河那边啊。"又想了想，"要不，塑一头雄狮，怎么样？"

潘教授说道："狮子嘛……您觉得好吗？当年英国殖民者在上海外滩，他们的汇丰银行本部门前立的就是两头雄狮铜像，高高在上，傲视众小，霸气十足，拒人于千里之外，这种形象不管是放在市委市政府门前，还是放在市民广场上，我看都不合适。宋书记，我是不是说得太多了？"

宋梓南若有所思地点点头说道："你这个意见好。我们的干部不能像狮子一样作威作福啊，特区精神，不能有那种高高在上的殖民者和封建达官贵人的官僚气息，倒是应该放下架子，贴近老百姓，贴近现实生活才好。应该是人民的公仆，要有为人民做牛做马的精神。"说到这儿，他突然叫了起来："有了！"

然后，宋梓南和潘教授几乎是同时叫了起来："牛！"宋梓南兴奋地："好。牛好。这个形象好。"但潘教授细细一想，又说道："不过，牛在一般人印象中总是埋头苦干，垦耕不已，缺少一点昂首阔步的豪气。这个，会不会跟我们一贯提倡的特区敢闯敢干的创新精神,有点不贴。"

宋梓南说:"改革开放,敢闯敢干的核心还应该是埋头苦干,甘为孺子牛嘛,还应该是把人民的利益置于一切之上。牛,好。你给画个草图看看。"

潘教授说:"我带了个设想来,您看看行不行?"

宋梓南说:"哦,你有个设想?怎么不早说?快拿出来瞧瞧。"

潘教授从他随身带来的画夹里,取出一幅画稿。画稿上展现的是一个昂首展翅凌空搏击的大鹏鸟。"我们深圳又名鹏城,这几年它又搏击长空,冲杀在全国改革开放的第一线,大鹏展翅,一飞冲天,又寓意前程远大。在市府广场前立这样一个大鹏鸟的雕塑,我觉得不仅实至名归,也能让人睹物思情,追忆往昔而激励未来。"

宋梓南仔细地看着画稿,只是沉思着,不说话;过了一会儿,他又看了看画稿,然后,问潘教授:"你今天带了几份画稿?"

潘教授答道:"一份。"

宋梓南问道:"这一份能留下来吗?我拿去请更多的同志看看,咱们再认真考虑考虑。"

潘教授忙点头应道:"当然可以。当然可以。"

送走潘教授,宋梓南把画稿交给小马:"复印一下。送每个常委。同时给城市规划设计院和社科院的有关方面也各送一份。请他们都提提意见。"

91

这两天一直在市里参加政协会的高士达集团的董事长何振鸿先生,晚上一回到他的董事长办公室,就急忙找金德昌。助理告诉他,"金总"

在他自己的办公室，"刚才还打电话来问您回来了没有。他好像有急事要找您"。

何振鸿又问："晚上安排有应酬吗？"

助理说："别的都替您推掉了，只安排了一个活动，会见加拿大的雅芒公司总裁。"

何振鸿说："这个也替我推掉，让李副董事长去出面。"

助理说："可是已经通知雅芒方面的人，今晚您亲自会见他们的总裁。"

何振鸿说："告诉他们我病了。突然发高烧。非常非常抱歉。"

助理说："晚上的洽谈，关系我们明年在加拿大的市场份额。"

何振鸿说："明天我再去拜会他们这位总裁。你现在马上替我把金总请来。"

不一会儿工夫，金德昌手里提着一个公文包，风风火火走进何振鸿办公室："怎么样，政协会开完了？有新精神吗？"

何振鸿说："怎么会那么快就结束，还有两三天哩。我是请了假赶回来的。"一边说，一边从皮包里取出一份书面材料。

金德昌问："什么好玩意儿？"

何振鸿说："你看看。"

金德昌一看，是一份铅印的内部材料。封面上印着的标题是《关于深圳未来五年经济发展的基本构想——征求意见稿》。

何振鸿解释说："政协财经组发的内部文件，未定稿，让我们提意见的。还属于秘密级的文件，用完后要原样上交。你看，每一页都打上页码了。上交时，一页都不能少的。我一看，跟你前一段时间拿给我看的那份打印稿几乎是一模一样的。那一份，你是怎么搞到手的？当时还属于绝密级的啊。"

金德昌神秘兮兮地笑笑："七叔，诧异了？"一边说，一边从皮包里拿出一本铅印材料，放在何振鸿面前。

何振鸿拿起来一看，竟然也是一本正式铅印的《关于深圳未来五年经济发展的基本构想——征求意见稿》。从版本上来说，和何振鸿带回来的那本居然完全一模一样。

何振鸿惊诧了："你哪儿搞到的？我们在会上领这材料时，一人只能领一份。还都签了字的。非财经组的委员暂时都还看不到。"

金德昌得意地说道："制度在他们这儿从来都是约束执行这个制度的人，而不是针对制定制度的人的。"

何振鸿疑惑地问："是政协内部的人给你的？"

金德昌微微一笑："这，您就不用问了。我答应过对方，要对他负责，要守口如瓶。我还以为你在会上拿不到这个材料，所以特别着急地在找你。"

何振鸿说："从这份材料来看，下一步，深圳要有个大发展是肯定的了。你的房地产公司要赶快在那两条高速公路沿线有所动作了，包括那个未来的高科技园区。"

金德昌说："我已经派人去探听那块荒地的情况了。"

何振鸿说："只有那一块地不够，远远不够！"

金德昌说："我当然还在谋划拿别的地块。"

何振鸿说："从政协会上传出的消息还说，市里很快要搞土地拍卖了。"

金德昌说："我们当然不去跟别人到拍卖会上去争地块。我不上宋梓南这个当哩。绝不跟着那些二百五一起去哄抬地价！"

何振鸿问："一旦开始拍卖后，你还能有别的途径搞到地块吗？"

金德昌说："我亲爱的七叔，别忘了，这是什么地方。我就不相信，他宋梓南真的能像我们香港那样，会把所有的地都只拿到拍卖会上出手。今后面对比他大的官的亲笔批条，他敢不给地！除非他横下一条心，不再想当这个深圳市委书记了。"

何振鸿说："不要听信境外那些媒体的说法。大陆的干部并非像他们说的那样，全都是那么糟糕。深圳的发展已经证明了这一点。中国这两年的发展也正在证明这一点。要谨慎，要守法……要多做一些对大陆发展有好处的事。"

金德昌敷衍道："行行行，我当然会守法依法行事。我是香港的好公民嘛，现在也要争取做大陆的好公民，深圳的好公民。"

这时，一个助手匆匆忙忙，甚至有一点慌里慌张地跑了进来。

那个助手喘着气："那块地……那块地……已经被那个叫冯宁的小子拿下了。"

金德昌和何振鸿一惊："什么?!"便同时站了起来。

这时候，也有个消息传到货运站的主任那儿。有人告诉老主任，这一个阶段，那块荒地的地价疯了似的飙升了上去。毛估一下，它已经能值五百万左右了。

主任瞪大了眼睛，惊讶地反问那个来给他传消息的人："多少? 你说那块地现在值多少?"

那个工作人员忙说："我也是听说的，说是闹得好，冯宁那小子至少能赚五百万。"

主任瞪大了眼睛，怀疑道："五百万? 做梦呢?! 那块地闹啥能值五百万? 那地里能出金条、钻石，还是能出劳斯莱斯、宾利?"

这个消息显然也扰乱了高士达集团两位老总和新任地产公司副经理张弓的心。消息是公司一个工作人员带给他们的。

金德昌计算了一下说："搞得好，这块地上的产出不是五百万的问题，而是五千万，甚至更多。看样子，得尽快接触一下这个冯宁。"

张弓关心的却是另一档事，他问那个带来消息的人："那家伙确实叫冯宁?"

那个助手说："那没错。"

张弓又问："一个退伍大兵?"

那个助手应道："是的，退伍军人。"

张弓追问："老家在东阳市，父亲是一个中学的副校长，家里还有一个妹妹？"

那个助手答道："我没问那么详细。但知道他一直在给货运编集站打工，最近才从站里承包了一个劳动服务公司。一开始干得还挺困难的。"

张弓说："那就是他了。没错。货运编集站劳动服务公司的经理。我知道他。他手里怎么可能有这么一块地嘛，这事太夸张了嘛。最后一次我见到他，在内地一个电子元器件订货会上，他连会务费都出不起，混进会场，让人发现了，还给逮到派出所去了嘛。这么一个人，基本没有经商经验，更谈不上经商手段，在深圳也没任何人脉可利用。他从哪儿去搞这么块地？别制造神话了。天上就是天天在掉馅儿饼，也没有任何理由会掉到他头上啊！况且还是这么一块超级馅儿饼哩。"

那个助手说："我亲自到那个大队去了，找到他们的大队书记了，人家说得特别清楚，这块地已经交换给了这个冯宁。"

何振鸿忙问："他拿什么跟这个大队交换的？"

那个助手说："那个大队跟香港一家公司合作制造电子元器件。冯宁替他们推销产品。大队就答应把这块荒地当作推销的劳务费，交换给了这个冯宁。"

张弓仍坚决地摇着头说道："我不信，那是大队的人在搪塞打发你哩。"

那个助手拿出一份合同复印件："他把他们跟冯宁签的合同副本都给我看了。上面有他们的签名盖章，板上钉钉的！"

张弓忙拿过那个合同复印件。果不其然，文本下边，清清楚楚地显示着冯宁的签名和那个大队的公章。在场所有的人都不作声了。

那天傍晚，尤妮开着一辆二手车，上冯宁公司新搬的那个写字楼里来找冯宁。尤妮喜欢开快车。车子飞快地驰进院子，总把保安们吓一大跳。"冯老板呢？"尤妮一推开办公室的门就问。一个戴眼镜的女文秘却压低了声音告诫她："尤姐，冯总说过好多回了，不让我们叫他老板。"尤妮奇怪了："叫个老板又怎么了？"那个戴眼镜的女文秘说："他说，就得按公司法来，该叫经理的就叫经理，该叫总裁就叫总裁。他不喜欢老板这个称呼。"尤妮笑道："怪事了，现在许多部长书记都喜欢人家叫他们老板。他倒装腔作势起来了。他人呢？"那个戴眼镜的女文秘指指里间的那扇门，压低了声音："都在里头待了好大一会儿了，说是不让人去打扰哩。"尤妮说："那，我还非得打扰他一回哩！"说着，便向那里间走去。

尤妮推门走进时，看到冯宁正呆坐在大写字台前。桌上放着那两个庞耀祖留给他的密封了的牛皮纸信封。听到门突然一响，冯宁本能地拿起那两封信就往抽屉里藏。等看清了进门的是尤妮时，又好气，又好笑地说："你怎么连门都不敲一下，真吓我一跳！"

尤妮很快地四下里环视了一圈："你把啥藏起来了？一个人在屋里搞啥非法活动呢？"

冯宁笑道："我能搞啥非法活动？"

尤妮问："得到消息了吗？一条高等级公路，一条高速公路，今年内就要开工，都会从你拿下的那块地附近通过。那儿敲定要搞高科技园区了。那块荒地八成要变成黄金宝地了。"

冯宁说："不是八成，而是九成九。"

尤妮笑道："瞧你那得意样！"

冯宁苦笑笑："我得意吗？！"

尤妮说："几乎没费吹灰之力拿到的荒地，转眼间成了黄金宝地，这么大一个馅儿饼掉在头上，摊在谁身上，谁不得意？"

冯宁怔怔地打量了尤妮一会儿，突然从抽屉里取出那两封信："你不是想知道我刚才把啥藏起来了吗？这是庞哥走以前留下的两封信。"

尤妮瞟了那两封信一眼说："他不是说，要你在最困难的时候才去拆看它吗？"

冯宁说："我现在就有点六神无主……感到非常非常困难。"

尤妮撇撇嘴道："跟我矫情，是不是？现在谁都知道你冯宁一夜暴富。腰缠万贯、百万贯,跟我装大财主,钱多得发愁了?票子数不过来,我帮你数呀!"

冯宁激动了:"钱多?我操!首先,你想过没有,这块地到底能不能变现,怎么变现,还是一个大大的未知数。如果在香港,在欧美,不管是私人手里的,还是公司手里的地要变现是有一套完整的流程来实现,更有一套完整的法律来保证。你只要有足够的法律依据来证明这块是属于你的或你的公司的就行。但在我们这儿,有没有可能变现,怎么变现,都是未知数。就算是能变现,最后它到底能变成多少现金,也是一个未知数。而且,更大的未知数和更可怕的事情还在于,我现在一分钱都还没拿到,可正如你刚才说的,现在几乎人人都把眼睛盯着我了。生意人都明白,一个公司的招牌和公司的产品,需要引人注意,但是操作公司的过程和操作公司的人是需要隐秘的,需要蔫不吱声的,是最害怕曝光和大声喧哗的……你看旧社会骡马集市上商人谈价钱,双方都是把手伸在对方的袖管里,用约定俗成的手势暗号,蔫不出声地在那儿讨价还价……谁也不会把这过程搞得众目睽睽人人皆知!"

"所以你就有点惶惶不安了?就拿不定主意了?捏着这么个烫手山芋,丢也不是,吃也不是了?那就拆开信看看呗。看看庞哥到底跟你设计了什么过关绝招。他跟你交代了没有?遇到这种情况,该先拆哪一封,后拆哪一封?"

冯宁摊开那两封信。尤妮看到,信封上有标注得非常清楚的字样:(1)和(2)。尤妮拿过那个注着(1)的信封就要拆。冯宁却一把按住了她的手,不让拆。尤妮稍稍愣怔了一下,看了看冯宁。冯宁脸微微地红了起来,显得有一点点歉疚和难堪,但还是没松手。尤妮立刻明白了,冯宁不想让她知道这封信里的内容,便赶快把信交还给冯宁,一边知趣地往外走,一边笑道:"行。行。这是你们之间的秘密。也是你的商业机密。我不沾边。你自己看吧。我来就是告诉你,那两条公路的消息……"尤妮本以为冯宁多少会给她留一点面子,还会叫住她(潜意识中,好奇的她也希望冯宁会叫住她，一起来筹划这块地的事），主动邀她一来看看庞耀祖这封神秘的信的内容。所以，一开始，她故意放慢了脚步，等着冯宁来挽留。但一直等她快走到门前了，冯宁还是一动不动地坐在他那个老板椅上，没有发出任何挽留的信号。她有点失望了，甚至都有一点怨气了，便突然加快了步子，快快地走了出去，并在关门时，有意加大了点力气，让门扇碰上门框时，发出很清脆的一声，以表示她的不高兴。

尤妮走出经理室以后，并没有立即离去。她仍然希望冯宁能追出来叫住她，她还是非常好奇非常急切地想知道庞耀祖这两封信的内容。

但冯宁没有追出来。

窗外的天色已经暗淡下去。夜色渐浓，大街上华灯璀璨。员工们也都下班走了。这时，大房间变得越发的空阔寂静，也显得越发的灰暗。十秒……二十秒……尤妮呆站着，但里间却毫无动静，好像那儿本来就没人似的。尤妮知道，冯宁是绝对不可能再追出来了，便极其失落地向楼下走去了。

而冯宁依然面对着庞耀祖的这两封密封的"锦囊妙计"发着呆。他没有开灯，一直在黑暗中，默默地面对着那两封信，呆坐着。他听到尤妮走出办公室后，在外头停下过，也听到她在外头粗重地喘息着，等待着。但他没有窝。后来他也听到尤妮决然离去的脚步声。当时他微微地战栗了一下，脸上再度显示出刚才曾出现过的那一种歉疚和不安。但他还是没有起身去挽留尤妮，没有去满足尤妮那一点好奇和自尊。一直等到尤妮离去的脚步声完全消失在近晚寂静的空间中，他才慢慢地拿起那两封信，掂量了一下，最后还是把它们扔进了抽屉里，然后用很快的动作，掏出钥匙，锁起抽屉，并留意地拉了一下抽屉把手，在确认抽屉已经被锁严实以后，这才起身向经理室外走去。

92

这块荒地同样引起了市里高层的注意。那天晚间，在刚成立的高科技园区建设指挥部会议上，石长辛正在向前来视察的市委市政府领导汇报高科技园区的建设规划和筹备问题："由一号、二号、五号、六号、八号楼组成的建筑群，将构成我们未来的高科技园区。由三号四号七号楼组成的建筑群，将构成我们未来的留学生创业园区。这里还预留了一幢楼，做机动……整个园区的征地工作已经启动。有点问题的是，作为高科技园区核心地段的这块地流失到一家公司手里去了。"

常副市长问："哪家公司？"

石长辛说："说起来，也还是带有国营性质的，属于我们铁路上货运编集站下属的一个劳动服务公司。"

常副市长说："只要是国营的就好办。"

周副市长说："那恐怕也不能用过去那种平调的办法来征集了。"

另一个副市长说："劳动服务公司，一般情况下是集体性质的。现在多数由个人承包经营了。产权性质比较难界定，属于你中有我，我中也有你那种，似鹿非鹿，似马非马。"

宋梓南问："那家劳动服务公司的老板叫什么？"

石长辛翻看了一下手边的资料说道："叫冯宁。二马冯，列宁的宁。是个退伍军人。非党群众。"

宋梓南说："这个名字好像在哪儿听到过。"

刘部长说："这是个很普通的中国名字嘛。在深圳叫这个名字的人，我想应该不下五十个吧。"

黄部长说："冯宁……冯宁……好像在蛇口上报的一份材料里，看到过这么个名字。好像跟蛇口当时那个'四分钱劳动报酬风波'多少还有点关系……宋书记，你还记得吗？"

宋梓南说："记不得了。"

周副市长问石长辛："你们跟这个冯宁接触过没有？"

石长辛说："初步接触了一下。"

周副市长又问："接触下来怎么样？"

石长辛说："这个小伙子不简单。"

周副市长问："'不简单'是什么意思？要价很高，还是为人比较狡诈？"

石长辛想了想说："狡诈倒谈不上，就是让你觉得一时半会儿不容易摸得着他的底牌。"

周副市长笑道："市场经济嘛，随随便便让你摸着底牌了，还行？说明这小伙子还有点名堂啊！"

这时，一个工作人员进来走到石长辛身后低声对他说了句什么话。石长辛便站起来问领导们："到晚饭时间了。指挥部准备了一点便饭，也只能算个工作餐吧。"

宋梓南站了起来，一边说一边往外走："我就不吃你们的工作餐了。不是嫌你们的工作餐不好吃，是大夫限制我在外头吃过于油腻的饭食。现在中央领导来视察，我都不陪吃了。外国总统议长来参观访问，不得不陪，也只是让厨师单独做碗西红柿面条吃两口表示个心意，其实我馋着哩。"

大家都笑了。

石长辛等送宋梓南到门外。宋梓南刚要上车，石长辛叫道："书记，您等一小会儿。"说着，便匆匆跑回指挥部拿了一个小包出来："我老家的一个著名中医，跟我推荐了一个秘方，专治您这种病。"

宋梓南忙说："哎哎，石长辛，你咒我呢？我有啥病，你到处替我找秘方？"

大家又笑了。石长辛不好意思地笑道："您试试。说是这个秘方特别管用，还特别便宜，这一包，只花了八块来钱。"

一个市委领导笑道："石长辛，八块多钱的药，你都好意思拿得出手？吃好了，书记也不谢你。吃坏了，人家就要说，你石长辛是故意拿这么便宜的药来害书记哩！"

石长辛忙说："嗨，俗话说，男人好不在身高，女人好不在脸蛋，药好不在贵贱。"

宋梓南却接过那包药说道:"要是所有的病,只要花八块多钱都能治好的话,我想我们的中央领导,小平同志啊,总书记啊,还有总理啊,都会特别高兴的。现在看病贵,老百姓吃不起药,真是愁死人啊!这药,就冲这一点,我也要。我先去做个试验吧。"

送宋梓南上了车,石长辛回来带各位领导走进指挥部附近的一个饭店里。周副市长笑着问:"你不是说让我们来吃工作餐的吗,怎么又进了饭馆了?"

石长辛解释道:"这里本来是我们指挥部的食堂,现在不是都搞成本核算,自负盈亏,多种经营吗?这个食堂也让人承包了,刚改成一个对外营业的饭店。我们的工作餐都让他们包了。也是肥水不流外人田的意思嘛。今天也想请各位领导看看我们这些搞城市建筑的,是不是也能把美食搞成另一种凝固的音乐。各位领导请稍稍等一会儿,马上就上菜。"

石长辛安排各位领导入座,然后急急地到厨房去催菜。到了门外的走廊里,刚走了几步,突然觉得胸胁间一阵疼痛,就喘不过气来了,也直不起腰来了。他踉跄了一下,忙伸手去扶住墙壁。这时,刚好,有两个工作人员从这儿经过,慌忙上前问道:"石总指挥,怎么了?"

石长辛忙对他们做了个噤声的手势:"别咋呼!岔气了……"

这时一个中年厨师走了过来:"石总咋的了?"

一个工作人员忙说:"岔气了。"

中年厨师说:"没事没事,我来揉一下。"

那个中年厨师替石长辛揉了一会儿问:"咋样了?"

石长辛挺直上身,深深地喘了一口气:"行了行了,能直起腰来了。快上菜吧,领导们晚上还有会哩。"

那个中年厨师问:"上一回我给你抓的那服药,吃了吗?"

石长辛反问道:"我吃什么药?"

那个中年厨师说:"这可是我爷爷的爷爷传下来的秘方。我爷爷他每年入冬前都按这个方子煎一罐膏汁。入冬后,每天吃那么两汤勺,都快九十的人了,腿脚还健着哩,眼不花耳不聋的。"

石长辛说:"我把它送给更需要的人了。真有那么灵验,我一定重谢你。"

那个中年厨师说："什么叫真有那么灵验？我爷爷……"

石长辛忙挥挥手："得得得，赶紧去上菜。以后每年入冬前都给我抓这么一剂补药来。别忘了。"

93

那天从七叔那儿出来，金德昌把张弓带回了自己的办公室。他问张弓："你有把握拿下这个冯宁吗？只有拿下这个冯宁，才能拿到那块地！"张弓说："我试试。"金德昌说："什么叫试试？刚才你在何董事长跟前，可是说得唾沫乱飞，又是保证，又是一定，又是绝对的，现在怎么变成'试试'了？你到公司来，还没做过什么特别大的贡献，公司就用你这一回，你还'试试'？"

张弓不作声了。

金德昌问："刚才在董事长跟前做的那番保证完全是假的？没根据的？"

张弓忙说："有根据。"

金德昌说："有根据，你只敢'试试'？"

张弓迟疑着。

金德昌催促道："你的根据在哪里？说呀！"

张弓犹豫了一下，说道："我们公司的那个陶怡，曾经是这个冯宁的小朋友。"

金德昌问："小朋友？小朋友是什么关系？是小情人？小蜜？"

张弓说："不……"

金德昌问："不是小情人，也不是小蜜，她对冯宁有什么杀伤力？"

张弓说："她的这种杀伤力，比小情人小蜜的还大。"

金德昌质疑道："你保证？"

张弓犹豫了一下："我可以作保证，但你得答应我一个条件。"

金德昌说："你小子还要跟我谈条件？"

张弓突然怒了："金德昌，不要开口闭口地叫我'你小子'！请双方都放尊重点！"

金德昌一愣："你……你……你这家伙怎么了？"

张弓说："答应我一个条件，我就可以说服这个陶怡去做冯宁的工作。陶怡的父母姐妹很可能在香港。是当年逃港时过去的。你得答应我，让她去香港，找找她的亲人。"

金德昌说："当年不是所有想逃港的人都到了香港的。不少人半路上都淹死在海里了，或者让大陆警方抓走了，又遣返了。"

张弓说："但是她的家人没回来。"

金德昌说："那也有可能是淹死了。"

张弓说："那你也得让她做一回努力。"

金德昌想了想："让我考虑一下。"

张弓有点急了："还考虑个屁？！这点鸟事都不能答应我，还口口声声说把我当心腹呢？"

晚上，张弓赶到陶怡住的屋子里，只见房间里放着两个皮箱，一个大旅行包，大件东西都已经整理好了，看样子，她想离开这儿了，正在收拾一些小件零碎。

"你真的要走？"

"我不想勉强我自己，请你也不要勉强我。你已经伤害了我一回，勉强了我一回，请不要再伤害我了！"陶怡说着，眼泪就涌了出来。

"陶怡，我是爱你的……"

"不要对我说爱！求求你了……"

张弓默默地站了一会儿，拿出一个精美的首饰盒子，放在陶怡面前。

陶怡看了那盒子一眼,没去动它。

张弓打开盒盖。里面放着一枚极精美和昂贵的钻戒。

陶怡一下叫了起来:"你以为所有的女孩都能用一枚钻戒买下吗?"

张弓说:"不是。但我是爱你的。如果一定要说'买',那我是在用我的爱在买。而且是用一生的爱。你愿意把它说成是买,我也没办法。但我是爱你的,陶怡,你还要我说多少遍?我是爱你的!"

陶怡一下颓然地跌坐在椅子上,默默地呜咽起来。

张弓说:"退一万步说就算你不爱我,但你已经是我的人了,我俩已经发生了那样一种关系……"

陶怡再次跳了起来,涨红了脸,声嘶力竭地叫道:"流氓!你流氓!流氓!土匪!骗子!强盗!"

张弓说:"你还少说了我一个罪名。"

陶怡一愣。

张弓说:"强奸犯。或者说是诱奸犯。"

陶怡呆住了,她没想到张弓会是这么个"无耻"的"无赖"。她脸一下白了,呆呆地像看个陌生人似的看着张弓,然后吃力地拿起两个箱子和那个旅行包,跌跌撞撞地向门外走去。张弓立即冲到门口,一把夺下陶怡手里的箱子。陶怡扔下手里所有的东西,跑回房间,走到电话机旁:"你再胡来,我就报警了!"

张弓说:"报啊。告诉警察,有人在骚扰你,强暴你。你是谁?高士达厂著名的女工、前任团代表,现任公关部候补副经理,而且她有可能未婚先孕,怀的正是公关部前任经理的孩子……报啊,把这一切都告诉警察。"

陶怡被气得脸一阵红一阵青白,实在想不出什么话来回答这个"无赖",便一气之下,冲到写字桌前,从抽屉里掏出一把剪刀对准了自己的喉头,再一次声嘶力竭地喊叫道:"你走啊……走啊……走!"

张弓说:"你有这个勇气捅自己吗?我想你没有这个勇气,你还想见见你的父母姐妹。想去香港吗?一周之内,我保证把你送到香港,请香港警署替你寻找你的家人。"

陶怡大声叫道："骗子！骗子！"

张弓从皮包里取出一张盖有集团公章的证明，放在陶怡面前："你自己看吧，这是由集团人事部出具的派陶怡小姐去香港考察的证明。明天凭它，就可以到市公安局办理去香港的出境手续。是你自己去，还是我带你去？"

陶怡一下呆住了，过了好大一会儿，抬起头问："张弓，你这葫芦里到底在卖什么药？你又在使什么鬼花招？"

张弓："你这么信不过我，我就不说了。"

陶怡看看那份出境证明，又看看张弓。陶怡在公关部干了这一阵，当然知道，因为高士达厂投资方的身份，凭着它出具的这份证明是完全可以到公安局办理去香港的那些手续。假如真的能到香港去一下，去找找下落不明的父母亲，还有姐姐她们，这当然好啊。想到这里，她的心禁不住地怦怦剧跳起来。但是……但是……

"你想让我做什么？"陶怡压抑住自己激动的心情问。她当然明白，今天张弓绝不会平白无故给她拿来这份证明的。

"不是我要你做什么。我只要你留在我身边，别的一概没有奢望。只是厂里、集团有一点事要求你帮忙……"然后张弓就一五一十地把荒地的事跟她说了。也就是希望她去替集团跟冯宁之间搭个桥牵个线。

"为什么非得我去？"陶怡问。

"你这不是废话吗？我去，冯宁会理我吗？换谁去，都不如你去。你说的话，在那位兵哥哥听来总是最可信的。"

"拿这个来交换？"

"你想说是交换，也可以。第一，这件事对冯宁并没有坏处。集团要拿这块地，绝不会白拿，而且也不会出低价。冯宁不是傻子，价钱低了，他也不干。第二，办了这事，你还可以去香港走一趟。两利而无一害的事，你考虑吧。"张弓坦然地说道。

最后陶怡答应了。

在路上，张弓一边开着车，一边对陶怡说："一会儿你上去见冯宁。我就不上去了。我在车里等着。"陶怡不语。张弓从手包里掏出那个首饰盒，悄悄塞到陶怡手里。陶怡立刻把首饰盒又扔还给了张弓。张弓轻轻叹口气，收起首饰盒："好吧，我先替你保管着。"

冯宁的公司里正在开晚饭。两个管后勤的员工搬进来一大兜盒饭，正给要加班的员工分发。"开饭了开饭了，海鲜的，鸡腿的……"一个女员工噘起嘴叨叨道："哎呀，又是鸡腿，都吃腻了。"那个管后勤的员工说道："不吃鸡腿，吃海鲜呀。这不是有海鲜的嘛！"那个女员工说道："啥海鲜嘛，一坨海螺肉，也叫海鲜！"那个管后勤的员工笑道："海螺肉不叫海鲜叫啥？总不能叫它西红柿炒鸡蛋吧？我的挑食儿的娇小姐！"另一个管后勤的员工则拿着两个盒饭，敲了敲冯宁办公室的门。陶怡已经到了冯宁的公司，正开始和冯宁谈话。听到敲门声，冯宁应了声"进来"。

那个员工轻轻推开门："开饭了。经理吃哪样的，鸡腿，还是海螺肉？"

冯宁问陶怡："要不要跟我们同甘共苦一下？"

陶怡不好意思地说："我吃过了。你别客气。"

冯宁笑着对那个员工说："把两盒饭都搁我这儿吧。今天不知道怎么搞的，特别知道饿。"

那个员工忙说："那是，人逢喜事精神爽，饭量也见长了呗。这两天，公司里多数员工都长了饭量，原先订的盒饭数都不够吃的了。"

冯宁立刻说："要不够数，给我一盒就行了。"

那个员工说："嗨，再不够，也不能让您饿着。"说着，放下两盒盒饭就出去了。

冯宁去关上门，转过身来问陶怡："真不吃？"

陶怡摇摇头。

冯宁说："那咱们接着说。刚才说到哪儿了？"

陶怡说："你先吃吧，要不，一会儿就凉了。"

冯宁说："没事。"

陶怡说："别没事，凉饭伤胃。"

冯宁说："高士达不是做电动玩具的吗，他们要这块地干什么？"

陶怡说："他们也开始做房地产了。"

冯宁着意地打量了陶怡一眼："哦……"

陶怡说："他们让我告诉你，如果能在这块地上成功合作，他们有意请你去担任他们新成立的那个房地产公司的副老总。"

冯宁故意地："不是正老总？"

陶怡脸微微红了："他们跟我说是副老总……假如你要当正老总，我可以……"

冯宁说："那我要当他们集团的董事长呢？"

陶怡认真地想了想："董事长？董事长大概不行吧？他们的何董事长人挺好的，也挺能干。"

冯宁默默地笑了笑，并含意不明地轻轻叹了口气。

陶怡好像感觉出什么来了："你……你在耍我？"

冯宁收敛起脸上的笑容，问："他们让你来做我的工作，给你许了什么好处？"

陶怡脸大红："没有啊……"

冯宁冷笑一下："连撒谎都不会！"

陶怡不说话了。

冯宁问："这么长时间为什么不来看我？"

陶怡慌慌地："你也没去看我呀……再说，你都成了大老板了，连高士达那么大的老板都有事来求你了……我……"

冯宁说："在我没成为大老板前，你没来看我，在我成了大老板后，你也没来看我，今天不是高士达的老板让你来找我要这块地，你还不会来看我。为什么？"

陶怡愣愣地呆了一下，眼圈一下红了。

冯宁敏感地问："出什么事了吗？"

陶怡忙抬起头："没有。没有……"

冯宁沉吟了一下，又问："日子过得还行吧？"

陶怡不作声。

冯宁深情地叫道："陶怡……"

陶怡心里一热："什么？"

冯宁问："还愿意到我这儿来干吗？"

陶怡惶惑了一下，低下头去。

冯宁说："你总得告诉我，为什么……为什么你突然地不理睬我了……我怎么得罪你了？我做错什么事了？人不见了，电话也没有了，去厂里找你，也找不着了……有两回我明明知道你在楼上，但传下话来，说你不在。分明是你不想见我。"

陶怡忙说："今天我来说地的事。"

冯宁说："地，你回去告诉他们，那是根本不可能的！如果我愿意当谁的副手，我早一百年都当上了。我坚持到现在，就是要试一试，在中国，像我这样一个没有任何政治背景，没有任何经济实力，也没有大的家庭支撑的普通人，能不能凭着自己的努力做出一点事情来。中国允许不允许这样的普通人合法地成就一番自己的事业。人人都说，改革开放就是要把所有人的力量解放出来，让所有的人都活得更好，我就要试一试，说这种话，是实在的，还只是一种宣传。"

陶怡说："那，按你这意思，我俩就没什么可说的了？"

冯宁执着地："到我公司来做吧。"

陶怡苦笑道："我们这种人……在哪儿干不一样？都是在替老板卖命。在高士达干，是给高士达的老板卖命，在你公司里干，不也是替你这个冯老板卖命？"

冯宁正色道："你觉得这里没有任何区别？"

陶怡也冷笑一声："哼……你说有什么区别？"

冯宁有点不相信自己的耳朵："你真的觉得这里没有区别？"

陶怡背过身去，不作声了。

冯宁呆站了一会儿，从抽屉里拿出一个非常精美昂贵的鳄鱼皮做的女式小手包。打开包，从包里取出一个用印花蓝布包起来的小包袱。再打开那个小包袱，里面是那个绣着八一军徽的干粮袋。干粮袋已经洗得发白了，当年部队的番号也只能依稀可见了。唯有那个八一军徽依旧显得那么醒目和精神。

陶怡一愣："它……它怎么会到你手里去了？"

冯宁说："丢了这么长时间，你都没感觉吧？"

陶怡说："我当然找过它。你什么时候拿的？"

冯宁说："还是那天，我上你屋里去看你。你在收拾东西。我看到它掉在地上。你来来回回地从它身上踩来踩去，走着说着笑着，根本也没觉得什么。我就把它捡了回来。"

陶怡忙说："那绝对不是我存心丢掉的，绝对是不小心掉在地上的，我发誓，当天我就发现它不见了，我还到处找它来着……"

这时，电话铃突然响了起来。电话是尤妮打来的。她在大街上的一个公用电话亭里打的。"你吃过饭了吗？能马上出来一趟吗？"她着急地说道。

冯宁忙问："出什么事了？"

尤妮说："我刚从国土局出来。在那儿跟他们吵了有两个来小时，他们突然不给我们办那块地的产权转让手续了。"

冯宁一惊："为什么？"

尤妮说："见面谈。你要没吃饭，我们在外头一边吃一边说。"

冯宁放下电话，对陶怡说："出了点不大不小的事，我得马上出去处理一下。"说着，把那个干粮袋往手包里一塞，放进抽屉里，锁上后，习惯性地又拉了拉抽屉把手，这才对陶怡说："今天就谈到这儿吧。有车来接你吗？"

陶怡默默地点了点头。

冯宁忙说："那咱们走。"一边说，一边拿起那两盒一点都没动过的盒饭，就要往外走去。但陶怡却没有走，依然低着头在那儿呆坐着。冯宁问："还有话吗？"陶怡不作声。冯宁："下一回再约时间谈，行吗？我有点急事。"陶怡依然安坐不动。冯宁有点着急了："陶怡……"陶怡眼圈红红，默坐了一会儿，突然站起身就向外走去了。冯宁刚要去追，电话铃又响了起来。冯宁只得对陶怡说："稍微等我一会儿，我接个电话，送你下楼。"便赶紧回到办公桌前去接那个电话。电话是货运编集站老主任打来的。"你在哪儿呢？能马上回来一趟吗？我们得谈谈我们那个合约的事。"老主任说道。

"合约，哪个合约？我们还有什么合约？"冯宁故意装糊涂。

"你那个承包合同……"主任说道。

"我们的承包合同怎么了？"冯宁继续装糊涂。

"这是一份不公平合约，如果不撤销，也得重新修改！"主任说道。

"主任，别用这种口气说话嘛。凡事都好商量。你总得容我考虑考虑吧。"冯宁给了对方一个软钉子。

放下电话，赶紧去送走陶怡，冯宁便和尤妮到了一个小饭店里，找了一个比较安静的角落里落座。冯宁把刚才老主任的电话内容告诉尤妮。尤妮说道："货运编集站凑啥热闹呢？他们是不是也想通过修改跟你之间的合同，从这块地上得到一些利？好嘛，都冲着这块地来了，看样子都红了眼了。"

冯宁默默地点了点头。

尤妮说："但你跟他们签订的承包合同是有法律效力的，如果官司打到法院，法院应该会保护你的合法权益。"

冯宁苦笑了一下："请注意，货运编集站是国家的。"

尤妮提醒道："法律应该是公平的，不应该偏袒国营单位吧？"

冯宁长叹了一声："照理说，应该是这样。但实际上，当个人和国营单位发生冲突时，法律会保护谁，还很难说。几十年来，我们的法律总是保护国家利益，不会保护私人利益。包括国土局突然不给我们办理产权证，我觉得这也是一个迹象，好像有人在给国土局打了招呼似的，让他们也上阵来逼我们交出这块地。"

"你怎么办，冯老板？"尤妮问道。

"我不喜欢人家叫我老板，你不知道？"冯宁突然变得很不耐烦起来。

陶怡一上张弓的车，张弓就赶紧问："谈得怎么样？冯宁怎么说的？你好好替我说了没有？"

陶怡没好气地："我有没有好好说，你自己去问冯宁去！"

张弓碰了个不硬不软不大不小的钉子后，不作声了。过了一会儿，张弓突然把车往路边靠了靠，然后就停下了。张弓看着车前边那片黑黢黢的林带，稍稍沉吟了一会儿，突然轻轻地说道："如果你心里真的还有这个退伍大兵，我劝你再好好地跟他谈一谈。"

陶怡说："我心里有没有他，跟这事有关系吗？跟你有关系吗？"

张弓说："冷静……我的陶怡姑娘……有一个事实，你一个小丫头可能还不太明白，我也一直没跟你明说过，不知道你那个退伍大兵，是不是有那个耐心跟你细细掰扯过。深圳的发展，牵涉方方面面各种各样各个层次的人的利益。在表面上的繁华和热闹背后，每天都在上演着'一江春水向东流'和'几家欢喜几家愁'那样的活报剧。市场是残酷的。来不得半点温情。它往往会逼得人不择手段去达到目的。你也亲眼看到过，你那位退伍大兵愣冲订货会会场的精彩表演……"

陶怡反驳道："那他也没伤害别人……"

张弓说："在迫不得已的情况下，伤害别人，也许是人们在市场这个大海里浮沉时可能采取的一个举措之一！可能还是不可避免的！"

陶怡立刻回过头来嗔责道："什么意思，伤害别人是不可避免的？你想干啥？"

张弓说:"没什么意思……"

陶怡激烈地问:"你们想打人? 收拾冯宁?"

张弓苦笑一下:"我可没那本事。"

陶怡再问:"谁有那本事?"

张弓故意把话说得轻描淡写的:"我想,总会有人是有那种本事的吧……"

陶怡愣怔了一下,一时间却不知道对张弓再说什么了。接下来的一段路上,两个人便再没说什么,虽然两个人心里都有许多话要跟对方说。汽车很快开到陶怡住的那个单元房楼下停下了。熄了火,张弓拔下车钥匙,先行下了车。看到张弓下了,陶怡却坐在车上,不下车了。张弓冷冷地看了陶怡一眼,催促道:"下车啊。"陶怡回应道:"这儿又不是你的家,你下什么车?"张弓无奈地:"好吧。我不下。"只得又重新上车坐到了驾驶位置上。

这样,陶怡才下了车,并快快地上楼去了。看着陶怡上楼去了,张弓才慢慢地启动了车,向小区的出口处驰去。但驰出小区出口不远,他把车停在了路边一处树阴下。从这儿可以很清楚地看到小区大门口车辆和人员的进出情况。果不其然,不大一会儿工夫,陶怡匆匆走出了小区大门,并在马路边拦了一辆出租,疾速地驰离了那个小区。

张弓立即发动着车,悄悄地跟了上去。

不一会儿,出租车开到冯宁公司楼下。张弓看见陶怡匆匆付了车资后,向楼上跑去。但很快陶怡又独自一人下楼来了。好像是没见着冯宁似的,一脸的失落,在楼门前默默地呆站了一小会儿,便向小区大门口走去了。等陶怡的身影快要消失在小区夜色灯影树丛中时,张弓才启动了车,向小区大门口驰去。

这时,冯宁被货运编集站老主任叫到他的办公室里谈话。冯宁最近整顿这个劳动服务公司,"开除"了一批员工。让老主任非常恼火。

老主任说:"你接管我这个劳动服务公司后,开除了那么多老员工……”

冯宁说：“不是开除，是间歇性待分配。”

老主任说：“说得好听，尽跟我玩新名词。”

冯宁说：“不让这一部分人暂时下船，整条大船就得沉没。”

老主任说：“可你把包袱卸给了我。这一百六十多名老员工被你刷下来以后，可天天上这儿来跟我闹。”

冯宁说：“我没有不管他们，我是做了两项承诺的。一是，每月发给生活费……”

老主任说：“你发给的那点生活费喂猫都不够！”

冯宁说：“第二，我承诺公司形势一旦好转，将优先从他们中间选择人员上岗。我还委托一家公司对他们进行了再就业的技能培训。为开展这个活动，我花了不少钱。”

老主任说：“你现在形势大好。你从他们中间选择了多少人重新上岗？三十个。还有一百三十个耗着哩。怎么办？想听听他们的呼声吗？”

这时门外突然就响起雷鸣般的敲门声和吼叫声：“姓冯的，有种的就站出来，别跟缩头乌龟似的……”

老主任冲过去一下拉开门，冲着那些人吼：“吼啥吼？你们是要解决问题，还是激化矛盾？”

冯宁向外张望了一眼，空场上果然聚集了几十个男女，都是中年左右的汉子和婆娘。看样子，文化程度都不太高。听到老主任这一声吼，立马都蔫了。

老主任用力关上门，回到办公桌前：“不要以为这些人是我叫来的。今天要不是我挡着，他们会杀到你那个漂亮的新写字楼跟前示威去的。冯宁，我一直很器重你……也一直在使我最大的劲儿帮衬你。”

冯宁点点头道：“这个我知道。”

老主任把语气放平和了说道：“不管从哪个角度说，你这个劳动服务公司还是我属下的一个子公司。承包合同可以不必修改，也别说什么撤销不撤销的事, 咱们别伤了这和气。我可以不管你怎么经营, 但我必须从你那儿提百分之四十的利润, 大约二三百万就行了。要按以前的规矩, 我们可以控制你们这些下属公司全部的财务收入。在内地, 现在还是这样……"

冯宁答道: "这儿不是内地。"

老主任说: "所以我才那么客客气气地请你来商量嘛。"

冯宁说: "子公司赚一点, 母公司都拿走了, 我们怎么继续滚动发展? 这也就是前几年, 这个劳动服务公司一直没法办好的主要原因。"

老主任说: "谁说要都拿走? 只提百分之四十。"

冯宁说: "如果您拿走了这百分之四十, 我只能维持, 就说不上发展了。一个公司不发展, 稍稍碰到一点风浪, 就会翻船。"

老主任想了想: "那……我提百分之三十五? 我只要二百五十万, 我来负责安排你开除的那些员工的生活。"

冯宁不作声。

老主任打量了一眼冯宁: "二百万?"

冯宁还是不作声。

老主任有点不高兴了: "那你说, 你能给我们多少?"

冯宁说: "现在不能提, 要提, 也得过了今年这个坎。"

老主任说: "你有什么坎?"

冯宁说: "深圳在转型, 要往深层次发展, 这对我们是个大好机会。我们不能只是替人做推销, 干粗活儿, 我们也要转型, 要做自己的产品, 创自己的品牌。就算我们在这块地能赚个五六百万, 六七百万, 拿去做转型用, 还是远远不够的……"

老主任一下拉下脸: "这么说, 你是一分钱不给了?"

冯宁诚恳地: "老主任, 请你替我们考虑一下……"

老主任火了: "你老让我替你考虑, 你替我考虑过没有? 你想过我们这一坨人吗? 好歹你还是我们的子公司, 好歹我们还有这一层关系, 好歹你还是我派去的, 你怎么……怎么……真的像别人说你那样的, 就是一只⋯⋯一只白眼狼？"

回到自己的办公室里，冯宁好长时间都平静不下来。他已经记不清这是他第几次被人骂作"白眼狼"了。他可以忍受别人说他是头"狼"，但无法接受"白眼狼"这顶"桂冠"。狼在觅食时的凶猛，尤其是在冬季，那个对绝大多数动物都极为困难的季节，为了摆脱饥饿和绝灭的困境，凶猛是它本能的必须反应，再加上坚忍，团结，锲而不舍，攻无不克，都是狼对生命膜拜，呼唤希望所应该具备的品性。这些"品性"都是冯宁不会拒绝，甚至还会蓄意地保留、磨砺和发扬的。冯宁不能做个老好人，更不能做个面团似的窝囊废，谁来捏他，他都跟着他人的意愿去改变自己。但无论是狼，还是冯宁，都不"自私"。他（它）有良好的群体观念。他更不会"忘恩负义"，"出尔反尔"，"过河拆桥"，"卸磨杀驴"，"恩将仇报"，就像人们说的那种"白眼狼"那样。

众口铄金。

这时的冯宁真想找个荒远的森林把自己深深地藏起来，只面对蓝天白云和原始的纯净⋯⋯他拿出庞耀祖给他留下的那两封信，呆呆地坐着。剪刀也已经拿出来了。有一会儿工夫，他都已经拿起剪刀，要开封看这信了。但最后还是忍住了，把信又锁回到抽屉里去了。他觉得自己还没有到"山穷水尽"之时。他自己还能对付眼前的一切非议。他记得小时候看过一个什么电影，那里有一个老英雄爱说一句俚语，"出水才看两腿泥"。年幼的他只觉得这话说得特带劲儿，这里头到底蕴含什么样的人生辛酸和挣扎，体现一种什么顽强和自豪的生命特征，年幼的他当然不会知晓。而最近，他脑子里却常常会止不住地浮泛出这句话来，止不住地也会自言自语地念叨这句话⋯⋯

刚才在编集站，冯宁还遭遇了一生来最大的一次冲击。和老主任谈完话，刚走出办公室，就被早就等候在那里的一大群"下岗员工"包围上了。

冯宁知道事情不妙，便声嘶力竭地嚷道："请大家冷静一点，听我解释⋯⋯"但这时刻没有人听他解释。只有一片起哄和詈骂声："光这一块

596

地，公司就挣了好几百万，为什么还不管我们的死活？""我们不要听口头解释……"紧接着，有几个大汉状的人便一齐拥向冯宁，有的把拳头挥舞到冯宁的面前，还有的已经推推搡搡地，让冯宁已经站立不稳了。

冯宁大吼："你们是想打架，还是想干啥？"

冯宁的这一声吼，还真起了点作用，把现场上那几个带头起哄的人一下都震住了。他们愣怔在那儿。那一阵潮涌般的吵声也一下静息了下去。而那时，一直站在人群外围的尤妮见事情不妙，赶紧回到办公室，对着主任和办公室里的工作人员叫道："你们不上前去管管，就等着外头出人命案呢？"

办公室里的一个文员不冷不热地说道："这让我们咋管？完全是冯宁这小子自找的嘛！"

尤妮见他们真有见死不救的可能，便冲过去，拿起电话，就呼叫110："是110报警台吗？我这里是……"没等她说完，办公室的那个文员冲上前一把掐掉电话，不让她报警。尤妮猛地推开那个工作人员，想再度拨号报警。有两三个编集站的工作人员一起冲上来要从她手里夺电话。尤妮一手抢过一个热水瓶，猛地摘掉瓶塞，然后把热水瓶高高举起，一手紧抓住电话不放，对着那些想冲过来夺她电话的人叫道："你们就是想扩大事态呢，对不？好啊，上来呀！我看你们谁有这个种再往前靠一步！"

摘掉瓶塞的热水瓶，在尤妮手里缓缓地往外冒着滚烫的热气。尤妮睁大了两只眼睛，瞪住那些人，呼呼地直喘着粗气。办公室里的人都在原地站住了，再不敢往前冲了。尤妮趁机赶紧拨通了110报警台。民警很快赶来了，驱散了想扩大事态的那帮人。事后，冯宁问尤妮："你怎么会赶到这儿来的？"尤妮告诉冯宁，是陶怡给她打的电话，让她赶快过来瞧瞧。等冯宁和尤妮开车回家，车开进冯宁公司新写字楼所在的小区里，缓缓行驶到写字楼前停下时，冯宁熄了火，拔下车钥匙，拿起手包，刚要下车，却被尤妮一手拉住。尤妮多少有点紧张地指着正前方公司写字楼所在的那个单元门洞的方向对冯宁说道："别着急……你看那边……"

冯宁忙收回已经跨下车去的脚，抬起头，顺着尤妮指的方向看去。果不其然，在那门洞外，转悠着两三个人影。冯宁犹豫了一下："那帮人还不至于跟踪到这儿闹事吧……"尤妮忙说："你别大意！"一边说一边赶紧去关上车门。

这时，那两三个人中的一个，居然摇摇晃晃的，向这边走来了。冯宁仔细看去，那个带头的人好像是个熟人。正是那个外号叫"倭瓜"的年轻人。

"倭瓜"说："冯老板，少见！"

冯宁松了一口气，走下车来："干啥呢？"

"倭瓜"又说："'栾叔'想跟您聊聊。"

冯宁问："啥时候？"

"倭瓜"说："这会儿。"

冯宁觉得有点不可思议："这会儿？都几点了？"

"倭瓜"说："这才几点？最美妙的夜生活不才刚刚开始吗？"

冯宁说："对不起，我可没那么多美妙。告诉'栾叔'，有事，咱们改天找个合适的时间聊。"

"倭瓜"忙说："别啊。'栾叔'都来了，在那儿等着您呢！"说着朝留在写字楼门洞处那两个人指了指。

冯宁说："既然他已经来了，那我去见他。"就要下车，尤妮赶紧拉住他。冯宁告诉尤妮："没事。'栾叔'是熟人。你先回去吧。"说着把车钥匙扔给尤妮，跟着"倭瓜"，向那边走去。但尤妮没有马上发动车走，而是定定地看着冯宁走到那个"栾叔"面前，看他们挺友好地握手，问候，相互还象征性地拥抱了一下，然后一边寒暄，一边向楼里走去，气氛还挺融洽，这才放心地发动着车，慢慢掉转车头，向小区大门口驰去。

尤妮开着车回到自己那个中介所，不知道为什么，总觉得有些心神不宁，在那个窄小的办公室里漫无目的地转了两圈，还是坐不下来，总惦记着冯宁那头，便决定下楼去。这种"握手楼"里没有电梯。尤妮一步步向楼下走去。楼道里很暗。有的楼道拐弯处，还堆放着一些杂物。快要走到最底下那一层时，从拐弯处突然窜出一个人影来，把尤妮吓一大跳。背抵住满是灰尘的墙壁，心快要跳出胸口来了，正努力镇定下自己，想大喝一声时，那个人影却开口了："是尤姐吗？我是陶怡。"一听是陶怡，尤妮又气又高兴，涨红了脸啐喷道："你要死啊？在这儿装神弄鬼的！"陶怡忙问："见冯宁了吗？"尤妮答道："见了，没事了。"陶怡又问："他去哪儿了？"尤妮答道："回他公司了。"陶怡一愣，说："没有啊。"尤妮迟疑了："什么没有？我看着他上楼去的。"陶怡说："我刚给他公司办公室打过电话。那儿没人接啊。"

尤妮说："不可能。我亲眼看他上楼去的嘛。离开那儿，我去吃了点炒粉，就回来了。就这么点工夫，他还能去哪儿？"陶怡忙问："你走的时候，他办公室里还有没有别人？"尤妮说："我没跟他上去。但有两三个人跟他在一起。他说是熟人，没关系的。"陶怡一跺脚叫道："糟了，一定出事了！"尤妮说："不会吧。"陶怡喊了一声"快走！"拉着尤妮就向停车的地方跑去了。

离开陶怡那儿以后，张弓立即到集团总部向金德昌报告了陶怡找冯宁谈话的情况，张弓有些忐忑地问："您看，还要陶怡去找冯宁谈一谈吗？"

金德昌沉思了一下："这件事，你就别过问了。看来，你我都低估了这个冯宁。"

张弓忙问："那我们就放弃这块地了？"

金德昌说："放弃？轻言放弃就永远不会成为一个好商家。再想想别的办法吧。"

张弓问："还有什么办法可想呢？"

金德昌说："这你就别问了。"

张弓说："这件事应该归我房地产公司操作的。您不告诉我，我怎么去操作？我将来怎么面对董事会的考核和质询？"

金德昌嘿嘿一笑道:"张弓,你有时候显得很成熟,有时候又会显得特别幼稚。我让你别再过问这件事了,当然有我的原因。我没有主动告诉你这个原因是什么,就已经在表明这个原因是不能让你知道的,或者说是没有必要让你知道的。你作为我的下属,就不应该再追问了。我常常对你说,商场如战场。学会保守商业操作中的机密,有时关系全局的成败。在这方面,在过去战争年代,一些训练有素的共产党干部是有个很好的传统的,他们被告知,在秘密行动中,不该看的坚决不看,不该问的坚决不问,不该知道的坚决不去打听,不该说的打死也不说。这也是当年拿着土枪土炮的共产党能打败用洋枪洋炮武装到牙齿的国民党众多原因中的一个吧。你这个出生在共产党干部家庭的年轻人,怎么就没有得到一点这样的遗风呢?"

这一番话把张弓说得哑口无言。其实在那样一个家庭里长大的张弓,有时候打心底里瞧不起金德昌这个人。他总觉得这个人"俗","浅薄",除了挣钱,心里就没再装什么别的东西。但他毕竟拥有钱,这又使张弓无可奈何。身份的优越感和知道对方目前还离不开他,使他时不时会壮起胆反驳金德昌。但是渐渐增长的自卑,又让他越来越减少了这种胆量。他没再说什么,只沉默了一会儿,问:"还有事吗?要是没有事了,我走了。"

张弓走后,金德昌立即背过身去,打开自己身后的一个保险箱,从里面取出一个小本子,找到一个电话号码,拨了个电话。这就是他刚才说的,他还要设法从另一个途径找"关系户"去把这块地搞到手。至于这个关系户到底是谁,他当然是绝对不能告诉张弓的。即便是自己的表亲何振鸿,他也是不能说的。

尤妮一路上把车开得飞快,赶到冯宁的公司新址,上了冯宁公司所在的那层楼,只见冯宁公司的玻璃大门关着。尤妮焦急地敲着玻璃大门,也不见门里有任何反应。尤妮猜想:"兴许是冯宁请那个'栾叔'到外头去吃夜宵了?"陶怡却告诉尤妮:"有人告诉我,他们要收拾冯宁。"尤妮忙问："谁告诉你的？"陶怡犹豫了一下。

尤妮催促道："快说，谁告诉你的？"

陶怡说："今天有人让我来劝冯宁交出那块地。冯宁当然不会答应。后来……"

尤妮忙问："后来怎么了？快说呀！"

陶怡说："后来，很晚的时候，那人又上我那儿去了……"

尤妮问："谁？"

陶怡说："张弓。"

尤妮说："是你那个新的男朋友？"

陶怡委屈地痛苦地惊叫起来："不……他不是我的男朋友！"

尤妮忙说："行行行，别管他是你的什么人，他跟你说什么了？"

陶怡说："他劝我有可能还是去找冯宁谈谈。好汉不吃眼前亏，还是接受那些人提出的条件来得划算。他说眼下这地方也有各种势力，不要把特区想得太单一，太纯真。也许最早的时候，特区的确比较单一比较纯粹，但是这些年几十万人进进出出，海内外各种人都想在这儿给自己挣上一把，它就不可能保持住原先的纯真了。再说，水至清则无鱼，如果对这个局势估计不足，就会让自己吃大亏的……"

尤妮打断陶怡的话，问："别尽跟我说这些玄虚的。他后来跟你到底说了些什么跟冯宁有关的话？"

陶怡说："他说他估计有黑道上的人看上了冯宁手上的这块地……"

尤妮忙问："他估计？"

陶怡说："他说他问他们的老板来着。但是他们的老板不肯跟他明说。但听口风，他觉得如果冯宁不肯交出手里这块地，这事绝对不会就这么轻易罢休的。"

尤妮又问："那就是说是他的老板要收拾冯宁？"

陶怡说："好像还不是他的老板……"

一直还没怎么听明白的尤妮着急地问："到底是谁？难道还可能是

黑道上的人了?"

陶怡跺着脚说:"他也说不清! 后来, 我就把他赶走了, 赶紧给冯宁打电话……你知道我有好长时间没有主动给冯宁打过电话了。我也是犹豫了好大一会儿才下这个决心打电话的。但怎么打也打不通。他办公室里就是没人接啊……他还能去哪儿呢? 他还住在货运编集站那个小工房里吗?"

尤妮说:"没住那儿了。前两天就让人赶出来了。这两天一直在办公室里凑合着哩。"

陶怡说:"如果像你说的那样, 不到一个小时前他还跟人上了楼, 办公室里应该有人接电话呀。可是, 怎么会没有人接电话呢?"

越听陶怡说, 尤妮越害怕, 忙找来了小区物业管理人员, 希望他们能帮着打开锁着的玻璃大门。物业管理人员告诉她俩:"我们当然有这些大门的钥匙, 但我们不能随便替人开门。我们必须看到你们手里拿着冯先生亲笔写的委托书, 才能替你们去开他公司的大门。"

尤妮跺着脚说道:"我们要能见着冯宁先生, 能请他写委托书, 还用得着找你们来开锁吗? 实在不行, 那我们只好通知110了。"物业管理人员无奈地笑了笑:"那更好!"

不一会儿在两名警察的监视下, 物业管理人员用钥匙打开了玻璃大门。尤妮和陶怡迫不及待地冲进门去, 眼前的景象让她俩不禁大吃一惊: 冯宁倒在地上, 已不省人事, 身上血迹斑斑。两个警察忙戴上白手套, 一个人拦住尤妮和陶怡, 也拦住物业管理员, 不让他们继续往里进。另一个警察快步走到电话机前, 拿起电话, 拨通了警局:"分局值班室吗? 我是西二管段巡警170533号。这儿发生了血案……"尤妮在一旁大叫起来:"赶快叫救护车呀! 先打120!"陶怡看着倒在地上的冯宁, 浑身哆嗦着, 脸色青白, 眼前一阵发黑, 都快站立不住了。

94

120 救护车把冯宁拉到医院,在急诊室做了紧急处理。好在都是皮肉伤。凶手似乎并没有想取冯宁性命的打算。得到大夫的允许,警察见冯宁也还清醒,便询问道:"被击打时你没有看清嫌犯?"

冯宁低声答道:"没有。我听到身后有脚步声,但还没有等我转过身来,头上就挨了那一下了。"

警察问:"有人说,当时有一个叫'栾叔'的人和你一起上的楼?"

冯宁说:"事情发生的时候,'栾叔'和他的那两位朋友都已经走了。"

警察又问:"你能确认伤害你的人不是'栾叔'和他的那两位朋友?"

冯宁点点头说:"能确认!"

"你为什么不告诉警察,打你的就是'栾叔'和他的那帮黑道朋友?!"尤妮开着她的那辆二手车,带着冯宁缓缓驰离医院大门,不解地问冯宁道。

头上裹着绷带的冯宁只是半闭着眼睛,不作声。

尤妮问:"他们威胁你了,不让你指证他们?"

冯宁仍然不作声。

汽车开到公司写字楼门前了,该下车了,冯宁却坐着不动。

尤妮问:"不回公司了?"

冯宁说:"尤妮,你让我自己一个人待一会儿。"

尤妮低声叫道:"到底是谁打了你?他们打你的时候跟你说了些啥?你不能跟警察说,总能跟我说吧?或者我把陶怡叫来,你跟她说。"

冯宁执意说道:"让我自己一个人待一会儿。"

尤妮无奈地:"那好吧。我送你上楼。"

冯宁一手扶住还有点晕晕乎乎的脑袋说道:"别……"

尤妮着急地说道:"你说你都这样了,能让你自己一个人上楼去吗?"

冯宁无奈地："好吧好吧……"

尤妮挽扶着冯宁走进大办公室时,办公室里已经集聚了一些闻讯而来的员工。他们都极其关切地围了上来,七嘴八舌地询问道:"怎么回事?""没伤着骨头吧?""这小区保安真有问题……""您瞧咱们冯经理,一个帅小伙这一下都变成啥了。"……

尤妮忙说:"请大家各就各位。冯宁同志需要休息。"

大伙赶紧闪开一条道。尤妮把冯宁扶进里间,扶着冯宁在一张沙发上躺下。这时有几个员工关切地推开门来探望。尤妮冲他们挥挥手,让他们走开。

那几个员工立即知趣地带上门走了。

尤妮从自己的提包里取出好几包药:"这是吃的,这是喝的,这是外敷的。你先歇着,晚上我再过来。"

冯宁有气无力地:"先别忙着过来。需要的时候,我会叫你的……"

尤妮说:"这是陶怡的电话号码。她本来想一起过来照顾一下你的。但她不好意思……"

冯宁苦笑一下:"这有什么不好意思的?"

尤妮说:"说实话,这一回还真多亏了她,她先看出苗头来,觉得你这儿有可能会出事,才会有后来一系列的救险动作。要不,你一个人昏迷在地板上,大门紧闭,二门不开的,再那样流血不止下去,就很危险了。"

冯宁又苦笑了笑。

尤妮说道:"我决定把我那中介所关闭了,过来跟你一起做这个公司。"

冯宁突然坐起:"你别冲动……现在下一步怎么做,能不能做得下去,还很难说……别把你那个职介所再赔进去……"

尤妮一惊:"什么叫下一步怎么做还很难说?什么叫下一步还能不能做得下去?你真让他们这三拳两腿地吓住了?"

冯宁慢慢倒在沙发上,闭上了眼睛。

已经要走的尤妮，这时却又不想走了。她靠近冯宁坐着，俯下身，认真问道："打你的到底是谁嘛，这帮人到底有什么背景，有多大的威势嘛，你说呀！"

冯宁一下坐了起来，像是要说什么；但只是张了张嘴，却并没有发出声来，然后又强忍着头部伤口的疼痛和阵阵晕眩，摇摇晃晃地站了起来，怔怔地看着尤妮，还是一副想说什么却因为被一种难言之隐阻挡着，而说不出来的样子，呆呆地站了一会儿，才低声恳求道："让我自己待一会儿，好好地想一想……我需要冷静地想一想……行吗？"

尤妮不说话了，低下头沉默一会儿，替冯宁的茶杯里倒上一杯热水，最后叮嘱道："可以的时候，一定别忘了给陶怡打个电话。她一直在惦记着你哩！"便转身走出办公室去了。

尤妮一走出里间，那些在外间一直等候着消息的员工们立刻都站了起来，把关切的目光都投向了她。尤妮轻舒了一口气，对大伙做了个安慰似的动作："经理的情况还算好，伤情稳定下来了。警方正在追查凶手。他现在需要安静。各位如果有什么追凶的线索，可以及时向警方提供。"然后转身对那个戴眼镜的女秘书说道："经常进屋去看一看。有什么情况及时跟我联系。"

戴眼镜的女秘书应道："您放心！"

而这时，一直在自己的办公室里呆站着的冯宁，突然抓起桌上一个玻璃茶杯，用力向地板上砸去，然后又抓起一只烟灰缸向墙上砸了过去。茶杯和烟灰缸碎裂时发出的巨响传到外头，让在大办公室工作的那些职员都震惊了。好几个人都要冲进里间去看个究竟，但被那个年纪稍大一点的员工拦住了。当冯宁再一次抱起一个非常漂亮的鱼缸要向地上砸去时，他好像有点清醒了，没有再砸，只是摇摇晃晃地抱着那只硕大的鱼缸苦笑着，然后突然举起鱼缸，把缸里的水，都倾倒在自己的头上。水草、沙砾和那些小装饰物顺着他的身体流淌到地板上，有的则黏附在他的脸上、头发上和衣服上。几条鲜红晶亮的小金鱼也可怜地被甩了出来，在地板上挣扎着，蹦跳着。

外头大办公室里的人们屏息静气地等待着，等待里间完全平静下来。不一会儿，里间的门突然打开了，一身狼狈不堪的冯宁走了出来。他手里拿着一条大浴巾，一边向卫生间走去，一边对那个年纪稍大一点的员工说："去收拾一下。"那个年纪稍大一点的员工和戴眼镜的女秘书一声不敢问地忙向里间走去。

冯宁走到卫生间里，脱掉衣服，打开淋浴器，热水从莲蓬头里哗哗地喷射到他的头上。水很快湿透了头上的绷带。鲜血从绷带里渗透出来，慢慢地濡红了绷带，也染红了他半边脸颊。他一不动地站在莲蓬头下，让热水连续不断地冲刷着自己。渐渐地，他完全清醒过来了。他关掉了淋浴器。水流消失了。嘈杂的水声也消失了。但窄小的浴室里依然气雾弥漫。他在这浓雾似的浴室里稍稍又呆站了一会儿，就回到专属他个人使用的一个小房间里。

半个小时后，头上换上了新绷带，身上也已经换上干净衣服的冯宁坐在办公桌前，慢慢地从抽屉里取出了那两封信。这时，桌上的电话机突然响了起来。电话铃声在此时听起来，是那么的刺耳，甚至都有点骇人。冯宁愣怔了一下。外头大间的那些员工也都被这个电话铃声惊骇了一下。

冯宁慢慢拿起电话。

电话是尤妮打来的："你现在应该是已经取出庞哥留下的那两封信了吧？为什么还不打开来看？"

在沉闷了好大一会儿后，冯宁说道："我真希望这还不是我冯宁一生最困难的时刻……我真希望我冯宁可以永远不用去打开这两封信就可以顺顺当当地走向我事业的巅峰……可是我真的顶不住了……尤妮，我真有点后悔到深圳来了……我他妈的为什么不留在东阳发展？为什么我冯宁要逞这个能？我冯宁有啥能耐可逞？留在东阳，我安安生生地在政府小车队里做一个司机，上有我老父亲那点人脉和历史渊源关系罩着，下有我多年的老同学老战友七大姑八大姨们捧着，我什么舒坦日子过不上? 我犯什么格儿抽什么风, 啊? ……你在听着吗? "

电话那头, 尤妮却没作声。

冯宁大声地问道: "你还在吗, 尤妮? 怎么不吭气呢? "

尤妮冷静地说道: "说完了吗? 抽风抽完了吗? "

冯宁眼眶湿润了。

尤妮说: "照你这么说, 我更不该到深圳来了。我他妈的都是地委书记的儿媳, 我犯啥格儿抽啥风, 要到深圳来受这罪? 那么究竟谁应该到深圳来? 乞丐文盲地痞流氓小混混走私卖淫抽大烟的? 可你现在数数, 深圳来了多少留学欧美的大秀才高级专家? 有多少在内地政治地位和经济生活都相当稳定优裕的学者官员都涌到深圳来了? 还有那么些高级技工年轻学子, 著名作家演员文人。他们都那么顺溜吗? 谁到深圳没有一番辛酸的创业经历? 告诉你吧, 我那会儿让人从新园宾馆开除出来, 连死的心都有! 我在我老家受过这样的气吗? 谁敢给我这样的气受? 但那是另一种活法。咱不是不想那么活着吗? 咱不是就想找一种新的活法吗? 到深圳就是想重新开始一种人生嘛。你他妈的还用得着我这小女子来给你开导吗? 我知道你现在已经把庞哥那两封信都取出来了, 可又不甘心低下头来受人指导。瞧你那德行! 打开它吧, 别再打肿脸充胖子了。看看庞哥的信, 不等于你就是服输了, 不行了, 更不说明你冯宁无能。一个好汉三个帮, 一个篱笆还得三根桩哩! "

人就是欠训。贱呗。尤妮一通数落, 让冯宁清醒了。不大一会儿, 尤妮又把他约到附近一个高档的茶室。在茶室的一个小包间里, 冯宁把打开了的庞耀祖的一封信递给尤妮。

尤妮问: "只有一封? "

冯宁说: "庞哥说一封一封地看。"

尤妮笑道: "他还真把自己当三仙姑了, 弄得神神道道的! 他说啥了? "

冯宁说: "你自己看么。"

尤妮说："你先说个大概。我懒得一个字一个字地看。"

冯宁说："他估计到，如果我能拿到这块地，方方面面都不会放过我。"

尤妮说："你瞧瞧。你瞧瞧。多吃十年饭，在内地衙门里多混了些日子，这庞耀祖就是知根知底，了解我们这个体制的痛痒关节。"

"他说，中国当前还不习惯让个人拥有那么多的权益，但正朝着这个方向前进。他让我一定要坚持，一定要顶住。他说我现在保卫的不只是一块地所能给我的那点经济利益，而是每个人应该享有的那种生存发展权利。他说，几千年来，这种权利在中国总是得不到应有的尊重和重视。这种个人应得的权益，总是被各种各样貌似有理的说法和规定取代了掩盖了扭曲了。深圳的改革开放，中国这一回的改革开放，最终目的就是要彻底解放人的能量，让每一个人都能真正做了自己的主人和这个国家的主人，享有属于个人所有的这种权利……"

尤妮忙说："打住！打住。这些都是他信里说的？"

冯宁眉头一皱："让你看你不看……给你说，你又不信。这些当然都是他信里说的。"

尤妮说："扯球蛋嘛，说那么远干啥？到底咋办，他说具体解决问题的办法了没有？"

冯宁说："说到具体解决措施，他只有一句话。"

尤妮忙问："怎么说的？"

冯宁说："找宋梓南。"

尤妮稍稍愣了一下，苦笑一下，轻轻地叹了口气，低下头去默坐着了。

冯宁问："怎么了？"

尤妮长叹一声："我以为他还能给你出什么高明点子哩。他庞耀祖也没法免俗啊。出了问题找清官，这都是中国人用了两千年的老办法了。"

冯宁也叹道："那你说咋办？你不找当官的，还有谁能解决问题？能找到清官，就算是我们的福气了。他说他接触过宋梓南这个人，有血性，敢作敢为,是个官,但少僚气,头脑还清醒。是个大官,但心里还有小老百姓。"

尤妮说:"你现在遇到的阻力不光是货运编集站那个母公司和暗中对你动武的黑道,还有有关部门不也突然中断了给你办理产权转移手续吗?"

冯宁说:"庞哥已经料到这一些了。他说,如果政府有关部门也给了阻力,这很正常。千百年来,不管是哪朝哪代,改革的实质都是利益和权益的再分配。如果这场改革,它是真正的,而不是虚伪的;是决心取得成效的,而不是只想走走过场的;是给多数人雪中送炭的,而不是只为少数既得利益者锦上添花的,它在某些掌权者中引起的震荡和妒忌心理,必然是深层次的、广泛的,更多的时候还是隐性的和貌似合法的。现在有幸的是,我们这个中央政权是个真正想改革的政权,是个真诚为人民谋利益的强力集团,它挑选的这个深圳班子又是大力推行这个邓小平路线的。所以……"

尤妮说:"所以,我们还得去求这些'白脸包公''包大人'来解决问题?"

冯宁再一次苦笑着说:"那你说怎么办?"

尤妮站起来拍了一下桌子,大声说道:"我说怎么办?我这个小女子有啥办法,纯粹傻蛋一个!"

95

冯宁和尤妮走进市委办公大楼后,多少显得有些迟疑、踌躇。他俩先是在门厅的一个角落里观察了一会儿,看那些来找市委领导的人都是怎么办上楼找人的手续的。

尤妮悄悄地调侃冯宁道："你都成了公司老板了，还不知道怎么才能找市领导？"

冯宁瞪她一眼："你烦！"

尤妮说："好像事先都得预约。"

冯宁苦笑道："这真是个二律背反的规定。事先没建立一定的关系，就没法预约。事先没预约，又怎么能建立这种关系？"

尤妮揶揄道："我发现你这张嘴，最近越来越喜欢转了，尽说些人听不懂的话！尤其在挨了那顿打以后，净装深沉！讨厌！"

冯宁忙说："还是考虑考虑用什么办法才能进得了这个大楼吧。"

这时，尤妮突然眼睛一亮，"啊"的一声叫了起来。这一声叫，叫得那么的突然，那么的响亮，不仅让冯宁吃了一惊，还让大厅里许多来来往往和正在办进门手续的人都不约而同地向这边转过身来，投来诧异的一瞥。

冯宁忙拉了尤妮一下："干啥呢？"

尤妮呆住了，怔怔地只是向着一个方向看去，而不作声。冯宁赶紧向那个方向看去，只见那个方向上，有一群人正缓步向电梯间走去。

尤妮两眼发直，人整个都呆愣住了似的，叫道："庞耀祖！庞哥！"

冯宁也一愣："你说啥呢？"

尤妮忙说："我好像看见庞哥了！"

冯宁推她一把："别说胡话了！"

尤妮喃喃地自问道："也许我看走眼了？我可是一点五的眼力！如果我看走眼了，那么，那个人也确实长得太像庞哥了。"说着，她突然起动，竟大步向那群人走去，让冯宁都没来得及阻止她。这时，那群人已经走到电梯间门前了。恰好一部电梯缓缓驰下。电梯门轻轻打开后，这群人中间便有人陆陆续续地向电梯间里走去。眼看那个长得酷似"庞哥"的人要走进电梯间了，尤妮加快了步子，不一会儿便几乎是带着小跑一般的冲过去想叫住那个长得酷似"庞哥"的人，看个究竟。她的这个举动，自然引起了门卫的注意。门卫先是叫了一声"喂,那位小姐! 那位女同志! "见尤妮没搭理他,他便对两三位正等着他验证的人说:"对不起,请各位稍等一下。"便大步冲了过去,拦住了尤妮。

门卫显得有一点生气:"你怎么回事?! "

尤妮忙解释:"对不起……有个熟人……"

门卫说道:"这儿是你随便找熟人的地方吗? 你是哪儿的? "门卫越来越严肃。

这时,那个酷似"庞哥"的人已经走进电梯间了。尤妮一着急,有点结巴起来,一边用手指着那个酷似"庞哥"的人的背影,一边说:"他……对不起……他……"

门卫做了不容违背的手势:"请你离开这儿! "

尤妮一时间竟有点语塞了:"他……他就是……"

门卫提高了声音说道:"我再说一遍,请你离开这儿。否则我就要采取措施了! "

这时,冯宁跑了过来。门卫立即也用手指住他:"你给我站住! "

冯宁站住了。

那群人中没有进得了电梯的一部分人闻声都转过身来。但是门卫却拉着尤妮已经向大门口走去了。尤妮面红耳赤地辩解道:"我只是看到一个熟人……我能不能问问他们,那个是不是叫庞耀祖……喂,请问,刚才上电梯的同志中间,有没有一个……"

门卫声色俱厉地:"不许大声喧哗! "

尤妮执着地:"我只是问一下,刚才上电梯的同志中间,有没有一个人叫庞耀祖的? 庞耀祖……"

那群人中没有上电梯的那部分人,此时以为自己已经看清大厅里只不过是两个上访的年轻人在喧嚣闹事,便纷纷又转过身向电梯走去。听到尤妮这一声喊,他们都站住了,又回过身来。

其中的一个人忙问:"谁找庞耀祖? "

尤妮忙踮起脚尖，向那个人挥动着手："我。我。我找庞耀祖。"

那个人说："老庞刚才上电梯了！"

尤妮忙叫道："我是他家里人。能替我给他传个话吗？"

96

到傍晚时分，冯宁和尤妮果然在约定的那个饭店里见到了刚从东京回国的庞耀祖。庞耀祖匆匆走进来的时候，尤妮激动得都快要流出眼泪了，几乎是扑过去的，抱住庞耀祖："你他妈的怎么真的是你呢？"

庞耀祖笑笑："我他妈的怎么不能真的是我呢？"

冯宁也忙上前用力地握住庞耀祖的手："你怎么连个电报都不先发一个？"

庞耀祖解释道："我们也是突然接到国内的通知，回来赶紧筹办证券交易所。"

冯宁问："学完了吗？"

庞耀祖笑道："完？那玩意儿还有完的时候？证券交易，是一个深不可测的大海。玩一辈子，也到不了底！"

冯宁说："那就不学了？"

庞耀祖应道："说是帮着搞完这个筹备工作，还去继续我们的学业。但我看可能是够呛了。一部分人可能会继续回东京和伦敦证券交易所去做实习，有一部分人肯定要留下来了。这里基本没有懂证券的人啊。中国最早在上海搞证券交易的那一批人，能活到今天的也没几个了，活下来，也都七老八十，路都走不动了，还能做什么具体工作呢？"

尤妮忙说："我们刚拆开你的第一封信……所有的情况，你都预料到了……庞耀祖，你他妈的怎么能早三年知道的？"

庞耀祖说："我他妈的比你们都大十来岁哩。这十来年的饭不是白喂了狗的！"

冯宁说："快点菜吧，咱们一边吃，一边说。我这儿的情况很不好啊。"

庞耀祖说："说说情况吧。饭，我没时间吃了……那边还有个会等着我哩……中央体改委和金融工委都来人了，听说还请了香港两位证券专家……"

尤妮说："庞耀祖，你跟我们牛皮啥！你今天就不吃晚饭了？你上那边去不也得吃晚饭么？我知道他们那儿的饭比我们这儿的高级，但是……"

庞耀祖不高兴了："你这么说有意思吗？"

尤妮板着脸，扭过身去，不搭理庞耀祖了。

庞耀祖说："你他妈的……"

尤妮说："你才他妈的！"

三个人都笑了。尤妮自己也笑了。

庞耀祖说："尤妮，以后不许再说这话。这话太伤人。你把我庞耀祖说成这一号人，不也骂了你自己吗？如果我是那种势利眼儿，你跟我交往这么长时间，你会是好人？"

尤妮哼了一声："谁跟你交往这么长时间？自作多情！"

庞耀祖："哎哎，我只说交往，没说别的。"

冯宁笑道："尤妮，刚才在市委大楼里，你喊什么来着？你说你是庞耀祖的家里人！"

尤妮脸一下红了，拿起菜单装作要打冯宁的样子："那是临时急了嘛。不这么说，我们能见得上庞耀祖大官人吗？"

庞耀祖也说："冯宁已经受了一回伤了，你要真把他打糊涂了，我可就帮不了忙了。"

尤妮说："爱帮不帮！哼，你敢不帮？！"

冯宁忙说："行了行了。我们快说。说了，让庞哥忙他的大事去。"

庞耀祖说："我来就是告诉你们，我已经约了宋书记，明天晚上见面……"

尤妮兴奋地："约他一起吃饭？"

庞耀祖笑了笑道："这不可能。"

尤妮忙说："行行行，不吃饭也行，只要能见着就行。"

庞耀祖："宋书记的秘书特别关照了两条。一、只去一个人……"

尤妮失望地："为什么？"

庞耀祖说："请不要多问。要想进入高层政治生活，就得遵守高层政治生活的游戏规则。既然书记的秘书说了只去一个人，那就是只能去一个人。别问为什么。谁去？"

尤妮失望地："那当然是冯老板去啦。"

冯宁笑笑说："尤经理去也行。"

尤妮瞪了冯宁一眼："你寒碜我挖苦我？"

庞耀祖说："当然是冯宁去。二、去以前，去以后，这事不能做任何公开张扬。必须做到绝对保密。马秘书说，宋书记听了情况的初步汇报，觉得这事带有普遍性，现在要解决的不是冯经理一个人的问题，会牵涉到相当一批人的利益。所以，要谨慎处之，还不能心急。"

冯宁说："我是军人。军人是绝对遵守纪律的。"

庞耀祖笑道："不过，当年你可不是个特别优秀的军人。别老拿你那段'惨痛历史'说事！"

冯宁说："我当年不优秀，但也没到你说的那个'惨痛'的地步。"

庞耀祖拿出一张小纸条："这是宋书记秘书的电话号码。让你直接和他的秘书联系。"

冯宁惊喜地："哦？"

庞耀祖说："市委书记秘书的电话号码可别随便瞎传。"

冯宁忙说："这我懂。"

庞耀祖感慨地说道："能给你电话号码，这应该是一种极大的信任。"

冯宁忙点点头说："我知道。"

庞耀祖说："高层对滥用他们信任的人是特别不能容忍的。一旦在得到他们的信任后又让他们失望，是很难再重新获得这种信任的。"

冯宁点点头。

尤妮白了庞耀祖一眼："你也说的太严重了吧！"

庞耀祖说："你不懂！这种信任，来之不易，失去就不仅仅只是一种遗憾了。特别是对那种值得我们珍惜的信任更是要慎之又慎。"

在约定的时间，冯宁来到宋梓南办公室里。因为是第一次进市委书记的办公室，单独面对深圳的最高当权者，冯宁竭力要求自己平静。但进门的最初几分钟，他还是有点晕，头脑里一片空白。而宋梓南显得十分的悠闲，正在那张大案桌上挥毫写字。挥挥手，他让冯宁坐下。

宋梓南问："你就是那个冯宁？"问话时，头都没抬。

冯宁忙站起来："是的。"

宋梓南很随便地看了冯宁一眼："挺年轻嘛！"

冯宁忙说："看怎么比了……跟我们公司里那些刚大学毕业的小青年比，我都觉得自己老了。"

宋梓南笑了笑："有危机感好啊。在深圳就得保持高度的危机感。"

冯宁说："所以许多人说，深圳是全中国也是全世界最年轻的城市，最有朝气的城市，但也是幸福感比较低的城市。"

宋梓南停下笔："哦，有这种说法？我不同意这种说法。不能把幸福只看成是吃喝玩乐，安逸享受嘛。你说呢，年轻的冯经理？"

冯宁忙应道："那是……"

宋梓南突然停下笔："不想和我争论，还是不屑跟我争论？"

冯宁忙说："不。我是同意您的观点的。"

宋梓南笑道："是吗？我闺女就不同意我的观点。她说，吃喝玩乐，安逸享受是人的天性。幸福就应该建立在这个基础上。我闺女还有一种谬论，说二万五千里长征固然是伟大的，但是长征中的战士内心中对枪林弹雨受冻挨饿流血牺牲能觉得是一种幸福？他们就不向往安逸和享受？"

冯宁说："她太小。再大一点，担负一定的社会责任了，会明白真正的幸福还包含了某种必需的付出，甚至是痛苦的付出。这和爱情一样。"

宋梓南认真地打量了一眼冯宁："小伙子，你还不光有一个生意人的头脑啊？不对不对，我这句话有问题，真正的企业家优秀的生意人，也会是一个思想家和拥有相当水准的哲人贤人。我这么说，是不是就全面一些了呢？"

冯宁忙说："是的。"

宋梓南笑道："你别老说是的是的。在我面前说'是的'，待一会儿，一出门，就偷偷骂山门，这臭老头！老顽固！"

冯宁笑道："不会不会。"

不一会儿，宋梓南的字写完了，冯宁的情况也说完了。

宋梓南丢下笔："说完了？"

冯宁点点头："大致的情况就这些。"

宋梓南说："好吧，给我写的字提提意见吧。"

冯宁惶惶地："我可不懂书法。"

宋梓南说："这可不行啊。书法是我们中国文化的精髓，一门大学问啊。可以养性修身，可以治国平天下啊。对了，我们准备在市民广场中央立一个标志性塑像，你看塑一个什么像好啊？大鹏鸟、拓荒牛，还是雄鹰、莲花？"

冯宁说："这个我也不懂……"

宋梓南笑道："那你懂什么？光知道做生意？这我可要说你了。你这样，也能赚钱，但充其量我看是只能赚小钱的。如果遇到好机会，也有可能让你猛赚一笔，也可能一夜暴富。但你成不了真正的企业家。成就一个伟大的企业是要有企业文化和企业精神支撑的。做一个伟大的商人，是要用思想支撑的。你看看这些年我们深圳的大企业，像华为、万科、中兴，还有许许多多正在崛起的高科技企业……怎么了，不想听我唠叨了？"

冯宁忙说："不不不，您说得特别好……特别好……"

宋梓南大笑起来："哈哈哈……小伙子，要把言不由衷的话说得非常诚恳圆熟而委婉动听，就像历史上那些祸国殃民的佞臣做到的那样，你的功夫还差得很远很远啊……"

冯宁问："您觉得我应该在这方面再下点工夫？"

宋梓南突然不笑了，然后又慢慢露出一点微笑，很诡秘地看了看冯宁："你以为这很容易？对某些人来说，一辈子都学不会的……一辈子啊，小伙子，要学会怎么说好言不由衷的话，首先是要学会怎么出卖自己的灵魂啊！而出卖自己的灵魂，这件事也不是人人都做得到的。"说到这里，那漫不经心的微笑，突然间从他唇边消失了……

出了市委大楼，冯宁就直奔庞耀祖住的地方。庞耀祖回国后，一直还住在新园宾馆那个集体宿舍里。冯宁先是在马路边找了个公用电话给庞耀祖打了个电话，约了他一下。庞耀祖却直劝冯宁过个一两天再去跟他谈。"今天我这儿太乱了。我也没法坐下来跟你谈。"从来没拒绝过冯宁约谈的庞耀祖却在电话里再三推拒。但冯宁还是执意要去。等冯宁赶到庞耀祖住的那个集体宿舍里一看，屋里果然跟大撤退似的，庞耀祖正在慌慌地收拾自己原先的一些东西，准备搬新居了。宿舍里没开空调，电扇颤颤地晃着头，咔嚓咔嚓直响。庞耀祖忙得浑身直冒大汗，根本也没那个心思听冯宁细说。

"你能停一下手，好好听我说一说吗？"冯宁要求道。

"说呀说呀。我听着哩。"庞耀祖直起腰，擦了把汗，应付道。

"操，你这是在听我说吗？"冯宁不高兴了。

"一会儿就来车了……他们让我搬到市政府的机关宿舍去住。"庞耀祖解释道。

"你要赶不上他们的搬家车，我替你派车。要没人替你扛行李，我叫人来替你扛。别跟我这么有一搭没一搭的……"

"行行行，你说。"庞耀祖终于停下手来。

"你要不愿意听，就算了。"冯宁不想说了。

"嗨，冯老板现在脾气见长啊。"庞耀祖调侃道。

"是你让我去见那个宋梓南的，对不？"

"啊，怎么了？能直接跟市委书记谈一下，你以为容易？"

"听着，刚才我去见这位宋书记了。宋书记压根儿就没心思听我说，一直就没停下笔写他那烂字儿，等我汇报完了，又让我评价他的字，又让我评价他什么雕像方案，然后又跟我大谈企业文化和企业精神……天南海北地胡扯了一通，就是绝口不谈我这事到底该怎么处置。你怎么跟他约的？你们这些当官的不是在要我吗，纯粹找我去陪他闲聊天了？！"

"瞧你那臊性！他宋梓南要闲聊天，找你？你冯宁还不够那个格，肚子里也没那么些东西陪他宋梓南闲聊天哩。也许三五年以后有那个可能。但现在，哼！"庞耀祖冷笑道，"冯宁啊冯宁，说出这种话，你是不是也有点不知道自己到底有几斤几两了？"

这几句话，一下子还真把冯宁呛住了，让他一时无语。

庞耀祖接着说道："你啊，还是不懂政治。我告诉你，完全不懂政治的人，很难在中国这个现存体制下做大做强一个企业！所以你还得好好修行哩！你以为宋梓南是谁？中国社会历史大转型试验场的第一把手，中国第一大经济特区的一把手。这样一个人，能随随便便把自己秘书的电话号码给一个人？能随随便便把一个人叫到自己办公室去听他唠叨两小时？你知道不，他平时的工作日程是以分钟为计时单位来安排的。他把秘书的号码给了你，他又约你去谈情况，这足以证明，他非常重视你。他已经充分感觉到你这档子事的严重性了。他清楚地看到，这件事牵涉到完善和深化深圳的市场体制改革这么一个大问题。他要解决的不仅仅是你这块地的归属问题，而是要通过解决这块地的归属问题，来推动深圳改革的进一步发展。这不是他一个人、下一道命令，或者给你一把什么尚方宝剑就能解决的。所以，他不能在你面前轻易表态。所以，他才会只听不说，才会做出一副一边写字一边听你汇报的样子，才会在你汇报完了就只跟你聊别的那些不咸不淡的事。你以为他真的很无聊吗？可以跟你这么说吧，你说的每一句话他都记在心里了！"

冯宁愣怔了一会儿，忙问："那我那块地到底怎么办？"

庞耀祖说道："你看你，掰扯半天，心里还是只有你自己这块地。"

冯宁忙说："操，我就是个生意人嘛。"

庞耀祖说："你不仅仅是个生意人！从什么时候开始，你把自己仅仅定位在一个'生意人'的坐标点上了？你过去不是经常宣称，我们到深圳来，不光是挣几个钱，不光是做一个淘金者。是不是这样的？搞清自己到底是为什么才活着的，才能算是一个真正的人完整的人！这才是我们的目的。从大的方面说，不解决体制上一系列的问题，就不可能解决这个怎么活着的问题。从小的方面说，不解决体制上一系列的问题，同样也解决不了你这块地的问题。因为，按照老的条令和习惯做法，作为你的上级母公司，货运编集站是可以从你手里平调几百万资金。政府有关部门也应该拒绝给你办理产权转让手续。"

冯宁问："要我们去解决这个体制问题，这难度是不是也有点太大了？！"

庞耀祖说："据我得到的消息，宋书记在听你汇报以前，就已经下令政府有关部门，尽快着手调查处理这件事了。"

冯宁一愣，惊喜道："是吗？"

庞耀祖冷笑道："是马，还是骡呢！而且据我分析，宋书记他很可能还要从你这么一个新兴民营家被打的案子着手，来整顿深圳的市场秩序，给深圳整个民营经济的发展营造切实良好的环境。想不到吧？别愣着了，赶快帮我收拾东西，办公厅的车马上就要到了！"

庞耀祖猜测得没错，冯宁一离开市委办公大楼，宋梓南就把市公安局局长叫到了自己办公室里，要求市公安局"要大张旗鼓地'限时限刻'、从快从重地查处这起打人案……"并且告诉市局领导："特区报记者今天会来采访你们。"公安局的领导有些不理解："这么一起案子还要马上见报? 它只是一起很普通的致人轻伤案……"宋梓南马上纠正道："一起普通的致人轻伤案? 我的局座，你太不敏感了。我再说一遍，这个案子要马上见报。要彻查到底。"一直到离开宋梓南办公室的时候，市局的同志还认为书记只是说说而已，不会真的为了这么一起非常普通的"致人轻伤案"大动干戈。但随后的事态发展，却让他们吃了一惊。当天下午，特区报记者如约上门来采访，第二天一早，这个案子就上了报纸的法制版。市局不少同志看到报纸以后，都觉得不可理解："太奇怪了。过去办案，都是要求内外有别，破案以前，尽可能保密，别声张。案子即便破了，也只能挑一些有典型意义的不会影响群众情绪和社会稳定的案子让报纸的法制记者报导一下。这一回是怎么了，一发案，就要大张旗鼓报道，而实际上对付的只是一个致人轻伤案。简直就是拿高射炮打蚊子。"说这牢骚怪话的是局办公室的一个秘书，正巧黄局长路过，听到了，训了他一通。局长训完了，最后说："少说怪话多干活!"拿起报纸回到自己的办公室，就把冯宁公司新写字楼所在辖区的派出所所长李国良叫到局里来了。局长先简单问了问这位李所长那天到冯宁被打现场勘察的情况。李所长说道："这案子太简单了，基本上没什么可查的，就是那个'栾叔'带了几个人，把那个冯宁收拾了一通。当时，有人报了警。110也到了现场。我们调阅了当时警队出现场的记录。冯宁受的确实是轻伤。他自己都没要求验伤。事情就在调解中解决了。这么一档子小事，值得在特区报上大张旗鼓地折腾吗?"

　　局长问："有人说那个'栾叔'背后还有黑手。"

　　李所长说："一起轻伤案，说得上啥黑手不黑手的? 真有黑手参与，起码也得要了那个冯宁半条命! 不卸他条胳膊，也得卸他一条腿。"

局长愣愣地打量了李所长一会儿，问："确实如此？"

李所长不明白今天局长观察他的眼神中为什么总带着一种过去从来没有过的冷峻和怀疑，便不由自主地有一点慌张起来，忙重复道："确实如此。"

局长又问："真是这样？"

李所长忙勉强地笑了笑，答道："这……常规嘛……常规……"

局长又仔细打量了李所长一眼，然后站了起来，说："那就这样吧。"便走了出去。

李所长这才轻轻地松了口气，从桌上取了一张纸巾，摘下帽子，擦了擦帽圈里沾上的冷汗，点着一支烟，刚吸了两口，觉得局长走了，自己一个人还继续留在局长的办公室里，不太合适，忙戴上帽子，正要走，这时进来两个同样穿着警服的人。

这两个同志走到李所长面前问："你是李国良同志吧？"

李所长一开始根本没怎么在意这两人，因为从年龄和警衔上看，他们都是他的晚辈了，便漫不经心地问："是啊。怎么了？"

那两个同志自我介绍道："我们是'139'专案组的。想找你了解一点情况。"

李所长这时才稍稍有点紧张起来："'139'专案组？找我了解什么？"

那两个同志说："请跟我们走一趟。"

李所长心跳开始加快。他本想对他们说："跟你们走一趟？瞎掰！要说啥，就在这儿说，我哪有功夫跟你们瞎转悠？！"但经验和本能都告诉他，这事发生在局长办公室，一定和局长和局党委的什么决定有关，再想到局长专门把他找来谈冯宁被打案，再加上局长刚才那含意复杂的眼神，心里本来就有鬼的他，再一次冒冷汗了，嘴里只是喃喃道："谈……谈情况？一会儿我还得回所里去哪……"

不等他说完，专案组的那两个同志从公文包里取出一张盖了公章的红头文件："你不用回你们派出所了。因为你和冯宁被打一案有牵连，局党委已经决定对你进行停职审查。"

李所长一愣："啥，我和这个案子有牵连，要对我停职审查？什么局党委决定？我刚才还和局长在一起哩。他啥也没跟我说呀！"

那两个同志把那个红头文件往他面前一放。李所长呆住了。

到傍晚时分，黄局长觉得情况比较严重，便亲自去向宋梓南汇报讯问这个李所长所得到的初步情况。"情况有点出人意料。这是讯问笔录。"黄局长把一份有被讯问者亲笔签名的笔录放到宋梓南面前。宋梓南戴上老花镜，拿起那份笔录时，黄局长说："瞧您那个费劲样。还是我来给您念吧。"宋梓南笑着："嫌我老了？想我赶快退休？"也是市委常委的黄局长忙笑道："行行行，您自己看。自己看。我还是省点劲儿吧，别好心让人当了驴肝肺！您可以着重看用红笔画出的段落。那都是要害的部分。"不一会儿，宋梓南看完了，脸色果然一下沉重起来。从初步讯问所得的情况看，这案子可能还牵涉到一些让宋梓南根本没想到，也绝对不愿意想到的"同志"。

黄局长请示道："还要继续往下查吗？"

宋梓南没马上正面回答黄局的请示。他心情非常沉重地说道："看起来，我们摸到的还仅仅是冰山一角……"

97

第二天上午，一上班，小马就向宋梓南报告道："刚才高士达集团的何董事长来电话，他想尽快见到您。"

宋梓南问："什么事？"

小马说："电话里没说。他说见面时再谈。看样子挺急迫，一再地问，能不能今天就安排出一点时间来见他一见。"

宋梓南略略深思了一下："你答复高士达集团的何董事长，就说，我可以马上去见他。"

小马忙问："什么时间见？"

宋梓南答道："今天下午。"

小马犹豫了一下："下午的日程……"

宋梓南断然答道："全部顺延。"

小马再问："请他到这儿来？"

宋梓南立即答道："不。请他定个地点。定一个比较方便谈事，又不为人注目的地方。告诉车队，下午替我换一辆车。或者把我那辆车的车牌号换了。不管是换车，还是换车牌号，都把更换以后的新车牌号通知何董事长，以方便他做相应安排。"

"更换车牌号？"小马一愣。或者换车，或者更换车牌号，唯一的目的是不想让别人认出这辆出行的车是市委书记乘坐的，不想让某些有心人觉察到今天市委书记的行踪去向。这样的行动，宋书记是极少采取的。因为深圳大地毕竟是我们的天下，一般情况下不必这么"神秘"。再说了，一个市委书记的行为，多是正大光明的，也无须使用这种"避人耳目"的举动。但，今天是怎么了呢？自然，所有这些疑惑，小马是不会说出口的，也没多问。也不该多问。他只要照着办就是了。

下午，比平时午休起床时间早半个小时，遵照书记的吩咐，小马叫起了宋梓南。宋梓南稍事洗漱，把该吃的药吃了，立即乘坐那辆更换好车牌的车，向郊外驰去。行驶到约定的一个地方，不远处的马路边停着一辆大黑壳的高档车，在那里不停地闪着危险报警灯。宋梓南马上指着那辆车告诉司机："你也打开危险报警灯，慢慢靠过去。他要是往前走了，你就跟着它。"

这些都是事先约定的暗号。等宋梓南的车靠近过去后，那辆黑壳高档车果然不声不响地启动了。两辆车一前一后不远不近地相随着沿山区公路驰去。大约几十分钟后，它们越过一片连绵的丘陵区，眼前出现了大海。前车拐进了一片丛林。宋梓南乘坐的后车立即紧随其后，也向那片密密的丛林拐去。

这时，他们好像又离开了海岸线，向陆地的腹地走去了。但走了不多远，丛林豁然开朗，出现了一片度假村似的奇美建筑。但是前车并没有驰进这个度假村，而是从度假村后身驰了过去，又进入了一片起伏不定的丘陵区。丘陵区里远远近近地总能看到一些精美小别墅的尖顶和大而亮的落地钢窗。在走过了一段密集的南方特有的灌木林以后，前车终于驰入了一个别墅区。

别墅区的仿古典式的大铁门显得古老而威严。前车按了两声喇叭。

一个保安一边看着监视屏上的图像，一边通过某通话器向什么人报告着："张师傅的车回来了。但后面还跟着一辆车，那车的车牌号是×××××。"

通话器里马上响起回答："放行。"

那个保安："但后车的车牌号是个陌生牌号。又没有预约登记。"

通话器里的那个声音立即命令他："让你放行就放行。"

那个保安赶紧按了一下桌上的一个绿色按钮。大铁门缓缓打开了。在两辆车驰入院区后，大铁门又缓缓关上了。当前车在这个并不大的别墅区一幢会所式的建筑物后门停下时，何董事长已经在会所的后门口等着迎候宋梓南了。两人稍事寒暄，何振鸿通过一条极为背静的甬道，把宋梓南引领到那个装潢古雅而又奢华的会所里，对宋梓南说："这儿是绝对私密的。只有持白金会员卡的人才能进得来，而且还得预约。书记要用点什么？普罗旺斯的葡萄酒，还是哥伦比亚的咖啡？还是台湾的观音王？还是黄山的云雾茶？"宋梓南四下里环视了一下，感叹道："你们这些大老板啊，还是很会过日子，很会享受的呀。给我来杯茶吧。绿茶。最好是今年的新茶。"

宋梓南随何振鸿进了那个密谈室以后，小马便在门外的过厅里装作若无其事的样子，四下里打量着墙上的和多宝柜上各种各样的装饰品，其实从他的眼神里可以看出，此刻他一直保持着高度警惕，不时向紧闭着门扇的密谈室方向投去关注的一瞥。

在密谈室里，何振鸿说道："最近我在特区报上连续读到关于企业家冯宁被打，有关方面下大力气在侦破此案的消息……我很感慨……很感谢深圳市政府和有关部门能下这么大力气保护经商者的人身安全和合法权益。"

宋梓南微微一笑道："何先生，我们是老朋友了。您又是最早一批到深圳来投资办企业的先驱。您今天有什么要说的，尽管说，就不要兜圈子了。"

何振鸿稍稍沉吟了一下说道："很抱歉……关于这起案子，我有一点线索，可以提供给官方……"

宋梓南淡淡一笑："好啊。感谢何先生的鼎力相助。"

何振鸿说："这件事，本来不该直接来打扰你宋书记，但是直觉告诉我，事情背后可能会牵涉到更复杂的人和事。我犹豫了许久，内心也翻腾了许久，觉得只有直接来麻烦宋书记你，才是比较保险的……"

宋梓南欠欠身说道："请不要客气。其实今后也完全可以是这样，只要有事情，只要您何先生觉得需要，就尽管直接来找我，或者找我的秘书！"

何振鸿忙说道："我当然不会轻易来骚扰你的……我不熟悉这位冯宁先生，但是他那块地，我还是知道一点的。我也曾经设法通过一些渠道，想过一些办法，试着去拿到这块地。在这过程中，也耳闻目睹了一些事情。这些事牵扯到你宋书记身边的一些人，也牵扯到我何某身边的一些人。拿香港和一些发达国家成熟的规范的经商环境来衡量，深圳出现这些事情，就让人觉得有点不太正常。当然，内地有内地的特点。我们不可以强求一致，也不可能照搬境外的那一套做法。但是，现在中央不是也在强调和国际接轨嘛，我看市里的领导也在强调要在深圳建立和完善一套市场经济的游戏规则，我们这些生意人，来深圳投资，最大的愿望就是希望深圳早日建立并且完善这套游戏规则。要不然，心里多多少少还是不怎么踏实的。所以，我愿意把我知道的一些情况提供给宋书记，希望能有助于政府方面整顿好市场秩序，建立必要的游戏规则。但请宋书记一定为我保密。保密的原因，就是我刚才说过的，这些情况，可能涉及我身边的一些人，也可能涉及宋书记你身边的人，特别是你身边的那些人还在位置上，现在和今后都会影响我们在深圳生意的好坏。而这一点恰恰也是我犹豫了这么长时间，没敢及早来找你提供情况的主要原因。"说着，拿出一个信封，慎重地放到宋梓南面前。

98

宋梓南是当场就看了何振鸿写的这封信的。回到市里，立即把市纪委的乔书记找到办公室，把何振鸿的那封信交给了乔书记，并说："情况比我们原先估计的还要严重得多。卷入这起案子的不光有我们一些职能部门的人，还有一些你我完全想象不到的人。你先看看这封信。这是高士达集团董事长何振鸿先生写的一些情况。"

乔书记拿起那封信问："这件事和高士达集团还有关系？"

宋梓南说："想象不到吧？何振鸿先生在谈话中，说得很客气，他觉得'很可能'有我身边的人卷入了这起案子……现在看来，不是'很可能有'，百分之七八十'就是有'这样的人卷了进去！何先生说这个人经常向他的侄子金德昌提供我们的内部的绝密文件和经济信息。"

乔书记默默地看完信，怔怔地："怎么会是他呢？"

"难以想象吧！？"宋梓南感慨道。

"真是难以想象……一个开发罗湖的功臣，建设特区的尖兵，省市两级党委确认的区、局、县级领导干部的标兵，下一届人大内定的副市长候选人……这样一个人怎么会发生如此触目惊心的变化，以致纵容自己的亲戚去打人?"乔书记也感慨道。

宋梓南说:"这绝不是一起简简单单纵容亲戚打人的事件。马上组织力量核实这情况。你亲自抓这件事,直接对我负责。同时,要严格对外保密,对参加这工作的同志也要做好保密教育工作。"

乔书记说:"您放心。"然后立即回纪委去了。第二天上午,乔书记又给宋梓南打了个电话来,说:"还有件事,昨天一激动,忘了请示。按要求,市纪委在下一届人大会议前,要向省委、省纪委和中组部报一个下一届市政府领导班子候选人员廉洁自律情况的考察报告。我们在这份报告中,还要不要继续写上这个同志?"

宋梓南说:"咱们不在电话里谈这事。你过来说吧。"

等乔书记赶到,宋梓南对他说:"我看在彻底搞清情况,拿到确实证据以前,不要做任何可能打草惊蛇的事情。不过……你可以亲自到省纪委跑一趟,先口头向省纪委的主要领导报告一下目前我们得到的这些情况,再说一说我们已经和准备要采取的一些措施。"

乔书记说:"宋书记啊,昨天晚上我折腾了大半宿都没睡着啊……真的是想不到……如果情况属实,真是太不可思议了……一个多好的同志……"

宋梓南点点头,苦笑道:"教训啊……昨天你走了后,我又想了想,觉得还是应该向在家的常委先通报一下这情况……你觉得怎么样?"

乔书记想了想:"现在就把这件事提交到常委会上去,是不是有点早了?"

宋梓南说:"不采取正式上会讨论的方式。个别谈。用个别谈的方式,先通报一下情况。同时征求一下常委们的意见,看看他们对这件事有哪些建议和看法。另外,顺便也可以问一下,关于他,他们还掌握了什么情况。"

乔书记迟疑地:"他们不一定会掌握什么更多的情况吧?如果有,应该早就向您汇报了。"

宋梓南摇了摇头说道:"不一定啊。向来,大家对他的期望值都很高。尤其这半年,在把他确定为区、县、局领导干部的标兵以后,加大了对他的宣传力度。在这种情况下,同志们即便听到什么有关他的负面情况,也可能会为了顾全大局,而不加以声张,甚至为了维护安定团结的局面,为了维护深圳这面旗帜,维护组织决定,而有意把这些情况压下不报。总之,这件事,如果属实,就太被动了,我是有责任的……"

乔书记走后,宋梓南又呆坐了一会儿,揉了揉觉得发闷的胸口,吃了几片丹参之类的药,走到外间秘书室对小马说:"你了解一下市委常委哪些还在家,然后你排一下队,用一天的时间,我想跟常委们逐一做一次谈话。"

小马愣怔了一下:"逐一做一次谈话?"

宋梓南说:"对,分别谈。每个人大约花半个小时到四十五分钟时间。"

小马问:"在哪儿谈? 您这儿?"

宋梓南说:"不,约到常委小会议室去谈。"

小马再问:"要派人做记录吗?"

宋梓南说:"不。不做笔录,更不录音。"

第一个应约来交谈的是周副市长。敏感的周副市长怔怔地一坐下就问:"出什么事了? 为什么把今天下午和晚上所有的日程全都更改了?"

宋梓南把纪委整理的一份材料放到他面前:"你先看看这份材料。"

半个小时后,周副市长匆匆走了。傍晚时分,他到高科技园区建设指挥部检查工作,见到他的人都觉得今天周副市长跟平日里常见的那个周副市长有点不一样了,显得心不在焉,也显得有点急躁上火。他一走进指挥部就找石长辛。

在场的人都没作声。

周副市长有点不高兴地问:"怎么了? 他没来?"

"来了……"有人答道。

"来了，问你们怎么一个个都不吭气？"

在场的人仍然不做正面的回答。场面上的气氛顿时显得有一点紧张和尴尬起来。

正僵持着，石长辛走了进来。

周副市长瞟了石长辛一眼："正说你这个曹操哩！"

石长辛忙说："对不起，我没迟到吧？刚才睡了一小觉，起得有点晚了。现在科技园区内所有的建筑方案都可以确定了，就只剩下冯宁手里把着的那块地，拿它没辙。到底怎么处置这根钉子？市里得赶快拿主意。这种事，如果不下决心，拖三五个月也是它，拖个一两年三年五年的，也是它。但，别说是拖一两年三五年，根据现在的形势，就是拖三五个月，也会对我们当前这个高科技园区的建设产生重大影响，以至于影响到我们全市产业结构的调整速度。"

周副市长话里带话地说："市里当然会下决心的。"

石长辛忙说："关键是要快……"

周副市长突然显得有一点不耐烦了："谁不知道要快？我都想明天就把这个高科技园区建起来哩。"

石长辛一愣，他和其他人的感觉是一样的，周副市长向来以聪慧、宽容和博学著称，从不随便向下属发火。在别人述说己见时，更少见他无故抢白。今天，这是怎么了？石长辛当然不会流露出自己的这点意外，只是不再出声了。

过了一会儿，周副市长稍稍缓和下口气又问道："其他建筑用地还有什么问题没有？"

石长辛忙说："应该没什么问题了。"

周副市长却又不耐烦了："什么叫'应该没什么问题'了，到底有没有问题，有就有，没有就没有。应该没有，算什么意思？"

石长辛忙说："除了冯宁手里捏着的那块地以外，其他的都没有问题。"

然后，周副市长把石长辛找到另一间小办公室里。这时，他可能也意识到自己的确有些失态了，便对石长辛说道："刚才我态度有点急躁，说话也有点冲动……"

　　石长辛忙说："嗨，周副市长，您跟我这个当兵的说这干啥？我急起来，比您冲得多。这一点算个啥？！"

　　周副市长说："还有件事，长辛，你现在不能光抓这个科技园区，还有土地资源管理，特别是土地拍卖会的事，都筹备得怎么样了？"

　　石长辛说："不是要调雷半伍区长到市政府来主抓这个土地拍卖的工作吗？他到底什么时候到位？"

　　周副市长说："你不要等。"

　　石长辛说："半伍同志工作有魄力，也熟悉城市基本建设。他来抓这个土地拍卖，是非常合适的。"

　　周副市长说："他能马上过来，当然好。不过，你还是不要等。他正在办交接。办完交接才能过这边来。所以，你先干起来。"

　　这时，一个工作人员进门来给石长辛送什么文件，听了一句半句，插嘴道："还是让雷区长早点过来吧……石总一个人扛着这么大一摊子事儿，的确够累的了。"

　　石长辛立即打断那个工作人员的话："有你什么事？忙你的去吧！"

　　那个工作人员立即把没说完的话咽了下去，怏怏地走了。

　　在回去的路上，周副市长问他的秘书："你没觉得今天石长辛那儿气氛有点不太对头？"

　　秘书答道："我也有这样一种感觉。石总老不让他手下的人说话。而他手下那些人好像老有什么话要说似的……"

　　周副市长长长地叹了一声道："这个石长辛啊……"

　　等回到市政府大楼，快要走到办公室门前了，却看到有两个公务员模样的人站在办公室门前等着他，周副市长抬头一看，这两个人是石长辛指挥部的工作人员。周副市长有些疑惑地说道："你们来得好快。怎么了？有事吗？"

两个工作人员犹豫了一下："能给我们几分钟时间吗？"

周副市长立即说："当然可以。进来吧。"

这两个工作人员是来报告石长辛近来的身体状况的。

周副市长问："长辛最近情况很不好？经常发病？"

一个工作人员担心地说："他老说是岔气。一疼起来就直不起腰，透不过气。开始那几回，我们食堂里有个大师傅，在老家学过一点中医推拿，替他揉揉，这气很快就顺过来了。最近这段日子，同样地揉，都不管用了。得歇上一两个小时才能缓过一点气来。今天您上指挥部去的时候，他刚发过病，正在他办公室的长沙发上躺着哩。"

另一个工作人员补充道："岔气，我们老家也有这种说法。一般情况下，揉一揉，歇一会儿，就能好。但是，我们总觉得石总的情况不太像民间常说的那种岔气。而且它发作的频率越来越高，只要一发作，石总的脸色就变得青白青白，挺吓人的。"

"这段时间，他实在是太忙了。光一个科技园区的筹建，就够他招呼的了，再加一个土地资源管理，市政建设施工……每天半夜一点钟以前能上床休息，就算是好的了。经常忙到后半夜两三点。他还不让我们说。谁说就训谁。今天听说您又要他负责土地拍卖的事，我们特别担心，这会不会成了压死骆驼的最后一根稻草。"

周副市长沉吟了一下，问："还有什么情况？"

两个人吞吞吐吐地请求道："就是……就是……别跟石总说，我们上您这儿来反映过他的情况了。"

周副市长笑着点了点头说道："谢谢你们来反映石总的情况，以后有什么关于他的情况，还可以直接来谈。"

等这两位工作人员走了以后，周副市长马上给石长辛打了个电话，用训示的口气，要他切实注意自己的健康问题。到晚上，石长辛就把高科技园区筹建指挥部全体工作人员召集起来，追问道："谁上周副市长那儿去告我状了，嗯，谁？"

会议室里没人敢出声。那两个工作人员赶紧低下头，屏住了呼吸。

石长辛严厉地扫视了大家一眼，说道："我平时怎么跟你们说的？现在市里就这么几个领导，年龄也都比较大。眼下，无论是建设高科技园区，还是搞土地拍卖，或者马上要搞的证券交易和行政管理体制的变革，都是实现中央的调整方针，完善市场经济体系，进一步深化改革开放的重大战略措施。在这么一个关键时刻，我们这种相对来说还算是比较年轻的同志多干一点工作，能跟谁去叫苦吗？你们说，能跟谁去叫苦？"

周副市长走后，接着被约谈的是组织部的刘部长。听了宋梓南简单的情况介绍，刘部长说："组织部也收到过一些关于他的负面反映。但是……但是看到市里一直在高调宣传他，所以就没太把这些反映当一回事。"

宋梓南："教训啊。"

刘部长略显得有些歉疚地点了点头。

宋梓南接着又问："你们得到的那些反映，有书面的东西吗？"

刘部长说："有啊。但大部分是匿名举报信。"

宋梓南忙问："你们没销毁吧？"

刘部长说："那怎么会呢？"

宋梓南问："带来了吗？"

刘部长从皮包里取出一个卷宗，放在宋梓南面前。

宋梓南没去碰那个卷宗，却指着卷宗吩咐道："你要亲自把它直接交纪委乔书记。不要让任何第三者经手转交。"

刘部长点点头："我明白。"

宋梓南长长地叹了一口气道："小刘啊，回过头去认真审视，在这一类事件上，确实有许多深刻的教训值得我们认真总结。往往是，人已经出问题了，群众已经有反映了，有的反映甚至还很强烈，可这些有问题的人还在继续得到高高在上的我们的提拔重用。为什么我们这些人的感

632

觉,总是不能和群众的感觉同步?要完全同步,这个难度确实比较大,但能不能做到及时反馈呢?怎么才能把群众的监督真正落实到我们的人事干部工作实践中去?"

刘部长说:"宋书记,我有这么一个考虑,不知道合适不合适。"

宋梓南说:"今天我们之所以要单独谈,就是为了能充分进行交流各自的想法和意见嘛。有什么想法,你尽管说。"

刘部长笑了笑:"那我就说了。"

宋梓南笑道:"说吧。"

刘部长简单梳理了一下自己的思路,说道:"这件事情现在还正在调查中。无论如何,深圳是中央的一个试点,改革开放的一面旗帜。大家伙不希望在这面大旗上看到出现这么一个破洞和这么一粒老鼠屎……我一直在考虑,怎么才能让这件事的负面影响减到最小。中央现在不是强调干部异地交流吗?我们能不能用这个办法,请省委组织部门出面,先把他调出深圳,然后再看案子的查实情况和大形势的发展态势,适当地进行组织处理。因为对他进行组织处理的时候,他已经不算深圳的干部了,这样对深圳产生的负面影响也许会小一些。我声明,我绝对不是只站在深圳的立场上说这些话的。假如,深圳只是一个普通的城市,我绝对不会提这样的建议。"

宋梓南说:"最后怎么处理是下一步的事。"

刘部长说:"我知道现在提这个建议好像是有点早了。不过,趁现在这案情还没有公开,还没有造成太大的负面影响,先把他调动一下,可能会比影响产生后再调动再处理,对深圳更有利。"

宋梓南说:"我的刘部长,问题不在时机早晚上。重要的问题是,即便在深圳,在中央的试点城市,在这么一个举世瞩目的经济特区里,出了问题,要不要用掩盖的方法来解决。现在是电脑时代,网络时代,高科技时代,不让老百姓知道这些家丑,不让老百姓议论这家丑,可能吗?偷偷摸摸掩盖,只能失信于民。深圳不能干这种事。中央也不会允许我们这样做。对于任何腐败变质的人和事，我们必须站在人民群众一边进行彻底清除！除此以外，我们不能有任何别的考虑和举措。"

这时，小马急匆匆地跑了进来，神色大变地报告道："宋书记，雷区长失踪了。"宋梓南和刘部长同时吃惊地站了起来。宋梓南简单问了情况，立即和周副市长、乔书记和刘部长赶到市公安局。宋梓南一进黄局长办公室就问："怎么回事？谁先说说？"

黄局向站在一旁的"139"专案组组长示意了一下。专案组组长立即站起来说道："今天下午，我们约了雷区长见面，想请他澄清一下跟他有关的几个问题。"

宋梓南问黄局长："这位是……"

黄局长忙不好意思地说："哦，我都忘了介绍了。他是"139"专案组的组长。"

专案组长做了立正的姿势，报告道："袁秉义。原市局五处副处长。"

黄局长说："我们的经济侦查专家。"

袁秉义脸微红："谈不上专家……"

宋梓南说："继续。今天你们为什么要约雷半伍见面？"

袁秉义说道："因为我们发现，组织打人的那个'栾叔'居然是雷区长的一个近亲。从他调到这个区里来当区长后，这个'栾叔'在这个区里，有恃无恐地直接间接地操控了好几个农贸市场和小商品市场，强买强卖。而且在那个区的基建市场上，通过内部活动，以远远背离正常市场价格的价格，把不止一个项目，不止一块地，搞到了和雷区长有关系的一些熟人手里。前两天，我们隔离审查了一个派出所所长。我们发现这个所长私下里放走了好几个打人的凶手。雷区长多次让他的秘书打电话来，为这个所长疏通。甚至说了这样的话：雷区长很快就会到市里去工作了，很可能会分管公检法。请你们重视雷区长的态度。还说，雷区长很了解这个所长，是个好同志。可根据我们掌握的情况，我们这位所长的确有问题。在这种情况下，我们觉得有必要正面接触一下这位雷区长了，最起码他已经在妨碍我们办案了。就向市局领导请示了一下……"

黄局长说："事先我跟乔书记和刘部长请示过。"

宋梓南说："继续！"

袁秉义说："我们约他今天下午三点见。雷区长说，他下午要给一家新开张的大型超市剪彩。我们就改约了五点。到五点，他还是没有来。我们打电话给他秘书。他秘书说，剪彩活动三点四十就结束了。雷区长告诉秘书，他想早一点去跟公安局的同志谈。因为晚上他还要接待一个从澳洲来的客家人回乡访问团。大约不到四点他就离开剪彩现场，说是上我们这儿来了。可是等到五点半没见他人影，我们就开始打电话找他。也派人出去找他。一直找到现在……"

宋梓南问："所有地方都找过了？"

袁秉义答道："能找的地方，都找了。"

宋梓南提醒道："机场……"

袁秉义立刻答道："发现苗头不对，我们第一个电话就是打给机场的。然后就给罗湖口岸和皇岗口岸打了电话。因为我们通过一些内部侦查手段，知道雷区长手里拿着四五本护照，而且是用不同的名字申请的。"

宋梓南一惊，忙回过头来问黄局长："哦？这个情况你们一直没有汇报过。"

黄局长说："这也是昨天才刚刚搞到的情况。还没来得及汇报。"

宋梓南问："机场和两个主要口岸都没什么结果？"

袁秉义答道："没有。"

周副市长问："所有交通要道都布控了？"

袁秉义说："布控了。"

周副市长说："可是我们来的一路上没见任何异常哪。"

黄局长解释道："因为拦截的是一位还在职的政府领导人，我们出动的都是一些便衣。只对有嫌疑的车辆进行检查。"

袁秉义补充道："广州、珠海、东莞、惠州等地，我们都做了通报，请他们协助拦截。"

宋梓南纠正道："不要用'拦截'这个说法。他现在还是我们的一个区长，还是我们下一届政府副市长的候选人。所有这一切都还没有撤销。他的事情还没有查清，问题也还没有正式定性。有没有可能被人绑架了？暗害了？各种可能性都还是存在的。对外，说'寻找'比较恰当。"

周副市长问："没有发通缉令吧？"

袁秉义忙答道："没有。那还没有。"

周副市长说："对，事情一定要做得有礼有节。"

黄局长马上下令："马上按书记和周副市长的指示，去更正。"

袁秉义说了声"是"，便对身边的一个助手做了个手势。那个助手立即向外走去了。

宋梓南说："保持现在这种外松内紧的态势，不惜任何代价，下最大力气最大决心去寻找。活着见人，死了见尸。发现任何情况，随时向我们汇报。"

宋梓南等人走出公安局办公大楼时，天已经完全黑下来了。周副市长对秘书说："你去医院，打听一下，这个'岔气'是怎么一回事。"

宋梓南问："谁岔气？"

周副市长说："石长辛。"

宋梓南说："这家伙壮得跟牛一样，还岔气？"

周副市长说："这岔气，可不管你身体壮不壮。我以前，也有过岔气这毛病，胸这儿也时不时会疼那么一下。"

宋梓南说："他的确是太累了。得给他减负了。"

周副市长说："你给他减负，他还肯定不愿意。还是典型的军人那种好强的倔脾气。"

宋梓南说："希望他不要出什么问题。"

这时，一直在一旁等着命令的秘书问道："周副市长，还要我办别的事吗？"

周副市长忙说："没有了。快去快回。如果大夫那里有什么治岔气的药，顺便就买一点回来，赶紧给石总送去。你身上带钱了没有？"

秘书说了声"带了"，就向外走去。

周副市长忙叫："哎，就这么走了？"

秘书说："我打出租去。"

周副市长说："打什么出租？坐我的车去。这样可以快去快回，抓紧时间给石总把药送去。"

秘书问："我坐您的车，那您怎么办？"

周副市长笑道："我怎么了？我可以跟宋书记挤一个车嘛。这儿还有刘部长乔书记。再不行，黄局长也不能不管我啊。"

黄局长笑道："那当然，我还能让周副市长走着回去吗？"

上了车，周副市长感慨地说道："石长辛、雷半伍，同样是在特区环境中成长起来的年轻干部，结果居然会如此不同。"说到这里，他斜过眼去悄悄地瞟了宋梓南一眼。一直默不作声的宋梓南似乎对周副市长所说的话一点都没听到似的，仍然保持着一种异常的缄默。周副市长又说道："我能问一下吗，你跟所有在家的常委个别谈了一遍，结果怎么样？大家都是怎么看待雷半伍这档子事的？我这么问，不算是违反党内工作纪律吧？"

宋梓南仍然保持着沉默，充耳不闻地把头向着车窗外，好像是在观赏着窗外的什么景色——这时途经的一些繁华商业街区，都已灯火通明，炫目的大型广告牌仿佛从半空中喷涌而下的火山岩浆似的突兀而出……但，再仔细看，他又好像只是沉浸在自己某种思索中。过了一小会儿，他果然转过头来，冲着周副市长问道："为什么当年毛主席只抓了一个刘青山张子善典型案例，就把全国的干部都镇住了，现在已经杀了不止几十个省部级司局级干部了，还镇不住雷半伍那样的人呢？"

周副市长笑了笑："你说呢？"

宋梓南狠狠地瞪了周副市长一眼，笑嗔道："滑头！"

周副市长收起笑容:"我再问你一个问题,如果,查实下来,小雷确实像有些书面举报材料上写的那样,索贿受贿,培植亲信,养痈卖官,并为一些黑道势力充当保护伞,你打算怎么处置他?"

宋梓南刚想回答,周副市长又拦住了他,赶紧提醒道:"我要听到你真实的想法,别跟我打那种官腔,说什么'一定以法律为准绳,事实为依据,坚决维护党纪国法的尊严和干部队伍的纯洁'之类的空洞套话。"

宋梓南扬起眉毛反问:"'坚决维护党纪国法的尊严和干部队伍的纯洁'怎么又成了一句空洞的套话?"

周副市长说:"说说你真实的打算吧。"

宋梓南说:"我这个市委书记不能代替审判员来回答你这个问题……这档子事情,最后很可能是要移送司法机关处理的。"

周副市长淡淡一笑道:"别把我当外国记者!"

宋梓南说:"老周啊,不要逼我嘛。"

周副市长说:"逼你的不是我。到最后,这档事总还是要由你来拍板做决定的!这是我们深圳党政领导干部中,第一个出这种问题的。希望它也是最后一个,希望你我今后都能够不再为这样的事情去拍板去做决定。但是,可能吗?这些中青年干部都是这几年在深圳成长起来的,都是我们亲自培养起来的。现在又要由我们亲自批准把其中一个送进监狱,有的还可能送上刑场,送上断头台……"

宋梓南不作声了,周副市长的这句话显然触到了他内心深处的一个痛点,骤然间,他整个人都僵呆住了,一种极其痛苦的神情不由自主地从他眼底、唇边、眉梢处弥散浮现开来,而整个身子即刻间也止不住地战栗了起来。他扶在前座椅背上的那只手一下收紧了,用力地抓住椅背,手背上青筋直暴。整只手也和整个人一样,在微微地战栗着。周副市长不忍心再追问下去了,也默默地转过身去,把茫然失神的视线投向了车窗外。

99

晚上，庞耀祖把尤妮和冯宁约到一个歌舞吧里说事。尤妮先到了。冯宁却迟迟不来。尤妮显然很不习惯歌舞吧里这种过分嘈杂热闹的气氛，略有点不安地问庞耀祖："你约了冯宁几点到？他怎么还不来？"

庞耀祖看看手表："应该快了。你还想喝点什么？"

尤妮问："你们在日本经常泡这样的酒吧？"

庞耀祖说："怎么可能呢？那时候太紧张了。白天在证券交易所实习。晚上还要看资料，补习日语，写当日学习小结。每天最多只能睡个四五小时。偶尔能早下两个小时的班，可以休息一下，想上哪儿放松一下，比如去泡泡酒吧，也泡不起啊。在东京的酒吧里，喝这样一杯酒，你知道得花多少钱？"

尤妮说："那你怎么老想带我们出来泡酒吧？这酒吧有啥好玩的嘛。吵死了。乱死了！"

庞耀祖说："我以前也跟你一样，想不通日本人怎么那么爱泡酒吧。后来，日本朋友请我们去泡过一两回以后，就体会到它的好处了。尤其像日本那种竞争非常激烈，生活工作节奏高度紧张的国家里，好像只有到酒吧里，端上一杯清酒，男人们才能完全放松一下……"

尤妮冷笑道："哼，就是你们这种男人事儿多！还找理由哪！"

这时，冯宁走了进来。庞耀祖看看手表："兄弟，迟到了。"

冯宁忙说："该罚。该罚。今天我埋单。"

庞耀祖嘿嘿一笑道："小子，现在可真是大老板的气势，一张嘴就是'今天我埋单'！那块地的事情，这两天有进展吗？"

冯宁落座后，忙说："进展太大了。土地管理局已经答应给我办理转让手续了。"

尤妮喜出望外地："真的？这么大的事，为什么不先告诉我？"

冯宁说："这不刚得到通知吗? 科技园区筹备指挥部也派人来跟我接洽,谈这块地的出让问题,是一次性地让他们买断,还是愿意参加拍卖。"

庞耀祖忙问:"你怎么答复他们的?"

冯宁说:"我说让我再考虑一下。我总得来跟你们商量一下。"

庞耀祖说:"关于这个问题,回去看我当初留给你的第二封信。那里有答案。"

冯宁看了庞耀祖一眼,将信将疑地:"真的假的? 那会儿你就全预料到事情后续的这许多情况了?"

庞耀祖得意兮兮地:"真的假的,你去看信不就清楚了嘛。哎,货运编集站那儿还追着跟你要那几百万吗?"

冯宁说:"就是那儿还有点麻烦。什么时候能替我再约一下宋书记,能不能请他出面帮我给货运编集站打个招呼……再搞五八年'大跃进'时代共产主义式的平调,太不合适了嘛。"

这时,酒吧的一个男侍应生恭敬地走了过来:"庞先生,您的电话。"

庞耀祖忙对冯宁和尤妮说:"你们稍等一会儿。"就向吧台附近的电话间走去。

尤妮低声问冯宁:"这儿的服务员怎么会认识庞哥的? 外边打一个电话进来,他们怎么知道谁是庞耀祖? 也没听见他们广播找人。"

冯宁笑道:"用得着广播找人吗? 你真逗! 庞哥是这儿的常客嘛。他们怎么会不认识他?"

尤妮感觉有点陌生地看看离去的庞耀祖背影,又看看那些在极其嘈杂的音乐和眼花缭乱的灯光中喝酒交谈和扭动的年轻人,不解地说道:"天哪,掏钱来赚这份罪受,都是一帮子啥人嘛?!"

这时,庞耀祖接完电话匆匆回到桌旁。冯宁忙问:"怎么这么快? 啥事? 能说吗?"

庞耀祖一口喝干自己杯中的酒,说道:"我得先走一步了。"

尤妮不高兴地："怎么了嘛，把我们叫来了，自己又先溜了？！"

庞耀祖说道："真的非常抱歉。是宋书记的秘书打电话来，让我马上去见宋书记。"

尤妮和冯宁都有点吃惊："宋书记叫你？什么事？"

庞耀祖说："啥事？我猜，一定是跟你冯宁这块地有关。"

冯宁："为什么一定是和我有关？他说了吗？"

庞耀祖匆匆说道："好了，没时间再扯了，我得赶紧走了。"

冯宁赶紧问："要我们在这儿等着吗？"

庞耀祖想了想："如果你们没有太急的事要办，就等我一下吧。"

尤妮皱起眉头说："要等也不在这儿等。吵死了！"

冯宁忙对庞耀祖说："行。我们就去那边山间半条溪茶室。不管你跟宋书记谈到多晚，我们一定在那儿等着听你的回音！不见不散。"

送走庞耀祖，冯宁去柜台上结了这边的账，又驱车赶到那个"山间半条溪茶室"。果然是个环境古朴淡雅且又十分幽静的好去处。透过镂空的格扇窗，可以看见，三五个身穿中式蓝印花旗袍的茶妹子似隐似现地或穿行或肃立在人工制造的枯藤小桥流水之间。他俩索性要了一个不大不小的包间，又要了一壶铁观音，要了几样小吃，便安安心心地在茶室里等待起来。不一会儿，略感无聊的尤妮端起茶杯小小地抿了一口："今年炒作龙井，听说一斤当年新采摘的龙井，能卖到三四千元。"

冯宁撇撇嘴道："一斤三四千元算什么？去年有人炒作'大红袍'，最名贵的那棵茶树上做出来的大红袍，一两能卖到五万。而水果中，一颗最贵的荔枝，卖了十二万。"

尤妮惊叫道："疯了！一颗荔枝卖十二万？纯金打的也不该卖这个价啊！"

冯宁笑道："市场经济，什么是该？什么是不该？"

尤妮说道："那也不能胡来！"

冯宁感叹道："是啊是啊，市场经济也不能由着性子来，否则还是会受到市场惩罚的。最近我抽时间读了几本书。发现，西方的经济学家并不像我们一些偏激的学者所介绍的那样，对市场一味地捧场。他们早就很客观地说过，市场经济能充分激发人的创造热情，但它不能保证价值和价格的一致性。同样也不能保证分配的公正性。"

尤妮突然问道："冯宁，你对未来有过忧虑吗？"

冯宁想了想："暂时还没有时间来忧虑三五年后的事情。"

尤妮再问："我们应该有所忧虑吗？"

冯宁认真地打量了一下尤妮，感动地拿起尤妮放在桌面上的那只手，轻轻地握了一下："尤姐，你真是一个难得的好女子。难怪庞哥会在你身上花那么些时间……现在还能提出这样问题的女孩，真的少之又少了。"

尤妮脸微微红起："说啥呢？"

冯宁笑笑："你知道今天这个约会，其实是庞哥的一个小小的'圈套'。我的迟到也是事先设计好的。你别看庞哥那么个大智大勇的人，他一直不好意思公开单独来约你。就让我来当灯泡，然后让我迟到，他可以多一点时间来单独跟你说一会儿话……"

尤妮一惊："真的？至于吗？！"

冯宁笑道："至于。他还是有点心理障碍的，毕竟老家的那档子婚姻还没有了断……"

尤妮故意板起脸："你告诉他，我可不跟有妇之夫乱搞！"

冯宁忙说："你说什么呢？庞哥怎么会是要跟你乱搞呢？"

尤妮说："怎么不是乱搞？老家还放着一个老婆，这儿又尽出歪心思来套别的女人上钩。"

冯宁说："尤妮，庞哥真的很爱你。"

尤妮说："少来这一套。你们男人啊，在把女人搞到手以前，说'爱你'就跟嚼花生豆那么简单容易。一旦搞到手了，再让他说一声'爱你'，比让他去杀人放火还难！"

冯宁说："不能一概而论吧？"

尤妮哼哼道:"不能一概而论?你有多长时间没搭理人家小陶怡了?"

冯宁叹道:"这完全是两码事嘛!"

尤妮气呼呼地说道:"什么两码子事?你明明知道小陶怡是喜欢你的,而且特别看重你跟她之间的那点感情。"

冯宁委屈地:"她现在不是有新欢了吗?"

尤妮说:"啥新欢!她一个小丫头,一下到了深圳这么个繁华世界来了,一时可能会有点眼晕,有点儿找不着北,跟错人,都是可能的,也是正常的。这就伤了你大男人的自尊了?就再不搭理人家了?"

冯宁说:"我没不搭理她……"

尤妮啐嗔道:"别跟我狡辩!"

冯宁无奈地叹了口气:"行行行,不狡辩不狡辩……"

这时,由一个茶妹子引领着,庞耀祖走了过来。

"怎么这么快?没见到宋书记?"冯宁忙拉开一把藤椅,让庞耀祖坐下,又示意茶妹赶紧给庞耀祖斟上一杯茶,亲自给端了过去。

庞耀祖接过茶,习惯性地屈起中指和食指,用指尖轻轻搁在桌面上点击了两下,以示谢意,并说道:"怎么能没见着?是他叫我去的嘛。"

冯宁顺便也坐了下来,问:"那怎么这么快就谈完了?"

庞耀祖端起茶,小小地抿了一口道:"你还想要谈多长时间?"

尤妮也问:"他跟你说什么了?"

庞耀祖犹豫了一下,然后对尤妮正色道:"尤妮,有件事,我必须……必须得马上跟冯宁单独说……"

尤妮开始以为庞耀祖在开玩笑,后来再看,才知道庞耀祖是正经在要求她离开,脸上便马上露出一点不悦。

冯宁也说:"你搞啥名堂呢,整得那么神秘兮兮的,有什么事要回避尤姐的?!"

庞耀祖很认真地对尤妮说:"对不起……你必须回避一下……"

尤妮脸一红，拿起包，就向外走去。庞耀祖赶紧对冯宁说了声"你稍等我一会儿"，便追了出去。追到外头停车场上，庞耀祖连连叫道："尤妮……尤妮……你听我解释，这完全是公事。你别误会。"尤妮根本不理睬庞耀祖，径直走到自己那辆旧桑塔纳车旁，一上车，便发动了车，向停车场外驰去。

回到茶室里，冯宁看出庞耀祖有一点沮丧，便笑道："有必要一定得把尤妮支走吗？我刚替你做了工作。这一下，可好……"

庞耀祖叹了口气道："这件事，除了你和我，不能让任何人知道。这是宋书记交代的。所以，也只能这样了。"

冯宁说："操，你就是让尤妮留下来听一听，他宋梓南能知道啥？这是我们之间的事……何必让尤妮不高兴呢？"

庞耀祖一下变得十分严肃起来："冯宁，你小子给我听着，你现在已经不只是一个热血沸腾的退伍大兵，也不只是一个到深圳来寻找自身社会定位和个人价值的迷惘青年，更不只是当年蛇口那帮年轻人引以为自豪的那种'个体淘金者'。这块荒地引发的这场风波，从现在开始，将把你带进一个突击队里，这个突击队和你这个人的所作所为，不只是要决定你个人的前途和命运，还和成千上万个有志于改变整个中国命运的斗士一起，在这个历史关键时刻，从事一场决定深圳命运和中国命运的伟大事业……这件事还和国际共产主义运动的前途有关联。"

冯宁定定地看着庞耀祖，笑道："别吓唬我。我真的胆小。"

庞耀祖立刻指着茶室的大门对冯宁说道："你要不能认真地听我说，就给我滚！"

冯宁脸一红，不作声了。

庞耀祖稍稍停顿了一会儿，缓和下口气，继续说道："刚才宋书记叫我去，谈了他的一点设想。"

冯宁也正色起来，问："什么设想？"

庞耀祖说："你想过没有，为什么你的公司要发展，会遭遇那么多障碍? 为什么中国那么多老大难的国有企业举步维艰? 是那些数以百万计、千万计、亿万计的职工们没有好好干吗? 不。他们一步一个血印, 为这些企业献了青春献子孙。有的祖孙三代人在一个企业里挣扎, 到头来却面临破产的结局。问题在哪儿? "

冯宁反问道: "你说问题的根源在哪儿? "

庞耀祖拿出一本打印的材料放在冯宁面前: "你回去先看看这份材料。"

冯宁瞟了那本材料一眼: "什么材料? "

庞耀祖说: "宋书记在中央党校省部级进修班学习时写的一篇毕业论文。"

听庞耀祖这么一说, 冯宁来情绪了, 忙拿过那本材料看, 只见封面上印着的标题是《关于当前所有制问题的一点粗浅看法》。"所有制问题, 什么意思? " 他问庞耀祖。

"扼要地说, 宋书记认为, 中国的问题, 根本上是一个体制问题。要让劳动者真正拥有产权, 人民才能真正当家做主, 才能真正解决我们这个社会主义国家面临的各种老大难问题。"

冯宁想了想, 说道: "虽然我没有认真思考过这个问题, 但直觉告诉我, 宋书记这一针可能是扎到了穴位上。说得好! "

庞耀祖又说: "宋书记准备在你的公司里先行做一个试点……用经济学上的一个概念来说, 就是试行一种股份制。"

冯宁一怔: "股份制? "

"对, 股份制。"

"让企业的员工都拥有企业的股份, 让企业的好坏跟每个员工的前途都绑在一起。"

"这个好! 这个好! "

"别急着叫好, 先回去认真读读他的论文。然后我们再考虑一个具体实施方案, 报送他老人家审批。不过, 有一点你要特别注意, 这件事什么时候能做到哪一步，能让什么样的人参与进来，都是有严格限制的。随意扩散，就可能把好事办砸了。这是必须遵守的工作纪律。"

冯宁忙答道："是！"

庞耀祖又说："还有一点，我也必须告诉你，对宋书记的这篇论文，社会上有相当多的歧义，有的反对意见还相当尖锐和激烈。所以我们搞这个试验一定要讲分寸，讲方式方法，用老爷子自己的话来说就是：我们这种人只能做半个理想主义者……"

冯宁忙问："什么叫'半个理想主义者'？还真没听说过。"

庞耀祖说："剩下的半个必须是清醒的现实主义者，要清醒地处理现实生活中的一切矛盾和阻力，才能保证理想的实现。"说着却淡淡地笑了笑。

冯宁问："你笑什么？"

庞耀祖说："宋书记让我们讲究方式方法，把握分寸，只能做半个'理想主义者'，他自己行动起来却往往像个热血青年一样，像个百分之百的理想主义者，有时还冒失得很。"

冯宁感慨地："是啊，一个比较可爱的老头。"

庞耀祖说："不是比较可爱，而是特别可爱，也特别可敬，有时也特别可怕、特别固执。最难得的是，像他这样的一些人活到这个年纪，经历了那么多挫折和风浪，可以说从天堂到地狱，一切的一切他们都经历过了，也品尝过了，可以说，在当今中国，只有他们才最有资格'看破红尘'，但居然还能保持这样一股探索精神和前进的热情……在这一点上，他和蛇口的余董事长，省里的任书记都是一类人，是我们党内真正的理想主义者。难得啊……而我们这一代人，包括下一代中的许多人，很可能都会变得越来越现实和世俗……也可能会变得越来越自私。"

冯宁一愣，怔怔地问："是吗？"

庞耀祖："我这次到日本去，一是真正体会了日本的发达和文明，绝对不是我们想象中轻视的那种'小日本'。但是，也看到了他们青年一代陶醉在对物质享受的进取中,所发生的异化……也看到了日本老一代人,无论是左派,还是右派,对他们青年一代的忧虑……中国特色的社会主义,能避免这个趋势吗?"

冯宁说:"你觉得像我这样的人将来也会异化成一个非常自私的经济动物吗?"

庞耀祖说:"我不只是在担心你,也在担心我自己。市场经济的无情和残酷,有一点就是它一定会表现在对人的改造和人性的异化上。今天你听到有人叫你老板,还觉得反感,过一段日子,你会习惯,会感到舒服,到那时候,如果没有人叫你老板,你会非常生气。你也许会像巴尔扎克笔下的那个守财奴老葛朗台一样,把个人的金库看得重于一切。"

冯宁说:"这难道不好吗?只要奉公守法,不去伤害别人,每个人都看重自己的那个'金库',努力丰富自己的金库,负责任地把自己的日子过好了,国家不也就跟着富裕和强大起来了吗?"

庞耀祖说了声"但愿吧",却不再说了。

冯宁再问:"你这家伙怎么回事?你不是一向主张我要当好这个'老板',办好我这个公司。今天却说这些丧气话,到底想干吗?"

庞耀祖苦笑道:"没什么没什么……太遥远的事,不去说它了。"

说完事,两个人付了茶资,匆匆来到停车场上,找到自己的车,钻进各自的汽车(庞耀祖开的是一辆公家配给他的车);刚要发动车,却看到停车场外停着的一辆车,突然向他们闪起前车大灯。两人仔细一看,却是尤妮的车。两个人赶紧启动车,开到尤妮的车跟前停了下来。

冯宁放下车窗,忙问:"你没走?"

尤妮挖苦道:"首长们都没走,我能走吗?敢走吗?"

庞耀祖装作特别心疼的样子叫道:"天哪,你就一直这么在车里等着?"

尤妮没好气地:"不在车里等着,还在树上吊着?"

庞耀祖忙说:"对不起对不起。一会儿,我请两位吃夜宵!"

100

晚上十点多钟，宋梓南得到纪委乔书记的报告，找到失踪的雷半伍了。

"他说这两天他去哪儿了吗？"宋梓南问。

"他说他哪儿也没去。"

"那怎么会找不到他的呢？"

"他说他是开着车走的。走到体育场那儿，心慌得不行，怎么也没法走了。他是个聪明人，当然知道躲是躲不长久的。与其这么躲出去，最后被抓回来，从重惩处，不如主动回来，把事情弄清楚后，还可以争取一个主动投案自首，从轻发落的结果。所以，一进门，就跟竹筒里倒豆子似的，哗哗哗地说了个一溜够。不少事情都是我们原先没掌握的。最可气的是，他从个别人那儿得了点油水，就向他们透露了不少我们内部绝密的经济情报和党内的政治生活情况，甚至把我们一些没有公开或不能公开的绝密文件也拿来跟这些人做了交易。现在怎么办？"

"你的意见呢？"

"根据我们已经掌握的和他自己交代的东西，我看对他实行'双规'，应该是没问题的。"

"他人现在在哪儿？没让他回家吧？"

"当然不会再让他回家了。我找了个比较安全的地方，请他暂且去那儿'休息'一下。"

"有人跟着吧？"

"放心，肯定是有人跟着，'保护'着这位兄弟的。"

"马上给省委和省纪委报告一下这情况。同时你准备一个简单明了的材料，提交市委常委会讨论。"

"你准备什么时候开这个常委会？"

"今天晚上。"

"今天晚上？"

"对，尽快拿到常委会上去做个正式决定。给你一个小时准备材料。别搞复杂了。实际上也就是给常委会一个请求'双规'这个'雷半伍同志'的报告。有些情况你在会上可以口头介绍一下。"

"好的。"最后乔书记转告了雷半伍的一个要求：要求见一下宋书记。

宋梓南非常干脆地回答道："暂时先不见。看看整个案子的进展情况和他个人的态度再说。"

乔书记走了，办公室里只剩下宋梓南自己。他觉得有点疲倦，便不由自主地靠在椅背上，想休息一会儿，但刚闭上眼睛，却又想起了什么，便重新站起身子，走到书橱前翻找起来。找了一会儿，好像没找到要找的东西，便按了一下呼叫铃。小马闻声赶紧走了过来。

"我一直放在这橱里的一些图片资料呢？"宋梓南问道。

小马弯腰从书橱下边的柜子里取出一包东西，问："是这个吗？"

宋梓南打开那包东西一看："你怎么给收起来了呢？"

小马解释道："这里有不少雷区长各个时期陪同你在各地检查工作的照片和图像资料。我觉得让这些照片继续公开地放在你橱柜里，万一让人看到了不太好，就收起来了。"

宋梓南从中取出一本画册，从头一页一页地慢慢地翻看起来，并十分感慨地对小马说道："开发罗湖时的功臣……建设特区的尖兵……你还记得不，我们来深圳的时候，他是这儿仅有的三个大学毕业生中的一个……泼辣、能干……不管给他什么任务，从来不讨价还价……有两天机关食堂里搞不到菜，他切半碗尖辣椒撒点盐拌拌，就能管一顿饭……从来不叫苦，从来不埋怨……深圳就是在这样一帮人手里干起来的……"

小马犹豫了一下，忐忑地问："一定得'双规'他么？"

宋梓南不作声。

"不能给他一次改正错误的机会吗？"

宋梓南仍然不作声。

小马还想说什么，但抬头一看，发现宋梓南眼圈已经红了，眼眶也已经湿润了，心里顿时涌起一阵酸涩，眼眶也湿热起来了，便把已经涌到嘴边的话咽了下去。两人默默地发了一会儿呆。过了好大一会儿，宋梓南才自言自语地说道："当初小平同志要我们杀出一条血路来建设这个特区，也告诫过我们，打开窗子，是会飞进一些苍蝇和蚊子来的……可怎么能想到，居然还要付出这样的代价。"

小马见书记动了情，便趁机进言道："给他一次机会吧。"

宋梓南却说："你知道他干了些啥吗？"

"可他本质上还是……"

宋梓南突然激愤起来："本质上？他把他的七大姑八大姨都弄到深圳，把个别派出所的民警变成了他那些亲戚们的私人保镖，在好几个国外投资商建的大楼里无偿占了好几套公寓。在好几个商场里强买强卖。他纵容他的那些亲戚撕毁原有的商业合同，或强行逼迫别人按他们的意愿修改合同……他还公开索贿……"

小马不说话了。

宋梓南声色俱厉地："中国的改革开放不是为了把中国把深圳最终变成一小撮人的私有财产和为所欲为的私家后花园。小平同志让我们在姓社姓资的问题上不要争论，不是要让我们忘了我们说到底还是共产党，还是要讲为人民服务，还是要让大多数人都能过上好日子！如果忘乎所以，如果对这个大方向大目标，始乱终弃，最后只能咎由自取！"

小马点点头，说："我明白了。"

宋梓南声色俱厉地说道："要保持清醒……任何时候都要保持清醒啊……我的马秘书，这一点，太重要了……"

小马等宋梓南的情绪稍稍平静了一些，才问："这些画册您还看吗？不看的话，还是让我把它们收起来吧。搁在外头总是不太好……"

宋梓南站起来说道："替我保存好这些画册和图像资料。等这个案子结案以后，我想让纪委和宣传部搞一个内部材料，把雷半伍的过去和现在都印出来，再加上这些图片，发给我们这些在职的干部看看，尤其是要给那些年轻的干部看看，让他们清醒地看到，深圳的确是他们人生一个大好的舞台，但也是个充满诱惑和风险的雷区。"

小马答应了一声"好的"，便把那些图片资料都收藏了起来。然后宋梓南又让小马把庞耀祖找来。小马说："这时候找人？要是没特别要紧的事，能不能搁到明天再找？您也该休息了。"

宋梓南瞪他一眼道："我警告你，小马，最近你越来越不像样了，真把我当个病人那样在看着？！"

小马忙说："没有没有……就是觉得今天晚了点嘛。"说着就赶紧去找庞耀祖了。

那时候，庞耀祖正在新分配给他的住房里翻译日文资料，接到小马的电话，听说书记找他，而且要他现在就去，便立即赶到市委大楼。

宋梓南急于想了解庞耀祖和冯宁谈话的情况，想知道冯宁对在他的公司试点搞股份制的态度和决心。一见庞耀祖，宋梓南就问："跟那个冯宁谈过了？怎么样？"

庞耀祖忙答："谈过了。他当然很高兴。我也已经开始在查找国外一些搞股份制改造的资料。"

宋梓南又问："你给他看了我那篇论文？"

庞耀祖忙说："给了。当然给了。"

"他愿意在他的公司做这样一个试点吗？"

"百分之百愿意。"

"你告诉他，国内对我的这篇论文是有争论的……"

"我跟他说了。"

"说得详细吗？"

"我觉得没必要跟他说得那么详细……"

"为什么？怕吓着他了？"

"那倒还不至于。不过……说实话，我多多少少也还是有这样的一点意思。冯宁年轻，有血性，有闯劲，但他毕竟不是搞理论的，政治上的历练也不是很够，万一看到那些颇有些来头的批判文章中那些恶狠狠的语句，会不会哆嗦，犹豫，也很难说……"

宋梓南马上说道："去，把那些批判我那篇论文的文章都找出来，让他好好看一看。"

庞耀祖愣了一下："稍稍过一段时间再让他看也不晚……"

宋梓南斩钉截铁地说道："必须现在让他看。马上就给他。那些批判文章还在你那儿吗？"

庞耀祖说："在。"

宋梓南说："那你今天晚上就送给他看！快去！"

庞耀祖把那些批判文章的复印件送到冯宁那儿，冯宁都已经睡了。叫了好大一会儿门，才把冯宁从床上叫起来。冯宁一开始还以为发生什么了不得的事了哩，一听，却原来只是为了送几篇批判文章的复印件，心里老大的别扭起来，嘀咕道："这位宋书记也真是，想一辙是一辙。你老哥也是，在书记面前百依百顺……"

庞耀祖啐道："操！市委一把手让你办个事，你敢说'不'字？又不是让你去杀人放火！"

冯宁打了个哈欠，一边随手翻了翻那些文章，一边问道："他干吗那么着急，非要我看那些批判文章？"

庞耀祖猜测道："我想他是为了让你有充分的思想准备，不要以为，跟着深圳市委书记干，就一定万事大吉了，也一定是前途无量的。当然也有那样一层意思……"

冯宁问："什么意思？"

庞耀祖说："要是觉得风险太大，不愿意拿你的公司来冒这个险，完全可以打退堂鼓。"

冯宁冷笑一声道："你是在用激将法？"

庞耀祖忙说："哪有啦。我只是奉命行事而已。书记本意很简单，就是要告诉你，搞这个股份制改造试点，是有风险的，而且这个风险还可能比较大。他必须把话说在头里。"

冯宁呆了一会儿："他们是怎么批判他的？"

庞耀祖说："你自己看。"

冯宁说："你先拣最重要的跟我说说。"

庞耀祖从带来的卷宗里取出一些剪报："仔细听着：他们说，宋梓南的这篇论文是精心炮制出来的一份彻底改变我国社会主义改革方向的政治宣言和经济纲领，是一股反马克思主义的修正主义浊流……"

冯宁笑道："哦？这帽子可真不小啊！"

庞耀祖说："别笑。这绝对不是一件开玩笑的事。说这些话的人也不是一般搞理论的，有一些在体制内还是相当有地位的大人物。你看，这篇文章的标题就是《宋梓南意欲何为？》。通过一番推论，他们的结论是，宋梓南'从根本上否定了现实社会主义制度的历史必然性和优越性，否定历史辩证法，要毁掉我国全民所有制，搞私有化'。再看这一篇，标题是《团结起来保卫宪法》。他们认为宋书记的这篇论文是'反宪法派的代表作'……"

冯宁忙问："这些人都是什么人？"

庞耀祖说："刚才我已经说了嘛。能在一些大型报刊上发表这样的重头文章的，当然不会是等闲之辈。除了公开发表文章批判，还有联名给中央写信的……"

冯宁有点搞不清了："那宋书记怎么还能在书记位置上干着呢？"

庞耀祖说："当然，在高层还是有人支持宋书记的嘛。这件事闹到中央党校校长那儿。校长说，在党校内部应该发扬理论探讨的精神。在探讨中，要贯彻'三不'原则，不扣帽子、不打棍子、不揪辫子。北京的许多部长，还有新闻界、理论界、学术界都是支持宋书记的，咱们省的社会科学院还专门开了研讨会，来支持宋书记的这篇论文。"

冯宁立即说道："那行了，那些狗屁文章我就不看了。"

庞耀祖说："这是宋书记让你看的。"

冯宁说："中央党校校长不是政治局常委吗？"

庞耀祖忙点点头："当然啊。"

冯宁说："他都表态了，我还怕个啥？"

庞耀祖笑了："看来你小子还是懂点政治的？"

冯宁得意扬扬地："你以为呢？！"

庞耀祖故意板起脸："别嘚瑟！"

冯宁说："谁嘚瑟了？实事求是嘛！"

然后，庞耀祖又问冯宁，以前读过一点经济学和经济史没有。冯宁不好意思地告诉庞耀祖，这一方面的书，他读得不是太多。庞耀祖笑道："不是太多？好像你还读过一些似的。到底读过没有？"

冯宁红红脸，笑道："在连队里听指导员讲过课……在家里也听父亲唠叨过一点……"

庞耀祖笑嗔道："那你就算是个白丁。改天，我给你送几本过来。"

冯宁说："那就太谢谢了。我早想着能找个机会，上哪去脱产学两年哩。"

庞耀祖说："人类文明史里往往会有一些很难解释的突发现象，在某一个历史阶段会突然产生一批伟大的政治家哲学家或企业家。比如说，公元前六世纪前后，中国出了孔子老子，印度出了释迦牟尼，在欧洲出了亚里士多德……这样的人物，出一个都有可能改变一个国家或一个民族、一个时代的精神面貌和历史进程，而那一个时期却像扔集束炸弹似的，扔出了一批。在美国，也有一个神奇的一八八六年。那一年，同时出现了雅芳香水公司、可口可乐公司、柯达公司、花旗集团，还有强生公司。知道强生公司吗？"

冯宁说："有点耳熟……"

庞耀祖笑着捶了冯宁一拳："不知道就说不知道，啥耳熟？！说邦迪创可贴, 知道吧? ”

冯宁忙说: “那知道。知道。”

庞耀祖说: “这个强生公司就是做邦迪创可贴的。这一年还出现了奔驰汽车公司……”

冯宁惊叹道: “奔驰公司也是出在那一年的, 哦, 这个‘一八八六年’可是够伟大的。”

庞耀祖说: “我听说, 那天你看到邓大人来咱们深圳视察时, 说过这样一句话: 中国人干大事的时候到了。是吗? ”

冯宁忙问: “谁告诉你的? 又是尤妮吧? 她可够勤快的, 有啥都往你那儿捅! ”

庞耀祖说: “别管是谁告诉我的。我很赞赏你的这种政治敏感和社会激情。要成就一个大企业, 成为一个大企业家, 必须具备这种政治敏感和社会激情。我和你有同感。中国的‘一八八六年’已经到来, 或者说, 即将到来。在中国, 在深圳会出现一批将来可能会载入史册的大企业。我们生逢其时, 只要好好干……”

冯宁突然沉默起来。

庞耀祖问: “为什么不说话? ”

冯宁轻轻地叹口气道: “成为一个大家……你行。我不行。”

庞耀祖笑道: “怎么突然又谦虚起来了? ”

冯宁又轻轻地叹了一口气: “我要是能读个两年大学就好了……”

庞耀祖说: “要我给你举国内外十个二十个没有读过大学, 但最后同样成了世界级大企业家的例子吗? ”

冯宁忙说: “是啊, 爱因斯坦在发现他那伟大的相对论时, 也就是一个小税务所里普通得不能再普通的税务员。还不如我哪! ”

庞耀祖说: “对嘛对嘛, 这种心态才是正确的健康的嘛。有没有文凭不是最重要的, 但一定要多读书, 多学习, 多思考, 多总结经验教训。”

冯宁正色道: “这个我能做到。”

庞耀祖说："能做到这一点，你将来就一定能成气候。当然，得加上勤奋，努力，不断纠错……"

冯宁忙说："行了，别预支明天的幸福了。还是说说今天要干的事情吧。如果没有别的事，我要睡觉了。明天，我那儿还有一大堆事哩！"便把庞耀祖"赶走"了。

101

这段时间里，陶怡一直感到自己不太舒服，乏力，头晕，心潮，怕人打扰。但毕竟年轻，真的没人来找她了，却又寂寞得发慌。那天晚上，早早地就躺在床上歇着了，突然听到有人按门铃，心里还一阵暗喜，便勉强支撑起酥软的身子去开门。但门外站着的是张弓。陶怡立即想关门。张弓忙顶住了门，不让陶怡把门关上。陶怡毕竟力气不如张弓，况且又在病中，不一会儿，便顶不住了。她只得松开手，抽身往卧室走去，本想赶在张弓之前，进了卧室，把卧室门锁上的。却还是没来得及。张弓赶在她之前，先一步横在了卧室门前，挡住了她的去路。

张弓贴心地问："听说你病了。"

陶怡回到客厅里，往沙发上一坐，背对着张弓，生硬地答道："我病不病，没你什么事！"

张弓却说："你可以不要我管，但我不能不管。"

陶怡的脸一下涨红了，并站了起来："张弓，你给我留条活路，行不行？"

张弓说："我是来给你送去香港的手续的。"

陶怡愣了一下，但她还是很快地拒绝道："我不去了。"说着，又坐了下来，仍然背对着张弓，都没有去看一眼张弓带来的那些手续。

过了一会儿，张弓轻轻地叫道："陶怡……"

陶怡再一次大声叫了起来："求求你，饶了我，放过我，行不行？"

张弓说："我知道你不爱我……"

陶怡叫道："请不要再污辱'爱'这个字了！"

张弓说："可我是爱你的！我是真心的。我喜欢你……虽然在深圳有许多年轻人盼着能找到爱，但又很怕轻易地说出这个'爱'字，我张弓是确确实实爱你的。"

陶怡说："你没看到我连吵架的力气都没有了吗？你能不再气我了吗？"

张弓说："难道你对那样一次性爱，真的就那么在乎？"

陶怡再一次从沙发上跳了起来，几乎是歇斯底里般的叫了起来："流氓，你别再恶心人了！"

张弓忙摆摆手："行行行……不说了……我不说了……"

陶怡瘫软般的坐了下来。

张弓说："我马上就走……"说着，把随身带来的一些食品和衣物放到茶几上。又拿出一个装钱的信封放到陶怡面前："这是你今后一年该付的房租钱。"

陶怡断然说道："拿回去！"

张弓说："明后天，我可能要外出一段时间，也许有那么几个月的时间，不能来替你交这房租。"

陶怡坚决地："拿走！"

张弓迟疑了一小会儿，坚持说道："你听我说……"

陶怡拿起那个信封，走到窗前，打开窗子，做出要把那个信封扔出窗外的样子："你拿走不拿走？"

张弓说："我不会拿走的。"

陶怡转过身去就要向外扔去。

张弓一个箭步蹿过去，一把抓住陶怡拿信封的那只手，大声地吼道：

"陶怡，你听我说！"

陶怡挣扎着："走开，你给我走开！我不要你碰我！"

张弓却一把抱起陶怡，回到客厅里，把她一下扔到沙发上，然后站在她面前，大声说道："今天很可能是我最后一次来见你了！不管你怎么讨厌我，恨我，你也必须听我说完！"

听张弓说，这一回很可能是最后一次来见她，陶怡稍稍地冷静下来，不自觉地抬起头打量了张弓一眼。张弓放缓了口气，在陶怡面前坐了下来："我出了点事情，可能要离开深圳一段时间，什么时间走，还没定。但早晚是要走的。走以前，可能就没有时间，也没有那个可能来跟你告别了。我一时冲动，让你遗恨终身，我对不起你。但我的冲动，确实不只是欲望所使。我也完全没有想到自己会做出这种类似强暴的举动……但当时我确实是爱你的，我以为你也是爱我的……"

陶怡再一次叫了起来："张弓！"

张弓眼眶有点湿润："如果因为我这一次过失，让你整个后半生都会在遗恨和羞耻的记忆中度过，我张弓真的无话可说了……因为没拿到你的身份证，我是用另一张身份证，用了另一个人的名字，替你办了去香港的手续。这另一张身份证，也在这小包里放着。那张身份证上用的是你的照片。证件的真实性，是可以不用担心的。我甚至可以告诉你，这是他们内部的人帮我做的。拿着这张身份证，拿着这些手续，你就可以大摇大摆地去香港了。这里还有香港的一个电话号码。如果到那时你还愿意，通过这个电话找到我。我想，我那时，可能也会在香港的。你要记住的是：不管你在香港还能不能找到你的家人，不管那时候我在不在香港，你打这个电话，都能得到某种帮助。"

陶怡呆住了。

张弓无奈地苦笑了笑，站了起来："俗话说，舞台小人生，人生大舞台。人一生也无非是在演一出戏罢了。有的得了满堂彩，有的被喝了倒彩，有的成了角儿，站在了舞台中央，吃香的喝辣的，有的只能跟着摇旗呐喊，辛辛苦苦跑一辈子龙套，混一个'三个饱一个倒'也就算万幸。命耶？运耶？命运耶？走了……走了……本自混沌中来，还到混沌中去！"说着，苦笑着向门外走去。

走到门口，他突然转过身来，又对陶怡说道："最后有件事要拜托。今后这一个来月，假如有人来找你来了解什么，你一定不要告诉他们，我曾经领你上一个叫雷半伍的区长家里玩过。"

陶怡一愣："雷半伍？"

张弓也一愣："你已经忘了？忘了更好……那个'栾叔'你总还能记得吧？"

陶怡忙问："怎么了？"

张弓说："你也不要告诉任何人，说你认识'栾叔'，更不要告诉他们，我跟'栾叔'之间的那点关系。"

陶怡有点紧张起来："那个雷区长和'栾叔'怎么了？出事了？"

张弓苦笑了一下，说道："更详细的你就别问了。一时半会儿我也跟你说不清。当然最重要的是，你不要告诉任何人，今天我还到这里来见过你。这一点，对我，已经是无所谓的了，但对你还是很重要的。今后，在所有人面前，你都应该装得完全不认识我，从来没有跟我打过照面，就像从来也不知道这个世界上还有一个叫张弓的人似的。一直到，我回深圳……如果我张弓还有可能回深圳的话……"张弓说完，又恋恋不舍地看了陶怡一眼，转着圈打量了这套小单元房一眼，便赶紧下楼去了。

屋里只剩了陶怡一个人。天色越来越黑。屋里又没有开灯。她面对着张弓送来的那些东西呆坐着，脑子里一直在回响着张弓最后说的那几句话："你不要告诉任何人，我曾经领你到雷区长家去玩过，也不要告诉任何人，你认识'栾叔'。今后在任何人面前，你都得装着从来也不知道这个世界上还有过一个叫张弓的人……"不断地闪现着张弓在说这几句话时脸上出现的那种绝望的但又不甘心的神情……

过了一会儿，门铃又响了。陶怡一惊。她以为又是张弓来了。但这一回，她没有一点反感，抗拒，而是赶紧上前去开门。她希望是张弓返回来了，她想跟张弓核实澄清他那几句绝望的话的真正含义。

但门外出现的却是尤妮。

陶怡有些失望，但她马上控制住了自己的情绪，还是表现出一种应该有的欣喜，叫了声"尤姐！"并赶紧把尤妮让进了屋里。

尤妮进得屋来，一边把带来的许多东西放到茶几上，一边去开灯，笑嗔道："天黑了也不开个灯！就缺那点电费，不至于吧！"

陶怡一边勉强地笑道："我喜欢黑灯瞎火地一个人待一会儿嘛。"一边赶紧把张弓送来的那些东西塞到桌子底下去。

这个动作当然瞒不过机敏的尤妮。尤妮不想正面去戳穿陶怡，只是不轻不重、不咸不淡地装作很随便的样子，问了声："有人来看过你了？"

陶怡立马脸红了起来："谁还记得我？"

尤妮这时才问道："是那个张弓吧？他还在缠着你呢？"

陶怡不作声了。

尤妮有点不高兴了："你到底图他什么？"

陶怡委屈地："我没有……"

尤妮说道："我跟你说过多少遍了，你缺什么，要什么，不好意思去找冯宁，找我这个尤姐！"

陶怡忙辩解道："我没去找他……"

尤妮说："你没找他，他还一个劲儿地来缠你？母狗不摇屁股，公狗是没法……"

陶怡一听尤妮说出那么难听的话，而且又是特别刺她心的话，忙叫了声"尤姐"，制止了她继续往下说。

尤妮没把那特别难听的话说到底，默默地坐了会儿，还是说："小丫头，告诉你，既然命中注定了今生今世要做女人，就要有勇气对男人说'不'！要不然，你总得吃亏！"

陶怡眼眶里一下涌出了泪水："我说了！"

尤妮说："真说了?"

陶怡呜咽着说道："刚才还差一点跟他打起来。"

尤妮长叹了一声："唉,男人……有些男人就是无赖!"

陶怡不想跟尤妮再就这些扎心窝的话题絮叨下去,便赶紧说道："你坐一会儿,我烧点水,给你沏点茶。"

尤妮摆摆手说道："别沏茶了。我看你楼下新开了一家快餐店,那儿有热咖啡。咱们上那儿去坐一会儿。"

陶怡说："那也得烧点开水。我都有两天没点火,没烧过一壶水了。"

尤妮怜惜地："可怜的丫头啊,都两天没点火了? 你干啥呢,住尼姑庵面壁修行呢?"

陶怡笑笑,没说话,就站起来向厨房走去,但刚刚站起,一阵头晕袭来,脚底下的地板也跟着直打旋,眼看着人要倒,忙伸手去抓椅背,刚巧抓住了尤妮伸过来的手。

尤妮一惊,忙上前抱住她："你怎么了?"

陶怡忙抱住自己的脑袋说道："没事没事……"

尤妮忙把她放倒在沙发上："饿的吧? 这两天你吃东西了没有? 肯定没有! 你看你吧,年纪不大,事儿还真不少! 什么稀奇古怪的事情全出在你们这一代人身上!"

陶怡躺下后,喘着："别光说我们这一代人。现在哪一代人不出点古怪事?"

尤妮笑道："还不认账? 不认账,晕死你!"

陶怡忙说："尤姐,我认账……一定认账……快上小药柜里替我找两片晕海宁……我一定认账……我们这种人有什么本钱不认账……除了认账,我们还能怎么样?"

不大一会儿工夫,尤妮便赶到了冯宁公司里。虽说已经到了晚间,但还有不少人正等着冯宁签字批条办事。尤妮匆匆走了进来。冯宁从面前那一大堆杂务中抬起头看了一眼尤妮："刚回来? 吃晚饭了没有?"尤妮瞟了那些来找冯宁办事的人一眼："你们都先出去。我要跟冯总说点事儿。"那些人忙拿起自己的票据等东西,准备往外走,冯宁有点不高兴了:"你什么事?一来就把大伙都往外赶?我一天没来公司了,一直在家憋着搞庞哥的那个股份制改造的试点方案哩,刚坐下来办几件急事。你就稍稍等一会儿吧。"

尤妮没搭理冯宁,还是责令那些来找冯宁办事的人:"对不起请你们在外边稍待一会儿。两句话的工夫。但我必须跟冯总单独说。"那些人都知道这位尤姐可不是好惹的,无奈地看看冯宁,看看尤妮,见冯宁也不再坚持了,便赶紧拿起自己的东西,走到外头大间去了。

冯宁只能无奈地看看尤妮:"又怎么了?"

尤妮去把门关紧,回过头来一字一顿地告诉冯宁:"陶怡怀孕了。"

冯宁一震:"谁怀孕了?"

尤妮说:"陶怡!"

冯宁一愣:"你跟我开什么玩笑?"

尤妮说:"我跟你开什么玩笑?你看我像是在跟你开玩笑吗?我有那个心思跟你开玩笑吗?"

冯宁呆站了一会儿,心里忽然冒出一股无名的火,说不清是嫉恨,还是烦恼,只觉得一时间心乱如麻。他站起来,来回走了几大步,想以此压压心火,然后自嘲般的说道:"她怀孕了,好啊……好啊……祝贺她……"

尤妮狠狠地瞪着他:"你说什么呢?"

冯宁恶笑道:"我说什么?她怀孕了,不值得庆贺吗?她怀孕了,你来跟我说什么?你找那个让她怀孕的王八蛋去报喜呀!"

尤妮说:"你说的这是人话?"

冯宁大声地叫嚷着:"我这不是人话,难道还是鬼话?不是我让她怀孕的,我不管!"

尤妮说:"你吼什么吼?想不想上广播电台去嚷一嗓子?"

冯宁稍稍平静了一点,气呼呼地往老板椅上一坐:"她怀孕,来找我?

哼,找得着吗?!"

尤妮真生气了,逼到冯宁座位前,也大声喊叫了起来:"冯宁,你他妈的真不是个东西!"

冯宁不作声了。而在门外那些来办事的员工都静静地听着他俩在里头争吵,虽然听不清吵的是什么,但都不敢出声来干扰这两个"头头"。

冯宁心里一股嫉恨的怨火泄出后,也稍稍平静了下来。过了一会儿,问道:"谁是孩子的爸?那个张弓?"

尤妮说:"你知道还问?"

冯宁再一次恶狠狠地问:"为什么不去找那个王八蛋?"

尤妮说:"要找得着还会来找你吗?"

冯宁冷笑道:"真可笑!找不着那个王八蛋了,再来找我?我成啥了?"

尤妮说:"不是陶怡让我来找你的。她也不让去找张弓!"

冯宁冷嘲道:"到这份儿上了,她可真有骨气了。"

尤妮说:"我知道你心里不好受……"

冯宁哈哈一笑道:"我心里有什么不好受的?她又不是我老婆,也不是我妹妹,我难受什么?"

尤妮用力拍了一下桌子:"你要再说这些浑话,我就走了!"

冯宁不作声了。

尤妮说:"今天我去看她,她状况极糟。几次都要晕倒。小小年纪,她根本不知道自己身上到底发生了什么。已经有好几天都吃不下东西了。人都跟生了一场大病似的……"

冯宁又冷笑一下:"能不跟生一场大病似的吗?"

尤妮说:"你能不插嘴吗?"

冯宁不作声了。

尤妮说:"还是我强迫她去医院挂了个急诊,做了检查。那个老中医一号脉,就一个劲儿地恭喜祝贺……"

冯宁嘿嘿冷笑道："可不么……"

尤妮又叫了一声"冯宁"，然后说："小丫头听说自己怀孕了，当时差一点昏死过去。人整个都傻了，浑身直打哆嗦，眼睛也都发直了。好不容易把她弄回她住的地方，劝了半天，也不肯说张弓的电话号码。后来还是我从她的手包里找到一个电话本，翻到张弓的电话号码，打过去，说人已经走了……"

冯宁一惊："人走了？去哪儿了？"

"他办公室的人说，他出远差了。"

"再远的差，也总有个地儿啊！"

"奇怪的是办公室的人谁都说不清……"

"这个王八蛋一定是知道陶怡怀上了，就开溜了呗。真他妈的不是个男人！"

"可是，下午我去陶怡那儿时，发现，张弓刚去过她那儿。"

"是吗？"

"我又打电话到张弓公司去问，他们的回答特别蹊跷，给人的感觉是这个人突然就那么失踪了……而且就在一两个小时前失踪的……"

"既然他下午还去过陶怡那儿，陶怡一定知道他的去向。"

"我问陶怡了，逼了她好一会儿，她才吞吞吐吐地说，她真不知道他去哪了，她也不想知道他去哪。她说，连她自己都不知道自己怀孕了，因此张弓根本不知道有这么一回事……"

"如果这个张弓不是因为陶怡怀孕才跑掉的，那么，他是为了什么才跑的呢？"

"这，陶怡哪说得清？不过据陶怡回忆，张弓最后跟她说过一番话。从那一番话里分析，张弓的失踪，很可能跟一个叫雷半伍的区长和一个叫'栾叔'的人有关。"

冯宁一惊："'栾叔'？你没听错？"

尤妮忙问："你认识这个'栾叔'？"

冯宁赶紧催促道："你继续往下说。"

尤妮问："感兴趣了？"

冯宁再一次催促道："快说！"

不一会儿，冯宁大步走到外间，对那些还在等着他签字批条的人说道："有没有明天上午办也不会碍大事的？"

那些人都愣了一下，不明白冯总这么问到底是什么用意。但没等他们回话，冯宁说："行了行了，都明天一早来办吧。"就和尤妮匆匆下楼去了。

陶怡得知自己怀孕的那一瞬间，觉得就像是天塌地陷。她不知道命运为什么会是那么的残酷，那么的不公，为什么如此多的不幸都要让她这么一个弱小女孩来承受，为什么一下子就把自己逼到了这么一个"绝路"上。当时，两眼一黑，天旋地转般就倒在尤妮的怀抱里。回到家，在尤妮的劝说下，总算稍稍平静了一点，便躺在床上，默默地流着泪。

这时门铃响了。陶怡以为是尤妮来看她了，便抽了张纸巾，擦去泪水，强撑着下了床，一边问着一边向门口走去："是尤姐吗？我这就给你开门。"走到门前，她本能地从猫眼里向外张望了一下。猫眼里显示的是两个人。而且另一个人恰恰是这时候她最不愿意看到，也是最怕看到的那个人——冯宁。

她一下呆住了。两腿一软，差一点又要摔倒在地上。

尤妮见屋里迟迟没动静，便再次拍了拍门，叫道："陶怡，开门，是我呀。"

这时，陶怡痛苦地倚靠在门框上，无声地哭泣着。她没想到尤妮会这么快就把事情告诉了冯宁。老天爷如果非得逼着她陶怡带着这个"丑事"去面对全世界的人，她也不愿意面对冯宁……

尤妮又叫了："陶怡……陶怡……"

陶怡哭得越发的伤心了。她哭自己，哭命运，哭这世道，哭茫然的未来……

尤妮还想敲门。冯宁却一步上前，取代了她。冯宁敲了两下门，叫道：

"陶怡，快开门。别犯傻……听话，快开门……"

屋里没有动静。

冯宁又叫道："这件事真的有那么了不得吗? 现在医疗技术那么发达，你想想，有什么问题不好解决的……"

尤妮一听，冯宁居然说到那儿去了，真是哪壶不开偏提哪壶，这不是在火上浇油吗? 便忙对他做了个手势，让他别说这些，别再火上浇油。冯宁略略地愣了一下，似乎意识到自己说岔了，便赶紧改口："不管出什么事，我们都会帮你来一起解决的。你先开门。"

但屋里还是没有动静。冯宁有点着急了："陶怡，听到没有? 千万别干傻事。再不开门，我真要砸门了!"

屋里突然传出叫喊："你走……你走……我不要你们来可怜我……"

冯宁忙说："谁在可怜你? 谁? 你犯什么糊涂? 我是来带你去看病的!"

门突然开了。出现在冯宁面前的陶怡头发散乱，但目光却灼热。脸上还带着泪痕，但神情已经变得十分的坚决。陶怡说道："我做的事，我自己来处理。我不要任何人可怜，也不需要任何人来施舍。我更不会做什么傻事。"

冯宁忙说："挺好，这才像个深圳的女孩。坚强，睿智，豁达。特别是坚强……人就是要学会坚强地面对一切……谁都会遭遇千难万难的事……"一边说，一边去卧室里收拾陶怡的东西，把她的内衣外衣什么的，一股脑儿地往一个旅行袋里装。陶怡冲过去夺冯宁手中的东西："谁让你乱动我的东西的? 放下! 请给我放下!"冯宁再一次从陶怡手里夺下那些东西，继续往旅行袋里装："药呢? 尤姐今天带你上大医院拿的药呢? 哦，在这儿……"

陶怡急得直跳脚："放下……都给我放下……你们没权力这么做……这是我的家……"

冯宁却故意耍赖说："对，我们知道，这是你的家……我们又不要你这个房子，你着什么急……帽子呢？有帽子吗？现在可千万不能着凉啊。"

尤妮忙说："别找帽子了……这会儿戴什么帽子……"

冯宁拉上旅行袋的拉链，然后把旅行袋交给尤妮，四下里又打量了一下："还要带什么不？"

陶怡往卧室里躲去："你们想干什么？干什么？我哪儿也不去！我不要你们可怜我……"

冯宁上前一把扛起陶怡就往外走去："对，我们不要任何人可怜……我们干吗要别人可怜呢？深圳的女孩就得这么坚强才行……"

冯宁把陶怡往那辆新买的本田车上一扔，让尤妮看住她，自己赶紧发动车，快快地就把陶怡送到尤妮住处，便走开了。他知道，这时候，他的继续在场会使陶怡加倍地感到尴尬和窘急。他得给她留下足够的时间，独自平复心头的这点创伤。走到楼下，他却不知道自己还要去哪里。去办公室？不。找个洗浴场所，去蒸一下桑拿？不。找几个员工凑一桌，搓上几圈麻将？不。那还能去哪儿？或者，去 K 歌？去蹦迪？去飙车？去他妈的……干什么？他只觉得心头憋得慌。他哪儿也不想去。深圳那黏糊糊的夜空，总在你需要清爽空气的时候，却显得如此的吝啬和压抑……陶怡啊陶怡，你……你……

冯宁最终去了庞耀祖那儿。

庞耀祖这回得到了一间独自享用的房间。差不多有二十来平方米大。真不算小了。特别让冯宁吃惊的是，三十几岁小四十的男人居然还这么会收拾，把房间"有机"地分隔出好几个功能区。一切都布置得井井有条，井然有序。庞耀祖开了一瓶红酒，听冯宁仔细讲述了刚发生的这段"故事"。庞耀祖端起酒杯，对冯宁说："哥们儿，你真行，向你致敬！"

冯宁伤心地摇了摇头："他妈的这个张弓，要让我逮住了，非把他千刀万剐了！"

庞耀祖问："把陶怡安置在哪儿了？"

冯宁叹了口气道："送到尤妮那屋里了。让尤妮看着，会好一点。"

庞耀祖淡淡地笑了笑说道:"我以为你直接就把她接到你屋里去了呢。"

冯宁苦笑一声道:"老大哥,这时候就别拿兄弟开涮了!听到她怀孕了,当时我真的一下全蒙了,脑袋瓜全炸了……她才多大?"

庞耀祖却说:"这跟多大有关系吗?下一步,你打算怎么对待她?"

冯宁说:"等她稍稍平静一点再说吧……"

庞耀祖再问:"等她平静了,你打算怎么办?"

冯宁沉吟了一下:"怎么办?我再也不会让她离开我,绝不!"

庞耀祖说:"如果她不愿意打掉肚子里的那个孩子呢?有些小女孩挺看重上帝给她的第一个生命的。"

冯宁反问:"难道这一点很重要吗?我不能再让她受到任何伤害,当然也包括她……属于她的一切……"

庞耀祖怔怔地看了看冯宁,然后真诚地敬佩地说道:"兄弟,你是个男子汉,真正的男子汉!"过了一会儿,庞耀祖好像突然想起了什么似的,忙问冯宁:"那个张弓突然'失踪',是不是跟雷半伍、'栾叔'那一档子事有密不可分的关系?"

冯宁略略一怔后,说道:"我还真没往那儿想。"

庞耀祖说:"他们也许还不知道张弓逃跑了。"

冯宁说:"他们?他们是谁?"

庞耀祖沉吟了一下,没顾得上回答冯宁的询问,就拿起电话拨了个号。他这电话是打给宋梓南的秘书小马的。"马秘书吗?对不起,这么晚了还来打扰……"

小马应道:"没事。你说。是找宋书记吧?"

庞耀祖迟疑了一下,问:"他在吗?我这么突然地打电话来太不好意思了……"

小马说:"事情急吗?他正在跟人谈话哩。有什么事,我可以替你转达吗?"

庞耀祖又犹豫了一下，说道："哦……是这样的，刚才从一个朋友那儿知道一个情况，跟雷半伍的案子有点关系。一个关系人还可能是涉案人，跑掉了。不知道宋书记是不是知道这情况……"

小马忙说："哦。那这样，你稍等一下。等书记谈完话，我跟他报告一下。"

庞耀祖说："那就谢谢了。"放下了电话。

一直在一旁听着的冯宁，忙问庞耀祖："张弓染上什么案子了？"

庞耀祖只是怔怔地看了看冯宁，却一句话也没说。

这时候，宋梓南正在听市公安局的黄局长汇报公安部组织的一个全国性的打击金融黑市倒卖外汇行动的情况。一起听汇报的还有周副市长。小马悄悄地走进来，本想报告庞耀祖那事的，看黄局长还汇报得起劲，便什么也没说，只是给在场所有人的茶杯里续满了水，把黄局长面前那个已经积满了烟头的烟缸清理了一下，又悄悄地走了出去。

黄局长说："最近公安部连着来的几个文，要求在全国开展一个打击金融黑市倒卖外汇的行动。他们还派了个调查组专门到深圳来做了些调查。他们认为我们深圳这方面的现象，比较严重。"

周副市长说："一些外汇贩子在银行门前搞那种外汇黑市，倒汇切汇，扰乱外汇市场，确实应该打击。但是随着改革开放的深入进行，也要看到的确出现了一些新情况。我们一向以来，各地各大型企业可使用的外汇额度，都是计划配给的。但随着改革开放的深入，外贸活动越来越频繁，就出现了一些始料不及的新情况，比如说，一些大型企业手里会积攒一些外汇额度用不了，而另一些企业，急于从国外购买必要的设备和原材料，一时又批不到外汇指标，严重影响了生产的发展。完全靠中央计划来控制和分配外汇的使用，随着对外经贸活动的进一步扩大，肯定不适应当前这个初步形成的对外开放的经济局面……有时还会严重影响经济的正常运转和健康发展。"

黄局长说："但是国务院和公安部发的所有的文件，都是要我们坚决打击私自倒卖外汇的行为的，也是绝不允许私自倒换外汇的。"

周副市长说："这一点没错。国务院的文件是要坚决执行的。在银行门口，私自倒汇和切汇，或者非法经营地下钱庄，进行了牟利性的倒汇活动，都必须坚决打击。我只是讲一点我们在抓经济工作中遇到的一点新问题，出现的新现象……完全靠计划来分配使用外汇额度，的确已经很成问题了，再不解决的话，它会成为越来越多的涉外企业发展的瓶颈。"

宋梓南问黄局长："你们发现了什么值得注意的问题了吗？"

黄局长："最近我们通过一个阶段的工作，还是发现了一些案子，私自倒汇，金额巨大，有个别的数额高达几百万美元。更严重的是，这些人员中，有个别人还是我们政府机关的工作人员，或者是金融界的从业人员。"

周副市长问："比如说……"

黄局长说："比如说，最近我们发现一个刚被派到国外去学习回来的'专家'，就干了这么一档违法的事……"

周副市长微微一惊道："刚从国外回来的专家？谁？"

黄局长看了一下面前的书面材料，说道："这个人叫庞耀祖……"

宋梓南和周副市长顿时都吃了一大惊地叫了起来："谁？庞耀祖？"

黄局长忙问："怎么，二位领导都认识这个人？"

周副市长忙说："你说，继续说。"然后黄局长把市局经侦处初步掌握的一些情况，汇报了一下。等黄局长走后，宋梓南问周副市长："庞耀祖倒汇，你信吗？"

周副市长却很肯定地答道："我信。完全有这个可能。"

宋梓南不觉一愣，半信半疑地看了周副市长一眼。

周副市长解释道："据我所知，实际上，我们有些银行早就在参与这种所谓的'倒汇'活动。有一点，你也是了解的，长期以来，我们由国家控制外汇。这在过去，当所有的外贸活动也都严格控制在国家手里的时候，还勉强过得去。但是现在许多企业都获得了外贸权，就暴露了这种制度某些方面的弊病。经济活动是瞬息万变的，有的商机和战机一样，错失了那关键的几分钟几小时，可能就会全盘皆输。有的企业就是因为一时间调不到外汇头寸，而丧失了发展的机会。要重新申请外汇额度，在我们这个旧体制下，又是一件极费时费力还不一定能解决的事。所以，这些企业往往就在私下进行外汇调剂，互补有无。在汇率上双方也可以做适当的浮动，让调出外汇的单位能有所得。而紧缺外汇的单位，又可以用这些外汇去办他们想办的事，挣更多的钱。完全是双赢的事情。"

宋梓南问："银行怎么会参与这些活动了呢？"

周副市长说："外汇额度是要用人民币去换的。这些稀缺外汇的企业有时手里不一定攒着足够的人民币去换别人的外汇，就要向银行借贷。"

宋梓南又问："那庞耀祖夹在中间又干啥呢？"

周副市长说："他做中介人呀。给上下家牵线搭桥，或者替上下家跟银行去牵线搭桥。"

宋梓南想了想道："这么说来，这是一种合情合理而不合法的行为？"

周副市长忙说："是的，在目前来说，它是合情合理但却不合法的行为。因为我们现在还沿用着许多十年二十年前制定的法规和体例。这些法规体例都是为了维护计划经济的需要而制定的。它们中的一大部分已经完全不适用当前向市场经济转轨的新形势和新需要了。为了建立好社会主义的市场经济，人们就必须去突破那些旧的条条框框。可是，制定新的法规体例又不是那么简单的一蹴而就的事。于是就出现了大量这一类合情合理但不合法的人和事。其实庞耀祖干的这种事，应该由我们政府来干。我们应该成立一个外汇调剂中心，替各企业来调剂外汇的有无，让他们从地下走到地上来，替他们摘掉'非法'的帽子。让他们在政府的帮助下，堂而皇之地进行外汇调剂。这对促进深圳的外贸和经济发展，是非常必要的，也是急需做的一件事，也是把深圳建成重要的金融市场所必须要做的事情。"

第二天，宋梓南就接到了市公安局报来的一个材料，要正式逮捕庞耀祖。说已经查清，庞耀祖参与的倒汇活动，涉及金额达三百五十万美元，已经达到和超过金额巨大的程度。他们觉得有必要拿这件事来抓一个典型，以遏制一下当前十分猖獗的外汇黑市活动。

宋梓南拿过材料大略地翻看了一下，问："检察院呢？检察院方面有什么意见？"

小马说："检察院方面也已经批捕了。"

这时，外间秘书室的电话响了。小马忙跑过去接电话。不一会儿，小马接完电话过来给宋梓南报告道："是市局的电话，催问逮捕庞耀祖的报告什么时候能批下来。他们担心，这个案子涉及一些公务员，时间拖长了，会走漏风声，增加结案难度。"

宋梓南沉吟了一下："告诉李局长，这个案子涉及一些政策问题，市委要研究一下。我们会抓紧时间研究的。让他们不要再催了！"

小马又报告道："美院的潘教授来了，在外头等着哩。"

潘教授根据上一回和书记讨论所得，做了一些雕塑的小样和图纸，过来征求宋梓南的意见。

"对不起，让你久等了。"宋梓南匆匆走到秘书室，握着潘教授的手，致意道，"都做了小样了？真下功夫了。"

潘教授说："在市中心广场立一个标志性雕塑，对一个城市来说，是百年大计，甚至也可以说是千年大计的事。有幸能参与其中，对于一个艺术家来说，也是百年不遇的创作机会，莫大的荣幸，下一点功夫当然是应该的。做成小样，更直观一些，也便于你们当领导的下决心。"

宋梓南用力握了一下教授的手说道："你想得很周到。"

潘教授拉着书记向那些小样走去："要不，占您一点时间，我先给您讲解一下？我做了三个小样，大鹏、孺子牛和莲花……"

宋梓南忙说："潘教授，很抱歉，本来今天是应该认真听您讲解一下的。不过，刚出了一点事情，很重要，必须马上去处理。这样吧，我们另外再约个时间，我一定得好好听您讲一讲。"

潘教授只得说："当然要以您的工作为重。那……我等您的电话？"

"真是太对不起了。有车送你来吗？"宋梓南诚恳地问道。得知潘教授还是像上一回那样是骑自行车来的，宋梓南立即告诉小马："让车队派个车，送一下潘教授。"

潘教授笑道："不用不用。我自己走，我还得把那辆自行车骑回去啊！"

宋梓南坚持道："不不不，把自行车搁在后备箱里，很方便的。马秘书，通知车队，调个车来！"

宋梓南一直把潘教授送上电梯。等电梯门关上了，电梯开始往下走了，宋梓南这才转过身，一边向办公室走去，一边吩咐小马："马上请周副市长到我办公室来一下。另外，你记住了，最近这一两天里，另约个时间，请潘教授来谈谈这个塑像的问题。今天让教授白跑一趟，真的是很对不起他。"

周副市长一来就向宋梓南汇报他所了解到的有关庞耀祖的情况："我详细了解了一下，庞耀祖确实为几个企业换汇做过中间介绍。大家都以为他到东京去学了一回，熟悉金融市场的一些操作方法，在国内的几家银行里又都有一些熟人，就都去找他了。但是有几点，是应该说明的，也是很重要的：一、他帮助换汇的那些企业所做的项目都是经国家批准的；二、向银行借贷的那些资金都是走正规渠道，经过银行信贷方面的正式手续审批的；三、他本人并没有拿什么所谓的佣金或回扣。而按各国在这方面通行的游戏规则，他本应可以拿一定比例的佣金或回扣。按过去的规定，作为个人，他介入了换汇活动，的确是非法的，甚至可以说是一种犯罪活动，但是，我昨天说了，他做的，正是我们政府应该做的事情。我们没有在各企业需要的时候，为大家提供一个正当的调剂外汇的平台。如果抓了这样的同志，我作为主管工交财贸金融的常务副市长，内心会非常不安……十一届三中全会以来，这样的事情已经不止发生过一起了嘛。当年安徽的那个傻子瓜子，一开始使用雇工，不是也被抓了吗？各地都有一些因为搞长途贩运的人也按计划经济时期的刑法条例，被用'投机倒把罪'的名义逮捕判刑了，后来也都一一改正了。听人说，那个冯宁的父亲当年就是因为搞什么长途贩运而被错抓的嘛。我们不能再做同样的傻事。"

宋梓南问："你的意思，这个庞耀祖坚决不能抓？"

周副市长说："不仅不能抓，还要很好地保护培养使用。没有这种敢于对老框框、旧体例发起冲击的人，光靠我们这几个人不行啊……我们头上戴着大大小小的乌纱帽，多少年来已经习惯了，动不动就要看上司脸色办事，是很难真正开创一个全新的局面的……要突破，还得靠下边这样一股力量！"

宋梓南沉吟道："从某种意义上来说，杀出一条血路推进改革，必须还得依靠下边广大的群众和先进分子。"

周副市长感慨道："老宋啊，他们才真正是在'以身试法'，用自己的身家性命去跟那些过了时的条条框框和旧的体制较劲，打开缺口，以便让后续的大部队顺利通过。这跟当年谭嗣同的悲壮是如出一辙的！伤害这些改革先行者的事，绝对不能发生在我们深圳！即便他们做错了一些事，也要按'下不为例'来处置。自然科学研究从来是允许人犯错误的，社会改革方面，也得允许先行者犯错误，否则，就不会有人来和我们一起做这些改革的事情了。"

宋梓南不说话了。

102

下午，尤妮提着一些东西，向庞耀祖住的那幢楼的楼门洞走来时，忽然觉得今天这里的气氛有点不对头，但一时又说不清到底什么地方不对头。特别冷清？特别空旷？特别……总之，她说不出个所以然来，就是觉得非比寻常。她索性站下，四下里环顾，却除了看到有那么三两个"陌生人"在楼前的空地上无所事事地游逛，似乎也没发现什么特别不对头的事情，便在略一愣怔之后，又自嘲般的笑了笑，就向庞耀祖的房间走去了。

"你没觉得你这儿今天有什么不对头的？"进了房间，尤妮一边把带来的一些食品给庞耀祖放进新买的冰箱里，一边问道。

庞耀祖放下手里的书，走过去，帮她存放东西，也问道："怎么？你有什么感觉了？"

尤妮迟疑地："也没什么，就是……"

庞耀祖问："就是什么？"

尤妮说："我也说不清楚。今天一过来，总觉得院子里有什么地方不大对劲儿似的。"

庞耀祖嘿嘿一笑："是吗？这种感觉，昨天晚上我就有了。"

尤妮有点诧异地问："你也有这种感觉？怪了。怎么回事？"

庞耀祖淡然一笑道："不说它了。说了，会吓着你的。"

尤妮转过身来，盯住庞耀祖，催促："说说嘛。你怎么也会有这种感觉的？"

庞耀祖只是说："不说了不说了。说了，会吓着你的。"

尤妮略一沉思，觉得更不对头了："会吓着我？什么事会有那么严重！"

庞耀祖试探着："你真不怕？"

尤妮有点不耐烦了："卖啥关子嘛！爱说不说，不说拉倒！"

庞耀祖笑着走过去，悄悄拉开窗帘的一角，示意尤妮去看。尤妮走到窗子前，从撩开的窗帘一角顺着庞耀祖示意的方向往外看去。初看上去，院子里仍然是刚才那副空空荡荡的样子，仍然只有那几个年轻的"闲人"在那儿无所事事地游逛着,并没有什么新动静。尤妮质疑般的看看庞耀祖。

庞耀祖问:"你不觉得那几个年轻的'陌生人'有点特别吗?"

尤妮一愣:"陌生人?他们不是你们小区的?你不认识他们?"

庞耀祖嘿嘿一笑:"不是。而且你注意到了没有,他们老在我这幢楼前晃来晃去。"

"他们是……"

"便衣。"

"便衣警察?"

"YES。"

"便衣警察干吗要在你楼前晃来晃去?"

"你说他们在干啥?"

"你这楼里有犯罪嫌疑分子?"

"YES。"

尤妮愣怔了一下,心里忽然一紧,似乎明白了些什么,便赶紧问:"他们……他们是在监视你?"

"YES。"

尤妮大声叫道:"开玩笑!"

"你轻点!"庞耀祖赶紧放下窗帘,并提醒道。然后长长地叹了气说道:"开玩笑?无语愁说三千雪……你看看,这是什么?"尤妮顺着庞耀祖手指的方向看去,在卧室的门口放着一个带拖轮的真皮拖拉旅行箱,里边已经塞满了东西,箱把上还挂着一个小包,那小包里显然放的是全套的洗漱用具。还有一个用旧报纸包着的圆柱状的东西,那就不知道里头包着的到底是什么了。

尤妮迟疑地问:"你要出差?"

庞耀祖笑道:"也可以理解为出差吧。"

尤妮真着急了:"到底怎么一回事嘛!别跟我打哑谜了!"

庞耀祖沉默了一小会儿:"不跟你开玩笑,这些便衣警察就是派来监视我的,防备我逃跑。"

尤妮忙问:"他们要抓你?"

庞耀祖说:"也许吧……"

尤妮呆住了:"你干了啥事了?"

庞耀祖笑了笑:"合情合理的非法买卖。"

尤妮半信半疑地:"非法买卖?你会干这种下三滥的事?我不信。"

庞耀祖坐了下来,提起暖水瓶,给自己的茶杯里续了点水,又从冰箱里取了一瓶橘汁,打开瓶盖,放在尤妮面前,然后在一张帆布沙发椅上坐了下来,说道:"大多数的非法买卖的确是'下三滥'的。但不能说全都是。尤其在特定的历史时期,特别是在历史大转型时期,思想大转型时期,更是这样。孙中山要让皇帝老儿下台,在当时是合法买卖吗?毛泽东带人上井冈山,拿当时的法律条文来衡量,应该也是不允许的。哥白尼说地球是绕着太阳转的,这个理论公开背叛当时教廷的祖训。而邓小平说的那句话,深圳应该杀出一条血路来,在宪法和党章上可能都找不到什么依据。他老人家居然鼓动深圳的党和政府在社会主义的中国大地上杀出一条血路来,你说他合法吗?但没有这些先贤哲人的看似不合法行为,就不能推动中国前进……"庞耀祖越说越激动:"只是我有点错误地估计了形势。我以为十一届三中全会都开了这么些年了,思想解放运动也早就深入人心了,尤其在我们深圳,更应该允许人们在言行上做更深层次的探索和试验。但看来我过于乐观了……"

一阵阵的凉气从尤妮心底往上冒出:"你到底做什么了?"

庞耀祖说:"以后你去问冯宁吧。他清楚。"

尤妮呆住了,过了一会儿怔怔地问:"难道你还真干了一件违法的事?"

庞耀祖点点头:"是的,我承认,它是违法的。"

尤妮略略愣怔了一下,又问:"干以前,你就知道它是违法的了?"

庞耀祖再一次十分肯定地答道:"是的。"

尤妮说道:"那你为什么还要这么干?你傻呀?"

庞耀祖嘿嘿一笑道:"我也在问自己:庞耀祖,你是不是真的很傻呀?"

尤妮真着急了,她一下站了起来,无所适从地在庞耀祖面前转了两个圈,然后站定在庞耀祖面前,怔怔地问:"别跟我逗乐了。他们真是来抓你的?"

庞耀祖说:"谁逗你乐了?"

尤妮说:"你是公派出国留学的,现在就缺你们这样的人才。他们怎么会抓这样一个人?"

庞耀祖说:"为什么不会?也许他们眼下正需要这方面的一个反面典型……可以告诫所有从海外留学回来的人,不要自以为是,更不要翘尾巴,只要翘尾巴必定不会有好下场!"

尤妮忙问:"你去找过宋书记吗?你不是挺能跟他说得上话的吗?"

庞耀祖低下头,不作声了。

尤妮一下蹲在庞耀祖面前,用力推推他,催促道:"赶快去找找宋书记呀!在深圳,他说话还是算话的!"

庞耀祖苦笑着摇了摇头:"这些便衣,应该就是深圳方面的人。我不能说他们就是宋书记派来的。但是,官,总归是官,他们有他们的难处。就别去为难他了……"

尤妮站起:"我替你去找宋书记去。"

庞耀祖也站起:"别胡来!"

尤妮脸涨得通红:"不'胡来',你就真的在这儿干等着进拘留所了?"

庞耀祖稍稍沉吟了一下,突然轻轻地吟诵道:"'古来多被虚名误,宁负虚名身莫负。欲将沉醉换悲凉,清歌莫断肠'……"

尤妮冷笑:"啥时候了,还跟这儿穷酸个啥嘛。"

庞耀祖笑笑："这是我有一回去看宋书记,他给我写的……"说着,走到那个拖拉箱前,拿起那个圆柱状的东西。这时,尤妮才看清,这是用旧报纸包裹着的一卷什么东西。打开旧报纸,里边是一个卷轴。再翻开卷轴,上面用行书体的毛笔字写着刚才庞耀祖吟诵的那几句词。庞耀祖指着那字面,又给尤妮念了一遍,并解释道:"这是北宋著名词人晏几道写的集句。什么叫集句懂吗?"

尤妮问:"什么叫集句?"

庞耀祖解释道:"就是从不同的诗里选择句子,组合成一首新作品。前两句,应该比较明白,我们人类,尤其一些有抱负有成就的人,往往会被虚名所负所累。比如,当官的过于执着乌纱帽,做学问的过于顶礼膜拜职称和社会地位,女人过于执着于美貌,学生过于执着于分数,等等,但是人世间最最重要的东西恰恰是人本身,是抛却这些身外之物后的自身。后两句,翻译成现代白话,大概的意思就是:为此,在坎坷的生命历程中,哪怕你把无奈的自我麻醉只能换成满腔的悲愤和苍凉,以哭当歌,也别丧失了往前走的信心和力量。"

尤妮呆住了,怔怔地看着庞耀祖:"你没吓唬我?"

庞耀祖淡淡地笑道:"我吓唬你什么?"

尤妮说:"你说外头那些陌生的年轻人都是便衣警察,他们是在监视你。而且,他们最终的任务是要逮捕你。"

庞耀祖不作声了,只是怔怔地看着那个准备好的真皮旅行箱和那一袋洗漱用具。过了好大一会儿,他突然抬起头问尤妮:"一百年后的中国人,会理解我们今天的这种尴尬和艰难吗?就像今天的年轻人,怎么也不能理解'文革'时期的年轻人会因为把一张印有领袖像的报纸当垫子坐在屁股底下而遭受牢狱之灾,更不会理解当年的布鲁诺因为坚持说地球是围绕太阳转的而被疯狂的宗教信徒绑在柱子上活活烧死一样……"

尤妮突然扑过去拿电话。

庞耀祖忙压住电话:"干啥?"

尤妮说："我告诉冯宁……"

庞耀祖问："有用吗?"

尤妮说："总不能就这么眼巴巴地等着他们来抓你! 总该想点办法!"

庞耀祖苦笑一下："法网恢恢啊……什么叫法网恢恢? 如果有人决定要用这张网来对付你的话,你唯一可行的办法就是等着,静静地等着……"

尤妮跺着脚叫喊道："你他妈的也真是太傻了,明明知道干的是一档违法的事,还要用自己的脑袋去硬碰……"

庞耀祖一下激动起来："没有这样一些敢于硬碰的脑袋,中国会有希望吗? 知道当年谭嗣同在同样的时候,说过一句什么话吗? 中国的革新之所以至今还不能成功,就是因为一直还没有人为革新而流血。那就从我开始吧! 要不,邓小平怎么会说出'去杀出一条血路'那样的话? 你以为邓小平在作秀? 耍浪漫? 在写诗? 难道他历来喜欢说这种浪漫兮兮的话? 不。他是一个无比冷静,无比现实的人。这样一个人,都在提醒和告诫我们,中国要真正向前走出一步,是必须得'杀出一条血路'的!"

尤妮声嘶力竭地叫了起来："傻! 傻到底! 傻死你!"

庞耀祖看着急得满脸通红的尤妮,忽然间颓然坐下,缓缓地说道："也许吧,我们这些人真的是挺傻的……尤妮,有一句话,我本来不敢说的……"

尤妮眼眶里一下充满了眼泪,她哆嗦起来："你还有什么事要吓唬我? 你他妈的今天是怎么了,真活腻了?"

庞耀祖说："尤妮,一向以来,我一直在偷偷地喜欢着你……从那年调到你公爹身边当秘书那一刻起,就一直在为你而心动……"

尤妮捂住自己的耳朵,大声叫道："我不听! 庞耀祖,你今天真是疯了?"

庞耀祖却依然慢慢地说道："我知道这不可能……你有你的家庭,

我也有我的拖累。但我知道你在你的家庭里不幸福。而我和我的妻子已经分居好些年了……也许我们都有更重大，甚至重大到伟大的理由，才抛家别子来到深圳这个人生战场，但是，不能不说，为了寻获自己应有的那一点点生活幸福，也是我们来到深圳的一个重大动力。而对于我来说，知道你在深圳，这几乎是我当时想一步就迈到深圳的唯一原始推动力……一只无法抗拒的上帝之手……"

尤妮恳求道："我们不说这些了，行吗？我是别人的妻子，而你早就是孩子的父亲……"

庞耀祖说："我知道你的丈夫是一个非常好的工作者……"

尤妮再一次声嘶力竭地叫了起来："别说了！别说了！求求你……求求你……"

庞耀祖说："我的妻子也是一个非常好的女子，但我们不幸福，他们也不幸福……"

尤妮说："谁告诉你我不幸福？"

庞耀祖说："尤妮，这里没有你的公爹和父母，也没有一个伦理法庭的法官在。请你真实地面对一个真实的自己……"

尤妮突然低声抽泣了起来。

庞耀祖说："我一直把这种感情深深地埋藏在自己心底。我甚至都没有祈望过要把它付之于行动。这一点，上天可以为我作证……但是……"

尤妮突然中止了哭泣，拿起自己的小皮包，掉转身就向外跑去。但刚跑到门外，却站住了，呆呆地看了周围一下，又十分慌张地跑了回来，一把抓住庞耀祖说："他们走了……他们不见了……"

庞耀祖稍稍愣了一下，忙回到窗户前，撩开窗帘看了一下。

院子里那些陌生的年轻人果然一个都不见了。

庞耀祖慌慌地说："你快走……"

尤妮忙问："怎么了？"

庞耀祖脸色一下变得青白："他们可能要动手了。"

尤妮说："那我更不走了！"

庞耀祖几乎要哭了："尤妮，请给我留一点尊严。行吗？我不希望你看到我戴着手铐在逮捕证上签字的场景，也许到那一刻，我根本做不到像那个谭嗣同那样，我自横刀向天笑。我会发呆，我会心虚。我会浑身上下都颤抖，我会冒冷汗，脸色会发灰……"

尤妮冲过去，一把抱住庞耀祖，扑倒在他的怀里，出声地呜咽起来。

庞耀祖不知所措了，甚至浑身都僵直了起来，不知道此刻，自己是应该迎合尤妮的拥抱，也去抱她一下，再很理智地对她说一些鼓励的话，还是保持这最后的一点"礼俗"，去轻轻地推开她，什么也不说，抽身而去……在僵持了一小会儿以后，他还是冲动地抱住了尤妮，并感动地用自己的脸颊轻轻地抚慰般的贴了一下尤妮的额发和额角，而尤妮这时浑身上下所发出的战栗，也已经使她那一下下的呜咽变成了绝望的窒息般的哀鸣了……

但是，忽然间，庞耀祖好像清醒了过来。他松开环抱着尤妮的双臂，又轻轻推开尤妮，走到门外，仔细地打量了一下。然后跑回房间来，吩咐尤妮："你待在屋里别动，我上外头再去看一看。"

尤妮忙擦擦脸颊上的泪水，问："怎么了？"

庞耀祖说："好像……好像……不像是有后续行动似的。"

尤妮问："为什么？"

庞耀祖说："如果有后续行动，现在外头应该有警车和法警了。可是……"

尤妮赶紧跑到门外，仔细一看，果不其然，不仅在院子里看不到庞耀祖所说的那些"警车和法警"，就是在小区门外，也看不到任何这样的迹象。

庞耀祖忙说："我再到小区大门外去看看。"

尤妮忙说："你别去！你在屋里待着。我去！"不等庞耀祖答应，尤妮便冲出了房间。几分钟后，在房间里怎么也待不住的庞耀祖也跑到了小区大门外。果然的，无论是小区的院子里，还是在大门外，没有要逮捕人所必需的那种安排和布置。便衣们撤走，留下了一个无比清静的世界。白云自在地低低地拂着高耸的树梢，让庄重的雷声闷闷地掠过楼群，让柔曼的雨痛痛快快地淋湿了洁净的大街，让庞耀祖渴望的那种自由留在了这雨里风里雷声里，留在了他的疯狂里……此时，他再也无法忍住心底的呜咽，便捧住自己早已被雨水淋湿了的脸庞，大声哭泣起来……庞耀祖如此放肆的哭泣，一下把尤妮惊呆了，紧接着，她埋在自己心底多年的委屈和怜悯也被引发了，便冲过去，不顾一切地把庞耀祖一把紧紧抱在怀里，跟他一起哭泣了起来……

103

是的，那些在庞耀祖院子里"闲逛"的年轻人，的确正如庞耀祖猜测的，是派来监视他的"便衣"。监视的目的，也确实是"防备"他逃跑。当时市公安局已经报送了逮捕庞耀祖的材料，市检察院也已经正式批捕庞耀祖，更严重的是，北京有关部委也要派人来整顿深圳的外汇市场，并且一心要在这儿抓个反面典型。这件事，因为牵扯到涉案的"主要嫌疑犯"是市里派去留学刚回国的"专家"，黄局长觉得有必要和市委市政府的主要领导通一下气，却遭遇了市委一把手宋梓南的"犹豫"，市局也就没敢马上下手。但是，如果不把这个庞耀祖抓起来，市局的同志又觉得没法面对北京方面来抓典型的同志，所以轻易又不敢撤去对庞耀祖的监视，一直在等待着宋梓南最后的决定。

那天下午，北京方面来的工作组终于到达深圳。而也就在那天下午，宋梓南最后的决心也下定了，必须要保住这个庞耀祖。他本来准备亲自出面去跟北京来的工作组解释庞耀祖实际上是做一件深圳市政府正准备要做，但还没来得及做的大事。虽说"违法"，但所违的是深圳在深化改革中已然觉得必须废除的一个旧法规。从司法程序上讲，庞耀祖的举动是冒犯了法律的尊严，但从改革的实际需要来说，如果今天逮捕了庞耀祖，不仅会伤害一大批真心要把中国的改革做到底的同志，而且将来也难以向历史交代。宋梓南准备以市委主要领导的身份向北京来的同志担保，不出两个月，深圳就会建起外汇调剂中心，这个中心所要做的事情就是庞耀祖今天所做的。宋梓南相信，他能和北京来的同志沟通好，顺畅地解决这个事情……但那天，周副市长没让宋梓南出面去碰北京来的工作组。周副市长说："这件事，你暂且别出面。大帅嘛，还是在中军帐内待着比较稳妥。剩下的事，让我们这些先锋官先去协调。"

协调的结果，果然很理想。到下午时分，黄局长就亲自对周副市长报告道："我已经下令撤销对庞耀祖的监控了。"但黄局长还是有点不理解，他说道："周副市长，干了几十年的公安，我还没下过这样的命令。对一个证据确凿的违法分子，到了该收网的时候，由我来下令，让他继续逍遥法外……"

周副市长劝慰道："老黄，你应该知道，我们实行土地拍卖政策，是公然违反国家根本大法——宪法的。我们在深圳建立社会主义市场经济，允许私人在这儿雇工开工厂做买卖，也是违反这个根本大法的。我们带头在深圳取消统购统销政策，取消凭票供应粮油肉布，取消干部福利分房，放开物价，让几百种商品的价格按市场规律自由浮动等等，这一系列做法，即便是到今天，仍有一些人觉得，都是'违法行为'，是在公开挑战我们国家仍通行的各种各样法律条令和规则。我们不仅允许，而且还欢迎帝国主义资本家在这儿买地建工厂雇用我们的劳动人民，这简直就是违背我们多年必须奉行的党章上写明的基本纲领。但我们都做了……"

黄局长故意问道："那能不能说，今后在深圳一切违法行为我们都

684

不要管了，不能管了？"

周副市长笑道："你跟我抬杠？"

黄局长笑笑："开个玩笑，我的周大市长。"

周副市长却严肃起来了："这种话出自一个刚上岗的小片儿警嘴里，尚可原谅。但出自你这么一个主管局长的嘴里，任何时候都是不允许的。现在国内外都有人就是这么歪曲和攻击我们的改革开放政策。"

黄局长不作声了。

周副市长缓和了神情说道："老黄，说一句实话，在这个非常时期，合法与非法的界线有时候的确不太好把握。但这不等于说我们就不要严守法律防线。相反，我们还要加强它。但是，有一些，我们是必须加以突破的。而且要在人大没有通过相应的新法律前，就加以突破。这是中央赋予我们特区的一个特权，也可以说是给我们的一个任务。让我们做试验。试验，当然会有风险，有阻力。就像空军的试飞员一样，有可能摔飞机，个人也会付出重大代价。但是，为了我们这个民族，为了我们这个国家，为了这场空前的改革，为了正遭遇极为艰难环境的国际共产主义运动，我们一起来承担这个风险。况且我们还有那么好的一个班长。宋书记经常说，如果做错了什么事，中央要打屁股，他脱了裤子，上北京替我们去挨。一切责任由他来负。"

黄局长点点头："这一点，我不怀疑。"

周副市长说："那你还担心什么怀疑别的什么？"

黄局长嗒然一笑，不再说什么了。

104

两天后的一个清晨，宋梓南还没起床，一阵急促的电话铃声把吃了安眠药,好不容易才睡着的宋梓南从困顿中惊醒。电话是常副市长打来的。他告诉宋梓南:"刚才我得到报告,说石长辛突发心脏病,送医院抢救了。"

一个小时后,宋梓南赶到了医院。"他什么时候得的心脏病?从来没听他说起过。"宋梓南一边向急诊室走去,一边问主治大夫。主治大夫解释道:"这种情况已经不少见了。特别是在一些中年人身上,他们上有老下有小,自己又在工作岗位上挑大梁,只知道忙里忙外的,就会在连他们自己都不知道的情况下,发作心血管方面的病。突然倒下,又突然走了的中年骨干不少了啊!"

这时,医院院长也匆匆赶来见宋梓南。

宋梓南忙嘱咐:"你们要不惜一切代价用一切手段替我抢救这个同志。只要需要,你说上哪儿请技术力量来支援都行!"

院长忙说:"我知道我知道……"

高科技园区筹建指挥部的一个领导介绍道:"石总几乎每天都只睡三四个四五个小时,这样的工作强度,已经持续两三个月了,就是铁打的汉子也扛不住啊。怎么劝也不听。他那岔气的毛病也发作得越来越频繁……"

院长忙问:"岔气?他经常岔气?"

高科技园区筹建指挥部的那个领导:"是啊。一发起来,脸色发灰,直冒冷汗,疼得都直不起腰,喘不上气……"

院长忙说:"哎呀,早该来治疗的嘛。这个民间所谓的'岔气',实际上就是心绞痛。我们许多病人就是耽误在这个'民间说法'上的,以为'岔气'不是什么病。一旦病情加重,查出大面积心梗,心肌坏死,就已经晚了。"

宋梓南听院长这么说,情不自禁地去摸了摸自己的胸肋间,问道:"心绞痛?"

院长忙说:"宋书记您没有岔气的毛病吧?要是有,千万千万要做全面检查，及早治疗。不可掉以轻心。"

宋梓南赶紧答道："没有。我没有……"

回到市委大楼，宋梓南一直显得心神不定，不断地打电话到医院询问石长辛的病情。到傍晚时分，他又要给那位主治大夫打电话，小马劝阻了他。小马说："今天从医院里回来半天时间里，您已经给这位主治大夫打过四五个电话了。您已经向他们明确过了，有什么新情况，让他们立即向您报告。他们会这么做的。如果他们没打电话，就说明石的病情暂时还是稳定的。"

宋梓南忙说："那就不打了……不打了……别去干扰大夫的工作了……"过了一会儿，他突然又想起什么，忙问小马："他们指挥部派人去看望长辛夫人和孩子了吗？是不是应该提醒他们一下……另外，让各委办局、各科室都认真查一查，看看同志们中间有没有经常犯岔气这毛病。尤其是那些中年同志，都认真地检查一下。不要再发生石长辛那样的悲剧了。这回要是抢救不回来，那代价就太大了。不堪设想！让他们一定要认真对待这件事……"

晚上，冯宁打了个电话，把在家守候陶怡的尤妮叫到公司里。见尤妮匆匆走了进来，冯宁便招呼道："少见啊，我的尤副总。"尤妮脸微微一红，啐嗔道："别跟我阴阳怪气的，什么少见？我不就是昨天一天没来上班嘛。还给办公室打了电话，请了假的。"冯宁打趣道："怎么的，也怀孕了？"尤妮生气了，一下站了起来："冯宁，你说啥呢？"冯宁忙说："开玩笑开玩笑……"这玩笑有点开大了。尤妮涨红了脸，一声不吭地怔怔地站了一会儿，扭头就向外走去。冯宁忙上前拦阻："尤姐，别别别……"尤妮说："冯宁，你好歹也是这么个大公司的老板了，说话知道个轻重不？扛了个陶怡回家，轻飘飘地，就不知道好歹了？"

冯宁忙做出一脸讨好的笑容，连声说道："检讨。检讨。"

尤妮把手包往一旁的沙发上一扔，气呼呼地往一把椅子上一坐："快说，啥事，催命鬼似的催我来？"

冯宁说:"听办公室的人说你请假了,我当然着急啊。当然要关心一下啊……"

尤妮说:"着急?关心?你要真着急,真关心,那应该是上我屋里去看我,也不该是催我来呀?!"

冯宁说:"我当然是去了的。但尤姐您不在屋里呀。您,去哪了?"

尤妮脸又微微一红:"我还能去哪儿?"

冯宁说:"后来我才知道,尤姐您是陪了我庞哥一整天。"

尤妮有点着急了:"谁陪他一整天了?"

冯宁说:"准确点说,陪了他六个小时零二十五分钟。"

尤妮嘲讽道:"情报搞得还挺精准?!"

冯宁问:"庞哥现在怎么样?"

尤妮说:"他怎么样,你去问他自己。"

冯宁说:"我要去找他,就得跟他生气,干仗了。"

尤妮问:"你跟他生什么气干什么仗?"

冯宁说:"他摊上那么大的一档事,都不跟兄弟我说一声,也太见外了么。"

尤妮问:"他摊上什么大事了?"

冯宁说:"还跟我装?"

尤妮犹豫了一下,不作声了。

冯宁说:"今天要不是内部有人跟我通风报信,我还一直被蒙在鼓里哩。"

尤妮问:"谁跟你通风报信了?"

冯宁说:"这你别问!"

尤妮解释道:"庞哥也是为你好。他不想让你卷进他的事情里……"

冯宁还是不认账:"他还是没把我当自己兄弟嘛。"

尤妮说:"问题是,那两天里他这档子事闹得太大,把你卷进来了,既解决不了问题,又白白把你也搭了进去,成本太大。"

冯宁笑道："可他怎么就让你卷进去了呢？还是亲疏有别，还是重色轻友啊……"

尤妮脸红地说："又胡说，什么重色轻友？"

冯宁笑笑："不过，这也是可以理解的嘛……"

尤妮一跺脚："冯宁，你今天哪根筋搭错地了，净说胡话！"

冯宁忙说："好，我们说正经的。你坐。消消气。坐。"

尤妮打量了一眼冯宁，见他确实是想说正事了，便慢慢又坐了下来。

冯宁说："有人让我给他捎话，要他这两天里，安心在屋里待着，别上外头乱转悠。少安毋躁，静待事态发展变化。院子里监视他的人撤走了，不等于事情已经完全解决了……"

尤妮一愣："你知道有人监视他？"

冯宁说："你俩把我当外人，不告诉我实情，自有人把我当自己人……"

尤妮说："又来了？！谁不把你当自己人？他原先也没打算告诉我。我也是有事去看他，才发现他被监视了，有人要逮捕他。你想，他是那样一个人吗，有点事就赶紧哭着喊着在朋友们中间求援？你泛啥酸呢？"

冯宁说："我不泛酸。他轮上这么大的难，事发当时，有你尤姐在他身边安慰着，帮衬着，我作为一个朋友，兄弟，哥儿们，心里踏实，欣慰，怎么会泛酸呢？你告诉他，我要转告的信息，是相当重要的人让我转告的。请不要掉以轻心……"

尤妮说："那你也得说清楚，到底是谁告诫他这两天别轻举妄动的。"

冯宁说："当然是不便说出幕后这些人的真实姓名，才不说的。这一点庞哥会理解的。"

尤妮说："你自己为什么不去跟庞哥说？"

冯宁说："这也是那个重要人物的意思，近期内不要有太多的人去接触庞哥，静待事态变化再说。他们拐着弯来找我。我也只能拐着弯来找你。共同的目的只有一个, 让庞哥尽早渡过这一劫难。"

说到劫难, 尤妮眼眶竟然立刻就湿润了："谢谢……"

冯宁忙说："谢嘛, 就不用啦, 到时候, 有我们一杯喜酒喝喝就行了……"

尤妮的脸马上大红起, 啐噴道："冯宁, 你又不正经了？！"

尤妮当然不敢怠慢, 马上就赶到了庞耀祖的住处, 把冯宁要她转告的口信, 带给了庞耀祖。庞耀祖沉吟了一下, 问："冯宁到最后也没说出是谁让他传递这个口信的？"

尤妮说："没有……"

庞耀祖笑了笑："神秘啊……"

尤妮问："你估计可能是谁？"

庞耀祖说："很难说, 冯宁现在也是朋友众多, 关系复杂, 说不准是哪条线上的人给他递的这个口信。他不说清这个让他递口信的人是谁, 就很难判断, 这个信息准确度有多大……"

尤妮说："但他还是特别强调了是个很重要的人递过来的口信, 请你一定要把这个口信当一回事, 千万千万别掉以轻心了。"

庞耀祖点点头道："哦……"

尤妮说："那你这两天就别上班去了, 也别上外头去乱转悠了。"

庞耀祖问："这两天市里还有什么大事发生吗？"

尤妮说："你就改不了了？能一天不想着外头吗？一天不想, 就真憋死你了？"

庞耀祖说："你看看, 这两天我这里的有线电视也突然瞎火了。看不到电视, 看不到报纸, 听不到广播……"

尤妮说："那又能把你怎么了？"

庞耀祖说："这就是说, 实际上, 对我的监控还没有彻底解除。"

尤妮说："有我陪着, 还不够？"

庞耀祖忙点头说："当然当然……"

尤妮白了庞耀祖一眼，从皮包里拿出一摞报纸。庞耀祖喜出望外："你买报纸了？为什么不早点拿出来？"

尤妮说："早点拿出来，你眼里还会有我吗？"

庞耀祖说："瞧你把我说得！"说着，却已经去翻阅那一大堆报纸了。突然间又问："你没买咱们的特区报？"

尤妮说："怎么会落掉特区报？"

庞耀祖又翻了一下报纸，忙说："哦，看到了看到了。在这儿……"

尤妮又从包里拿出一些食品和饮料。庞耀祖一边翻阅着报纸，一边拿起一个点心来吃，一边笑着说道："不记得是谁说的了，说假如到了世界末日，他只希望能有一个美女和一个卖大饼的跟他在一起……"

尤妮笑嗔道："就你们这些自私的男人，会这么考虑！"

庞耀祖忽然间放下手里的报纸："冯宁没有告诉你，这一天之内，究竟发生了些什么事情，才让我这件事一百八十度拧了过来？这里边的变数到底是什么？"

尤妮说："他哪会跟我说这些。好了。你慢慢吃吧，我也得去公司上班了。我要再在你这儿耗下去，不知道冯宁这坏小子还要说我们什么呢！"

庞耀祖忙问："他说啥了？"

尤妮脸微微红起："狗嘴里还能吐什么象牙？"

庞耀祖追问："他说啥了？"

尤妮说："昨天我就一天没去上班，他就说，是不是因为……因为也怀孕了……"

庞耀祖哈哈大笑起来。

尤妮气呼呼地瞪了庞耀祖一眼："有那么好笑吗？！"

庞耀祖问："他没问是谁让你怀的孕吗？"

尤妮脸大红："你！"说着，一跺脚就向外走去。

庞耀祖忙去拦阻："尤妮！"

尤妮气不打一处来："你们这些男人怎么都那么混蛋呢?!"

庞耀祖忙说:"检讨。检讨。"

大夫们给石长辛会诊完毕,悄悄用英语议论了一会儿,然后,那个主治大夫对石长辛说:"病情相当的稳定。采取的治疗措施已经收到很好的效果。关键还是石总你配合得好,你原先的体质也起了相当的作用。咱们继续努力,争取一个更好的前景。"

石长辛有气无力地:"谢谢各位。"

主治大夫嘱咐道:"现在很重要的一个环节是,静养,要抛开一切杂念和冲动……"

石长辛问:"可是……为什么我浑身上下一点力气都没有呢?"

主治大夫说:"你能有力气吗?心脏严重受损了。好比一辆汽车,马达供不上油了,这辆车的动力还会充足吗?不熄火就已经很好的了。别再逞能了,一定不要满装快跑。一定要听话,好好休息。"说着,对一直在旁边站着的莫然示意了一下,莫然便跟着这些大夫们走了出去。

到重症监护室门外,主治大夫又对莫然嘱咐了一些。不一会儿,莫然回到监护室里。石长辛马上问:"大夫跟你说什么了?"

莫然装作轻松的样子:"没有啊。没说什么。"

石长辛说:"蒙我。"

莫然说:"我干吗要蒙你?"

石长辛说:"你发誓。"

莫然说:"我对老天爷发誓。"

石长辛忙说:"不,你对着我们俩共同生活的这十五年岁月发誓!"

莫然不说话了,眼圈一下红了。

石长辛挣扎着从床上坐了起来:"大夫刚才跟我没说实话?我的情况很危急?"

莫然抽泣起来。

石长辛说:"嗨,有什么好哭的嘛。现在组织上让我住的是深圳最好的医院,派深圳最高明的大夫在替我治着,大夫刚才不也说了,我的体质一级棒!"

莫然说:"再一级棒管什么用?你的心肌大部分已经坏死……"

石长辛说:"大夫刚才是这么对你说的?"

莫然马上意识到自己说漏嘴了:"不……不是……是我自己估计的……"

石长辛默默一笑:"你自己?打死你也说不出'心肌大部分坏死'这样专业的术语。好了,说实话吧,大夫说,我还有多少时间?"

莫然立刻叫了起来:"他没这么说……"

石长辛眼圈也红了:"老婆,你总不能希望我什么准备都没做,突然间就……就……"

莫然忙说:"不会的……你不会的……"

石长辛:"那你告诉我,大夫到底跟你说我还能活多少时间?"

莫然难过地又把头低了下去:"他确实没说到这一点。"

石长辛追问道:"那他到底跟你说什么了?"

莫然不作声。

石长辛拉起莫然的手:"老婆,你无论如何得让我有个准备……"

莫然紧紧握着石长辛的手,再也忍不住地哭出了声。

石长辛诚恳地说道:"莫然,对你,对我们的闺女,我有责任。对深圳,对我的部下,我负有同样的责任……我还有许许多多必须要做的事情,我不能突然间地就那么走了……你必须理解我这个心情……告诉我,刚才大夫对你说了什么?他判了我死刑吗?"

莫然呜咽着:"别这么说……"

石长辛说:"如果你不跟我说实话,我今天就出院。我马上就回指挥部去处理我那些没处理完的事情。"

莫然突然抬起头问:"长辛,你愿意多跟我和女儿生活一些时间吗?"

石长辛瞪她一眼道:"说啥傻话?"

莫然说道:"那你听大夫的话,在这段时间里,啥也别管,啥也别想,让生活回到它原来应该有的那种样子……让我们一家人平平静静地在一起……"

石长辛的眼眶湿润了。他紧紧地拉着莫然的手:"当然……当然……"

"大夫说,你的病情还是危重的。任何一点疏忽都会在一瞬间夺去你的生命。"

"这一点,我早有感觉……"

"长辛,为了我,为了我们的女儿,你一定要平静平静再平静。你不要再激动了,不要再忧虑了,不要再去谋划什么了,也不要再想着去争取什么了……我们什么都不要了,只要你能好好地跟我和女儿生活在一起,哪怕一天三顿都喝玉米糊糊……我真的什么都不要了……"莫然说着又呜咽起来。

石长辛的眼眶也再一次地湿润了。他一把把莫然搂在了怀里。他俩当然不知道已经在上初中的女儿,早就到了医院,一直在重症监护病房门外等着,听到他两在病房里说这样的伤心话,特别懂事的她也禁不住泪如雨下。

石长辛继续说道:"别的我都不管了。有一件事……"

莫然立即打断他的话:"一件也不管!"

石长辛恳切地:"莫然……"

莫然激动地:"你听听大夫说的,有任何一点疏忽,都会在一瞬间夺去你的生命。听清没有?是'任何一点疏忽'和'一瞬间'。这里没有任何'但是'和'也许'的可能。你不是说要对我和女儿负责吗?"

石长辛:"莫然……"

莫然:"你就是要对你的事业和部下们负责,你也应该有一个尊重生命的意识!人是不能跟天斗的,人也是没法征服生命的。马克思够伟大的了吧？爱因斯坦够聪明的了吧？拿破仑列宁毛泽东够能创造奇迹的了吧？他们现在都在哪儿？长辛，到了你低头认输的时候了。你已经干了不少了。留下这最后一口气，给你自己，给我给你女儿吧……"

石长辛不说话了。

到晚上八点多钟，市委大楼传达室给小马打来一个电话，说："有个女同志坚持要见宋书记。"小马问："她事先约定了吗？"传达室的工作人员说："没有。"小马说："还是请她走正常程序。"传达室的那个工作人员说："她说她是石长辛的妻子。"小马一惊，忙问："谁？她说她是谁的妻子？"传达室的那个工作人员重复了一遍道："她说她是石长辛的妻子。"小马向宋梓南报告后，宋梓南一听是石长辛的妻子莫然要见他，而且已经到了外间的秘书室里了，便立即起身到秘书室，把莫然迎进自己的办公室。

落座后，莫然免不了会有些拘谨："对不起，这么突然来打扰你。"

宋梓南毫不在意地说道："别说这种客气话。长辛今天怎么样？"

莫然说："大夫早上查房以后，对他说，病情是稳定下来了。但后来又对我说，还是相当危重的……"

宋梓南沉重地点了点头："长辛是太累了……我没照顾好他……只想着一个劲地使唤他。就算是一头牛，也得让它喘口气呀……但他是个人啊……我们太大意了，太疏忽了，只看到他年轻，有冲劲……"

莫然眼圈红了："这不怪您……"

宋梓南又问："女儿怎么样？"

莫然说："这两天突然就变得特别懂事。"

宋梓南眼圈隐隐地也有点红了："是啊是啊……"

莫然说："长辛也许意识到自己不能再像过去那样玩命儿干了，今天一直吵着要回指挥部去处理一些事情。"

宋梓南马上说道："那怎么可以？他要不听话，我去跟他说！必须安心养病！必须放下一切工作！这样的教训我们不能再有了。多年来，我们总是在宣传带病工作，坚持到最后一口气。这种提倡，不准确嘛。千重要万重要，人是最重要的。当然，有时候也是身不由己，迫不得已……是身不由己，迫不得已啊……"

莫然说："我没答应他。他最后也接受了我的说服，答应在住院期间不再考虑工作。但是，嘴巴上是答应了，就瞧他这一整天，一直在病床上翻来覆去的，长吁短叹的，辗转不安的，怎么也安静不下来。我想这样折腾下去，反而可能加重他的病情。晚饭前，我又跟他谈了一回。我让他把哪几件事是特别重要的，必须马上办的，整理一下，写在纸条上，由我去转达。他果然很高兴，人也轻松起来，一下分门别类地写了七八件事情。其中有一件是特别叮嘱我，要我亲自转交给您的。"

宋梓南忙问："是吗？"

莫然很郑重地从皮包里取出一个封了口的信封交给宋梓南："信是他写好后，封了口以后交给我的。他还特别严肃地叮嘱我，不仅我不能看，也不能让任何人碰这封信。一定要亲手交给您，而且由您亲启。"

宋梓南扫了那封信一眼，但没急于看，只是对莫然说："这一段时间，你就主要在医院里替我守着长辛。单位里需要我们出面去请假，市委替你去打招呼……"

莫然说道："不用。单位里都支持的。"

宋梓南说："那就好。特别是，长辛要是不听话，不能静心治病的话，需要我出面去做他的工作，你及时告诉我。"

莫然感激地点点头，眼眶止不住又湿润了。

宋梓南歉疚地说道："我们现在只能做一点补救的事情了……但一定要把这个补救的工作做好，绝对不能再出半点差错。你多费心……"说着深情地握了握莫然的手，又说道："家里有什么困难，直接找我。"

莫然忙说："不用……不用……家里一切都挺好的。"

宋梓南感喟道："别说那种'一切都挺好的'话了……我们不是'一切都挺好'。不是的……"

送走莫然，回到办公室，宋梓南马上看了石长辛的那封信，然后就去找周副市长。但周副市长那会儿正和政研室的几个同志在起草建立外汇调剂中心的方案。市委常委急等着他们这个方案讨论。周副市长的秘书要去里间把周副市长叫出来，宋梓南没让，只说："别叫他了。一会儿等他散会了，告诉我一声，我再来。"

但宋梓南一直等到夜里十点多钟，也没等到这样一个电话，刚想主动打个电话过去问一下情况，周副市长却匆匆走了进来。

宋梓南不无意外地："你怎么来了，不是说好我上你那儿去的嘛。"

周副市长笑了笑道："让书记连续跑两次，成何体统?！又发生什么急事了?"

宋梓南拿出那封信："你先看看这个。"

周副市长问："谁的信?"

宋梓南说："石长辛写的。"

周副市长忙问："哦，长辛他怎么样了? 今天我还没去看过他。情况稳定下来了吧?"

宋梓南说："总的来说，还是不太好。只是暂时稳定下来了。心脏这个玩意儿，你要欺负了它，它最终是不会给你好果子吃的……你先看看他写的这个情况，咱们再说。"

周副市长立即坐了下来，从信封里抽出信纸细细地看了起来。越看，脸上的神情越是紧张和严肃。看完后，怔怔地看了一下宋梓南，发了一会儿呆，说了一句："居然会发生这样的事，太不像话了嘛!"

第二天上午，宋梓南又把纪委乔书记叫到办公室里，让他也看了石长辛写的这封信。看完信，乔书记的反应也和周副市长的一样，也是怔怔地坐了一会儿，神情极为沉重地说："如果属实，那就太不可思议了。"

宋梓南说："立刻组织人核实!"

乔书记问："如果情况属实，怎么办?"

宋梓南用力一拍桌子，一下站了起来："如果情况属实? 如果情况属实，我早就说过这样的话，不管他是谁，只要他在深圳想拆改革开放的台，我就要拆他祖宗八代的台！"

105

陶怡"被迫"住到尤妮这儿来以后，几乎把尤妮这儿的家务活儿全包了。她的乖巧和勤快，让尤妮既心疼她，又无比地欣赏她。老说这样的话："唉，今后哪个男人有福气娶你做老婆，一定是他们家祖上积了阴德了！"但每每听到尤妮说出这一类话来，陶怡都会表现得特别不自在，脸上都会泛出淡淡的羞怯的红晕。后来，尤妮便不再说了。那天，陶怡像往常那样，一早起来，做好早饭，摆放到餐桌上，再去卧室里，轻轻推醒尤妮："尤姐……尤姐……太阳晒屁股了。"

尤妮懒洋洋地坐起，一看闹钟，忙跳起："陶怡啊陶怡，我的小陶怡，你怎么才来叫我。"

陶怡说："刚才我就想叫你来着，看你睡得那么香，不忍心叫了。"

尤妮一边慌慌张张地穿着衣服，一边"唠叨"着："你呀你，什么'不忍心'？！你这人的毛病就是心太软。做女人心不能太软，做女孩心更不能软。但是，天底下不管是女人，还是女孩，偏偏有一个通病，就是心太软！"说着，赶紧冲到卫生间，一边刷牙，一边又回过头来问："昨晚我跟你说的那事，想得咋样了？再不下决心打掉这个胎儿，可就没机会了，到那时候，就是想做引产手术，风险也太大，对你身体的伤害也太大。说不定还会给你一生都留下很大的后遗症。别再固执了！"

陶怡低下头，小声地说道："我正想跟您商量这事哩。"

尤妮含着满嘴的牙膏沫子问道："说。快说。你是咋考虑的？"

陶怡说："我想留下这个孩子。"

尤妮一震，把手中的水杯往水池边上一搁，大声嗔责道："陶怡，刚还说你心软，看来你的毛病还不止是心软！怎么那么迷糊？完全是一个迷糊蛋嘛！你还留恋那个张弓？他跑掉了。找不见了。你还留恋他什么？"

陶怡忙说："我不是为了他。"

尤妮怔怔地问："那你为了什么？"

陶怡说："为了孩子。"

尤妮说："他还不是个孩子。只是个胎儿。在生物学的意义上，他虽然可以说是个生命，但是在社会学的意义上，他还不是个'生命'。"

陶怡说："尤姐，我不懂生物学，也不懂社会学，但他是我的孩子。这，跟张弓没有关系。"

尤妮挥了下手，好像在赶走一只苍蝇似的说道："笑话！怎么跟张弓没有关系？你这不是在自欺欺人吗？你留下这个胎儿，以后一辈子只要看到他，就会又一次撕开自己心里的这个伤口，你就会痛一辈子，恨一辈子……何必呢？"

陶怡固执地："不。他是我的孩子！"

尤妮说："是是是，他当然是你的孩子。可是你以后还是可以再有的呀。"

陶怡眼眶湿了："不可能了……我不会再要孩子了，也不会再要男人了。"

尤妮一瞪眼："说啥呢？"

陶怡不说话了。

尤妮草草地结束了刷牙的工序，抓起一条毛巾，把嘴边残余的牙膏沫擦干净，说道："别再跟我犯格儿了。明天跟我去医院。冯宁也一起去……我们已经安排好了。"

陶怡忙说："别再扯上冯宁！"

尤妮说："傻丫头，冯宁是真心爱你……"

陶怡说："我不要这种可怜。"

尤妮说："可怜可怜可怜，你除了这两个字以外，还知道人与人之间还存在着别的什么情感状态么？你不，你完全不知道，再过一两个月，肚子大起来了，人们会用一种什么眼光来看你？你以为我们这儿已经和发达国家一样了，已经能那么宽容地接受一个未婚母亲了？"

陶怡低下头，咬着牙说道："我知道我那样会让你们特别难堪……"

尤妮苦笑一声："又来了，你老觉得是我们不能接受你这样……"

眼泪已经慢慢渗出陶怡的眼眶："我……"

"你想干啥？"

陶怡不作声。

尤妮犯疑地看看陶怡，又看看四周，突然发现，在那个小卧室门口，放着两件已经收拾好的行李。尤妮冲过去翻看了一下行李，又冲到陶怡面前："你想走？"

陶怡说："我不想给你们添堵……"

尤妮惊讶地问："你上哪儿去？"

陶怡说："天下这么大……"

尤妮揶揄道："'天下这么大'！空话！我警告你，别再跟我犯傻。你上哪去，都得跟冯宁吱一声。"

陶怡忙叫道："我跟他没关系！"

尤妮说道："你再大声跟我说一句，你跟他没关系。"

陶怡跺着脚叫道："我跟他没关系！没关系！没关系！"

尤妮坏笑一下，问："你心里从来没这个冯哥？"

陶怡的声音一下低了八度："没有……"

尤妮又坏笑一下："再说一句！"

陶怡咬咬牙，把声音又提了起来："没有！"

尤妮两手往自己腰间一叉，问道："你不爱张弓，对不？为什么不爱他？张弓那么样地追你，给你那么好的生活条件，你都不从。你心里有谁？说呀！"

陶怡忍住眼泪叫道:"我心里谁也没有!"

尤妮逼问道:"你敢说你心里谁也没有?!"

陶怡不说话了,只是轻轻地抽泣起来。

尤妮说:"是的,张弓那小子糟蹋了你,因此你就觉得自己不是人了? 一个现代女孩,小脑袋瓜里怎么就装着那么多封建的东西? 要知道,你被人祸害了,这责任不在你。你完全还有那个权利去爱这个世界,爱你所爱的人!"

陶怡终于哭出了声:"我不能了……"

尤妮大声地嗔责道:"糊涂虫! 小小年纪怎么一脑门子的糨糊?!" 嗔责完以后,她又一把把陶怡心疼地搂进自己怀里,眼眶即刻也红润起来。

106

那天市委常委们讨论市民广场中央的那个雕塑方案。桌上放着一些雕塑小样。其中有大鹏鸟,有拓荒牛,也有雄鹰和莲花。常委们觉得,各有所长,都挺不错的,很难下决心。组织部的刘部长就笑道:"那就每样都做一个吧。好在深圳地方大,再做十个也有地方搁。"宣传部黄部长说:"做十个二十个,那是今后的事。现在要我们定的是中心广场上到底塑哪一个,而且要把它当作我们深圳标志性的东西,确立下来。"常副市长问:"老宋呢,他今天怎么不来?"周副市长说:"他去医院了,午饭前接到医院的电话,说长辛又发病了,又抢救了一回,他就赶去了。"一个市领导问:"他倾向于塑哪一个塑像?"周副市长说:"临走前,我还真问过他。他感慨地说,如果可以,他真想替所有像石长辛那样的同志,在我们的中心广场立一个英雄群像。"

会议室里顿时沉默了下来。

过了一会儿，常副市长长叹一声道："是啊，应该立这样一个英雄群像。"

这时，宋梓南走了进来。

常委们忙问："长辛怎么样了？"

宋梓南长叹一声："暂时是没问题了……但很难保证明天、后天会怎么样。"

会议室里又出现了那种几乎要令人窒息的沉默。

宋梓南环顾了一下各位与会者，就问："塑像的问题，各位是怎么议论的？"

周副市长说："大家简单交换了一下意见，各有各的理。这三个塑像最后立哪一个都不错。大家想听听你的看法。"

宋梓南说："刚才从医院回来，一路上，我心里特别难过。我细数了一下，这几年，在深圳，像长辛那样，倒在工作岗位上的同志，已经不止一个两个、十个八个了。如果说深圳是一棵大树，那么，这棵大树，就是成千上万个像长辛那样的同志顽强耕耘，赤诚耕耘的结果。感天动地啊。"说到这里，他转过身对着黄部长道："老黄，我记得刚到深圳那会儿，你填过一首词，那首词里好像有这么几句：山动影，柳飞丝。吹凉双鬓孤城晚，犹自南天寄远思。很深情，也很有文才。几年过去了，当深圳这个'孤城'今天已不再苍凉时，我们每一个依然还活着的深圳人，毫无疑问地应该把这份远思寄托在像长辛同志那样的垦荒牛身上……我想，耸立在我们深圳中心广场上的，应该是这样一头永远扬鞭奋蹄的垦荒牛。没有了垦荒牛精神，大鹏鸟飞不高飞不远。不能持续发扬垦荒牛精神，我们也不可能像莲花那样坚守心灵的纯洁。深圳精神的实质，应该就是这感天动地的垦荒牛精神啊！不用再讨论了。这件事就这样定了，在市民广场中央立一头垦荒牛的雕像！"

这时，小马来找周副市长。到了常委会议室门口，又不敢去打扰，犹豫了一会儿，没有马上去敲门。他显得焦虑而又有点颓丧。在小会议室门口稍稍徘徊了一会儿，一个在常委会上做记录的秘书恰好走出来。小马忙上前，一把把他拉到一旁，低声请他去给周副市长传个话，那个秘书立即回到会议室里，悄悄走到周副市长身旁，附耳低声对周副市长说了句什么。周副市长立即低声和宋梓南请了个假："有点急事，我去去就来。"说着，都没有等宋梓南答复就走了出去。

周副市长一见小马，神色也特别紧张地："怎么一回事？"

小马突然呜咽起来。

周副市长控制住自己的情绪，急问道："冷静一些，亭云大姐到底怎么了……"

小马强忍住悲痛："刚才接到大康和块块的电话，他们说……他们说……"

"镇静！"周副市长喘了一大口气说道。

"他们说亭云阿姨快不行了。他们要宋书记赶快回去。要是去晚了，就见不上亭云阿姨了……"

周副市长一下呆住了，眼泪也一下从眼眶里涌了出来，但嘴里却依然在说着："镇静……小马，你我都要镇静……"

周副市长回到会议室里后，宋梓南狐疑地看了他一眼。周副市长忙探过身去，低声对他说："发生了点急事。今天的会议就这样吧。"

宋梓南忙问："什么事？"

周副市长说："散了会再说。"

但一直等回到宋梓南的办公室前，周副市长都不肯对宋梓南说实话。因为机关大楼的走廊上，或电梯里始终有人在走动。这让宋梓南越发着急起来，一进办公室门，就迫不及待地催促周副市长："你卖什么关子，到底什么事，快说吧！"这时，小马陪着常副市长等其他几位常委也走了进来。所有常委的脸色都显得异常的沉重。

宋梓南似乎有所感觉了。他稍稍地愣怔了一下，看看周副市长和随后走进来的那几位常委，又看了看小马。小马这时再也忍不住地低声抽泣起来。

周副市长严厉地制止道："马秘书！"

小马赶紧转过身去了。

宋梓南呆住了："怎么回事？"

周副市长说："老宋，你先沉住气。你得马上回广州一下……"周副市长说这话的时候，办公大楼已经把送宋梓南去广州的两辆车开到了大楼门前等着了。而且派了办公厅的一个副主任带一个工作人员，陪同去广州，以便在需要时，可以帮着料理一些后勤方面的杂事。

在问清情况后，宋梓南再没说什么。只是心里一阵闷疼。沉沉的，好像有一大块铅似的东西突然压在了胸口上。常委们立即送他上车。一路上，宋梓南神色凝重，一动不动地端坐着。车速一直保持在一百二十公里以上，甚至时不时跑到了一百三四十公里。这让一直坐副驾驶位置上的小马，由此而有一点紧张起来。他的手不由自主地握紧了车座上方的把手。

这时，顾亭云已经陷入深度昏迷。大康和块块一直守候在病床前。监护仪上显示的血压数字在不断地下降着。显示心脏跳动状况的波纹也时见平缓。块块紧握着母亲的手，不断轻轻呼唤着："妈……妈……爸已经在路上了……妈，爸一定会赶回来看您的……妈，您坚持住……"

顾亭云毫无反应。大康焦急地看看手表。大夫们束手无策地在一旁呆站着。块块慌乱地看看监视仪，看看脸色灰白依然没有任何反应的母亲，握着母亲的手，绝望地喃喃道："妈……妈……"

这时，从门外突然传来清晰的脚步声。

脚步声越来越响。

大康先听到了这脚步声，本能地向门口的方向转过身去。一直坐在顾亭云床前的块块也抬起了头，向门外的方向看去。听到脚步声逼近到门口了，块块已经泪流满面地冲了过去。

门开了。宋梓南一脸急切地冲了进来。

块块一把抱住宋梓南，泣不成声地："爸……爸……"

宋梓南痛苦地抱住块块，视线却越过块块的肩头，迫不及待地投向了病床上的顾亭云。几秒钟后，他松开块块，慢慢走到顾亭云床边。

"顾大姐一直是靠呼吸机在维持着……"大夫告诉宋梓南。

宋梓南忙握住顾亭云的手，说道："她没有昏迷……"

大夫想说什么，但市委办公厅的那位领导立即暗示地看了大夫一眼，让他别去打扰书记。大夫便知趣地不再作声了。

宋梓南怔怔地看着顾亭云完全没有了生命症状的脸，一边轻轻地替她撩开垂到眉梢的那一绺灰白头发，一边继续喃喃道："她没有昏迷……"

这时，奇迹突然发生了。顾亭云的眼角处突然慢慢地渗出了两颗硕大的泪珠，泪珠顺着她瘦削的脸庞向下滚落。

宋梓南立即呜咽起来："她没有昏迷……她确实没有昏迷……"

泪珠不断地从一动不动地躺着的顾亭云眼角往下滚落。

块块惊呆了。大康惊呆了。大夫们也觉得不可思议，纷纷向病床前围了过来。宋梓南大声地叫了起来："她没有昏迷……她没有昏迷……"

这时，一个护士突然尖叫了一声。所有的人立刻本能地把视线都投向监护仪的显示屏。显示屏上那条显示心脏跳动情况的示波线在痉挛般的抖动了一下后，突然变成了一条直线……

块块疯了似的挣脱扶持着她的大康，扑了过去："妈——"

大夫护士们也都扑了过去，进行最后的抢救……

料理完亭云的丧事，回到广州那个家里，已是凌晨时分。当时，所有人都不希望宋梓南回这个家去休息，担心他睹物伤情，为他在省委的一个接待宾馆里安排好了一个套间。但他不去，执意要回自己的家。而且还不要块块和大康陪着，独自把自己锁在卧室里。他问块块，妈妈最后离开这个家，去医院，是从这个卧室里走的吗。块块说，是的。宋梓南又问，妈妈走以后，再没人来动过这卧室里的一切吧。块块说，没有。宋梓南不再问了。过了一会儿，他说："你们走吧。我想一个人在这卧室里，和你妈妈待一会儿。"块块和大康听他这么说，眼泪一下又涌了出来。块块本想说一声，妈妈已经不在了……但大康忙向块块示意了一下，拉着块块赶紧走了出去，并把卧室的门替父亲轻轻带上了。一出房门，块块便抱住哥哥，低声地呜咽了起来。

宋梓南的胸口里板结得厉害。他在无比的悔恨中谴责着自己。他责备自己，在亭云还清醒的那一刻，没有握住她的手，给她一点最后的慰藉。他一遍又一遍地想象，那时候亭云是怎样地在盼着他能出现在她面前，能拉着她的手，轻轻地跟她说一句鼓励的话，安慰的话。他知道，她是不愿意离开他的，不愿意离开女儿和儿子，她一定是有话要嘱咐的。在那样诀别的时刻，他偏偏不在场，她会感到一种怎样的绝望和痛苦……离开医院的时候，这些日子一直在特别护理着亭云的一个护士，红着眼圈告诉宋梓南，亭云在昏迷中，反复念叨过一句话，说，家里有封信……有封信……在床头柜里……宋梓南找到了这封信。他一个人颓然坐在床前的那张旧藤椅上。他手里拿着这几页信纸。信封滑落到地上，他都没有感觉。

室内光线暗淡。室内的陈设一切都还是顾亭云生前布置的那样，原封不动。

"梓南，我希望这不是我留给你的最后的一封信，但是，种种预感在告诉我，我可能要先你而走了……"

这封信是顾亭云最后一回进医院前，在家里分多次才写完的。她一直不想让老宋和儿女知道她那几天里被剧烈的疼痛折磨着。这种疼痛几乎已经让她失去了和病魔抗争的勇气。她用尽了一切办法，都无法使这种疼痛稍稍有些减缓。只有在信纸面前，和远在深圳的老宋倾心诉说时，她才能有片刻的工夫从那巨大的疼痛里超脱出来，找回继续活下去的愿望和勇气。她支撑着坐起，在一张方便小桌上写着这封信。从窗外的夜色看,常常已是深夜时分。顾亭云总是一边写,一边忍住不时从心底涌出的哽咽,以免它们打断了自己的思绪。

"我们说好,等你退休后,要一起到俄罗斯去看看红场,到托尔斯泰的庄园里去,走一走那条著名的林间小道;要到华盛顿去看看那条不可一世的金融街,要在那曾经操控世界命运的阴影下感受一下风光不再的威严……但看来,我是去不成了。"

读到这儿,宋梓南慢慢地抬起头,怔怔看着放在书架上那一帧顾亭云中年时的黑白照片。照片上的顾亭云文静,秀美,大方,自信。她同样那么专注地在看着处于极度悲痛中的宋梓南,显得那么的豁达和平静。

"遗憾吗?我们一起生活了几十年,天堂地狱,雨雪冰霜和红肥绿瘦,是没法只用'无怨无悔'这四个字来概括的。"

写到这里时,一颗泪珠滴落到信纸上。顾亭云拿过枕边的一块十分干净、却已经很旧了的毛巾,轻轻拭去信纸上的泪痕,再拭去自己眼角的泪迹。

"我不想说我得到了人世间最好的一个男人,但在我不得不告别这个世界的时刻,我可以向全世界证明,我的确是一个十分幸运的女人。"

宋梓南再一次哽咽了,眼泪无法制止,从眼角涌出。

"这些年,由于种种原因,我已经不可能像当年那样,和你一起并肩出没在大街小巷,十字街头,出没在工厂农村,或集会的讲台上,但我觉得我是一直在注视着你的。即便是背影,也是依旧的亲切和熟悉。你也一直在顾盼着我。即便是往往不可久久逗留,也总是那么的眷恋和深沉……现在我特别恨我自己的是,我也许应该早半年告诉你,我病了。我如果能早争取到这半年的治疗时间和机会,也许今天我就用不着来写这样一封让人既无法下笔,又无处停笔的信了。"

写到这里,顾亭云感到疼痛好像突然消失了似的。她十分惊喜地挣扎着下了床,稍稍挪动了两步……挣扎着走到窗前,去环视窗外那似繁星点点的城市灯火。是潜意识地在向城市告别,还是在这无意识的告别中去寻找翻检一生的回忆，现在已经是没有人能说得清楚的了……

"我说过，在我老之将至，已经不能为我们这个国家和民族做更多的事情的那一刻，剩余的唯一愿望，就是要在你最困难的时候，留在你身旁，看着你，握着你的手，陪伴你在种种的责难和詈骂声中，去迎接最后的掌声。"

宋梓南的眼眶里再一次闪动着泪花。他闭上眼睛，让眼泪尽情地淌出，默坐了一会儿，以便让自己还能坚持着把这封信读完。

"现在我要先你而走了……今后，女儿会陪伴你吗？儿子会陪伴你吗？同志们会陪伴你吗？即便所有的人都不陪伴你，冥冥之中的我也一定会陪伴你，去迎接那最后的掌声……梓南，因为深圳，我为你自豪。因为深圳，我们永远不会分离……因为深圳，我们无愧于'共产党人'这个崇高的称号……梓南……"

107

宋梓南没有在广州多待。当接他回深圳的车子回到市委大楼前停下时，小马按常规要做的那样，赶紧下车，去为宋梓南开车门。

车门打开了。

但宋梓南却久久没有下车。他只是呆坐在车里，两眼直瞪瞪地看着那正在泛出第一缕霞光的东方，看着眼前这一座自己亲手建造起来，此刻又沐浴在霞光中的新兴城市。他耳边响起的是顾亭云信中最后的两句话："梓南，因为深圳，我为你自豪。因为深圳，我们永远不会分离……因为深圳，我们无愧于'共产党人'这个崇高的称号……梓南……"

现在，他又回到了这个曾经让他呕心沥血的"伟大的城市"，一时间五味杂陈，眼泪泉水般从他的眼眶里涌出。站在车门旁的小马见状，心里一酸,眼泪便也涌了出来。

第二天上午,就有不少人集聚在宋梓南办公室的外间,等着要见宋梓南。小马告诉他们:"宋书记今天是不是会来上班,我还不敢肯定。如果不是十分紧急的事,请各位把你们的报告和待办件,都放在我这。"

这时,乔书记和周副市长走了进来。小马忙把他俩带到里间。

里间没有人。宋梓南不在办公室里。

周副市长和乔书记默默地环视了一下空无一人的办公室,看到在宋梓南的办公桌上,放着那块黑纱。

两人都难过地沉默了一会儿。

周副市长问:"书记后来是什么时候回家去休息的?"

小马说:"他一直把自己关在这儿,待了一天一夜。直到今天早上才回去的。"

乔书记说:"那就别去打扰他了。"

小马问:"事情急吗?"

周副市长犹豫了一下,说道:"就这样吧,我们先处理着。他来了,你看情况,如果觉得他精神上缓过来了,就告诉他,我和乔书记有一点事在找他。"

小马说:"要是特别着急,我可以给他家打电话的。"

乔书记忙说:"别别别……让他好好歇一歇……还是让他好好地歇一歇。"

周副市长和乔书记说着刚要走,宋梓南却推门走了进来。

周副市长一愣:"你怎么又来了?"

宋梓南做了个手势,说道:"两位请坐。"

乔书记和周副市长却还愣在那里,站着不动。

"坐。"宋梓南一边说,一边收起办公桌上放着的那块黑纱。

乔书记忙说:"刚还在跟小马交代,让你多歇上一歇的。"

宋梓南默然,然后叹道:"一个人待在家里更难受。"

周和乔二人都不说话了。

宋梓南勉强笑笑："坐呀，怎么了，坐！"

这时，门外有人敲门。小马忙出去一看，敲门的是那些来找宋梓南办事的各部门的工作人员。小马赶紧把他们请离通往里间的那扇门前，然后压低了声音对他们说："一切事情都放到明天再办。好吗？只要不是天塌地陷、恐怖袭击、海水倒灌，所有的事情，我们都放到明天再说，行吗？"

那些同志犹豫了一下，虽然手头的事都挺着急，有些事还必须有他批示才能办理，而且书记好几天没在了，有的事越拖越难办，但大家还是非常懂事地走了。有的同志在走以前，还关心地问了句："宋书记没事吧？听说他家里……"

小马一边送大家走，一边答道："谢谢。他没事。谢谢。"

等外间终于又安静了下来，宋梓南催促周、乔二位："说吧。"又犹豫了一会儿，乔书记便说："那我就先说了。"

宋梓南问："你们是不是去核实了长辛那封信上的事？"

乔书记点点头道："是的。我和老周一起去找雷半伍谈了一次。"

宋梓南问："他承认有那么一件事？"

周副市长说："承认了。我们一问，他就承认了。他说他当时没觉得这是一个多么大的问题。现在想想非常后悔。"

宋梓南很激动地："后悔？总算还知道一点后悔！"

乔书记补充道："现在查下来，他这一两年，在批地的问题上，侵犯了不止一个外来投资商的利益，因此也气跑了不止一个外来投资商。他请求组织上能看在他初犯，年轻的分上，再给他一次重新做人的机会。"

宋梓南激烈地反问："年轻？他多大了？"

乔书记说："过年就四十五了吧。"

宋梓南说："四十而不惑，五十知天命。四十五还年轻？这都是我们宠出来的！五十岁还说自己是年轻干部哪！人家石长辛也不过四十来岁，人家是怎么干的怎么活的？"

乔书记和周副市长都不说话了。

跟周、乔二位谈完雷半伍的事，宋梓南想起回到深圳还没去看过石长辛，便吩咐小马赶紧备车，赶到医院的特护病房里。石长辛一见宋书记来了，忙从病床上坐起。这两天，他听医院里的人议论，已经知道宋梓南家出事了，便问："宋书记，听说您家里……"

宋梓南忙做了个不要再说这件事的手势，石长辛只得不说了。两人默默地坐了一会儿。这时莫然沏了杯茶给宋梓南送了过来。

宋梓南对莫然做了个手势，说道："小莫，你也坐。"

莫然坐了下来。

宋梓南说："这回我回广州料理家事，顺便向一些专家大夫打听了一下国际上治疗长辛这种心脏病的最新进展，听说有一种搭桥和安支架的办法。"

石长辛不解地问："搭桥？安支架？在哪儿搭桥哪儿安什么支架？"

宋梓南："在心脏附近。"

莫然忙问："在那里头搭啥桥？"

宋梓南说："心血管病中有一种是因为血管堵塞，引起心肌缺血缺氧坏死，而致人死亡。过去的办法是通过吃药打针来疏通血管。而现在这种新办法就是把堵塞的血管换掉，或者是在堵塞的血管里，安个支架，把它撑起来，让血液重新流动起来。"

莫然惊异地问道："在心脏附近换大血管，再在血管里安支架，这玩意儿，保险吗？"

宋梓南说："风险当然是有的。新技术嘛。这就像当时你们试验那个滑模提升法一样，总是有风险的。"

石长辛和莫然不作声了。不言自明，在心脏附近做换血管的手术，一旦发生风险，代价会是什么。

沉默了一会儿，石长辛问："咱们国内能做这种手术吗？"

宋梓南说："目前还只有个别一两家大医院能做。即便能做，也还是试验性的。"

石长辛长长地"哦"了一声，便没再说下去。显而易见，他是在等宋梓南说下去，想听听宋梓南到底有什么想法。

宋梓南接着说道："如果你愿意做这个手术，我想送你出国去做。"

石长辛有些意外："出国做手术？"

宋梓南说："比如去美国，或者德国，听说荷兰做这种手术，成功率也比较高。"

石长辛迟疑道："出国去做手术……有这必要吗？"他还没出过国哩，现在却要因为治病出国，他不知道这符合不符合有关规定。

宋梓南毫不犹豫地说道："当然有这必要。我说过了，要不惜一切代价，治好你的病。"

石长辛忙说："能在国内治治就行了。花那么多钱干什么？"

宋梓南苦笑一下："我们一年花在各种各样接待宴请方面的钱，大概能造十个二十个五十个大型汽车厂。那么花钱，谁也不心疼。我花一点钱，为一个因为工作而累垮的同志找个好大夫，救救他的命，不行？！"

石长辛颇有些感动地说道："可是，接待宴请，是有规定可报销的。出国做手术，是没有规定可报销的。"

宋梓南断然说道："他不报，我报。他没这规定，我深圳定一个这样的规定！这就不用你操心了。我们现在有些财务上的规章制度真是很笑话，能掏钱让人买棺材办葬礼，就不能掏钱让人去买药治病。这是什么事嘛！不管他是怎么规定的。这么点儿事，我这个市委书记还是能做得了主的。"

石长辛担心地问："您让我出国去做手术了，今后，别人也来找您要求出国去治病，您怎么办？"

宋梓南把手一摊，提高了音量说道："来呀，来找呀。我巴不得他们都来找啊。关键是，他得是'石长辛'！只要他是'石长辛'，谁病我送谁出国去治! 现在的问题是没有。这边刚出了个'石长辛',那边就出了个'雷半伍'……深圳要有一千个一万个石长辛,那才好哩。"

石长辛呆滞了一会儿,不好意思地问道:"雷区长的那档子事,我一直不敢多嘴……可见我的党性也有问题。"

宋梓南说:"这件事上,我们都有缺陷、问题,都好好总结教训吧!"说着,他站了起来,对石长辛和莫然说:"你们两口子好好商量一下,最后拿个主意,到底是做不做这个手术。如果决定做,我就安排人送你们走。"

莫然一愣:"送我们走? 让我也去?"

宋梓南说道:"你当然得陪着。他出国去做手术,你让谁陪着? 当然是你自己啦。这份差旅费还能省?"

莫然忧心忡忡地问:"您觉得长辛是做这个手术好,还是不做这个手术好?"

石长辛瞪了莫然一眼:"这事你也让宋书记拿主意! 他又不是大夫,更不是病人家属。"

宋梓南喟然一笑道:"对,这事,最后还得你们自己拿大主意。不做这个手术,是还可以凑合着过的,但病根不除,难保突发变故。即便不发生突发性的变故,从此以后,长辛多数时间大概是要在病床上过了。做手术,在相当长的一段时间里,能恢复正常的生活和工作,但手术的风险和术后的并发症,同样是必须考虑的因素。你们好好权衡一下,尽快告诉我你们的考虑结果。"

石长辛忙说:"我们考虑一下,尽快答复您。"

宋梓南转过身来又对莫然说道:"我跟长辛还有点工作上的事要单独说一下。你……"

莫然忙知趣地说道:"没事。没事。你们谈。"说着,就快快地走了出去。莫然在外头待了一会儿,正巧乔书记和小马匆匆走了过来。乔书记问:"莫然,你怎么在走廊里待着呢? 长辛怎么样了?"莫然忙应道:"他好着哩。"小马问:"宋书记在这儿吗?"莫然连连说道:"在。在。他说要跟长辛单独说个事。就把我赶出来了。马秘书，宋书记这些日子瘦得太狠了。你这个当秘书的，可得要把把关了。"小马忙应付似的点点头道："是的是的……"乔书记显得有点焦急，问："哦……他们说了有多大一会儿了？"莫然说："我没看时间。大概有十来分钟了吧。"又等了一会儿，乔书记显然有点等不及了，刚要闯进病房去，只见病房的门吱呀一声开了，宋梓南说完事走了出来。乔书记忙上前，低声告诉宋梓南，雷半伍出事了，自杀未遂。

宋梓南忙问："什么时候出的事？"

乔书记答道："二十来分钟前吧。"

宋梓南问："他手里怎么会有那样的利器的？"

乔书记答道："他砸了个汤勺。用碎瓷片割腕的。"

宋梓南问："事先怎么就想不到，这些陶瓷和玻璃器皿打碎了都是可以用来自残或自杀的？专案组的同志在这方面应该都是很有经验的嘛！"

乔书记说："每回送饭送水，都有人在边上陪着，不会让他有机可乘。今天吃了一半，他说要上厕所……"

宋梓南问："上厕所就没人看着了？"

乔书记说："也有啊。但没料到他偷偷把一个汤勺塞在袖管里带进了厕所。上厕所，我们的同志一般都只在门口待着，门还是虚开着的，但一般就不再守在他跟前了。他就利用这几秒钟的间隙，砸破那个陶瓷汤勺，向自己手腕上割去。真的是一两秒钟之间发生的事。然后，他还拒绝抢救，说是一定要见您。只有见到您，才肯接受抢救。"

宋梓南一愣："不抢救怎么行？这二十来分钟，一直让他这么流血，会有生命危险吗？"

乔书记说："现场的同志当然不会由着他性子来的。还是想办法强行着给他先把伤口包扎了起来，采取了相应的止血和防备他再次伤害自己的措施。"

宋梓南想了想，问："你说我现在应该去见他一下吗？"

乔书记说："见一下吧。虽然今天这事情，他也不过是装装样子，完全是威胁性的，并不是真正想自杀。但他用这样一种方式来求见你，也许是真有什么事情要说呢？"

宋梓南又想了想，说道："那就去见一下，看看这位年轻的副市长候选人，肚子里还有啥名堂！"

108

纪委"双规"雷半伍的地方，风景优美，环境相当雅静。这是当年省里某一个部门在这儿盖的一个"培训中心"，后来因为部门扩大了，眼界也提高了，就嫌它规模太小，设施落后，在别的地方搞了一个更高档的"培训中心"，把它转让了出去。后来怎么又转到市纪委手里，拿它专作"双规"审查的场所，就不太清楚了。因为是山沟里的一座隐蔽的独幢别墅，所以不管从哪个角度看，它的背静、安全和小空间里的舒适，都是非常适宜用来"双规"审查相当一级干部的。

"为什么不说话？"宋梓南问雷半伍。

雷半伍脸色苍白，浑身只是微微地战栗着。

宋梓南又问："想谈什么？"

雷半伍说："我错了……"

宋梓南问："什么事情你错了？"

雷半伍突然号啕大哭起来："宋书记，你救救我……"说着"扑通"一声跪倒在宋梓南面前。宋梓南一下站了起来，控制住陡然从心底涌出的一阵阵战栗、怜悯和厌恶，本能地向后倒退了半步，呵斥道："起来！"

雷半伍跪着不动。

宋梓南用力拍了下桌子，大声吼道："起来！"

因为雷半伍提出要单独和书记谈，宋梓南也答应了他这个条件，纪委的同志和小马都在门外等着。这时听到书记突然一声吼，全都吃了一惊。

这时，有人进到别墅里来，告诉小马，说是市委机关机要室的同志来送机要急电。小马忙收下这机要急电，并在签收簿上签收后，机要室的那个同志刚想开口说句什么，小马就一点都不客气地，也不容对方做任何解释地把对方轻轻地推出了客厅，并立即关上了门。机要室的那个同志莫名所以地苦笑了笑，无奈地耸了耸肩，走了。

这时，宋梓南对雷半伍说道："去，站到小平同志的题词面前，你告诉老人家，你错在哪里。去呀！"

房间里正贴着邓小平的这幅题字。

雷半伍一哆嗦，没动弹。

宋梓南说："不要跟我说是你老婆心软收了人家的东西……"

雷半伍忙说："我确实是事后才知道，张弓在北京前三门也给我老家的人搞了一套房子。"

宋梓南问："这件事还有谁知道？"

雷半伍说："没有人知道。连我太太也不知道……张弓事先都没跟我商量。"

宋梓南揶揄道："你太太？叫得好顺口！"

雷半伍忙改口："我老婆。"

宋梓南问："你给他们什么好处？"

雷半伍说："为了支持高士达集团，在八十二号地块的竞标中，地价下调了百分之四十……"

宋梓南问："少收了人家多少钱？"

雷半伍支吾了一下，说道："七千万吧。"

宋梓南立即大声说道："你用国家的七千万，换了人家一套北京前三门八十平方米的单元房! 那一套房官价是多少? 二十万? 三十万? 五十万? 国家的七千万换了人家的五十万, 很划得来啊! ”

雷半伍忙叫道: "不是交换的, 真不是交换的。给他们八十二号地块时, 我心里想的只是您在一次会议上说的话, 我们要在工作上支持那些热心到深圳来投资办企业的境外商户, 要给他们创造种种方便条件……我没有向他们提出任何要求……事后才知道, 他们在北京给我买了那么一套房子。”

宋梓南问: "房子呢? ”

雷半伍没作声。

宋梓南再次提高了声音: "房子呢? ”

雷半伍吞吞吐吐地: "我没有住……”

宋梓南冷笑道: "你当然不会去住。”

雷半伍声嘶力竭地叫道: "我真的没有用过。”

宋梓南说: "张弓那小子替你安排了五个亲戚在他们的企业里吃空额, 其中一个名字写的是你十四岁的闺女, 每月照领两千元劳务费。”

雷半伍说: "张弓做这些事, 的确没有经过我同意。这些钱从来也没有转到我和我老婆手里。没有。真的没有。我可以站到小平同志的题词前去发誓……”

宋梓南颓然地坐倒在椅子上。心力交瘁的他, 真有点顶不住了。

雷半伍忙扑到宋梓南面前, 弯下腰对宋梓南说: "宋书记, 我知道我错了, 但我的确不是有意为之。”

宋梓南不想再对他说什么了, 极其伤心地闭上了眼。

雷半伍以为自己说动了书记, 便继续大声说道: "我没有管住自己, 我交友不慎, 我的一些亲戚到深圳以后, 打着我的旗号, 为非作歹, 我负有管教的责任。但是我的确在事前不知道他们在背后会搞那么多名堂。”

宋梓南低声问: "只是听之任之? ”

雷半伍说: "是的是的, 我的错就在听任他们做了这一切, 就像对待我过去的老战友老朋友一样，只是觉得在新时期，我们应该有一批新朋友，新战友共渡难关……"

宋梓南痛苦地："可是国家的七千万到底值多少，你不明白？"

雷半伍再一次声嘶力竭地："宋书记，我向小平同志他老人家保证，向下浮动八十二号地块单价时，我的的确确没有想到要用这些去交换什么……"

宋梓南痛苦地说道："你还在撒谎……"

雷半伍叫了起来："没有……我真的没有……"

宋梓南冷冷地看了雷半伍一眼，站了起来。雷半伍颓然地坐倒在椅子上。

沉默。短暂的沉默。宋梓南走到雷半伍面前，雷半伍忙站了起来。宋梓南问道："雷半伍，我们这些人为什么要到深圳来？"

雷半伍答道："执行中央改革开放的方针，建立深圳经济特区，为全国闯出一条富民强国的经济建设新路。"

宋梓南说："你说得头头是道……"

雷半伍一哆嗦。

宋梓南接着说道："但做得阴暗卑鄙。如果我们这些人到深圳来，不是为了执行中央的战略大转移方针，不是为了中国十三亿老百姓寻找一条能够过上好日子的出路。离开了这一些，玷污了这一些，歪曲了这一些，损害了这一些，就没有资格身处这个权力核心，在这儿喘气！就不配说自己是深圳的干部！"大概是说得太激动了，他突然感到心口一阵刺疼，即刻间，气就喘不上来了，胸间好像被压上了千斤巨石一样。人也直不起腰来了。捂着胸口，就要向前栽去。

后半时进屋来的乔书记立刻扑过去，搀扶住宋梓南。雷半伍也扑过去搀扶。两个人都叫着："宋书记……你怎么了……怎么了……"一直在门外监听着的小马也赶紧冲了进来，一把抱住正要往下倒的宋梓南，大声叫道："宋书记……宋书记……"

情况立刻报告给了周副市长。他是常务副市长和副书记。他立刻回到自己的办公室，问了一下情况，知道急救车和大夫已经赶过去了。大夫嘱咐，目前还不宜搬动宋书记，只能在现场采取一些急救措施，等病情稳定下来后，才能转送到医院救治。

"怎么搞的嘛。"周副市长焦急万分，马上驱车赶到了那个山区小别墅里。其他几位市领导得知这情况后，也驱车赶到了那儿。但他们并没有闯进客厅去，他们知道大夫正在里边做紧急救治，不便去打扰，就都静静地在门厅里等候着，等候着里头急救的消息。

不一会儿，小马知道市里的领导都来了，便赶紧走出来向他们报告救治的最新情况。然后又回到客厅里，代那些领导去"请示"大夫，什么时候能够进来看望一下宋书记。这时，大夫刚给宋梓南做完心电图，正给他输液。

大夫听了小马的转告，皱了皱眉头，低声地回应道："让市领导们再等会儿吧。刚输上液……"

已经醒过来的宋梓南低声问："谁来了？"

小马忙说："没人……"

宋梓南立即提高了声音再问："谁来了？"

小马无奈地："市委和市政府的几位领导。"

宋梓南说："请他们进来。"

大夫忙阻拦："宋书记……"

宋梓南又说了一遍："请他们进来！"

大夫无奈地只好向小马示意了一下。不一会儿，周副市长等人就都进来了。宋梓南挣扎着想坐起："真不好意思……"

周副市长忙摁住他："你干吗呢？躺着！"

宋梓南说："我没事……"

周副市长说："你是没事。走啊，起来跟我打高尔夫球去？！"

宋梓南无奈地笑笑："打高尔夫球，那还得歇两天……"

领导们都会意地笑了。

宋梓南喘了一口气道："大夫刚才说了，所幸，不是因为心脏方面的问题引发的……"

常副市长说："行了行了，别充医学专家了。您哪，免开尊口吧。话多伤气。"

在场的领导又都笑了。气氛也顿时缓和不少。宋梓南也勉强地笑了笑。这时，周副市长向大夫示意了一下。大夫跟着周副市长走到外头的门厅里。周副市长问："能确诊吗？到底是哪方面的问题引起的？"

大夫说："确诊，还得回市里认真检查一下才行。不过，从刚才心电图的情况看，这次发病，好像还不是心脏的病变引发的……"

周副市长忙说："别好像啊。"

大夫说："现在我只能这么说。等情况稳定下来，马上回院里，我们再好好做一次全身检查。"

这时，从楼上的一个房间里突然传出一阵吵闹声。周副市长一惊。在门厅里站着的那些市领导都听到了这阵吵闹声。宋梓南也听到了。不一会儿，楼上的吵闹声越来越响。周副市长恼火地大步向楼上跑去。刚跑到楼梯的第一个拐弯处，只见雷半伍和两个专案组的同志一边拉拉扯扯着，一边往下跑。看到周副市长，雷半伍一下站住了。这时，常副市长乔书记和其他的市委市政府领导也都跑了过来。

雷半伍呜咽着："我没有别的想法，就是想见一下各位领导，对领导们说一声，我错了。请给我一次机会……"说着，又跪倒在地。

所有的领导都一怔。

乔书记忙说："雷半伍，你这是干什么呢？有事说事，搞这名堂干什么呢？"

雷半伍抬起头来看着周副市长和各位市领导："我知道错了……我真正知道错了……我有罪……"

常副市长责备道："你还闹呢？你差一点把宋书记闹过去了，还闹?！"

雷半伍恳切地："我不是闹。我就是想跟各位领导说一句认错的话。我雷半伍不是坏人。我是你们一手栽培起来的。是在你们眼皮子底下一点点成长起来的。我忘乎所以了。我罪有应得。我知道错了。我对不起你们各位领导。请你们一定给我一次机会……"

这时，客厅的门突然开了。宋梓南从客厅里走了出来。他的手背上还带着输液的针头。一个护士替他举着输液的瓶。他步履艰难地一步一步向楼梯口走来。

雷半伍一下愣住了，再不"闹"了。

所有人都不说话了。周副市长和常副市长赶紧过去搀扶宋梓南。宋梓南走到楼梯口瞪视着雷半伍。雷半伍颤抖了一下，便哆嗦地站了起来。又过了一会儿，雷半伍便低着头慢慢向楼上走去，回到"监护"他的那个房间里去了。

109

一个星期后，常委会专题讨论"雷半伍问题"。宋梓南主持会议。他沉重地说道："雷半伍事件，我作为一把手，负有不可推卸的责任。如果中央和省委要追究领导责任，我负全责。给什么处分，我都心甘情愿……"说到这里，他眼眶略略地红润了。会议室里气氛极其沉重和严肃。除了一些常委同志粗重的喘息声和偶尔的咳嗽声外，整个会议室里静得像深夜的天空一样。"这件事必须彻查到底。"稍作停顿后，宋梓南又继续说了下去："不管涉及谁，都要一查到底。触犯刑律的，坚决移交司法机关处理。深圳现在繁华了，富有了，已经拥有了世界影响，它将来还会更繁华，更富有，更出名，我们这些人在工作中也会做错事，也会留下种种遗憾和不足之处，我们也会一个个离开这个权力核心，但深圳将永远存在。我们这批人必须创建并留下这样一个传统，那就是，我们这些共产党人，到深圳来工作，跻身深圳的权力核心，只有一个目的，也只能有一个目的和动机，那就是：执行中央的战略部署，为中国，为中国老百姓寻找一条真正的强国富民的出路。离开了这一点，玷污了这一点，歪曲了这一点，损害了这一点，不管他是谁，都没有资格处身于这个权力核心，都不配做深圳的干部！"

开完常委会，宋梓南本该回医院去的，但他没有回去，直接回了自己的办公室。一直到很晚了，他还沉沉地独自在办公室里闷坐着。室内没有开大灯，只开着一盏台灯。他怔怔地盯着挂在墙上的那幅邓小平题词，视线缓缓地再次移到在一个角落里安放的那几尊雕塑小样，并最后再次落到那尊拓荒牛的身上。

这时，周副市长悄悄地走了进来。宋梓南做了个手势，请他落座。

周副市长坐了下来。

两人沉默了一会儿。

周副市长说："建委的工作和批地办，都是我分工管的，出雷半伍这样的问题，应该由我来负直接责任……如果要做检查也应该由我来做。"

宋梓南立即做了个手势，打断了他的话。

周副市长只得不作声了。但过了一会儿，周副市长又说道："下午，我去接触了一下国务院调查组的同志。他们也觉得目前沿用的这种外汇管理体制必须改革，否则就会严重影响到进一步发展外向型经济。他们也支持我们试点办这么一个外汇调剂中心，但是，并不是所有的同志都赞成这个观点，并不是所有的同志都同意对庞耀祖可以不给予相应的处置。这些同志的理由是，如果这样，国家的法规条例就会失去应有的严肃性和权威性。这样就很难管理这么大的一个国家……"

宋梓南揶揄道："即便明明知道有些法规条例已经在阻碍我们的经济发展，我们还要用它来惩罚那些有开创性的工作人员？"

周副市长说道：“当然，这个意见不代表整个调查组的态度，只是他们个别同志的看法。这些个别同志也是出于一片好意，他们不希望我们深圳的同志把事情搞僵了。他们说，最起码，可以暂时别做什么决定，既不说庞耀祖做错了，也别说他这么做有多么好。先把这件事挂起来，进行冷处理，或者让我们的继任者来处理。当然最保险的办法，还是按现有的规定，让市局逮捕庞耀祖，哪怕以后再给庞耀祖平反，也比现在硬顶着某些还没撤销的老规定，不让逮捕庞耀祖要聪明……他们说，这里切切实实要讲一点政治智慧才行……”

宋梓南立即笑道：“哈哈，好一个‘政治智慧’！不就是搞折中，搞骑墙，搞模棱两可，最终是要搞妥协嘛！”

周副市长立即说道：“老宋，你在这个位置上多年，难道还要我这样的人来跟你讲政治和妥协之间的关系吗？最高明的政治智慧就是善于在妥协中去为己方争取最大的利益……”

宋梓南立即反驳道：“你我都很清楚，外汇管理的现行制度必须改革，庞耀祖他们只是在这个应该得到改变的旧城墙上自发地捅了一个小洞。”

周副市长说：“但是当前国务院的某些规定还没改。我们这么干，个人是要冒很大风险的，尤其是作为一级党委和政府领导机构……更何况……”

宋梓南马上接口说道：“更何况，你宋梓南就要下台了，何必再做这种没把握的事情，给自己的后半生平添麻烦呢？”

周副市长皱起眉头说：“老宋，谁说你就要下台了？最近你为什么老说这样的话？这样不好！”

宋梓南喟叹道：“我的年龄、我的身体，还有……”

“还有什么？”

“还有，这些年，我也得罪了不少人……”

“得罪人的那些事情，是我们整个班子决定要做的嘛。再说，这些事情后来都得到了中央的肯定。"

宋梓南苦笑笑："好了，你就不要为我开脱责任了。也别再拿'中央肯定'来为我做挡箭牌了。最后，中央是肯定了，但人头还是让我给得罪了嘛。这也是事实。你把人家给得罪了，就得承担这个后果嘛。我们都是搞了这么多年政治的人，难道还不明白这一点嘛？我很想得通，也有所准备……"

"这……"

宋梓南摆了摆手："好了好了，我们不争论这个问题了，好吗？宋梓南总有一天是要离开这个岗位的。这总是个真理吧？"

周副市长默然一笑道："这当然不会有错。我周某人总有一天也要下嘛。谁都一样嘛。我们取消终身制了嘛。"

"所以，最近我一直在想一个问题。深圳从无到有，从小到大，从弱到强，我们这批人是有足够自豪和骄傲的理由的。但是作为第一代深圳人，第一代的深圳市领导，我们不能仅仅留下高楼和马路，不能仅仅留下一些足以傲人的 GDP 数字和惊人的经济增长比例。雷半伍事件已经提醒我们，我们这第一批深圳建设者中，有人已经开始忘记我们是为什么才到深圳来的了，还有一个问题也在等着我们解决，而且它比前边一个问题对多数深圳人来说显得更重要，那就是深圳怎么样才能永葆它的活力？等全国都普遍地实行改革开放了，'特区'这顶帽子总有一天会从我们深圳头上摘掉的。中央不来摘，现实生活也会逐渐地把这个'特'字从我们头上淡化掉的。到那时候，深圳和全国所有那些大中城市一样，也就是一个普通的城市了，深圳人、深圳的干部，往下还怎么干？难道我们这些人忙活了半天，只不过是给中国增加了一个普普通通的大城市而已吗？作为第一代深圳人，在思想作风上，我们到底应该留下些什么？留下一个什么传统？"

周副市长愕然地问："这跟逮捕不逮捕庞耀祖有很大关系吗？"

宋梓南忙说："老周，你好像还没听懂我说的话。我现在不想跟你具体讨论到底要不要逮捕庞耀祖。按照现行的国家外汇管理规定，庞耀祖的确已经触犯刑律，这一点，是没有问题的。要逮捕他也是可以的。对于我们这些当领导的，也是保乌纱帽的最保险最有效的一个做法。但是事实是，国家经济形势已经发生巨大变化。庞耀祖他们所做的，恰恰是我们政府应该做而没有做的事情。你可以说他们钻了空子，也可以说他们打了擦边球。对于这种打擦边球的先行者，我们敢不敢站出来保护他们，要不要站出来保护他们，在深圳要不要提倡这种敢为天下先的精神，不仅提倡风气，并且切实地保护这种风气，这才是我想跟你讨论的。老周啊，我们永远不要忘记，当初中央是在什么情况下，下了多大的决心才派我们来建立这个深圳特区的？你应该知道，中央多位领导都说过这样的话，中国不是缺深圳那一点财税上交款，也不是缺我们这一点 GDP 数字，才让我们来建深圳特区的。他们需要我们在这儿创造一种探路的勇气和精神。也就是说，丢掉了这种勇气和精神，也就从根本上失去了深圳存在的最大价值……没有这种精神，中央就是给我们一百顶特区的帽子，我们也成不了真正的特区，有了这种精神，将来中央就是摘了我们头上这顶特区的帽子，深圳还是可以为中国的进步继续做出伟大的贡献。"

周副市长不作声了，说心里话，他是愿意举一百只手、一千只手、一万只手来赞成书记说的这番话的。但是，作为一个执政的政治领导人，是"只能做半个理想主义者"的，这也是你宋梓南自己说的话呀。

宋梓南见老周一时不做反应，便问："还想不通？"

周副市长迟疑了一下，问："允许我犯一点自由主义吗？"

宋梓南笑道："同志之间促膝谈心，只有'自由'，遑论'主义'！"

周副市长说道："我……我是听到一点小道……"

宋梓南立即说道："我这人不爱听小道。"

"是关于我们班子调整的事。"

"这种议论，这些年一直也没停过。"

"这一回好像是有点来头了。"

"班子调整，不是你我私下该琢磨的问题。"

"但这次调整班子，据说可能主要是调整你……"

宋梓南做了个坚决的手势，没让周副市长再说下去。周副市长只得把没说完的话咽了下去。两人稍稍沉默了一会儿，宋梓南问："没别的事情了吧？"

周副市长只是看了看宋梓南，没再说话。

宋梓南站了起来，很坚决地做了个送客的手势。但看起来周副市长仍有些不甘心就这么结束谈话，宋梓南于是再次做了个"请走"的手势。周副市长只得向外走了。宋梓南一直送他到通外间的那扇门前，突然站了下来。周副市长也站了下来，慢慢地转过身来，面对宋梓南站住了。这时，宋梓南稍稍沉吟了一下，缓慢地，感慨万端地说道："我老了……不中用了……中央的考虑是正确的……"

周副市长心里一沉，同样百感交集，万般思虑，一时间无法表达内心的激荡，稍稍呆站了一会儿，便走了。宋梓南没再往前送，只是在通外间的那扇门前又呆站了一会儿，然后他缓缓地转过身来，向桌上那几个雕像看去。莲花……雄狮……大鹏……最后，他的目光落在了那个拓荒牛雕像身上。艺术家把牛的肌肉表现得十分粗犷有力。人们由此完全可以想象出它身后笨重的犁铧正在顶开亘古荒原的厚土，把那盘根错节的草根树根都兜底翻了起来；而宽厚粗糙的牛背在木制挽轭的来回摩擦下，隐隐地往外渗出一颗颗鲜红的血珠。透过弯曲的牛角，还可以看到一望无际的田野在粗大的牛蹄下缓缓地向后倒退。甚至凭此还可以听到辽阔的天空上飞掠过一群群欢快鸣叫着的黑雀。这头牛，这头老牛，这头不肯稍微歇息的老牛，筋疲力尽的老牛，昂起头，粗重地喘息着，从那张大的鼻孔里，冲着冬日，喷出一股股热气。而正前方，在缓缓隆起的地平线上，那一轮金黄火红的落日周围，所有的云彩像是被火烧火燎的一样，成放射状地铺展开来……

此情此景，此时此刻，他想到了谁？自己，还是亭云？是几十年来先他而牺牲在各种各样"战场"上的先烈，还是这几年来跟随他在深圳拼命工作而一个个相继倒在工作岗位上的那些中年干部？还是……像石长辛那样，虽然还不能说完全倒下，却也殚精竭虑，倾尽所有的中流砥柱们……或许想到了未来，想到了自己不可能做完的那些事，想到了万事开头难，但最难过的大概还要算是已经开了头，却不能把十分想做的事做到底……我们无法知道他这一刻心里到底在涌动着些什么，我们只知道，这一刻当他把目光怔怔地锁定在那头"垦荒牛"身上时，他那布满密密的皱纹的眼角里，真实地涌动着晶莹的泪珠……

这时，周副市长突然又跑了回来。宋梓南忙把视线从那个拓荒牛身上收了回来。周副市长稍有点气喘地对宋梓南说道："忘了给你说件事。你还是得抓时间，去医院好好检查一下。这可是常委会上做了决定的。还指名让我来督促检查你执行这个决定的情况。你可别当儿戏了。"

宋梓南嗒然笑道："执行。执行。坚决执行。"

周副市长故意板起脸说道："不行的话，就去北京上海，上那儿找最好的大夫做一次彻底的全身检查。"

宋梓南又笑道："干吗非得去北京上海？常委会的决定里没说非得去北京上海嘛。"

110

庞耀祖在一个已经用了很多年的煤油炉上下面条。由于心不在焉，由于心有怨气，又由于事情总没有个最后的了断而多少有点惴惴不安，因此，他老分心，一不留神就溢了锅，把炉火淹灭了。只得重新点火，重新放水，重新再煮……

这应该是第三回重煮了。这一回，他死死地盯着煤油炉，下决心不让它再灭了。这时,冯宁带着一大包超市里买的方便食品走了进来。

庞耀祖问:"外头有便衣吗?"

冯宁笑道:"有个鬼!特安静。"

庞耀祖颓然地坐下,发了一会儿呆,突然举起面条锅,把刚煮好的那些面条全砸地上了。

冯宁一惊:"你疯了?"

庞耀祖叫道:"我他妈的真受不了了。多少天了?这不死不活的,到底算个什么嘛!要抓要毙,要关要杀,赶紧!别这么软磨硬泡嘛!纯粹是在折磨人嘛!"

冯宁掏出一个牛皮纸信封放到庞耀祖面前。

庞耀祖一愣:"啥玩意儿?"

冯宁淡淡一笑道:"当年我也有那么一个时刻,被人折磨得快要进入歇斯底里状态时,有一个自称是诸葛半仙的朋友给了我两个锦囊妙计。还挺管用。我没舍得全用了,留了一个,看看能不能解救你老哥于水火之中。"

庞耀祖抄起那封信一下就把它撕碎了,然后涨红了脸叫道:"你小子这会儿来挖苦我?你那会儿的情况能跟我现在的相比吗?你老说,现在不是几年前了,他们不会像对付你父亲那样,仅仅因为一个政策问题,再来抓人了。你懂什么!几年时间就能祈望改变一个社会的千年传统和陋习吗?看来,你父亲的死,并没有让你这个做儿子的变得更聪慧更明白一些!"

冯宁的脸色一下变了。他不愿意别人这样来说他父亲,更不愿意在这种情况下,别人用父亲的死来揶揄自己。他一下站了起来,喘着粗气,怔怔地瞪着庞耀祖,然后一下转过身向外走去。

天色阴沉得很厉害。冯宁走了十来步,庞耀祖追了出来。庞耀祖拦住了冯宁:"对不起,兄弟。"冯宁决然地要求道:"道歉。"庞耀祖忙说:"道歉。我真诚地向兄弟您道歉,并做深刻检讨。"冯宁依然没给庞耀祖好脸色,但还是回到了庞耀祖的房间里。这时,外头淅淅沥沥下起小雨来了。

他俩刚回到房间里,电话铃响了。庞耀祖接完电话,突然发起愣来。冯宁忙问:"怎么了?"

庞耀祖发了一会儿呆,说道:"我们单位的头头让我马上去单位。"

冯宁说道:"那就是有结果了。"

庞耀祖不作声。他无法判断这个电话预示着什么。人有时就是这样,发生在别人身上的事情,他可以分析得头头是道,但对于发生在自己身上的事,自己却总云里雾里的,处在茫然的状态中。这跟再高明的大夫往往不能清醒地给自己和直系亲人诊治的道理是一样的。

冯宁问:"电话里再没说什么?"

庞耀祖怔怔地:"没有……"

这时,电话铃又响了起来。

庞耀祖拿起电话,问了一句,不无失望地对冯宁说:"是尤妮,找你的。"

冯宁有些意外地:"尤姐?找我?"

庞耀祖有点不耐烦,又有点失落地:"找你!快接吧。"接完电话,冯宁居然也急着要走了。外头的雨也越下越大了。他俩赶紧上了冯宁的那辆新车。车一启动,庞耀祖就问:"尤妮刚才跟你说什么事了?"

冯宁只说道:"没什么……"

庞耀祖不满意地:"什么'没什么'?我在电话旁边都听到了,尤妮说陶怡可能先兆性流产,已经送医院了。是不是?"

冯宁不想在这时跟任何人讨论这件事,只说道:"我先送你去单位。别的少说!"

汽车行驶到银行门前停了下来。庞耀祖刚要下车,却被坐在驾驶员位置上的冯宁一把拉住。冯宁向银行门前不远处指了指。庞耀祖抬头看去,只见那儿停着好几辆黑壳子的轿车,好像也是刚到的。这时,从车里走下来五六位穿便服的人，夹着公文皮包，大步走进银行。

冯宁迟疑地问："这些人会不会是来执行任务……逮捕你的？"说着，不等庞耀祖回答，就又发动了车，准备快速离去。

庞耀祖忙叫："别走。"

冯宁疑惑地看了看庞耀祖，坚持着把车往前开了几米，但最后还是把车停下了。

庞耀祖叹了口气道："天要落雨娘要嫁，躲是躲不掉的……我下车后，你赶紧去医院，就别在这儿等着了。"

冯宁说："那边有尤姐。她替我看着陶怡，我就得在这儿替她看着你。"

庞耀祖苦笑道："你看着我？怎么看？如果这些人真的是冲着我来的，今天他们真的要逮捕我，带我走，你又能怎么着？"

冯宁说："那我也得等到知道他们最后怎么处置你了才能走。"

庞耀祖挺不耐烦地："叫你别等，就别等。"

冯宁不作声了，但也不走。

庞耀祖无奈地："你小子就是倔。到时候我会打电话让你来接我的嘛。你赶紧去医院，尤妮和小陶怡那儿说不定什么时候需要用车，不能误了她们那头的事。万一今天晚上我回不来了……那你就把这封信替我交给尤妮。"说着拿出一封信来交给冯宁。

冯宁看看那封信："你小子还是有准备的啊。"

庞耀祖沉默了一会儿："当然。"

冯宁叹道："如果我们总是等着别人恩赐一点做事的自由，才能去做一点事，中国还会有特别大的发展前景吗？"

庞耀祖也叹道："一步步来……冯宁，一步步来……命运总是要用代价换来的。已经有了一个相当好的开头了，等熬过了这一关，面包会有的，牛奶也会有的。你小子会在深圳办起一个让全中国人都不敢小看的大公司，成就一番事业的。"说着，紧紧地握了握冯宁的手，毅然决然地推开车门走进雨中去了。

一到经理室，已经有人在等着庞耀祖了，是银行人事部的主任。他立即把庞耀祖带到楼上的小会议室里。刚才在银行门口看到的那一群"便衣"似的人，也已经在那里端坐着了，他们是专门办理这个案子的专案组的同志。被同时叫到会议室来的，还有和庞耀祖一起"涉案"的两个银行的工作人员。

"庞耀祖？"专案组的组长开口了。例行公事，总得先"验明正身"。

"是的。"庞耀祖答道。

"你们的问题，应该说还是很严重的。你们这个擦边球打得太惊心动魄了。实话告诉你们，如果早一个月，在你们面前，放着的绝对就会是手铐和逮捕证。你们在挑战固有的金融秩序和外汇管理制度。你们都是多年在金融界工作的人了，庞耀祖你还出国专门学习过，应该知道，这两样东西是任何人都不允许随便去碰的。"专案组组长说道。

专案组的另一个同志马上补充道："也就是在当前这么个特殊年代，特殊阶段……"

组长说："在深圳这样一个特殊的地方，有这样一种特殊的需要……"

另一个同志又补充道："不要以为自己干的事情多么有理，就可以去违法。合理而不合法，同样会受到法律的制裁。"

庞耀祖想解释些什么。"同案"中一个年纪更大的同志赶紧在下边踢了他一脚，让他不要辩解，老老实实听着。

专案组的组长吩咐道："你们先认认真真写一个检查。下一步怎么处理你们，要看你们对自己错误认识的程度和态度。另外，把你们这次私自换汇倒汇的经过详详细细地写一个书面材料，并且写上你们对当前外汇管理制度的真实看法。这个'看法'，包括现有制度存在的问题和如何解决这些问题的建议。不要有任何保留，必须和盘托出。"

庞耀祖忙说："我们的看法，可能会有许多不全面和偏颇的地方。"

组长说道:"偏颇不偏颇,不由你们来判断,也不由你们负责。你们只要把自己的观点完完全全地说出来就行。"

庞耀祖问:"什么时候交稿?"

组长说:"当然越快越好。庞耀祖,我知道你的笔杆子相当了得,也读了不少书。要你写的这些情况和问题,大都是你亲自经历和亲手干过的事情,那些看法更是你烂熟于胸的。所以,你没有任何理由拖延,拖延了对你们也不会有任何好处。"

庞耀祖忙说:"我们一定认真地写,尽快地写。绝对不会拖延。"

说完这些,专案组居然就让庞耀祖他们走了,既没有"扣留",更没有"拘押"。庞耀祖虽然事前也估计到这种可能性,但真正走出会议室,走到还在下着小雨的街道上,他满心欣喜,一脸的轻松。他毕竟在市级机关工作过多年,有过这样的常识和经验,如果专案组只是要他们写个检讨和情况总结,那么事情已然在被当作"人民内部矛盾"处理了。

哦,那天的小雨在庞耀祖看来,应该说是他一生中淋到过的最清新最和美,也最温情的小雨了……一走出银行大门,他就看到冯宁还在那儿等着,便冲了过去。一开始,庞耀祖还比较能控制住自己的情绪,一等过了马路,冲到冯宁的汽车跟前了,他再也控制不住自己了,便捏紧双拳,猛地向前跑了几步,仰头大叫:"没事了……我他妈的没事了……"

冯宁忙摇下车窗拉了他一把:"你疯了?!"

庞耀祖大声叫了一声,把周边过路的人都吓了一大跳。他叫道:"我疯了……真的要疯了……要疯了……要疯了……"

冯宁赶紧把他拉进车。两人一起到新开发区的一家通宵营业的西餐厅里,叫了一大扎黑啤酒。冯宁举起杯说道:"老哥,说点什么吧。咱们为什么干杯?啊,为今生的再次脱险?为专案组那些同志的通情达理?还是为咱们自己的好运?咱们到底为什么而干杯?嗨,老哥你干吗不说话了?"

庞耀祖慢慢地举起酒杯,眼眶里突然涌满了泪水。

冯宁心里也一酸。

庞耀祖长叹一口气道:"兄弟,假如不是国务院也已经在考虑改革现行外汇管理制度,假如不是咱们市里正积极筹办外汇调剂中心,假如不是有人在上头替我们扛了这么一下,这一回我就死定了!少说,三至五年的有期徒刑是肯定跑不掉的。专案组的那个组长说的是实话啊,不说别的,就是早一个月,他们也绝对不会放过我的。命运啊……也许这就是命,就是运吧……"

冯宁慢慢放下了手中的酒杯。

庞耀祖又说道:"七搞八搞,人生的路终于越来越宽了。兄弟,也许这就是我们这一代人的幸运。银行门前切汇的黑市和黄牛队伍,将成为一去不返的历史记忆。我们有幸参与了埋葬这个丑恶的金融现象的历史行动,成为这段历史的书写者之一,还能完好地把自己保存下来,我们有幸啊,兄弟!干了!"庞耀祖说着,一口气把手中一大杯黑啤酒全喝了下去,从杯沿和嘴角溢出的啤酒濡湿了他胸前的衣襟,也噎得他连连地咳嗽起来。

庞耀祖和冯宁醉意醺醺地走出西餐厅。他们走过一家卡拉OK厅。那里五彩斑斓的霓虹灯光闪烁不定。他俩相视一眼,心照不宣地走进歌厅大门。歌厅的领班带他俩走进一个小包间里。

领班讨好似的介绍道:"这个包间一小时一百六,送一个果盘、两瓶啤酒……"

庞耀祖连连说道:"太小太小。你们这儿就没有更大的了?"

领班忙应道:"有。有。当然有。"

庞耀祖说:"找一个最大的。"

那个领班犹豫了一下,问:"请问老板,你们几位?"

庞耀祖眼一瞪,啐嗔道:"你管我几位?快给我找个最大的包间!"领班带着他俩向最大的那个包间走去时,路过前台,庞耀祖拿起账台上的电话,一边拨号,一边对冯宁说:"你先过去。我叫我那两个'涉案'的朋友一起来放松放松。这一段日子来,他们也给吓得够呛。"冯宁犹豫了一下，对庞耀祖说："你们玩吧，我去医院瞧瞧。"醉意渐浓的庞耀祖又瞪他一眼道："你现在想起小陶怡了? 晚了。待着，在这儿陪我们唱一会儿! "冯宁无奈地又多留了半个小时，等他们大呼小叫地折腾上了道儿，他悄悄地移动到庞耀祖身旁，在他耳旁低声说道："你们好好玩，好好放松。我真得到医院去了。"说着不等庞耀祖回答，便径直向歌厅外头走去了。走过前台时，他去提前结了账："三号大包间，我现在结账。一会儿，你们再送一箱啤酒、两瓶干红和两个大果盘过去。这些都一起结在账里。"一边说，一边掏出钱包，往外数钱。

冯宁走出歌厅，雨已然停了，由于时间也过了午夜，马路上已经没有什么行人和车辆了。一切都显得那么的从容和安谧。他深深地吸了一口夜晚室外雨后清新的空气，在寂静的人行道上稍稍地呆站了一会儿，便开着车走了。

到医院，冯宁轻轻推开陶怡病房的门。尤妮忙对他做了个"噤声"的手势。冯宁蹑手蹑脚地走到病床前。尤妮用极低的声音告诉冯宁："她已经从麻药中醒了，后来又睡着了。庞哥那边的事情怎么样了? "冯宁做了个"V"字形的手势。尤妮握紧两个拳头，高兴地挥动了一下。冯宁马上也对她做了个"噤声"的手势。尤妮控制住自己的兴奋，立即搬过一把椅子，让冯宁坐下。冯宁先小心翼翼地替陶怡掖了一下被子，甚至还替陶怡整理了一下额前的刘海，这才坐下，然后细细地端详起安睡中的陶怡。尤妮有意要把这个时间和空间留给冯宁单独和陶怡相处，便对冯宁指指自己的皮包，又指指门外，意思是自己还有点事要去办，也不等冯宁回答，就急急地走出病房去了。

冯宁没有去挽留尤妮。他也想单独和陶怡待一会儿。当病房里只剩下他和陶怡两个人时，他久久地端详着熟睡中的陶怡。

老式的日光灯管在天花板上发出低微的咝咝声。

默坐了一会儿，他取出那个"干粮袋"，在手中慢慢摩挲了一会儿，然后，掏出一支笔，在那干粮袋上画了起来。他画了一个穿军装的大男人，还画了一个系着蝴蝶结的天真烂漫的小女孩。这一大一小两个人面对面地站着，深情地相望着。然后他把干粮袋折叠整齐，轻轻地塞到陶怡的枕头底下。当他的手刚要离开陶怡的枕头时，突然听到陶怡那边发出一下极微弱的窒息般的哽咽声，忙抬头看去，但陶怡好像仍然在熟睡着，神情也相当的安详，整个身子的姿态也没有发生任何变动。他正在怀疑刚才那一声哽咽是不是自己的幻听的时候，却看到，有两颗硕大的泪珠正从陶怡的眼角处慢慢往下淌。

冯宁心里一阵酸热……他呆坐了一会儿，轻轻地从床头柜上撕下一张纸巾，又轻轻地去为陶怡拭去那眼角的泪水。不料，他这一举动，引发了陶怡更大的悲恸。她忙把脸往另一边躲去，大声哭泣了起来。

111

桌上其他的塑像都拿走了，只剩下了那头拓荒牛。办公室里也没有其他的人，只有宋梓南自己。他坐在离塑像大约有四五米远的地方，面对着塑像，久久地打量着它。这时，小马悄悄走了进来。

"那个老庞来了。"小马轻声地报告道。

宋梓南忙收回视线："让他进来。"

宋梓南在做通了主要方面的思想工作后，没有过多地去具体干预办案的进程。但他一直密切地关注着庞耀祖这个案子的进展情况。今天找庞耀祖谈话，当然还有更重要的事情。

宋梓南问："你们行长找你谈过了？"

庞耀祖应道："谈过了。市委组织部的领导也跟我谈过了。"市委组织部找庞耀祖谈话，是在专案组跟他谈话以后的一个星期发生的事。

宋梓南说："经国务院批准，我们要新成立一个商业银行。让你参加这个银行的筹备小组，负责筹备小组办公室的工作，是办公室的副主任？"

庞耀祖忙说："是的，副主任。组织部的领导是这样向我宣布的。"

宋梓南淡淡一笑道："那你已经是副处级干部了。"

庞耀祖说："宋书记，我一直没告诉过您，我来深圳前，在内地，就已经是个副处级干部了。"

宋梓南问："什么意思？"

庞耀祖忙说："没什么意思。"

宋梓南问："没什么意思，你跟我说这事干什么？嫌官小了？"

庞耀祖说："要是计较官的大小，我就不到深圳来了。我是在新园宾馆当普通会计时认识您的。在此以前，我在内地，已经领导过几十个会计了。"

宋梓南哈哈地笑道："那又怎么样，这也成了你夸口的本钱了？我们许多老同志，奉命到深圳来任职以前就是副省级干部。来了以后，还是个副省级干部。辛辛苦苦拼杀多年，把特区建起来了，为了改革开放，冒了许多泡，上上下下得罪了许多人，也许到离岗退休时，还可能仍然是一个副省级干部。"

庞耀祖说："这情况我知道。"

宋梓南问："你的意思，这一回应该直接把你拿到办公室主任的正处级位置上去？"

庞耀祖忙说："不不不……不不不……我知道这个办公室目前还没有主任。我这个副主任在那儿实际负全责。我非常感谢组织上对我的充分信任和放手使用。"

宋梓南很不高兴地："那你跟我说那个干什么？"

庞耀祖说："我只是说……只是说……我并不在乎级别的问题。"

宋梓南冷笑一下："不在乎？假话吧？"

庞耀祖说："准确地说，也在乎，但也不在乎。只是希望在咱们深圳能做成几件在内地暂时还不能做、但又必须做的事。"

宋梓南点点头："这么说，还像句真话嘛。"

庞耀祖说："书记对我们这个筹备领导小组的工作，有什么指示吗？"

宋梓南说："由一个城市来筹备成立一家商业银行，这在我们共和国的经济发展史上和金融史上，还是破天荒头一回。让我们深圳试点，这是我们的荣幸。但也事关重大。也可以说，事关改革开放的全局。这件事，只许成功，不许失败。下个星期国务院金融工作领导小组要来人见你们筹备小组的全体同志。说到有什么指示，第一听党中央的，听国务院的。到那天，我当然也会说一点市委市政府的想法，说一点我个人的想法，但以党中央国务院的为准。今天叫你来，只是想还给你一样东西。"

庞耀祖忙问："还给我一样东西？"

宋梓南从抽屉里拿出两本书，往庞耀祖面前一扔。

庞耀祖拿起书一看，原来还是当年他给宋梓南送的那两本书。一本是《制度经济学》，另一本是《政治与市场》。但两本书已经翻看得相当陈旧了。书的字里行间，也画上了或红或蓝、或粗或细的杠杠。书页的眉头底脚也写上了许多的批注，甚至还夹着不少小纸条。庞耀祖惊叹地看了看宋梓南："书记……这些……您……真看了？"

宋梓南嘿嘿一笑道："什么屁话？！"

庞耀祖忙说："其实，我自己都没有看得这么仔细……当时我只是觉得，这两本书还是值得一读的，尤其是我们开始要搞市场经济了……你们这些当领导的应该知道一些基本的经典理论。"

宋梓南说："以后，有什么值得一读的书，请不要忘了我。"

庞耀祖忙说："当然。当然。"

宋梓南稍稍沉吟了一下，淡淡地笑道："如果有朝一日，我不在位了，也请不要忘了哦。"

庞耀祖一愣，赶紧应道："那……那怎么会呢？"

这时候，小马接到市委秘书处尹处长的电话，让他马上到他那儿去一下。小马忙应道："行。行。我去跟书记说一下，马上就来。"放下电话后，小马简单收拾了一下桌上的文件和东西，把该锁上的柜子一一锁上，然后去敲了敲宋梓南里间的门，听到宋梓南允许后，便轻轻推门走了进去，对宋梓南说："秘书处的尹处长让我马上到他那儿去一下。他说时间不会太长。"

宋梓南好像知道这么一回事似的，马上允诺道："好的。认真考虑一下秘书处那边的安排。知道不？"

小马答应后，回到自己的办公桌前，不知道为什么，某种预感让他忽然地有些不安和忐忑起来，一时间甚至有些手足无措了，默默地呆站了一会儿，这才匆匆走了出去。

小马走后，宋梓南把庞耀祖带到那尊拓荒牛的塑像前，问："如果在市委市政府大楼门前，或者在市民中心广场上，立这样一尊塑像，你觉得怎么样？"

庞耀祖谨慎地答道："已经决定了吧，那就应该是不错的……"

宋梓南回过头来打量了庞耀祖一眼道："什么叫'已经做了决定，那就应该是不错的'？"

庞耀祖犹豫了一下答道："既然已经有了决定，我就没必要再说什么了……我们当然应该听市委市政府的。"

宋梓南一愣，干笑了两声后说："好一个称职的办公室副主任！"

庞耀祖听出了宋梓南话里反讽的味道，脸微微一红："不是……不是……"

宋梓南不说话了，脸色一下有点阴沉下来。庞耀祖略略等待了一会儿，见宋梓南仍然不说什么，便略有些尴尬地问："书记，还有事吗？"

宋梓南干干地说道："没有了。没有了。"

庞耀祖忙起身："那我就走了……"宋梓南没起身，只是做了个"有请"的手势，甚至都没有看一下庞耀祖。庞耀祖指着那两本书，问道："这书……"宋梓南又做了个"请带走"的手势。庞耀祖拿上书，赶紧向外走去。但没等他走到门口，宋梓南却起身来送他了。

庞耀祖忙拦阻："书记，您留步。留步。"

宋梓南没停下，还是把他送到门口。这时，小马已经回来了，却在秘书室的座位上呆坐着。看到宋梓南送庞耀祖出来，忙站了起来。等庞耀祖走出门，宋梓南回到里间，小马又心事重重地呆坐下了。过了一会儿，呼叫铃响了。小马好像没听到似的，仍然呆坐在那儿。

呼叫铃响了第二遍，他才惊跳了起来，赶紧走到里间。宋梓南吩咐道："通知潘教授，塑像已经定了，就搞这个拓荒牛。"

小马呆呆地："好的……"

宋梓南说了声"就这样吧"，低下头去批阅文件了。

小马仍呆呆地："好的……"

过了一小会儿，宋梓南发现小马没走，还呆站在那儿，便不无诧异地问："你怎么了？"

小马眼圈一红："尹处长通知我马上办理交接手续……"

宋梓南轻轻地叹气："哦，正式跟你谈话了……你怎么表态的？"

小马眼眶湿润了。

宋梓南说："你早些日子不是一直在说要跟我说点什么吗？"

小马忙抬起头说道："我要说的就是，在您离开书记岗位前，我绝不离开这个秘书岗位。"

宋梓南问："可能吗？"

小马忙说："怎么不可能？"

宋梓南又问："应该吗？"

小马不说话了。

宋梓南说："我怎么可能在自己正式退下来前，不正经安排好你的出路？"

小马忙说："这时候让一个新手到您身边工作……"

宋梓南立即做了一个手势，打断了小马的话："我肯定要退了，现在重要的是你的未来。"

小马说："我已经跟尹处长说了，只要组织上觉得我还胜任这个秘书工作，我希望能一直干下去……"

宋梓南立即厉声地："糊涂！"

小马不作声了。

宋梓南问："他们把你分到哪儿了？"

小马说："高科技园区物业管理公司。"

宋梓南问："干啥？"

小马说："公司副总经理。"

宋梓南问："知道怎么当一个副总经理吗？"

小马摇摇头。

宋梓南说："所以呀，你还得有个适应的过程，学习的过程，长见识和长本事的过程。能当好一个秘书，不等于能当好一个基层领导。晚走不如早走。懂吗？"

小马怯怯地说："可是……"

宋梓南再一次打断了小马的话："别再'可是'了！"

宋梓南稍稍停顿了一下，语重心长地说道："到新岗位上好好工作，不要丢了我们初创期那种革新的锐气。这可是我们深圳的特产啊！几年来，我们做错过一些事情，也有许多事情没能做得更好。但是我们曾经有过的这种锐气是最宝贵的。现在深圳像一个大城市了。给许多人创造了许多的机会，他们在深圳或者当了官，或者发了财。这当然都是很正常的事情，也是必然要发生的事情，也是未尝不可的事情。下一步，对某些深圳人来说，很可能最重要的已经不是继续革新了，而是怎么保住头上的这顶官帽，保住箱子里的那些金票银票和股票。深圳有可能慢慢地变得跟某些内地极少数的城市一样，弥漫起一种惰性……不是不存在这种危险性的啊，小马。我希望你这个深圳人，创业者，到新的工作岗位上去了以后，不会丢了这一点锐气。当然也不要随随便便就忘了我这个老头。"

说到这里，宋梓南也有些伤感了，淡淡地苦笑了一下："会吗，到某一天，马总会忘掉我这个臭老头吗？"

小马的眼眶湿润了。

这时，电话铃响了。是秘书处尹处长打来的。

"小尹，怎么了？"宋梓南问。

"刚才跟马秘书谈了，他不愿离开您啊。"尹处长报告道，"我看，从工作出发，留他在您身边……"

宋梓南立即打断尹处长的话，一边看了一眼小马，一边厉声答道："你看啥看？！他不愿离开就不离开了？告诉他，必须限时限刻到高科技园区去报到。今后，发展高科技，是我们深圳新发展新希望的所在。为研究和生产高科技的专家学者们服好务，是公务员的光荣任务。一个接受组织培养教育这么多年，在核心岗位上工作了这么多年的年轻同志，不服从组织决定，那还得了了？！"

112

金德昌正在高士达玩具厂本部大楼里召集高管们开会，集团董事长何振鸿匆匆走了进来。一见何先生来了，所有的高管都立即站了起来，恭恭敬敬地招呼道："董事长，您来了？"

何振鸿问："说事呢？"

金德昌一边给七叔让座，一边答道："正在谈今年第一季度的销售情况哩。"

何振鸿沉吟了一下说道："让他们都回避一下。我有点事要跟你说。"

金德昌犹豫着对在场的人说："你们先去休息厅等着。"

那些高管们立即都走了。

何振鸿又对金德昌说道:"关上门。"

金德昌忙笑了笑,问:"什么事,这么神秘?"一边还是去把写字间的门关上了。

何振鸿这才问金德昌:"你把那个张弓藏到香港去了?"

金德昌一怔:"七叔,我……我……这……这怎么可能呢?"

何振鸿站了起来,用不容违抗的口气命令道:"我告诉你,三天之内,你给我把这个张弓叫回来。叫不回张弓,我立即中断集团跟你这个工厂的所有财务往来。"

金德昌忙说:"七叔,您听我说……"

但何振鸿根本不听他解释,立即转过身向外走去了。

金德昌忙追了上去:"七叔,您听我说……"

何振鸿:"昨天政府方面派专案组的人到集团总部来找我了,你知道吗?!"

金德昌:"他们无非是在吓唬吓唬您罢了,想通过您来给我施加压力。您别过问这事。所有这一切跟您老人家没任何关系。您一推六二五就行了,他们还能把您怎么样?他们手里没有任何证据,您也确实没跟这些事发生过任何关联……"

何振鸿:"以后,我们还要不要在深圳办事?"

金德昌:"以后再说以后的,先把这一关过了再说。"

何振鸿:"你以为你过得了这一关吗?你到底让那个张弓办了些什么见不得人的事?"

金德昌:"什么见不得人?现在大陆上做生意赚钱的人,不都在这么干吗?不拉人情关系,不走后门,不找靠山,你办得成事吗?您以为我愿意让张弓去做这种事?不这么做,我们能拿得到那块地吗?"

何振鸿:"地块是公开拍卖的……"

金德昌:"如果去参加公开拍卖来拿这块地,我们就得多花七千万港币!我的七叔公,七千万啊!"

何振鸿："你这几年,在深圳赚了多少?"

金德昌不作声了。

何振鸿："就算是走合法程序,通过拍卖,你多花了七千万,拿到这块地以后,你还能赚多少?恐怕不止这一个'七千万'吧?"

金德昌无语。

何振鸿："你这后半辈子,老老实实合理合法地做生意,还能赚多少个七千万?你一定要拿自己的后半生做代价来省这七千万?"

金德昌："我无非就是送了一点大礼罢了。他们不找收礼替我办事的人,光盯着我……"

何振鸿："那个收了你的礼,替你办事的那个雷区长现在在哪儿,你不知道?"

金德昌不作声了。

何振鸿："他已经被他们'双规'了。你也害苦了这个姓雷的!"

金德昌："事情都是张弓经办的。他不在,他们还能把我怎么样了?"

何振鸿："如果他们通过香港廉政公署和国际刑警组织,从香港把张弓抓回深圳,你觉得张弓会向他们说出一点什么有关你的情况来?"

金德昌："有这可能吗?"

何振鸿："德昌啊德昌,如果几年前,我们听信了台湾、香港和欧美某些报刊的言论,对大陆官员治理大陆的能力和决心还有所怀疑的话,那么,这几年下来,我们应该很清楚,大陆官方这方面的能力和决心是绝对不容我们怀疑的。"何振鸿说完后就走了。金德昌独自一人闷坐在老板椅上。他的女秘书走进来,小心翼翼地报告:"部门经理们还等着哩。"金德昌不动,也没回答,好似没听见。女秘书鼓起勇气催促道:"老板……"这一回,金德昌好像听到了,闷闷地说了句:"让他们先回去。"女秘书问:"可以告诉他们,什么时候再接着开吗?"金德昌恼火了,嗔责道:"你烦不烦啊?这个会什么时候可以开了,我会说话的!"

女秘书忙退了出去。这时,电话铃响了。金德昌不耐烦地拿起电话:"金德昌。哪位？"电话里传来何振鸿的声音："是我。"金德昌忙谦恭下来："哦，七叔。"何振鸿已经回到集团总部他自己的办公室里了。一路上，在车里他仔细地想了想，觉得有些话还是要跟德昌说说清楚。为生意、为家族、为现在、为将来，他都得把该说的话跟他这个非常能干，但有时又有一点自以为是，思考也常常欠缜密，缺乏一点大局观的晚辈说说清楚。于是，一到办公室，就马上打了这个电话："我一直对你说，大陆有今天这个局面，我们香港人应该为之感到欣慰。从长远来说，背靠大陆，以大陆为经营的腹地，是我们香港生意人得天独厚的优势。就是从生意的眼光来看，我们也不能得罪了大陆官方，也要配合大陆发展好眼前这个改革局面。更不要说，作为一个中国人，对中国当代的进步做一点我们应该做的贡献，也是我们做人的一个福分和责任……这些话，你从来是听不进去。"

金德昌叹道："不是听不进去啊，我的七叔，您不清楚啊，交出张弓，麻烦多多啦……"

何振鸿说："这个绳扣是你自己打上去的。现在，再麻烦也得由你自己去解！现在不解，有朝一日，等这个绳结变成套在你脖子上的一根绞索的时候，做什么事都晚了！"

金德昌犹豫了一下："实话跟您说……我在这件事情里，已经陷得很深了……"

何振鸿马上说道："我告诉你，等他们把张弓从香港搞回来，再来找你，那就是另外一回事了。到那时候，你跑得了吗？你能丢下高士达那么大一个家产上哪儿去？如果你能主动采取行动，他们是有宽大政策的。"

金德昌长长地叹了一口气："当时是我让张弓跑的，现在又把他交出去，这不是太不仗义了吗？"

何振鸿有一点不耐烦了："我说你脑子是不是进水了，怎么就跟你说不明白？深圳方面是一定要把这个案子办到底的。你自己琢磨吧，是主动交出张弓对你对高士达有利，还是等他们把张弓从香港抓回来，再来找你算账，对你对高士达有利？德昌啊，你一定要清醒，不管你交不交出去张弓,他都是跑不掉的!"说完,"啪"的一声把电话挂断了。

113

陶怡终于要出院了。护士长问她:"一会儿你先生来接你吗?"陶怡正在收拾自己的那点东西,听护士长提到"先生",便略有点尴尬地答道:"先生?哦……还不知道哩。"护士长笑道:"男人就是这德行!他今天要不来接你,回去可不能轻饶了他!"陶怡不置可否地笑了笑。不一会儿,东西已经全收拾好了。陶怡略显得有些不安地坐等着。冯宁说要来接她,还要替她办出院手续。他会来吗?他来了,以后怎么办?真的就跟他走吗?就这样跟他走,他会瞧得起她吗?现在他说得挺好,以后,时间长久了,会慢慢地怨恨她,计较她,瞧不起她吗?越想,她越是不安,好几次她都想趁冯宁还没来之际,赶紧脱身。但没有出院手续,她是走不出这个病房门的。如果让护士长知道了,她怎么跟这位大嫂似的好护士解释呢?再说了,这么一走,以后真的就再不见冯宁了?正在左右为难之际,护士长欢快的叫声从门外传了进来:"陶怡,你先生来接你了。"

陶怡忙站起。

走进病房的是护士长和冯宁。冯宁早就到医院了,在楼下收费窗口前结了账,替陶怡办了出院手续。冯宁拿起陶怡所有的东西:"走。咱们回去。"陶怡浑身微微地战栗起来,都没敢正眼看一下冯宁,但还是不由自主地跟着冯宁往外走去。

上了车,冯宁默默地替坐在副驾驶座上的陶怡扣上安全带。陶怡依然不敢正眼看他,依然一声不响地坐着。替陶怡扣好安全带,冯宁看了陶怡一眼,轻轻地说道:"咱们回家。"

陶怡没作声。

冯宁又说道："我把我妈和小妹都接来了。她们今天就到。我想,她们会喜欢你的。"

陶怡还是没作声,但眼泪却一下涌出,默默地呜咽起来。

冯宁的眼眶也湿润了,一把搂过陶怡,紧紧地拥抱着她,喃喃道："咱们回家……回家……"

114

新任的孙秘书早上八点左右就来报到了。小马跟他办完交接,说道:"要交代的,大概就这些了……还有这个柜子,都是存放书记练字用的笔砚纸墨。书记轻易不给人题词。所以,你千万别轻易答应别人的题词请求,特别是别答应那种对方拟好了要提的词,让书记来照抄。书记最反感这种题法。写完字,一定要用清水把笔清洗透。这一点,书记特别计较。你也别老替他换新笔。对于自己用过的笔,特别是用顺手的笔,不到非得换的时候,他是不肯轻易丢弃的。就是用秃了,到了非换不可的时候,你也得经他允许才能换。而那些换下来的笔,也不能随便丢掉……"说着,小马从柜子深处取出一个扁扁的烙花山水木匣子,打开匣盖。匣子里全是大小不等的旧毛笔。"对这些用过的笔,就像身边用过的干部一样,书记都是非常有感情的。"说到这里,小马突然叹了一口气,若有所感地对这位新来的秘书苦笑了一下:"还有一点,也是要记住的,书记写字时,一般不喜欢喝浓烈的铁观音,喜欢喝口味比较清淡的绿茶,也不是绿茶中的毛尖和毛峰,而是绿茶中的碧螺春和龙井那一类的……当然,最好是当年的新茶。"

这时,宋梓南走了进来。

小马和那位新来的孙秘书都站了起来。

宋梓南问："还没交接完？"

小马忙答道："完了。已经完了。"

宋梓南对孙秘书说道："你别听马秘书的。我这儿没那么多臭讲究，也没那么些麻烦事。替我守好电话，就行！"

孙秘书笑道："那行。守电话我最在行。"

宋梓南也笑了，对小马说："一会儿，你进来一下。"说着，就进里间去了。小马忙对孙秘书示意了一下，让他先别走，在这儿等他一会儿，便跟着书记进了里间。

见小马进来了，宋梓南很客气地对他做了个手势，让他坐下。书记突然变得客气起来，让小马非常不习惯，也多少有一点不舒服，便迟疑了一下，才坐下。

宋梓南端起茶杯，小小地抿了一口，问："为什么还不去新单位报到？"

小马不作声。

宋梓南："问你哩！"

小马："刚才我去找周副市长了。"

宋梓南："干吗？"

小马："我去向他报告，您这两天尿血了。"

宋梓南："他怎么说？"

小马："他非常吃惊，也非常气愤……他说他一会儿就来看您。"

原以为，听到自己这么说，书记会大光其火的。小马也准备接受这一场"晴空霹雳"般的轰击。他是想好了的，也豁出去了，反正要走了，无论如何也要把该他管的事管到最后一刻，再也不能让书记带病拼下去。但出乎小马意料的是，今天宋梓南却没有发火，不仅没有发火，还一下闷坐了下去，完全不作声。宋梓南在这种反而让小马不知所措的气氛中，闷坐了一会儿后，苦笑道，问道："你非得把市里所有那些领导都惊动了，才满意？"

小马激动起来："宋书记……"

宋梓南立即做了个手势，打断了小马的话。小马无奈地坐了下去。过了好大一会儿，宋梓南低下头，慢慢地摇了摇头，说道："你不理解啊……"

小马再次激动起来："可是……"

宋梓南再次做了个手势制止了小马，接着往下说："你要走了。而我，很快要走了……我不想留下太多的遗憾给深圳……我没有能把事情做得更好……我很想把事情做得更好一些，可是……我还是来不及做了。"说到这里，宋梓南的眼眶略略地有些湿润了。

小马呆呆地听着。一动也不敢动。

宋梓南抬起头长叹一声道："我现在的心情，就像老狐狸驱赶小狐狸一样……希望小狐狸赶紧能独立生活，去开创他们自己的新天地。"

小马的眼眶也湿润了："书记，您别这样说……"

宋梓南深情地看了小马一眼说道："可是老狐狸自己也实在是干不动了。"

一时间，两个人都不说话了。

这时，周副市长走了进来。一进门，他几乎二话不说，就冲着宋梓南"下令"道："你马上给我去北京，或者去上海。"

宋梓南忙说道："老周……"

周副市长斩钉截铁地："别跟我说什么'老周''小周'。马秘书，你暂时不去科技园区报到，马上陪宋书记去北京或上海。"

宋梓南忙说："你这又是干啥呢，非得把小马牵扯上？！这头已经有孙秘书了嘛。"

周副市长说："孙秘书不了解你身体情况，也不了解你日常起居习惯。"

宋梓南说："小马现在是高科技园区一家公司的副总。你……"

周副市长说："我一个市委副书记，常务副市长，还不能临时调动支配一个什么公司的副总？"

小马忙说："当然可以！"

宋梓南说："你这样做，不是就耽误人家小马在公司那边的工作了吗？"

周副市长说："告诉你，我这是在执行市委常委的决定，也是为了让你更好地执行这个决定。"

宋梓南无奈地重复道："孙秘书已经来了嘛。"

周副市长断然决然地说道："不说了。这件事就这样定了。"转身对小马："你马上去安排这件事。联系医院，确定行程，然后给我汇报。这件事，只听我的。我说了算。你只对我负责，我对常委会负责！"

小马高兴地："是！我只听您的，只对您负责！"说着，赶紧走了。

宋梓南忙叫道："小马！小马！"

小马没理睬他，径直走了出去。

宋梓南无奈地："老周啊老周，你这么搞突然袭击不行啊。这等同于宫廷政变哪！"

周副市长忙摆摆手说道："不说这件事了。你准备一下，动身。"

宋梓南无奈地："老周……"

周副市长说道："你这人，一辈子就没学会听话！对你有利不利的都不听，那怎么行？"

宋梓南只好不作声了。

停顿了一会儿，周副市长又说道："另外还要向你汇报一件事。"

宋梓南苦笑着："你还用得着跟我汇报呢？"

周副市长笑道："你以为我真的要搞宫廷政变呢，书记同志？！刚才，我接到庞耀祖的一个电话。"

宋梓南笑道："这小子又活跃起来了？"

周副市长说："他是替那个冯宁找的我。冯宁的公司股份制以后，发展很快，重点放在了军民两用电子产品的开发研制和生产上。前两天，有一个从美国回来的年轻人找到他门上,说是要加盟他的公司。这小伙子把自己吹得挺厉害,说他是普林斯顿大学的博士生,贝尔实验室的博士后,还是好几项顶级电子仪器的发明人和专利拥有者,等等等等,让人很难相信他说的都是真话,冯宁公司负责接待他的人就多少有点冷落了他。结果发函到美国去一调查,这小子还真有这样的学术背景和发明背景。"

宋梓南立即感兴趣了:"哦?"

周副市长说道:"可是再去找,人家已经生气了,怎么说也不愿意再见我们的人。"

宋梓南忙说:"继续去敲门,跟人诚恳地赔礼道歉!三顾茅庐啊,毕竟是咱们冷落了人家嘛!"

周副市长说:"冯宁自己都上门去过了。人家还是不见。冯宁没辙了,想请市里去个领导,出面做做工作。"

宋梓南立即说:"去,只要能把这样的人留在深圳,让谁出面都行!"

当天晚上,周副市长就带着市科技办的两个同志,和冯宁一起去见那个"普林斯顿大学的博士生,贝尔实验室的博士后"了。在冯宁的指引下,他们乘坐的那辆大奥迪车缓缓驰进市内一条老街巷里。街巷特别窄,黑壳子的大排量轿车小心翼翼地以极慢的速度在这条街巷里爬行,蠕动,就像是生怕一不留神就会碰碎了什么珍奇古玩似的。街巷两旁耸立着一幢幢"深圳特产"——握手楼。握手楼的底层都是一家家各式各样的小吃店和小杂货铺,人来人往地,热闹非凡。这景色却让非常熟悉这场景的周副市长心生疑惑了。坐在后座上的他一边不断向车窗外探望着,一边问坐在副驾驶座上的冯宁:"你没搞错吧?这位海归博士、贝尔实验室的高才生,确实住在这儿?"

冯宁肯定地答道:"没错。我们来过。他自己在深圳没房子,来以后,暂住在他一个远房叔叔家。"

周副市长问:"他这位远房叔叔在深圳是干什么的?"

冯宁说:"好像是卖炒粉的吧。"

这时，车行驶到一家炒粉店的门前了。冯宁忙说："就是这儿了。"车停下了。周副市长最后又左顾右盼了一下，笑着问道："真没弄错？"冯宁说："除非他自己说了假话。我有他亲笔留的地址。"说着掏出一张写有地址的纸条递给周副市长。周副市长接过那纸条，对照着检查起这巷名和楼号。还真没错，这位拥有多项发明专利的"普林斯顿大学的博士生，贝尔实验室的博士后"，就住在这小街陋巷里。

又前进了几十米，这大排量的车再也动弹不了了。这一行人只得下车步行。

这幢"握手楼"里居然还有电梯。这让周副市长一行人喜出望外。电梯间里灯光昏暗。电梯老旧，运行过程中，它总在发出嘎吱嘎吱的声响。每停一次，也都会猛地向上冲击一下，似乎用这种方式来勇猛地宣告自己的"顽强"。

终于到了那位博士后住的楼层，也终于到了他住的那个单元门前。这是个极其普通的单元门。防盗门上还贴着广东一带民间常见的春节年画。但由于是隔年的旧年画，不仅颜色暗淡，而且也多有破损了。这时，冯宁回过头来看看周副市长，提醒道："这位邝先生年纪不大，可有点狂傲不羁。周市长，您得有点思想准备。"

周副市长微笑着做了个"请敲门"的手势。

冯宁举起手刚想敲门，突然从门里传出一阵悦耳动听的吉他弹奏声。弹的好像是门德尔松的一首曲子《无言之歌》。在连续的三连音后，那舒缓平静高雅的旋律像一条清澈见底的小溪似的，在门外那幽暗杂乱的楼道里流淌着。也许因为弹得非常好，周副市长不忍心打断，忙又做了个手势，不让冯宁去敲门，就这么静静地等待着。但不知什么原因，吉他的主人并没有能把整首曲子弹奏完，大约弹了七八小节后，突然停下了。

这时，周副市长才示意冯宁去敲门。来开门的是一个干瘦干瘦的中年人。经介绍，他就是那个年轻的博士后的远房叔叔。进得屋去一看，这是一个两室一厅的房子。因为是老式的格局，兼作客厅餐厅和门厅使用的过厅，非常窄小。（那时候，人们都希望把卧室做得大一点，和后来多数人希望把自己的住房做成大客厅小卧室的想法正相反。）客厅里一下子拥进这么些客人，大部分人就只有站着了。

那个电子奇才叫邝世浩，是个三十岁左右的年轻人，个子矮小，脸色苍白，头发零乱，戴着一副深度眼镜，穿着一身中式裤褂和老头布鞋。手里拿着一把电吉他。

邝世浩的远房叔叔端来几杯茶。周副市长的秘书端起其中的一杯，给周副市长。邝世浩却一下从周副市长手里夺下那杯茶，很不高兴地对远房叔叔说："Uncle（叔叔），我跟你说过多少遍了，你这种已经反复用过一千次的杯子，又没有严格消过毒，无论如何也不能用来招待客人。"然后他转过身对周副市长说道："我建议你们不要喝这杯子里的茶水。你们完全可以回去以后再解决口渴的问题。因为 Uncle 这儿完全不具备招待客人的条件。"

冯宁忙介绍道："邝先生，这位是我们深圳市的常务副市长周副市长。"

邝世浩瞟了一眼周副市长，然后对冯宁说："冯先生，我那天已经把话说得非常明白了，不管你们派谁来谈，我的条件是不会降低的。我必须占未来这个公司的百分之五十一的股份。我必须控股。我之所以要控股，主要是因为我对你们中国大陆，大陆人办事，很不放心……"

回去的路上，车里几乎所有的人都对这个邝世浩先生，愤愤不平："太狂了嘛，不就在外面吃了几年洋面包吗，一口一个'你们大陆人''你们中国人'。我真想上去狠狠扇他几个耳光！""一张嘴就要百分之五十一的股份，凭什么？深圳也不是没见过普林斯顿哈佛耶鲁回来的高才生。上一回我们接待从硅谷来的一个华裔科学家访问团，一多半都是普林斯顿哈佛耶鲁毕业的，也没见有人像他这样！"但不管大家怎么议论，周副市长却一直没作声。回到机关，他立即把情况去向宋梓南做了汇报。他知道宋梓南非常看重这个"电子奇才"。

宋梓南听了周副市长的汇报，嗒然一笑道："这年轻人还真有点狂。"

周副市长感叹道："你没在现场。在现场的感觉更强烈。这年轻人确实很狂，太狂了。"

宋梓南不作声了。

周副市长长长地叹一口气："从他递给我们的个人档案资料看，这家伙的确是一个电脑软件和电子技术方面的天才……而且，吉他也弹得相当不错。"

宋梓南默默地笑笑："这么一个狂人居然还专门去找过冯宁？"

周副市长说道："是，他说他只希望和民营企业家合作。他很钦佩冯宁。"

宋梓南问："那他还要控股？！"

周副市长说："冯宁说，只要政策允许，他愿意让他控股百分之五十一。问题是他公司还有军用的那部分……"

宋梓南立即说："那倒好办，只要把军用的那一部分单列出来，另外成立一个公司就行了。这事没那么复杂。"

周副市长问："你觉得这事可以办？"

宋梓南说："让我再想想……"

晚上，孙秘书匆匆走进来报告道："宋书记，余董事长来了。"

宋梓南正在看周副市长带回来的邝世浩的人事背景材料，忙放下手里的材料，说："哦，快请他进来。"说着，自己也起身迎了出去："余大个子，余大嗓门。稀客。"

余涛用力地握着宋梓南的手问道："听说你身体不好？"

宋梓南笑道："这真叫好事不出门，坏事传千里。你看我像身体不好吗？"

余涛说道："别跟我装了。这一套，我玩得比你好！"

宋梓南大笑起来："那是那是……"

余涛劝道："书记同志，不服老是不行的。不认真对待自然发展规律，也是不行的。"

宋梓南立即反驳道："你还比我大两岁哩！"

余涛说："可我比你活得潇洒轻松！"

宋梓南问："听说你最近去了欧洲一趟？"

余涛说："是啊。专程去了趟欧洲，考察了几个港口，鹿特丹、阿姆斯特丹、哥本哈根和不莱梅，颇有点感触。咱们要发展对外型经济，一定要加速港口建设。深圳在这方面有得天独厚的自然条件。过两天，找个时间，我给书记同志好好汇报一下我这方面的心得体会。"

宋梓南忙说："好啊。你来给我们市委和市府机关的干部讲一课吧。我安排一下。"

余涛立即说："不不不，是汇报。绝对不是'讲课'。你要说讲课，我就不说了。"

宋梓南说："哎，你这个余大个儿，你可以给中央领导讲，可以给全国人大代表全国政协委员和许多兄弟省市的领导讲，还可以给全国许多大中城市的市长书记当顾问，怎么就不能给咱自己家里的人讲一讲，来顾一顾，问一问呢？"

余涛说："这不一样啊，我的书记同志，现在这样，已经有不少说法了，说我余某人身在深圳地面上，不服深圳管啊。"

宋梓南笑道："一样啊，余涛同志，说我宋某人不服这个管、不服那个管的议论还少吗？"

115

这时，为了确保能把宋梓南动员到北京或上海去做检查或治疗，小马建议，从广州"搬"救兵，把块块和大康叫来。在得到周副市长的同意后，小马立即和大康块块兄妹通了电话。第二天，冒着从太平洋上袭来的今年第六号台风，大康驾着车，和块块赶到了深圳。在深圳市中心，有一个小区的房子是专门供市委市政府领导居住的。那里，既没有独幢的别墅，也没有独门独户的小院，只是两幢很普通的七八层高的公寓楼。和别的居民小区唯一有所区别的，可能是这儿的绿地面积更大一些，小区大门口有武警战士警卫，还有一个传达室。当大康的车子缓缓驰近小区大门口时，小马早就在传达室里等候了。一见面，大康就迫不及待地问道："定下是让我爸去北京，还是去上海做检查了吗？"

小马答道："初步意见是去北京。最后还得宋书记本人确认一下。"

块块说："别再问他了。你要问他，他肯定是哪都不想去。"

小马说道："可是，不经他确认，这事情就肯定办不成。你父亲的脾气，你们还不清楚吗？"在屋里稍稍歇了一会儿，小马又把兄妹俩带到周副市长办公室。市里好几个领导闻讯也都赶过来看望这兄妹俩。周副市长对这兄妹俩说："这回希望你俩也做一点努力，动员你们的爸爸去北京上海彻彻底底做一回检查。"

块块说："不行，就得跟他来硬的了。"

常副市长笑道："怎么跟他来硬的？"

块块说："跟他要赖呗。"

周副市长和常副市长笑着摇摇头："要赖？那恐怕不行吧？"

大康说道："我爸最怕我妹妹要赖了。"

常副市长说道："那就试试吧。我担心，这一回，恐怕闺女要赖也劝不走他了。"

大康、块块忙问："为什么？"

常副市长说："他跟我说过好几回了，不把这次经济结构调整搞好，他绝不离开深圳一步。他说他绝对不留下重大遗憾给自己的继任者。"

块块说："真是个老小孩！让不让你留下遗憾，这是你自己能决定得了的事情吗？说不定什么时候上头来一个调令，免职令，你能赖着不走？”

周副市长想了想说道：“实在不行，让省委领导出面说话吧。再不行，找谷牧副总理。他听谷牧副总理的。”

这时，电话铃响了起来。是冯宁打来的，说他刚才又去邝世浩家了，没见着人。单元门紧闭着，怎么敲也敲不开。“听他一个邻居说，这个邝世浩和他的远房叔叔好像是出远门了。很奇怪，上午我还来了一趟，还见到他了。可刚才再去，就都不见了。”

周副市长忙问：“好像是出远门？知道去哪了吗？”

冯宁在电话里答道：“听说是去上海了。”

周副市长一怔：“去上海了？能确认？”

冯宁说：“邻居是这么说的。”

周副市长立即把这个动态报告给了宋梓南。宋梓南忙问：“能肯定是去上海了？”周副市长说道：“刚才我让市科技办的同志让机场有关方面查了一下旅客名册，他们确实去了上海。”

宋梓南忧虑道：“去上海了……如果他是转向上海去找落脚地的话，那就很难办了。上海市委市政府这些年在招徕人才安置国内外专家学者方面的工作，一直做得非常好。上海的同志对待他一定会比我们热情，在这方面，他们更有经验。”

常副市长说：“不过，这小子也不一定是去上海找落脚地了。据科技办的老孟说，听他的邻居介绍，他们在上海还有亲戚，也有可能只是去探亲访友去了。”

宋梓南说道：“但愿吧。但事情不会那么简单。”然后又赶紧问道：“能找到他们在上海的那个亲戚家的地址吗？”

周副市长说：“如果一定要找，还是有办法找得到的。”

宋梓南沉吟了一会儿。

周副市长忙问：“你还有什么高招？”

宋梓南反问：“你有什么高招？”

周副市长说："听说,他去上海以后,还有可能去杭州和大连考察。"

宋梓南断然说道："不能让他再这么四处乱转了。"

周副市长说："我也是这么想的。老宋,我去一趟上海,就是大海捞针也要设法找到他,然后再跟他好好地谈一谈。"

宋梓南不作声。

周副市长迟疑地问："你觉得由我这个常务副市长亲自出马,规格有点高了,过于显得我们有点迫不及待了?"

常副市长说："那我去吧。"

宋梓南又想了想,说道："你们俩谁也别去。"

常副市长忙说："那你看谁去合适?"

宋梓南说："你们俩最近都挺忙,我看还是找一个病号去吧。反正所有的人都吵吵着非要他去治病,他也干不了什么太大的事了。就让他去。再说这个病号现在还顶着深圳市委市政府一把手的大帽子,出去招工,也挺能唬人的。"

常副市长有些意外地:"你去?"

周副市长忙说:"你亲自去,没那个必要吧?出动一把手……不至于!"

宋梓南笑了笑:"为什么?"

常副市长笑道:"深圳的一把手,亲自追到上海去,万一传出去,总好像不太好听。"

宋梓南问:"丢我这个副省级干部的脸面了?"

常副市长忙说:"那倒也不是。"

周副市长沉吟着:"你以市委书记兼市长的身份,去亲自挽留他,这个分量当然是任何人都没法比拟的。我考虑,这个狂妄的年轻人到了上海万一看花了眼,又看到我们方面去人追到上海去挽留他,他可能会提出更苛刻的条件。到那时候,对那些更为苛刻的条件也许真的只有你才能当场拍板是否可以答应。不过……"

宋梓南问："还有什么要犹豫的？"

周副市长想了想，接着说道："不过，你能到上海一起把身体检查了，这倒也是个一举两得的好事。"

常副市长说："让市委秦秘书长跟着去，监督着把检查身体的事情一起办了。"

宋梓南笑道："那你们还不如派两个法警押送我去算了！"

周副市长一下兴奋起来："就这样定了。我马上让他们通知驻上海办事处……"

宋梓南忙说："别！千万别惊动上海方面任何人。也不要给我们驻上海办事处通报什么。让科技办派一个掌握情况的同志跟我一起去，到上海带个路就行了。再加上孙秘书，这就不少人了。我们此行，只能悄悄地去，悄悄地回。别让媒体给曝料了，闹得沸沸扬扬，让上海方面的同志知道了，就不好了。关键是只要在上海能见到那个邝先生就行，越是低调越是好。"

周副市长说："不过，你一定要保证，到上海同时把病给查了。"

宋梓南犹豫了一下："这个保证嘛……"

周副市长断然说道："别'嘛'。你要对着亭云大姐的遗像保证！"

宋梓南一战栗，脸上的笑容顿时敛去，说话的声音也马上低沉了下去："别把话说得那么沉重……我到上海一定去看病就是了……"

晚上，由大康开车，他们到大康一个同学开的餐馆吃了顿西餐。回到家，块块便忙着替父亲准备行装："这是消炎药，一天三次，每次两片。这是六味地黄丸，一天两次，每次二十粒。这是肾气右归丸，一天两次，每次一丸……"

大康在一旁也捎带着帮忙，劝慰道："爸，您对自己的病，不用过分紧张，我问过大夫，血尿的原因也是多种多样的，损伤、炎症、结核、结石等，或者由于邻近的器官疾病涉及泌尿系统，也有可能造成血尿。只有少部分是由全身性疾病引起的，比如血液病……只要及早查明原因，对症治疗，是完全可以治好的。"

宋梓南似乎并没有很用心地在听儿女们的叮嘱。看到块块整理行装时的一举一动，以及悉心叮嘱的语调，太像亭云年轻时的模样，他心里一阵阵酸涩和绞痛。但又不能说出来。

块块发现父亲走神了，便嗔责道："爸，你用心听着嘛！到上海，别吃错药！"

宋梓南忽然叫："等一等……等一等……"

块块直起腰，问道："又怎么了？"

宋梓南应道："我总觉得还有件什么特别重要的事忘了交代给周副市长了。"

大康忙劝道："别想了。你肯定还有一百件一千件事没交代完哩。你就是再交代一辈子两辈子，也是没法交代完的！"

宋梓南突然大吼了一声"别吵！"

块块和大康吓得一愣。

宋梓南不安地说道："我确实还有一件特别重要的事……一时间想不起来了……刚才还在脑子里闪过……"

块块和大康不敢再作声了，乖乖地低头只做他们的事，留出一份安静，让父亲去追索刚从脑海里闪过的那思虑。

宋梓南呆呆地坐了下来，认真地想着。突然间，他站了起来，走到电话机旁。拿起电话，拨了个号："老周吗？我想起来了。差一点都给忘了。你千万别给忘了。一定要安排一个合适的人，护送长辛去国外做好这个手术！让他的夫人小莫也陪着去！"

第二天一大早，送宋梓南去广州机场的车就到了。宋梓南匆匆走下楼时，小马立即上前替他打开车门。宋梓南上车后，小马也紧跟着上了车。宋梓南问："你上车干什么？孙秘书呢？"

小马说："块块和大康都说，孙秘书初来乍到，还不太了解您的生活起居习惯，他们希望您这一回去上海，还由我跟着，便于一路上照顾您。"

宋梓南立刻嗔责道："胡闹嘛! 你是我私人雇的贴身侍从, 还是旧军队里的马弁, 啊? 你是国家干部, 是新任的科技园区物业公司副总经理。你现在的任务是什么? "

小马忙说："块块和大康说……"

宋梓南说："块块和大康他俩是市委组织部长, 还是你们公司的总经理? 他俩有什么权力支使你干这干那? 去, 叫孙秘书来! "

小马倔强地坐着不动。宋梓南二话不说, 就下车去了。小马一看这事要闹大, 赶紧拉住宋梓南, 说："我去叫孙秘书。您别生气了。"

等把孙秘书叫来, 宋梓南再也没说什么, 只是不再埋睬小马和在车外站着的块块和大康。一直等车要开了, 才摇下车窗, 对块块和大康说："你们也赶快回广州去忙你们自己的事。到上海, 我会给你们电话的。"

宋梓南的车走了没多大一会儿, 坐在副驾驶座上的孙秘书突然回过头来对宋梓南说："宋书记, 好像有一辆警车在追我们。"

宋梓南忙回头去看。果不其然, 车后不远处有一辆警车快速地向他们靠近。宋梓南忙叫了声"停车"。宋梓南的车立即靠在马路边, 慢慢停下了。那辆警车很快也贴了过来, 并在他们车后停了下来。从那警车里下来一位警官, 走到宋梓南车跟前, 向宋梓南敬了个礼。

警官说道："宋书记, 我们是市局五处的, 也就是市局拘留所的。有一点急事要向您报告。"

孙秘书立即下车："我是宋书记的秘书, 有什么事? "

警官说："对不起, 我们必须直接向宋书记报告这件事。"

孙秘书说："你们这样直接找书记, 而且半道拦车, 不仅不礼貌, 而且违规。"

警官说："实在对不起……事情非常紧急……我们知道这样直接上路上来拦宋书记的车, 可能是违规的, 也非常不礼貌, 但的确没有办法。"

这时, 宋梓南已经下车来了："什么事? 快说。"

警官说："宋书记知道雷半伍吧? "

宋梓南说:"知道。怎么了,他?"

警官说:"他今天天亮前自杀未遂,现在还没有脱离生命危险,时而昏迷,时而清醒。清醒的时候,他一再请求要见您一面,他还有话要跟您说。"宋梓南一惊,问清专案组已经将雷半伍送到医院抢救,便立即命令车子掉头向医院驰去。

等宋梓南赶到医院的抢救室,市局黄局长也刚赶到,向宋梓南敬了个礼,十分抱歉地解释道:"我们也是刚得到报告,没想到他们会这么不懂事,直接去找您了。"

宋梓南忙问:"雷半伍情况怎么样?"

黄局长说:"又昏迷了。"

宋梓南快速走到雷半伍病床边,只见雷半伍戴着氧气面罩,喉头部位被血染红的绷带裹得严严实实的,身上插满了各种各样的输液针管。"他还会苏醒吗?"宋梓南问。

"现在很难说。"大夫答道。

"要尽力抢救。不惜一切代价抢救。"宋梓南吩咐道,然后又转过身来对黄局长说,"这里是不是还应该采取一点什么警卫措施,以防范新的意外事件发生?"

黄局长说:"好的。我马上去安排。"

这时,一个民警走过来,把一份笔录呈递宋梓南:"这是一个小时前,雷半伍在一次清醒时说的话。他可能担心我们不会让他再见您,要求我们记录下来,转交给您。"

宋梓南打开笔录。笔录上写道:"宋书记,我知道我现在说什么,您都不会相信了。但是,我真的知道,我错了。我对不起您,对不起我过去的那些老领导,老同事,对不起深圳市的老百姓。曾经的光荣和梦想,全毁了,全毁在我一时的贪婪和冲动中。现在我只能说,该交代的我全交代了,我说的都是实话。我接受党和人民对我灵魂的审判。最后有一个请求,这两年,妻子一直和我分开过着的。她是一个很恬静的人,不习惯在政治的和各种各样的旋涡中心生活，也不是个任劳任怨的好母亲。这几年，女儿一直跟着我过。所以，我走后，请别把我女儿送到她身边去，更别把她送孤儿院，也别把她送回我老家去。请求您把她留在深圳，让她在深圳这个她爸爸妈妈艰难创业、艰难玉成却又自己把自己毁灭了的地方学习成长，做一个真正有用的人……她喜欢深圳，热爱深圳，让她留在深圳做一个真正的深圳人。"

看到这里，宋梓南的眼圈红了。

孙秘书悄悄走了过来："宋书记，我们该走了。"

宋梓南不动。

等了一会儿，孙秘书又上前低声说道："要不就赶不上飞上海的航班了。"

这时，监视器突然鸣叫起来。监视器上，表示雷半伍心脏搏动的图形刹那间变成了一条直线。大夫护士立即一拥而上，采取各种措施进行抢救。不大一会儿，监视器上的图形线又规律地跳动起伏起来。大家似乎松了一口气。黄局长上前来劝道："书记，您走吧。这儿有我们哩。"

宋梓南在雷半伍病床边又默站了一会儿，抬起头问大夫："他现在还能听得到别人说话吗？"

大夫说："应该是听不到了。而且……"

宋梓南没再听大夫的判断，径直走到病床边，对雷半伍说道："雷半伍，雷半伍，我是宋梓南，你能听到吗？"

雷半伍完全没有反应。

宋梓南说道："你不是要见我吗？我来了。"

雷半伍的眼皮突然有一点微微的颤动。大夫和护士立即过来调整了输液的给药量，又采取了一些别的措施。宋梓南在雷半伍前坐了下来，弯腰贴近雷半伍，说道："如果你能听到我说的话，那么，你给我记住，你没有权利这样对待自己的生命。你还年轻，你还有重新站起来的可能。所以，你一定要坚持住，你要给自己争取这样的机会，用实际行动向党向人民表明，你确实知错了，你是有本事有决心站起来重新起步的，你必须向所有的人证明这一点，懂吗？你得证明自己是一条好汉，懂吗？！"

宋梓南刚说到这儿,监视器却再一次尖厉地鸣叫起来。所有人都把目光投向了监视器。监视器上心跳的示意线再次变成了一条直线。大夫护士再次投入了紧张的抢救。但这线条再也没有波动起来。大夫护士无奈地看了看公安局局长和宋梓南,等着他们发出停止抢救的指示。

黄局长看了看宋梓南说道:"宋书记,您走吧。剩下的事情我们来处理。"

宋梓南没作声,走过去最后看了一眼雷半伍,默默地站了一会儿,这才慢慢往外走去。走出抢救室,他看到走廊里站着一个十四五岁的女孩。有人低声地向宋梓南介绍道:"这是雷区长的女儿。"

他慢慢走到雷半伍的女儿面前。

雷半伍的女儿抽泣着叫了声"宋书记"。

宋梓南搂着雷半伍的女儿,说道:"叫爷爷。"

雷半伍的女儿哽咽着叫了声"宋爷爷"。

宋梓南抑制住从心底涌上来的悲痛,再一次更正道:"叫爷爷。"

雷半伍的女儿叫了声"爷爷"。

宋梓南这时紧紧地搂着雷半伍的女儿,微微地颤抖起来,眼眶顿时也湿润了。

116

宋梓南乘坐的出租车驰进上海一条弄堂。弄堂两旁耸立着的都是上个世纪三四十年代砌起的"新式里弄房子"。窄小的院墙里伸出高大的夹竹桃和玉兰树枝丫。现在不是夹竹桃玉兰花盛开的季节,但它们的枝叶依然茂盛,高高地耸起在灰暗陈旧的拉毛式的水泥墙头,给这些颇有些年头的建筑群带来勃然生气。

按响门铃后,脱漆的木门后响起了清脆的应答声:"来嘞——"来开门的是一个三四十岁的中年女子，穿着质朴而不失典雅，一看门外站着几个陌生的男子，便操着不太顺口的普通话问："你们是……"

科技办的老孟答道："我们是深圳来的。这位是我们深圳市委书记兼市长宋梓南先生。宋书记是专程来看望邝世浩先生的。他是住在您这儿吗？"

中年女子忙以南方知识女子得体的热情答道："哦，是宋书记呀，听世浩说过的。听他说过的。请进。快请进。世浩在楼上。快请进。"说罢，又转过身去冲着楼上，用上海话叫道："世浩，客人来哉！"

宋梓南等走进客厅时，邝世浩还没从楼上下来。过了不大一会儿，他才急匆匆从楼上跑了下来，头发还是那么凌乱，上身穿着件很高档的洋红色羊绒衫，下边穿着条旧牛仔裤，脚上还趿拉着双拖鞋。和上次见到他的时候不同的是，这一回他手里没有拿着他那把心爱的吉他。但还是拿着别的东西——印制精美的某企业书面介绍材料。见到宋梓南，他把手中的那本材料往沙发上一扔，迎上前，握住宋梓南的手："宋书记，劳您大驾啊，不好意思。"

宋梓南笑道："他们告诉我，这位年轻的大学者大发明家高傲至极，目中无人。我看不是这样的嘛，也还是会说几句客套话的嘛。"

邝世浩脸微红："他们言过其实。完全言过其实。哦，宋书记，我这儿还有两位深圳来的客人，您见见？他们说都是您的好朋友。"

宋梓南笑道："是吗？也是深圳来的？那好啊。见见。见见。"

这时，冯宁和尤妮从楼上走了下来。

宋梓南笑了："哦，冯宁先生啊。"

冯宁、尤妮恭敬地："宋书记，您好。"

那个中年女子忙说："坐。大家坐。听说宋书记是个老茶客，尤其喜欢喝江浙一带的龙井和碧螺春。"

宋梓南笑道："无所谓的啦。入乡随俗，客随主便。"

冯宁说："宋书记，您和邝先生谈，我们就先告辞了。"

邝世浩忙说:"我和宋书记之间不会有什么见不得人的事。大家一起聊聊,也没什么。"

冯宁忙摆摆手:"不不不……不方便的……我们告辞了。你们聊。你们聊。"

宋梓南微笑着对冯宁挥了挥手,没有显示挽留的意思。冯宁和尤妮便走了。冯宁一边往外走,一边暗暗地对老孟使了个眼色。老孟自然会意,忙对宋梓南说:"我去送送冯先生。"

待走到后门外的弄堂里,冯宁低声地问老孟:"书记是来劝聘邝先生的吧?"

老孟反问道:"你们呢?"

尤妮笑道:"同一个念想啦!"

老孟忙问:"你们谈得怎么样?"

冯宁说:"在这儿不便多说。有个情况,请在方便的时候转告书记,邝先生已经和上海方面的有关部门联络过了。"

老孟一惊:"哦,那么快?"

冯宁说:"据说,上海方面非常热情。"

老孟说:"那是预料之中的。邝先生的态度呢?"

冯宁说:"他对深圳还是抱着相当的期望的。虽然上海各方面的条件都相当的不错,但他还是对经济特区抱有更大的期望。"

老孟宽慰地:"那就好。"

冯宁说:"但关键,还得看宋书记这最后一锤子买卖怎么样了。"

在客厅里,谈话正在进行中。

邝世浩说:"宋书记,我年轻,俗话说,少不更事……"

宋梓南说:"不,话不能那么说,中国有句名言,自古英雄出少年。况且,年轻不是我们判断一个人的唯一标准。"

邝世浩说:"我想告诉宋先生的是,我可能会说一些冒犯先生的话,您不要在意。我觉得,我们既然是要做事,要谋业,唯有开诚布公才是唯一的坦途。"

宋梓南说："我喜欢这样的年轻人。"

邝世浩说："请宋先生不要把我当年轻人看，我们是合作方。"

宋梓南淡然一笑："说得好。我收回刚才那句话。我赞赏这样的合作者，也期盼这样的合作者。"

邝世浩说："宋先生以一地一市最高领导人的身份，亲自赶到上海来找我谈合作的事，让我非常感动。"

宋梓南说："邝先生，我们不是说好，不再说客套话的吗？"

邝世浩说："这是真心话。虽然我在国外求学就业多年，但大陆的情况我还是知道一些的。我们多年沿袭的官本位制，让我们一些官员官僚气十足，总是居高临下，很难平等视人，更难以放下架子来与人坦诚谋事。宋先生的举动，让我深深感受到深圳特区的与众不同，更让我看到，改革开放政策确确实实在改变我们这个古老的中国和中国人，甚至也在改变你们许多官员的习气。"

宋梓南说："我们有的同志不同样冷落了邝先生你吗？在施政过程中，我们还有许多不完善的地方。我是专程来道歉的。"

邝世浩立即做了个手势，表示不必再说这件事了："即便如此，我还是有几个问题，要直截了当地请教宋先生。"

宋梓南说："请说。"

邝世浩说："如果我的公司落户深圳，我能自由地选择合作对象吗？"

宋梓南说："我敢保证，你有充分的自由选择你的合作对象。"

邝世浩又问："党政机构会对我们公司今后的经营发展做何种干预？"

宋梓南说："在遵守中国法律的前提下，党政机构不会对你们的公司做任何干预。只要合法经营，你们有充分的自由去操作自己的公司。这一点，你的新朋友冯宁先生可以用他自己的经历来为我说的这话作证。"

邝世浩说："但是，大陆至今还没有一部公司法颁布执行。我怎么能相信，宋先生这一番话，是有法律保证的？"

宋梓南说："这的确是件遗憾的事。要不我想我们也不用费那么些口舌了。但我要很高兴地告诉邝先生的是，我们全国人大正在紧锣密鼓地为出台这样一部公司法而工作着。据我所知，初稿已经起草完毕，并在广泛征求意见之中。"

邝世浩说："我要问的不是你们对此是不是已经有所动作，而是在它还没有出笼前，您说的这一切，应该看作是没有任何法律保证的。"

宋梓南说："我能不能纠正你的一个说法？"

邝世浩说："请。"

宋梓南说："国内目前的状况的确不能说十全十美，但是我想邝先生还是可以感受到，从一九七八年我们党召开了十一届三中全会以后，中国这条航船已经走上了法治的航道。但你不能要求，一个上十亿人的古老大国在短短几年内就能把所有应该做的事情都办完善了。上十亿人啊，尊敬的邝先生，它是美国人口的六倍，是英国人口的三十倍，是德国人口的二十五倍，更何况它百分之七十的居民都还处在相当贫困相当落后相当遥远的农村。"说到这里，宋梓南有些激动了："邝先生，话说到这里，不知道我作为一个已然上了年纪的中国人，能不能对你，一个年轻的华裔科学家说这样一句话？"

邝世浩说："请说。"

宋梓南说："我的话可能有点重。"

邝世浩说："让我们都来服从真理。"

宋梓南说："说得好。让我们都来服从真理。邝先生，你我之间年龄相差几十岁，但我们有一个共同的母亲。"

邝世浩一愣："共同的……母亲……"

宋梓南说："中国。"

邝世浩忙说："是的是的。"

宋梓南说："你爱这个母亲吗？"

邝世浩说："当然。否则我会放弃美国如此优厚的生活、科研条件回到这边来吗？"

宋梓南说："同理，如果你是一个高鼻子蓝眼睛的朋友，我肯定也不会说这个话了。让我们像一个儿女那样来对待我们这个古老而又充满活力的母亲，可以吗？少一点计较和挑剔，更多一些责任和使命感。你，我，我们这一代人两代人三代人，都负有不可推卸的让母亲更年轻更有活力更强大更富足更现代化更民主更完美的使命。"说到这里，宋梓南的眼眶有一点湿润了："邝先生，我听说，你在以往的谈话中，常常会说'你们大陆'，'你们中国'，我希望在今天你我的谈话中，邝先生不再使用这样的说法，不再站在这样的角度上来说话，这不仅是方法和叙述角度的问题，而是一颗心和另一颗心能否靠拢能否贴近能否融合的问题。世浩，你刚才也说了，这一次你是回来了，回家了，回到母亲身边来了，让我们一起为这个多灾多难的母亲做一点事情。"

邝世浩稍迟疑了一下："我想……我可以收回我以前那种不合适的说法。"

宋梓南宽慰地微笑了一下，拍了拍邝世浩放在膝盖上的手，并用力握了握它："谢谢。在公司法正式颁布前，我对今天说的话负完全责任：你的公司拥有一切独立的财产权和经营权，当然在此同时，它必须承担遵守中国法律的义务。"

邝世浩说："你已经让我看到了在深圳落户的良好前景。但我还要请教的是，深圳地方对我这样的人和公司到深圳创业会给予什么样的支持？"

宋梓南说："现在我只需要对你说，具体的支持一定是多方位的，可能也是出乎你意料的。所有这些战术上技术上的问题，我想应该由我手下有关部门的人来跟你详细谈。它不是我今天来要解决的主要问题。但有一点，是他们做不到的，而只有我可以给你这样的保证的。"说到这里，宋梓南向老孟示意了一下。

老孟立刻打开一幅随身带来的深圳地图。

宋梓南指着地图对邝世浩说:"这是我们的深圳。总面积一千三百平方公里的美丽的深圳。我今天可以这样对你说,为你的公司设址,你可以在这一千三百平方公里之内选你看中的任何一个地方。我甚至可以这么对你说,如果你看上了我市委大楼所在地,我立刻搬家,把这个地方让给你来建你的公司大楼。"

邝世浩愣住了,过了一会儿才说:"为……为什么?"

宋梓南笑道:"理由?还用多说吗?深圳需要人才。我作为深圳一把手,只是要在这里向你表示这样一个态度和决心,为了多招徕一个有用的人才,我们是不惜一切代价的。"

邝世浩问:"你对所有到深圳来落户的外籍科技人员都这么许愿吗?"

宋梓南说:"当然不是。因为我只有一幢市委大楼。"

邝世浩又愣住了。

宋梓南说:"你可以把我今天说的话记录在案。我签字认可。"

邝世浩看看宋梓南,又看看地图,然后又去看看宋梓南,几乎有一点不知所措了。他站了起来,在客厅里来回踱了两步,本能地打开音响,立即播放出一首特别热烈狂放高昂的非洲黑人布鲁斯音乐《责问灵魂》。因为音乐太"吵"太"闹"太震撼人心,他又立即把它关了。客厅里突然又安静下来。邝世浩在定定打量了宋梓南一眼后,突然又坐了下来,用非常严肃的口气问道:"还有个情况我需要向你核实一下。"

宋梓南:"请说。"

邝世浩:"关于你个人在深圳的前景,你是不是还有一些非常重要而又对我隐瞒了的事情没说?你是否显得不够诚实?"

宋梓南哑然失笑:"我显得不够诚实?"

老孟刚想插话,宋梓南立即做了个手势制止了他。宋梓南把身子往沙发背上一靠,坦然地问道:"此话怎说?"

邝世浩说："我在深圳有亲戚，有朋友，我在深圳是进行过考察的，甚至可以说是进行了'私访'的。"

宋梓南笑了起来："好一个'私访'。你访到了我一些什么隐秘的情况？"

邝世浩正犹豫着要不要对宋梓南直说，宋梓南笑道："是不是说我在深圳待不长了？"

邝世浩说："这一点，对于我们这些人来说很重要。你今天给我许了那么多愿，然后就离开深圳。"

宋梓南沉吟了一下。"世浩，请允许我这样称呼你。可以吗？"

邝世浩犹豫了一下："可以。"

宋梓南动情地说道："世浩，你是一个非常可爱的年轻人，坦诚，率真。你让我看到了我自己年轻时的模样。一个不可重复不可多得的黄金年代啊。是的，我很可能，不，不是很可能，而是一定，那就是我一定不会在深圳市委书记兼市长的岗位上永远待下去。"

邝世浩忙打断道："不是永远待下去的问题，而是……而是……听说你很快就会离开你这个职位了。"

宋梓南点点头说道："是的，有可能是你说的这个'很快'。"

邝世浩忙问："多久？你还能在这个岗位上待多久？"

宋梓南说："一天，一个星期，一个月，还是一年，这个我说不准。因为这是我们的组织机密，而且是属于中央掌握的组织机密。我个人也无法把握的。"

邝世浩说："如果你连自己的命运走向都没法把握，又怎么能落实你刚才对我的那种种承诺？"

宋梓南说："世浩，有一点你必须明白，今天跟你谈话的不是一个私营公司的老板。如果是这样一个老板，有一天他走了，他的公司不存在了，他说的一切都会化为泡影。今天这个宋梓南，不仅仅在代表他个人，更在代表一个特区政府，一个特区党委领导机构，而中央是赋予了这个特区政府和特区党委组织以特殊权力的。世浩，你回来这么多天，你应该已经清楚地感受到，中国已经走上一条不可逆转的改革之路，深圳也一定会在这条道路上走下去的。而且，有没有这个宋梓南，深圳都会存在下去，太阳每天都会照样在深圳大地上升起，中国的改革开放一定会深入进行下去，而且会变得越来越好！"

邝世浩不说话了。

这时，下面的门铃响了。那个中年女子匆匆出去开门。门外停着一辆黑壳子的福特轿车。从车上下来的一个中年工作人员很客气地问那个中年女子："请问，这儿是邝世浩先生的亲戚家吗？"

那个中年女子警惕地："你们……"

中年工作人员说："我们是深圳驻沪办事处的。"

那个中年女子忙热情地："哦，有什么事吗？"

中年工作人员又问："我们的书记在这儿吗？"

那个中年女子犹豫道："啊……"

中年工作人员忙说："我们能见他一下吗？市委办公厅有个紧急电话，需要立即向他报告。"

那个中年女子对那个工作人员说："请你们稍微等一下。"回到客厅里，把老孟叫到一旁，低声说了这么一回事。老孟立即又去报告了宋梓南。宋梓南立即对邝世浩说："对不起，我们驻沪办的同志来了，好像出了一点什么事。我去看他们一下。"不一会儿，宋梓南回来了，对邝世浩说："很抱歉，家里有一点事，我必须马上回深圳去了。"

邝世浩真诚地说道："那太遗憾了。"

宋梓南苦笑道："这就叫身不由己啊。"

邝世浩说："希望能在深圳再见到你。"

宋梓南说："这正是我想说的：希望能再一次在深圳接待你。"

邝世浩说："我会再去深圳做一次详尽的考察。"

宋梓南说："世浩，有一句话请你记住，如果你再一次去深圳的时候，发现我已经不在目前这个岗位上了的时候，你要相信，一切都在按规则办事,深圳任何时候都衷心地欢迎你,会全力支持你在那儿创业。"

邝世浩敏感地:"看来,让你赶回去,是要真的调动你工作了?"

宋梓南回避了正面回答邝的问题:"还有一点,是我现在就可以告诉你的,如果真的发生了我调离的事情,你要确信,我的继任者一定是比我优秀的人。在总结了我工作的成败经验教训后,他们一定干得更加出色,一定更熟悉经济工作,拥有更广阔的政治视野和经济头脑,会更坚定更有效地推行邓小平同志的改革开放路线。我也相信,不管你邝先生选择在哪儿落户,你一定会替我们这个多灾多难而又前途无量的母亲做出别人替代不了的那种贡献来的。"说着,宋梓南向邝世浩伸过手去。

邝世浩犹豫了一会儿,慢慢地向宋梓南伸出手去。

宋梓南一把抓住邝世浩的手,用力握了一下,大声说:"再见! 我们在深圳等你!"转过身大步向外走去了。邝世浩和那个女主人忙跟过去送。上车前,宋梓南再没说什么客套话,只说:"请留步。我们深圳见。"钻进办事处来接他的那辆老福特车里走了。

和宋梓南匆匆一面,给邝世浩留下极深的印象。他说不清这位共产党的高官,身上到底哪种东西深深打动了他。当年他作为中国一个顶尖的少年大学生,被普林斯顿大学选拔到美国深造。多年来,他拿的是美国的全额奖学金,两年拿到了本该三年拿的研究生学分,然后又只用了一年多时间,完成了博士论文而被贝尔实验室聘用。他确实认为是美国培养了他。在美国的这些年,他完全接受了美国理念和舆论制造下的结论,也完全习惯了美国式的生活方式。他成了西方文明的推崇者和传播者。这次回到国内,内心是带着一点做"拯救者"的愿望来的。国内处处的落后,也的确让他震惊。但不久他就感受到这种落后背后勃起的急于改变现状的活力。而在欧美,即便是那么先进的欧美,也难以再找到这样一种改变现状的动力。他在那儿可以活得非常舒服,但难以让他激动,没法给他一种生存的激情,甚至连该有的困惑也变得很淡很遥远。他毕竟是个年轻人。他渴望改变现状。他完全想不到,一回国内,自己竟然会遭遇宋梓南这样一个充满激情的"老人",而且还是"官僚体制"下一个力图在改变现状的"共产党官员"。更多的困惑伴随着隐约涌到心间的激动，使他久久地久久地站在弄堂里向离去的福特车招着手，目送宋梓南远去。

让驻沪办事处同志转告的这个紧急电话里也没有说得更多，只是说让宋梓南书记立即赶回深圳，中央组织部和省委的主要领导要见他。当时在宋梓南心里升起的第一个念头，就是最后的调令来了，他离开深圳的日子来了……包括市委市政府一些领导同志都是这样猜想的。他们焦急地等着宋梓南归来。他们担心宋梓南的身体在这一刻会顶不住最后的那点压力而有所不测。但出乎宋梓南和所有人预料的是，中央组织部和省委主要领导在谈话中，并没有涉及他工作变动的问题。他们肯定了深圳这些年来的工作，十分关心宋梓南的身体状况。他们希望宋梓南安心腾出一点时间来彻底把病治好。从工作考虑，中央将派一个同志来深圳担任市长，在宋梓南治病期间，代理主持深圳的全面工作……

不久，市中心广场上，"拓荒牛"雕像的落成典礼正在举行。广场上，人头攒动，彩旗飘扬。宋梓南在落成典礼上，发表了著名的《向深圳告别》演说。

在新任市长、中央组织部来的领导同志、省委书记和余涛等人的注视下，宋梓南慢慢走上讲台。他从口袋里掏出讲稿。周副市长、常副市长和市委的一些常委也都在动情地注视着他。在台下的人群中，还有冯宁、邝世浩、何振鸿、尤妮、陶怡，还有"四营长"张万斤等人。宋梓南把讲稿展开，在讲桌上慢慢把它抹平，然后向台下看了一眼，慢慢地说道："我要走了，起码是暂时地要离开深圳了，秘书为我准备了这样一个讲稿，经过他反复的修改，昨天晚上我又琢磨了好几遍，但是，我觉得他还是没有写出我想在今天这个大会上想向同志们表达的这种心情。这也确实难为他了。我想没有一个人，没有一支笔，能说得清能写得透我这一刻想向同志们表达的这种心情。首先，我完全拥护中央关于深圳市委主要领导同志职务调整的决定。几年来，在中央以经济建设为中心的战略思想和改革开放路线的指引下，在中央领导的亲切关怀和直接指导下，我有幸和同志们一道参与了建立深圳特区这一伟大工程，亲历亲为了深圳特区从无到有的这一历史性的伟大历程。今天，在我就要暂时离开这个岗位，离开这个地方的时候，在我还不知道能不能回到这个岗位这个地方的时候，我想说的，只有这样一句话，那就是：'如果我必须生一千次，我愿意生在这个地方；如果我必须死一千次，我也愿意死在这个地方。'"

宋梓南流泪了，哽咽了，有一点说不下去了。

全场一时间变得极其安静。

突然间，余涛站了起来，带头鼓起掌来。

主席台上的领导同志，也站了起来，都开始鼓掌了。

全场的人都站了起来，开始鼓掌。

这时，宋梓南和余涛陪同中组部的领导和省委书记走到那个拓荒牛雕像旁。雕像身上覆盖着红绸。宋梓南请中组部的领导和省委书记去为雕像揭幕。中组部的领导和省委书记却把宋梓南和余涛拉到雕像前，一定要他俩为这个雕像揭幕。宋梓南和余涛犹豫了一下，再度看看中组部的领导和省委书记。中组部的领导和省委书记鼓励似的对他俩示意了一下。

宋梓南和余涛走到雕像近旁，拉动了揭幕的绳子。那匹巨大的红绸缓缓地从雕像身上滑落了下来。巨大的拓荒牛映衬着阳光和蓝天，那倔强奋进的身姿引起了全场一片欢呼。与此同时，千百只彩色的气球和白鸽腾空而起。

蛇口码头上汽笛声长鸣。

入夜。国贸大厦顶上绚丽烂漫的烟火迸发。

……

117

入夜,市委大楼。宋梓南原先的那个办公室里。宋梓南独自一人闷坐着。忽然有人敲门。宋梓南犹豫了一下,去开门。门外站着余涛。宋梓南不无意外,余涛很少这么晚了还会来串门的。再说,余涛是从来不会到哪个书记、市长家串门的啊。

余涛说:"走。我陪你上街上走走。"

宋梓南摇摇头,做了个手势,请余涛坐下。

余涛没坐,只是问道:"你晚上自己一个人上街上走过没有?"

宋梓南不知道余涛问这个有什么意思,便打量了余涛一眼,答道:"没有。"

余涛淡淡一笑道:"所以呀,走。我陪你去走走。"

宋梓南犹豫了一下,只得跟着余涛向外走去。

两人没通知司机,缓步走到大街上。余涛恳切地说道:"白天你那句话说得非常好,非常好:如果我必须生一千次,我愿意生在这个地方;如果我必须死一千次,我也愿意死在这个地方。说得非常好。"

宋梓南淡淡地苦笑了一下。

余涛问:"你什么时候去住院治疗?"

宋梓南说:"很快吧。这两天正在和新来的市长交接工作。交接完了就走。不知道还能不能回得来。这是常有的事,进了医院,就再也出不来了。"

余涛断然反驳道:"不可能。"

宋梓南说:"为什么?"

余涛说:"上帝怕你,不敢召你回去。"

宋梓南笑笑:"是吗?"

余涛说:"你想想,你我这一生都死过几回了? 各个时期,有各种各样的人,都曾经要我们死,我们偏偏活下来了,还活得硬硬朗朗,风风火火的!"

宋梓南说:"老余,你说,我们风风火火这些年值当吗?"

余涛说:"值不值当,这个不能由你我自己来说。"

宋梓南再问:"你说,深圳会忘记你我吗?"

余涛愣怔了一下:"你怎么会念叨起这个来了?"

宋梓南动情地说:"有时候我真的挺担心,甚至挺害怕,就像一个老人害怕被自己的儿女遗忘和遗弃,害怕深圳有一天会把我给彻底忘了。"

余涛沉默了,过了一会儿,他抬起头很坚定地说:"我想不会。深圳不应该忘记你我。"

宋梓南说:"历史上不应该发生,但事实上还是发生了的事情难道还少吗?"

余涛坚决地说道:"不可能。它忘不掉的!它想忘也忘不掉的!"

宋梓南说:"老余,我们真的做到了这一步了吗?我们真的已经能让深圳的老百姓想忘也忘不掉我们了吗?"

余涛沉吟了一下:"还是让历史来做这个鉴定吧……历史会做最后鉴定的……老百姓会做最后鉴定的。"

这时,他们走到了一家大型餐馆门前。从大落地玻璃窗看去,餐馆的大堂几乎都已经坐满来就餐的客人。他俩在门口犹豫了一下。

余涛忽发奇想地:"进去吃点东西?你可能从来都没有自己出来吃过一顿饭吧?现在轻松了,暂时离职去治病了,可以像一个普通市民那样,上个饭馆,随便点几样自己想吃的菜。"

宋梓南苦笑笑,点了点头。

两人欣然走了进去。

一个年轻的服务员迎了上来,刚要说话,一件让所有人感到意外的事发生了。餐馆的大堂里忽然生发出一阵轻微的骚动。一些人在看了他俩一眼后,忙交头接耳地低声说些什么,还有一些人则转过身来向这边张望。显然有人认出了他们俩。紧接着,几乎所有的顾客都站了起来,并且不约而同地向着宋梓南和余涛转过身来,极其有节制有礼貌地鼓起掌来。大堂里，没有人走动，没有人喧哗，没有人上前来要求握一下手，更没有人要求签字合影，只是礼貌地敬重地看着这两位老人，轻轻地轻轻地鼓着掌。

宋梓南心里一阵酸热，他哽咽了，再一次流泪了。他也鼓起掌来，向着这些极其普通的市民报以轻轻的掌声。

余涛的眼眶也湿润了。他也轻轻地鼓起掌来。

深圳夜空碧遥，银汉深邃，华灯瑞丽。在宋梓南和余涛向着饭店里的人们轻轻地回应他们的掌声时，那些自发向他俩送来的掌声却越来越响，越来越响，然后又突然低微下去，渐渐消失在梧桐山背后那遥远的星空里……

不久，经中国人民解放军总医院的泌尿科专家查明，宋梓南的尿血并非是由癌症引起的。但多脏器器质性病变，迫使他不得不在医院里进行了长达两年之久的治疗。在这期间，深圳和整个中国都有了突飞猛进的发展。宋梓南病愈回到深圳后不久，邓小平再一次到深圳视察。已然是满头灰发的宋梓南和省市的主要领导一起，再一次接待了邓小平，陪着这位耄耋老人完成了一次中国当代发展史上关键性的视察。正是在这次视察中，邓小平完整地精辟地阐述了中国坚持社会主义方向，坚持改革开放路线的理论，并再一次肯定了深圳特区的大方向，再一次鼓励中国共产党人要"进一步解放思想，要敢闯敢创新"……在中国大地上再一次掀起了改革开放的大潮……那天，邓小平就要从蛇口港码头乘船走了。宋梓南和市委市政府的主要领导去送老人家。老人家跟他们一一握手告别后，在他家人的陪同下，缓慢向船上走去。快要走上船了，老人家突然转过身来，对宋梓南大叫道："你们要搞快一点啊！"

宋梓南忙答道："您的话很重要，我们一定搞快点！"

是的，一定要搞快一点。

就在这一年，中央给了上海五项审批权和筹资权，在建立深圳、珠海等十四个经济特区以后，中国另一项伟大的震动世界的改革开放工程——开发上海浦东，在邓小平同志的倡导和推动下，大幅度地加快了建设步伐……也就在这一年, 全国人民代表大会以绝对多数票通过, 决定建设当代世界最大的水利枢纽工程——长江三峡大坝……

也就在这一年, 石长辛在经过多次手术后, 身体完全康复, 回到了领导工作岗位上……

同样在这一年, 陶怡和冯宁结婚了。冯宁本想让陶怡就在自己的公司里兼一个什么职位的, 但陶怡坚持要自己去"闯一闯"。她说两个人在同一个公司里干, 多少有点别扭。特别是这个公司的"老板"又是自己的老公, 她干得好干得不好, 别人都会有话说。"要是你还信得过我, 就让我自己出去试一试。"于是, 她从尤妮手里接过了职业中介的工作, 为更多到深圳来开创事业的年轻人忙碌着……

继后, 冯宁和邝世浩组建的兴华国际电子有限公司迅速成长为亚洲最大的电子公司……

唯一让我们感到有一点遗憾的是, 这一年, 已经成为兴华公司副总裁的尤妮和成为深圳金融研究所负责人的庞耀祖, 他们之间的那段情感故事似乎还没有一个确切的结果……

而也就在这一年, 在中国无数退休党政干部的名单中, 又多了两个倔强老者的名字, 他们一个叫宋梓南, 另一个叫余涛……

冉冉朝阳。磅礴大海。

那天, 中央组织部的一位负责同志和省委主要领导跟宋梓南谈完话, 正式宣布了他退休, 已是满头白发的宋梓南回到办公室闷闷地坐了好大一会儿。他把双手轻轻地搭在那冰凉而又十分光滑的桌面上, 缓缓地扫视了一下这个自己非常熟悉, 但今天却又突然觉得非常陌生的空间。是啊, 多少个日日夜夜, 他宋梓南就是在这里度过的呀。但在这数以千计的日夜里, 他又何曾真正悉心地关照过它, 留心过它? 总是匆匆地来, 又匆匆地去。而它总是毫无怨言地接受着他的来去, 默默地关注着他的成败悲喜。他在这儿忽发奇想, 在这儿筹划伟构, 在这儿痛斥小人, 也在这儿委婉妥协, 在这儿狂喜, 也曾痛心疾首, 甚至惶惶不可终日……可以说, 在这个世界上唯一真正窥探了他宋梓南内心秘密的, 就是它了, 千百个日夜，唯有它始终如一地和他在一起，守护着一个"执着"……就像她，亭云一样……想到这里，宋梓南情不自禁地有一点哽咽起来。他从办公桌的抽屉里取出一面小镜框。镜框里放着的是亭云中年后的一张黑白照片。宋梓南从不主动要求照相。因为无论是在公开场合，还是在不公开场合，他一生照的相，已经太多太多。他也不会去替别人照相。他没有这个爱好。他一直小觑这种"按一下快门就能完成了的"活儿。因此，这张黑白照片，几乎可以说是他极少数几张兴之所至，亲自按下快门的"作品"之一，也是为亭云拍摄的唯一的一张照片。亭云特别珍惜它。他也特别看重它，尤其在亭云走了以后，他几乎把它当作自己和亭云冥冥间对话的唯一通道，常常在深夜时分，在疲倦困乏至极时，拿出它来，和它……和她对视一会儿。他知道不自觉地陷入回忆，是一个人精神上和生理上衰老的主要症状。所以，他一直在告诫自己，也不让自己去回忆。但在这种夜深人静时，他却止不住要回忆，让自己面对亭云，面对那无法抹杀的过去，重温青春热血……早几天，他已经把办公室该整理该收拾的都整理收拾齐了。只有这张照片，他得留到最后一刻，随着自己的真正离去，再把它带走。现在，是不是该把它带走了呢，连那些回忆，那些青春热血痕迹，那无数的激奋和困惑、惊喜和滞顿，一起带走？……宋梓南努力平静下自己的心境，走到今天下午让秘书事先准备好的一张大案桌前。案桌上已经准备好了文房四宝。他执笔舐墨，面对着一大幅宣纸，凝神屏气。是的，他要最后留下几个字。留什么？留下"如果我必须生一千次，我愿意生在这个地方；如果我必须死一千次，我也愿意死在这个地方"这句话？他迟疑了一下，又迟疑了一下，最后挥笔疾书，在纸上写下了"位卑也忧国，何敢惜自身"十个大字。

二〇〇七年十一月二十一日下午两点〇三分初稿

二〇〇八年三月七日下午六点三十八分二稿

二〇〇八年八月二十一日上午十点四十五分定稿

图书在版编目（CIP）数据

命运 / 陆天明著 . -- 北京：新星出版社，2018.6
（当代风云录）
  ISBN 978-7-5133-3086-2

Ⅰ . ①命… Ⅱ . ①陆… Ⅲ . ①长篇小说－中国－当代

Ⅳ . ① I247.5

中国版本图书馆 CIP 数据核字（2018）第 100983 号

命运

陆天明 著

责任编辑：简以宁
责任校对：刘　义
责任印制：李珊珊
装帧设计：几木艺创

出版发行：新星出版社
出 版 人：马汝军
社　　址：北京市西城区车公庄大街丙 3 号楼　　　100044
网　　址：www.newstarpress.com
电　　话：010-88310888
传　　真：010-65270449
法律顾问：北京市岳成律师事务所

读者服务：010-88310811　　service@newstarpress.com
邮购地址：北京市西城区车公庄大街丙 3 号楼　　　100044

印　　刷：北京市松源印刷有限公司
开　　本：660mm × 970mm　　1/16
印　　张：50
字　　数：688 千字
版　　次：2018 年 6 月第一版　　2018 年 6 月第一次印刷
书　　号：ISBN 978-7-5133-3086-2
定　　价：128.00 元

上架建议：当代文学／畅销

ISBN 978-7-5133-3086-2

9 787513 330862 >

定价：128.00 元